BASTEI LÜBBE

BARBARA CARTLAND

Verurteilt zum Schweigen

Aus dem Englischen
von Esther Facius

BASTEI
LÜBBE

BASTEI-LÜBBE-TASCHENBUCH
Band 11 352

Deutsche Erstveröffentlichung
Titel der englischen Originalausgabe:
The Enchanted Moment

Printed in West Germany, Dezember 1988
Einbandgestaltung: Roland Winkler
Satz: Fotosatz Froitzheim, Bonn
Druck und Bindung: Ebner Ulm
ISBN 3-404-11352-7

Der Preis dieses Bandes versteht sich einschließlich
der gesetzlichen Mehrwertsteuer.

I

Der Zug kam mit quietschenden Bremsen zum Stehen. Der dicke Mann auf dem Sitzplatz gegenüber holte die Koffer aus dem Gepäcknetz, verließ ächzend und schnaufend das Abteil und warf mit einem lauten Knall die Tür hinter sich zu.

Sally war allein.

Sie sprang auf, reckte und streckte die vom Sitzen steifgewordenen Glieder und kniete sich dann auf ihren Sitz, um in den schmalen Spiegel zu blicken, der an der Abteilwand angebracht war.

»Was wird Lynn sagen, wenn sie mich sieht?« fragte sie laut.

Dann überlegte sie, wie lange es her sein mochte, seitdem sie sich das letzte Mal so aufmerksam und ausführlich im Spiegel betrachtet hatte.

Für derartige Dinge war auf der Farm einfach nicht die Zeit gewesen. Morgens in aller Herrgottsfrühe hatte sie aufstehen müssen, und nach einer überstürzten Toilette war sie die Treppe hinuntergehastet, um bei den Vorbereitungen zum Frühstück zu helfen.

Wenig später folgten der Aufwasch, das Säubern der Zimmer, Bettenmachen und Versorgen der Öfen. Das Federvieh wartete auf sie. Die Eier wollten eingesammelt, die Gänge für das Mittagessen zusammengestellt, frisches Gemüse und frische Kräuter aus dem Garten geholt und tausend andere Arbeiten beendet oder angefangen werden.

Und die ganze Zeit über hatte sie zu lächeln, gute Laune zu verbreiten und freundlich zu den Gästen zu sein, die sie unablässig mit Fragen und Bitten in Atem hielten.

Tante Amy war der Überzeugung gewesen, Tiere und Landleben wären für zerrüttete Nerven das beste Heilmittel.

Und sie hatte mit ihrer These nicht nur einmal, sondern hundertmal recht behalten, seit sie die Mythrodd-Farm als Heim und Erholungsstätte für alle, die unter den Auswirkungen des Krieges litten, eröffnet hatte.

Stets eine Frau schneller Entschlüsse, hatte sie alle Hindernisse energisch aus dem Weg geräumt und war schnurstracks auf ihr Ziel zugesteuert, nachdem sie wenige Tage nach der Schlacht von England den Plan zur Gründung eines Erholungsheimes gefaßt hatte.

Nur wenige Wochen vergingen, als sie die Mythrodd-Farm erwarb und erklärte, daß diese bestens für ihre Zwecke geeignet sei.

Der Hof lag in einer lieblichen, von den Verwüstungen des Bombenterrors verschonten Landschaft inmitten der Bergwelt von Wales und nur etwa fünf Meilen von der See entfernt.

Das Haus, groß und weitläufig angelegt, wurde einer Teilmodernisierung unterzogen. Das heißt, die Räume erhielten fließendes kaltes und warmes Wasser, Baderäume wurden eingebaut und vorschriftsmäßige Hygienemöglichkeiten geschaffen. Dagegen gab es weder Elektrizität noch Gaslicht.

Eine von Sallys zahllosen Aufgaben war das Anzünden der altmodischen Öllampen in sämtlichen Zimmern und Gängen des Hauses, sobald die Dämmerung hereinbrach.

Sally hatte befürchtet, ihre Tante würde sie zur Schule schicken, als sie das Projekt startete. Aber zum Glück wohnte im Dorf eine ältere Lehrerin mit großer pädagogischer Erfahrung, die sich anbot, Sally privat zu unterrichten.

Überdies bot der Kontakt mit den vielen unterschiedlichen Gästen auf der Farm die Möglichkeit zur Erweiterung ihrer Allgemeinbildung und ihrer Lebenserfahrung.

Da waren Frauen, denen der Krieg sowohl den Ehemann als auch die Kinder entrissen hatte, Männer, die an schweren Verwundungen litten, Kinder, die ihre Eltern verloren hatten oder die durch den Bombenkrieg zu wahren Nervenbündeln geworden waren.

Tante Amy stand mit zahlreichen Verbänden und Organisationen in Verbindung, die ihr ständig Gäste zuwiesen. Dennoch nahm sie nie jemanden bei sich auf, bevor sie den Betreffenden nicht in einem persönlichen Gespräch auf Herz und Nieren geprüft hatte.

Sally fragte sich manchmal, wenn sie die Briefe las, die an ihre Tante gerichtet waren, wie diese es übers Herz brachte, Bewerber mit den erschütterndsten Schicksalen einfach abzuweisen. Doch Tante Amy, methodisch und konsequent in allem, was sie tat, ließ sich bei der Auswahl ihrer Gäste von einem gewissen System leiten, von dem sie niemals abwich.

Frauen waren immer in der Mehrzahl, überstiegen aber nie die Zahl acht. Es gab drei oder vier ältere Männer und die gleiche Anzahl Kinder, meist Jungens, für die das Leben auf der Farm einen besonderen Reiz besaß und die dadurch, daß es ihnen Spaß machte, mit anzupacken, sehr bald wieder gesundeten und zu Kräften kamen.

Doch wenn es auch zur Therapie gehörte, daß die Gäste in Haus und Hof mitarbeiteten, das Arbeitspensum, das Sally zu bewältigen hatte, blieb immer noch gewaltig.

Wenn sie abends schlafen ging, war sie meist so müde, daß sie gegen die Versuchung ankämpfen mußte, sich einfach mit den Kleidern ins Bett fallen zu lassen.

Sobald ihr Kopf das Kissen berührte, sank sie in einen traumlosen Schlaf, aus dem sie erst wieder erwachte, wenn morgens der Wecker schrillte.

Nein, bei diesem Leben hatte sie nicht die Zeit gehabt, an Kleider oder ihr Äußeres zu denken. Sie mußte sauber und ordentlich aussehen, das war alles, was Tante Amy von ihr erwartete. Darauf allerdings legte sie den größten Wert.

»Dein Haar ist in Unordnung!« hieß es sonst streng. Oder: »Du wechselst zum Tee am besten die Bluse, und die, die du jetzt trägst, steckst du nach dem Essen mal kurz in Seifenlauge!«

Manchmal, wenn Sally zum Unterricht ins Dorf ging, sah sie die Mädchen ihres Alters in hübschen Tweedsachen oder farbenprächtigen Wintermänteln, und dann wünschte sie sich insgeheim, daß Tante Amy ihr auch einmal etwas Derartiges kaufen würde.

Aber das blieb nur ein Wunsch. Sie wußte, was sie von Tante Amy Jahr für Jahr geschenkt bekam: ein einfaches Tweedjackett für den Winter und einen ebenso einfachen Tweedrock, dazu einen dicken Lodenmantel. Und alle Stücke in dem gleichen unscheinbaren Beige. Für den Sommer gab es einige schlichte Leinenkleider und vielleicht noch eine braune Strickjacke zum Drübertragen für kalte Tage.

Es war die reinste Uniform, einfach und unansehnlich, in die Tante Amy sie steckte. Aber zum Glück hatte Sally nicht die Zeit, sich deswegen große Gedanken zu machen.

Doch nun, während sie in den Spiegel des Eisenbahnabteils blickte, fiel es ihr auf, und das, was sie da zu sehen bekam, stimmte sie nicht gerade besonders fröhlich.

Was würde Lynn zu ihr sagen?

Sie rief sich Lynns schönes, ausdrucksvolles Gesicht ins Gedächtnis, die elegante Kleidung, die sie trug, den betörenden Duft des Parfüms, der sie stets wie eine unsichtbare Wolke umgab.

Beim letzten Mal, da sie Lynn begegnet war, hatte diese ihr den Finger unters Kinn gelegt und sie eine Zeitlang aufmerksam angeschaut.

»Du bist hübsch, Liebling«, sagte sie. »Und eines Tages wirst du noch hübscher sein. Ich bin froh, ganz schrecklich froh, daß es so ist. Ich hätte es nicht ertragen können, wenn es anders wäre!«

Dann lachte Lynn. Lachte dieses entzückende, silberhelle Lachen, das so ansteckend wirkte und zugleich den Eindruck erweckte, als nähme sie nichts von dem, was sie sagte, wirklich ernst.

Sallys Herz schlug schneller, als sie an diese Worte dachte. War sie wirklich hübsch? Ihr war es nie so vorgekommen.

Lynn allerdings war wirklich hübsch – nein, genauer gesagt, sie war eine Schönheit mit ihrem herzförmigen Gesicht und den dunklen, geheimnisvollen Augen. Sally hatte sich mit ihr verglichen, die runden Wangen, die blauen Augen, das blonde Haar, und sie hatte erkannt, wie banal und gewöhnlich sie war gemessen an dieser Frau.

Doch wenn Lynn sagte, daß sie hübsch sei, dann mußte es stimmen. Allerdings war das vor fünf Jahren gewesen. Was würde Lynn heute von ihr denken?

Sally starrte noch immer in den kleinen Spiegel. Plötzlich nahm sie ihren Filzhut vom Kopf und warf ihn auf den Sitz.

Das war es, was sie an ihrem Spiegelbild störte: dieser gewöhnliche, langweilige, altmodische Filzhut, den sie tief ins Gesicht gezogen hatte. Nun war wenigstens ihr Haar zu sehen, auch wenn es straff aus der Stirn gekämmt und im Nacken zu einem strengen Knoten geschlungen war.

Tante Amy lehnte kurzes Haar ab. »Warum sollten Mädchen die Männer nachäffen?« hatte sie gefragt, und der Tonfall in ihrer Stimme hatte keine Zweifel daran gelassen, daß Männer in ihren Augen sowieso zu Lebewesen einer untergeordneten Rangstufe gehörten.

Mehr als einmal hatte Sally den zaghaften Vorschlag gemacht, ihr Haar, das nur langsam zu wachsen schien, einmal richtig kurz zu schneiden, aber Tante Amy hatte es nicht erlaubt und strikte darauf bestanden, daß es zu einem sauberen Knoten aufgesteckt wurde.

Doch nun zog Sally die Haarnadeln eine nach der anderen heraus. Weich und schwer fielen die Haare auf ihre Schultern nieder, so als begrüßten sie aufatmend die ungewohnte Freiheit. Sie besaßen eine natürliche Krause, und der Aufenthalt im Freien hatte sie gebleicht, so daß sie ausschauten wie gesponnenes Silber.

Sally holte ihre Reisetasche aus dem Gepäcknetz. Sie öffnete den Verschluß und suchte nach ihrem Kamm.

Dann begann sie sich zu kämmen, wobei sie darauf achtete, daß die Haare nicht mehr so dicht am Kopf anlagen, sondern weich und voll ihr Gesicht umgaben.

Sie war mit dem Ergebnis sichtlich zufrieden, obwohl ihr Gefühl ihr sagte, daß Lynn ihr Haar so lange schauderhaft finden würde, bis es von einem guten Friseur geschnitten und in Form gebracht worden war.

An ihren Rock und die Jacke aus dem unvermeidlichen beigefarbenen Tweed wagte sie gar nicht zu denken. Aber Lynn kannte Tante Amy ja schließlich und würde damit rechnen, daß sie, Sally, wie eine Vogelscheuche herumlief.

Sally vermochte es kaum zu fassen, daß Tante Amy tot war. Ganz plötzlich und unerwartet war sie gestorben. Noch vor einer Woche hatte sie eine Art Fünfjahresplan für die Farm aufgestellt.

Ans Sterben hatte sie zu diesem Zeitpunkt noch mit keinem Gedanken gedacht, und Sally hätte sich nicht im Traum vorstellen können, jemals anderswo zu leben als auf Mythrodd-Farm.

Dennoch: Das Unbegreifliche war geschehen. Tante Amy war tot, und Miß Mawson hatte die Leitung der Farm übernommen.

Vom ersten Augenblick an, da sie nach Mythrodd gekommen war, um Tante Amy zu helfen, hatte Sally Miß Mawsons Abneigung gespürt.

Miß Mawson war eine häßliche, grobknochige Frau Mitte Vierzig. Sie hatte eine rauhe Stimme und mißtrauische Augen und schien nur zu bereit, von jedem Menschen, mit dem sie in Verbindung kam, das Schlechteste anzunehmen.

Dabei war ihr Leben dem Dienst der Nächstenliebe geweiht gewesen. Lange Jahre hatte sie sich als Missionarin in Japan aufgehalten, hatte bei Ausbruch des Krieges unsagbare Entbehrungen und Bedrängnisse erleiden müssen, und als sie schließlich nach England zurückgekehrt war, hatte sie Arbeit in einer Dockland-Niederlassung gefunden.

Vier Jahre diente sie dort den Ausgebombten und

Obdachlosen, bis ein drohender Nervenzusammenbruch sie in Tante Amys Leben trieb. Als Gast kam sie auf die Farm, um als Gehilfin zu bleiben.

Sally hatte diese Frau von Anfang an nicht gemocht, und mehr als einmal hatte sie den Eindruck, Miß Mawson ginge ihr aus dem Weg, um sie mit Nichtachtung zu strafen.

Doch sie hatte dem keine besondere Beachtung geschenkt, hatte angenommen, dies wäre nun einmal die Art dieser sonderbaren Frau. Sally war es gewohnt, auf der Farm den verschiedensten Nervenleiden zu begegnen, die die Menschen veränderten, sie seltsam und verschroben machten, ohne daß es immer eine Begründung dafür gab.

Aber dann hatte Tante Amy eines Tages zu ihr gesagt: »Sally, ich habe Miß Mawson gebeten, als Gehilfin bei uns zu bleiben!«

Sally war erschrocken und hatte einen kleinen Entsetzensschrei ausgestoßen.

»O nein, Tante Amy, das kann doch nicht dein Ernst sein!« hatte sie ausgerufen.

»Wieso? Magst du sie nicht?«

»Von nicht mögen kann keine Rede sein«, erwiderte Sally unsicher. »Es ist nur, daß sie ein wenig schwierig zu sein scheint. Eine ziemlich kratzbürstige Person, würde ich sagen. Und – sind wir beide nicht immer sehr glücklich miteinander gewesen?«

Sekundenlang trat ein weicher Zug in Tante Amys strenges Gesicht.

»Es freut mich, daß du glücklich bist, Kind. Aber ich werde älter. An meinem letzten Geburtstag bin ich sechzig geworden, und manche der Gäste fangen an, ziemlich anstrengend für mich zu werden. Wir tun sehr viel Gutes für die Menschen, Sally, und es gibt so viele, die uns brauchen und gerne zu uns kommen möchten. Ich würde gern einen neuen Flügel anbauen, und vielleicht gelingt uns das auch, nun, da der Krieg zu Ende ist. Vor allem aber möchte ich, daß Mythrodd-Farm auch nach meinem Tod noch bestehen bleibt. Und deshalb habe ich Miß Mawson, die eine vergleichsweise noch junge Frau ist, gebeten, hier zu bleiben und mir zur Hand zu gehen.«

»Ich verstehe«, sagte Sally, »und wenn du meinst, sie paßt zu uns, Tante Amy, dann ...«

»Sie ist eine gute Frau«, fiel Tante Amy ihr ins Wort. »Sie hat Grundsätze und ist ein Mensch, der unbeirrbar seinen Weg geht. Das ist alles, was ich von meiner zukünftigen Nachfolgerin erwarte.«

Sally schwieg, aber es kam ihr vor, als ob Miß Mawson von dem Augenblick an, da sie im Haus eine feste Stellung innehatte, alles tat, um sie, Sally, von ihrem Platz in Tante Amys Herzen zu verdrängen.

Plötzlich wurde Sally nicht mehr um Rat gefragt. Tante Amy überlegte nicht mehr mit ihr, sondern nur noch mit Miß Mawson.

Das allerdings bedeutete nicht, daß Sally es nun leichter hatte. Im Gegenteil.

Jetzt gab es zwei, die sie zur Arbeit antrieben.

»Sally, schneide ein paar Kohlköpfe zum Lunch!«

»Sally, es ist kein Brennholz mehr da!«

»Sally, sag der Köchin, daß ich sie zu sprechen wünsche!«

»Sally, zünde die Lampen an, es wird dunkel!«

Von morgens bis abends war sie auf den Beinen, und immer wieder hatte sie Grund zu der Annahme, daß Miß Mawson sie absichtlich zu den niedrigsten Arbeiten heranzog. Oft machte sie sich sogar noch Vorwürfe, Miß Mawson gegenüber ungerecht zu sein, einfach weil sie sie unsympathisch fand.

Doch nach Tante Amys Tod mußte Sally dann erfahren, daß ihr Verdacht gerechtfertigt gewesen war.

Sally hatte ihre Tante geliebt, die für sie Vater- und Mutterstelle vertreten hatte, solange sie denken konnte. Es war nicht immer leicht für sie gewesen in der Gesellschaft dieser herben, strengen und ein wenig gefühlskalten Frau, aber diese war so sehr ein Teil ihres Lebens geworden, daß sie sich ein Leben ohne Tante Amy einfach nicht vorstellen konnte.

Aber nun war sie tot. Gestorben nach nur dreitägigem Krankenbett. Der Verlust der Tante bewirkte in Sally einen unvorstellbaren Schock, und sie fragte sich fassungslos, was nun aus ihr werden solle.

Es war kurz nach der Testamentseröffnung, bei der Sally und Miß Mawson erfuhren, daß alles, was Tante Amy besessen hatte, einer Stiftung zum Unterhalt der Mythrodd-Farm zugeführt werden solle, als Miß Mawson zuschlug.

Nachdem der Anwalt gegangen war, sagte sie zu Sally:

»Du wirst dich selbstverständlich so bald wie möglich nach einer anderen Unterkunft umschauen, Sally, nicht wahr?«

Sally starrte sie an, die vom vielen Weinen geröteten Augen weit und fassungslos vor Entsetzen.

»Eine andere Unterkunft?« wiederholte sie wie vor den Kopf geschlagen. »Wünschen Sie etwa, daß ich fortgehe?«

»Ja, natürlich!« erwiderte Miß Mawson. »Ich ziehe es vor, die Verantwortung für das Haus alleine zu tragen. Ich mag es nicht, wenn irgendein Naseweis mir dabei hineinredet. Und die Arbeiten, die du bisher verrichtet hast, waren ja nicht so bedeutend, als daß sie nicht auch von einem der anderen Mädchen übernommen werden könnten.«

Sally rang nach Luft. Sie fühlte, wie ihr das Blut bei dieser Kränkung in die Wangen schoß.

»Sie glauben also, es wäre im Sinne meiner Tante, daß ich das Haus verlasse, das sie und ich gemeinsam aufgebaut haben.«

Miß Mawsons Lippen verzogen sich zu einem höhnischen Lächeln.

»Nun sei mal nur nicht so eingebildet!« stieß sie kalt hervor. »Schließlich bist du erst achtzehn, und den größten Teil deiner Zeit hast du doch im Dorf mit Privatunterricht verbracht!«

»Trotzdem habe ich viel und hart auf Mythrodd-Farm

gearbeitet!« begehrte Sally auf und hätte sich im gleichen Moment am liebsten die Zunge abgebissen.

Warum rechtfertigte sie sich vor dieser Frau? Warum sollte sie ihr erklären, daß Tante Amy ihr Testament kurz nach dem Kauf der Farm gemacht hatte?

Sie hatte Sally damals davon in Kenntnis gesetzt und hinzugefügt:

»Ich habe das Testament nur für den Fall niedergeschrieben, daß wir ausgebombt werden. Auch hier sind wir davor nicht wirklich sicher. Ich könnte dabei ums Leben kommen, und es ist mein Wunsch, daß das Haus weitergeführt wird.«

Nach einer kurzen Pause hatte sie dann hinzugefügt:

»Für dich habe ich keine Vorsorge getroffen, weil du im Testament deines Vaters schon reichlich bedacht bist. Es war sein Wille, daß du bei mir lebst bis zu deiner Heirat oder bis du vierundzwanzig geworden bist. Aber bis dahin ist ja noch reichlich Zeit, und wenn es soweit ist, werden wir noch einmal über alles reden.«

»Oh, sprich nicht vom Sterben!« hatte Sally mit der angeborenen Angst des Kindes vor dem Tod ausgerufen.

Tante Amy lächelte.

»Nein, es gibt auch keinen ernsthaften Grund, jetzt davon zu reden. Aber wir haben eine aus den Fugen geratene Welt mit all den Kriegen und Seuchen heutzutage, und wir Menschen sollten immer auf den Tod vorbereitet sein, der uns mitten aus dem Leben hinwegraffen kann!«

»Ja, aber...« wollte Sally widersprechen, war aber von ihrer Tante unterbrochen worden.

»Keine Aber, Liebes. Wenn ich sterbe, und das wird eines Tages bestimmt einmal sein, möchte ich jedenfalls, daß die Farm weiterhin ihrem guten Zweck erhalten bleibt. Du weißt am besten über alles Bescheid, und ich bin überzeugt, daß du auch ohne mich sehr gut mit allem zurechtkommen wirst.«

»Du weißt, daß es nicht so ist«, entgegnete Sally.

Tante Amy hatte gelächelt über die Bestimmtheit im

Tonfall des Kindes, aber es gab eben nichts Schriftliches darüber, daß es ihr Wunsch gewesen war, daß Sally auf der Farm blieb. Und das Geld, das sie hinterlassen hatte, wurde von Treuhändern verwaltet, die Sally nie gesehen hatte und denen sie völlig unbekannt war.

Ein tief eingewurzelter Stolz verbot es ihr, um etwas zu betteln, worauf sie ihrer festen Meinung nach einen begründeten Anspruch hatte.

Und deshalb sagte sie ruhig:

»Sehr wohl, Miß Mawson, ich werde Mythrodd so bald wie möglich verlassen.«

Ruhig war sie aus dem Zimmer gegangen, im Herzen das Bewußtsein, nicht nur einen Sieg über Miß Mawson, sondern auch über sich selbst errungen zu haben.

Doch nun hatte sie Angst. Angst, weil sie alles, was ihr Sicherheit und Geborgenheit bedeutet hatte, zurückließ. Angst vor allem auch, weil Lynn mit keinem Wort auf ihren Brief geantwortet hatte.

Sally hätte wenigstens ein Telegramm erwartet. Denn Telegramme waren wie Lynn: schnell, impulsiv und stets schon da, bevor man damit rechnete. Doch nichts war geschehen, und Sally konnte ihre Enttäuschung kaum verbergen. Dennoch war sie gegangen. Ihr Stolz ließ es nicht zu, noch länger zu warten, nachdem sie Miß Mawson einmal ihr Wort gegeben hatte.

Sie packte ihre wenigen Habseligkeiten zusammen. Ihre Bücher und die mehr persönlichen Dinge lud sie auf den Farmwagen und fuhr damit zum Vikariat ins Dorf. Hier bat sie den alten Vikar, den sie schon viele Jahre kannte, um Erlaubnis, die Dinge bei ihm unterstellen zu dürfen.

»Kannst du sie denn nicht auf der Farm lassen, Kind?« fragte er sie verwundert, so als vermutete er, daß irgend etwas nicht stimmte.

»Lieber nicht, und auf Ihrem alten Speicher werden Sie doch noch ein Eckchen dafür frei haben.«

»Aber natürlich«, erwiderte er. »Ich freue mich, wenn ich

dir einen Gefallen tun kann. Aber wenn irgendwas nicht in Ordnung wäre, würdest du es mir doch sagen, nicht wahr?«

»Was soll denn nicht in Ordnung sein?« fragte Sally. »Ich verlasse die Farm und fahre zu Freunden.«

Sie belog ihn praktisch, denn sie hatte das Gefühl, ihn zu kränken, wenn sie mit einer fadenscheinigen Ausrede kam.

Der Vikar schien beruhigt.

»Zu Freunden!« sagte er. »Dann ist es gut. Aber – du kommst doch wieder zurück, oder?«

»Ich denke schon«, antwortete Sally und log erneut.

Aber was hätte sie tun sollen? Er war alt, konnte ihr nicht helfen, und es gab keinen Grund, ihn in Unruhe zu versetzen, indem sie ihm den eigentlichen Grund für ihre Abreise nannte.

Doch heute morgen, als sie von der Farm aufbrach und Miß Mawson sah, die in der Pose der Besitzerin vor der Tür stand, wußte sie, daß sie nie wieder hierher zurückkehren würde.

Mythrodd war nicht länger mehr ihr Zuhause. Sie stand allein in der Welt, ohne zu wissen, wohin sie gehörte. Zwar war da noch Lynn – aber Lynn hatte auf ihren Brief nicht geantwortet.

Sally dachte plötzlich, daß dieses Gefühl des Alleinseins die schrecklichste Erfahrung in ihrem bisherigen Leben war.

Dann schon lieber von Miß Mawson herumgestoßen werden, anstatt allein zu sein und nicht die kleinste Vorstellung von dem zu haben, was die Zukunft für einen bereithielt.

Sie konnte nur beten, daß Lynn in London war. Wie entsetzlich, wenn sie Lynn nicht antreffen würde. Vielleicht war sie verreist und hatte aus diesem Grund nicht geantwortet.

Sally öffnete ihre Tasche. Die Fahrkarte war sehr teuer gewesen. Nur wenig Geld war ihr noch geblieben: Zwei Pfund in Scheinen und etwa sechs Schilling in Silbermünzen. Verzweifelt fragte sie sich, was die Übernachtung in einem Hotel kosten würde.

Ein Ruck ging durch den Wagen. Der Zug setzte sich wieder in Bewegung.

Die Sonne sank im Westen, und der Himmel färbte sich rot. Sie befanden sich noch mitten auf dem Land, nirgendwo war etwas von einem Bahnhof zu sehen. Weshalb hatten sie eigentlich angehalten? Sally stand auf, um das Fenster zu öffnen und hinauszuschauen.

In diesem Augenblick wurde die Tür aufgezogen, und der Zugschaffner steckte den Kopf ins Abteil.

»Bis London, Miß?«

»Ja.«

»In Ordnung. Es wird allerdings sehr spät werden, da wir mit einem längeren Aufenthalt rechnen müssen.«

»So?« fragte Sally. »Warum denn?«

»Überschwemmung, Miß. Eine Brücke wurde beschädigt, und die Schienen haben sich verbogen. Muß einen Wolkenbruch gegeben haben. Aber eine Instandsetzungskolonne ist bereits dabei, den Schaden zu beheben. Wir hoffen, die Reparatur nimmt nicht zu viel Zeit in Anspruch. Allerdings: Einige Stunden wird's schon dauern bis zur Weiterfahrt. Eine Umleitungsstrecke gibt's leider nicht. Der Speisewagen befindet sich im vorderen Teil des Zuges, falls Sie den Wunsch haben, etwas zu essen.«

»Gut, das zu wissen«, erwiderte Sally. »Aber das ist ja furchtbar mit der Strecke!«

»Oh, passiert neuerdings häufiger«, meinte der Schaffner. »Kann mir nicht helfen, aber ich persönlich meine immer, das hängt mit der Atombombe zusammen. Seitdem es die gibt, spielt das Wetter einfach verrückt. Na ja, wie dem auch sei, werden gleich bis zu einem Kleinbahnhof in der Nähe vorziehen. Da können Sie sich was die Füße vertreten und mal 'nen Blick in die Gegend werfen.«

»Danke, daß Sie mir Bescheid gesagt haben«, sagte Sally.

»Wollte nicht, daß Sie sich unnötig Sorgen machen«, erklärte er freundlich. Dann legte er den Finger an die Schirmmütze und schloß die Tür.

Nachdem er gegangen war, öffnete Sally das Fenster. Ja, jetzt sah sie es: Das Land rings herum stand unter Wasser, und an den niedrig gelegenen Stellen hatten sich regelrechte Seen gebildet.

Sally war die schweren Regengüsse aus Wales gewohnt. Es war romantisch anzuschauen, wenn sich die kleinen Rinnsale an den Berghängen plötzlich in wilde Sturzbäche verwandelten. Aber gefährlich war es für die Schafe und Ziegen, die oft genug von der Flut mitgeschwemmt wurden und elend darin ertranken.

Ob die Überschwemmung hier auch viele Tiere das Leben gekostet hat? fragte sich Sally. Sie mochte es nicht, wenn Tiere leiden mußten oder sinnlos umkamen.

Dann dachte sie an den erzwungenen Aufenthalt. Sie würde sehr spät in London eintreffen. Die Chance, daß Lynn sie am Bahnhof abholte, war wohl jetzt gleich null, trotz des Telegramms, das sie, Sally, ihr vor der Abreise geschickt hatte.

Jetzt wünschte sie beinahe, es nicht getan zu haben. Lynn würde vielleicht beunruhigt sein. Aber dann lächelte Sally.

Nein, Lynn war nicht beunruhigt. Es gab nur wenige Dinge, die Lynn beunruhigen konnten. Und wie albern von ihr, anzunehmen, Lynn würde auf dem Bahnsteig stehen! Sie würde Mary schicken. Die reizende Mary Studd, die sich niemals über irgend etwas aufregte und durch nichts aus der Ruhe zu bringen war!

Der Zug kam zum Stehen, und Sally sah, daß es ein kleiner Bahnhof war, auf dem sie hielten.

Es gab dort einige gemütliche Warteräume und das Office des Stationsvorstehers, und entlang des Bahnsteigs hatte eine freundliche Seele herrliche farbenprächtige Blumenbeete angelegt.

Die Fahrgäste stiegen einer nach dem anderen aus und blickten sich neugierig um. Sie schauten an der Lokomotive vorbei nach vorn und diskutierten laut die eingetretene Verzögerung.

»Die beschädigte Brücke ist nur eine halbe Meile von hier entfernt«, hörte Sally jemanden sagen.

Dann öffnete sie die Tür ihres Abteils und verließ den Wagen. Begierig atmete sie die warme, würzige Landluft ein. Was macht schon so ein Aufenthalt, dachte sie, wenn er inmitten dieser wundervollen, ruhigen und friedlichen Landschaft stattfindet.

Ihr Blick wanderte in die Ferne, wo die Berge von Wales sich rötlich gegen einen Himmel abhoben, den die untergehende Sonne mit glühendem Gold überzogen hatte.

Sie wirkten seltsam entrückt und wie verzaubert, und Sally hatte ein Gefühl von Unwirklichkeit. Irgendwie befand sie sich in einem Schwebezustand zwischen gestern und morgen.

Plötzlich spürte sie etwas Kaltes, Feuchtes an ihrem Bein, und als sie an sich hinunterschaute, sah sie, daß es die Nase eines freundlich wedelnden Spaniels war. Sie beugte sich zu dem Hund nieder und streichelte ihn. Es war ein drolliger kleiner Kerl, mit den vertrauensvollen gold-braunen Augen seiner Rasse und dem wehmütigen Ausdruck des Melancholikers, der gar nicht genug Trost und Zuspruch bekommen kann.

»Findest du die Reise auch langweilig?« fragte sie ihn.

Der Spaniel wedelte heftiger, dann ertönte eine Stimme, die ihm zurief:

»Bracken! Komm her, alter Junge!«

Sally blickte auf und sah ein Stück von sich entfernt zwei Männer. Einer davon hielt einen riesigen Apportierhund an der Leine.

Der Spaniel leckte Sally zum Abschied liebevoll die Hand, schenkte ihr noch einen tragischen Blick und wandte sich ab, um dem Befehl seines Herrn zu gehorchen.

Sally schaute ihm nach, und bemerkte, daß der Besitzer mit seinem Hund redete, als er bei ihm angekommen war. Sie konnte nicht hören, was er sagte, aber sie erkannte deutlich sein Gesicht.

Es war schmal und sonnengebräunt und wirkte sehr männlich. Obwohl die edel geschnittenen Züge eine gewisse Härte ausstrahlten, mußte man sie schön nennen. Tiefe Linien verliefen von der Nase zu den Mundwinkeln und verliehen den Lippen einen strengen und zugleich zynischen Ausdruck.

Der Mann wandte sich ab. Sally hatte das Gefühl, ihn schon einmal gesehen zu haben. Wo und bei welcher Gelegenheit hätte sie nicht sagen können. Aber gesehen hatte sie ihn.

Die Männer und ihre Hunde wanderten den Zug entlang und entschwanden dann Sallys Blickfeld, bis sie einige Minuten später auf einer Straße auftauchten, die zu einem kleinen Dorf führte, das halb hinter einer flachen Anhöhe verborgen lag.

Sie verspürte den jähen Wunsch, ebenfalls zu diesem Dorf zu gehen, doch dann dachte sie, daß es etwas seltsam wirken könnte, wenn sie den Männern folgte. Also wanderte sie eine Zeitlang den Bahnsteig auf und ab und kehrte dann in ihr Abteil zurück.

Sie mochte etwa eine halbe Stunde dort gesessen und gedankenverloren aus dem Fenster geschaut haben, als sie die beiden Männer mit den Hunden zurückkommen sah. Schließlich gingen sie ganz dicht an ihrem Fenster vorbei, und Sally konnte einen erneuten Blick auf den Besitzer des Spaniels werfen.

Seltsamerweise hatte sie wiederum das Gefühl, ihn früher schon einmal gesehen zu haben.

Er hatte jetzt den Hut abgenommen, und sein markanter Kopf hob sich deutlich vor dem Himmel ab, dessen glühendes Rot dem durchscheinenden Blau der Dämmerung gewichen war.

Sally glaubte plötzlich, den Mann in der strahlenden Rüstung eines Ritters vor sich zu sehen, ein Schwert an der Seite und auf dem Haupt den mit Federn geschmückten Helm.

»Sieht er nicht tatsächlich so aus?« fragte sie sich halblaut. »Wie ein Ritter aus alten Zeiten?«

Wie unter einem Zwang lehnte sie sich aus dem Fenster und blickte hinter den beiden her. Sie sah, wie sie ihren Wagen erreichten und einer von ihnen einstieg.

Der Besitzer des Spaniels war auf dem Bahnsteig stehen geblieben.

Wieder dachte Sally an Ritterrüstung, Schwert und Helm. Es war nur ein Eindruck. Flüchtig, kaum faßbar und doch vorhanden.

Dann stellte sie fest, daß die beiden ihr Gepäck aus dem Zug holten.

Es waren vier Koffer, einige Overcoats und Regenmäntel und mehrere längliche braune Hüllen, in denen sich offenbar Angelruten befanden. Sie waren also zum Angeln in Wales, dachte Sally und fragte sich, was sie wohl gefangen hatten.

Ein Gepäckträger mit einem Gepäckkarren näherte sich, lud die Koffer auf und legte die Overcoats und das Regenzeug darüber.

»Die Angeln trage ich selbst«, hörte Sally einen der Männer sagen. Dann setzten sie sich in Bewegung. Die beiden Hunde folgten ihnen auf den Fersen.

»Wir sind so bestimmt früher da«, sagte einer der beiden Gentlemen, und der andere erwiderte:

»Das bezweifle ich zwar, aber es ist besser, als hier untätig herumzuhängen.«

Hinter dem Gepäckträger verschwanden sie im Bahnhofsgebäude.

»Sie werden mit dem Auto weiterfahren«, murmelte Sally und empfand plötzlich ein Gefühl der Verlassenheit.

Es wurde langsam dunkel, der Abend senkte sich auf das Land. Sally dachte an die beiden Gentlemen, die jetzt gewiß schon im Auto auf dem Weg nach London waren, während sie selbst in dem haltenden Zug saß und wartete und wartete.

Schließlich kam der Speisewagenkellner und rief zum Essen.

Sally dankte ihm und beschloß, etwas gegen ihren knurrenden Magen zu tun. Das Essen war einfach, aber wohlschmeckend.

Sally hielt sich nicht länger als nötig im Speisewagen auf. Nachdem sie gezahlt hatte, kehrte sie in ihr Abteil zurück und nahm wieder auf ihrem Sitz Platz. Sie starrte hinaus in die Dunkelheit.

Von den Bergen war nichts mehr zu sehen, und vor dem Stationsgebäude brannten mehrere Lampen. Sallys Gedanken wanderten nach Mythrodd.

Schließlich hörte sie den Stationsvorsteher draußen auf dem Bahnsteig. Er kündigte die Weiterfahrt an und forderte die Fahrgäste auf, ihre Plätze einzunehmen.

»Ist alles wieder in Ordnung?« fragte eine Frauenstimme.

»Ich hoffe es, Ma'am!«

»Das tue ich auch!« gab die Frau bissig zurück und stieg in einen Erster-Klasse-Wagen.

Ein Ruck ging durch den Zug, und er setzte sich langsam in Bewegung.

Als sie über die Brücke fuhren, standen die Männer der Instandsetzungskolonne neben den Schienen und blickten zu den Abteilfenstern empor. Im Licht mehrerer Scheinwerfer erkannte Sally die von Schweiß glänzenden Gesichter. Beifallrufe klangen in den Wagen auf, und die Arbeiter winkten zurück. Sie wirkten erschöpft, gleichzeitig aber sah man ihrer Haltung an, wie stolz sie auf ihre Leistung waren, die sie in einer wahren Rekordzeit vollbracht hatten.

Sobald der Zug die Brücke hinter sich gelassen hatte, beschleunigte er seine Fahrt, und bald brausten sie mit der gewohnten Geschwindigkeit durch die Nacht.

Sally blickte auf ihre Uhr und sah, daß es inzwischen elf geworden war. Nachdem sie beim nächsten Halt festgestellt hatte, wo sie sich befanden, konnte sie sich ausrechnen, daß sie vor vier Uhr morgens nicht in London sein würden.

Sie beschloß, es sich ein wenig bequem zu machen, legte

die Füße auf den gegenüberliegenden Sitz und deckte den Mantel über sich.

Obwohl sie nicht damit rechnete, Schlaf zu finden, war sie plötzlich eingenickt und wachte erst wieder auf, als ihr Freund, der Schaffner, die Abteiltür öffnete und sagte:

»In fünf Minuten sind wir da, Miß.«

»In fünf Minuten«, rief sie aus. »Das ist ja wunderbar. Wie spät ist es denn?«

»Siebzehn Minuten nach vier, Miß. Es sieht so aus, als hätten sie eine angenehme Nacht verbracht.«

»Ja, das habe ich«, antwortete Sally.

Sie erhob sich ein wenig steif, zog den zerknitterten Rock über die Knie und betrachtete sich im Spiegel.

Ihr Haar war ein wenig in Unordnung geraten. Unwillkürlich kämmte sie es in der gewohnten Art streng aus der Stirn. Dann fiel ihr ein, daß es niemanden mehr gab, der dies von ihr verlangte, und sie ließ es frei auf die Schultern fallen.

Dann holte sie ihre Reisetasche aus dem Gepäcknetz, legte den Mantel über den Arm und nahm den Hut in die Hand.

Halb fünf Uhr morgens! Welch eine Zeit, um in London einzutreffen! Würde jemand sie erwarten?

Im Osten graute der Tag. Am Himmel verblaßten die letzten Sterne. Dann schien die Dunkelheit sie aufs neue einzuhüllen, als der Zug in die Bahnhofshalle einfuhr. Nur wenige Träger waren zu sehen. Sally nahm ihren Koffer und stieg aus.

Menschen mit verschlafenen Gesichtern und ungeordneten Haaren drängten sich mißgelaunt und gereizt vor der Tür des Packwagens und warteten auf ihre Koffer. Draußen vor dem Bahnhofsgebäude fuhr das letzte Taxi Sally direkt vor der Nase weg, und so beschloß sie, die Reisetasche zunächst einmal aufzugeben und sie später abzuholen.

Sie ging zur Gepäckaufbewahrung. Ein schläfriger Angestellter gab ihr den Aufbewahrungsschein, und sie kehrte in die Bahnhofshalle zurück.

Soeben fuhr ein anderer Zug ein. Es war ein Güterzug,

aus dem unzählige Kisten mit Obst und Gemüse ausgeladen wurden. Lastwagen übernahmen die Ladung. Einer davon trug die Aufschrift: *Gregor & Sons, Covent Garden.*

Sally beschloß, da sie so früh doch nichts unternehmen konnte, den einzigen Freund aufzusuchen, den sie in London hatte. Tollkühn steuerte sie auf den erstbesten Lastwagen zu und fragte den Fahrer:

»Entschuldigung, fahren Sie zum Covent Garden?«

»Sobald ich geladen habe.«

»Würde es Ihnen – etwas ausmachen, mich mitzunehmen?« fragte Sally zögernd. »Ich bin gerade mit dem Zug angekommen, und so viele Taxis scheinen um diese Zeit noch nicht zu fahren. Ich möchte jemanden besuchen, der dort arbeitet.«

»Well, ist zwar gegen die Vorschriften, aber ich nehme an, so früh am Morgen interessiert das noch keinen. Steigen Sie ein!«

Sally kletterte dankbar auf den Beifahrersitz. Wenige Augenblicke später kam einer der Männer, die den Wagen beladen hatten, und rief:

»Kannst fahren, Best!« Dann bemerkte er Sally, grinste und fragte: »Wo hast du die denn aufgegabelt?«

»Umgekehrt war's«, erwiderte der Fahrer lachend. »Komm, steig ein, damit wir wegkommen!«

Zügig ging es durch die leeren Straßen.

»Es ist nett von Ihnen, mich mitzunehmen«, sagte Sally. »War eigentlich nicht vorgesehen, daß ich zu dieser Zeit in London eintraf. Deshalb fürchte ich, meine Freunde erwarten mich um diese Stunde noch nicht.«

»Kein Mensch kriecht so früh schon aus den Federn, wenn er nicht muß. Aber zu dieser Jahreszeit gehts ja noch. Was denken Sie, wie ungemütlich das erst mal im Winter ist.«

Er blickte Sally neugierig von der Seite an. Er schien sie nicht einordnen zu können.

»Wer ist denn Ihr Freund im Garden?« fragte er dann.

»Ein Junge. Tommy Mathews mit Namen.«

»Weiß er, daß Sie kommen?«

Sally schüttelte den Kopf.

»Nein, er wird überrascht sein, mich zu sehen. Aber ich habe ihm Grüße von seiner Mutter zu bestellen.«

»Haben Sie 'ne Ahnung, für wen er arbeitet?«

»Ja, ich glaube, der Name ist Frazer.«

»Ach, der alte Joe. Wo das ist, kann ich Ihnen zeigen. Nicht weit von der Stelle, wo wir abladen.«

Es dauerte nicht mehr lange, bis sie auf dem Covent Garden ankamen.

Überall wurden Obst- und Gemüsekisten abgeladen und für die Käufer auf langen Tischen zurechtgestellt. Überall herrschte hektische Geschäftigkeit. Lärm und Pfiffe erfüllten die Luft, die Männer winkten einander zu, lachten und schrien sich irgendwelche Kommandos zu. Sally taten die Ohren weh von dem Höllenlärm, und sie hatte den Eindruck, daß niemand sein eigenes Wort verstand.

»So, da wären wir«, rief der Fahrer und hielt vor einem großen Obst- und Gemüsestand. »Ihren Freund finden Sie, wenn Sie hier lang gehen und an der nächsten Ecke links abbiegen. Können Sie gar nicht verfehlen. Also links um die Ecke, und dann, glaube ich, ist es der zweite Stand.«

»Danke«, sagte Sally. »Vielen, vielen Dank!«

Sie hielt es für angebrachter, ihm kein Trinkgeld zu geben. Statt dessen streckte sie ihm die Hand hin, und er schüttelte sie freundlich.

»War mir ein Vergnügen«, sagte der Fahrer. »Und viel Glück hier.«

»Gleichfalls!« Sally lächelte, stieg aus und begab sich auf die Suche nach Tommy Mathews.

Tommy war vor vier Jahren auf die Farm gekommen, nachdem er bei einem V1-Angriff das Bein gebrochen hatte. Tommy hatte jeden Augenblick seines Aufenthalts auf der Farm genossen, und vor zwei Monaten kam ein Brief von ihm aus London, in dem er Tante Amy bat, seine Mutter auf der Farm aufzunehmen, die eine schwierige Blinddarmoperation hinter sich hatte und unbedingt Erholung brauchte.

Tante Amy hatte zugestimmt, und Mrs. Mathews erwies sich als genauso nett und sympathisch wie ihr Sohn.

Sally befürchtete, Tommy nicht mehr wiederzuerkennen, doch er hatte sich kaum verändert, war nur ein wenig größer und erwachsener geworden. Aus seinen blauen Augen leuchtete der Schalk, und seine Nase war noch dichter mit Sommersprossen besät als vor vier Jahren.

In seine Arbeit vertieft, bemerkte er Sally erst, als sie neben ihm stand und sagte:

»Hallo, Tommy!«

Er blickte auf und stieß einen überraschten Ruf aus.

»Miß Sally, da legst dich nieder! Wie kommen Sie denn her?« Er strahlte übers ganze Gesicht. »Also, Sie hätte ich hier wirklich nicht erwartet.«

»War auch nicht vorgesehen«, sagte Sally. »Trotzdem ist es schön, dich zu sehen, Tommy. Und wie prächtig du ausschaust!«

»Mir geht's auch prächtig, Miß. Hab' mich nie im Leben besser gefühlt. Und was macht Mutter?«

»Sie erholt sich blendend. Ich soll dir ausrichten, daß sie in vierzehn Tagen wieder zu Hause sein wird. Aber du sollst ihr deine neue Adresse mitteilen. Sie erzählte, du hättest in deinem Brief davon gesprochen, deine Unterkunft gefalle dir nicht und du würdest dir ein neues Zimmer suchen.«

»Ja, ich bin umgezogen«, erklärte Tommy. »Allerdings erst vor zwei Tagen. Ich werde Mutter heute abend noch schreiben, ich verspreche es Ihnen, Miß.«

»Du weißt, daß sie sich deinetwegen Sorgen macht.«

»Ja, das weiß ich, aber ich kann schon auf mich aufpassen, Miß.«

»Und deine Mutter auch, soviel ich gehört habe.«

»Das ist richtig. Aber was tun Sie in London, Miß Sally?«

»Meine Tante, Miß St. Vincent, ist gestorben, Tom.«

»Oh, das tut mir leid, Miß. Es muß ein Schock für Sie gewesen sein.«

»Ja, Tommy, das war es.«

»Und was geschieht nun mit der Farm, Miß?«

»Oh, da geht alles seinen gewohnten Gang, und deine Mutter wird so lange dort bleiben, bis sie wieder ganz in Ordnung ist. Aber ich glaube, sie hat Sehnsucht nach dir.«

»Ich nehme an, Sie möchte wissen, wo ich untergekommen bin«, sagte Tommy. »Würde mich am liebsten nicht mehr aus den Augen lassen, seit das mit der Vl passiert ist.«

»Du fehlst ihr sehr«, erwiderte Sally leise. Plötzlich verspürte sie so etwas wie Neid auf Tommy mit seinem zufriedenen Lächeln und seinem kurzgeschnittenen roten Haarschopf.

»Ich werde auch ganz glücklich sein, wenn ich sie bald wiedersehe. Wenn Sie schreiben, Miß, erklären Sie Mum, daß sie sich meinetwegen keine grauen Haare wachsen läßt. Mir geht's bestens, Miß, wirklich bestens, weil... meine Tante hat mich aufgenommen.«

»Oh, das freut mich.«

»Lief ihr ganz zufällig über'n Weg. Mum hat sie 'ne Ewigkeit nicht mehr gesehen. Im Krieg verloren sie sich aus den Augen. Aber sie ist so was von freundlich zu mir! Mum könnte auch nicht netter zu mir sein. Sagen Sie ihr das, wenn Sie ihr schreiben, und sie soll sich nur keine Sorgen machen.«

»Ja, Tommy, mache ich. Aber meinst du nicht, es wäre besser, mir deine Anschrift zu geben, für den Fall, daß du doch vergißt, ihr zu schreiben?«

»Sie trauen mir wohl nicht, Miß. Na schön, für alle Fälle dann. Und wenn Mum es zweimal hört, wird sie eher glauben, daß alles okay ist.« Er steckte die Hand in die Tasche. »Hier ist ein Bleistift, Miß.«

»Oh, danke. Und wie lautet die Anschrift?«

»Bei Mrs. Bird, 263 Hill Street, London W.J.«, antwortete Tommy. »Stinkvornehme Gegend, wie? Und sagen Sie Mum auch, daß es ihre Schwester Ellen ist.«

»Ellen Bird!« wiederholte Sally und starrte Tommy fassungslos an. »Das kann nicht sein... es kann den Namen doch nicht zweimal geben«, sagte sie stockend. »War deine Tante jemals Kinderschwester?«

»Ich glaube ja, Miß. Vor ihrer Heirat, soviel ich weiß. Komisch, als ich ihr erzählte, wo Mum ist, sagte sie, sie habe mal einige St. Vincents gekannt. Hat bei ihnen gearbeitet. Nur war das unten in Devonshire.«

»Aber dann ist sie ja Nanny – meine Nanny Bird. O Tommy, welch ein Zufall! Ich muß sie sehen. Wirst du ihr sagen, daß ich in London bin? Sie war mein Kindermädchen, sorgte jahrelang für mich – praktisch bis zu ihrer Heirat.«

»Well, Miß, das ist'n Ding! Ist die Welt nicht klein?«

»Oh, ist das eine Freude. Wie froh bin ich, meine alte Nanny wiederzusehen! Ist sie zu Hause, oder arbeitet sie noch?«

»Sie ist zu Hause. Jedenfalls zu dieser Zeit. Sie und ihr Mann haben eine Stelle als Hausmeisterehepaar. Sie wird sicher ebenfalls froh sein, wenn sie Sie wiedersieht. Warum schauen sie nicht gleich mal bei ihr rein! Wär' doch die beste Gelegenheit für ein ordentliches Frühstück.«

»Aber es ist doch noch viel zu früh«, unterbrach Sally ihn.

»Aber nein, Miß. Sie hat mir doch auch schon das Frühstück gemacht – und das war um vier. Jeden Morgen macht sie das, und wie sie mir sagt, legt sie sich danach nicht noch mal hin. Also, Sie gehen jetzt auf der Stelle zu ihr, Miß Sally. Sagen Sie Tante Ellen, ich hätte Sie geschickt.«

»Danke, das werde ich tun!«

»War schön, Sie wiederzusehen, Miß, aber jetzt muß ich wieder was tun, sonst steigt mir der Chef aufs Dach.«

»Good-bye dann, Tommy, und vielen Dank auch. Ich glaube, ich befolge wirklich deinen Rat und gehe jetzt gleich zu Nanny Bird.«

»Das beste, was Sie machen können, Miß!«

Tommy gab Sally die Hand und fügte hinzu:

»Falls Sie ein Taxi nehmen wollen, Miß Sally, würde ich Richtung Themse runtergehn. In der Nähe vom Charing Cross haben Sie immer die Chance, eins zu erwischen.«

Er deutete mit der Hand in eine bestimmte Richtung. Sally ging die Straße hinunter, und es dauerte nicht lange, bis sie ein leeres Taxi vom Bahnhof her auf sich zukommen sah. Sie winkte dem Fahrer und stieg ein.

Es war erst Viertel nach fünf – für viele Menschen kurz nach Mitternacht. Sally hielt es für eine glänzende Idee, die Zeit bis zu dem Augenblick, da sie es wagen konnte, an Lynns Tür zu läuten, mit Nanny Bird beim Frühstück zu verbringen.

Es war nicht weit bis zur Hill Street, die leer und wie ausgestorben schien. An den Fenstern waren noch die Rolläden heruntergelassen oder die Läden geschlossen.

Sally zahlte und bedankte sich mit leiser Stimme bei dem Fahrer. Irgendwie hatte sie ein Schuldgefühl, weil sie es wagte, die morgendliche Stille in dieser Straße zu stören.

Erleichtert dachte sie, daß der Berkeley Square ganz in der Nähe lag und sie Lynns Haus von hier aus in wenigen Minuten erreichen konnte. Sie blickte an dem Haus hoch, vor dem sie soeben angekommen war.

Es war ein eindrucksvolles rotes Backsteingebäude mit breiten weißen Marmorstufen. Sally wollte schon den Fuß auf die Treppe setzen, als ihr einfiel, daß Tommy etwas von einer Hausmeisterstellung sagte, die Nanny mit ihrem Mann innehatte. Also wandte sie sich zu dem Eisentor, das ins Souterrain hinunterführte. Sie öffnete es und stieg vorsichtig die Eisentreppe hinunter.

An der Tür befand sich eine elektrische Klingel. Sally erschrak von dem Schrillen, das ertönte, als sie den Knopf drückte. Sekundenlang geschah nichts, dann hörte sie Schritte, die sich der Tür näherten.

Langsam öffnete sich die Tür, und vor Sally stand eine

kleine rundliche Frau mit grauen Haaren. Sie und Sally starrten einander schweigend an. Sally sprach als erste.

»Nanny, erinnerst du dich nicht mehr an mich?«

Mrs. Bird stieß einen Schrei aus.

»Wenn das nicht Miß Sally ist! O meine Liebe, das ist eine Überraschung! Ich dachte, ich traue meinen Augen nicht. ›Das ist mein Baby‹, sagte eine Stimme in mir, aber ich wollte es nicht glauben. ›Einbildung! Du siehst schon Gespenster!‹ sagte ich mir. Aber nein, Sie sind es wirklich! Kommen Sie doch herein, Deary! Was, um alles in der Welt, machen Sie hier? Gütiger Himmel, Sie sind wirklich die letzte, die ich heute Morgen erwartet hätte!«

Immer noch redend zog sie Sally ins Haus, schloß hinter ihr die Tür und führte sie durch einen fliesenbedeckten Flur in ein ziemlich dunkles Wohnzimmer, in dem sich, wie Sally feststellte, viele von Nannys persönlichen Dingen befanden.

Auf dem Sofa lagen die beiden mit Glasperlen bestickten Kissen, die Nanny schon immer für ihren kostbarsten Besitz gehalten hatte. Da war das kleine, mit Seemuscheln geschmückte Samtkästchen, das die Aufschrift »Gruß aus Brighton« trug und mit dem Sally als Kind zu ganz besonderen Anlässen spielen durfte.

Auf dem Kaminsims stand eine Fotografie, die sie selbst als Baby zeigte. Und neben dem Lehnsessel erkannte Sally das Handarbeitskörbchen, das Nanny stets neben sich stehen hatte, solange Sally sich zurückerinnern konnte.

Impulsiv schlang Sally die Arme um die Ältere, gab ihr einen herzhaften Kuß und drückte sie an sich.

»O Nanny, wie schön, dich wiederzusehen!«

Nanny wischte sich die Augen.

»Da haben Sie es, Kind. Ich bin so aus dem Häuschen über unser Wiedersehen, daß es mir regelrecht die Sprache verschlagen hat. Wie sehr Sie gewachsen sind, und was für ein hübsches Mädchen aus Ihnen geworden ist. Aber zuerst müssen Sie mir sagen, was Sie zu mir führt und wie Sie mich überhaupt gefunden haben!«

»Das ist eine lange Geschichte!« erwiderte Sally.

Dann begann sie zu erzählen. Von Tante Amys Tod, von der Fahrt nach London, von der Unterbrechung wegen einer vom Hochwasser beschädigten Eisenbahnbrücke. Sie berichtete, wie sie nach Covent Garden gegangen war, um Tommy die Grüße seiner Mutter auszurichten, und wie sie dann erfahren hatte, wo und bei wem er wohnte.

»Well, wenn das nicht alle Rekorde schlägt!« rief Nanny. »Ich sage immer, man glaubt nicht, wie klein die Welt ist!«

»Das meinte Tommy auch.«

»Und welch ein Zufall, daß meine Schwester ausgerechnet bei Ihnen und Ihrer Tante Amy untergekommen ist. Hätte mir doch niemals träumen lassen, daß es Sie mal nach Wales verschlagen würde!«

»Wir zogen Anfang des Krieges, neunzehnhundertvierzig, dorthin. Nach dem Tod meines Vaters. Du weißt doch, daß er gestorben ist?«

»Ja, der arme Gentleman. Ich wollte Ihnen schreiben, aber ich hatte damals selbst eine Menge Sorgen. Wir verloren unser kleines Haus in Stepney bei einem Bombenangriff und zogen zu meiner Schwägerin nach Yorkshire. Aber ich kam mit ihr nicht zurecht, und außerdem fand mein Mann da oben im Norden keine Arbeit. Also sind wir wieder zurück nach London. Wir wurden dann ein zweites Mal ausgebombt. Allerdings kamen wir etwas glimpflicher davon. Die Bombe rasierte uns das Dach ab, und wir gingen dann nach Surrey. Zum Glück nur für kurze Zeit, denn wir bewohnten dort ein Haus mit mehreren anderen Familien, mit denen nur schwer auszukommen war. Direkt nach Kriegsende sind wir dann wieder zurückgekommen.«

Nanny holte tief Luft und fuhr dann hastig fort:

»Wir nahmen mehrere Hausmeister-Jobs an – die einzige Möglichkeit für unsereins, ein Haus zu haben –, und erst kürzlich kamen wir dann hierher in die Hill Street. Hier fühlen wir uns ganz wohl. Ich hab' Ihnen mal 'ne Karte zu Weihnachten geschrieben, aber nie 'ne Antwort darauf bekommen.«

»Ich nehme an, sie ist bei der Post verlorengegangen«, sagte Sally. »Ich hätte dir auch längst einmal schreiben sollen, Nanny, aber irgendwie fand ich auf der Farm nie die Zeit dazu. Tommy wird dir ja erzählt haben, wie es bei uns zugeht, nicht wahr?«

»Ja, Liebes. Muß ja ein wundervoller Platz sein. Unvorstellbar, daß ausgerechnet Miß Amy auf die Idee kam, den Leuten auf diese Weise zu helfen. Ich wünschte, ich hätte früher davon gehört. Eine Woche oder zwei in einem Erholungsheim hätte ich auch gebrauchen können!«

»Oh, ich wünschte, du wärest zu uns gekommen, Nanny, das wäre herrlich gewesen. Doch ich werde nie mehr dorthin zurückgehen, jetzt, wo Tante Amy tot ist.«

»Das kann ich verstehen, Liebes. Sie wird Ihnen sicher fehlen, kann ich mir denken. Schließlich ist Blut dicker als Wasser.«

Bei Nannys liebevollen Worten füllten sich Sallys Augen mit Tränen.

Sie hatte so vieles durchmachen müssen, daß die unerwartete Freundlichkeit mehr war, als sie ertragen konnte. Sofort verwandelte sich Nannys Verhalten von Mitleid in Strenge.

»So, nun setzen Sie sich mal, Liebes. Sie werden müde sein, und unaufmerksam, wie ich bin, lasse ich Sie reden, ohne Ihnen zur Begrüßung auch nur eine Tasse Tee vorzusetzen. Ich hoffe, Sie können einen vertragen – zusammen mit 'nem ordentlichen Stück Räucherschinken.«

»Oh, aber ist es nicht noch zu früh...« begann Sally, wurde jedoch von Nanny unterbrochen.

»Zu früh? Das ist wohl 'n Witz! Bin bereits mit meinem Tommy seit vier auf den Beinen. Es sind also wirklich keine Umstände für mich. War nie 'ne große Schläferin, wie Sie wohl noch wissen. Irgendwie hat man mit einem Ohr immer auf das Kindergeschrei geachtet. Nicht, daß Tommy – so jung, wie er ist – davon begeistert wäre, wenn ich ihn mit einem Kind vergleiche. Hält sich ja schon für ein gestandenes Mannsbild, der Bengel!«

Sally lachte, obwohl ihr Lachen noch ein wenig bedrückt klang. Nanny wandte sich ab und strebte zur Tür, doch Sally sprang von ihrem Sessel auf und folgte ihr.

»Ich komme mit in die Küche, Nanny. Ich bin es gewohnt, in der Küche zu essen. Irgendwie ist es gemütlicher.«

»Well, dann kommen Sie mit, Deary!«

Unentwegt redend brühte Nanny den Tee auf und schmierte eine Scheibe Brot, die sie dick mit Schinken belegte.

»So, und nun lassen Sie es sich gut schmecken!« sagte sie.

Sally kannte diese Worte seit vielen Jahren, und sie fragte sich, ob sie darauf antworten sollte, wie sie es als Kind getan hatte.

Aber Nanny sprach schon weiter.

»Und bei wem werden Sie bleiben in London?« fragte sie neugierig.

»Bei – einigen Freunden, Nanny.«

»Und wo wohnen sie?«

»Auf dem Berkeley Square«, antwortete Sally.

»Das ist ja wunderbar!« Nannys Stimme klang zufrieden. »Dann sind Sie ja gleich um die Ecke, und wenn Sie mal nicht wissen, was Sie tun sollen, kommen Sie rasch auf 'nen Sprung vorbei. Und was werden Sie anfangen? Werden Sie sich einen Job suchen?«

»Ich weiß es nicht«, antwortete Sally. »Ich weiß es nicht, Nanny. Alles kam so plötzlich – Tante Amys Tod – die Reise nach London...«

»Nun regen Sie sich mal nicht auf, und wenn Sie mich brauchen, ich bin immer für Sie da, Deary.«

»O Nanny, es ist so lieb von dir, das zu sagen!«

»Sie sehen ein wenig mitgenommen aus«, sagte Nanny

kritisch, »aber ich denke, das kommt von dem, was Sie in der letzten Woche durchgemacht haben.«

Sally lächelte.

»Du möchtest mich am liebsten gleich wieder aufpäppeln, nicht wahr? Ich erinnere mich noch gut daran, welche Freude es dir machte, mich zu mästen, wenn ich krank gewesen war.«

»Unsinn, jetzt übertreiben Sie aber!« wehrte Nanny ab, aber Sally konnte ihr ansehen, daß sie über diese Bemerkung nicht gekränkt war.

»Erzähl mir von dir«, sagte Sally. »Du bist gern hier, nicht wahr?«

»Ja«, erwiderte Nanny. »Wir fühlen uns recht wohl hier unten. Die Leute, denen das Haus gehört, haben vor einigen Jahren drei Wohnungen daraus gemacht und sie an sehr angenehme Mieter abgegeben. Das sind einmal zwei Gentlemen, zwei Brüder. Der eine wohnt im Erdgeschoß, der andere unterm Dach. Außer ihnen gibt es noch ein Ehepaar, das den ersten und zweiten Stock bewohnt. Eine herrliche Maisonettenwohnung haben die beiden sich eingerichtet. Der Mann ist... oh, ich weiß die genaue Bezeichnung nicht mehr. Muß jedenfalls ein ziemlich hohes Tier bei der italienischen Botschaft sein. Aber sie sind im Augenblick in Italien und kommen erst in drei Monaten zurück.«

Nanny unterbrach ihren Redeschwall, um Atem zu schöpfen, dann fuhr sie fort:

»Momentan hab' ich mich also nur um die beiden Gentlemen zu kümmern. Wenn sie da sind, versorge ich ihre Wohnung und mache ihnen das Frühstück. Die anderen Mahlzeiten nehmen sie draußen ein.«

»Das klingt ja wundervoll, und so wie ich dich kenne, bemutterst du sie alle, wie du mich früher bemuttert hast.«

Nanny zwinkerte mit den Augen.

»Manchmal brauchen sie das«, sagte Nanny ernst. »Dabei ist der Ältere der beiden Brüder ein Gentleman vom Scheitel bis zur Sohle, würde ich sagen. Anders der Jüngere – ein richtiger Schwerenöter, wenn Sie mich fragen. Aber sympathisch. Man muß ihn einfach gernhaben. Und er versteht es immer, seinen Willen durchzusetzen.«

In diesem Moment ging die Tür auf. Ein Mann, nur mit Hemd und Hose bekleidet, betrat die Küche.

Nanny ging auf ihn zu und sagte:

»Ah, da bist du ja, Fred. Wurde auch Zeit für dich! Wir haben Besuch. Miß Sally St. Vincent, deren Kindermädchen ich früher war. Ich hab' dir oft genug von ihr erzählt, und drüben auf dem Kamin steht ein Foto von ihr. Schau es dir an, wenn du mir nicht glauben willst.«

»Hallo«, sagte Sally, stand auf und reichte ihm die Hand. »Ich hoffe, es stört Sie nicht, daß ich Nanny schon so früh am Tag einen Besuch abstatte.«

»Durchaus nicht, Miß«, murmelte Mr. Bird heiser. »Bin sicher, daß sie sich riesig gefreut hat.«

Sally merkte, daß er sich unbehaglich fühlte. Er griff sich mit der Hand an den Hals, als wäre er sich seines kragenlosen Zustandes peinlich bewußt. Verlegen zog er sich die Hosen hoch und blickte hilfesuchend seine Frau an.

»Ich glaube, ich mache mich jetzt auf den Weg«, sagte Sally. »Sobald ich mich etwas eingewöhnt habe, siehst du mich wieder, Nanny, das verspreche ich dir.«

Nanny machte keinen Versuch, sie aufzuhalten. Auch sie hatte bemerkt, daß der frühe Besuch ihrem Mann unangenehm war.

»Well, auf Wiedersehen dann, Nanny«, sagte Sally und ging zur Tür.

»Nein, Augenblick«, rief Nanny. »Hier entlang!«

»Bin ich nicht durch diese Tür gekommen?«

»Das schon«, erwiderte Mrs. Bird. »Aber hinaus gehen Sie durch die richtige Haustür. Wo gibt's denn das, daß eine St. Vincent die Kellertür benutzt!«

»Mein Gott, Nanny, wir leben nicht mehr vor dem Krieg.«

»Ich wohl«, sagte Nanny bestimmt und öffnete eine

andere Tür. »Hier die Stufen hinauf. Sie führen direkt ins Treppenhaus. Ich bleibe gleich hier, wenn's Ihnen nichts ausmacht. Sie können den Ausgang nicht verfehlen. Mister Bird wartet auf sein Frühstück.«

»Aber natürlich, Nanny. Good-bye, Liebste. Und vielen, vielen Dank für die freundliche Bewirtung.«

Sally winkte und lief die Stufen hinauf. Sie kam durch einen schmalen Gang und stand in einem prächtigen Treppenhaus. Ihr Blick fiel auf eine kunstvoll geschnitzte Tür mit einem silbernen Türklopfer. Offenbar der Eingang zu der Wohnung im Erdgeschoß.

Sally wandte sich zur Haustür, durch deren geschliffene Glasscheiben die frühe Mogensonne schien. Sie drückte die Klinke nach unten und sah, daß jemand das Haus betreten wollte.

Sally zog die Tür auf und stand einem Gentleman gegenüber, der einen Schlüssel in der Rechten hielt und im Begriff war, die Haustür aufzuschließen.

Hinter ihm holte ein Chauffeur gerade einen Koffer aus einem Auto, und neben ihm stand, mit freudig wedelndem Schwanz und treuherzig erhobenem Blick, ein goldbrauner Spaniel.

Unwillkürlich stieß Sally ein überraschtes »Oh« aus, als sie den Mann erkannte, den sie auf dem Bahnhof vor der Brücke gesehen hatte.

Ja, es war der Gentleman mit dem Spaniel. Er machte einen Schritt zur Seite, um sie vorbeizulassen. Sally blickte zu ihm auf, als sie die Stufen hinunterging, und da sie ganz sicher war, daß er es war, lächelte sie ihn an. Aber er reagierte nicht.

Kalt, fast verächtlich, wie ihr schien, sah er auf sie nieder. Das Lächeln erstarb auf ihren Lippen, und sie senkte verlegen den Blick.

Mit einem kaum merklichen Schulterzucken wandte er sich ab und betrat die Halle.

Sally ging die Hill Street hinunter Richtung Berkeley

Square. Die Sonne schien – die blaßgoldene Sonne des frühen Morgens. Doch Sally hatte plötzlich das Gefühl von Kälte und tiefster Einsamkeit.

Würde Lynn sich freuen, wenn sie plötzlich vor der Tür stand?

Sie hatte Angst …

II

Lynn betrachtete ihr Abbild in dem goldgerahmten Spiegel. Sie war sehr schön.

Das zarte ovale Gesicht war wundervoll in seinen Konturen, die graugrünen Augen leuchteten geheimnisvoll, und der Schwung ihrer roten Lippen war eine einzige Einladung. Sie verengte die Augen zu einem schmalen Spalt und erinnerte sich daran, daß ein Kritiker von ihr geschrieben hatte, sie sehe aus wie das personifizierte Verlangen, wenn sie so blickte wie jetzt.

»Achtunddreißig im nächsten Monat«, sagte sie laut, »und ich wette, daß niemand außer dir es auch nur vermutet.«

»Natürlich nicht«, antwortete die Angeredete ruhig, mit einer Spur Amüsiertheit in der Stimme. »Ich begreife nicht, weshalb du nicht damit aufhörst, dich selbst immer wieder daran zu erinnern, Lynn. Ist doch gar nicht gut für deine Haut. Es macht Falten, wenn eine Frau ständig irgendwelchen Problemen nachgrübelt.«

Lynn Lystell wandte dem Spiegel den Rücken und drehte sich zu ihrer Sekretärin um.

»Ich weiß nicht, was schädlicher für mich ist, das Grübeln oder deine Ratschläge, mich davor zu hüten.«

Mary Studd lachte. Sie war eine hübsche Frau, ohne den Anspruch erheben zu können, eine Schönheit zu sein. Sie besaß einen ganz eigenen Charme und war fast unwiderstehlich, wenn sie lächelte.

»Du siehst keinen Tag älter aus als zwanzig, Lynn, Liebes«, sagte sie. »Das möchtest du doch von mir hören, nicht wahr? Und obwohl dies nicht ganz der Wahrheit entspricht, werde ich dir etwas sagen, was hundertprozentig zutrifft. Du bist heute viel, viel attraktiver als jemals zuvor in deiner

Karriere. Hast du verstanden? Was ich dir da gesagt habe, ist wirklich die Wahrheit – also solltest du mir einmal sehr aufmerksam zuhören!«

»Zuhören, zuhören! Das tue ich ja. Es ist doch genau das, was ich hören wollte. Sprich ruhig weiter, Mary.«

Mary klappte ihre Stenokladde mit einem leichten Knall zu.

»Mehr ist dazu nicht zu sagen«, erwiderte sie. »Außerdem hast du das schon von unzähligen Leuten gehört. Du bist eine schöne Frau, Lynn, und wenn ich du wäre, würde ich mein Alter vergessen!«

»Wie kann ich das, wenn du ständig in meiner Nähe bist?« fragte Lynn aufsässig.

»Well, ich bin zwei Jahre älter als du«, erwiderte Mary. »Und so habe ich auch immer ausgesehen. Weißt du noch, wie wir uns das erste Mal begegnet sind und ich dich für siebzehn hielt?«

»Erinnere mich nur nicht an diese fürchterliche Vorsprechprobe«, bat Lynn. »Mein Gott, hatte ich eine Angst!«

»Aber du sahst wundervoll aus«, erinnerte sich Mary. »Und von Jahr zu Jahr bist du attraktiver geworden. Wenn du mich fragst, ich würde dich nie gegen die fünfundzwanzigjährige Lynn von damals austauschen wollen. Und dieser Meinung sind auch – deine Fans!«

Sie sprach die beiden letzten Worte in einem leicht spöttischen Ton, der Lynn allerdings zu entgehen schien.

»Meine Fans«, wiederholte Lynn völlig ernst. »Sie ängstigen mich, Mary. Zum erstenmal in meinem Leben.«

»Unsinn!« sagte Mary schroff.

»Nein, es ist kein Unsinn«, widersprach Lynn. »Sie könnten nicht damit einverstanden sein, daß ich einen Südamerikaner heirate.«

»Well ...« Mary verstummte und zuckte fast unmerklich die Schultern. Dann fuhr sie fort: »Wenn ich ehrlich bin, habe ich mir diese Frage auch schon gestellt. Aber Erico da Silva ist ein ganz besonderer Südamerikaner. Du kannst sogar sagen, er ist eine internationale Persönlichkeit. Außerdem ist er eine ungewöhnlich glanzvolle Erscheinung mit seinen Rennpferden, seinem Privatjet, dem Erfolg seiner Polomannschaft. All diese Dinge haben ihm in England zu einer Popularität verholfen, die es deinen Bewunderern leichter machen wird, ihn als deinen Ehemann zu akzeptieren.«

»Ich hoffe es«, sagte Lynn. »Aber ich habe in der letzten Zeit eine solche Publicity als Englands berühmteste Schauspielerin erlangt, daß ich fast das Gefühl habe, der Union Jack wäre auf meiner Stirn eingebrannt.«

»Wir sind alle sehr stolz auf dich!«

Wieder klang leichter Spott in Marys Worten mit.

»Oh, reden wir nicht mehr davon!« rief Lynn. »Die Sache ist entschieden. In zwei Tagen geht die Anzeige heraus, und der Himmel mag mich davor bewahren, daß einer dieser neugierigen Reporter mein wirkliches Alter herausfindet.«

»Das halte ich für sehr unwahrscheinlich«, meinte Mary. »Es ist uns doch all die Jahre gelungen, es geheimzuhalten. Die letzte Vermutung, die von der Presse angestellt wurde, ging dahin... laß mich suchen! Ich muß die Meldung irgendwo hingelegt haben.«

»Zweiunddreißig«, stieß Lynn mit gepreßter Stimme hervor. »Und das ist – wie du dich erinnern wirst – haargenau Ericos Alter.«

»Paßt doch ausgezeichnet!«

»Ausgezeichnet«, erwiderte Lynn resigniert.

Es gab keinen Zweifel, daß sie immer noch bedrückt war, als sie sich vom Ankleidetisch erhob und über den blaßblauen Teppich zum Fenster hinüberging. Sie zog die schweren pfirsichfarbenen Vorhänge zur Seite und blickte hinunter auf den Berkeley Square.

Es war typisch für Lynn, daß sie ein Haus auf dem Berkeley Square bewohnte, und genauso typisch war der langgestreckte grausilberne Rolls Royce draußen vor der

Tür. Lynn Lystell war nicht nur eine Berühmtheit, sie besaß auch alle Rangabzeichen des Ruhms.

Einer der großen Theaterregisseure Englands hatte kürzlich geschrieben, daß sie die einzige Schauspielerin auf der englischen Bühne sei, die wirklich die Qualität einer solchen besitze.

Es war schwierig, Lynns Ausstrahlung in Worte zu fassen oder zu erklären – doch sie war unleugbar da, zeigte sich in jeder ihrer Bewegungen, in der Art, wie sie einen Raum betrat, wie sie die Augen aufschlug und ihr Gegenüber anblickte.

Leute, die sie nicht mochten, behaupteten, Lynn habe Unterricht genommen in der Kunst der Verführung, und vielleicht stimmte dies sogar, denn jedes Wort, das sie sprach, jede ihrer Gesten und Bewegungen waren wohlüberlegt und zielstrebig auf Wirkung abgestellt.

Mochten Text und Handlung in ihren Stücken auch noch so unzureichend sein, Lynn hauchte ihnen Leben ein. Ein Funke sprang von ihrem Spiel auf das Publikum über, und Abend für Abend drängten sich die Menschen vor der Theaterkasse, und man kannte es nicht anders, als daß Lynn immer nur vor einem vollen Haus auftrat.

Mary Stubbs war seit fast fünfzehn Jahren bei Lynn, praktisch von den Anfängen ihrer Bühnenkarriere an.

Sie – und sie allein – war Lynns Vertraute, und sie vereinigte in ihrer Person die Rollen der Sekretärin, Freundin, Ratgeberin und Mutter. Sie leitete und beschützte Lynn, als wäre sie ein Kind und zwar ein von ihr sehr geliebtes Kind.

Manchmal, wenn sie sich einmal nicht nur ausschließlich mit sich selbst beschäftigte, stellte sich Lynn die Frage, was sie ohne Mary wohl anfangen würde. Doch diese Frage blieb stets unbeantwortet, weil sie sich ein Leben ohne ihre Vertraute einfach nicht vorstellen konnte.

Es war keine leichte Aufgabe für Mary, sich nicht nur um Lynns persönliche Angelegenheiten zu kümmern und ihr die aufdringlichen Bewunderer vom Leibe zu halten, sondern auch zu versuchen, der kindlichen, impulsiven und leichtfertigen Lynn Halt und Führung zu geben.

Lynn konnte sehr unbesonnen sein, sie konnte sich in Situationen bringen, in denen es Marys ganzer Klugheit bedurfte, sie daraus wieder zu befreien.

Dennoch hatte Lynns Karriere einen meteorhaften Aufstieg genommen. Sie hatte gegen alle Spielregeln verstoßen, hatte alle Propheten Lügen gestraft, die seit Generationen der Überzeugung gewesen waren, ein Schauspieler oder eine Schauspielerin müßte über jahrelange Bühnenerfahrung verfügen, bevor er oder sie im West End Erfolg haben würde.

Lynn war bei ihrem ersten Auftritt viel älter gewesen, als das Publikum und die Kritiker angenommen hatten. Doch obwohl ihre Ausstrahlung zu dieser Zeit längst nicht die Intensität erreicht hatte wie heute, war vom ersten Augenblick an ein Funke von ihr auf die Zuschauer im Saal übergesprungen. Lynn hatte die Herzen der Menschen im Sturm erobert, und von Anfang an war ihr der Erfolg sicher gewesen.

Natürlich war dieser Erfolg ihr nicht einfach in den Schoß gefallen. Sie hatte hart dafür arbeiten müssen. Jede dieser kleinen, aber bedeutungsvollen Gesten, die jetzt so ursprünglich und selbstverständlich erschienen, hatte sie immer wieder einstudieren müssen.

Sie hatte lernen müssen, wie man geht und wie man spricht, wie man den Kopf hält, wie man einen Raum betritt und verläßt, wie man sich setzt und wie man aufsteht – denn nichts, was im normalen Leben natürlich und richtig ist, ist es auch auf der Bühne.

Auf diese Weise war eine neue, auf den ersten Blick künstliche Lynn Lystell entstanden, doch Lynn hatte es gleichzeitig verstanden, dieser Kunstfigur etwas von ihrer eigenen Individualität mitzugeben, ihr die Seele der alten Lynn einzuhauchen, und genau das war es, was aus ihr den Star, die große nationale Persönlichkeit gemacht hatte.

Lynn Lystell!

Es gab nur wenige Menschen in England, die noch nicht von ihr gehört hatten, ihren Namen noch nicht in flammenden Lettern über einem Theatereingang gesehen oder ihr Spiel noch nicht im Kino bewundert hatten.

Anfangs hatte sie die Befürchtung gehabt, auf der Leinwand an Faszination zu verlieren. Das Gegenteil war der Fall. Nichts anderes als die Hand des Schicksals schien ihren meteorhaften Aufstieg aufhalten zu können.

»Ich wünschte, ich brauchte nicht nach Südamerika zu gehen«, sagte Lynn vom Fenster aus.

Mary seufzte.

»Es ist doch nur für sechs Monate«, sagte sie, »und außerdem wurde die Tournee schon festgelegt, bevor du dich verlobt hast. Vergiß nicht, du wirst auf diese Weise sehr ruhige Flitterwochen haben. Und wie willst du die Reise noch einmal rückgängig machen? Laß mich nachschauen! Du trittst auf sechs verschiedenen Bühnen auf, eine Woche jeweils. Nebenbei nimmst du an zahlreichen Banketts und Empfängen teil, die dir zu Ehren stattfinden.«

»Ja, ja, ich weiß! Ich habe schon in den Zeitungen davon gelesen«, antwortete Lynn. »Eine ›Botschafterin Englands‹ haben sie mich genannt. Werden sie mich auch noch dafür halten, wenn ich plötzlich meine Heirat mit einem Südamerikaner bekanntgebe? Erico sagt, er sei draußen ein Held, aber da kann ich mich nur auf sein Wort verlassen – wissen tue ich es nicht.«

Mary seufzte erneut.

»O Lynn, wie oft haben wir das schon besprochen. Du weißt, du möchtest Erico heiraten – ja, du bestehst sogar darauf. Weshalb also beunruhigst du dich deswegen immer wieder. Alles wird sich von selbst klären, wenn es soweit ist.«

Lynns Gesichtsausdruck erhellte sich. Sie lächelte, sie machte eine unnachahmliche Handbewegung, als könnte sie damit alle Sorgen beiseitewischen.

»Ich liebe Erico, und er liebt mich«, sagte sie leise. »Ich

habe noch nie einen Mann so geliebt wie ihn, und er vermag mir so viel zu geben.«

»Dann hör doch auf, dir Sorgen zu machen!« sagte Mary.

»Ja, du hast recht! Und wie du sagtest: Die Vorbereitungen für die Tournee sind abgeschlossen, die Verträge unterzeichnet. Ich verspreche dir, daß dieses Thema für mich jetzt erledigt ist.«

Sie blickte auf die diamantenbesetzte Uhr an ihrem Handgelenk.

Ich mache jetzt am besten, daß ich fertig werde. Es ist halb sieben, und ich will zu dieser Cocktailparty von Lady Marling.«

»Ja, ich weiß«, sagte Mary. »Und Mister Thorne wartet unten bereits auf dich.«

»Der gute Tony! Er sagte, daß er mich mitnehmen würde.« Lynn seufzte. »Ich werde wohl nicht daran vorbeikommen, ihm die Neuigkeit von meiner Vermählung persönlich mitzuteilen. Sonst erfährt er noch aus der Zeitung davon – und das kann ich ihm nicht antun.«

»Nein, natürlich nicht«, stimmte Mary zu. »Möchtest du deinen Hut? Soll ich nach Rose läuten?«

Sie hatte schon die Hand nach der Klingel neben Lynns Bett ausgestreckt, als es an die Tür klopfte.

»Herein!« rief Mary.

Die Tür ging auf, und eine kleine, etwas mollige Frau mit grauem Haar stand auf der Schwelle.

»O Rose, da bist du ja schon. Ich wollte eben nach dir klingeln«, sagte Mary. »Madam wünscht ihren Hut für die Cocktailparty.«

»Ich werde ihn holen«, erwiderte Rose. »Aber da ist ein Telegramm für Sie, Madam.«

Sie durchquerte den Raum, blieb vor Lynn stehen und hielt ihr ein Silbertablett hin, auf dem ein Telegramm lag.

»Ich frage mich, von wem das sein kann«, rief Lynn. »Ich hoffe, Erico wurde in Paris nicht aufgehalten. Seine Maschine sollte um halb zehn heute abend in London ankommen, und ich habe mich schon so auf das Wiedersehen mit ihm gefreut.«

»Schon wieder ein Problem!« neckte Mary sie. »Komm, gib es mir, wenn du Angst hast, es aufzumachen.«

»Natürlich habe ich keine Angst«, antwortete Lynn. »Es ist nur, daß ich den ganzen Tag über so eine sonderbare Vorahnung habe. Oder es ist noch der Katzenjammer von gestern nacht? Wir waren sehr spät.«

»Vermutlich also Katzenjammer«, erwiderte Mary ziemlich einfallslos. »Aber nun gib das Telegramm schon her!«

Sie nahm es Lynn aus der Hand und öffnete es. Während sie las, veränderte sich ihr Gesichtsausdruck. Sie blickte verwundert, fast ein wenig erschreckt.

»Was ist es?« wollte Lynn wissen.

»Verstehe ich nicht«, entgegnete Mary. »Aber vielleicht kannst du was damit anfangen. Hier steht: ›Ankunft heute abend halb zehn. Hoffe, alles ist all right. Hatte von dir zu hören gehofft. Sally‹. Kannst du dir einen Reim darauf machen?«

»Sally!« rief Lynn aus.

Sie entriß Mary das Telegramm und las selbst.

»Ankunft heute abend! Aber Mary, was hat das zu bedeuten? Weshalb kommt sie her? Das geht doch nicht! Das ist doch ganz unmöglich!«

»Weshalb hat sie gehofft, von dir zu hören?« erkundigte sich Mary. »Hast du vielleicht kürzlich einen Brief von ihr erhalten?«

»Nein, nein! Sie hat schon eine Ewigkeit nicht mehr geschrieben.« Lynn schüttelte den Kopf. Dann griff sie sich an die Stirn. »O Mary, ich glaube, da war ein Brief... vor einigen Tagen... Mein Gott, ich habe ihn noch nicht einmal gelesen!«

»Wo ist er?«

»Moment, laß mich nachdenken!« sagte Lynn. »Ich sah die Schrift auf dem Umschlag und wußte, er war von Sally. Ich wollte ihn ja lesen, wirklich... doch irgendwie kam mir was dazwischen – eine Verabredung oder dergleichen. Ich habe mir noch fest vorgenommen, ihn bei meiner Rückkehr zu lesen – hab's aber dann wohl vergessen. Er muß auf meinem Sekretär liegen.«

»Ich habe schon immer gesagt«, bemerkte Mary mit einem Seufzer, »daß es besser wäre, wenn ich deine sämtlichen Briefe lesen würde.«

»Und ich beginne zu glauben, daß du recht hast!« sagte Lynn zerknirscht.

»Ich werde mal nachsehen«, erklärte Mary und eilte aus dem Zimmer.

Lynn hörte, wie sie nach unten lief.

Sie stand da und starrte auf das Telegramm in ihren Händen. Roses Stimme schreckte sie aus ihren Gedanken.

»Ich nehme an, Sie tragen den Hut mit den Reiherflügeln, Madam.«

»Wozu?« fragte Lynn geistesabwesend. »Oh, für die Cocktailparty! Natürlich, Rose – und das Zobelkollier.«

»Sehr wohl, Madam.«

Mit ruhigen, zielstrebigen Bewegungen nahm Rose die Sachen aus den Schränken und legte sie ordentlich auf einen mit pfirsichfarbenem Brokat bezogenen Stuhl.

»Ist sonst noch etwas, Madam?«

Lynn schüttelte den Kopf.

»Nein. Aber, Rose, heute abend werde ich mein neues weißsilbernes Kleid tragen – und dazu das Diamantenhalsband.«

»Sehr wohl, Madam. Aber das haben Sie mir heute mogen schon gesagt.«

»So, habe ich das? Ich glaube, ich werde vergeßlich.«

»Das kannst du laut sagen«, ertönte Marys Stimme von der Tür her. »Hier ist der Brief – und zwar lag er noch ungeöffnet auf deinem Sekretär.«

»Oh, Liebes«, seufzte Lynn.

»Er trägt den Vermerk ›Privat‹, siehst du«, fuhr Mary fort. »Und du hast mir immer wieder erklärt, daß ich alle Briefe mit einem solchen Vermerk nicht anzurühren habe.«

»Ja, ja, ich weiß!« rief Lynn. »Ich behaupte ja nicht, daß es deine Schuld ist, Dummes. Ich hätte Sally nie sagen dürfen, daß sie den Vermerk ›Privat‹ auf die Umschläge schreiben müsse, aber sie macht es eben schon seit Jahren.«

»Ja, Jahre.« Mary schwieg einen Moment lang. »Laß mich nachdenken. Sie muß jetzt fast neunzehn sein.«

Lynn sah Mary an, und der gleiche Gedanke beschäftigte sie, obwohl keine von beiden ihn aussprach. Dann öffnete Lynn ohne ein weiters Wort den Brief.

Er war auf billigem Papier geschrieben – in einer großen klaren Schrift. Lynn las die zwei Seiten, ohne Unterbrechung und ohne Kommentar.

Dann reichte sie Mary den Brief mit einer Gebärde, die theatralischer war als alle, die sie auf der Bühne machte, und ließ sich auf den Stuhl sinken.

»Von dem Augenblick an, da ich heute morgen aufstand, wußte ich, daß irgend etwas falsch laufen würde. Ich sagte dir vorhin schon, ich hätte so eine seltsame Vorahnung. Well, es konnte gar nicht schlimmer kommen. Tante Amy ist gestorben. Die Beerdigung war bereits, und Sally, die nicht weiß, wo sie bleiben soll, ist schon unterwegs zu ihrer – Mutter. Es konnte gar nicht schlimmer kommen – oder?«

Mary gab keine Antwort, da sie den Brief selbst las. Dann faltete sie ihn, tief in Gedanken, sorgfältig wieder zusammen.

»Dieser Brief kam vor sechs Tagen hier an«, sagte sie schließlich vorwurfsvoll.

»Ja, Darling, ich weiß, und ich habe ihn nicht geöffnet«, stieß Lynn gereizt hervor. »Es ist überflüssig mich daran zu erinnern, daß ich das hätte tun müssen. Wie das Telegramm besagt, ist Sally auf dem Weg hierher und kommt um halb zehn auf dem Bahnhof an. Wir können sie nicht mehr daran hindern.«

»Nein, das können wir nicht. Und selbst wenn das möglich wäre, frage ich mich, ob du das tun könntest.«

»Warum denn nicht?«

»Nun die Erklärung steht in diesem Brief. Sie weiß nicht, wohin sie sonst gehen könnte. Sie hat all die Jahre bei ihrer Tante gelebt, und nun, da Miß St. Vincent tot ist, hat Sally kein Zuhause mehr. Schließlich ist das Mädchen erst achtzehn.«

»Erst achtzehn!« rief Lynn. »Ist das nicht alt genug, um für sich selbst zu sorgen? O Mary, was, um alles in der Welt, soll ich tun? Ich kann doch in diesem Augenblick nicht mit einer erwachsenen Tochter an die Öffentlichkeit treten! Himmel, weshalb muß ich Dummkopf auch nur eine Tochter haben!«

»Für Reue und Bedauern dieser Art ist es ziemlich spät«, sagte Mary nüchtern, »und in der Zwischenzeit wird Sally hier eintreffen.«

Lynn sprang auf.

»Du mußt sie von hier fortbringen! Stell dir doch nur vor, Erico erfährt, wer sie ist.«

»Moment!« sagte Mary, ging zur Tür, die sie aufgelassen hatte, als sie mit dem Brief zurückgekommen war, und zog sie ins Schloß.

»Nun hör mir mal zu, Lynn! Du mußt vernünftig an das Problem herangehen. Ich stimme dir zu, daß du in diesem Augenblick nicht mit einer achtzehnjährigen Tochter an die Öffentlichkeit treten kannst. Dennoch solltest du äußerst vorsichtig sein bei dem, was du tust, um diese Tatsache geheimzuhalten! Du kannst Sally nicht behandeln wie ein unerwünschtes Päckchen, das man ungeöffnet herumliegen läßt! Und wenn du sie irgendwohin abschiebst, was soll sie sagen, wer sie ist? Soweit wir wissen, hat sie nie jemandem verraten, daß sie deine Tochter ist, und wir müssen dafür sorgen, daß sie dies auch in Zukunft nicht tut.«

»Die alte Amy hat ebenfalls all die Jahre kein Wort darüber verlauten lassen.«

»Ja, ich weiß. Und es geschah, weil sie sich deiner schämte. Sally jedoch hat sich deiner nie geschämt. Sie ist stolz auf dich – und sie liebt dich. Und wenn ich nur ein bißchen von der menschlichen Natur verstehe, würde sie ihre Verwandtschaft mit dir am liebsten laut von den Dächern rufen.«

»Nun, wenn sie mich liebt, muß sie den Mund halten. Ich werde sie nach Brighton, Paris oder sonstwohin schicken – das spielt keine Rolle.«

»Es ist keine Frage ihres Aufenthaltortes, oder? Und im übrigen kann ein achtzehnjähriges Mädchen nicht allein nach Paris reisen!«

»Du hast ja recht, ich sehe es ein«, sagte Lynn verzweifelt. »Aber was kann ich tun?«

»Du fragst mich, was du tun kannst? Zumindest kannst du dir klarmachen, daß sich die Sache nicht übers Knie brechen läßt. In drei Stunden – und das ist die Zeit, die uns bis zu Sallys Ankunft bleibt – läßt sich überhaupt nichts regeln. Du wirst Sally sehen, und du wirst nett zu ihr sein. Außerdem wirst du sie überreden müssen, die Wahrheit geheimzuhalten.«

»Warum... warum mußte Tante Amy unbedingt jetzt sterben?«

»Sie hatte eine Lungenentzündung!«

»Mein Gott, mich interessiert nicht, woran sie gestorben ist«, entgegnete Lynn scharf. »Sie hat mich nie gemocht, und ich habe sie gehaßt. Wenn sie sich nicht eingemischt hätte, wäre meine erste Ehe ein Erfolg geworden.«

»O Lynn, das ist aber nicht die Geschichte, die du mir bisher immer erzählt hast!« sagte Mary.

»Well, sie machte alles so unerträglich wie möglich«, erwiderte Lynn. »Ich war drauf und dran, mich in Arthur zu verlieben – und er liebte mich unsterblich. Das heißt, wenn er mich überhaupt wahrnahm. Er schrieb damals gerade ein Buch über die Architektur des Mittelalters oder so was Ähnliches, und er war so fasziniert davon, daß ich oft genug einfach nicht mithalten konnte. Hinzukam, daß Amy ständig an mir herumnörgelte und kein einziges gutes Haar an mir ließ. Und dann dieses häßliche Haus und das langweilige, eintönige Leben in Devonshire! Himmel, wundert es dich wirklich, daß ich eines Tages kurzentschlossen davonlief?«

Lynn sprach trotzig, als hätte sie das Bedürfnis, wieder einmal die unbedachte Handlung zu verteidigen, in der sie Sicherheit und Ehrbarkeit über Bord warf und mit einem weltmännischen, aber leichtsinnigen Bankier, mit dem sie dann nicht ganz drei Jahre zusammenlebte, durchbrannte.

Dennoch, so schwierig diese Zeit für sie auch gewesen war, Lynn hatte den Entschluß nie bereut, der sie nach London und zum Theater brachte.

Ebenso außergewöhnlich war es, daß sie nach all den Jahren und nachdem sie so viele andere Menschen kennengelernt hatte, immer noch eine derart lebendige Erinnerung an ihre Schwägerin besaß und daß diese ihr wirklicher erschien, als die Mehrzahl der Leute, mit denen sie seitdem zusammengekommen war.

Sie sah Amy immer noch deutlich vor sich: flachbusig, streng und voller Mißbilligung – eine Frau, die ihr von der ersten Begegnung an unsympathisch gewesen war, obwohl sie eine erstaunliche Intelligenz und unbestreitbar etwas von einer Persönlichkeit besessen hatte.

Lynns Haß entflammte sich an der Mißbilligung und Verachtung, die Amy ihr vom ersten Moment an unmißverständlich zu verstehen gegeben hatte.

Tief religiös, stützte sich Miß St. Vincent in ihrem Urteil über andere Menschen auf eine Art frommer Hellsichtigkeit, wobei sie bei denen, die sie ihrer strengen Prüfung unterzog, gleichsam mit nachtwandlerischer Sicherheit die Streu vom Weizen trennte.

Lynn hatte das Gefühl, daß jedes Vergehen, jede Dummheit, die sie jemals im Leben begangen hatte, ihr regelrecht auf dem Gesicht geschrieben stand und ihre zukünftige

Schwägerin in ihr zu lesen vermochte, wie in einem offenen Buch.

Dazu gehörte auch, daß Amy erkannte, daß Lynns Liebe zu Arthur St. Vincent nur ein sehr kindisches und oberflächliches Gefühl war, das hauptsächlich gespeist wurde von dem Wunsch, ihrem Elternhaus zu entfliehen, in dem sie sehr unglücklich war.

Einmal hatte Amy in verletzender Schärfe zu Lynn gesagt:

»Du weißt überhaupt nicht, was Liebe ist!«

Lynn war um so wütender gewesen, je klarer sie erkannt hatte, wie sehr die andere mit ihrer Bemerkung den Nagel auf den Kopf getroffen hatte.

Arthur, nur an seinen Forschungen und dem Buch, das er schrieb, interessiert, hätte Lynn niemals heiraten sollen.

Aber er war hingerissen von Lynns Schönheit. Er berauschte sich an ihren Küssen, an dem jungen festen Körper, der sich so hingebungsvoll und leidenschaftlich an ihn preßte.

Arthur war ein ungewöhnlich gutaussehender Mann, der dennoch keine Erfahrung besaß, was Frauen anging. Seine Mutter war früh verstorben, und seine ältere Schwester, die seine Erziehung übernahm, hatte vom Leben sehr puritanische Ansichten. Kein Wunder, daß er der hübschen jungen Larve auf den Leim ging, die sich plötzlich auf einem seiner langen einsamen Spaziergänge zu ihm gesellte, sich dann für seine Arbeit interessierte und zahlreiche Bücher bei ihm auslieh.

Über die geplante Heirat sprach er mit seiner Schwester erst, nachdem Lynn bereits den Verlobungsring am Finger trug und Amy feststellen mußte, daß es nichts mehr gab, die Entscheidung des Bruders rückgängig zu machen.

Lynn hatte unter der Abneigung ihrer Schwägerin sehr gelitten, war aber ehrlich genug, zuzugeben, daß Amy damit nicht ganz unrecht hatte.

Die Ehe war für Lynn eine neue Erfahrung, ein Aufruhr

der Sinne und vor allem das Freisein von den Zwängen und Ängsten des Elternhauses gewesen.

Mehr hatte es für sie auch niemals sein sollen.

Arthurs Haus, ein Familienleben mit ihm interessierte sie nicht. Sein Haus war im Gegenteil für sie so etwas wie die vergrößerte Ausgabe ihres Elternhauses, in dem sie unglücklich gewesen war.

Sie hatte geglaubt, ein Ehering bringe ihr Freiheit von allen lästigen Beschränkungen. Freiheit, zu tun und zu lassen, was sie wollte. Sie hatte gehofft, nun könnte sie von Party zu Party schwirren, sich ständig neue Kleider kaufen und Arthur wäre so sehr Wachs in ihren Händen, daß ihr Stirnrunzeln ihm die Hölle und ihr Lächeln ihm das Paradies schenken würde.

Lynn hatte sich keinen Ehemann, sondern ein neues Spielzeug gewünscht. Und dann hatte es nicht einmal ein Jahr gedauert, bis ihr klar geworden war, daß sie die eine Autorität gegen eine andere ausgetauscht hatte und daß es eine schwierige und verantwortungsbewußte Aufgabe bedeutete, ein Baby großzuziehen.

Sally war kein Wunschkind gewesen, denn Lynn hatte – nicht ohne Grund – das Gefühl gehabt, daß sie noch viel zu jung für ein Baby wäre, und sie war sehr zornig auf Arthur gewesen, als der Arzt feststellte, daß sie schwanger sei.

Sie hatte die Zeit gehaßt, in der sie vorsichtig sein mußte und es ihr verboten war, auf dem Rücken eines Pferdes über die Felder zu galoppieren.

Sie haßte es, wenn Amy sie drängte, für das Kind, das sie erwartete, Windeln zu nähen und Strampelhöschen zu strikken. Und sie empfand es als Verschwendung, daß so viel Geld für die Verschönerung des Kinderzimmers ausgegeben wurde und nicht für sie selbst und zum Schmuck ihres eigenen Äußeren.

Doch nach Sallys Geburt begriff sie sehr rasch, daß ihr mit dem Baby ein vorzügliches Mittel in die Hand gegeben war, Macht über die Familie auszuüben.

Es hatte ihr ein fast teuflisches Vergnügen bereitet, Amys Vorschlag zu ignorieren, dem Kind einen in der Familie üblichen Rufnamen zu geben. Die Töchter der St. Vincents hatten stets Charlotte oder Melanie geheißen.

Seit sechs Generationen hatte die Älteste immer einen dieser beiden Namen getragen, und seit vier Generationen war die Zweitälteste Amy genannt worden.

Genauso gab es ganz bestimmte Namen für den ältesten, den zweitältesten und sogar den drittgeborenen Sohn. Doch Lynn wollte keinen dieser Namen.

Es geschah aus reinem Eigensinn, daß sie für das Baby den alltäglichsten Namen aussuchte, den man sich denken konnte. Und starrsinnig hielt sie daran fest.

»Sie wird Sally heißen!«

»Sally Charlotte wenigstens«, bat Amy verzweifelt, wußte aber gleichzeitig, daß sie auf verlorenem Posten kämpfte.

»Sally!« wiederholte Lynn. »Einfach nur Sally.«

Da Arthur unsterblich in sie verliebt und über die Maßen glücklich war, daß sie nicht im Wochenbett gestorben war, wie er dies eine schlaflose Nacht lang befürchtet hatte, stimmte er zu, und zum erstenmal wurde die älteste Tochter eines St. Vincent in unverzeihlicher Weise gezwungen, die geheiligte Familientradition zu mißachten.

So unwichtig das heute alles erschien, damals hatte das Ganze die Ausmaße einer mittleren Naturkatastrophe gehabt.

Doch dann stellte Lynn fest, daß es außer der Namensgebung kein eigentliches Thema gab, über das zu streiten es sich wirklich lohnte. Arthur hatte seine Studien wieder aufgenommen, hatte wieder damit begonnen, an seinem Buch zu schreiben, nachdem seine junge Frau den ersten Reiz für ihn verloren hatte.

Das Leben in der Gegenwart reizte ihn auf die Dauer nicht. Die Vergangenheit war es, die ihn faszinierte. Und obwohl Lynn bereit und fähig dazu gewesen wäre, gegen eine andere Frau um seine Liebe zu kämpfen, gegen seine Begeisterung für die längst vergangenen Tage einer weit zurückliegenden Vergangenheit war sie machtlos.

Sie hatte sich dann nach einem Vergnügen für sich selbst umgeschaut – und es gefunden. Amy bemerkte es viel zu spät.

Sie war mit dem Baby beschäftigt, mit der Führung des Haushalts und mit unzähligen Verpflichtungen im Dorf, die Lynn so unglaublich langweilig vorkamen, daß sie daran nicht einmal einen Gedanken verschwendete.

»Verstehst du denn nicht«, hatte Amy einmal zu ihr gesagt, »daß die Verantwortung für andere um so größer wird, je bedeutender ein Mensch ist? Als Mrs. St. Vincent und Mitglied unserer Familie ist es deine Pflicht, dich um alle zu kümmern, die auf dem Gut leben.«

Lynn hatte ihr nicht widersprochen. Sie hatte gelernt, daß der einfachste Weg, von Amy nicht belästigt zu werden, der war, ihr immer rechtzugeben und dann doch das zu tun, was sie für richtig hielt.

Sie hatte Amy jenes verblüffend betörende Lächeln geschenkt, das diese zwar für falsch und verlogen hielt, das später jedoch Millionen von Menschen in seinen verzaubernden Bann gezogen hatte.

»Du hast recht, Amy«, sagte sie ernst. »Ich verstehe, was du von mir verlangst. Ich soll die alte Mrs. Hunter besuchen. Aber ich kann nicht. Ich kann wirklich nicht. Sie riecht so entsetzlich, und außerdem hasse ich Leute, die krank sind.«

Sie war aus dem Zimmer gelaufen, bevor Amy die Zeit fand, zu antworten. Dann war sie zu den Ställen geeilt, hatte den Hunden gepfiffen und einen langen Spaziergang mit ihnen gemacht.

Amy hatte zwar längst eingesehen, daß es sinnlos war, ihre Schwägerin ändern zu wollen. Aber ihr Pflichtbewußtsein erlaubte es ihr nicht, die sinnlosen Versuche einzustellen.

So kam es, daß bald jedes kritische Wort, jeder gutgemeinte Rat die Kluft zwischen ihnen vertiefte, bis sie sich schließlich haßten. Haßten mit einem abgrundtiefen, unversöhnlichen Haß.

Es dauerte nicht lange, und Lynn kam dahinter, daß Reiten nicht nur Spaß machte und ihr die Möglichkeit gab, von zu Hause zu entfliehen, sondern auch von praktischer Bedeutung war.

Mit einem Pferd konnte sie zum Beispiel sehr rasch die nahegelegene Stadt erreichen, die nur fünf Meilen vom Herrenhaus entfernt lag.

Sie konnte dort nicht nur einkaufen, sondern auch ihr Pferd bei der alten Pferdewechselstation unterstellen. Sie verbrachte dann einige vergnügliche Stunden in der Bar des Gasthofes, trank einige Cocktails und machte die Bekanntschaft interessanter Leute, die dort gewöhnlich zu jeder Stunde des Tages anzutreffen waren.

Die meisten von ihnen waren wohlhabende Bauern, die sie alle nicht kannte, obwohl sie in der Nachbarschaft wohnten. Schließlich gehörten Bauern nicht zur gehobenen Gesellschaftsschicht in der Grafschaft.

Eines Tages war dann ein Fremder dort aufgetaucht. Er hatte einen Motorschaden gehabt und benutzte die Gelegenheit zum Mittagessen, während sein Wagen in der Werkstatt repariert wurde. Auf diese Weise trat Leslie Hampton in Lynns Leben.

Es war eine jener raschen, stürmischen Liebesbeziehungen, die entstehen wie ein Sommergewitter und genauso schnell auch wieder enden. Lynn, unbekümmert, gelangweilt und voller Erlebnishunger, hatte etwas derartig Erregendem nicht widerstehen können.

Jahre später pflegte sie zu lachen, wenn sie an Leslie Hampton dachte. Sie schämte sich sogar ein wenig, weil sie nicht erkannt hatte, daß er nicht nur ein ungebildeter, sondern auch selbstgefälliger und rechthaberischer Mann gewesen war, der nur sich selbst liebte.

Genau wie Arthur war er ganz vernarrt in Lynn gewesen. So vernarrt, daß er bereit war, alles zu tun, um sie zu besitzen. Es kam, wie es kommen mußte. Bei Nacht und Nebel lief Lynn ihrem Mann davon, um Leslie zu heiraten.

In seinen Armen hoffte sie zu finden, was Arthur ihr vorenthielt.

Himmel, wie schnell war der Rausch vergangen!

Bald nach der Heirat hatten sie sich wieder getrennt, und Lynn begab sich erneut auf die Suche nach dem, was sie noch stärker zu erregen und befriedigen vermochte.

Leslie war dann im Krieg gefallen, und als die Nachricht von seinem Tod sie erreichte, war Lynn fast froh gewesen, denn nun konnte sie so tun – auch vor sich selbst –, als hätte diese Ehe nie existiert.

Bei ihrer Ehe mit Arthur war das anders. Da gab es etwas, das sie immer daran erinnern würde: Sally.

Arthur hatte ihr nie Schwierigkeiten gemacht, wenn sie das Kind sehen wollte.

Immer, wenn Lynn ihm geschrieben hatte, war Amy mit dem Kind nach London gekommen, damit Sally den Tag allein mit ihrer Mutter verbringen konnte.

Als Baby hatte Sally Lynn kaum interessiert, als Kind jedoch fand Lynn ihre Tochter äußerst anziehend.

Es war recht amüsant, aus ihrem Mund von Amy und Arthur und all den Leuten aus Devonshire zu hören, die sie, Lynn, dort einmal gekannt hatte.

Sally, glücklich darüber, daß ihre Mutter die Geschichten mochte, die sie ihr erzählte, brachte es darin bald zu einer wahren Meisterschaft.

Sie tat alles, um dieses entzückende Wesen zu unterhalten und zum Lachen zu bringen, das in ihr junges, an Erlebnissen armes Leben einbrach wie ein Sonnenstrahl, wie eine wundervolle, freigiebige Fee.

Und das genauso rasch wieder daraus verschwand.

Das einzige, was blieb, war die Erinnerung an die Schönheit dieses Wesens und teure Geschenke, die zu Hause nichts anderes bewirkten, als daß Tante Amy mißbilligend die Lippen verzog.

Später ging Sally zur Schule, und ihre Ferien verbrachte sie ausschließlich mit ihrem Vater und ihrer Tante, bis Arthur dann plötzlich und unerwartet starb.

Auch er war ein Opfer des Krieges, allerdings in anderer Weise als Leslie. Leslie starb im Kampf, Arthur erkältete sich eines Sonntags bei einer Parade der Home Guard.

Wie das Unglück es wollte, hielt sich Amy gerade nicht zu Hause auf. Arthur verschleppte die Erkältung, holte sich eine Lungenentzündung und war eine Woche später tot.

Sally berichtete ihrer Mutter in einem Brief, was geschehen war, doch Lynn zeigte sich nicht sonderlich betroffen. Was sie beunruhigte waren lediglich die persönlichen Probleme, die sich aus Arthurs Tod ergaben.

Sally war eins davon. Das Haus sollte verkauft werden – so hatte es Arthur in seinem Testament bestimmt. Und das Vermögen sollte zu gleichen Teilen an Amy und Sally fallen. Sallys Anteil würde allerdings bis zu ihrer Verheiratung oder bis zur Erreichung ihres fünfundzwanzigsten Lebensjahres von einem Treuhänder verwaltet werden. Bis dahin sollte sie bei ihrer Tante leben und würde in dieser Zeit über keinen einzigen Penny verfügen können.

Lynns erste Reaktion beim Lesen von Arthurs letztem Willen war Überraschung. Die zweite Verärgerung.

»Er traut mir nicht!« schimpfte sie bei Mary. »Er glaubt, ich würde einen schlechten Einfluß auf mein Kind ausüben – und noch schlimmer, er glaubt, ich könnte das Geld meiner Tochter veruntreuen. Kannst du dir etwas Erniedrigenderes vorstellen? Natürlich steckt Amy dahinter. Doch daß Arthur sich zu so etwas hergegeben hat, verletzt mich wirklich.«

Mary hatte versucht, sie zu beruhigen, war in Wirklichkeit jedoch nicht überrascht.

Sie wußte, Arthur und Amy waren voller Argwohn bezüglich des auffallenden Luxus, in dem Lynn lebte, obwohl diese zu der Zeit bereits ihre ersten großen Erfolge an der Bühne feierte.

Mary wußte auch, daß die beiden über die teuren Geschenke entsetzt waren, die Lynn dem Kind machte, während sie sich wegen des Unterhalts für Sally keine Gedanken machte.

Noch nie hatte Lynn ihrer Tochter ein nützliches Geschenk gemacht oder sich angeboten, einen Beitrag zur Anschaffung von Kleidung oder zu Sallys Ausbildung zu leisten. Sie schickte ihr teure Puppen, Perlenarmbänder, brillantenbesetzte Anhänger und bestickte Täschchen für den Theaterbesuch, für die Sally keinerlei Verwendung hatte.

Unwahrscheinlich, dachte Mary, daß die beiden von Lynns Geschenken beeindruckt waren oder sie für die geeignete Person hielten, ein Kind großzuziehen.

Mit der Zeit verdiente Lynn mehr und mehr, aber sie war unfähig, zu sparen oder das Geld gewinnbringend anzulegen. Je mehr sie hatte, um so mehr gab sie aus.

Kleider hatten sie immer schon fasziniert, die Orchideen und die Juwelen, die sie trug, waren nicht nur Geschenke reicher Verehrer; und die schweren Wagen, in denen sie sich von uniformierten Chauffeuren kutschieren ließ, die Wohnungen und Häuser im elegantesten Viertel von London – alles verschlang Jahr für Jahr enorme Summen.

Kein Wunder, daß ihr Konto auf der Bank im Laufe der Zeit immer tiefer in die roten Zahlen geriet.

Daß Lynn sich entschlossen hatte, ein drittes Mal zu heiraten, geschah – wie Mary wußte – genauso unter dem Druck einer wirtschaftlichen, wie gefühlsmäßigen Notwendigkeit.

Es war leicht für Lynn, davon zu sprechen, Sally mit einer Anstandsdame nach Paris oder sonstwohin zu schicken. Aber es würde konkreter Finanzierungsmöglichkeiten bedürfen, bevor diese phantastischen Reisen Wirklichkeit werden konnten.

Im Augenblick jedenfalls steckte Lynn bis zum Hals in Schulden, und ihre Gläubiger setzten ihr hart zu.

»Wird Sally über irgendwelches Geld verfügen?« wollte Mary wissen.

»Denk doch an das Testament!« gab Lynn scharf zurück.

»Ja, natürlich«, sagte Mary, unwillig über sich selbst, weil sie nicht daran gedacht hatte. »Die Verfügungsgewalt darüber steht ihr erst zu, wenn sie verheiratet oder vierundzwanzig geworden ist.«

»Genau«, sagte Lynn. »Und wenn Amy ihr nichts hinterlassen hat, steht sie ohne jeden Penny da.«

»Ich bin sicher, daß Miß St. Vincent...« begannn Mary, wurde jedoch von Lynn mit Heftigkeit unterbrochen.

»Du solltest dir keine trügerischen Hoffnungen machen, was Amy betrifft. Sie haßte mich, und knauserig war sie außerdem. Sie hat gewiß gedacht, daß Sally bei ihrer Hochzeit noch früh genug über ihr Geld verfügen kann und daß es nicht nötig wäre, ihr darüber hinaus noch etwas zu vererben. Außerdem weißt du ja, wie verrückt diese alten Jungfern mit ihren guten Werken sind. Dieses Erholungsheim oder was es sonst ist, was sie da unten in Wales unterhielt, wird ihr wichtiger gewesen sein als ihre Nichte. Bestimmt hat sie einen Fond gegründet und ihr ganzes Erbe diesem Fond vermacht. Du wirst sehen, daß ich recht habe!«

Mary nickte. Wahrscheinlich war es so, wie Lynn sagte.

Lynn wußte wenig über die Farm – ausgenommen die Dinge, von denen Sally in ihren Briefen berichtete. Sally schrieb ihrer Mutter regelmäßig einmal im Monat, aber meist beantwortete Mary diese Briefe.

Nachdem sie Lynn unzählige Male erfolglos daran erinnert hatte, auf die Briefe ihrer Tochter zu antworten, schien es ihr weniger mühsam, das Schreiben selbst zu übernehmen. So schickte sie dem Mädchen die Grüße und den Dank ihrer Mutter und war unermüdlich im Erfinden immer neuer Entschuldigungen, weshalb es der Vielbeschäftigten unmöglich sei, selbst zu antworten.

Mary starrte auf die runden, noch sehr kindlichen Buchstaben in Sallys Brief und dachte plötzlich, daß weder sie noch Lynn sich in letzter Zeit viel um das Mädchen gekümmert hatten.

»Weißt du eigentlich, wie lange es her ist, seit du Sally das letzte Mal gesehen hast?« fragte sie.

»Oh, nicht sehr lange«, antwortete Lynn. Dann blickte sie Mary an, und ein Ausdruck von Bestürzung trat in ihre Augen. »Mein Gott, Mary, das ist ja schon Jahre her – ja, Jahre! Sie war ein hübsches Kind, ein wenig rundlich und pausbäckig noch, aber ganz entschieden hübsch. Ich erinnere mich daran, daß ich noch gedacht habe ...«

Mary unterbrach sie.

»Das letzte Mal, daß du Sally gesehen hast, war vor über fünf Jahren.«

»Das kann doch nicht sein!« rief Lynn. »O Mary, ist das wirklich schon so lange her? Ich glaube, sie wird sich verändert haben.«

»Sie ist fünf Jahre älter geworden«, sagte Mary.

Lynn zuckte zusammen und drehte sich unwillkürlich zum Ankleidetisch um. Sie sah in den Spiegel.

»Quäle mich nicht, Mary!«

»Tut mir leid. Ich bin genauso beunruhigt wie du. Wir müssen unbedingt etwas unternehmen!«

»Eins noch«, sagte Lynn. »Offensichtlich stand über Amys Tod nichts in den Zeitungen. Das ist ein Segen. Wir hätten es gemerkt, wenn ... Und selbst dann gäbe es keinen Grund, mich mit ihrem Namen in Verbindung zu bringen. Ich habe nie einem Menschen gegenüber erwähnt, daß ich einmal eine St. Vincent gewesen bin. Als ich zum Theater ging, habe ich behauptet, daß ich siebzehn wäre, wie du weißt. Der Einfachheit halber habe ich meine beiden Ehen vergessen, und niemand – das weißt du so gut wie ich – hat etwas darüber herausgefunden. Meine Familie war zu verärgert über mich, um meiner Geschichte zu widersprechen, ich wäre direkt von der Schule aus in das Licht des Ruhmes hinausgetreten. Ihr einziger Trost war die Tatsache, daß ich einen anderen Namen angenommen hatte. Wir werden bei meiner Version bleiben müssen, Mary, egal, was geschieht.«

»Ja, natürlich«, antwortete Mary. »Mach dir deswegen keine Sorgen. Wenn Sally ankommt, werde ich am Bahnhof sein, und dann überlegen wir uns gemeinsam einen Plan. Vielleicht schicken wir sie tatsächlich nach Paris, wie du vorhin sagtest, oder ...«

»Wenn Amy ihr kein Geld hinterlassen hat, wird das nicht so einfach sein.«

»Ja, das habe ich auch schon gedacht.«

»Well, sie ist achtzehn«, sagte Lynn. »Zeit, daß sie unter die Haube kommt. Vielleicht hat sie schon längst jemanden gefunden.«

Dann zuckte sie die Schultern.

»Allerdings glaube ich das nicht. Amy wird das zu verhindern gewußt haben. Sie haßte stets alles, was mit Jugend und Liebe zu tun hatte. Sie würde auch dafür gesorgt haben, daß Sally niemals einen passenden Mann gefunden hätte. Aber das beste, was dem Kind im Augenblick passieren kann, ist, zu heiraten – und dies so schnell wie möglich. Wenn sie heiratet, kommt sie in den Genuß von zweitausend Pfund jährlich, denn das Geld, das Arthur ihr vermacht hat, wird inzwischen auf eine recht beträchtliche Summe angewachsen sein.«

»Arme Sally«, sagte Mary ruhig. »Vielleicht ist sie gar nicht so begeistert von der Idee, Hals über Kopf den erstbesten Mann zu heiraten, der ihr über den Weg läuft.«

»Was heißt denn Hals über Kopf?« rief Lynn unwillig. »Du wirst sehen, es dauert nicht lange, und das Mädchen ist verliebt. Schließlich ist sie meine Tochter.«

»Ja, das ist sie«, gab Mary ihr recht. »Aber sie wird niemals so schön sein wie du.«

»Schön genug, wenn meine Erinnerung mich nicht täuscht. Was wir tun müssen, Mary, ist, sie mit den richtigen Männern zusammenzubringen. Schließlich ist ein Mädchen mit zweitausend Pfund im Jahr nicht zu verachten!«

Die kleine Uhr auf dem Kaminsims schlug die volle Stunde.

»Gütiger Himmel«, rief Lynn, »schon sieben! Ich werde viel zu spät zu der Cocktailparty kommen. Gib mir bitte meinen Hut, Mary. Ich muß sofort gehen!«

»Ja, ich weiß, du mußt. Und der arme Mister Thorne wartet schon über eine halbe Stunde.«

»Oh, das macht Tony nichts aus«, sagte Lynn und stieß plötzlich einen kleinen Schrei aus. »Tony Thorne!«

Sie legte die Hand auf die Platte des Ankleidetisches und fuhr mit ihrem goldenen Handspiegel an den Parfümflacons entlang, die dort aufgereiht standen.

Ein helles Klirren ertönte.

»Tony!« wiederholte sie nachdenklich. »Hier liegt die Antwort auf all unsere Probleme.«

»Was meinst du damit?« wollte Mary wissen.

»Überlaß das nur mir«, erwiderte Lynn. »Ich denke da an etwas, das die absolut perfekte Lösung für uns sein dürfte.«

Sie nahm den Hut und setzte ihn auf. Ihre Augen funkelten, und ein triumphierendes Lächeln überzog das schöne Gesicht.

»Mach dir keine Sorgen, Mary, Liebling. Ich habe die Sache bereits entschieden. Das Problem ist so gut wie aus der Welt geschafft!«

Mit diesen Worten rauschte sie aus dem Zimmer und ließ die verdutzt dreinblickende Mary in einer Wolke schweren Parfüms zurück. Mary hörte, wie sie die Treppe hinuntereilte. Und dann drang Lynns Stimme zu ihr empor: weich und betörend und doch mit der durchdringenden Tragfähigkeit der phonetisch geschulten Schauspielerin.

»Tony, Tony!« rief Lynn. »Ich brauche dich!«

III

»Ein bißchen nach links, *s'il vous plait, Mademoiselle!*«

Sally tat, wie ihr befohlen und unterdrückte ein Gähnen. Sie hatte sich auf der Farm oft müde gefühlt, aber sie hätte es nie für möglich gehalten, daß eine Kleideranprobe derart anstrengend sein könnte. Jetzt wußte sie es: Die schwerste körperliche Arbeit war weniger ermüdend als dieses stundenlange tatenlose Herumstehen.

Natürlich war sie ganz begeistert von der Vorstellung, neu eingekleidet zu werden. Aber die Begeisterung hatte inzwischen merklich nachgelassen, und fast verspürte Sally schon so etwas wie ein schlechtes Gewissen gegenüber Lynn, der sie es verdankte, endlich einmal ein paar schicke Kleider zu bekommen.

Aber sie konnte nichts dagegen machen. Ihre Begeisterung hatte einen Knacks bekommen, und wenn sie ehrlich war, fand sie diese Anproben todlangweilig.

Trotzdem freute sie sich auf das Tragen der Kleider, und ganz aufregend waren für sie vorhin Lynns Entzückensschreie gewesen, als sie aus der Ankleidekabine gekommen war.

Nie, nie wieder würde sie die Demütigung am Morgen ihrer Ankunft vergessen, als sie Lynns Schlafzimmer betreten und deren entsetzten Ausruf gehört hatte:

»Sally, Kind, wie hübsch du geworden bist!« Und dann im Tonfall äußersten Abscheus: »Aber, allmächtiger Gott, woher hast du diese entsetzlichen Kleider?«

Sally hatte gewußt, daß ihr Äußeres Lynn nicht gefallen würde, aber sie war nicht auf diese verletzende Bemerkung und das spöttische Lachen gefaßt gewesen, die es hervorgerufen hatte.

»Ist dir so etwas schon einmal vorgekommen, Mary?« hatte Lynn gefragt. »Schau dir die Farbe, den plumpen Schnitt von Rock und Jacke an. O arme, arme Sally! Es ist so typisch für Amy, nicht wahr? Warum müssen die Frommen sich stets mit so viel Häßlichkeit und Geschmacklosigkeit umgeben?«

Es war Sally vorgekommen, als wollte Lynn nie mehr damit aufhören, sie zu kritisieren. An ihr selbst schien sie überhaupt nicht interessiert zu sein. Aber Lynn, die aufrecht im Bett saß, bemerkte auch das Positive an Sallys Erscheinung.

»Du hast wunderschöne Augen, Sally. Sie sind vom gleichen Blau wie die deines Vaters. Und diese Wimpern! Ein wenig getuscht, werden sie das Herz eines jeden jungen Mannes brechen, der mit dir in Berührung kommt. Und dein Haar hat eine so herrliche Farbe. Natürlich schreit es regelrecht nach einem guten Friseur. Gott sei Dank trägst du es nicht straff zurückgekämmt. Ich hatte schon befürchtet, Amy hätte dich dazu gezwungen, es im Nacken zu einem Knoten zu schlingen, so als wärst du eine Wäscherin. Sie selbst lief nämlich immer so herum.«

Sally errötete ein wenig, aber sie äußerte sich nicht. Einen Augenblick später nickte Lynn zufrieden.

»Wir werden schon etwas aus dir machen, Sally. Mach dir deswegen keine Sorgen. Es wird mir die höchste Genugtuung bereiten, diese entsetzlichen Sachen, die du am Leib trägst, eigenhändig zu verbrennen.«

»Aber doch nicht, bevor ich etwas Neues anzuziehen habe«, protestierte Sally.

»Nein, natürlich nicht, Darling. Ich werde schon etwas für dich finden. Meine Kleider sind leider zu eng für dich. Aber Mary, der gute Engel, wird dir zweifellos etwas von sich leihen.«

»Aber selbstverständlich«, antwortete Mary bereitwillig. »Wir haben so ungefähr die gleiche Figur, nicht wahr, Sally? Und so groß, wie Lynn dir das einreden will, bist du gar nicht!« Sie wandte sich an Lynn. »Du tust ja so, als wären wir Riesinnen. Dabei ist es genau umgekehrt: du bist zu zart – oder soll ich sagen: eine Westentaschen-Venus.«

Sally war fassungslos. Sie beneidete Mary um die Art, wie sie Lynn neckte, denn sie selbst hätte das nie gewagt.

»Und nun, Darling«, sagte Lynn zu ihr, »müssen wir beide uns erst einmal sehr ernst und ausführlich miteinander unterhalten. Wir müssen einen Plan für deine Zukunft aufstellen, und du mußt mir aufmerksam zuhören, weil ich dir eine Reihe sehr wichtiger Dinge zu sagen habe!«

Sally setzte sich zu Lynn aufs Bett.

»O Lynn«, rief sie, »ist das wundervoll, dich wiederzusehen!«

»Darling, du warst immer ein ganz süßes Kind.«

»Bitte, Lynn«, fuhr Sally fort, »bitte, können wir jetzt nicht eine Zeitlang zusammenbleiben? Weißt du, ich habe immer nur so wenig von dir gehabt, und ich hoffe sehr, du läßt mich jetzt, wo Tante Amy tot ist, mit dir zusammenleben!«

»Well, Darling...« begann Lynn, wurde aber von Mary fast schroff unterbrochen.

Mary hatte den wachsenden Ausdruck der Enttäuschung auf dem Gesicht des Mädchens bemerkt und sagte mit auffallender Schärfe in der Stimme:

»Du brauchst mich jetzt nicht, Lynn, oder? Ich habe nämlich noch eine Menge zu tun.«

Lynn hob etwas die Brauen, bevor sie sagte:

»Natürlich. Ich möchte dich nicht aufhalten!«

»Wenn du mich brauchst, genügt ein Klingelzeichen, und ich bin da«, sagte Mary und verließ den Raum.

Lynn lehnte sich bequem in die Seidenkissen zurück. Das Kopfende ihres Bettes war mit blaßblauem Satinstoff bespannt und bildete einen wirkungsvollen Hintergrund für ihre exquisite Schönheit. Die Bettwäsche aus antiker

Seide, eingefaßt mit einem pfirsichfarbenen Satinband, das genau auf die Farbe der Vorhänge abgestimmt war, war übersät mit Lynns Morgenpost.

In buntem Durcheinander lagen dort Zeitungen, Stöße von Briefen, Tickets, Magazine und ein geöffnetes Etui aus pinkfarbenem Leder, das ein breites Armband aus blitzenden Diamanten und taubeneigroßen Rubinen enthielt.

Es schimmerte und funkelte so intensiv, daß Sally es, fast gegen ihren Willen, fasziniert betrachtete.

Lynn beugte sich vor und nahm das Armband in die Hand.

»Es ist ein Geschenk«, sagte sie und ihre Stimme schnurrte vor Behagen. »Ein Verlobungsgeschenk, Sally. Und das ist einer der Punkte, über die ich mit dir reden möchte.«

»Ein – Verlobungsgeschenk?» stammelte Sally.

Lynn nickte.

»Ja, Darling, ich werde wieder heiraten.«

»O Lynn!«

Sally vermochte die Enttäuschung in ihrer Stimme nicht zu unterdrücken. Lynn schaute sie an und rief:

»O Liebling, es ist ärgerlich, nicht wahr? Ausgerechnet jetzt, wo du gekommen bist, um bei mir zu bleiben. Aber wie hätte ich ahnen können, daß Tante Amy so bald sterben würde. Sie hätte hundert Jahre alt werden können bei ihrer Konstitution, und du weißt, dein Vater hatte bestimmt, daß du bis zu deiner Verehelichung bei ihr leben solltest.«

»Wirst du schon bald heiraten?« fragte Sally mit leiser Stimme.

»Ich fürchte ja, Darling. Ich werde nämlich auf eine Südamerika-Tournee gehen, und der Mann, den ich heirate, Erico da Silva – du wirst ihn mögen, er ist ein so charmanter Mensch – ist Südamerikaner. Er wird mich auf dieser Tournee begleiten, und wir halten es für das beste, wenn er dies als mein Ehemann tut, nicht wahr?«

Lynn blickte auf das Armband, das sie immer noch in der

Hand hielt. Dann legte sie es sich übers Handgelenk und lächelte. Es war ein versonnenes, nach innen gewandtes Lächeln, als dächte sie an das Glück und die Freude, die das Leben in naher Zukunft für sie bereithalten würde.

»Es gibt einen Ring, der dazu paßt«, sagte sie nach einer Pause. »Erico bringt ihn mir heute nachmittag wieder mit. Er schenkte ihn mir in der vergangenen Nacht, aber er war ein wenig zu weit für meinen Finger. Es ist der herrlichste Rubin, den du je gesehen hast, Sally. Er muß ein Vermögen gekostet haben.«

»Wie hübsch...« begann Sally.

Dann brachen die Worte aus ihr heraus:

»O Lynn, und was ist mit mir?«

»Mit dir? O Darling, natürlich habe ich auch an dich gedacht. Alles ist schon geplant und in die Wege geleitet. Doch ich möchte dir nicht zu viel verraten, weil es noch mein Geheimis sein soll. Was ich möchte, ist, daß du froh bist und dich amüsierst in der Zeit, die wir noch zusammen sind. Es wird wundervoll sein, nicht wahr?«

»O ja, natürlich«, sagte Sally begeistert, und ihre Augen leuchteten.

»Wir werden uns so oft wie möglich sehen«, fuhr Lynn fort, »und ich möchte, daß du Erico kennenlernst. Aber, Sally, da ist etwas, das ich dir ganz deutlich sagen muß. Es betrifft unsere Verwandtschaftsbeziehungen. Weißt du, Darling...«

Sie sprach schnell. Fast wirkte es so, als fürchtete sie, daß Sally sie unterbrechen würde.

»Niemand weiß, daß ich früher schon einmal verheiratet war. Deine Tante Amy schämte sich meiner so sehr, daß sie mir vor vielen Jahren einmal das Versprechen abnahm, niemals darüber zu reden, daß ich deine Mutter sei. Wenn du mich in London besuchtest, kam Amy stets mit. Sie wollte, daß niemand etwas von mir erfuhr. Alle, sogar die Diener, sollten glauben, ich lebte nicht mehr. Oft habe ich gedacht, daß Amy allen Leuten erzählte, ich sei tot, obwohl ich mir nicht gut vorstellen konnte, daß sie es übers Herz brachte, zu lügen.«

Sally lächelte.

»Vielleicht hat sie sich so ausgedrückt, daß man es zumindest annehmen konnte. Aber nachdem wir Devon verlassen hatten, gab es ja niemanden mehr, der nach dir hätte fragen können.«

»Ich glaube, das war auch der eigentliche Grund, weshalb Tante Amy von dort fortgezogen ist und dich in dieser Einöde vergraben hat. Aber vielleicht war es das beste so, Liebling. Du siehst ja, wie schlecht es für mich wäre, wenn die Leute wüßten, daß ich schon einmal verheiratet war und noch dazu eine fast erwachsene Tochter habe. Als ich zur Bühne ging, nahm ich einen anderen Namen an, und weil ich sehr jung und unerfahren aussah, hielt man mich für viel jünger, als ich es in Wirklichkeit war. Da ich all die elenden und unglücklichen Jahre vergessen wollte, habe ich natürlich nichts getan, um diesen Irrtum aufzuklären. Du machst mir doch keine Vorwürfe deswegen, Darling, oder?«

»Nein, natürlich nicht.«

»Na schön. Du verstehst also, weshalb ich nicht plötzlich mit einer erwachsenen Tochter an die Öffentlichkeit treten kann! Es wäre zu schockierend für mein Publikum. Schließlich glaubten bisher alle, ich wäre nur mit meiner Kunst verheiratet, was ja auch tatsächlich stimmt.«

»Well, was also sollen wir sagen?« fragte Sally.

Sie spürte einen harten Kloß im Hals, der ihr das Schlukken erschwerte.

»Ich habe lange darüber nachgedacht«, erwiderte Lynn. »Du weißt, Sally, wir wollen die Unwahrheit nur sagen, soweit es unbedingt nötig ist. Ich hasse es, zu lügen, und ich bin sicher, du bist so erzogen worden, daß du die Lüge ebenfalls haßt. Ich werde also sagen, daß du die Tochter von Arthur St. Vincent bist, eines lieben alten Freundes, der mir sehr viel Gutes getan hat und leider im Krieg gestorben ist. Und da du mir nicht im geringsten gleichst, wird niemand auf die Idee kommen, daß wir in irgendeiner Form miteinander verwandt sein könnten.«

Lynn lächelte triumphierend, und Sally gab sich alle Mühe, zurückzulächeln. Sie hatte keine Ahnung, daß es Mary gewesen war, die Lynn geraten hatte:

»Wenn du unbedingt lügen willst, dann bleib so nahe wie möglich bei der Wahrheit, sonst kannst du sicher sein, daß man dich dabei erwischt. Eine gute Lüge sollte immer zu neun Zehntel die Wahrheit enthalten.«

Lynn betrachtete jetzt ihre Tochter und fragte sich, wie es möglich war, daß sie einmal diesem hübschen, blondhaarigen Wesen das Leben geschenkt hatte.

Aber wozu sich den Kopf zerbrechen! Es war lange her, und sie hatt nie besonders starke Muttergefühle gehabt.

Dennoch war ihr klar, daß für dieses Mädchen etwas getan werden mußte. Und so weit sie das sah, mußte ihr Plan, den sie mit aller Sorgfalt ersonnen hatte, gelingen. Falls nichts Unvorhergesehenes dazwischenkam.

»Nun, Darling«, sagte sie mit einem strahlenden Lächeln und übersah dabei geflissentlich den Schatten in Sallys Blick und den leichten Ausdruck von Enttäuschung um den schöngeschwungenen Mund, »jetzt mußt du mir sehr viel von dir erzählen. Was hast du gemacht in all den Jahren? Wen hast du kennengelernt? Und versuch nicht, mir weiszumachen, daß ein Mädchen mit solch großen Kulleraugen noch keinen Freund gefunden hat.«

Sally lachte.

»Nein«, antwortete sie. »Ich habe wirklich noch keinen Freund. Wie hätte ich das wohl anstellen können? Auf der Farm gab es nur ältere Männer und kleine Jungen. Der einzige Mann, den ich sonst noch kannte, war der Vikar. Ich mochte ihn sehr, weil er stets nett und freundlich zu mir war. Aber er ist schon über siebzig, und ich nehme an, wenn du von einem Freund für mich sprichst, denkst du doch wohl an jemand jüngeren.«

Lynn nickte. Es war genau so, wie sie erwartet hatte.

»Well, das muß anders werden!« bestimmte sie. »Das erste, was du brauchst, sind ein paar hübsche Kleider, und dann werde ich dich einigen netten jungen Männern im richtigen Alter vorstellen. Jugend gehört zu Jugend. Und du mußt jemanden haben, der dir sagt, wie schön du bist.«

»O Lynn, sollte ich mich nicht besser nach einem Job umsehen und damit beginnen, mir meinen Lebensunterhalt selbst zu verdienen?«

»Dazu ist immer noch Zeit«, sagte Lynn. »Darüber werden wir uns in ein, zwei Wochen Gedanken machen. Bis dahin wirst du dich erst einmal etwas amüsieren. Aber versprich mir, daß du es als die Tochter meines alten Freundes Arthur St. Vincent tust! Schwöre mir bei allem, was dir heilig ist, daß du nie, nie einem Menschen verraten wirst, daß wir Mutter und Tochter sind!«

»Ich schwöre es!« erwiderte Sally, und ihre Stimme klang ernst und feierlich.

»Dann ist alles in Ordnung«, sagte Lynn aufatmend. »Und nun lauf zu Mary. Laß dir von ihr etwas Schickes zum Anziehen geben. Und sag ihr, sie möchte so bald wie möglich einen Termin beim Friseur für dich festmachen – falls sie es nicht schon getan hat. Ich aber werde jetzt meinen Freund anrufen und mich bei ihm für das herrliche Armband bedanken.«

Sally erhob sich.

»Vielen, vielen Dank, daß du so wundervoll zu mir bist! O Lynn, ich liebe dich so sehr!«

Es hätte nur der leisesten Ermutigung bedurft und sie hätte die Arme um den Hals der Mutter geschlungen und ihr einen Kuß gegeben. Aber Lynn warf ihr eine Kußhand zu und griff dann nach dem Hörer.

Sally wußte, sie war entlassen. Leise ging sie hinaus und machte sich auf die Suche nach Mary.

Mary nahm sie mit auf ihr Zimmer, und bald trug Sally eins von den schlanken, auf Taille geschnittenen Kleidern und wurde im Wagen zu einem der berühmtesten Damenfriseure im Londoner Westend gebracht. Als sie Stunden später mit Mary den Salon verließ, hatte sie das Gefühl, eine völlig andere geworden zu sein.

Die Vergangenheit schien Jahre zurückzuliegen, und sie konnte sich an die Farm und deren erholungsbedürftige Gäste kaum noch erinnern.

Ein paar Tage später hatten die Anproben begonnen, die jedesmal Stunden in Anspruch nahmen.

Madam Marguerites Stimme holte Sally in die Gegenwart zurück.

»Bitte, stehen Sie ruhig, Mademoiselle. Ich muß diesen Saum gerade bekommen.«

»Tut mir leid«, sagte Sally und nahm sich zusammen.

In diesem Moment ging die Tür auf, und Mary kam ins Zimmer.

»Sie sind ja fast fertig, oder?« fragte sie.

»In zwei Minuten«, erwiderte Madam Marguerite.

»Oh, Gott sei Dank«, seufzte Sally erleichtert. »Es ist so herrlich draußen. Ich würde gern einen Spaziergang machen, Mary. Darf ich?«

Mary warf einen Blick auf ihre Armbanduhr.

»Ich glaube nicht, daß die Zeit dazu noch reichen wird«, antwortete sie. »Lynn möchte mit dir zu Mittag essen, und dazu sollst du das neue blaue Kleid anziehen, das gestern fertig wurde – das blaue Kleid und den großen Hut.«

»Werden wir denn zum Luncheon ausgehen?« fragte Sally.

Mary nickte.

»Ja, ihr werdet mit Mister Thorne nach Bray hinunterfahren und dort das Lunch einnehmen. Er wird gegen eins hiersein, um euch abzuholen.«

»Oh!«

Sallys Stimme verriet Interesse, und Mary streifte das Mädchen mit einem raschen Blick. Dann wandte sie sich ab, aber der Ausdruck auf Sallys Gesicht war ihr nicht entgangen.

So sehr sie Lynns Plan auch mißbilligte, sie mußte zugeben, daß Lynn eine ausgezeichnete Kennerin der menschlichen Natur war.

Fast instinktiv schien sie zu wissen, wie Menschen in bestimmten Situationen reagierten.

Sie wollte, daß Sally sich für Anthony Thorne interessierte, und sie inszenierte diese Begegnung mit der Cleverneß und dem Geschick eines Regisseurs. Ohne daß Sally auch nur die leiseste Ahnung hatte, daß sie manipuliert wurde, erzielte Lynn genau das Resultat, das sie erreichen wollte.

Am vergangenen Abend hatte sie Sally ausrichten lassen, sie möchte das neue Kleid anziehen, das gerade fertig geworden war.

Sally hatte nur zu gerne gehorcht, denn an den Abenden zuvor speisten sie und Mary allein, während Lynn – behängt mit funkelnden Brillanten und Rubinen, und einem Orchideensträußchen auf dem kostbaren Hermelincape – das Haus verließ, um mit Erico zu dinieren.

»Wird Lynn heute abend zum Dinner hiersein?« hatte Sally eifrig gefragt. Mary nickte.

»Ja, sie wird eine kleine Party geben, an der nur du, Lynn, Erico und ein anderer junger Mann, den du noch kennenlernen sollst, teilnehmen werden.«

»Wie heißt der junge Mann?«

»Anthony Thorne«, erwiderte Mary, »aber die meisten nennen ihn Tony.«

Und dann stellte Sally genau die Frage, vor der Mary sich gefürchtet hatte.

»Ist er auch in Lynn verliebt?«

Mary ließ ein leises Lachen hören.

»Oh, er ist viel jünger als Lynn«, meinte sie ausweichend. »Er verehrt sie natürlich – aber wer tut das nicht. Sie sind schon sehr lange miteinander befreundet, aber, wie du weißt, ist Lynn an niemand anderem interessiert als an Erico.«

Sally schien zufrieden mit der improvisierten Antwort, und Mary wandte sich mit einem Seufzer der Erleichterung einem anderen Gesprächsthema zu.

Als Lynn dann kurz vor dem Dinner ganz überraschend in Sallys Zimmer auftauchte, widmete sie sich dem bevorstehenden Dinner mit größter Ausführlichkeit.

»Ich möchte, daß du heute abend sehr nett zu Tony Thorne bist«, sagte sie. »Er hat gerade erst eine schlimme Enttäuschung erlebt. Ein Posten in Paris, um den er sich sehr bemüht hat, wurde ihm abgeschlagen. Die Firmenleitung hat seine Bewerbung abgelehnt und jemand anderen eingestellt. Der arme Junge hatte so viel Zeit und Mühe darauf verwandt, sein Französisch aufzufrischen, und nun ist er schrecklich deprimiert und niedergeschlagen. Du mußt versuchen, ihn ein wenig aufzuheitern, Sally. Schließlich hast du ja allerhand Erfahrung auf diesem Gebiet... ich meine, Menschen aufzumuntern, ihnen Mut zu machen, wenn sie krank oder unglücklich sind.«

»Ja, aber es waren keine Großstädter wie Mister Thorne«, antwortete Sally fast entsetzt. »Ich wüßte nicht, worüber ich mit ihm reden sollte, Lynn. Oh, wenn ich doch nur nicht so unwissend wäre. Ich komme mir so fehl am Platz vor.«

Lynn lächelte.

»Unsinn, Darling! Das macht dich ja gerade so anziehend, daß du nicht so bist wie die anderen jungen Mädchen. Außerdem – laß dir einen Tip geben: Wenn du glaubst, einem Mann nichts zu sagen zu haben – hör ihm einfach zu. Schau ihn mit deinen großen Augen an und bring ihn dazu, von sich selbst zu reden. Das hat bisher noch bei jedem Mann geklappt, den ich kennenlernte. Ich würde dir bei dieser Gelegenheit auch empfehlen, deine Wimpern ein wenig zu tuschen! Ich habe Rose gesagt, sie solle dir zeigen, wie man es macht. Hat sie es schon getan?«

»Ja, Lynn«, entgegnete Sally, »aber es verändert mein Aussehen so sehr.«

Doch dann gewann ihr Sinn für Humor die Oberhand.

»O Lynn, was würde Tante Amy wohl dazu sagen?«

Lynn hielt sich die Ohren zu.

»Rede nicht davon! Ich kann es mir denken!«

Sie ging zur Tür und wandte sich dann noch einmal mit jener Anmut und jenem untrüglichen Sinn für Wirkung, die ihr Publikum so sehr an ihr mochte, zu Sally um.

»Übrigens, Darling, komme nicht früher nach unten, als genau eine Minute nach halb neun, hörst du? Ich möchte Erico wenigstens einige Minuten für mich allein haben.«

»Natürlich, Lynn«, sagte Sally, »das verstehe ich.«

Sie verstand natürlich nicht. Und sie war auch nicht klüger, als sie, wie von Lynn gewünscht, genau zur besagten Zeit den langen, perlgrauen Wohnraum betrat.

Beide, sowohl Erico als auch Tony, waren überrascht gewesen, als sie die Gastgeberin bei ihrer Ankunft schon wartend vorfanden. Sie waren es gewohnt, auf Lynn zu warten, die sehr wohl wußte, wie sehr eine kleine Verzögerung den Augenblick der Verwirklichung zu versüßen verstand.

Nun reichte sie jedem der Männer einen Cocktail und gestattete Erico, seine Lippen auf die Innenfläche ihrer Hand zu pressen.

»Ich habe heute abend eine Überraschung für dich, Tony«, wandte sich Lynn an Tony Thorne. »Ich möchte dich mit einem ganz reizenden Mädchen bekanntmachen. Ich glaube, ich habe dir bereits von ihr erzählt. Ihr Vater war ein guter Freund von mir. Er hat mir sehr viel geholfen, als ich in ihrem Alter war. Leider starb er im Krieg, und das arme Kind lebte bei einer Tante in der Einöde von Wales. Nun ist auch die Tante gestorben, und Sally ist zum erstenmal in ihrem Leben in London, um etwas von der Welt zu sehen. Sie ist außergewöhnlich lieb, und eines Tages wird sie sehr reich sein. Du solltest mir sehr dankbar sein, daß ich dich mit ihr zusammenbringe.«

»Wie nett von dir, Lynn!« sagte Tony Thorne.

In seiner Stimme war ein Beiklang von Spott, und seine

Augen blickten vorwurfsvoll, als er das Glas ergriff, das Lynn ihm reichte.

»Ich lernte Sally gestern beim Lunch kennen«, sagte Erico. »Sie ist ein ganz bezauberndes englisches Mädchen.«

»Wenn du sie zu sehr bewunderst, Liebling, werde ich sehr eifersüchtig sein.« Lynn lächelte ihn an.

»Dazu besteht überhaupt kein Anlaß«, sagte er, und seine dunklen Augen schienen Lynn verschlingen zu wollen. »Für mich gibt es nur eine einzige Frau auf der Welt.«

Lynns Augen verengten sich ein wenig, und es sah aus, als loderte in ihren dunklen, geheimnisvollen Tiefen eine Flamme auf.

Es schien Lynn einige Mühe zu kosten, sich wieder Tony zuzuwenden. Er hatte keinen Blick von den beiden gelassen, und um seine Lippen spielte immer noch ein ironisches Lächeln.

Tony war groß und ungewöhnlich attraktiv, seine Kleidung war elegant, und er trug sie mit der lässigen Selbstverständlichkeit eines Engländers. Erico, der ebenfalls sehr gut angezogen war, wirkte neben ihm fast ein wenig stutzerhaft. Beide Männer waren gutaussehend, und doch schien diese Eigenschaft bei Tony Thorne hinter einer anderen zurückzutreten. Er wirkte gebildet, verriet eine hervorragende Erziehung und strömte eine gewisse Vornehmheit aus, während Erico eher an einen Mann erinnerte, der sich seiner Vitalität und seines Durchsetzungsvermögens bewußt ist und sie stets zu seinem Vorteil einzusetzen versteht.

In diesem Moment öffnete sich die Tür und Sally betrat den Raum. Ihr Kleid aus weißem Chiffon betonte die jungen Brüste und fiel in schweren Falten zu Boden.

Sie trug keinen Schmuck, und ihr Haar – frisiert von Meisterhand – umrahmte das schöne Gesicht und fiel bis auf die weißen Schultern hinab.

Ihre Augen waren groß und ausdrucksvoll, und die leicht geöffneten Lippen signalisierten Schüchternheit und neugierige Erwartung zugleich.

Sekundenlang zögerte sie, dann ging sie langsam auf die kleine Gruppe zu. Etwas unendlich Junges und Rührendes lag in der Zaghaftigkeit ihrer Bewegungen.

Tony Thorne starrte sie an. Und Lynn setzte sich wie zu den Klängen eines unhörbaren Orgelpräludiums in Positur und schwebte Sally entgegen.

»Da bist du ja, Darling«, sagte sie, nahm ihre Tochter bei der Hand und zog sie mit sich. »Erico kennst du ja schon. Er sagte eben sehr schmeichelhafte Dinge über dich. Aber nun möchte ich dich Tony Thorne, einem sehr guten Freund von mir vorstellen.«

»Guten Abend.«

Förmliche Worte, einen anderen zu begrüßen, doch Sally, die zu Tony emporschaute, dachte, wie hübsch er war und wie ungewöhnlich gutaussehend.

Ihre Schüchternheit wich, als es Lynn gelang, sie alle gleichzeitig zum Reden zu bringen und ihre kleine Party unterdessen in das weiß-goldene Speisezimmer zu führen. Die intime, behagliche Atmosphäre des Raumes übertrug sich ohne weiteres auf die Gäste, und niemand empfand die Gegenwart des Butlers und eines Dieners, die bei Tisch bedienten, als störend.

Sally sah silberne Schüsseln und Leuchter mit brennenden Kerzen, und der Tisch war mit herrlichen Orchideen geschmückt.

Kein Wunder, daß sie zu träumen glaubte, und als Lynn sie dazu brachte, wenigstens ein halbes Glas Champagner zu nehmen, und Tony schweigend sein Glas hob und ihr zutrank, hatte sie das Gefühl, eine Fee hätte sie mit ihrem Zauberstab berührt und ins Märchenland versetzt.

Nach dem Dinner besuchten sie einen Night Club. Für Sally war es das erste Mal. Das gedämpfte Licht an den Tischen schuf aus der Dunkelheit des Raumes kleine Inseln. Erico und Lynn redeten miteinander und schienen die Welt um sich her vergessen zu haben. Sally und Tony blieben sich selbst überlassen und waren gleichsam gezwungen, sich miteinander zu beschäftigen.

Sie sprachen über die verschiedensten Dinge, und Sally verlor sehr rasch ihre Scheu ihm gegenüber.

Als Sally an diesem Abend zu Bett ging, dachte sie über Tony nach, bis sie einschlief. Und am nächsten Morgen erwachte sie, und ihre Gedanken waren immer noch bei ihm.

Und nun würde sie mit ihm zusammen das Lunch einnehmen. Wie aufregend! Kein Wunder, daß Lynn gesagt hatte, es sei amüsant, junge Männer kennenzulernen. In ihrer Unerfahrenheit hatte sie sich Männer stets als halbe Unholde vorgestellt, mit denen sie besser nichts zu tun haben sollte.

Aber nun mußte sie zugeben, daß sie sich geirrt hatte. Es gab keinerlei Schwierigkeiten, sich mit Tony zu unterhalten. Und noch einfacher war es, ihm zuzuhören. Er wußte sehr vieles, sprach ungewöhnlich natürlich, und sie hatte den Eindruck, daß es ihm Freude machte, ihr alles Mögliche zu erzählen, weil sie so unkompliziert war.

»Wollen Sie damit sagen, daß Sie so etwas noch nie gesehen haben?« rief er immer wieder verwundert. Und wenn sie ihn dann mit leuchtenden Augen bat, ihr davon zu erzählen, wußte sie, daß Lynn zufrieden mit ihr war, wie sie aus den zustimmenden Blicken, die diese ihr über den Tisch hinweg zuwarf, erkennen konnte.

»Wir werden uns bald wiedersehen«, hatte Tony geflüstert, als sie einander gute Nacht sagten.

Und nun – sie konnte es einfach nicht fassen – bedeutete »bald« das Luncheon heute mittag. Wie herrlich, zusammen mit Tony und Lynn aufs Land zu fahren! Konnte sie noch mehr vom Leben erwarten?

»Das Kleid wird morgen fertig sein, Mademoiselle«, sagte Madame Marguerite mitten in ihre Gedanken hinein.

»Wirklich? Oh, vielen, vielen Dank. Sie sind so zuvorkommend gewesen, Madame.«

»Ich habe mich Miß Lystells wegen so beeilt«, sagte

Madame Marguerite. »Normalerweise wären Ihre Kleider erst in sechs Monaten fertig geworden. Aber Miß Lystell war immer sehr gut zu mir. Sie hat mich vielen ihrer Kolleginnen empfohlen, und auch meinen nächsten großen Auftrag verdanke ich ihr: die Kostüme für ein neues Theaterstück.«

»Und ich profitiere davon«, erwiderte Sally. »Well, Madame, ich bin Ihnen wirklich sehr dankbar.«

Sie ließ sich von Madame Marguerite das mit Nadeln gespickte Kleid über den Kopf ziehen, dann atmete sie befreit auf. Endlich durfte sie sich wieder bewegen! Fast zwei Stunden hatte die Folter gedauert!

»Ich gehe schon«, sagte sie zu Mary, die die ganze Zeit über dabei gewesen war. »Es dauert nicht lange, bis ich mich umgezogen habe!«

»In Ordnung«, antwortete Mary, »ich habe nur noch kurz etwas mit Marguerite zu besprechen.«

Sally eilte zur Tür. Dabei hörte sie Mary sagen:

»Was die Bezahlung betrifft, Marguerite...«

Mehr bekam sie nicht mit, doch plötzlich hatte sie das Gefühl, Lynn nicht genügend gedankt zu haben für all die herrlichen Dinge, die sie ihr schon geschenkt hatte.

Obwohl sie inzwischen wußte, daß außer Mary niemand unaufgefordert zu Lynn aufs Zimmer ging, lief Sally, einem plötzlichen Impuls folgend, zu Lynns Schlafzimmer und klopfte an die Tür.

»Herein!«

Lynn saß halb angezogen vor dem Ankleidetisch und Rose kämmte ihr das Haar.

»Oh, du bist es, Sally«, sagte sie.

Nun, in Lynns Gegenwart, verspürte Sally eine eigenartige Scheu. Die impulsiven Worte der Dankbarkeit wollten ihr nicht über die Lippen. Dabei war sie sich der Tatsache bewußt, daß Lynn mit leisem Unwillen auf eine Erklärung wartete, weshalb sie zu ihr gekommen war. Und so sagte Sally, während sie sich dem Ankleidetisch näherte:

»Ich bin eben mit der Anprobe fertig geworden, Lynn, und ich möchte dir sagen, wie dankbar ich bin und wie großzügig es von dir ist, mir all diese wundervollen Kleider zu geben. Sie müssen irrsinnig viel Geld kosten, und Worte sind eigentlich nicht angemessen genug, dir meinen Dank abzustatten.«

Lynn lächelte, aber es lag eine leichte Schärfe in ihrer Stimme, als sie sagte:

»Ja, sie sind wahrhaftig teuer genug. Aber mach dir nichts draus, eines Tages wirst du mir das Geld zurückerstatten können.«

»Dir zurückerstatten?« Einen Moment lang war Sally konsterniert. »Oh, natürlich, das hoffe ich. Du wirst allerdings darauf noch entsetzlich lange warten müssen. Wenigstens so lange, bis ich soweit bin, eigenes Geld zu verdienen.«

»Wenn du diese Kleider bezahlen willst, wirst du mehr als ein Monatsgehalt für jedes einzelne davon aufbringen müssen«, antwortete Lynn. »Aber laß dir deswegen keine grauen Haare wachsen, Kind. Wir werden genug Geld haben, sobald du erst einmal verheiratet bist.«

»Da wirst du aber noch Jahre warten müssen! O Lynn, sollte ich die Kleider überhaupt haben?«

»Aber selbstverständlich.« Lynn zeigte ein amüsiertes Lächeln, während sie mit dem Lackieren ihrer langen Fingernägel fortfuhr. »Außerdem, wer spricht davon, daß bis zu deiner Hochzeit noch Jahre vergehen werden? Du bist achtzehn, Liebes, und du wirst sehr bald feststellen, daß du dich der Freier nicht mehr erwehren kannst. Nimm meinen Rat an, heirate bald! Es ehrt dich, daß du daran denkst, dir einen Job zu suchen, aber der richtige Platz für eine Frau ist immer noch der im eigenen Heim.«

»Das klingt wundervoll!« sagte Sally. »Dennoch werde ich nicht daran vorbeikommen, mir eine Arbeit zu suchen – ob ich will oder nicht. Erico sprach gestern abend von eurer Reise nach Südamerika. Es ist nicht mehr lange bis dahin. Und spätestens dann muß ich eine Stelle haben – ich muß einfach!«

Lynns Haltung schien sich zu versteifen.

»Im Augenblick kann ich mich damit nicht beschäftigen, Sally. Lauf, und sieh zu, daß du angezogen bist!«

In ihrer Stimme war ein Klang von Zurechtweisung, der Sally nicht entging. Verlegen und bedrückt schlüpfte sie aus dem Zimmer und fragte sich, weshalb Lynn so verärgert war. Nur weil sie davon gesprochen hatte, sich eine Stelle zu suchen?

In der kurzen Zeit, die sie in Lynns Haus weilte, hatte Sally den Eindruck gewonnen, daß die Geldquellen nicht so üppig sprudelten, wie es den Anschein hatte.

Sie hatte mitbekommen, wie Mary zum Koch sagte, daß er unbedingt auf die Ausgaben achten müsse. Und sie hatte Bruchstücke eines Telefongesprächs mitangehört, in dem es wohl um die Begleichung einer schon länger ausstehenden Rechnung ging und Mary den Gesprächspartner um ein wenig Geduld bat.

Vielleicht ist Lynn ihre Sorgen los, sobald sie geheiratet hat, dachte Sally. Verständlich, daß sie Erico nicht schon jetzt um Geld bitten konnte.

Und dennoch war sie verwirrt. Da war irgend etwas, was sie nicht begriff. Irgendwie hatte sie das Gefühl, daß Lynn über ihre Verhältnisse lebte. Eine beunruhigende Erfahrung, die Sally aus ihrer früheren Umgebung nicht kannte. Auf der Farm hatten sie zwar sehr bescheiden gelebt, aber alle Dinge waren prompt bezahlt worden, und zwar unmittelbar nachdem sie geliefert wurden.

Doch sie vergaß Geld und Lynns Zurechtweisung, als sie damit begann, sich für das Lunch umzukleiden.

Das Kleid, das sie auf Marys Anweisung anzog, war hinreißend. Es bestand aus einem sehr weichen, blaßblauen Wollstoff, und es fühlte sich so leicht an, als wäre es aus Seide. Kragen und Ärmelstulpen aus weißem Leinen waren ausknöpfbar. Ein weißer Ledergürtel mit einer blauen Schnalle vervollständigte den aparten Eindruck.

Die Farben waren genau auf das Blau ihrer Augen abgestimmt und bildeten einen wirkungsvollen Kontrast zum Blaßgold ihres Haars.

Den Hut und die weiße Ledertasche in der Hand, eilte Sally etwa zwanzig Minuten später die Treppe hinunter und fand Tony bereits wartend im Salon vor.

»Ich hörte, wir fahren aufs Land«, sagte sie, nachdem er ihr zur Begrüßung die Hand gegeben hatte. »Ich bin schon ganz aufgeregt. Es ist ein so wundervoller Tag, und obwohl ich weiß, daß es nicht recht von mir ist, an London etwas auszusetzen, habe ich oft das Gefühl, in der Stadt ersticken zu müssen.«

»Manchmal ergeht es mir ähnlich«, stimmte Tony ihr zu. »Gerade an einem Tag wie heute tausche ich meine Wohnung nur zu gern mit dem Haus am Fluß in der Nähe von Bray, das mir ein Freund zur Verfügung stellte. Ich finde den Fluß bei heißem Wetter herrlich. Doch ich nehme an, Sie mögen das Land bei jedem Wetter und zu jeder Jahreszeit.«

Sally nickte.

»Ich habe nie in der Stadt gelebt und bin deshalb nicht in der Lage, das richtig zu beurteilen. Aber für mich ist das Land schön zu jeder Zeit des Jahres. Mögen Sie den Winter nicht, wenn überall der Schnee liegt und die Bäume mit ihren nackten Ästen auf dem fahlen Hintergrund des Himmels wie eine Schwarzweißradierung aussehen?«

»Ich habe nie darüber nachgedacht«, gab Tony zu, »aber ich glaube, der Vergleich mit einer Radierung ist tatsächlich sehr treffend. Doch obwohl ich das Land mag, finde ich es in der Stadt immer noch am angenehmsten. Wenn ich an London, Paris und New York denke... ich habe mich in jeder dieser Städte äußerst wohl gefühlt, und ich glaube, Ihnen wird es genauso ergehen, wenn sie etwas älter geworden und erst einmal dort gewesen sind.«

»Mag sein«, erwiderte Sally. »Im Augenblick ist daran allerdings nicht zu denken. Zunächst muß ich einmal sehen, so schnell wie möglich eine Stelle zu bekommen, und leider bringe ich kaum die Voraussetzungen für einen Job in der Stadt mit. Ich werde wohl aufs Land zurückgehen und mir eine Beschäftigung auf einer Farm suchen müssen. Ich verstehe mich ganz gut auf Tiere.«

Tony setzte gerade zu einer Erwiderung an, als Lynn ins Zimmer kam. Zu Sallys Überraschung war sie sehr elegant gekleidet. Sie trug ein Kleid aus dunkelroter Seide, einen Hut mit Federn und einen großen Ansteckstrauß aus roten Orchideen an der Schulter.

»Ihr Lieben«, sagte sie, »ich muß euch leider ein ganz schlimmes Geständnis machen. Als ich euch den Vorschlag machte, heute aufs Land zu fahren, habe ich doch vollständig vergessen, daß Erico mich zum Lunch erwartet. Ich kann ihm unmöglich absagen und muß euch also leider enttäuschen. Es ist ein sehr wichtiges Essen, zu dem uns der brasilianische Botschafter eingeladen hat. Bitte, seid mir nicht böse, aber ihr werdet auf meine Gesellschaft verzichten müssen. Ihr könnt gerne den Wagen nehmen, denn Erico wird mir seinen schicken. Bleibt, so lange ihr wollt, und macht euch einen schönen Tag.«

»O Lynn!« Sallys Stimme klang enttäuscht.

»Nun tu nicht so, als würdest du mich vermissen!« Lynn lachte. »Und, um ehrlich zu sein, ich käme mir richtig alt vor, wenn ich für euch beide den Anstandswauwau spielen müßte.«

»In dieser Rolle kann ich mir dich wirklich nicht vorstellen«, sagte Tony.

Lynn hob die Brauen.

»So?« sagte sie. »Vielleicht werde ich nicht daran vorbeikommen. Aber nun ab mit euch! Du paßt mir auf das Kind auf! Und vergiß nicht, ich möchte, daß sie den Aufenthalt bei mir genießt. Es ist wichtig.«

»Das werde ich schon nicht vergessen«, sagte Tony mit einem Klang von Bitterkeit in der Stimme.

Sally hatte sekundenlang den Eindruck, als schauten die beiden sich an wie Feinde, tat den Gedanken dann aber als absurd ab.

Sie hatte oft die seltsamsten Vorstellungen, was andere betraf. Schon als Kind erfand sie phantasievolle Geschichten und baute darin die Menschen ein, die ihr am Tag begegnet waren. So ähnlich hatte sie das vor einigen Tagen auch mit dem Gentleman gemacht, der ihr auf dem Bahnsteig des kleinen Nebenbahnhofs begegnet war und der sie so eindringlich an einen mittelalterlichen Ritter erinnert hatte.

Ab und zu hatte sie noch an ihn gedacht und sich gefragt, ob sie ihn und seinen hübschen Cocker wohl noch einmal zu Gesicht bekommen würde, wenn sie Nanny Bird besuchte.

Nun hatte sie den Eindruck, Lynn und Tony wären voller Feindseligkeit gegeneinander. Doch dann verging der Augenblick, da die beiden sich anstarrten, und Sally sagte sich, daß sie sich wohl wieder etwas zurechtphantasiert hatte.

Der Tag verlief so prächtig, daß sie glaubte, aus einem dumpfen, bleiernen Schlaf aufzuwachen und sich, zum erstenmal im Leben, ihrer eigenen Stärke, ihrer Jugend und ihrer Möglichkeiten zum Glücklichsein bewußt zu werden. Die Welt war schön. Weshalb sollte nicht auch sie, Sally St. Vincent, sich daran erfreuen können!

Lynns Rolls Royce, langgestreckt und silbergrau, wartete auf sie. Tony schickte den Chauffeur fort, nachdem er ihm gesagt hatte, er werde selbst fahren.

Sie glitten durch die Straßen, und bald lagen die letzten Häuser hinter ihnen. Das sanftgewellte Land dehnte sich vor ihnen aus mit seinen grünen Feldern, den baumbestandenen Chausseen und bewaldeten Hügeln.

»Was halten Sie von der Aussicht?« fragte Tony plötzlich und hielt auf einer Anhöhe.

Hinter ihnen ragten hohe Tannen, und vor ihnen lag ein

liebliches Tal, durch das sich ein silbern glänzender Bach schlängelte.

»Es ist wunderschön«, erwiderte Sally. »Aber wo sind wir hier?«

»In Surrey«, antwortete Tony. »Diesen Teil der Welt kenne ich wie meine Westentasche.«

»Aber ich dachte, wir fahren nach Bray.«

»Nie in Ihrem ganzen Leben. Das ist Lynns Platz, nicht der Ihre!«

»Was wollen Sie damit sagen?«

»Ach, nichts! Reden wir von etwas anderem.« Tonys Stimme klang hart. »Es gibt da unten ein kleines Wirtshaus. Schlage vor, daß wir da etwas essen. Nichts Aufwendiges mit französischen Namen, sondern deftige englische Hausmannskost, zu der ein kühles Bier vom Faß immer noch am besten schmeckt.«

Sally ging auf die schroffe Erwiderung ihrer Frage nicht ein, obwohl sie sich sagte, daß seine Reaktion schon recht eigenartig sei. Sie willigte in seinen Vorschlag ein, und bald saßen sie in einer niedrigen, mit schweren Eichenbalken versehenen Gaststube, und jeder von ihnen hatte ein riesiges Steak mit Bratkartoffeln und Bohnen vor sich stehen.

»Das schmeckt!« rief Sally. »Wie gut, daß wir hierhergefahren sind.«

»Ich dachte mir, daß es Ihnen hier gefallen würde«, sagte Tony und betrachtete sie. »Und nun erzählen Sie etwas von sich!«

»Da gibt's nicht viel zu erzählen«, entgegnete Sally. »Sie wissen bereits alles über mich. Mein Leben verlief ziemlich eintönig. Erzählen Sie mir lieber von sich!«

»Das ist schwierig«, sagte Tony ausweichend. »Mein Leben läßt sich nicht in zwei-, dreihundert Worte zusammendrängen. Aber ich wollte nicht wissen, was sie bisher gemacht haben, sondern was Sie denken und fühlen. Sagen Sie mir zum Beispiel, was Sie von Lynn halten.«

»Oh, für mich ist sie die wundervollste und schönste

Frau, die ich mir vorstellen kann. Ich liebe sie mehr, als jeden anderen Menschen in der Welt.«

In ihrer Stimme lag ein solcher Ernst, daß Tony einen Moment lang fast erschreckt aufblickte.

»Sie scheint Sie auch sehr zu mögen«, sagte er nach einer kurzen Pause. »Sie sagte, Ihr Vater sei vor vielen Jahren einmal sehr nett zu ihr gewesen. Er muß sie wirklich sehr beeindruckt haben, denn es ist erstaunlich, daß Lynn sich so für ein anderes weibliches Wesen interessiert. Vor allem dann, wenn dieses Wesen auch noch ungewöhnlich attraktiv ist.«

In seiner Stimme war eine Spur von Kritik oder Skepsis, die Sally ärgerte.

»Lynns Leben ist voller Freundlichkeit«, erwiderte sie rasch. »Ich weiß das, obwohl ich sie während der letzten Jahre kaum gesehen habe.«

»Dann sind Sie sich also auch früher schon begegnet?«

Sally spürte, daß sie sich auf dünnes Eis begab.

»Ja, ab und zu.«

»Well, sie muß Ihrem Vater gegenüber eine tiefe Dankesschuld empfinden, wenn sie so viel für seine schöne Tochter tut.«

»Danke für das Kompliment!« Sally versuchte, das Gespräch in andere Bahnen zu lenken.

»Aber Sie wissen doch, daß Sie schön sind, nicht wahr?«

»Soll ich ehrlich zu Ihnen sein und Ihnen verraten, daß es das erste Mal ist, daß ein anderer als Lynn mir dies sagt?«

Tony war sichtlich erstaunt.

»Guter Lord, wo haben Sie denn gelebt?«

»In Wales.«

»Ich habe nie viel von den Walisern als Volk gehalten«, sagte Tony. »Und nun bin ich sicher, daß der schlechte Ruf, den sie überall genießen, nicht von ungefähr kommt.«

Sally lachte.

»Sie sind spaßig!«

»Ich bemühe mich«, sagte Tony. »Doch sagen Sie mir, ob

es in Wales auch den einen oder anderen Mann gibt? Hat Ihnen noch niemand mit seiner hübschen walisischen Singsangstimme eine Liebeserklärung gemacht oder versucht, Sie in der Einsamkeit der walisischen Bergwelt zu küssen?«

»Auf beide Fragen: Nein!« erwiderte Sally. »Die einzigen Männer, denen ich in der walisischen Bergeinsamkeit begegnet bin, waren alte Schafhirten, und die hatten zuviel mit der Suche nach entlaufenen Lämmern zu tun, um Zeit für junge Frauen zu haben.«

»Würden Sie gerne von jemandem geliebt werden, Sally?« fragte Tony.

In seinem Blick war etwas, das Sally die Augen niederschlagen ließ.

»Ich glaube nicht«, antwortete sie. »Ich... ich weiß es nicht.«

»Sie scheinen sich darüber nicht ganz im klaren zu sein«, meinte Tony.

Plötzlich beugte er sich über den Tisch und nahm ihre Hand in die seine.

Sie waren allein in der Gaststube. Außer ihnen gab es keine weiteren Gäste, und die Kellnerin hatte ihnen zwei große Tassen Kaffee gebracht und sich dann zurückgezogen.

Tony hielt Sallys Hand, und bei der Berührung seiner Finger überfiel Sally eine jähe Scheu. Sie zitterte am ganzen Körper, dennoch wußte sie nicht, ob sie ihm ihre Hand entziehen oder sie in der seinen lassen sollte. Sie spürte nur das heftige Pochen ihres Herzens und den Andrang des Blutes in ihren Schläfen.

»Wie klein und zart Ihre Hand ist«, sagte Tony ruhig und drehte ihren Handteller nach oben. »Sie haben die Hände einer Künstlerin, Sally«, fuhr er dann fort. »Aber Sie haben schwere Arbeit damit verrichten müssen.«

Er berührte zwei kleine verhornte Stellen unterhalb des Zeige- und Mittelfingers ihrer Hand.

»Ja, das habe ich«, murmelte Sally, um irgend etwas zu sagen.

»Und nun lassen Sie mich Ihnen die Zukunft lesen! Sie werden ein sehr langes und gesundes Leben haben. Sie werden geliebt werden, nicht einmal, sondern oft und von vielen Männern. In ein paar Jahren werden Sie eine sehr schöne Frau sein. Freut Sie das?«

»Ich glaube, Sie reden Unsinn!« sagte Sally.

Ihre Stimme klang atemlos, so als wäre sie schnell ein langes Stück Weg gelaufen.

»Warten Sie nur ab. Sie werden sehen, daß ich recht habe!« Tony lächelte.

Er hielt ihre Hand immer noch fest, und sie fühlte, wie er sie näher zu sich heranzog.

Panik erfaßte Sally. Sie sprang auf und entzog ihm ihre Hand. Dann griff sie nach ihrer Handtasche, die neben ihr auf dem Fußboden gelegen hatte.

»Es ist spät geworden. Wir sollten zurückfahren. Lynn könnte mich brauchen!«

Tony lehnte sich auf seinem Stuhl zurück und schaute sie an. Dann ließ er ein leises Lachen hören.

»All right, Sally, Sie wissen, man kann vor jeder Erfahrung davonlaufen.«

Sally tat so, als hätte sie seine Worte nicht gehört. Sie ließ ihn zahlen, während sie die Gaststube verließ und durch den kleinen Vorraum nach draußen zum Wagen ging. Sie wünschte, ihr Herz würde nicht so wild schlagen, aber sie hatte keine Angst mehr. Sie war sich nur einer fast rauschhaften Erregung bewußt, die ihr Inneres erfaßt hatte.

War es dieses Gefühl, was die Leute meinten, wenn sie vom Verliebtsein sprachen?

Sie war sich nicht sicher. Sie hatte nur das Gefühl, daß die Sonne plötzlich noch heller leuchtete, als Tony auf den Vorbau heraustrat und auf sie zukam.

Schweigend fuhren sie nach London zurück, doch es war kein verlegenes Schweigen, das zwischen ihnen herrschte. Es war einfach so, als brauchte es der Worte nicht.

Es war schön, neben jemandem wie Tony zu sitzen und

durch das sonnendurchflutete Land dahinzugleiten. Und was sollte man auch sagen, wenn einem so war, als würde das eigene Innere widerhallen von einem Gesang der Freude!

Erst als sie den Berkeley Square erreichten, brachte Tony den Wagen zum Halten, drehte ihr das Gesicht zu und blickte sie an.

»Hat es Ihnen gefallen, kleine Sally?« fragte er.

»Es war wundervoll«, antwortete sie. »Ich danke Ihnen so sehr!«

Einen Moment lang erschien ein Ausdruck in seinen Augen, als haßte er sie.

»Danken Sie nicht mir! Danken Sie Lynn!«

»Ja, natürlich«, sagte Sally. »Es war ihre Idee, und sie hat uns den herrlichen Wagen überlassen.«

»Ja, es war ihre Idee«, sagte Tony und beugte sich vor, um die Wagentür zu öffnen.

Sally spürte die Berührung seines Arms, und der schwache Duft seines Haaröls drang ihr in die Nase.

Wieder begann ihr Herz zu rasen, und voller Entsetzen über ihre eigenen Gefühle floh sie hastig aus dem Wagen.

»Kommen Sie mit ins Haus?« fragte sie.

»Aber natürlich, ich muß Lynn doch melden, daß ich Sie sicher und wohlbehalten zurückgebracht habe.«

»Ich frage mich, ob sie schon da ist«, sagte Sally. Aber der Butler, der ihnen die Tür öffnete, teilte ihnen mit, daß Lynn noch nicht wieder zurück war.

»Sehr gut, ich werde also mit hineinkommen und eine Zigarre rauchen. Sie brachten mich nach dem Essen um das Vergnügen, weil Sie so plötzlich aufbrachen, um nach London zurückzukommen.«

»Das tut mir leid!« entschuldigte sich Sally. »Ich wußte nicht, daß die Herren nach dem Essen zu rauchen pflegen.«

»Immer dann, wenn das Essen gut war und die Gesellschaft angenehm.«

»Beim nächstenmal werde ich daran denken«, versprach Sally. Dann errötete sie, weil sich ihre Worte angehört hatten, als rechnete sie fest mit einer neuen Einladung von ihm.

Tony sah, wie die Röte in ihre Wangen stieg.

»Sie werden sich wieder von mir zum Lunch ausführen lassen?«

»Natürlich«, erwiderte Sally ehrlich, »wenn Sie mich dazu einladen.«

»Sie haben mir also verziehen?«

»Verziehen? Was sollte ich Ihnen verzeihen?«

Tony hatte sich eine Zigarre aus einem Lederetui genommen, das er nun in die Rocktasche zurücksteckte. Aber er machte keine Anstalten, die Zigarre in Brand zu setzen. Im Gegenteil, nach kurzem Zögern legte er sie auf das Kaminsims.

»Ich glaubte, mein Vorschlag könnte Sie verärgert haben.«

»Oh!«

Irgendwie hatte Sally mit dieser Bemerkung nicht gerechnet, und wieder schoß ihr das Blut in die Wangen.

Tony stand da und blickte auf sie nieder. Plötzlich sagte er mit einer Stimme, die halb wie ein Aufstöhnen klang:

»Sie sind so jung, so beneidenswert jung!«

Sally schwieg. Sie war immer noch verlegen wegen seiner vorangegangenen Bemerkung, und sie wußte nicht, wie sie auf die letzte antworten sollte.

Dann machte Tony einen Schritt auf sie zu, legte den Arm um sie und hob mit der Hand ihr Gesicht zu seinem empor.

»Sie sind sehr schön!« sagte er, und bevor sie sich noch bewegen oder wehren konnte, war sein Mund auf dem ihren.

Jähe Furcht stieg in ihr auf, die Angst, ihr Herz könnte aussetzen, erfüllte sie. Dann schien es nichts mehr zu geben in der Welt als die Wärme und Faszination von Tonys Lippen.

Sie glaubte, zu ersticken, fühlte sich überwältigt, mitgerissen von einem Sturm, dem sie sich nicht entgegenzustellen wünschte.

Doch plötzlich war sie wieder frei. So rasch, wie er sie in die Arme genommen hatte, ließ er sie wieder los.

Einen Augenblick lang stand sie vor ihm, unfähig, sich zu rühren. Wortlos starrte sie ihn an. Dann stieß sie einen leisen Schrei aus, dessen Bedeutung sie nicht einmal selbst zu deuten vermochte. In ihrem Inneren herrschte ein völliges Chaos, sie war nicht imstande, sich über ihre Gedanken und Gefühle Rechenschaft zu geben.

Sie wußte nur eins: Was da mit ihr geschah, überstieg ihr Begreifen. Und es war höchste Zeit, daß sie sich davor in Sicherheit brachte. Gehetzt wandte sie sich um und lief wie ein aufgescheuchtes Reh aus dem Raum.

Als sie die Halle durchquerte, bemerkte sie aus den Augenwinkeln, daß die Haustür geöffnet wurde und jemand das Haus betrat. Aber sie wandte nicht den Kopf.

Sie hastete nach oben, erreichte ihr Zimmer und warf sich aufs Bett, das Gesicht in die Kissen vergrabend. Sie hörte das wilde Pochen ihres Herzens und die schnellen, stoßweisen Atemzüge.

Im Salon unten steckte sich Tony seine Zigarre an, als Lynn zur Tür hereinglitt. Sie machte einige Schritte ins Zimmer, streifte die hohen Wildlederhandschuhe ab und blickte ihn unter langen, seidigen Wimpern an.

»Nun?« fragte sie nach einigem Warten.

Es war eine Frage.

Tony starrte sie über die Länge des Salons hinweg an, zog einige Male an seiner Zigarre bis die Glut an der Spitze rot aufleuchtete. Dann warf er das abgebrannte Streichholz in den Kamin.

»Ich habe mich immer schon gefragt, ob du nun durch und durch schlecht bist, Lynn, oder nur ausgesprochen egoistisch«, sagte er schließlich.

IV

Lynn ging in den Salon, nahm das platinrote Fuchscape von den Schultern und warf es achtlos über eine Stuhllehne.

»Ein entzückender Abend, Erico«, sagte sie leise zu dem Mann hinter ihr. »Aber ich muß zu Bett. Morgen früh habe ich eine Generalprobe, bei der ich nicht zu spät kommen darf.«

»Die Nacht ist noch so jung«, erwiderte er.

Er griff nach ihrer Hand und preßte die Lippen in die Mitte der Innenfläche.

»Ich liebe dich«, murmelte er.

Lynn antwortete nicht. Reglos stand sie da. Das Kleid aus grauem Tüll gab ihr etwas Ätherisches, fast Geisterhaftes, so als könnte sie sich jeden Augenblick in Luft auflösen.

Ericos Lippen waren auf ihrem Handgelenk, wanderten über die Innenseite ihres Unterarms und verharrten in der blaugeäderten Armbeuge. Er flüsterte etwas auf Spanisch, dann riß er Lynn mit einer wilden, besitzergreifenden Bewegung an sich.

Seine Küsse, heiß und voller Leidenschaft, bedeckten ihren Hals und ihre weißen Schultern, bis er schließlich Besitz von ihrem Mund ergriff.

Wehrlos lag Lynn in seinen Armen und ließ den Sturm seiner wilden Zärtlichkeiten über sich ergehen. Doch dann schien sich auch in ihr ein Feuer zu entzünden.

Sie hob die Arme, schlang sie um seinen Hals und begann seine Küsse zu erwidern.

»Lynn, Lynn! *Querida mia!* Ich begehre dich!«

In Ericos Augen funkelten die Lichter der Leidenschaft, seine Stimme zitterte vor Erregung. Er wollte Lynn auf die Arme nehmen, doch sie entwand sich ihm und wich zurück.

Ihre Augen leuchteten, und ihr Atem kam keuchend über die halbgeöffneten Lippen, doch hastig bat sie:

»Nein, warte Erico! Ich bin müde. Ich habe dir gesagt, daß ich ins Bett muß!«

»Dann werde ich dich hintragen.«

Sie schüttelte abwehrend den Kopf, denn im Augenblick traute sie ihrer Stimme nicht. Seine fast animalische Männlichkeit erregte sie, und jedesmal, wenn sie allein waren, wurde es schwieriger für sie, nicht nur ihn, sondern auch sich selbst zu zügeln.

Lynn war zweimal eine Ehe eingegangen und hatte viele Männer gehabt, aber keiner von ihnen hatte eine solche Macht über sie besessen wie Erico.

Eine geradezu magnetische Kraft ging von ihm aus. Zum erstenmal in ihrem Leben hatte sich ihr Verstand dem Herzen unterworfen, und es beunruhigte sie mehr als alles andere, daß etwas Derartiges überhaupt hatte geschehen können.

Sie hob die Arme und ordnete ihr Haar. Erico sah die erregenden Rundungen ihrer Brüste und Hüften und stieß heiser hervor:

»*Dios*, bist du schön! Ich bete dich an. Laß mich dir beweisen, wie sehr ich dich liebe. Worauf wartest du? Was können Priester, Glocken und Segen der Kirche daran ändern? Du bist mein, und ich will dich haben!«

Aber eine jahrhundertealte Weisheit in Lynn ließ sie nicht nur Ericos, sondern auch das eigene Verlangen zurückdrängen. Nach dem Ende ihrer zweiten Ehe hatte sie sich geschworen, nie wieder zu heiraten.

Natürlich hatte sie gewußt, daß es in ihrem Leben immer Männer geben würde, aber keiner sollte mehr irgendwelche legalen Rechte über sie besitzen.

Doch von der ersten Begegnung mit Erico an hatte sie gewußt, daß hier ein Mann war, der sich von all seinen Vorgängern unterschied.

Es waren nicht nur sein Reichtum und seine unermeßlichen Besitzungen, die sie angezogen hatten – obwohl sie ehrlich genug war, vor sich selbst zuzugeben, daß sie den Gedanken an eine Heirat gar nicht in Erwägung gezogen hätte, wenn er mittellos gewesen wäre. Nein, es war etwas, das darüber hinausging, etwas, das sie sich nicht einmal jetzt wirklich erklären konnte.

Er erregte sie, ließ sie erzittern, als wäre sie ein Instrument, das er vollkommen beherrschte. Und doch war das nicht alles. Da war noch etwas an ihm, das sie in seinen Bann schlug und für das sie keine Worte fand.

Sie schaute ihn an, und der Blick ihrer Augen war sanft und zärtlich. Wie gut er aussah! Wie männlich er war! Jeder Zoll an ihm ein Sieger und Eroberer.

Unwillkürlich dachte sie an Arthur. Wie glücklich war er gewesen, wenigstens eine Zeitlang eine Frau wie sie besitzen zu dürfen! Aber sie hatte ihm nie gehört. Arthur war ihr Sklave gewesen, nicht sie seine Sklavin.

Bei Erico war es umgekehrt. Sie war stolz, seine Überlegenheit über sie anzuerkennen, ihre Abhängigkeit von ihm auch vor anderen zuzugeben.

Lynn ging auf ihn zu – mit diesen grazilen, schmiegsamen Bewegungen, die so sehr das Ergebnis ihrer Bühnenschulung waren.

»Ich muß wirklich gehen, Erico, mein Darling«, sagte sie. »Wenn du noch länger bleibst, wird es uns beiden leid tun.«

»Du weißt nicht, was du sagst«, entgegnete er. »Es ist nicht Ziererei, die dich mich zurückstoßen läßt! Du bist wie alle Engländerinnen: kalt und gefühllos – ein Eiszapfen. Aber ich werde dich ans Schmilzen bringen! Werde dich lehren, was Liebe ist! *Ven aqui, querido mio,* komm!«

Mit beiden Händen umfaßte er ihre nackten Schultern und zog sie an sich. Doch bevor seine Lippen die ihren berühren konnten, legte sie die Finger auf seinen Mund.

»Nein, Erico, ich kann einfach nicht.«

Er biß ihr in die Finger. Zuerst sanft, dann fester, bis sie leise aufschrie vor Schmerz.

»Du bist grausam«, sagte sie und setzte ein schmollendes Gesicht auf.

Dann kehrte sie ihm den Rücken und starrte in die sterbende Glut des Feuers.

Er trat hinter sie. Lynn spürte die Kraft, die von ihm ausging und begann zu zittern, obwohl sie sich gewaltsam dagegen sträubte.

»Du treibst mich in den Wahnsinn«, sagte er, und seine Stimme klang tief und heiser. »Manchmal möchte ich dich töten, weil ich glaube, nur so Frieden zu finden.«

»Töte mich!« Sie lächelte. »Und ich werde nicht länger dir gehören.«

»Ja, aber dann kannst du auch keinem anderen mehr gehören. Ich bin eifersüchtig. Eifersüchtig auf jeden, den du ansiehst und mit dem du sprichst. Eifersüchtig auf das Publikum, das deinem Spiel auf der Bühne zuschaut, eifersüchtig auf deine Kollegen und eifersüchtig auf die Blumen, die du berührst. Ja, ich bin sogar eifersüchtig auf dieses hübsche Mädchen, das du zu dir eingeladen hast und das mit dir zusammen im Haus lebt, während ich fortgeschickt werde.«

Lynn seufzte.

»Armer Erico«, sagte sie leise.

»Ist das alles, was du mir zu sagen hast?«

Die Wildheit wich aus seiner Stimme und machte einem sanften, beschwörenden Ton Platz.

»So lange dauert es doch nicht mehr!« tröstete ihn Lynn.

»Mir erscheint es noch wie eine Ewigkeit. Eine Ewigkeit vergeblicher Sehnsucht und dunkler Nächte, die ich ohne dich verbringen muß und in denen ich keinen Schlaf finde. Wenn du allein in deinem herrlichen Bett liegst, denkst du dann wenigstens einmal an mich?«

Lynn gab ihm keine Antwort, doch ihr Blick sagte ihm alles, was er von ihr wissen wollte, bevor sie sich abwandte. Eine Sekunde später spürte sie seine Lippen auf ihrem Nacken und zwischen ihren Schulterblättern.

Sie fühlte, wie ein Schauder der Erregung über ihren Rücken rieselte, und hastig – weil sie aufs neue die Flamme der Begierde in sich auflodern spürte – wich sie einen Schritt zur Seite und drehte sich zu ihm um.

»Geh, Erico!« bat sie. »Bitte, geh jetzt!«

An ihrem Tonfall erkannte er, daß sie es ernst meinte. Er nahm ihre Hände in die seinen, bedeckte sie mit Küssen und wandte sich zur Tür.

Lynn folgte ihm. Sie nahm ihren Umhang von der Stuhllehne und wollte hinter ihm den Raum verlassen.

Doch als Erico die Salontür öffnete, hörten sie, wie ein Schlüssel ins Schloß gesteckt und umgedreht wurde. Unwillkürlich streckte Lynn die Hand nach dem Schalter aus und löschte die Lichter.

Reglos standen sie in der Dunkelheit und lauschten, während die Haustür geöffnet wurde. Dann hörten sie Sallys Stimme:

»Danke, daß Sie mich ausgeführt haben, und – gute Nacht.«

»Ich sehe Sie morgen.«

Tonys Stimme war leise und dunkel.

»Oh, ich nehme es an«, antwortete Sally, »aber ...«

»Kein Aber!« unterbrach Tony sie. »Ich komme vorbei und hole mir Ihre Antwort.«

»Ich glaube nicht, daß ich eine Antwort für Sie habe«, erwiderte Sally rasch. »Außerdem wird Lynn ...«

»Lynn wird erfreut sein.«

In Tonys Stimme war ein Anflug von Erheiterung.

»So? Und woher wollen Sie das wissen?«

»Fragen Sie Lynn, dann werden Sie sehen! Und schauen Sie nicht so beunruhigt, Sally! Sie brauchen keine Angst vor mir zu haben.«

»Oh, ich habe keine ... Ich meine – es ist nicht das! Ich kann es nicht richtig ausdrücken, was ich meine. Ich glaube, ich gehe jetzt am besten nach oben. Gute Nacht, Tony!«

Sallys Stimme klang, als wäre sie dem Weinen nahe. Dann

hörten die beiden Menschen im Salon, wie die Haustür zugeschlagen wurde und Sally die breite, mit einem Läufer ausgelegte Treppe hinaufeilte.

Erico wandte sich zu Lynn um, doch bevor er ein Wort sagen konnte, legte sie ihm die Finger auf die Lippen.

»Pst«, flüsterte sie. »Sie braucht nicht zu wissen, daß wir sie belauscht haben. Das Kind ist ja völlig außer sich. Wahrscheinlich hat sie ihren ersten Antrag bekommen.«

»Der Kerl ist ein Narr«, stieß Erico hervor. »Er hat keine Ahnung, wie man Liebe macht!«

Lynn brachte ihn zum Schweigen, führte ihn durch die Halle und ließ ihn aus dem Haus. Noch einmal küßte er ihre Hand.

»Gute Nacht, Lynn, Liebling. Mögen unsere Träume bald Wirklichkeit werden!«

Lynn hörte, wie seine Schritte verklangen, dann ging sie langsam nach oben. Sallys Schlafzimmer lag dem ihren gegenüber.

Sie zögerte einen Augenblick, dann klopfte Lynn an die Tür ihrer Tochter und drückte den Türgriff nieder.

Sally saß vor ihrem Ankleidetisch, den Kopf in beide Hände gestützt. In ihrer Haltung lag etwas Verletzliches und Mitleiderregendes.

Sie weinte nicht, sie wirkte nur so, als wäre sie zu schwach, die Entscheidungen zu fällen, die von ihr verlangt wurden.

»Ich schaue nur bei dir hinein, um zu sehen, ob du wieder zurück bist«, sagte Lynn leise, als Sally sich ein wenig verlegen erhob. »Bist du müde?« fragte sie, als bemerkte sie sonst nichts Beunruhigendes an Sallys Äußerem. »Wenn nicht, komm doch auf einen Sprung zu mir rüber. Wir könnten uns noch ein wenig miteinander unterhalten, während ich mich für die Nacht zurecht mache.«

»Oh, gern!« rief Sally und folgte Lynn über den Korridor zu deren Zimmer.

Die Lampen neben dem Bett brannten und tauchten den

Raum in warmes, gedämpftes Licht. Im Kamin prasselte ein helles Feuer, denn, mochte es auch noch so warm sein, am Abend fröstelte es Lynn.

Es war, als verausgabte sie sich auf der Bühne und bei ihren Kontakten mit anderen so sehr, daß sie am späten Abend mehr künstliche Wärme benötigte als ein durchschnittlicher Mensch.

Sally empfand die Hitze im Raum als unerträglich, doch Lynn zitterte vor Kälte, während sie ihr Kleid auszog und es achtlos über einen Stuhl warf. Sie schlüpfte in einen Abendmantel aus Satin, dessen weite Ärmel mit einem weißen Hermelinbesatz versehen waren.

»Setz dich doch, Kind«, forderte sie Sally auf, die sie beobachtete.

Dann trat sie an den Ankleidetisch und nahm die großen, sternförmigen Brillantohrringe ab.

»Hattest du einen netten Abend?« fragte sie.

»Ja.«

Sallys Antwort war kaum zu hören.

»Willst du mir nicht ein wenig darüber erzählen?«

Stille. Schließlich – mit der erregten Stimme eines Kindes, das sich eines Vergehens schuldig gemacht hat – brach es aus ihr hervor:

»O Lynn, Tony will mich heiraten!«

»Darling!« Lynns leiser Überraschungsschrei war Theater in Vollendung. »Aber das ist ja wunderbar! Ich bin ja richtig aufgeregt! Und? Bist du froh? Bist du glücklich?«

Sallys Augen blickten traurig.

»O Lynn, ich weiß nicht, was ich sagen soll. Ich bin mir einfach nicht sicher, ob ich ihn liebe.«

»Aber Darling, natürlich liebst du ihn! Wie könnte sich jemand nicht in Tony verlieben? Er ist ein so gutaussehender Mann. Ich kenne ihn schon seit Jahren, und ich sage dir: Er ist einer der attraktivsten und anziehendsten jungen Männer, die ich jemals gesehen habe.«

Sally schien sich ein wenig zu entspannen.

»Dann ... dann – freust du dich also?«

»Aber ja! Sehr sogar! Wünscht sich nicht jede Mutter, ihre Tochter verheiratet zu sehen? Und obwohl du und ich gezwungen sind, unsere verwandtschaftlichen Beziehungen geheimzuhalten, Sally – ich bin immer noch deine Mutter. Ich möchte, daß du einen Mann und ein Heim hast! Ich möchte, daß du versorgt und glücklich bist!«

»Und du glaubst ...« Sally stockte, »... du glaubst, daß Tony der – Richtige ist?«

»Aber natürlich. Ich hätte dich doch nie mit ihm bekanntgemacht, wenn ich nicht sicher gewesen wäre, daß er meinem kleinen Mädchen ein guter Freund sein würde. Und nun, da er dich sogar zu seiner Frau machen will, mag ich ihn noch mehr als bisher!«

»Ich ... Es ist nicht nur, daß ich ...«

»Du hast Bedenken, Zweifel, natürlich! Jedem Mädchen ergeht es so, wenn es sich zum erstenmal verliebt.«

»Aber bist du wirklich überzeugt, daß ich mich in ihn verliebt habe?« fragte Sally. »Weißt du, ich habe noch nie einen jungen Mann kennengelernt. Und noch nie ... noch nie vorher bin ich geküßt worden.«

»Hat es dir gefallen?« wollte Lynn wissen.

»Ich weiß es nicht«, erwiderte Sally. »Es war so seltsam, fast beängstigend.«

Lynn lachte.

»Darling, Baby, natürlich ist es beängstigend beim erstenmal! Aber du wirst dich sehr schnell daran gewöhnen und bald sehr viel Spaß daran finden, glaub mir das! Und nun mach dir mal keine Sorgen! Ich werde Tony morgen sehen und ihm sagen, daß er sehr zärtlich und rücksichtsvoll zu meiner komplizierten kleinen Sally sein muß.«

»Aber das ist er, Lynn. Er könnte gar nicht lieber und netter sein. Es ist nur, daß ich das Gefühl habe ...«

»Hör zu, Darling«, unterbrach Lynn sie ungeduldig. »Du stellst dich ein wenig an. Du siehst Schwierigkeiten, wo es keine gibt. Ich nehme an, du hast als Kind zu viele Märchenbücher gelesen oder – allein auf der Farm – zu viele Tagträume geträumt. Liebe ist nicht das, was du dir in deinem Idealismus darunter vorstellst. Und du möchtest doch wohl keine alte Jungfer werden – wie die arme alte Amy, oder?«

Lynn machte eine Pause, und da Sally zu ihren Worten schwieg, fuhr sie fort:

»Du bist sehr hübsch – wofür wir dankbar sein sollten –, und du hattest das Glück, wenige Tage nach deiner Ankunft in London einen so liebenswürdigen jungen Mann wie Tony kennenzulernen und von ihm einen Heiratsantrag zu erhalten.«

Sally lehnte sich auf ihrem Stuhl zurück.

»O Lynn, wenn du denkst, daß alles in Ordnung ist! Ich hatte solche Angst!«

»Dummes Mädchen! Du brauchst vor Tony keine Angst zu haben! Eher ist es wohl umgekehrt: Tony hat Angst vor dir. Frauen sind den Männern stets überlegen, wenn es um die Liebe geht. Das solltest du nicht vergessen!«

»Ich fühle mich aber nicht so.«

»Warte ab, das kommt noch. Denk daran, wie stolz du sein wirst, wenn du einmal einen Ehemann hast, ein eigenes Haus und später vielleicht auch Kinder.«

Sallys Züge entspannten sich bei Lynns Worten, und plötzlich lachte sie.

»O Lynn, du bist lustig! Du mußt das alles vorher geplant haben. Ich habe das Gefühl, mein ganzes Leben liegt ausgebreitet vor mir und in der Zukunft gibt es keine Probleme mehr für mich!«

»Weshalb sollte es auch Probleme geben?« antwortete Lynn. »Ich werde dir noch etwas anderes sagen, was ich geplant habe. Es fiel mir jetzt im Moment ein, und es ist der beste Plan, den ich jemals gefaßt habe.«

»Was ist es?« fragte Sally.

»Du wirst heiraten, bevor ich nach Südamerika fliege. Dann kann ich nämlich bei deiner Hochzeit dabeisein.«

»O nein, Lynn!« Sallys Stimme klang entsetzt. »Ich kann unmöglich so rasch heiraten! Ich kann es wirklich nicht!«

»Aber Darling, sei doch nicht so garstig. Möchtest du mich denn nicht dabeihaben? Schließlich wird Tony nicht all die Monate warten wollen, bis ich wieder in England bin. Und ich würde so schrecklich glücklich sein, an der Hochzeit meiner Tochter teilzunehmen.«

Lynns Stimme, vorwurfsvoll und ein wenig traurig, zitterte im Raum.

»Aber Lynn, so war das doch nicht gemeint! Natürlich möchte ich, daß du dabei sein kannst. Ich würde doch nicht zu einer Zeit heiraten, in der du nicht in England bist. Es ist nur so, daß ich glaube, die Dinge überstürzen sich zu sehr. Mir wäre es lieber, ich könnte damit noch etwas warten. Sechs Monate vergehen doch wie im Flug – und dann bist du ja wieder zurück.«

»Aber Darling, verstehst du denn nicht, welche Sorgen ich mir deinetwegen die ganze Zeit über machen würde? Mary wird dir bestätigen, daß ich mir unablässig den Kopf darüber zerbreche, was wir während meiner Abwesenheit mit dir machen sollen. Das ist auch der Grund, weshalb ich noch nicht mit dir über eine Stelle gesprochen habe. Ich mache mir Sorgen, frage mich ständig, was aus dir werden wird, wenn du so ganz auf dich selbst gestellt wärst. Aber nun hat sich ja eine Lösung gefunden. Die beste, die sich überhaupt denken läßt! Tony liebt dich, und du liebst ihn!«

»Bist du ganz sicher?« fragte Sally.

»Ganz, ganz sicher!« erklärte Lynn. »Du solltest die Beurteilung der Angelegenheit schon mir überlassen, Sally. Ich bin die Ältere und Erfahrenere von uns beiden. Und ich schwöre dir, Darling, daß du das richtige tust und daß Tony dich sehr, sehr glücklich machen wird. Nun denke nicht mehr darüber nach. Geh zu Bett und schlafe gut. Denke daran, daß du für Tony so schön wie nur möglich aussehen sollst. Das Planen und Überlegen überlaß ruhig mir – ich weiß eher, was für dich das beste ist.«

Fast automatisch stand Sally auf. Lynn streckte die Arme aus, zog das Kind an sich und küßte sie auf die Wange.

»Gute Nacht, Süßes. Ich bin so glücklich für dich. Und glaub mir, eine Zentnerlast ist mir von der Seele genommen.«

»Wenn du nur glücklich bist, Lynn – mehr will ich gar nicht!« sagte Sally hastig.

»Aber nein!« Lynn lächelte. »Es geht nicht um mich. Dein Glück ist es, von dem wir sprechen, und ich bin überzeugt, daß du wirklich sehr glücklich werden wirst. Aber nun ab ins Bett mit dir!«

Sally beugte sich vor und küßte ihre Mutter ein zweites Mal.

»Danke, Lynn! Vielen Dank. Du bist so wundervoll zu mir!«

Wieder in ihrem Zimmer, entkleidete sich Sally langsam. Plötzlich fühlte sie, wie sie fröstelte. Ihr war kalt nach der Hitze in Lynns Zimmer. Dabei brannten ihre Wangen, als hätte sie Fieber.

Sie dachte an den Abend, den sie mit Tony verbracht hatte. Vermochte sich allerdings nur noch sehr verschwommen und bruchstückhaft daran zu erinnern. Sie hatten zusammen diniert, doch Sally besaß nicht mehr die kleinste Vorstellung davon, was sie gegessen hatte.

Sie waren im Theater gewesen, und obwohl sie der Handlung mit Spannung folgte, war sie sich die ganze Zeit über Tonys Nähe bewußt gewesen.

Anschließend waren sie irgendwohin zum Tanzen gegangen, und in den Pausen hatten sie an einem kleinen Ecktisch mit einer pinkfarbenen Lampe gesessen.

Den ganzen Abend war sie sich bewußt gewesen, daß Tony sie so seltsam ansah.

Sein Blick gab ihr ein Gefühl der Scheu und Verlegenheit, so daß sie die Hände ineinander verkrampfte und ständig alberne Bemerkungen über die Paare auf der Tanzfläche gemacht hatte.

Unwillkürlich hatte sie denken müssen, daß dieser Abend nur das Vorspiel zu etwas anderem wäre. Etwas, das sich ihr stetig und unabänderlich näherte. Sie war sich vorgekommen wie auf einem Eisenbahngeleis; sie hörte am Singen und Summen der Schienen, daß ein Zug heranbrauste, und war unfähig, sich von der Stelle zu rühren.

Etwas kam auf sie zu. Sie hatte Angst davor und war gleichzeitig davon fasziniert. War dies das wirkliche Leben? War es die Liebe?

Sie stellte sich diese Frage immer wieder und dachte, wie ruhig, friedlich und ereignislos es doch auf der Farm gewesen war.

War sie wirklich noch dasselbe Mädchen, das sich immer so unsagbar über die Geburt eines Lämmchens gefreut hatte oder voller Begeisterung und nur in Begleitung eines kleinen Hundes auf die Berge gestiegen war?

So viele Menschen waren auf die Farm gekommen. Sie hatten Pflege und Zuwendung gebraucht, so daß Sallys Denken und Fühlen aufgegangen war im Dienst an den andern.

Niemand hatte sie auf eine solche Erfahrung vorbereitet – nicht auf die Nähe eines jungen Mannes, der sie mit finsteren Blicken anstarrte und vor dem es kein Entrinnen für sie zu geben schien.

Sally schlüpfte ins Bett und löschte das Licht. Doch als sie versuchte, die Augen zu schließen, wußte sie, daß sie keinen Schlaf finden würde.

Bruchstücke ihrer Gespräche, Gedankensplitter, kleine Begebenheiten des heutigen Abends drängten sich in ihr Bewußtsein.

Immer wieder vernahm sie Tonys Stimme, die sagte:

»Warum heiraten wir nicht, Sally?«

Dann ihre eigene, halb hysterisch hervorgestoßene Antwort:

»Warum fragst du mich das? Soll das ein Scherz sein?«

»Du weißt so gut wie ich, daß es das nicht ist.«

Er saß am Steuer von Lynns Wagen, den er für diesen Abend ausgeliehen hatte. Nun bog er vom Piccadilly ab, fuhr durch den St. James's Park und hielt am Themseufer. Die Lichter der Brücken spiegelten sich im Wasser des Stromes. Es war sehr still.

Dann und wann rumpelte ein Lastwagen vorbei, ertönten das Tuten eines Dampfers oder die Schritte eines Polizisten, der seinen Rundgang machte. Sonst gab es keine Geräusche, die die Stille der Nacht durchbrachen – keine, bis auf das wilde Pochen ihres Herzens.

Tony drehte sich auf seinem Sitz zu ihr hin und schaute sie an.

»Wirst du mir keine Antwort geben?« wollte er wissen.

Als sie schwieg, drängte er:

»Willst du mich nicht heiraten, Sally?«

»Ich ... ich weiß es nicht«, stammelte sie. »Ich kenne dich erst seit so kurzer Zeit. Ich habe vorher irgendwie nie ans Heiraten gedacht.«

»Ich bin sicher, daß dies nicht die Wahrheit ist.« Tony lächelte. »Alle jungen Mädchen denken daran.«

»Tun Sie das? Vielleicht bin ich anders als diese jungen Mädchen. Oder ich habe daran gedacht wie an einen romantischen Traum, nicht wie an eine Tatsache, die einmal Wirklichkeit werden könnte.«

»Well, bin ich nicht wirklich genug?«

»Doch, schon!« murmelte Sally unglücklich.

»Was beunruhigt dich dann?« fragte Tony. »Was geht vor in diesem hübschen kleinen Kopf?«

»Alles ist so verworren«, sagte sie. »Weißt du, bisher verlief mein Leben in ruhigen, geordneten Bahnen. Die Dinge schienen so einfach. Ich wußte, was ich zu tun hatte, und ich wußte, daß das, was ich tat, richtig war. Doch jetzt ist mein Leben regelrecht durcheinandergeraten. Meine Gedanken und Gefühle haben sich heillos ineinander verheddert. Das Chaos scheint über mich hereingebrochen zu sein. Ich weiß nicht mehr, was ich will und was ich tun soll.«

Es war ein Hilfeschrei, aber Tony schien nicht darauf reagieren zu wollen.

Statt dessen lachte er, legte den Arm um Sallys Schulter und zog sie kameradschaftlich an sich.

»Was für ein drolliges Kind bist du doch!« sagte er. »Nur – reg dich nicht so auf. Ich werde dich heiraten und für dich sorgen, und damit hat es sich!«

Sekundenlang herrschte ein Schweigen zwischen ihnen, das Sally leer und endlos vorkam.

Etwas in ihr schrie, daß es eine Antwort geben mußte auf all ihre Fragen. Ja, sie war sicher, daß es diese Antwort gab, aber sie vermochte sie nicht zu finden.

Sie fühlte Tonys Hand unter ihrem Kinn, und seine Lippen berührten die ihren. Er küßte sie und blickte ihr in die Augen.

»Du bist ein süßes Mädchen, Sally«, sagte er. »Es gibt nicht viele wie dich in der Welt.«

Sie rührte sich nicht und erwiderte auch seine Berührung nicht. Doch dann fragte sie beinahe unglücklich:

»Warum willst du mich heiraten, Tony?«

Einen Moment lang schwieg er, dann küßte er sie ein zweites Mal.

»Ist das nicht Antwort genug?« fragte er, nahm seinen Arm von ihrer Schulter und betätigte den Anlasser. »Und jetzt werde ich dich nach Hause bringen. Lynn wird sich deinetwegen schon Sorgen machen.«

Mochte sie es, wenn Tony sie küßte? Auch Lynn hatte sie das schon gefragt. Sie hatte keine Antwort gewußt.

Aber irgendwie entstand der vage Eindruck in ihr, daß sie enttäuscht war.

In den Romanen, die sie gelesen hatte, waren Küsse etwas Überwältigendes, unsagbar Beglückendes. Tonys Küsse dagegen ängstigten sie, gaben ihr zumindest dieses Gefühl der Enttäuschung und Ernüchterung.

Als der Wagen dann vor dem Haus hielt, hatte er sie wieder geküßt und dann ihre Hand in die seine genommen.

»Ich werde dir einen Verlobungsring schenken müssen«, sagte er. »Welcher ist dein Lieblingsstein?«

Die Worte kamen seltsam beiläufig, und die Art, wie er sich dabei verhielt, erschien Sally so nüchtern, daß sie plötzlich von einer panischen Angst ergriffen wurde.

Er tat so, als wäre alles schon abgesprochen und entschieden. Alles geschah so überfallartig und überstürzt. In Sally war der Wunsch nach Flucht. Sie wollte ins Haus, in die Geborgenheit ihres Zimmers.

Aber auch dort, allein in der Dunkelheit, fühlte sie sich nicht sicher. Die Unruhe wich nicht von ihr.

Lynn schien äußerst zufrieden über die Entwicklung. Fast glücklich wirkte sie. Sally wünschte sich, sie würde sich genauso fühlen. Tony war ein so gutaussehender Mann. Andere Frauen wären stolz gewesen, von ihm geliebt zu werden! Sie liebte ihn doch? Natürlich liebte sie ihn. Sie mußte völlig verrückt sein, daran zu zweifeln.

Sie fragte sich, ob Tante Amy ihn gemocht hätte, und es gelang ihr, sich selbst davon zu überzeugen, daß es so gewesen wäre. Vielleicht wäre die Heirat mit Tony auch in ihren Augen die Lösung aller Probleme gewesen, die sie jetzt Tag für Tag beschäftigten.

Sie brauchte sich nie wieder Sorgen zu machen wegen einer Stellung, wegen ihrer Zukunft und wegen der Rückerstattung des Geldes, das sie Lynn für die Kleider schuldete.

Außerdem würde sie als Tonys Frau eine gesellschaftliche Position erlangen, die sie nie zuvor besessen hatte. Niemand mehr würde dann mit ihr umspringen können, wie Miß Mawson das getan hatte. Niemand würde sie einfach vor die Tür setzen können, so daß sie von einer Sekunde zur anderen auf der Straße stand.

Immer würde Tony dasein mit seinem gutmütigen Lächeln und seinem starken hünenhaften Körper, um sich schützend zwischen sie und die Welt zu stellen.

»Ich bin glücklich, ganz schrecklich glücklich«, sagte Sally laut in die Dunkelheit ihres Zimmers.

Endlich begann sie schläfrig zu werden. Träume vermischten sich mit ihren Gedanken. Sie fuhr mit Tony über eine lange Straße, die an einem silbernen Fluß entlangführte.

Und am gegenüberliegenden Ufer stand, im Schatten hoher Bäume und doch so, daß sie ihn erkennen konnte – ein Ritter in funkelnder Rüstung.

*

Nachdem Sally sie verlassen hatte, saß Lynn lange Zeit vor ihrem Ankleidetisch und starrte in den Spiegel.

Ihr Haar war gebürstet und ihr Gesicht für die Nacht eingecremt, doch nun fröstelte sie. Sie ging zum Feuer, hockte sich davor nieder und streckte die Hände den prasselnden Flammen entgegen.

Sie erinnerte sich daran, wie kalt es ihr in der Nacht gewesen war, als Sally das Licht der Welt erblickte. Es war Winter, und das Land lag begraben unter einer dicken Schneedecke.

Ruhelos war sie in dem altmodischen Schlafzimmer auf und ab gelaufen, in dem sie und Arthur seit ihrer Hochzeit schliefen.

Voller Haß erinnerte sie sich der Schmerzen, die sie plötzlich überfielen, an die rauhe, gefühllose Geschäftigkeit der Hebamme, die die Vorbereitungen für die Niederkunft traf, während die gestärkte weiße Schürze, die sie trug, bei jeder Bewegung ein nervenzerreißendes Rascheln hören ließ.

»Ich habe nie ein Kind gewollt«, murmelte Lynn. »Ich war viel zu jung. Noch selbst ein Kind, verglichen mit dem, was ich von der Welt wußte.«

Eine Stimme in ihrem Inneren sagte ihr, daß Sally genau so alt war wie sie damals. Viel zu jung jedenfalls, um zur Ehe gedrängt zu werden, bevor sie sich der Gefühle ihres Herzens sicher war oder wußte, welche Ansprüche sie an das Leben stellte.

»Unsinn«, widersprach Lynn sich selbst. »Eine Ehe ist die

einzige Lösung für sie. Sie hat kein Geld, und der Himmel weiß, daß ich ihr im Augenblick nichts geben kann!«

Das Stichwort Geld ließ sie an Erico denken. Zum erstenmal in ihrem Leben hatte Lynn es abgelehnt, Geld anzunehmen, als es ihr angeboten wurde.

Von anderen Männern hatte sie Geld genommen, soviel sie bekommen konnte – gierig, bedenkenlos, ohne an etwas anderes zu denken als an den eigenen Nutzen. Doch bei Erico war sie zu clever dazu.

Fast instinktiv – oder weil eine beiläufige Bemerkung Marys ihn hellhörig machte – hatte Erico geahnt, daß Lynn in einer finanziellen Krise steckte und mit der Begleichung einiger sehr hoher Rechnungen im Verzug war.

Doch als er ihr anbot, sie auszugleichen, schüttelte sie den Kopf.

»Ich erlaube es nicht, daß du für mich aufkommst, bevor wir verheiratet sind.«

»Nimm es einfach als ein Geschenk von mir!«

»Ich würde niemals Geld von dir annehmen«, sagte sie, und er hatte den feinen Unterschied, den sie ihm damit klarmachen wollte, sofort verstanden.

Schmuck und Blumen waren Geschenke, und von Geschenken konnte sie nicht genug bekommen. Doch Geld war etwas anderes. Ericos Erfolge in der Welt der Gesellschaft und des Sports waren stets von dem üblichen Klatsch und Gerede begleitet gewesen. Lynn wußte deshalb von einer Reihe schöner Frauen, mit denen er auf die eine oder andere Weise liiert gewesen war.

All diesen Frauen war es nicht zuletzt auch um sein Geld und seinen Reichtum gegangen, doch Lynn hatte beschlossen, sich anders zu verhalten – zumindest bis nach der Hochzeit.

Noch nie in seinem ganzen Leben – so hatte Erico ihr versichert – war er so weit gegangen, einer Frau die Ehe zu versprechen. Sie, Lynn, war die Auserwählte, und deshalb würde sie sich ihm gegenüber anders verhalten als die anderen Frauen, denen diese Ehre nicht zuteil geworden war.

Ihre raffinierte Taktik führte genau zu dem Ergebnis, das sie erwartet hatte. Jedesmal, wenn sie ein Nein zu Erico sagte, wurde der Wunsch, sie zu besitzen, stärker, raubte das ungestillte Verlangen nach ihr ihm mehr und mehr den Verstand.

Sie hatte es abgelehnt, daß er sich in irgendeiner Weise einmischte und ihr bei ihren Sorgen half, obwohl Mary mit kummervoller Miene durchs Haus lief und sie anflehte, auf der Hut zu sein, sonst käme der Tag, an dem sie zu zahlen gezwungen wäre, früher, als sie es annahm.

»Sobald ich verheiratet bin, wird sich alles bessern!« erwiderte Lynn.

Der Blick, den Mary ihr zuwarf, verriet ihr, daß die Sekretärin fast schon nicht mehr an die Verwirklichung einer Ehe mit Erico glaubte.

Lynn wußte genau, daß Erico, trotz der Anziehung, die sie auf ihn ausübte, und trotz ihrer Schönheit und Reize, denen er völlig verfallen schien, einen Hang zur Unbeständigkeit besaß. Viele Frauen hatten versucht, ihn einzufangen, alle waren bisher bei diesem Versuch gescheitert.

Nun, da die Bekanntgabe der Hochzeit in den Zeitungen stand, fühlte sich Lynn ein wenig erleichtert. Doch gleichzeitig wußte sie, daß sie innerlich erst wieder ganz zur Ruhe kommen würde, wenn sie nach der Zeremonie den Ehering am Finger tragen und ihren Namen als Ericos Ehefrau unter einen Scheck setzen konnte.

Nur noch wenige Wochen! Well, in dieser Zeit würde er ihrer schon nicht überdrüssig werden!

Lynn reckte die Arme über dem Kopf, und der Gedanke an Ericos leidenschaftliche Küsse an diesem Abend erregte sie. Sie begehrte ihn wie noch keinen anderen Mann in ihrem bisherigen Leben. Noch nie war sie so nahe daran gewesen, ihre eiserne Selbstkontrolle zu verlieren. Noch nie zuvor hatte sie angefangen zu zittern, wenn ein Mann auch nur ihre Hand berührte oder wenn sie – ohne ihn überhaupt zu sehen – seine Nähe spürte.

Sekundenlang schloß sie die Augen, fühlte Ericos Lippen auf den ihren. Ein leises Zittern, halb von der Kälte, halb vor Erregung, lief durch ihren Körper. Hastig erhob sie sich und ging zu ihrem Bett.

»Ich werde bestimmt nicht schlafen können«, murmelte sie und griff nach der Schachtel mit den Schlaftabletten.

Doch im selben Augenblick klingelte das Telefon auf ihrem Nachttisch. Es war ein privater Anschluß, dessen Nummer nur einigen wenigen intimen Freunden bekannt war.

Es konnte nur Erico sein! Hastig hob Lynn ab und preßte den Hörer ans Ohr:

»Hallo?«

Ihre Stimme klang leise und erwartungsvoll. Doch es war Tony, der sich meldete.

»Bist du allein?«

»Natürlich. Was willst du?«

»Mit dir reden, natürlich!«

»Was soll das Natürlich? Tony, es ist reichlich spät, und ich bin müde.«

»Trotzdem muß ich mit dir reden! Lynn, ich kann's nicht!«

»Was kannst du nicht?«

»Das arme Kind heiraten!«

»Und warum nicht?«

»Weil es nicht fair ist. Sie ist zu jung. Sie weiß nicht mehr vom Leben als ein Küken, das die Augen noch nicht auf hat. Es ist nicht richtig, und du weißt es!«

»Ich weiß nicht, wovon du redest«, sagte Lynn unwillig. »Sally hat mich eben verlassen. Sie ist glücklich und sehr aufgeregt bei dem Gedanken, dich zu heiraten.«

Kurze Pause.

»Ich frage mich, ob das wahr ist.«

»Natürlich ist es wahr«, erwiderte Lynn scharf. »Ich hab' dir doch schon gesagt: Das Kind ist nicht so kompliziert, wie du glaubst. Alles ist für sie ziemlich neu und aufregend, und deshalb solltest du sehr sanft zu ihr sein und nicht gleich mit der Tür ins Haus fallen.«

»Und du glaubst, daß wir auf diese Art glücklich werden?«

»Natürlich. Warum solltet ihr nicht?«

»Lynn, du bist keine Närrin«, sagte Tony. »Und ich bin kein Lump. Hör mir also zu! Für mich ist Schluß. Ich kann bei diesem Spiel einfach nicht mehr mitmachen!«

»Aber du mußt, Tony! Du hast es mir versprochen! Außerdem ist diese Zimperlichkeit einfach lächerlich. Du tust niemandem weh. Im Gegenteil, du wirst Sally sehr glücklich machen. Wenn sie sich auch nicht Hals über Kopf in dich verliebt hat, bin ich sicher, es wird nicht mehr lange dauern, bis das der Fall ist. Wer würde sich nicht in einen so attraktiven jungen Mann wie dich verlieben!«

»Du, zum Beispiel!« Tonys Stimme klang verzweifelt. Nach einer kurzen Pause fuhr er fort: »Lynn, du weißt genau, daß du es bist, die ich liebe! Ich liebe dich seit Jahren, und ich werde nie aufhören, dich zu lieben. Und genau das ist der Grund, weshalb ein Zusammenleben für Sally und mich die Hölle auf Erden würde!«

»Die arme kleine Sally ist gar nicht imstande, jemandem die Hölle zu bereiten. Und, Tony, du hast mir dein Wort gegeben! Wenn du mich wirklich liebst, kannst du jetzt unmöglich noch einen Rückzieher machen!«

»Wenn ich dich liebe! Natürlich liebe ich dich! Muß ich dir das immer und immer wieder sagen? Weißt du, welche Qual es für mich ist, dich ständig mit diesem Mex zusammen zu sehen, den du heiraten willst, obwohl du zu mir gehörst!«

»Tony, fängst du schon wieder damit an! Welchen Sinn hat das? Du weißt doch, daß wir nicht so weitermachen können wie bisher. Du steckst bis zum Hals in Schulden, und ich stecke bis zum Hals in Schulden. Weißt du eigentlich, wie hoch die Summe ist, die ich aufzubringen habe? Ich kann's dir nicht sagen, denn wenn ich nur daran denke, packt mich schon die nackte Verzweiflung! Wir waren sehr glücklich miteinander und wollen dankbar dafür sein. Sally ist ein feiner Kerl, du hast es selbst gesagt.«

»Natürlich ist sie das. Das ist es ja gerade, was die ganze Angelegenheit so kompliziert und so abscheulich macht! Ich finde Sally nett, aber ich liebe sie nicht. Ich würde sie niemals lieben – und du weißt genau, weshalb das so ist!«

»Trotzdem wirst du sie heiraten, Tony! Vergiß nicht, daß du mit zwei- bis dreitausend im Jahr sehr angenehm leben kannst. Und über diese Summe wird Sally verfügen können. Außerdem weiß sie nicht wohin, und ich weiß nicht, was ich mit ihr anfangen soll, während ich in Südamerika bin.«

»Hat das Kind denn keine Verwandten? Wer war dieser Vater, dem du so dankbar bist?«

»O Tony, wie mißtrauisch du bist! Kann ich denn nicht mal etwas Gutes tun, ohne daß du mir irgendein anderes, niedriges Motiv unterstellst? Das arme kleine Ding, für welchen Job ist sie denn geeignet? Wie soll sie sich denn durchs Leben schlagen? Und glaub mir, sie wird dich lieben – tief und innig. Sie tut es jetzt schon – obwohl sie sich dessen noch nicht bewußt ist.«

Wieder entstand eine Pause. Lynn seufzte, und ihre Lippen spannten sich. Dann sagte sie langsam:

»Ich habe immer noch ein Stück Papier mit deinem Namen darauf, Tony.«

»Allmächtiger, Lynn«, stieß Tony hervor, »hast du es nötig, mich zu erpressen, nach allem, was zwischen uns gewesen ist! Zerreiß den verdammten Scheck! Vergiß ihn! Ich war betrunken, als ich ihn unterschrieb, und ich hätte mich nie dazu hinreißen lassen, wenn du mir nicht unaufhörlich mit diesem Ring in den Ohren gelegen hättest, den du unbedingt haben mußtest. Ich glaubte, ich würde das Geld in der darauf folgenden Nacht zurückgewinnen und du würdest mich noch mehr lieben, weil ich dir etwas geschenkt hatte, was du in deiner unersättlichen Habgier unbedingt haben mußtest.«

»Eine hübsche Ausrede«, sagte Lynn, »aber glaubst du, ein Gericht würde sie gelten lassen – bei Urkundenfälschung?«

»Oh, zum Teufel mit dir, Lynn. Ich traue dir ja schon allerlei Schlechtigkeit zu, aber nicht, daß du den Scheck plötzlich gegen mich verwenden wirst.«

»Ich könnte das Geld ja auch von deinem Bruder einfordern«, meinte Lynn. »Die Summe würde reichen, Sally so lange zu versorgen, bis sich jemand anders fände, der bereit wäre, sie zu heiraten.«

»Verdammt, Lynn, du bist eine Teufelin!«

»Bin ich das? Du hast mich oft genug deinen Engel genannt!«

»Gott sei Dank, daß du dich wenigstens daran erinnerst! Hör zu, Liebling! Ich liebe dich, ich bete dich an! Schicke diesen verdammten Mex endlich in die Wüste!«

»O Tony, du bist unverbesserlich! Ich frage mich, wie oft wir im vergangenen Jahr dieses Thema durchgesprochen haben! Und nun hörst du mir mal zu! Ich bin müde, und ich möchte schlafen. Ich habe morgen einen langen, anstrengenden Tag vor mir. Laß es mich also ein für allemal klarstellen, daß aus uns beiden nie etwas werden kann. Du heiratest Sally, niemanden sonst. Und zwar aus zwei Gründen. Erstens weil du mich liebst und mir helfen willst. Zweitens aus einem Grund, den wir jetzt nicht mehr erwähnen wollen, der jedoch immer noch wohlverwahrt in meinem Safe liegt.«

»Ich wünschte, ich könnte dich hassen, Lynn!« rief Tony. »Ich hätte eine Menge Entschuldigungen dafür!«

»Aber du haßt mich nicht, weshalb also noch darüber reden. Du liebst mich, Tony, und weil du mich liebst, wirst du alles tun, was ich von dir verlange!«

»Lynn, erinnerst du dich noch an dieses kleine Hotel am Meer?«

»Gibt es einen Grund, das zu tun?« entgegnete Lynn.

»Ich glaube, ich war damals dem Himmel näher, als es jemals ein Mann auf dieser Erde gewesen ist. Wie wundervoll du warst, Lynn! Würdest du noch einmal mit mir dorthinfahren – bevor es zu spät ist? Bitte, Lynn! Laß mich dich noch einmal in den Armen halten, laß mich dir noch einmal sagen, daß ich dich liebe! Laß mich noch einmal von deinen Lippen die Worte hören, die du mir in jener ersten Nacht ins Ohr geflüstert hast – daß du mich liebst! Komm mit mir, Lynn!«

»Nein Tony! Ein für allemal: nein! Wir sind älter geworden, du und ich. Und was früher gewesen ist, läßt sich nicht wieder zum Leben erwecken. Meinetwegen nenne mich grausam – ich wollte es auch gar nicht mehr!«

Langes Schweigen.

Schließlich fragte Lynn:

»Du wirst Sally heiraten, nicht wahr, Tony?«

Als er nicht antwortete, fuhr sie fort:

»Weshalb frage ich dich das! Ich weiß, daß du sie heiraten wirst! Du hast immer getan, was ich von dir verlangt habe, und ich bin sicher, daß du mich auch diesmal nicht enttäuschen wirst. Gute Nacht, Tony, und viel Glück!«

Während sie den Hörer auflegte, hörte sie noch seine verzweifelte Stimme rufen: »Lynn, Lynn!«

Sie reagierte nicht darauf. Ein Klicken ertönte, als sie den Hörer auf die Gabel fallen ließ. Die Verbindung war unterbrochen.

V

»Du siehst wundervoll aus, Sally!« rief Mary, als Rose den Kranz aus orangefarbenen Blüten am Brautschleier befestigte.

Sie übertrieb nicht. Etwas Leuchtendes war an diesem Morgen in Sallys Gesicht. Etwas so Junges, Unberührtes und Zerbrechliches, daß der unsentimentalen Mary plötzlich die Augen feucht wurden und sie so etwas wie einen Kloß im Hals verspürte, als Lynns Tochter sich zu ihr umwandte.

»Glauben Sie, Lynn wird zufrieden mit mir sein?« fragte Sally ängstlich.

»Natürlich wird sie das«, erwiderte Mary beruhigend.

»Dann bin ich glücklich«, sagte Sally aufatmend. Sie blickte die Ältere an und fragte hastig: »Ich bin doch glücklich, Mary, oder?«

Es kam ihr so vor, als beschatteten sich Marys Augen sekundenlang und als zögerte sie fast unmerklich, bevor sie antwortete:

»Ich bin sicher, auch dein zukünftiger Ehemann ist glücklich.«

Sally lächelte.

»Aber sagen Sie ihm das nicht!« bat sie. »Nichts kann einen so unsicher machen, als wenn die Leute einem ständig einzureden versuchen, wie glücklich man mit einer bestimmten Sache ist. Man fängt dann unwillkürlich an, nach Fehlern oder Mängeln zu suchen – jedenfalls mir ergeht es so.«

Sie machte eine kurze Pause. Irgendwie hatte sie das vage Gefühl, Mary wäre traurig. Dann fuhr sie fort:

»Ich finde es herrlich, richtig zu heiraten. Ich meine mit einem Kranz aus orangefarbenen Blüten und in Weiß. Trotz der Hetze, in der die gute Madame Marguerite das Brautkleid fertigstellen mußte. Ich habe ihr versprochen, aus den Flitterwochen zu schreiben und ihr genau zu berichten, wie meine Kleider bei den Gästen angekommen sind. Sie wird sogar in der Kirche sein, um mich im Brautkleid zu sehen. Es ist doch entzückend, nicht wahr, Mary?

»Ganz entzückend«, bestätigte Mary.

Sie verriet Sally nicht, daß es ausschließlich ihre Idee war, Sally in Weiß und in der Kirche trauen zu lassen.

Lynn war es nur darum gegangen, die Hochzeit vor ihrer Abreise nach Südamerika unter Dach und Fach zu bringen, und dazu hätte ihrer Meinung nach eine rasche Zeremonie auf dem Standesamt vollauf genügt. Doch Mary mit ihrem gesunden Menschenverstand hatte ihr das ausgeredet.

»Wenn du unbedingt möchtest, daß man über das Kind redet und die Reporter argwöhnisch werden, kannst du nichts Besseres tun, als dich mit einer Hochzeit auf dem Standesamt zu begnügen«, hatte Mary gesagt. »Eine heimliche Eheschließung ist stets verdächtig, besonders dann, wenn keiner der Partner geschieden ist und es keinen erkennbaren Grund für diese Heimlichtuerei gibt. Arrangiere alles möglichst nach dem üblichen Muster, und du kannst sicher sein, daß keine einzige Zeitung der Veranstaltung auch nur einen flüchtigen Gedanken widmet. Also, Sally heiratet in Weiß und in einer angesehenen Kirche, die allerdings keine typische Trauungskirche sein muß. Eingeladen werden einige wenige Freunde. Du wirst sehen, niemand wird dir eine Frage stellen. Niemand, weil die Sache viel zu normal und gewöhnlich verläuft. Das Alltägliche eignet sich nicht als Neuigkeit, das weißt du sehr gut, Lynn.«

Lynn nickte.

»Du hast recht. Natürlich hast du recht, Mary. Wie immer in diesen Dingen.«

»Nicht nötig, die Vermählung in der ›Times‹ bekannt zu geben«, fuhr Mary fort. »Vielleicht gibt es noch irgendwelche St. Vincents, von denen du keine Ahnung hast. Sie könnten sich an irgendwelche Geschehnisse erinnern und dir Schwierigkeiten machen. Sonst aber dürfte es eigentlich keine Pannen geben. Niemand in London kennt Sally, und Tony Thorne ist bereit – soweit ich das feststellen konnte –, dir, was die Hochzeit betrifft, keine Hindernisse in den Weg zu legen.«

Lynn warf Mary einen forschenden Blick zu und fragte sich, inwieweit sie über Tonys Gefühle Bescheid wußte.

Aber sie bezähmte ihre Neugier und gab ihre Einwilligung in Marys Vorschläge, die ein Brautkleid, einen Chor und einen dreistöckigen Hochzeitskuchen einschlossen.

Jetzt, da Mary Sallys strahlendes Gesicht sah, das von einem Brautschleier eingerahmt war, den Lynn überraschenderweise aus einer alten Truhe hervorgeholt hatte, wo er seit ihrer Hochzeit mit Arthur St. Vincent gelegen hatte, glaubte sie, Sallys Erregung und Dankbarkeit kaum noch ertragen zu können.

Doch was hätte sie sagen können? Was wäre die Alternative gewesen zu dem, was Lynn beschlossen und in die Wege geleitet hatte?

»So, ich bin fertig!« rief Sally. »Und natürlich sind es noch Stunden bis zum Beginn der Feier. Wie man mir sagte, kommt der Mensch entweder zu früh oder zu spät zu seiner Hochzeit. Nie soll es wirklich ohne unliebsame Zwischenfälle abgehen.«

»Ich werde mal schauen, wie weit Lynn ist«, sagte Mary, »und ob Doktor Harden bereits da ist.«

»Ja, tun Sie das«, sagte Sally.

»Ich darf auf keinen Fall vergessen, daß ich an seinem rechten Arm den Mittelgang hinaufgehen muß, nicht wahr? Irgendwie erscheint es mir leichter, links von jemandem zu gehen.«

Wieder war es Mary gewesen, die Dr. Harden, einen alten Freund und Verehrer von Lynn, als Brautführer vorgeschlagen hatte.

Er hatte diese Aufgabe mit Freuden übernommen, und er und Sally trafen sich vor der Hochzeit einige Male, weil Lynn, die bei dem Arzt in Behandlung war, Sally zu ihm mitnahm.

Er und das Mädchen mochten sich sofort, und Sally war erfreut, daß er bei ihrer Hochzeit eine so wichtige Funktion übernehmen würde.

»So, Miß Sally, Sie sind soweit«, erklärte Rose und trat einen Schritt zurück, um ihre Arbeit zu begutachten.

»Oh, danke, Rose! Kann ich jetzt aufstehen?«

»Ja, Miß, aber seien Sie vorsichtig, sonst müssen Sie die ganze Prozedur nochmals über sich ergehen lassen, ehe Sie in den Wagen einsteigen.«

»Ich werde mir Mühe geben!« Sally lächelte. »Nicht einmal hinsetzen werde ich mich, damit nur ja das Kleid nicht knittert. Sie kommen doch auch mit zur Kirche, Rose, nicht wahr?«

»O ja, Miß, ich mache mich gleich auf den Weg. Sobald Madame das Haus verlassen hat, werde ich gehen.«

»Well, hoffentlich bekommen Sie einen guten Platz«, sagte Sally. »Obwohl es kaum wahrscheinlich ist, daß es sehr voll sein wird. Mehr als ein halbes Dutzend Leute werden wohl nicht an der Feier teilnehmen.«

»Sie werden sich wundern, Miß«, erwiderte Rose, »warten Sie nur ab! Es hat sich bestimmt rundgesprochen, daß Madam unter Hochzeitsgästen ist. Die Kirche wird im Handumdrehen bis auf den letzten Platz besetzt sein.«

»Da könnten Sie recht haben. Trotzdem werde ich nicht traurig sein, wenn sie mir die Schau stiehlt.«

»Nein, das sollten Sie auch nicht. Bei Madam ist das eben so.«

»Ja, sie ist einfach die schönste Frau auf der Welt«, sagte Sally impulsiv, »und ich kann sehr gut verstehen, daß die Leute ganz verrückt darauf sind, sie zu sehen. Sie – und nicht irgendeine unbekannte Braut vom Land, die sich für wunders wie wichtig hält.«

Rose lachte.

»Oh, Miß Sally, wie Sie reden! Manchmal erinnern Sie mich direkt an Madam, wirklich! Sie spricht oft genauso wie Sie, verspottet sich selbst und nimmt sich auf den Arm, wie man so sagt.«

»Das ist das schönste Kompliment, das ich jemals bekommen habe, Rose.« Sally lächelte.

Doch gleichzeitig verspürte sie eine gewisse Unruhe bei dem Gedanken, wie entsetzlich es wäre, wenn sie die Leute an Lynn erinnerte. Denn was würde Lynn dazu sagen?

Zum Glück war sie morgen schon verheiratet und würde einen anderen Namen tragen. Wer sollte dann noch auf die Idee kommen, Mrs. Anthony Thorne mit der berühmten Lynn Lystell in Verbindung zu bringen?

»Mrs. Anthony Thorne!« flüsterte sie vor sich hin.

Rose hatte den Raum verlassen, und Sally trat nun ans Fenster und blickte nach draußen. Aber sie sah nicht die Bäume auf dem Berkeley Square, sondern die neue, erregende Zukunft, die vor ihr lag.

Sie würde Tonys Frau sein! Wie glücklich sie sein mußte! Wie sehr, sehr glücklich, von einem Mann wie Tony geliebt zu werden!

Er war in der letzten Zeit so nett und zurückhaltend zu ihr gewesen. Und nie wieder hatte er sie geängstigt wie an dem Tag, an dem er um ihre Hand angehalten hatte.

Im Gegenteil, oft glaubte sie, er hätte sich vorgenommen, ihr das Gefühl zu geben, daß sie in seiner Nähe ganz sicher und geborgen wäre.

Wenn er sie küßte, geschah es sanft und meist nur auf die Wange. Und wenn er sie in die Arme nahm, geschah es auf eine freundschaftliche Weise, so als wäre er ihr Bruder und nicht ihr Liebhaber.

Dennoch war Sally sich seiner sehr lebendig als Mann bewußt. Es machte ihr Freude, mit ihm zu speisen, zu tanzen und lange, behagliche Nachmittage auf dem Land zu verbringen.

Anfangs hatte sie befürchtet, sie könnte ihn langweilen, aber schon bald hatte es sich gezeigt, daß ihnen der Gesprächsstoff nie ausging.

Auch empfand es Sally als wohltuend, daß es plötzlich jemanden in ihrem Leben gab, der sie umsorgte, der ihr in den Mantel half, ihr die Wagentür öffnete und mit ihr überlegte, was sie tun oder wohin sie gehen sollten.

All dies war aufregend und ungewohnt für sie. Und völlig sensationell war es, Blumen geschickt zu bekommen, in denen Tonys Karte steckte, oder auf den schmalen, mit kleinen Saphiren und Diamanten besetzten Ring an ihrem linken Mittelfinger zu schauen, den Tony ihr geschenkt hatte.

Zunächst hatte der Gedanke an die Eile, mit der ihre Hochzeit betrieben wurde, damit Lynn, die in zwei Tagen nach Südamerika abreisen sollte, noch daran teilnehmen konnte, sie mit Panik erfüllt.

Aber dann hatte sie sich beruhigt, indem sie sich sagte, daß es Tony war, den sie heiraten würde. Tony, der so freundlich und rücksichtsvoll zu ihr war, der zweifellos der beste Freund geworden war, den sie je im Leben gehabt hatte.

Natürlich war sie bitter enttäuscht, daß sie nicht an Lynns Hochzeit teilnehmen konnte. Die Nachricht von der bevorstehenden Vermählung war zwar von allen Zeitungen groß herausgestellt worden, aber was den genauen Termin anging, gab Lynn sich seltsam zurückhaltend.

»Ich weiß noch nicht, wann die Hochzeit stattfinden wird«, sagte sie zu den Reportern. »Mein zukünftigter Ehemann hat noch zu viele geschäftliche Dinge zu erledigen, um sich jetzt schon auf ein genaues Datum festlegen zu können.«

Lynns Verehrer hatten sich mit dieser flexiblen Auskunft zufrieden geben müssen, während Lynn ihrer Tochter anvertraute:

»Es wird eine stille Hochzeit werden, du verstehst

warum. Diese Leute sind gnadenlos, wenn sie einen auszuquetschen versuchen. Alles wollen sie wissen. Wo ich geboren bin, wann und ob ich schon einmal verheiratet war und vielleicht sogar Kinder habe. Ich und Mary glauben, der schnellste und einfachste Weg wird der sein, unmittelbar nach unserer Ankunft in Südamerika einen Konsul aufzusuchen oder – falls wir nicht fliegen – den Kapitän des Schiffes zu bitten, unsere Trauung vorzunehmen. Jedenfalls kann ich nicht in England heiraten, und deshalb, Liebes, kannst du nicht dabeisein.«

»O Lynn«, sagte Sally vorwurfsvoll. Doch Lynn entgegnete voller Schärfe:

»Sei nicht albern, Sally. Fast habe ich den Verdacht, du spielst mit dem Gedanken, bei meiner Hochzeit als Brautjungfer zu fungieren. Ich könnte mir nichts Unpassenderes vorstellen!«

»Nein, daran habe ich nicht im entferntesten gedacht«, protestierte Sally. »Aber ich wäre gern dabeigewesen. Du wirst bestimmt wundervoll aussehen als Braut, und... Na gut, ich gebe zu, ich hätte es herrlich gefunden, dich im Schleier zu sehen! Eine törichte Idee, du hast recht.

»Dummes Kind«, sagte Lynn, aber die Schärfe war aus ihrer Stimme gewichen.

So mißgelaunt sie auch sein mochte, eine Referenz vor ihrer Schönheit änderte ihre Stimmung schlagartig.

Mary erklärte das in ihrer gewohnten weitsichtigen Art damit, daß Lynn sich immer häufiger zu fragen begann, wie lange sie ihrer Schönheit noch sicher sein konnte. Im Moment allerdings gab es noch keinen Anlaß, sich Sorgen zu machen.

Nie hatte Lynn strahlender und schöner ausgesehen wie in den Wochen nach der Bekanntgabe ihrer Vermählung mit Erico und bei den vielen Festlichkeiten, die man ihr zu Ehren veranstaltete.

Die Liebe schien ihr eine neue Blüte und einen Glanz zu schenken, den sie nie zuvor in dem Maße besessen hatte.

Sally wünschte sich mehr als einmal, nicht das typisch englische Aussehen ihres Vaters geerbt zu haben, sondern Lynns rassige Schönheit mit den dunklen, verführerischen Augen und dem vollen, betörenden Mund.

Doch wozu quälte sie sich mit Wünschen dieser Art? Offensichtlich mochte Tony sie so, wie sie war.

Guter Tony! Oft, wenn sie allein war, wiederholte sie laut seinen Namen, als wäre er eine Beschwörungsformel für sie.

Nicht nur, daß er der erste Mann war, der sie liebte, sie hatte vorher auch noch nie einen wirklichen Freund gehabt.

Es kam ihr so vor, als vereinigte Tony diese beiden Eigenschaften auf das vollkommenste. Er war stets bereit, ihr zuzuhören, und wenn sie zum Reden aufgelegt war, sprach er mit ihr über all die Dinge, die sie schon immer wissen wollte.

Tag für Tag mehr stellte sie fest, wie eng und begrenzt das Leben auf Tante Amys Farm doch gewesen war. Es war ein sehr isoliertes, nur auf die Interessen der Farm konzentriertes Leben gewesen. Die Ereignisse der Weltgeschichte waren an ihnen vorübergegangen. Die Welt außerhalb von Mythrodd hätte untergehen können, sie würden nichts davon bemerkt haben.

»Erzähl mir mehr davon, nun erzähl schon!« bat sie Tony wie ein neugieriges Kind.

Gewöhnlich hatte er gelacht und war ihrem Wunsch dann nachgekommen. Einmal allerdings blickte er sie ernst an und sagte:

»Was für ein drolliges kleines Ding du bist, Sally! Ich mag dich sehr, und ich könnte es nicht übers Herz bringen, dich zu verletzen oder unglücklich zu machen.«

»Aber du machst mich sehr glücklich«, antwortete Sally.

Sie rieb ihr Gesicht sanft an seiner Schulter, als wäre sie ein kleiner Hund, der nach Zärtlichkeit bettelte.

»Ich hoffe, Liebes, ich werde immer dazu in der Lage sein«, erwiderte Tony, immer noch ernst.

Hastig sprang er auf die Füße, durchquerte das Zimmer und blieb vor dem Kamin stehen, über dem Lynns Bild hing.

Sie hielten sich in Lynns Boudoir auf, einem kleinen Raum, der im Moment wenig von Lynn benutzt wurde, weil sie entweder in ihrem Schlafzimmer ruhte oder im großen silbergrauen Salon Gäste empfing.

Das kleine, blaßblau tapezierte Zimmer, mit geschmackvollen Farbtupfern aus orangefarbener Korallenseide, wurde beherrscht von einem in Öl gemalten Bildnis Lynns, das vor drei Jahren von einem der bedeutendsten modernen Maler Englands angefertigt worden war.

Der Maler hatte – und das war das Besondere an dem Bild – auf jegliche Farbeffekte verzichtet. Nur Lynns geschwungene Lippen leuchteten in einem intensiven Purpurrot. Sie zogen den Blick eines jeden Betrachters magisch an und hinterließen in jedem einen unvergeßlichen Eindruck.

Sally folgte der Richtung von Tonys Blicken, und sie hatte das seltsame Gefühl, als ob Lynn jedes Wort ihrer Unterhaltung mitangehört hätte.

Tony rührte sich nicht. Den Kopf ein wenig in den Nacken gelegt, stand er da und starrte zu Lynns Bildnis empor.

»Woran denkst du, Tony?« fragte Sally.

»An Lynn.«

»Ist die Ähnlichkeit nicht erstaunlich?« sagte Sally warm. »Wie schön sie ist!«

»Ja, sehr schön«, stimmte Tony ihr zu.

Er sprach ruhig, doch seine Stimme klang rauh. Es schwang etwas darin mit, das Sally zwar hörte, aber nicht zu deuten wußte.

»Sie ist mir eine solch wundervolle...« Sally stockte, dann fand sie das Wort, das sie suchte, und fuhr fort: »...wundervolle Freundin gewesen.«

»Ist sie das?«

Immer noch stand Tony unbeweglich vor dem Kamin und blickte zu dem Bild auf.

»Ich werde ihr mein Leben lang dankbar sein«, erwiderte Sally, »und ich muß immer tun, was sie von mir verlangt – gleichgültig, was es auch sein mag. Verstehst du das, Tony?«

Mit einem Ruck wandte Tony sich zu ihr um.

»Ja, wir alle müssen tun, was Lynn von uns verlangt«, sagte er.

In seiner Stimme war ein unerwarteter Klang von Spott, obwohl dieser Spott nur ihm selbst zu gelten schien.

Er näherte sich dem Sofa und nahm Sallys Hand in die seine.

»Komm«, sagte er und zog sie auf die Füße. »Wir gehen. Ich hasse diesen Raum. Machen wir einen Spaziergang in der frischen Luft. Ich brauche unbedingt Bewegung.«

»Aber Tony«, widersprach Sally, »ich glaubte...«

»Well, tu's nicht«, rief Tony. »Glaube nicht, und streite nicht! Lauf, und hol deinen Hut, oder was immer du willst! Ich warte in der Halle auf dich.«

Er hielt ihr die Tür auf, und als sie auf ihr Zimmer eilte, rannte er die Treppe hinab nach unten, als ob er vor irgend etwas davonlief. Doch als Sally dann in die Halle kam, hatte sie ihr Erstaunen über die plötzliche Änderung seiner Pläne vergessen.

Nun, da sie über Tony nachdachte, fragte sie sich, ob er Lynn wirklich so sehr mochte, wie sie bisher geglaubt hatte. Schon mehrmals hatte sie diesen Hohn aus seiner Stimme herausgehört, wenn er von ihr sprach.

Sie hoffte, daß er ihr nach der Heirat keine Schwierigkeiten machte, wenn sie Lynn einmal besuchen wollte. Doch dann mußte sie lachen. Unmöglich, daß Tony ihr überhaupt irgendwelche Schwierigkeiten machte!

Er war so freundlich und gutmütig, so gefällig und hilfsbereit. Gleichzeitig jedoch gab es da dieses leichte Gefühl der Beunruhigung in Sallys Unterbewußtsein, denn so sehr sie Tony auch lieben mochte, an erster Stelle kam er nicht bei ihr. Niemals, sagte sie sich, niemals werde ich einen Menschen mehr lieben als Lynn.

Lynn spielte die wichtigste Rolle in ihrem Leben, und keiner konnte sie von diesem Platz verdrängen.

Es war fast so etwas wie ein Eid, den Sally in diesem Augenblick schwor. Immer würde sie sich Lynns Wünschen und Forderungen unterwerfen, gleichgültig, was sie von ihr auch verlangen sollte. Eine seltsame Erregung überkam Sally bei diesem Gedanken, und im gleichen Augenblick hörte sie Lynns Stimme, die nach ihr rief. Dann wurde die Tür geöffnet, und Lynn stand im Türrahmen.

»Darling, bist du fertig?«

Sie sah atemberaubend aus in ihrem Kleid aus saphirblauer Seide und dem dazu passenden Hut. Um den Hals trug sie ein Kollier aus Saphiren und Diamanten, und ein Armband mit den gleichen Steinen funkelte an ihrem Handgelenk.

»O Lynn!« rief Sally hingerissen.

»Ich müßte ähnlich reagieren«, erwiderte Lynn. »O Sally! Du siehst so entzückend aus, mein Liebling. Ganz, ganz entzückend und dazu beneidenswert jung! Tony ist der glücklichste Mann auf der Welt, und ich werde dafür sorgen, daß er dies nie vergißt!«

»Und ich dachte gerade, wie glücklich ich bin – weil ich dich habe!«

»Dummes Kind!« Lynn lächelte. »Ich hoffe, du wirst immer so denken. Ich werde jetzt nach unten gehen. Doktor Harden hat Anweisung, dich in genau fünf Minuten zur Kirche zu bringen. Dein Brautstrauß liegt in der Halle. Vergiß nicht, ihn mitzunehmen.«

»Natürlich nicht«, versprach Sally. »Und, Lynn, für den Fall, daß ich heute nicht mehr allein mit dir bin – ich möchte dir danken!«

»Sally, Liebling, als ob das alles für mich nicht selbstverständlich wäre!« Lynn zeigte sich ein wenig entrüstet.

»Das weiß ich doch«, entgegnete Sally. »Und das zu wissen, macht mich noch glücklicher. Du hast all dies in einem Augenblick für mich getan, der für dich eigentlich sehr unpassend war. Ich bin dir ja so dankbar, Lynn, und ich werde es dir niemals vergessen – niemals!«

Sallys Stimme zitterte, doch Lynn streckte nur die Hand aus und berührte kurz ihre Wange.

»Du bist lieb«, sagte sie und wandte sich zum Gehen. »Ich sehe dich in der Kirche, Schatz, und viel Glück!«

»Danke«, flüsterte Sally.

Wieder allein, kämpfte sie gegen das Gefühl an, das sie einen Moment lang zu überwältigen drohte, als sie Lynn zu danken versuchte.

»Ich bin sentimental«, sagte sie zu sich. »Und es war richtig von Lynn, einfach darüber hinwegzugehen.«

Dennoch – im Grund ihres Herzens war sie ein wenig enttäuscht. Sie hätte sich eine andere Reaktion von Lynn gewünscht. Irgendwie spürte Sally das starke Verlangen, wenigstens einmal »Mutter« zu Lynn sagen zu dürfen.

Wie wundervoll wäre es gewesen, wenn Lynn gerade einmal die Maske fallen gelassen und Sally erlaubt hätte, sie zu küssen. Oder wenn sie umgekehrt – wie das jede normale Mutter am Hochzeitstag ihrer Tochter tat – Sally in die Arme genommen und an ihr Herz gedrückt hätte!

Aber Lynn hat recht, sagte Sally ergeben zu sich selbst und schimpfte sich einen sentimentalen Gefühlsknoten.

Sie warf einen letzten Blick in den Spiegel und stieg dann langsam die Treppe hinunter in die Halle, wo Dr. Harden bereits auf sie wartete.

*

Lynn fuhr allein zur Kirche. Erico würde erst beim anschließenden Empfang dabeisein. Sie dachte an Sally und war mit sich zufrieden.

Sie hatte für ihre Tochter alles getan, was in ihren Kräften stand. Anthony Thorne mochte arm sein wie eine Kirchenmaus, doch er besaß eine gute Erziehung und eine hervorragende Ausbildung. Außerdem entstammte er einer sehr angesehenen Familie. Er sah gut aus, war charmant, und fast jeder, der ihn kannte, mochte ihn. Im letzten Krieg hatte man ihm mehrere Tapferkeitsmedaillen verliehen, vor allem aber war er ein ausgeglichener Charakter, der sich Sally gegenüber nie ehrlos verhalten würde.

Zweifellos, sagte sich Lynn, würde er bald ruhiger werden und Sally ein hervorragender Ehemann sein.

Was konnte das Mädchen mehr verlangen! Außerdem würde Sally, sobald sie etwas älter geworden war, erkennen, daß sie die Kasse besaß, und daß derjenige, der die Musikanten bezahlte, auch die Melodie bestimmte.

Ja, dachte Lynn und setzte sich bequem im Polster ihres Rolls Royce zurecht, ich habe wirklich das Beste für Sally getan.

Eines Tages würde das Kind ihr sehr dankbar dafür sein, und bis dahin war ihre unmittelbare Zukunft gesichert. Jedenfalls stand sie nicht mittellos auf der Straße und brauchte sich auch nicht verzweifelt nach einer Stellung umzuschauen, wie das so viele Mädchen ihres Alters tun mußten.

Wie immer bereitete der Gedanke an Geld Lynn auch dieses Mal spürbares Unbehagen. Wie in einer Schreckensvision sah sie den Stapel mit Rechnungen vor sich, die alle beglichen werden mußten, und sie überlegte, ob sie Erico unmittelbar nach der Hochzeit damit konfrontieren oder erst noch einige Zeit verstreichen lassen sollte.

Jedenfalls mußten sie über kurz oder lang bezahlt werden. Lynn hatte nur noch eine sehr knapp bemessene Frist bis dahin. Und bei einigen Rechnungen konnte sie die Gläubiger kaum noch vor unangenehmen Schritten zurückhalten.

»Geld ist etwas Ärgerliches!« murmelte sie vor sich hin.

Sie beachtete kaum das Funkeln und Glitzern ihres Armbandes, als sie die Nerzstola, die sie zum Schutz gegen die Zugluft im Wagen trug, fester um die Schultern zog.

Die Kirche lag nur ein kurzes Stück vom Berkeley Square

entfernt, und Lynn atmete auf, als sie feststellte, daß sich vor dem Portal nur ein halbes Dutzend Frauen unbestimmbaren Alters eingefunden hatten, um die Ankunft der Hochzeitsgäste und des Brautpaares zu beobachten.

Es war das erste Mal in ihrem Leben, daß Lynn keinen Wert darauf legte, von einer neugierigen und bewundernden Menschenmenge empfangen zu werden, wenn sie in der Öffentlichkeit erschien. Eilig verließ sie den Wagen und stieg rasch die Stufen zum Kirchenportal hinauf. Allerdings entging ihr nicht, wie eine der Frauen zu ihrer Nachbarin sagte:

»Wer ist denn das, Deary? Ich bin sicher, das Gesicht schon einmal gesehen zu haben. Glaub es mir!«

Wie Mary vorausgesagt hatte, waren nur wenige Leute in der Kirche.

Es waren meist Schneiderinnen, die schon jahrelang für Lynn arbeiteten und zuletzt Sallys Garderobe im Eilverfahren angefertigt hatten: Madame Marguerite und zwei ihrer Gehilfinnen, zwei Modistinnen, die für Lynn die Hüte machten, Lynns Friseuse und ihre Maniküre mit einigen Freundinnen, denen es weniger darum ging, die Braut zu sehen als vielmehr die berühmte Lynn Lystell.

Auch Mary Stubbs war da und sah ungewöhnlich schick aus in ihrem neuen Hut, den eine braune Feder schmückte. Mary hatte neben Dr. Harden und dessen Tochter Platz genommen.

Auf Tonys Seite saßen einige ältere Frauen, die die Neugier hergetrieben hatte, und in der ersten Bankreihe ein großer, gutaussehender Mann, den Lynn nie zuvor gesehen hatte.

Sie vermutete, daß es sich um Tonys Bruder handelte, von dem er nur ganz selten einmal gesprochen hatte, weil er – wie Lynn Tony gern aufzuziehen pflegte – Angst vor ihm hatte.

Lächelnd und mit einem lieblichen Gesichtsausdruck ließ Lynn sich ebenfalls in der ersten Bank nieder, blickte über den Mittelgang zu dem Unbekannten hinüber und erwartete, daß er ihren Blick erwiderte.

Aber nichts dergleichen geschah. Der Gentleman blickte unverwandt geradeaus. Kein Muskel in dem ernsten Gesicht bewegte sich. Lynn glaubte sogar, einen Ausdruck der Mißbilligung darin zu erkennen.

Er soll doch froh sein, dachte sie ärgerlich. Schließlich ist es höchste Zeit, daß Tony sein Junggesellendasein aufgibt. Die Hörner sollte er sich inzwischen abgestoßen haben – und das nicht nur bei mir. Ich war nicht die erste Frau in seinem Leben, und ich bilde mir keinen Moment lang ein, daß ich die letzte bin.

Wieder wandte sie den Kopf und warf einen Blick über den Mittelgang zur anderen Bankseite, doch Tonys Bruder verriet mit keiner Bewegung und keiner Miene, daß er ihre Anwesenheit zur Kenntnis genommen hatte. Mary beugte sich eine Bank hinter ihr vor und fragte:

»Ist alles in Ordnung?«

»Alles«, erwiderte Lynn. »Ich habe Sally und Doktor Harden gesagt, daß sie mir in genau fünf Minuten folgen sollen.«

In diesem Augenblick zog die Schola, die hauptsächlich aus kleinen Jungen mit ungekämmten Haaren und ungewaschenen Gesichtern bestand, aus der Sakristei in den Altarraum. Die in der Kirche Versammelten erhoben sich, und Lynn wollte eben ihrem Beispiel folgen, als sie eines jungen Mannes in der Uniform eines Boten ansichtig wurde, der neben sie getreten war.

»Miß Lystell?« fragte er im Flüsterton.

»Ja?«

»Ich habe eine Nachricht für Sie. Ich war schon in Ihrem Haus auf dem Berkeley Square, aber dort sagte man mir, daß Sie in der Kirche seien. Es ist dringend, deshalb kam ich gleich hierher.«

Lynn blickte auf den Umschlag, den er ihr entgegenhielt, und nur ihre eiserne Selbstdisziplin verhinderte, daß sie einen Ruf der Überraschung ausstieß, als sie die Schrift darauf erkannte.

»Bitte, wenn Sie hier unterschreiben würden!« verlangte der Bote.

Lynn machte eine Handbewegung, die ihm bedeutete, zur Seite zu treten. Mary beugte sich vor, nahm ihm die Kladde aus der Hand und setzte ihre Unterschrift in die dafür vorgesehene Zeile.

Nachdem der Bote gegangen war, ließ Lynn sich auf ihrem Platz zurücksinken und riß den Umschlag auf.

»Was ist es?« fragte Mary unruhig, die deutlich merkte, daß irgend etwas nicht stimmte.

»Minute«, flüsterte Lynn.

Sie zog das Briefblatt aus dem Kuvert, entfaltete es und las:

> *Ich kann nicht! Es ist unfair und unverzeihlich! Sie ist zu jung, zu vertrauensselig. Ich liebe dich – und nur dich! Erhielt soeben Nachricht aus Paris und verlasse London mit der nächsten Maschine! Du bist mich »glücklich« los.*

Lynn ließ den Brief sinken. Kerzengerade saß sie in der Bank und starrte auf die wenigen Zeilen. Dann atmete sie tief.

»Was ist es, Lynn?« fragte Mary wieder.

Schweigen. Fast hatte es den Anschein, als hätte es Lynn die Sprache verschlagen. Als sie dann sprach, war ihre Stimme kaum wiederzuerkennen.

»Er kommt nicht.«

Unnötig zu fragen, wen sie meinte.

»Warum nicht?«

Lynn faltete den Bogen zusammen.

»Ich kann dir den Grund nicht sagen.«

Mary schwieg. Wie stets, wenn Lynn in Schwierigkeiten war, hatte sie die Aufgabe, einen Ausweg zu finden.

Nur einen Herzschlag lang schien es, als wäre sie keines vernünftigen Gedankens fähig, dann hatte sie sich gefaßt und sagte:

»Der Bräutigam ist plötzlich erkrankt. Rasch, Lynn, geh in die Sakristei und sag das dem Vikar. Ich werde versuchen, Sally vor der Kirchentür abzufangen und nach Hause zu schicken.«

»Er ist erkrankt?« fragte Lynn verstört und verständnislos.

»Ja, erkrankt. Nun geh schon, Lynn, wir dürfen keine Zeit verlieren!«

Lynn wandte sich zu ihr um, das Gesicht leichenblaß.

»Das werde ich ihm nie vergessen«, murmelte sie.

Ihre Lippen waren zu einer schmalen Linie zusammengepreßt, und aus ihren Augen leuchtete ein solcher Haß, daß Mary unwillkürlich zurückwich. Dann hatte sie sich wieder unter Kontrolle.

»Das kann warten. Du willst doch jetzt keine Szene oder die Zeitungen auf dich aufmerksam machen, oder?«

Die bloße Erwähnung des Wortes Zeitungen genügte, um Lynn zu Vernunft zu bringen. Sie stand auf, verließ die Kirchenbank und ging zur Sakristei, während Mary zum Westportal eilte.

Lynn brauchte nur wenige Augenblicke, um dem Vikar zu erklären, daß die Hochzeit nicht stattfinden könne, da der Bräutigam plötzlich erkrankt sei.

Der Geistliche sprach ihr sein Bedauern aus und erklärte sich bereit, den in der Kirche Versammelten davon Mitteilung zu machen. Während Lynn sich wieder zu ihrem Platz begab, ertappte sie sich dabei, wie sie Tonys Bruder regelrecht anstarrte. Kurz entschlossen ging sie auf ihn zu und blieb dicht vor ihm stehen.

»Der Vikar wird gleich von der Kanzel aus den Versammelten mitteilen, daß Tony erkrankt ist«, sagte sie. »Ich muß Sie auf der Stelle sprechen! Würden Sie die Freundlichkeit haben, mich nach Hause zu begleiten?«

»Aber gewiß.«

Er sprach höflich, doch Lynn war sicher, daß ihr erster Eindruck richtig gewesen war. Er mißbilligte sie, er mochte sie nicht, und wenn etwas ihrem Zorn neue Nahrung geben konnte, dann die Verachtung dieses Mannes.

Sie kehrte in ihre Bank zurück, während der Vikar die Kanzel bestieg, um die Leute davon in Kenntnis zu setzen, daß die Trauung nicht stattfinden könne.

Ein hörbares Raunen und Tuscheln ging durch die Reihen. Der Chor schlurfte in die Sakristei zurück, und Lynn – entschlossen, mit niemandem ein Wort zu reden – entfernte sich mit eiligen Schritten durch den Mittelgang nach draußen. Aus den Augenwinkeln sah sie, daß Tonys Bruder ihr folgte.

Ihr Wagen wartete, und aufatmend stellte sie fest, daß von Sally und Mary nichts zu sehen war. Sie mußten also bereits auf dem Rückweg sein.

Lynn stieg ein. Ein Blick in die Runde zeigte ihr, daß weder ein Reporter noch ein Pressefotograf in der Nähe war.

»Darf ich einsteigen?« fragte eine Stimme.

Ungeduldig bedeutete sie Tonys Bruder, neben ihr im Fond des Wagens Platz zu nehmen. Dann befahl sie dem Chauffeur, sie nach Hause zu bringen.

Während sie an den erstaunt gaffenden Frauen vorbeifuhren, sagte Lynn:

»Sie sind Sir Guy Thorne, nehme ich an.«

»Der bin ich«, war die Antwort. »Ist mein Bruder tatsächlich erkrankt?«

»Nein«, antwortete Lynn. »Er hat nur in letzter Minute einen Rückzieher gemacht.«

»Das kommt allerdings sehr überraschend«, sagte Sir Guy ruhig. »Ich sah Tony vor zwei Tagen, als er mir mitteilte, daß er heiraten werde. Er war nicht besonders gesprächig und ließ mich lediglich wissen, die Hochzeit solle in aller Stille stattfinden und er wünsche, daß Mutter erst nach der

Zeremonie davon erfahren sollte. Er bat mich, an der Trauung teilzunehmen, und ich willigte ein, obwohl der Gedanke an eine derart überstürzte Heirat mir äußerst zuwider war.«

Sein Ton war kühl und herablassend, und Lynn spürte, wie sie innerlich vor Wut zu kochen begann. Dennoch beherrschte sie sich mit bewundernswerter Energie und sagte lächelnd:

»Ich kann Ihnen dazu einiges erklären, aber da es nur noch wenige Meter bis zu meinem Haus sind, wäre es vielleicht besser, zu warten, bis wir dort sind.«

»Wie Sie wünschen«, sagte Sir Guy höflich.

Er lehnte sich bequem in die Polster zurück, und schweigend legten sie die kurze Strecke bis zu Lynns Haus am Berkeley Square zurück.

In der Halle wartete Mary auf sie. Von Sally war nichts zu sehen. Lynn winkte Mary zu sich.

»Ich möchte mit Sir Guy alleine sprechen«, sagte sie. »Bitte, sorge dafür, daß wir nicht gestört werden.«

Sie ging voran in den Salon. Sir Guy folgte ihr und schloß hinter sich die Tür.

Lynn, den Rücken zum Kamin, blickte ihm entgegen. Sie war sich deutlich der Ruhe und Gelassenheit bewußt, die von ihm ausging, während ihre Hände vor kaum zu beherrschender Wut zitterten.

»Nun können wir sprechen«, sagte sie. »Ich werde Ihnen sagen, was ich von Ihrem Bruder halte und was ich gegen ihn zu unternehmen gedenke.«

»Bevor wir uns zu sehr vergessen, Miß Lystell«, begann Sir Guy, »sollten Sie vielleicht so freundlich sein, mich darüber aufzuklären, welche Position Sie in dieser Angelegenheit einnehmen! Mein Bruder sagte mir, daß er eine Miß St. Vincent heiraten werde. Er sagte mir auch, daß ihre Eltern verstorben seien. Ich hatte keine Ahnung, daß die zukünftige Frau meines Bruders etwas mit Ihnen zu tun hat oder daß sie sehr wahrscheinlich sogar mit Ihnen verwandt ist. Erst auf der Fahrt zu Ihrem Haus stellte ich fest, daß die Anschrift des Ortes, an dem der Empfang stattfinden sollte, mit der Ihrer Wohnung übereinstimmt. Erlauben Sie mir deshalb die Frage, in welcher Form Sie mit der Braut verwandt sind?«

Seine letzten Worte ließen Lynn zusammenfahren. »Ich bin nicht verwandt mit Sally«, entgegnete sie hastig. »Aber ich habe – wenn Sie es so nennen wollen – eine Art Vormundschaft für sie übernommen. Ihr Vater, Arthur St. Vincent, Mitglied einer angesehenen Landadelsfamilie, war ein alter Freund von mir, und ich kannte auch Sallys Mutter. Seit Sallys Geburt hatte ich eine Schwäche für das Kind, und als sie kürzlich durch den plötzlichen und tragischen Tod ihrer Tante praktisch heimatlos wurde, habe ich mich ihrer angenommen. Seitdem lebt sie in meinem Haus, und hier lernte sie auch Ihren Bruder kennen.«

»Oh, ich verstehe«, sagte Sir Guy. »Sie ist also gewissermaßen ein Schützling von Ihnen.«

»Oder mein Mündel, wenn Ihnen diese Bezeichnung lieber ist«, erwiderte Lynn. »Jedenfalls verlobte sich Tony mit ihr unter meinem Dach. Er bat meine Sekretärin, alle Vorbereitungen für die Hochzeit und den Empfang in meinem Haus zu treffen. Und nun, gleichsam um fünf vor zwölf, nimmt er sein Wort zurück und stiehlt sich davon. Er teilte es mir soeben in einem Brief mit.«

Sie zog den Brief aus ihrer Tasche.

»Er schreibt, er habe an diesem Morgen ein Schreiben aus Paris erhalten, in dem man ihm eine Stelle anbiete, um die er sich schon lange bemüht habe. Deshalb sei er zu dem Entschluß gekommen, die Stelle anzunehmen und die geplante Heirat rückgängig zu machen.«

Lynn schwieg einen Moment, und Sir Guy sagte:

»Soll ich das so verstehen, daß er vor der Wahl stand, entweder diese Stellung in Paris anzunehmen oder Ihr – Mündel zu heiraten?«

»Nein«, entgegnete Lynn scharf. »Ich werde offen zu

Ihnen sein, Sir Guy. Mir lag sehr viel daran, daß Sally vor meiner Abreise nach Südamerika versorgt war. Sie wird bei ihrer Eheschließung in den Genuß eines beachtlichen Vermögens kommen, und Tony ist – wie Ihnen wohl bekannt sein dürfte – völlig abgebrannt.«

»Und in dieser Situation war er nur zu geneigt, nach dem Köder zu greifen, den Sie ihm so geschickt vorwarfen«, sagte Sir Guy sarkastisch.

»Tony war nur zu glücklich über die Möglichkeit, endlich seine Schulden zahlen zu können«, erwiderte Lynn heftig.

»In der Tat, ich wußte, daß mein Bruder in finanziellen Schwierigkeiten steckte, hatte allerdings keine Ahnung, daß er derart in der Klemme steckt.«

»Er wird mir für das, was er sich heute geleistet hat, zahlen«, stieß Lynn wütend hervor. »Wenn ich daran denke, was ich schon alles für ihn getan habe, wenn ich daran denke, was er mir alles schuldet und in welch eine unangenehme Lage ich ihn bringen könnte, bin ich erstaunt, daß er es wagte, sich derart zu verhalten...«

»Was schuldet er Ihnen?« unterbrach Sir Guy sie ruhig. »Sie deuteten das doch soeben an, nicht wahr? Hat Tony Schulden bei Ihnen? Und darf ich erfahren, wie hoch der Betrag ist?«

»Ja, das dürfen Sie«, antwortete Lynn, die nun zu wütend war, um noch länger vorsichtig zu sein. »Vor etwa einem Jahr stellte Ihr Bruder mir einen Scheck aus, der von der Bank zunächst angenommen, dann jedoch reklamiert wurde. Der Scheck befindet sich in meinem Besitz, und bis heute habe ich in dieser Sache keine Schritte unternommen. Es handelt sich um eine Summe von tausend Pfund.«

Sir Guy sagte kein Wort, und da sein Schweigen sie mehr ärgerte, als jedes Wort es hätte tun können, fuhr Lynn fort:

»Er fürchtete stets, daß Sie davon erfahren könnten. Well, nun kennen Sie die Wahrheit, und vielleicht liegt Ihnen daran, diese unangenehme Geschichte aus der Welt zu schaffen.«

»Ich bin überrascht und schockiert über das Verhalten meines Bruders«, sagte Sir Guy. »Selbstverständlich sende ich Ihnen meinen eigenen Scheck in der genannten Höhe, sobald ich zu Hause bin, Miß Lystell. Da ist lediglich noch eine Frage zu klären, auf die ich gern eine Antwort hätte. Ich hoffe, daß sie nicht allzu unverschämt ist. Weshalb benötigte mein Bruder vor einem Jahr plötzlich eine solche Summe? Haben Sie eine Ahnung, wofür er das Geld ausgeben wollte?«

Seine Augen blickten sie durchdringend an, und zum erstenmal spürte Lynn etwas von Sir Guys Persönlichkeit.

Hier war ein Mann, den ihre Schönheit weder verwirrte noch erregte. Im Gegenteil, er mißbilligte sie, anstatt von ihr hingerissen zu sein, wie das jeder andere Mann gewesen wäre. Die Tatsache, daß sie durch Tonys verwerfliches Handeln persönlich verletzt und beleidigt wurde, schien ihn völlig kaltzulassen.

Sir Guys Worte zeigten ihr in jäher Deutlichkeit die Fallgrube, die sich vor ihr auftat. Und wenn sie jetzt nicht höllisch auf der Hut war, war ihr Sturz unvermeidlich.

Blitzschnell erkannte sie, daß er sie durchschaut hatte. Ihm war zweifellos völlig klar, daß Tonys Leben mit dem ihren nicht nur jahrelang verstrickt gewesen war, daß vielmehr auch seine Schulden ganz oder mindestens zum größten Teil auf ihr Konto gingen.

Schließlich wußte sie ja, daß Sir Guys Abneigung und Mißbilligung gegenüber der Lebensweise seines Bruders der Abneigung und Mißbilligung, die er für sie empfand, gleichkam oder diese sogar noch überstieg.

Sie starrte ihn an, suchte verzweifelt nach einer Antwort auf seine Frage, und als sie noch fieberhaft überlegte, fuhr er fort:

»Sie waren offen zu mir, Miß Lystell. Lassen Sie mich auch Ihnen gegenüber offen sein. Ich habe mir viele Jahre große Sorgen wegen der Gefühle gemacht, die mein Bruder Ihnen entgegenbrachte. Diese Beziehung war nicht gut für

Tony, und wie Sie wohl wissen werden, gab es nur einen einzigen Grund, weshalb er die Anstellung in Paris, an die er sein ganzes Herz gehängt hatte, nicht erhielt: Seinen zukünftigen Arbeitgebern waren Gerüchte über seine Liäson mit Ihnen zu Ohren gekommen. Wenn man ihm jetzt den Posten dennoch angeboten hat, geschieht dies, wie ich vermute, nur deshalb, weil Sie Ihre Verlobung mit einem anderen Mann bekanntgegeben haben. Daß Tony in der Zwischenzeit so dumm war, sich – durch Erpressung gezwungen oder nicht – mit Ihrem Mündel einzulassen, ist meiner Meinung nach äußerst unmoralisch. Doch das Mädchen wird gewiß bald einen anderen jungen Mann finden, der bereit ist, ihr Vermögen mit ihr zu teilen. Und sollte sie dazu nicht in der Lage sein, werden Sie ihr sicherlich gerne mit Rat und Tat zur Seite stehen.«

Seine Worte trafen Lynn wie Peitschenhiebe, und ein einziges Mal vergaß sie ihre Selbstbeherrschung und die Maske, die sie ständig trug. Sie meinte es ehrlich, als sie fortfuhr:

»Aber Sie verstehen nicht, sehen das falsch! Sally liebt Tony. Sie ist erst achtzehn. Sie hat keine Ahnung von alledem. Sie liebt ihn um seiner selbst willen. Sicher vermögen selbst Sie die Tragik zu erkennen, die die Entwicklung der Dinge für sie birgt!«

Offensichtlich entging Sir Guy nicht der Ernst in Lynns Stimme.

»Das bedaure ich natürlich«, sagte er ruhig.

»Außerdem, was soll das Kind nun tun?« fuhr Lynn fort, die zum erstenmal in dieser Unterredung einen schwachen Vorteil für sich zu erkennen glaubte. »In zwei Tagen reise ich nach Südamerika. Mein Verlobter begleitet mich, und sobald wir dort sind, werden wir heiraten. Unter diesen Umständen kann ich Sally einfach nicht mitnehmen. Hier aber weiß sie nicht, wohin. Ich sagte Ihnen ja schon, daß sie weder Vater noch Mutter hat. Unglücklicherweise verfügt sie zu allem Unglück bis zum Tag ihrer Hochzeit über keinerlei Geldmittel – nicht über einen einzigen Penny.«

»Das ist alles sehr betrüblich«, antwortete Sir Guy. »Es tut mir leid für Miß St. Vincent. Aber zweifellos werden Sie eine Möglichkeit für sie finden – schließlich haben Sie ja auch bisher in ihrem Leben Regie geführt.«

»Ich könnte das zwar – doch warum sollte ich!« stieß Lynn wild hervor. »Es ist Ihr Bruder, der sie sitzengelassen hat. Und meiner Meinung nach ist es nun an Ihnen, etwas für sie zu tun. Ich bin mit meinem Latein am Ende, obwohl ich es gut mit ihr gemeint habe.« Sie machte eine Pause und fügte dann mit einem schuldbewußten Lächeln hinzu: »Oder auch nicht.«

In Sir Guys Gesicht rührte sich nichts. Nach kurzem Schweigen sagte er ernst:

»Vielleicht sollte ich mit Miß St. Vincent ein paar Worte reden.«

»Das ließe sich arrangieren«, erwiderte Lynn. »Allerdings darf ich Sie daran erinnern, daß die Dinge schwer genug für sie sind. Es gibt also keinen Grund, ihr klarzumachen, daß Tony sie nur wegen ihres Geldes heiraten wollte. Sie hat nämlich nicht die geringste Ahnung davon.«

»Ich werde sie bestimmt nicht mehr beunruhigen, als wie sie es schon ist«, sagte Sir Guy mit einer Stimme, die keinen Zweifel daran ließ, wie sehr er Lynn verachtete.

Lynn begab sich zur Tür des Salons und öffnete sie. Mary wartete in der Halle.

»Wo ist Sally?« fragte Lynn.

»In deinem Boudoir«, erwiderte Mary.

»Ist sie allein?«

»Ja. Doktor Harden war bei ihr, ist aber vor wenigen Minuten gegangen.«

»Sir Guy Thorne wünscht mit Sally zu sprechen. Würdest du ihn zu ihr führen?«

»Natürlich«, antwortete Mary. »Darf ich Sie bitten, mir zu folgen, Sir Guy?«

Die Tür zum Speisesaal stand offen, und im Vorbeigehen sah Sir Guy den weißgedeckten Tisch mit dem Hochzeitskuchen und einer Anzahl Gläser, die auf die ungeöffneten Champagnerflaschen warteten.

Wortlos stieg er hinter Mary die Treppe hinauf. Vor der Tür des Boudoirs verharrte Mary einen Augenblick.

»Sally weiß noch nicht, daß Ihr Bruder nicht wirklich krank ist«, sagte sie. »Ich wollte es Miß Lystell überlassen, ihr das zu sagen. Aber nun, da Sie als erster mit Sally sprechen, wäre es vielleicht gut, wenn Sie ihr mitteilten, was geschehen ist.«

Wenn Sir Guy über die Aufgabe verärgert war, die ihm hier zugeschoben wurde, ließ er es sich nicht anmerken. Er nickte vielmehr zustimmend. Mary öffnete die Tür und trat ein.

»Sally, hier ist Tonys Bruder, Sir Guy Thorne, der dich gern sprechen möchte«, sagte sie und schlüpfte ohne ein weiteres Wort an Sir Guy vorbei aus dem Zimmer.

Sally saß auf einem Stuhl vor dem Sekretär. Offenbar hatte sie sich nicht bewegt, seit sie den Raum betreten hatte. Ihr Brautstrauß lag neben ihr auf der Schreibtischplatte, und ihr Kopf war ein wenig vorgeneigt, während sie mit blicklosen Augen auf ein spitzenbesetztes Seidentüchlein starrte, das sie in ihren Händen hielt.

Als Sir Guy ins Zimmer trat, erhob sie sich und wandte sich ihm zu, den Blick immer noch gesenkt.

»Was ist mit Tony«, fragte sie leise. »Niemand will mir etwas sagen. Mary tut so geheimnisvoll, und Lynn ist noch nicht einmal heraufgekommen, um mit mir zu reden. Bitte, sagen Sie mir, was geschehen ist!«

Sie machte eine Pause, und als er sich nicht äußerte, rief sie mit einer Stimme, in der er das wilde Pochen ihres Herzens zu hören glaubte:

»Er ist doch nicht – tot?«

»Nein, er ist nicht tot«, erwiderte Sir Guy rasch.

Wieder schwieg er, während Sally die Hände vors Gesicht

schlug und ein Zittern der Erleichterung ihren Körper durchlief.

»Gott sei Dank!« murmelte sie. »Ich hatte solche Angst – von dem Augenblick an, da Mary mich nach Hause zurückbrachte, ohne mir zu sagen, was geschehen war.«

Eine Weile stand sie da, unbeweglich und offensichtlich bemüht, ihre Fassung wiederzugewinnen. Dann ließ sie die Hände sinken und hob den Kopf, und Sir Guy bemerkte, daß keine Tränen in ihren Augen waren. Nur ihre Lippen bebten und verrieten, welcher Aufruhr in ihrem Innern tobte.

»Es tut mir leid, so töricht gewesen zu sein«, sagte sie ruhig. »Aber nun sagen Sie mir bitte, was mit Tony ist!«

Bei diesen Worten sah sie Sir Guy zum erstenmal an, seitdem er das Zimmer betreten hatte.

Augenblicklich erkannte sie ihn wieder.

Es war der Gentleman aus dem Zug – der Besitzer des freundlichen kleinen Spaniels.

VI

Im ersten Moment dachte Sally an nichts und niemanden als an Tony.

Nur vage war sie sich darüber klar, daß dieser Mann, den sie bisher nur zweimal kurz in ihrem Leben gesehen hatte, sie mit bewegungslosem, ernstem Gesicht anschaute und daß er eine gewisse Feindseligkeit auszuströmen schien.

Aber ihre Furcht und ihre Sorge um Tony überdeckte alle anderen Gefühle, und es geschah erst später, daß sie sich einiger unterschwelliger Gedanken und Empfindungen bewußt wurde, von deren Vorhandensein sie anfangs kaum etwas gemerkt hatte.

»Erzählen Sie mir von ihm!« bat sie. »Bitte, bitte, so reden Sie doch!«

Sir Guy durchquerte den Raum, blieb dicht vor ihr stehen und blickte ihr in die Augen, die dunkel waren vor Angst und ihn aus einem Gesicht ansahen, das so weiß war wie der Schleier, der es umrahmte.

»Ich fürchte, Sie müssen sich auf einen Schock gefaßt machen, Miß St. Vincent« sagte er langsam. »Mein Bruder ist weder krank noch ist meines Wissens sonst irgend etwas körperlich mit ihm nicht in Ordnung.«

Sallys Gesichtsausdruck verriet äußerste Fassungslosigkeit.

»Aber warum ist er dann...« begann sie.

»Bitte, erlauben Sie, daß ich ausrede!« unterbrach Sir Guy sie. »Ich bin sicher, Sie möchten, daß ich ganz offen zu Ihnen bin, und deshalb werde ich Ihnen die reine, ungeschminkte Wahrheit sagen, soweit sie mir bekannt ist. Mein Bruder Anthony hat sich entschlossen, nicht zu heiraten.«

Sekundenlang starrte Sally ihn an, als wäre die Bedeutung

seiner Worte nicht bis zu ihrem Verstand durchgedrungen. Dann schien sie noch bleicher zu werden. Sie preßte beide Hände mit einer zuckenden kleinen Bewegung an die Brust.

»Sie – meinen…« stammelte sie, und ihre Stimme war nur noch ein Flüstern, »Sie meinen, daß – Tony mich nicht heiraten will?«

»Ja, ich glaube, so ist es«, antwortete Sir Guy. »Wie ich schon sagte, es wird ein Schock für Sie sein, Miß St. Vincent, und ich kann nicht ausdrücken, wie sehr ich das Verhalten meines Bruders in dieser Angelegenheit bedaure.«

»Aber… aber ich verstehe nicht!« rief Sally kläglich. »Gestern schien er noch so glücklich zu sein. Er war so lieb zu mir, so verständnisvoll in jeder Hinsicht. Was ist denn nur geschehen?«

»Genaueres weiß ich auch nicht«, sagte Sir Guy. »Alles, was ich weiß, ist, daß mein Bruder Miß Lystell einen Brief überbringen ließ, in dem er ihr mitteilte, daß er beschlossen habe, die Verlobung mit Ihnen zu lösen und von einer Vermählung Abstand zu nehmen. Außerdem erwähnte er etwas von einer Stelle in Paris, die man ihm angeboten habe, und daß er England unverzüglich verlassen werde.«

»Die Stelle in Paris«, sagte Sally mit schwacher Stimme. »Er hat sie sich so sehr gewünscht.«

Plötzlich, als könnten ihre Beine sie nicht mehr tragen, ließ sie sich auf einen Stuhl sinken. Sie beugte den Kopf vor und starrte verloren auf ihre Hände.

Aber sie weinte nicht. Sie war innerlich wie ausgebrannt, und ein Gefühl äußerster Verlassenheit und Trostlosigkeit erfüllte sie.

Tony war ihr Freund gewesen. Sie hatte ihm vertraut, und ihr Vertrauen zu ihm war mit der Zeit immer noch größer geworden. Doch nun war er plötzlich gegangen, ohne ihr ein Wort zu sagen. Ohne die kleinste Andeutung, daß er seine Pläne geändert hatte.

Dabei war sie so sicher gewesen, daß er sie liebte. Einfach weil seine Freundlichkeit etwas war, das sie nie zuvor im

Leben gekannt hatte. Und sie hatte sich ihm anvertraut mit der Selbstverständlichkeit und Gutgläubigkeit eines Kindes.

Während sie noch dasaß und nach einer Möglichkeit suchte, der Dunkelheit zu entfliehen, die ihr Herz gefangenhielt, kam ihr plötzlich ein anderer Gedanke in den Sinn. Sie blickte zu Sir Guy auf.

»Ist Lynn sehr ärgerlich?« fragte sie mit einer Stimme, der man deutlich die Angst anhörte.

Sir Guys Lippen verzogen sich kaum merklich zu einem spöttischen Lächeln.

»Ich glaube, Miß Lystell ist ungewöhnlich wütend auf meinen Bruder.«

»Und auch auf mich?«

»Ich fürchte, darauf kann ich Ihnen nicht antworten«, erwiderte Sir Guy. »Miß Lystells Gefühle Ihnen gegenüber kenne ich nicht. Aber eigentlich sehe ich keinen Grund, weshalb sich ihre Verärgerung auf Sie ausdehnen sollte.«

»Aber sie hatte alles so sorgfältig geplant – die Hochzeit, die Flitterwochen. Sie hatte uns sogar ihren Wagen zur Verfügung stellen wollen. Oh, ich bin überzeugt, Lynn ist schrecklich erregt – vor allem auch, weil sie selbst verreisen will. Was soll ich nur tun?«

Sally sprach mehr zu sich selbst als zu dem Mann, der ihr aufmerksam zuhörte und nun erneut die Lippen verzog.

»Miß Lystell hat mir mit aller Deutlichkeit klar gemacht, wie sehr die Handlungsweise meines Bruders die Dinge kompliziert hat – zumindest was Sie betrifft. Deshalb drängte sie mich, mit Ihnen zu sprechen. Wie ich bereits sagte, kann ich Sie nur im Namen meiner Familie für das Verhalten meines Bruders um Entschuldigung bitten. Es ist in vielerlei Hinsicht unverzeihlich – obwohl er sicher triftige Argumente für sein Tun zu haben glaubt.

»Ich wünschte, ich würde diese Argumente kennen«, flüsterte Sally.

»Vielleicht kann Miß Lystell Ihnen helfen«, antwortete Sir Guy trocken.

»Lynn sagte mir, daß Tony mich liebe, sie sagte mir, wie glücklich er sei, mich zu heiraten. Sie müssen wissen...« Sallys Stimme klang vertrauensvoll, »...ich habe nur wenig Ahnung von Männern. Außer Tony habe ich nie einen jungen Mann kennengelernt.«

»Aber Sie hätten doch spüren müssen...« begann Sir Guy, brach aber dann abrupt ab, als fürchtete er sich, den Gedanken, der ihm gekommen war, weiter zu verfolgen.

Sally wartete, daß er den Satz beendete, und sie hatte den Eindruck, als versteifte sich seine Haltung und als werde sein Benehmen mit einem Mal wieder förmlicher und feindseliger.

»Ich glaube, es ist sinnlos, die Diskussion darüber fortzusetzen«, sagte er schließlich. »Ich habe über Ihre Situation nachgedacht, Miß St. Vincent, und in einem Punkt bin ich der Meinung, daß sich mein Bruder wirklich – wie soll ich es nennen – ehrlos Ihnen gegenüber verhalten hat, weil seine unerwartete Abreise Sie nämlich buchstäblich heimatlos machte. Aus diesem Grund fühle ich mich verpflichtet, Ihnen meine Gastfreundschaft anzubieten – so lange jedenfalls, bis Sie eine Beschäftigung oder eine Wohnung gefunden haben. Mein Haus liegt in Yorkshire, und ich hatte sowieso vor, mich morgen in aller Früh nach dorthin auf den Weg zu machen. Darf ich Ihnen vorschlagen, mich auf meiner Fahrt zu begleiten? Ich könnte dann noch meine Mutter davon in Kenntnis setzen, daß Sie mitkommen werden.«

Sally holte tief Atem. Dann – nach kurzem Zögern – erwiderte sie:

»Es ist sehr freundlich von Ihnen, mir ein solches Angebot zu machen, denn ich weiß, daß weder Sie noch Ihre Mutter auf meine Anwesenheit in Ihrem Haus auch nur den geringsten Wert legen. Doch ich glaube, Lynn möchte, daß ich annehme, nicht wahr?«

»Zweifellos«, antwortete Sir Guy.

»Dann... dann danke ich Ihnen – und seien Sie versichert, daß ich alles tun werde, um mich so rasch wie möglich auf eigene Füße zu stellen.«

Sallys Bemühen um Haltung und Würde hatte etwas Rührendes. Ihre Hände zitterten, und ihre Lippen bebten, während sie sprach.

Schließlich wich das Gefühl der Lähmung, das sie befallen hatte. Plötzlich spürte sie, daß sie den Tränen nahe war.

Sie zwang sich, dem Blick Sir Guys standzuhalten und dachte, wie wenig er Tony glich und wie unnahbar und kalt er ihr in diesem Augenblick erschien, in dem sich ihr ganzes Sein nach Freundlichkeit, Trost und Wärme sehnte.

»Das wäre also geregelt«, erklärte Sir Guy in sachlichem Tonfall. »Ist es Ihnen recht, wenn ich morgen früh gegen zehn vorbeikomme, um Sie abzuholen?«

»Bitte, es wäre mir lieber, Sie würden das zuerst mit Lynn besprechen, ja?«

»Ich bin sicher, daß wir mit Miß Lystells vollem Einverständnis rechnen können«, entgegnete Sir Guy.

Seine Stimme hatte einen bitteren Klang angenommen, doch Sally schien es nicht zu bemerken.

Er wandte sich um und ging zur Tür.

»Auf Wiedersehen, Miß St. Vincent.«

»Auf Wiedersehen«, antwortete Sally. Das Sprechen fiel ihr plötzlich schwer, doch sie hielt den Aufruhr in ihrem Inneren solange unter Kontrolle, bis die Tür hinter Sir Guy ins Schloß gefallen war. Dann schlug sie aufschluchzend die Hände vors Gesicht.

Eine Ewigkeit schien vergangen, als sie Marys Arme um ihre Schultern spürte.

»Komm auf dein Zimmer, Liebes«, sagte Mary. »Und weine nicht so schrecklich. Kein Mann auf der Welt ist das wert.«

»Aber ich verstehe – das alles nicht. Das ist es, was die Sache so – furchtbar für mich macht«, stammelte Sally. »O Mary, was habe ich falsch gemacht? Was ist der Grund, daß er mich plötzlich so haßte – in letzter Minute gleichsam?«

»Er haßt dich nicht, glaube mir das!« versicherte Mary.

So gern hätte sie Sally die Wahrheit gesagt, um den schmerzerfüllten Ausdruck auf dem zarten Gesicht zu vertreiben.

Aber wie hätte das geschehen sollen? Sie nahm Sally den Schleier ab ud half ihr beim Ablegen des Brautkleides. Am liebsten hätte sie sich selbst verflucht, weil sie sich dazu hatte bewegen lassen, bei dieser mitleidlosen Tragödie mitzumachen.

Sally saß, nur mit einem zarten weißen Chiffonunterrock bekleidet, vor ihrem Ankleidetisch. Sie hatte das blonde Haar gelöst. Es fiel ihr bis auf die Schultern. Sally wirkte unsagbar jung und zerbrechlich, und Mary zermarterte sich den Kopf nach einer Erklärung, die dem Mädchen wenigstens etwas Trost und ein kleines Gefühl von Sicherheit schenken konnte.

Das Geschehene hatte Sally bis ins Herz getroffen, hatte ihr neugewonnenes Selbstbewußtsein mit einem einzigen Schlag zerstört.

Wenn Sally in der Vergangenheit unter Minderwertigkeitskomplexen gelitten hatte, dann hatte sich dieser Zustand jetzt tausendfach verstärkt. Wenn sie in der Vergangenheit an ihrer Anziehungskraft und Attraktivität gezweifelt hatte, dann mußte sie jetzt zu der Überzeugung gekommen sein, völlig reizlos und häßlich zu sein.

Mary ahnte, daß Sally glaubte, irgendeine abstoßende Eigenschaft, irgendein Makel müßte Tony von ihrer Seite vertrieben haben.

Doch was konnte sie sagen? Was tun? Sie konnte Sally unmöglich mit der Wahrheit konfrontieren, ihr die Augen öffnen über den Betrug, dessen Opfer sie vom ersten Moment ihrer Ankunft in London geworden war.

»Vergiß ihn, vergiß ihn auf der Stelle«, riet Mary dem verzweifelten Mädchen. »Es gibt noch andere Männer auf der Welt, er verdient deine Tränen nicht und nicht eine einzige Sekunde des Unglücklichseins. Wir alle mußten unsere Erfahrungen machen und Schläge im Leben einstecken. Ich weiß, dich hat es besonders hart getroffen, und der Schlag ist um so härter, je weniger du das Geschehene verstehst. Aber auch Lynn ist ganz verzweifelt, und du möchtest doch nicht, daß alles noch schlimmer für sie wird, nicht wahr?«

Damit hatte Mary den richtigen Ton getroffen. Sie hatte genau den Punkt gefunden, an dem Sally im Augenblick noch ansprechbar war. Lynn sollte sich keine Sorgen machen, was immer auch passiert war.

Sally liebte ihre Mutter so sehr, daß sie fähig war, jedes Opfer für sie zu bringen. Mary bemerkte, wie Sallys Schultern sich strafften und ihre Tränen versiegten. Mit einer fast energischen Bewegung wischte sich Sally über die feuchten Wangen.

Mary dachte, daß es wichtig wäre, den Glauben des Mädchens an seine Mutter nicht zu zerstören. Wenn sie diesen letzten, entscheidenden Halt in ihrem Leben verlor, war sie selbst verloren.

Als Sally einige Zeit später nach unten kam, waren alle Spuren der Hochzeit beseitigt.

Wehmütig warf sie einen Blick ins Speisezimmer, um zu sehen, ob der Hochzeitskuchen noch auf dem Tisch stand. Doch er war nicht mehr da, und auch die Champagnerflaschen und Sektgläser waren abgeräumt. Sogar die weißen Blumengestecke, mit denen Mary Anrichte und Kaminsims hatte dekorieren lassen, waren verschwunden.

Nichts mehr erinnerte daran, daß hier eine Hochzeit hatte stattfinden sollen, und jetzt blieb für Sally nur noch die Aufgabe, die Erinnerung auch aus ihrem Herzen zu entfernen.

Aber wie sollte sie das schaffen? Sie brauchte nur in den Salon zu gehen und sah Tony vor sich, wie sie ihn an jenem ersten Abend gesehen hatte. Er stand in der Nähe des Cocktailtisches, ein Glas in der Hand. Seine

Augen hatten etwas Jungenhaftes, Ausgelassenes und Herausforderndes, als sie den ihren begegneten.

Sie brauchte nur ein paar Schritte weit zu gehen, und sie hatte jene Stelle auf dem grauen Teppich erreicht, wo er sie zum ersten Mal in seine Arme genommen und geküßt hatte. Sie brauchte nur lauschend den Kopf zu neigen, und sie hörte seine warme Stimme, die nicht müde wurde, sie zu necken und mit ihr herumzuflachsen.

Sie hörte sein kraftvolles, amüsiertes Lachen, das den ganzen Raum erfüllte. Er war so lebendig gewesen, und es war schwierig, ihn sich ohne ein Lächeln auf den Lippen vorzustellen.

Und nun... nun war er in Paris und trat die Stellung an, die er sich immer gewünscht hatte.

Warum? Warum? Warum?

Sally stellte sich diese Frage wieder und wieder. Gleichzeitig sagte sie sich resigniert und voller Fatalismus, daß sie darauf wohl nie eine Antwort erhalten würde.

Lynn kam erst spät am Abend von irgendeiner Besprechung zurück. Nur um sich umzuziehen. Sie aß außerhalb – eine Einladung, die sie lange vor Sallys Hochzeit angenommen hatte.

Sie rauschte ins Wohnzimmer, wobei sie die langen Glacéhandschuhe von den Händen streifte. Sally sah ihr mit klopfendem Herzen entgegen.

Doch Lynn gab sich betont gelassen.

»Hallo, Darling!« rief sie. »Ich hoffe, Mary hat nicht vergessen, dir etwas zum Dinner zu bestellen! Ich werde zu spät zu meiner Einladung kommen, wenn ich mich nicht beeile. Hat es irgendwelche Anrufe für mich gegeben?«

»Mary hat sie notiert. Die Zettel liegen – auf dem Tisch«, antwortete Sally.

Sie hatte Mühe zu sprechen. Nur stockend kamen die Worte über ihre Lippen.

Lynn nahm keine Notiz davon. Sie griff nach den pinkfarbenen Kärtchen, auf denen Mary Name und Nachricht des Anrufers festzuhalten pflegte, und überflog sie rasch.

»Nichts, was nicht bis morgen warten könnte«, sagte sie und warf die Kärtchen auf den Tisch. »Aber nun muß ich mich beeilen!«

Sie schenkte Sally ein flüchtiges, unechtes Theaterlächeln, durchquerte den Raum, öffnete die Tür und eilte nach oben.

Einen Moment lang hatte Sally den fast unwiderstehlichen Wunsch gehabt, auf Lynn zuzulaufen, der Mutter die Arme um den Hals zu schlingen und sich an ihrer Schulter auszuweinen. Doch dann hatte sie sich wieder unter Kontrolle und schalt sich wegen ihrer Sentimentalität.

Sie wußte nur zu gut, daß Lynn Szenen haßte, die sie nicht selbst inszenierte. Alle Aufregungen und Probleme mußten von ihr ferngehalten werden. Lynn mochte sehr temperamentvoll sein, doch die Menschen in ihrer Umgebung hatten ihre Gefühle zu beherrschen. Sie mochte die dramatischsten Auftritte lieben, die anderen jedoch hatten stets absolute Ruhe zu bewahren und jede Aufregung und jedes Durcheinander zu vermeiden.

Es war ganz offensichtlich für Sally, daß Lynn eine Schranke zwischen ihnen errichtet hatte, was die geplatzte Hochzeit betraf.

Es war eine Schranke, die nicht niedergerissen werden durfte, und tatsächlich, so sagte sich Sally unglücklich, gab es ja wirklich kaum etwas, was darüber zu sagen gewesen wäre.

Nach dem Dinner mit Mary, bei dem beide kaum einen Bissen herunterbekamen, ging Sally nach oben, um zu pakken. Vorher sagte sie ruhig zu Mary:

»Ist Lynn wohl damit einverstanden, daß ich die Kleider mitnehme, die sie mir anfertigen ließ?«

»Aber natürlich«, erwiderte Mary rasch.

»Unter den jetzigen Umständen werde ich nicht dazu in der Lage sein, ihr das Geld dafür zurückzugeben.«

Marys Lippen wurden schmal.

»Denk doch nicht an so etwas«, sagte sie scharf. »Die Kleider sind ein Geschenk von Lynn. Es kann gar keine Rede davon sein, daß du sie bezahlst. Wie kommst du nur darauf?«

»Eines Tages werde ich Lynn das Geld dafür wiedergeben«, sagte Sally, ohne auf Marys Frage einzugehen, »sonst werde ich immer glauben, mir das alles unter falschen Voraussetzungen angeeignet zu haben. Doch im Moment ist es nicht möglich – und verkaufen werden wir sie wohl nicht können, nehme ich an.«

»Verkaufen wirst du die Kleider nur über meine Leiche!« rief Mary, und als sie sah, daß Sally zum Widerspruch ansetzte, fügte sie hinzu: »Lynn wäre sehr gekränkt, wenn du ihr einen solchen Vorschlag machen würdest!«

Wie Mary erwartet hatte, gab Sally augenblicklich auf.

»Oh, wenn Lynn es wirklich wünscht, daß ich die Kleider behalte...« begann sie, wurde aber von Mary unterbrochen.

»Sie wünscht es!« sagte Mary bestimmt. Sie dachte, daß sie in diesem Punkt ihren Willen durchsetzen würde – und wenn Lynn sich auf den Kopf stellte.

Zu packen gab es nicht viel, weil die meisten Sachen schon am Tag zuvor für die Flitterwochen eingepackt worden waren.

Mary saß auf dem Bett. Sie beobachtete, wie Sally das Seidenkleid und den passenden Mantel, beides für die Reise in die Flitterwochen gedacht, gegen etwas Schlichteres austauschte. Sie suchte verzweifelt nach einem unverfänglichen Gesprächsstoff, stellte jedoch fest, daß ihr nichts einfiel. Schließlich sagte sie:

»Ich schreibe dir meine Adresse und meine Telefonnummer auf. Wenn du irgend etwas brauchst, Sally, mußt du dich mit mir in Verbindung setzen. Du weißt, ich reise nicht mit nach Südamerika, und das Haus hier soll während der Zeit nicht benutzt werden.«

»Alles, was ich möchte, ist eine Stelle«, sagte Sally, die mit dem Rücken zu Mary auf dem Boden kniete und den Koffer abschloß, den sie zusätzlich gepackt hatte.

»Ich weiß, Liebes, aber im Augenblick ist das gar nicht so einfach. Jedenfalls nicht hier in London. Vielleicht gelingt es dir eher, auf dem Land etwas Passendes zu finden. Du sagtest doch, daß du gerne mit Tieren zu tun hast.«

»Sie sind das einzige, wovon ich etwas verstehe«, antwortete Sally, und ihre Stimme hörte sich sehr verloren an.

»Etwas wirst du schon finden!« Mary gab ihren Worten einen zuversichtlichen Klang, obwohl sie sehr schwarz für Sally sah. »Wenn du doch nur Schreibmaschine oder Kurzschrift schreiben könntest! Ich bin sicher, es würde dir die Suche erleichtern.«

»Ich kann überhaupt nichts wirklich Nützliches!« seufzte Sally. »Außer Kochen und Hausarbeit. Aber ich glaube nicht, daß Lynn damit einverstanden wäre, wenn ich die Stelle eines Küchenmädchens oder einer Hausgehilfin annähme.«

»Da hast du recht«, sagte Mary. »Bitte, Sally, tu nichts Unüberlegtes oder etwas, das dich unnötig ins Gerede bringen könnte!«

»Sie brauchen sich keine Sorgen zu machen, Mary«, beruhigte sie Sally. »Für mich kommt eigentlich nur eins in Frage: die Arbeit auf einem Bauernhof. Und in Yorkshire wird es doch wohl den einen oder anderen Bauernhof geben. Ich werde Sir Guy bitten, mir eine Referenz zu geben.«

Sekundenlang schnürte der Gedanke an die ungewisse Zukunft ihr die Kehle zu, dann zwang sie sich zu einem tapferen Lächeln, obwohl ihr weder nach Tapferkeit noch nach Lächeln zumute war.

»Sir Guy kann mir wenigstens bestätigen, daß ich guten Willens bin.«

»Die Leute brauchen dich nur anzusehen...« begann Mary, schwieg aber dann. Sie sagte sich, daß jede Bemerkung über Sallys Aussehen nur Salz in der Wunde ihres zerrütteten Selbstbewußtseins bedeutet hätte. »Weshalb gehst du nicht zu Bett?« schlug sie vor. »Du mußt doch sehr müde sein.«

»Ja, das bin ich«, antwortete Sally niedergeschlagen und begann sich auf der Stelle auszuziehen.

»Soll ich dir ein Buch oder eine Illustrierte zum Lesen bringen?« fragte Mary, nur um etwas zu sagen. Sie hatte Angst vor dem Schweigen, das erneut zwischen ihnen zu entstehen drohte.

Sie war sich bewußt, daß vieles ungesagt blieb, worüber sie hätten sprechen müssen. Die großen Koffer waren der deutlichste Beweis dafür, daß Sally eigentlich nicht hier, sondern in dem Hotel hätte sein müssen, in dem die Jungvermählten nach Lynns Willen ihre Hochzeitsnacht hätten verbringen sollen.

Sallys blasses, verhärmtes Gesicht glich dem einer jungen Witwe, nicht dem einer Braut, und bis zu diesem Zeitpunkt hatten sie und Mary es taktvoll vermieden, den mit Saphiren und Diamanten besetzten Verlobungsring zu beachten, der auf der Platte des Ankleidetisches lag.

Schließlich nahm Sally ihn in die Hand. Es kostete sie eine große Überwindung, als sie Mary bat:

»Könnten Sie Tony diesen Ring schicken? Ich nehme an, er wird Lynn über kurz oder lang seine Adresse mitteilen!«

»Ich werde das so bald wie möglich erledigen«, versprach Mary.

Hastig schob sie den Ring in eine Tasche ihres Kleides. Fast schien es, als fürchtete sie, sich daran zu verbrennen. Sally schlüpfte ins Bett.

»Gute Nacht, Mary.«

»Gute Nacht, Sally, Liebes«, erwiderte Mary.

Sie hätte gern noch einige Worte des Trostes hinzugefügt, aber es fiel ihr nichts ein.

»Gute Nacht«, wiederholte sie nur und suchte ihr eigenes Schlafzimmer auf.

*

Sally war am nächsten Morgen schon sehr früh wieder auf, denn sie hatte die ganze Nacht keinen Schlaf gefunden.

Mit größter Sorgfalt widmete sie sich ihrem Aussehen, denn ein Blick in den Spiegel zeigte ihr ein blasses, zerquältes Gesicht, und sie sagte sich, daß sie Lynn so nicht unter die Augen treten durfte.

Lynn wollte stets fröhliche, hübsche Menschen um sich haben, und sie haßte nichts so sehr, als wenn sich jemand in ihrer Gegenwart gehen ließ und einen niedergeschlagenen oder verzweifelten Eindruck machte.

Sally schminkte sich sogar die Lippen und trug ein wenig Rouge auf die Wangen auf. Das Resultat war zwar nicht so vorteilhaft, wie sie es sich gewünscht hätte, aber sie sah wenigstens nicht mehr aus, als wäre sie ihr eigener Geist.

Das Kostüm aus dunkelgrünem Tweed, das sie trug, war erstklassig geschnitten. Dazu gehörte ein kleiner Hut, den ein Strauß dunkelgrüner Federn zierte.

Kurz vor acht verließ Sally das Zimmer und ging nach unten. Mary frühstückte gewöhnlich um halb acht, denn sie hatte allerlei zu erledigen, bevor sie Lynn weckte.

Lynn nahm ihr Frühstück stets auf dem Zimmer ein, normalerweise so gegen Viertel vor zehn.

Als Sally an diesem Morgen in die Halle kam, sah sie eine Nachricht in Lynns Handschrift auf dem Tisch liegen. Sie las sie, ehe es ihr noch bewußt wurde. Sie glaubte, das Herz würde ihr stillstehen, denn in Lynns großen, geschwungenen Buchstaben standen auf dem Zettel die Worte:

Ich möchte unter gar keinen Umständen vor halb elf morgen früh gestört werden!

Und mit Sir Guy hatte Sally vereinbart, daß er sie um zehn abholen sollte. Sie würde sich also nicht einmal von Lynn verabschieden können!

Sekundenlang konnte Sally nicht glauben, daß sie das Haus verlassen mußte, ohne ein Wort des Abschieds mit dem Menschen gewechselt zu haben, den sie am meisten auf der Welt liebte.

Lynn kann die Zeit meiner Abreise unmöglich gewußt haben, redete sie sich dann hastig ein. Eine leise Stimme in ihrem Inneren flüsterte ihr jedoch zu, daß dies nicht der Wahrheit entsprach.

Lynn wußte Bescheid, aber sie war nicht gewillt, sich von Sallys Unglück die gute Laune verderben zu lassen.

Sally stand immer noch in der Halle und starrte auf Lynns Mitteilung, als Mary die Treppe herunterkam. Mary warf einen Bick darauf und wußte, daß Lynn sich mit voller Absicht später wecken ließ. Sie wollte es vermeiden, ihrer Tochter noch einmal zu begegnen.

Mary nahm Sallys Arm und sagte ruhig:

»Komm zum Frühstück, Sally! Und laß dir von einer Frau, die einige Jahre älter ist, einen guten Rat geben: Man soll von den Menschen niemals mehr erwarten, als sie geben können. Man soll sie lieben, wie sie sind, und nicht, wie man sie sich wünscht. Die Wurzel so manchen Unglücks und so manchen gebrochenen Herzens ist darin zu suchen, daß wir die Menschen, die wir lieben, immer mit höheren Gaben und besseren Eigenschaften ausstatten, als wie sie sie in Wirklichkeit besitzen. Jeder Mensch hat seinen eigenen begrenzten Horizont, und kein Mensch vermag über seinen Schatten zu springen. Wenn wir das sowohl bei uns selbst als auch bei den anderen akzeptieren, haben wir eher die Aussicht, einigermaßen glücklich durchs Leben zu gehen.«

»Ich werde versuchen, mir das zu merken«, versprach Sally schlicht.

Doch Mary sah, daß die Qual immer noch in ihren Augen nistete, und hörte, daß der Schmerz noch nicht aus ihrer Stimme gewichen war.

»Manchmal«, fuhr Mary fort, »handeln Menschen mit einer Größe und einem Edelmut, die alle unsere Erwartungen übertreffen. Vielleicht gibt es im Leben eines jeden von uns solche Augenblicke – großartige, ungewöhnliche

Augenblicke, in denen auch der Kleinste und Unbedeutendste über sich selbst hinauswächst, weil er es fertigbringt, um eines Ideals willen sich selbst zu verleugnen.«

»Sich selbst zu verleugnen, ist nicht leicht«, sagte Sally hastig.

»Ja, ich weiß«, erwiderte Mary. »Deshalb ist ein solches Tun auch so unendlich wertvoll.«

Plötzlich erhellte ein Lächeln Sallys Gesicht.

»Das hast du wunderschön gesagt, Mary! Ich weiß, ich denke im Augenblick nur an mich selbst, und ich will versuchen, es nicht zu tun. Ich will es versuchen!«

»Gott segne dich!« erwiderte Mary.

*

Sally wartete schon in der Halle, als ein Taxi vorfuhr und Sir Guy ausstieg. Als sie durch das Fenster der Tür sein ernstes, zu einem zynischen Lächeln verzogenes Gesicht sah, streckte sie in einer Anwandlung panischer Angst die Hand nach Mary aus.

»Muß ich wirklich gehen?« stieß sie hervor und beantwortete sich gleich darauf die Frage mit den Worten: »Ich habe wohl keine andere Wahl, nicht wahr?«

»Nein, Liebes«, erwiderte Mary traurig.

»Sie vergessen nicht, Lynn das kleine Briefchen zu geben, das ich ihr geschrieben habe?« bat Sally. »Ich habe ihr nochmals für alles gedankt. Und Sie werden mir schreiben und mir über alles berichten, was Sie aus Südamerika über sie hören. Sie ist nun eben mal keine eifrige Briefschreiberin.«

»Ich weiß«, sagte Mary. »Aber ich werde dir alles mitteilen, was ich über sie erfahre.«

»Oh, ich danke Ihnen!« flüsterte Sally. In diesem Moment öffnete der Butler die Haustür, und Sir Guy stand auf der Schwelle.

Sally schlang die Arme um Mary und preßte sie ein wenig

länger an sich als notwendig. Dann straffte sie sich. Den Kopf hoch aufgerichtet, wandte sie sich zu Sir Guy um, ging auf ihn zu und streckte ihm zur Begrüßung die Hand entgegen.

»Sind Sie fertig?« fragte er. »Gut! Wir haben zwar noch reichlich Zeit, aber dieser Zug ist oft sehr überfüllt.«

Sallys Koffer wurden ins Taxi geladen, und sie stieg ein. Auf dem Rücksitz saß der goldbraune Spaniel, den sie schon kannte, und wedelte freudig.

»Runter mit dir, Bracken!« befahl Sir Guy, doch Sally legte den Arm um den Hals des Hundes und drückte ihn an sich.

»Da ist Platz genug«, sagte sie, »Lassen Sie ihn doch, wo er ist!«

Etwas Tröstendes ging von dem warmen, weichen Hundekörper aus, und sie hielt Bracken fest an sich gepreßt, als der Wagen anfuhr. Sie winkte nicht einmal durch das Fondfenster zurück, obwohl sie wußte, daß Mary in der Haustür stand und ihnen nachblickte.

Einen Moment lang versank die Welt hinter einem Nebel ungeweinter Tränen.

Auf dem Weg zum Bahnhof tauschten sie einige Gemeinplätze über das Wetter. Der Gepäckträger fand zwei Fensterplätze für sie in einem Erster-Klasse-Abteil und verstaute ihre Koffer im Gepäcknetz. Sir Guys Befürchtung stellte sich als unbegründet heraus, der Zug war nicht uberfüllt.

Ein einziger Reisender stieg zu ihnen ins Abteil, und Sally war froh darüber, denn seine Anwesenheit schloß jede Unterhaltung zwischen Sir Guy und ihr aus. Sie lehnte sich in ihren Sitz zurück und blickte aus dem Fenster. Sie hatten London bereits hinter sich gelassen, und draußen flogen Felder, Wiesen und Wälder vorbei.

Doch sie fand nicht die innere Ruhe, sich am Anblick der sanften Hügellandschaft zu erfreuen. Ihre Gedanken waren bei Tony und wenn nicht bei ihm, dann bei Lynn.

Tony und Lynn.

In den letzten Wochen hatten die beiden ihr Denken und Trachten mit einer Ausschießlichkeit erfüllt, wie sie es nie für möglich gehalten hätte. Aber dann hatte sie sich mit jäher Plötzlichkeit von ihnen trennen müssen, und wieder – wie schon einmal in ihrem Leben – saß sie in einem Zug, der sie in eine unbekannte und ungewisse Zukunft führte.

Sally dachte an ihre erste Eisenbahnfahrt vor wenigen Wochen. Wie allein, wie einsam sie sich damals vorgekommen war! Und doch hatte dieses Gefühl der Einsamkeit nichts mit der quälenden und unerträglichen Erfahrung absoluter Verlassenheit zu tun, die sie nun durchlebte.

Aber sie durfte dem Selbstmitleid und der Panikstimmung, in der sie sich befand, nicht nachgeben! Deshalb versuchte sie tapfer, sich abzulenken. Sie zwang sich an andere Dinge zu denken und warf sogar einen Blick in die Morgenzeitungen, die Sir Guy am Bahnhof gekauft hatte.

Aufmerksam ging sie die Stellenangebote in der »Times« durch, aber niemand schien ein achtzehnjähriges Mädchen mit geringen Fähigkeiten und wenig Ambitionen zu suchen.

Gegen zwölf machte Sir Guy den Vorschlag, ihn in den Speisewagen zu begleiten und dort das Lunch mit ihm einzunehmen. Bracken blieb zurück und paßte auf das Gepäck auf.

Während des Essens wechselten sie wieder nur ein paar Redensarten über das Wetter und die Landschaft, und Sally atmete erleichtert auf, als sie feststellte, daß Sir Guy jedes persönliche Gespräch genauso eifrig vermied wie sie.

Ein- oder zweimal bemerkte sie, als sie unerwartet zu ihm aufschaute, seinen Blick, der sie eindringlich musterte, und sie glaubte wieder diesen mißbilligenden Ausdruck zu erkennen, der ihr schon immer an ihm aufgefallen war.

Sie fühlte sich unbehaglich und fragte sich bedrückt, was an ihr wohl nicht stimmen mochte, weil zuerst Tony sie sitzenließ und nun sein Bruder sie so unangenehm und verachtenswert zu finden schien.

War diese Mißbilligung auf ihre Person gerichtet oder betraf sie nur ihr Äußeres? Galt sie ihrer Erscheinung oder ihrem Charakter?

Zum erstenmal dachte Sally darüber nach, wie Sir Guy auf die Vorfälle des gestrigen Tages reagiert hatte.

Zunächst stand wohl fest, daß er von der beabsichtigten Hochzeit seines Bruders mit einem Mädchen, das der Familie nicht einmal vorgestellt worden war, nicht besonders begeistert gewesen sein konnte.

Außerdem – dieser Gedanke begann erst jetzt eine zunächst nur vage Gestalt in ihr anzunehmen – schien Sir Guy Lynn nicht zu mögen. Vielleicht hatte er – ähnlich wie Tante Amy – eine tiefeingewurzelte Abneigung gegen Leute vom Theater oder Film.

Bekümmert fragte sich Sally, welche Art von Leben sie in der Familie Sir Guys wohl erwartete. Vielleicht fand seine Mutter sie noch unsympathischer als er.

Sie erinnerte sich an den Augenblick, als sie die Eingangstür des Hauses in der Hill Street geöffnet hatte und er plötzlich vor ihr stand. Sie hatte ihn angelächelt, aber das Lächeln war ihr auf den Lippen gefroren.

Bis zu diesem Moment war es ihr eigentlich noch gar nicht richtig bewußt geworden, daß die beiden jungen Männer, von denen Nanny Bird ihr erzählt hatte, Tony und sein Bruder Guy waren. An jedes ihrer Worte konnte sie sich noch erinnern.

»Der Ältere der beiden Brüder ist ein Gentleman vom Scheitel bis zur Sohle, würde ich sagen. Anders der Jüngere – ein richtiger Schwerenöter, wenn Sie mich fragen. Aber sympathisch. Man muß ihn einfach gernhaben. Und er versteht es immer, seinen Willen durchzusetzen!«

Sallys Herz schrie auf, als sie daran dachte, daß Tony wirklich seinen Willen durchgesetzt hatte. Wie recht Nanny gehabt hatte. Und wie seltsam dieser Zufall war, daß sich hinter ihren »jungen Männern« Tony und Sir Guy verbargen.

Wenn sie Nanny doch nur noch einmal wiedergesehen hätte! Wie vieles würde sie, Sally, von ihr über die beiden Brüder erfahren haben. Aber als sie Mary von Nanny erzählte, war diese entsetzt gewesen bei dem Gedanken, Sally könnte während ihres Aufenthalts in Lynns Haus mit jemandem Kontakt aufnehmen, der sie in der Vergangenheit einmal gekannt hatte.

»Kein Wort darüber zu Lynn!« beschwor Mary sie. »Sie würde einen Schock bekommen, wenn sie das hörte. Sie würde natürlich gleich befürchten, deine Nanny könnte vermuten, wer sie ist.«

»Ich bin sicher, Nanny käme gar nicht auf die Idee, irgendwelche Zusammenhänge zwischen Lynn und mir herzustellen«, erwiderte Sally. Doch da sie nichts anderes wollte, als Lynn jeden Wunsch zu erfüllen, mochte er ausgesprochen oder unausgesprochen sein, hatte sie Nanny weder noch einmal aufgesucht noch ihr geschrieben. Nicht einmal eine Nachricht von der beabsichtigten Hochzeit hatte sie ihr geschickt.

Tony hatte beabsichtigt, nach ihrer Rückkehr aus den Flitterwochen das Haus in Bray zu bewohnen, das einige seiner Freunde ihm zur Verfügung gestellt hatten.

Und zum Winter wollten sie dann in seine Londoner Wohnung ziehen. Aber im Grunde waren das alles nur sehr vage Überlegungen gewesen, und in der Hetze und dem Trubel der Hochzeitsvorbereitungen hatte Sally sich damit zufriedengegeben, die Pläne für die allernächste Zeit zu kennen. Über die Dinge, die noch weit in der Zukunft lagen, hatte sie sich keine Gedanken gemacht.

Nun bereute sie ihre fehlende Neugier, ihre Geheimnistuerei und Illoyalität gegenüber Nanny.

Wie leicht eine Täuschung oder Lüge zur nächsten führt, dachte sie. Sie sehnte sich zurück nach Tante Amy und deren unfehlbarem Gespür für Recht und Unrecht.

Nach dem Lunch kehrten sie in ihr Abteil zurück. Einem plötzlichen Impuls folgend, suchte Sally ein Wagen weiter den Waschraum auf. Dort, vor dem schmalen Spiegel über dem Waschbecken rieb sie sich das Rouge von den Wangen und den Lippenstift von den Lippen.

Danach fühlte sie sich wieder als sie selbst und weniger als das zurechtgemachte, verführerische Wesen, das Lynn um Tonys willen aus ihr machen wollte. Sie wusch sich die Hände und fühlte sich frischer und sauberer. Dann trat sie wieder in den Gang hinaus.

Sie schlug die Richtung zu ihrem Wagen ein. Der Zug fuhr soeben durch ein landschaftlich ganz besonders schönes Gebiet, und sie blieb an einem der Fenster stehen und schaute hinaus.

Sie hörte, wie sich hinter ihr eine Abteiltür öffnete, und eine zarte, verängstigte Stimme neben ihr sagte:

»Bitte, helfen Sie uns!«

Sie blickte zur Seite und sah einen kleinen Jungen neben sich stehen. Er war sehr zart und schmächtig.

Zwei große, wundervolle Augen beherrschten ein edelgeschnittenes Gesicht von solcher Feinheit und Schönheit, daß Sally unwillkürlich an das Gemälde eines alten Meisters denken mußte.

»Bitte, Miß, können Sie uns helfen?« bat der Junge erneut.

»Aber natürlich«, erwiderte Sally. »Was ist denn geschehen?«

»Mummy ist krank«, sagte er. »Ich weiß nicht, was ich tun soll.«

»Wo ist sie?« fragte Sally.

Das Kind nahm ihre Hand und zog sie in das Abteil.

Auf einem der Sitze saß eine junge Frau, die sich vor Schmerzen krümmte. Vor ihr stand ein Mädchen, kleiner als der Junge, aber mit den gleichen wunderschönen Zügen in einem bleichen, völlig verängstigten Gesicht.

»Lassen Sie mich Ihnen helfen«, sagte Sally und beugte sich zu der gekrümmt dasitzenden Frau hinunter. »Was fehlt Ihnen?«

Die Frau hob den Kopf und stieß ein lautes Stöhnen aus. Sally sah die dicken Schweißtropfen auf ihrer Stirn.

»Es – tut – mir – leid, Ihnen zur – Last zu fallen«, stieß sie schweratmend hervor. »Doch ich – fürchte, es ist der Blinddarm.«

Verzweifelt streckte sie Sally die Hand entgegen. Sally ergriff sie, und die Kranke umklammerte Sallys Hand, als vermöchte der Kontakt mit einem anderen Menschen auf irgendeine Weise ihre Schmerzen zu verringern.

»Wäre es nicht bequemer für Sie, wenn ich Ihre Füße auf den Sitz legen würde?« fragte Sally. »Kommen Sie! Danach werde ich Hilfe für Sie holen. Vielleicht befindet sich ein Arzt im Zug.«

Die Frau sagte nichts, und Sally deutete ihr Schweigen als Zustimmung. Sie bückte sich, hob die Beine der Unbekannten an und legte sie vorsichtig auf den Sitz.

Wieder ließ die Frau ein Stöhnen hören, und einen Moment lang lehnte sie ihren Kopf gegen Sallys Schulter. Sie war noch sehr jung und außergewöhnlich hübsch, doch ihr Gesicht war kreidebleich und verzerrt vor Schmerz. Auch auf ihrer Oberlippe standen dicke Schweißperlen.

»Ich werde sofort jemanden holen!« beruhigte Sally sie, und zu dem kleinen Jungen gewandt, sagte sie: »Halte deiner Mutter die Hand. Das hilft ihr ein wenig.«

Er schien zu begreifen, und Sally verließ eilig das Abteil. Sie spähte den Gang entlang und sah zu ihrer Erleichterung am Ende des Wagens den Fahrkartenschaffner auftauchen. Sie lief auf ihn zu und fragte aufgeregt:

»Könnten Sie nicht versuchen, einen Arzt im Zug ausfindig zu machen? Hier im Wagen ist eine Frau mit einem entzündeten Blinddarm. Sie hat ungewöhnlich starke Schmerzen und schwebt wahrscheinlich in Lebensgefahr.«

Der Schaffner folgte Sally zu dem Abteil mit der Kranken, warf einen Blick auf die Frau und schaute dann auf seine Uhr.

»In drei Minuten durchfahren wir einen Bahnhof«, sagte

er leise. »Wir halten da zwar nicht, doch in einer Viertelstunde werden wir in York sein. Wenn ich erreichen kann, daß der Bahnhofsvorsteher nach York telegraphiert, könnte man dort bei unserer Ankunft vielleicht einen Krankenwagen bereitstellen.«

»Das wäre wundervoll«, erwiderte Sally.

»Ich will sehen, was sich machen läßt!« versprach der Mann. »Bleiben Sie so lange bei der Lady. Ich werde dem Stationsvorsteher eine schriftliche Nachricht aus dem Zug werfen und mich dann auf die Suche nach einem Arzt oder einer Krankenschwester begeben. Wüßte wirklich nicht, was wir sonst noch tun könnten.«

»Nichts«, sagte Sally. »Doch ich finde Ihre Idee großartig. Gehen Sie nur, ich halte in der Zwischenzeit die Stellung!«

Sie wandte sich zu der Frau um, die mit geschlossenen Augen dalag und sehr geschwächt und erschöpft wirkte. Es schien so, als hätte der akute Schmerz im Augenblick etwas nachgelassen.

Die Kinder standen bei ihr. Jedes hatte die Hände fest um eine Hand der Mutter geschlossen, und beide starrten verängstigt und angespannt in ihr Gesicht.

»Ich schlage vor, ihr setzt euch am besten«, sagte Sally, und als die Kinder gehorchten, wandte Sally sich an die Mutter. »In einer Viertelstunde werden wir in York sein. Dort wird eine Ambulanz auf Sie warten und Sie ins Krankenhaus bringen.«

Die Frau schlug die Augen auf, schloß sie jedoch sofort wieder, so als fürchtete sie sich vor der kleinsten Bewegung ihres schmerzgepeinigten Körpers. Sally holte ein Taschentuch hervor und wischte ihr den Schweiß von Stirn und Oberlippe.

Wieder öffnete die Kranke sekundenlang die Augen, sprach jedoch kein Wort. Die Kinder wagten nicht, sich zu rühren. Sally drehte sich zu ihnen um und lächelte sie an.

»Macht euch keine Sorgen«, sagte sie. »Eure Mutter wird wieder gesund werden. Wohin reist ihr denn?«

»Nach York«, antwortete der Junge.

»Holt euch dort jemand ab?«

Er schüttelte den Kopf.

»Wir kennen niemanden in England.«

Erstaunt sah Sally ihn an.

»Niemanden?« fragte sie.

Erneut schüttelte er den Kopf.

»Aber wohin wollt ihr denn in York?«

»Wir wollten in ein Hotel«, meinte das kleine Mädchen mit seiner hellen Stimme. »Und ich dürfte es aussuchen, hat Mummy gesagt.«

Die Geschichte klang so seltsam, daß Sally sich unwillkürlich zu der Mutter umwandte, um von ihr eine Bestätigung zu erhalten. Aber sie lag immer noch mit geschlossenen Augen auf der Sitzbank.

Plötzlich spürte Sally, wie sich die Hand der Frau um die ihre krallte, und an den krampfartigen Zuckungen, die den ganzen Körper schüttelten, erkannte sie, daß die Kranke von einer neuen Schmerzwelle erfaßt wurde.

»Entspannen Sie sich«, sagte Sally ruhig. »Versuchen Sie, nicht dagegen anzukämpfen. Das macht alles nur noch schlimmer.«

Sie sah, daß die Frau ihre Zähne in die Unterlippe grub, und sie wußte, daß sie verhindern wollte, einen Schmerzensschrei auszustoßen.

Dann wurde zu Sallys Erleichterung die Abteiltür geöffnet, und der Schaffner kam herein. Hinter ihm erkannte sie eine Frau in der Tracht der St. John Ambulance Brigade.

»Ich bin froh, Sie zu sehen«, stieß Sally hervor. »Ich fürchte, die Schmerzen werden immer unerträglicher. Die Lady sagt, es sei der Blinddarm.«

Die Schwester nickte, und ohne lange Worte wandte sie sich der Kranken zu.

»Ich hoffe, das Telegramm ist bereits heraus«, sagte der

Schaffner zu Sally. »Mit etwas Glück sollte die Ambulanz auf dem Bahnsteig sein, wenn wir in York einfahren.«

»Großartig«, erwiderte Sally.

»Wir werden schon mal das Gepäck herunterholen und zur Tür bringen«, schlug der Schaffner vor und begann die Koffer aus dem Gepäcknetz zu nehmen.

Er trug sie den Gang entlang zur Wagenplattform. Die Kinder beobachteten ihn mit großen Augen.

Die Frau ließ ein lautes Stöhnen hören.

»Ein paar Minuten noch«, sagte die Krankenschwester. »Dann haben Sie es geschafft. Versuchen Sie, so lange noch durchzuhalten.«

»Ja, ich – versuche – es!«

Das Sprechen fiel ihr offensichtlich schwer. Sie schlug die Augen auf und sah Sally an.

»Bitte, kümmern – Sie sich – um die – Kinder!« stieß sie mühsam hervor.

«Aber das ist doch selbstverständlich«, erwiderte Sally. »Ich verspreche es Ihnen. Machen Sie sich deswegen keine Sorgen.«

Die Worte sprudelten einfach über ihre Lippen. Doch als ihr bewußt wurde, was sie da versprochen hatte, sagte sie zu sich selbst, daß sie alles daransetzen würde, ihr Wort zu halten – mochte es noch so schwierig für sie sein. Sie wandte sich den beiden Kindern zu.

»Ich bin gleich wieder zurück. Ich hole nur rasch meine Sachen aus dem nächsten Wagen.«

»Werden Sie wirklich wiederkommen?« fragte der Junge.

Er schien sie zu mögen und fürchtete, sie zu verlieren. Deshalb sagte sie noch einmal:

»Ich verspreche es dir!«

Sie lief durch den Gang zu ihrem Abteil. Sir Guy saß auf seinem Eckplatz und blickte, die Zeitung auf dem Schoß, zum Fenster hinaus. Als Sally eintrat, drehte er den Kopf und nickte ihr zu.

Sally ließ sich ihm gegenüber nieder.

»Hören Sie, Sir Guy«, begann sie. »Im Wagen hinter uns liegt eine Frau mit einer Blinddarmentzündung. Sie hat entsetzliche Schmerzen. Ihr kleiner Sohn bat mich um Hilfe. Der Zugschaffner hat, als wir vorhin den Bahnhof passierten, eine Nachricht aus dem Fenster geworfen, mit der Bitte, nach York zu telegraphieren, damit dort ein Krankenwagen bereitsteht, wenn wir in den Bahnhof einlaufen. Im Moment ist eine Schwester bei der Kranken. Das Problem sind nur ihre beiden Kinder. Die drei wollten sich in einem Hotel einmieten, und die Kinder sagten mir, daß sie niemanden in York kennen. Sie haben überhaupt keine Verwandten oder Bekannten in England. Ich habe der Frau versprochen, mich um die beiden zu kümmern.«

Die letzten Worte überschlugen sich gleichsam, und Sir Guy blickte Sally einen Augenblick lang verständnislos an.

»So – haben Sie?« fragte er schließlich. »Und wie denken Sie sich das?«

»Ich weiß es nicht«, erwiderte Sally. »Aber ich habe es ihr versprochen, und ich muß mein Versprechen halten! Es sind zwei süße Kinder. Aber ich fürchte, sie sind ziemlich mittellos. Sie reisen dritter Klasse und sehen nicht sehr wohlhabend aus.«

Langsam und bedächtig nahm Sir Guy die Zeitungen von seinen Knien und legte sie neben sich auf den Sitzplatz.

»Ich glaube, ich komme mit und sehe sie mir einmal an«, schlug er vor.

Dankbar blickte Sally zu ihm auf.

»Oh, danke«, sagte sie. »Ich war sicher, Sie würden Verständnis dafür haben.«

Seine Lippen bewegten sich, als wollte er ihr widersprechen, doch dann schien er es sich anders überlegt zu haben und erhob sich. Er folgte ihr hinaus in den Gang.

Die Kinder saßen noch so da, wie Sally sie verlassen hatte. Ihre Gesichter strahlten, als sie eintrat. Die Krankenschwester richtete sich auf und trat einen Schritt auf Sally zu.

»Es geht ihr sehr schlecht.« Sie sprach so leise, daß nur

Sally und Sir Guy sie hören konnten. »Im Augenblick kann ich nichts mehr für sie tun, aber in einigen Minuten werden wir ja in York sein. Wenn Sie möchten, begleite ich die Kranke ins Hospital.«

»Oh, würden Sie das tun?« rief Sally. »Das ist sehr, sehr freundlich von Ihnen!«

»Wir können nur hoffen, daß die Ambulanz nicht aufgehalten wurde. Für mich steht fest, daß eine Operation unumgänglich ist. Entweder sind wir rechtzeitig im Krankenhaus – oder ... oder wir sind es nicht.«

Die Schwester hatte die letzten Worte fast geflüstert, aber Sally hörte sie. Sie warf einen Blick auf die Kinder und schaute dann Sir Guy an.

Zu ihrer Überraschung sprach er sanft und sehr viel freundlicher, als sie es von ihm kannte:

»Wir wollen das Beste hoffen, Schwester«, sagte er. »Bis dahin sollten sie sich um die Kranke kümmern, während diese Lady und ich überlegen, was mit den Kindern geschieht.«

»Ja, wir dürfen sie auf keinen Fall vergessen«, erwiderte die Schwester.

Die Frau stöhnte leise, und die Schwester kehrte zu ihr zurück. Sally blickte zum Gepäcknetz hoch. Sie nahm die beiden kleinen Mäntel herunter und gab sie den Kindern.

»Hier, die zieht ihr am besten an!« sagte sie. »Sie sind so leichter zu tragen.«

Während sie die Mäntel noch in der Hand hielt, wußte sie, sie hatte recht mit ihrer Vermutung, daß die Familie über keine großen Geldmittel verfügte. Die Kleidungsstücke waren aus einem billigen Stoff genäht, und auch das Futter war von minderer Qualität.

Wenige Sekunden später verringerte der Zug seine Fahrt. Sie näherten sich dem Bahnhof.

»Ich werde mich um Bracken und das Gepäck kümmern«, sagte Sir Guy zu Sally. »Wir treffen uns auf dem Bahnsteig.«

»In Ordnung!«

Sie ließ das Fenster herunter und blickte den Zug entlang. Sie sah den Aufsichtsbeamten, der unruhig die lange Reihe der Taxis und Personenwagen entlangschaute, die neben dem Bahnsteig hielten.

Sekunden später hob er den Arm und winkte zwei Männern, die mit einer Tragbahre auf den Bahnsteig zuliefen.

»Es ist all right«, sagte sie zu der Schwester. »Die Ambulanz ist da.«

»Gott sei Dank«, murmelte diese. Dann wandte sie sich mit ruhiger, sachlicher Stimme an die Kranke. »Der Krankenwagen ist schon da. Es dauert nur noch kurze Zeit, bis wir im Hospital sind. Dann haben Sie es bald geschafft.«

Die Frau nickte nur schwach und schloß wieder die Augen. Sally beugte sich zu den Kindern hinunter und sagte zu ihnen:

»Wir steigen jetzt schon mal aus. Mummy wird gleich von der Ambulanz abgeholt.«

»Will Mummy denn auch ins Krankenhaus?« fragte die Kleine.

»Aber natürlich«, beruhigte sie Sally. »Man wird sie dort wieder gesundmachen.«

»Werden sie ihr auch nicht wehtun?« wollte der Junge wissen.

«O nein, da brauchst du keine Angst zu haben.«

Er schien ihr zu glauben und stand auf, um ihr zu folgen. Das kleine Mädchen streckte die Hand aus und stieß Sally an.

»Bitte, kann ich Mummy nicht einen Kuß zum Abschied geben?«

»Aber ja, gib ihr einen Kuß.«

Die Kinder traten zu ihrer Mutter, beugten sich über sie und berührten mit den Lippen sanft die Wangen der Kranken. Sie öffnete die Augen, und Sally sah darin den Ausdruck der Angst und des körperlichen Schmerzes.

»Keine Sorge«, sagte sie mit klarer, fester Stimme. »Ich kümmere mich um die beiden. Ich verspreche es Ihnen.«

Die Frau schien beruhigt zu sein, und Sally verließ das Abteil und suchte, gefolgt von den Kindern, den nächsten Wagen auf.

Der Zug fuhr eben mit dem üblichen Quietschen und Fauchen in den Bahnhof ein. Eine dröhnende Stimme rief unverständliche Worte in den Lautsprecher. Dutzende von Reisenden schrien nach einem Gepäckträger, und das Rumpeln der Gepäckkarren und das Scheppern von Milchkannen waren zu hören.

Einen Augenblick lang fühlte Sally sich verwirrt und unsicher, als sie aus dem Wagen stieg. Ein wildes Gewühl herrschte auf dem Bahnsteig. Die Reisenden rannten und schrien, stießen sich gegenseitig beiseite und drängten zum Ausgang. Sally glaubte, gegen eine riesige Woge ankämpfen zu müssen.

Sie hielt die Hand des kleinen Mädchens fest in der ihren, und ein leichter Schmerz an ihrem linken Arm verriet ihr, daß der Junge seine Finger ängstlich in ihre Armbeuge gekrallt hatte.

»Vorsichtig, bitte!« ertönte eine scharfe Stimme hinter ihr, und ein Elektrokarren sauste an ihnen vorbei.

Da war ein Meer von Gesichtern, alle fremd und ein wenig bedrohlich. Aber dann sah sie Sir Guy, der Ruhe und Gelassenheit ausströmend auf sie zukam. Er schien die Menge der anderen Reisenden wie ein Turm zu überragen, während er sich mit zielstrebiger Gelassenheit vorwärts bewegte, Bracken an der Leine neben sich.

Zum erstenmal hatte Sally das Gefühl, daß er jemand war, auf den sie sich inmitten einer chaotischen, aus den Fugen geratenen Welt verlassen konnte.

»Kommt, Kinder!« sagte sie und ging lächelnd auf ihn zu. »Da ist Sir Guy!«

VII

Die Kinder waren müde, und ihre Köpfe sanken langsam gegen Sallys Schultern.

Sir Guy hatte sie zu Beginn der Fahrt gewarnt.

»Es ist eine ziemlich lange Strecke«, hatte er erklärt. »Aber mit dem Auto sind wir immer noch schneller, als wenn wir die Nebenlinie benutzen.«

Er half ihnen auf den schmalen, aber bequemen Rücksitz des Wagens, während er vorne neben dem Fahrer Platz nahm. Es gab keine gläserne Abtrennung zwischen dem vorderen und rückwärtigen Teil des Wagens, und Sally fragte sich mehr als einmal, ob er eigentlich etwas von der Unterhaltung mitbekam, die sich hinter seinem Rücken abwickelte.

Aufrecht saß er auf seinem Sitz und beobachtete die Straße. An seinen Mitreisenden schien er kein Interesse zu haben.

Es war natürlich unvermeidlich, daß Sally den Kindern einige Fragen stellte. Vor allem wollte sie ihre Namen wissen.

»Ich bin Nicholas«, gab der kleine Junge bereitwillig Auskunft. »Ich mag es nicht, wenn man mich Nick ruft, weil man so auch den Teufel nennt.«

»Aber der richtige Nicholas war ein Heiliger, und das bist du bestimmt nicht!« neckte ihn seine Schwester.

»Ich weiß«, kam es ernst zurück. »Aber um ein Heiliger zu werden, brauche ich Zeit, und vielleicht ist es soweit, wenn ich erwachsen bin.«

Sally lachte hellauf. Sie konnte nicht anders. Er war so süß in seiner Ernsthaftigkeit.

»Ich finde deinen Vorsatz, ein Heiliger zu werden, sehr

bewundernswert, und ich verspreche, dich immer nur Nicholas zu nennen.«

»Danke«, sagte er und nahm ihr Versprechen mit ernster Selbstverständlichkeit zur Kenntnis.

»Und wie heißt du?« fragte Sally seine Schwester.

»Ich wurde auf den Namen Prudence getauft«, gab sie zur Antwort. »Aber ich möchte gerne, daß man Prue zu mir sagt. Bei Prudence zerbricht man sich die Zunge.«

»Ja, da hast du recht«, gab Sally zu. »Und nun werdet ihr mir die Namen eurer Mutter und eures Vaters sagen!«

»Redford«, erklärte Nicholas. »Und mein Daddy ist Major, weil er im Krieg dazu befördert wurde.«

»Und wo ist er jetzt?«

»In Indien«, antwortete Nicholas. »Das nehme ich wenigstens an. Aber er hat versprochen, so schnell er kann, nach England nachzukommen. Vielleicht befindet er sich jetzt schon auf einem Schiff und ist bald bei uns.«

»Ja«, mischte sich Prudence ein. »Vielleicht ist er schon mitten auf dem Meer – mit einem Schiff, das genauso riesengroß ist wie das unsere!«

»Dann seid ihr also vor kurzem erst aus Indien gekommen?« fragte Sally und dachte, daß dies die Erklärung wäre für das zarte Aussehen der Kinder und für die Tatsache, daß sie für ihr Alter zu stark gewachsen waren.

Es dauerte nicht lange, bis Sally sich ein Bild von ihnen machen konnte.

Offensichtlich hatte Major Redford schon vor dem Krieg in Indien gearbeitet. Beim Ausbruch des Krieges war er in die Indische Armee eingetreten und hatte nach seiner Entlassung aus dem Kriegsdienst seine alte Tätigkeit wieder aufgenommen.

Die Andeutungen der Kinder waren ziemlich vage, aber Sally nahm an, daß der Vater irgendwie mit der Forstwirtschaft oder -verwaltung zu tun hatte.

Nun, da die Verwaltung Indiens in andere Hände übergegangen war, hatte er wahrscheinlich seine Stellung verloren und seine Familie nach England vorausgeschickt. Gewiß beabsichtigte er, ihr zu folgen, sobald sich ihm die Möglichkeit dazu bot.

Die Kinder waren nie zuvor in England gewesen. Alles hier war fremd und wohl auch furchterregend für sie.

»Aber ihr habt doch sicher Verwandte in England?«

»Verwandte?« wiederholte Nicholas verständnislos.

»Tanten, Onkel, Großeltern, Vettern und Kusinen«, forschte Sally.

»Da habe ich nie was von gehört.«

»Bist du ganz sicher, daß ihr nicht bei irgend jemandem in York bleiben wolltet?«

»Wir wollten nicht in York bleiben«, erklärte Nicholas. »Wir wollten von dort irgendwohin aufs Land ziehen. In die...« Sekundenlang zögerte er und schien nach dem richtigen Wort zu suchen. Dann erinnerte er sich und fuhr fort: »... in die Moore, wo das Heidekraut blüht. Mummy hat uns alles darüber erzählt.«

»Und warum ausgerechnet in die Moore?« fragte Sally.

»Weil mein Daddy dort aufgewachsen ist«, erklärte Nicholas, »Und weil er uns diesen lustigen Vogel zeigen will, den er als Junge immer beobachtet hat und der so seltsame Laute ausstößt, wenn er davonfliegt.«

»Du meinst sicher das Moorhuhn.« Sally lächelte.

»Ja, richtig!« rief Nicholas. »Daddy sagte, er würde uns Scharen davon zeigen.«

»Und wo hat dein Daddy gewohnt?«

Auf diese Frage erhielt sie keine Antwort. Die Kinder wußten es nicht.

Sally empfand ein Gefühl großer Dankbarkeit für Sir Guy, weil er mit keinem Wort mehr ihren spontanen Entschluß erwähnt hatte, sich um Nicholas und Prudence zu kümmern.

Sie hatte befürchtet, er würde ihr Vorwürfe machen, aber er schien das Versprechen, das sie der Mutter der beiden gegeben hatte, fraglos zu akzeptieren. Ganz selbstverständlich hatte er sie zu dem wartenden Wagen geführt und das Verladen des gesamten Gepäcks überwacht.

Er hatte sich nach dem Namen des Krankenhauses erkundigt, in das Mrs. Redford gebracht wurde und sich überdies die Telefonnummer geben lassen. Doch als Sally versucht hatte, ihm zu danken, hatte er sie auf seine ihm eigene sonderbare Weise angeschaut und ihre Dankesworte mit einer flüchtigen Handbewegung abgetan.

Beim Anblick des Hundes waren die Kinder entzückt gewesen und hatten auf der Stelle Freundschaft mit ihm geschlossen. Schweifwedelnd hatte Bracken ihre Liebkosungen und Freundschaftsbeweise angenommen und hohe, winselnde Freudenlaute ausgestoßen.

»Er ist ein lieber Hund, nicht wahr?« stellte Nicholas fest. »Wir konnten nie einen Hund halten, aber Mummy hat uns einen versprochen, sobald Daddy da ist.«

Sally hatte den Eindruck, daß alle Dinge bis zur Ankunft Daddys verschoben werden sollten, und sie vermutete, daß dies nicht zuletzt auf den Mangel an Geldmitteln zurückzuführen war.

Ihr erster Eindruck, daß die Redfords gezwungen waren, auf den Penny zu achten, wurde durch die Erzählungen der Kinder bestätigt, daß sie auf einem langsamen, ziemlich abgewrackten Schiff gereist waren, in einer billigen Londoner Pension gewohnt hatten und ein Haus in Yorkshire suchten, das – wie Prue es ausdrückte – »Mummy nicht zuviel Geld kostete«.

Und dennoch, mochten sie auch noch so arm und mittellos sein, nichts konnte ihre Schönheit und ihre gute Erziehung verdecken.

Sie hatten sehr gute Umgangsformen, und ihre ebenmäßigen Gesichter verrieten ein hohes Maß an Intelligenz.

Selbst mit all ihren Schmerzen hatte Mrs. Redfords Gesicht Liebreiz gezeigt, dennoch hatte Sally das Gefühl, daß die Kinder noch mehr auf den Vater kamen. Daß sie beide Eltern liebten, Vater und Mutter, stand außer Zweifel.

Sie sprachen voller Eifer von ihnen, so wie Kinder über jemanden sprechen, den sie sehr mögen, und Sally stellte voller Wehmut fest, daß sie sich große Sorgen um ihre Mutter machten, obwohl ihre Erziehung es ihnen verbot, sich vor Fremden zu sehr gehenzulassen.

Nach einem kurzen Schweigen sagte Prue plötzlich:

»Wann werden wir Mummy wiedersehen?«

»Das kann ich euch noch nicht sagen«, erwiderte Sally ehrlich. »Aber ich bin sicher, Sir Guy wird gleich nach unserer Ankunft in seinem Haus im Krankenhaus anrufen und fragen, wie es eurer Mutter geht.«

»Arme Mummy. Sie wird sich in dem großen Krankenhaus sehr einsam fühlen – so ganz allein und ohne uns.«

»Man wird dort ganz bestimmt gut für sie sorgen«, versicherte Sally, »und sie wird sehr froh sein, wenn sie erfährt, daß ihr glücklich seid und sie sich euretwegen keine Gedanken zu machen braucht.«

Die Kinder gaben keine Antwort. Sie blickten wie gebannt aus dem Fenster.

»Da drüben ist das Moor«, sagte Sally und deutete nach draußen, wo in der Ferne die schildförmig gewölbten Oberflächen der Hochmoore zu sehen waren.

»Wo? Wo?«

Die hellen Stimmen der Kinder klangen ganz aufgeregt, während sie in die Richtung schauten, in die Sallys ausgestreckte Hand wies. Einen Moment später sagte Prue ganz enttäuscht:

»Ich dachte, es wäre purpurrot.«

»Nicht zu dieser Jahreszeit«, erklärte Sally. »Jetzt ist noch alles grün, aber warte bis zum Herbst, dann leuchtet alles in einem so unvorstellbar schönen Rot, wie du es noch nie gesehen hast.«

»Es ist schwierig, sich unter den Dingen etwas vorzustellen, wenn man sie nur sieht«, sagte Nicholas. »Man muß sie erleben.«

Sally warf ihm einen erstaunten Blick zu. Sie verstand sehr

gut, was er meinte. Es war schwierig, die Dinge nur nach ihrem Äußeren, ihrer Oberfläche zu beurteilen. Aber ist es nicht genau das, was ich getan habe? fragte sie sich.

Sekundenlang schien das eigene Unglück und die eigene Einsamkeit über sie hinwegzurollen wie eine dunkle Welle. Doch augenblicklich rief sie sich zur Vernunft. Sie hatte jetzt nicht die Zeit, um sich mit ihren eigenen Problemen zu befassen. Die beiden Kinder brauchten sie!

Im Fond des Wagens war es mit einem Mal auffallend still. Prue war schläfrig geworden, und Sally legte sanft den Arm um das kleine Ding. Während sie noch zögerte, das gleiche mit Nicholas zu machen, fühlte sie, wie er den Kopf gegen ihren Arm lehnte. Die Müdigkeit hatte auch ihn ergriffen.

In diesem Augenblick verspürte sie in sich den lebhaften Wunsch, selbst einmal Kinder zu haben.

Bis jetzt hatte sie wenig mit kleinen Kindern zu tun gehabt, denn die Kinder auf der Farm waren alle um einiges älter gewesen.

Nicholas war sieben und Prue sechs, aber Sally erschienen sie noch sehr zart und verletzlich.

Sally zuckte ein wenig zusammen, als plötzlich Sir Guys Stimme an ihr Ohr drang. Es war das erstemal seit der Abfahrt von York, daß er ein Wort sprach.

»Wir sind bald da. Diese Straße endet vor dem Tor der Auffahrt zum Haus.«

Nicholas richtete sich auf und spähte aufmerksam und mit wachen Augen nach vorn. Prudence rührte sich nicht, und Sally wagte nicht, sich zu bewegen, weil sie die Kleine nicht aufwecken wollte.

Sie hatten sich dem Moor genähert, das sich wild und beeindruckend auf der einen Seite der Straße vor ihnen ausdehnte. Auf der anderen Seite dagegen gab es einen Fluß, lagen grüne Felder, und dunkle Waldgürtel umgaben sanfte Hügel.

Wenige Minuten später bogen sie in die Auffahrt ein.

Das große, schmiedeeiserne Tor, das sie passierten, wurde von zwei kleinen steinernen Pförtnerhäuschen flankiert.

Es folgte eine lange Allee mit mächtigen alten Bäumen, an deren Ende Sally ein Haus sah. Sie hatte ein sehr pompöses, beeindruckendes Bauwerk erwartet, das in seinem Aussehen dem Ernst und der Würde Sir Guys entsprach.

Statt dessen erblickte sie ein weitläufiges Gebäude mit unregelmäßigen Dachformen und Kaminen aus den verschiedensten Stilepochen, die hoch in den blauen Himmel aufragten. Ein Teil des Hauses war mit Kletterpflanzen bewachsen, der Rest zeigte Mauern aus warmen roten Ziegeln mit Fenstern unterschiedlicher Größe, die dem Ganzen ein ungewöhnlich freundliches Aussehen verliehen.

Es blieb Nicholas vorbehalten, den Eindruck auf eine sehr treffende und anschauliche Weise wiederzugeben.

»Es lächelt uns zu!« rief er.

»Was ist?« fragte Prue verschlafen und richtete sich jäh in Sallys Arm auf.

»Das Haus lächelt!« antwortete Nicholas. »Wir sind da. Schau doch selbst, wie es uns ansieht!«

»Ja, es lächelt«, stimmte Prue zu, und Sally dachte, daß sie sich oft auf diese Weise über Häuser miteinander unterhalten haben mußten.

Als der Wagen hielt, eilte ein grauhaariger Butler die Stufen der Freitreppe hinunter.

»Wie geht es, Bateson?« fragte Sir Guy.

»Schon viel besser, danke, Sir Guy«, erwiderte der Butler und öffnete die Wagentür.

Zuerst stiegen Prue und Sally aus. Nicholas, flink wie ein Wiesel, öffnete die Tür auf seiner Seite, lief um den Wagen herum und gesellte sich zu ihnen.

»Meine Beine sind ganz steif vom langen Sitzen«, sagte er. »Dürfen wir mal einen Blick in den Garten werfen?«

Sally blickte Sir Guy an, aber der schien Nicholas' Frage nicht gehört zu haben, und sie hatte nicht den Mut, die Frage noch einmal zu wiederholen.

»Zuerst gehen wir ins Haus«, sagte sie leise zu Nicholas. »Dann werden wir sehen, ob du und Prue euch etwas die Beine vertreten könnt.«

Sir Guy hatte mit dem Chauffeur gesprochen. Nun drehte er sich zu ihnen um.

»Darf ich vorausgehen?« fragte er höflich.

Ohne Sallys Antwort abzuwarten, stieg er die Stufen hinauf und betrat das Haus.

Sally hatte den Eindruck von sorgfältig gewienerten Fußböden, eichenholzgetäfelten Wänden und prächtigen Familienportraits in goldenen Rahmen, während sie durch die Halle schritten und einen langen Raum mit niedriger Decke und hohen französischen Fenstern, die auf den Garten hinausgingen und durch die helles Sonnenlicht flutete, betraten. Überall standen mit Blumen gefüllte Vasen, und ein kleiner Cairn-Terrier stürzte ihnen entgegen und begrüßte sie außer sich vor Freude.

Dann sah Sally die beiden Frauen am entgegengesetzten Ende des Raumes. Die eine mit grauem Haar, das immer noch schöne Gesicht gerötet vor Freude, eilte nun auf Sir Guy zu, während die andere, eine jüngere Frau, im Hintergrund stehen blieb.

Sir Guy beugte sich nieder und küßte seine Mutter.

»Das ist Miß St. Vincent«, sagte er dann. »Du weißt, daß ich sie mitbringe, Mutter.«

»Ja, natürlich, Lieber«, erwiderte Lady Thorne mit sanfter, melodiöser Stimme. Sie hielt Sally die Hand hin, dann schaute sie überrascht auf die beiden Kinder.

»Du hast aber nichts davon gesagt, daß du sonst noch jemanden mitbringen würdest, Guy.«

»Das wußte ich vorher auch noch nicht«, antwortete Sir Guy. »Darf ich vorstellen: Nicholas und Prudence Redford. Ihre Mutter erlitt im Zug eine akute Blinddarmentzündung und mußte in York sofort ins Krankenhaus gebracht werden. Die Kinder wußten nicht, wohin. Deshalb haben wir sie mitgenommen.«

»Wie wundervoll«, sagte Lady Thorne und lächelte den Kindern freundlich zu.

»Well, Nada, wie geht es dir?« wandte sich Sir Guy an die jüngere Frau und streckte ihr die Rechte entgegen.

»Ich freue mich, daß du wieder zurück bist, Guy.«

Ihre Stimme war dunkel und leise. Ein eigenartiger Klang schwang darin mit, für den Sally im Augenblick keine Erklärung fand.

»Miß St. Vincent – meine Kusine Nada Thorne«, sagte Sir Guy.

Sally machte ein paar Schritte vorwärts und streckte die Hand aus, aber überrascht stellte sie fest, daß die Lady nur eine steife Verbeugung in ihre Richtung machte, wie es auf dem Festland Brauch war.

Sally ließ die Hand sinken und hatte das peinliche Gefühl, zurückgestoßen zu werden.

Nada Thorne war eine ungewöhnlich gutaussehende Frau, daran gab es keinen Zweifel.

Sie hatte rabenschwarzes Haar, das streng zurückgekämmt und im Nacken zu einem Knoten geschlungen war. Es gab eine glatte Stirn und zwei zartgeformte Ohren frei. Starke Brauen wölbten sich wie Vogelschwingen über ovalgeformten Augen.

Die Haut war so weiß wie die Blüten der Magnolie, und ihrer ganzen Erscheinung haftete etwas so Fremdländisches an, daß Sally plötzlich zu wissen glaubte, weshalb die Sprachmelodie ihrer Stimme sie so verwundert hatte. Ihr Name mochte Thorne sein, aber sie war ganz gewiß keine Engländerin.

»Die Kinder können dic beiden Ankleidezimmer gegenüber dem Fliederzimmer bewohnen, daß ich für Miß St. Vincent bestimmt habe«, sagte Lady Thorne. »Würdest du dich bitte darum kümmern, Nada?«

Als die junge Frau sich zum Gehen anschickte, streifte sie Sally mit einem feindseligen Blick ihrer schwarzen Augen, und Sally spürte, daß Nada Thorne nicht nur über ihr

Kommen verärgert war, sondern auch über das unerwartete Eintreffen der Kinder.

»Und nun, Guy, mußt du mir über alles berichten!« forderte Lady Thorne ihren Sohn auf.

Sie nahm auf dem Sofa Platz, und Sally dachte, daß sie noch nie jemandem begegnet war, der auf sie einen so tiefen Eindruck gemacht hatte. Das Haar der alten Dame war auf eine altmodische Art über dem Kopf aufgesteckt, und sie bemühte sich ganz sicher nicht, ihre Schönheit besonders hervorzuheben – ganz abgesehen davon, daß dies auch sehr schwierig gewesen wäre.

Ihr Kleid war aus einem dunklen Seidenstoff, der in keine spezielle Moderichtung einzuordnen war. Ein Chiffonschal lag um ihre Schultern, während ein schmales Samtband, das im Nacken zu einer kleinen Schleife zusammengebunden war, ihren Hals umschloß.

Sie wirkte weder elegant noch modern, doch Sally brauchte sie nur anzuschauen, um zu wissen, daß Lady Thorne genau so aussah, wie jedermann sich eine Mutter vorstellte.

Das Anziehendste an ihr war vielleicht ihre Stimme. Sie klang sanft und voller Wärme, und in ihren Augen lagen Güte und Zärtlichkeit, als sie ihren Sohn und die beiden Kinder ansah.

»Ich glaube, ihr beiden möchtet gern mal einen Blick in den Garten werfen, bis der Tee soweit ist«, sagte sie lächelnd.

»Oh, bitte, wenn wir das dürfen«, rief Nicholas. »Ich bin zwar im Wagen nicht eingeschlafen, wohl aber meine Füße!«

»Ich habe das ganze letzte Stück geschlafen«, meldete sich Prue.

»Well, dann macht ihr jetzt am besten einen kleinen Lauf über den Rasen, damit ihr wieder richtig wach werdet«, schlug Lady Thorne vor. »Und an der großen Rotbuche hängt eine Schaukel, die könnt ihr auch einmal ausprobieren. Aber lauft nicht zu weit, denn der Tee müßte in zehn Minuten fertig sein!«

»Wir versprechen es«, erwiderte Nicholas ernst.

Sie liefen aus dem Zimmer, und bald ertönten ihre hellen Stimmen draußen auf dem Rasen.

»Was für süße Kinder«, sagte Lady Thorne. »Erzähl mir von ihrer armen Mutter!«

Sir Guy berichtete, was in der Eisenbahn geschehen war.

»Aber haben sie denn keine Verwandte oder Freunde?« wollte seine Mutter wissen.

Sir Guy schaute Sally an – zum erstenmal seit ihrer Ankunft. Offensichtlich wollte er sie in die Unterhaltung mit einbeziehen.

»Sie sagten mir, sie würden keinen Menschen in England kennen«, begann Sally schüchtern. »Sie erzählten, sie seien in diese Gegend gekommen, weil ihr Vater hier als Junge gelebt habe.«

»Redford, Redford«, sagte Lady Thorne nachdenklich. »Guy, sollte es sich hier etwa um den Sohn des alten General Redford handeln?«

»Aber ich glaubte immer, der General hätte ihn verstoßen«, erwiderte Sir Guy.

»Ja, erinnerst du dich noch? Er heiratete unter seinem Stand. Die Frau war Schauspielerin oder etwas Ähnliches, und der alte Mann war so wütend, daß er seinen Sohn ohne einen Shilling aus dem Haus jagte – nach alter viktorianischer Sitte.«

»Ja, mir dämmert da so etwas«, sagte Sir Guy. »Aber das ist doch kein Grund anzunehmen, daß es sich bei den Kindern um General Redfords Enkel handelt.«

»Warum nicht?« fragte Lady Thorne.

»Nun, möglich ist alles«, antwortete Sir Guy. »Aber die Kinder sagten doch, sie würden niemanden in England kennen.«

»Was halten Sie davon, Miß St. Vincent?« wandte Lady Thorne sich an Sally.

»Mrs. Redford ist sehr hübsch«, meinte Sally. »Und sie scheint eine sehr gute Mutter zu sein. Trotz ihrer schrecklichen Schmerzen galt ihre Sorge nur den Kindern.«

»Das erstaunt mich nicht«, erwiderte Lady Thorne. »Es sind außergewöhnlich reizende Kinder. Nicht auszudenken, wenn ihr Vater wirklich der Sohn des Generals wäre!«

»Kann mir nicht vorstellen, daß der General sich so für die vier interessieren würde, wie du das tust, Mutter!« neckte Sir Guy.

»Da wäre ich gar nicht mal so sicher«, antwortete Lady Thorne. »Er und seine Frau sitzen in diesem riesigen, menschenleeren Haus. Ein einsames altes Ehepaar, das sich kaum noch etwas zu sagen hat, ohne gemeinsame Interessen, ohne Freude und ohne Zukunft – außer der eines langen unerfüllten Lebensabends!«

Sir Guy durchquerte den Raum und nahm sich aus einem silbernen Kästchen eine Zigarette.

»Ich sehe, Mutter, du bist bereits fest entschlossen, dem General und seiner Gemahlin zwei Kinder zuzuführen, die du vor Minuten zum erstenmal gesehen hast. Ich meine, du tätest gut daran, zunächst einmal die Fakten zu prüfen!«

»Liebling, als wenn ich die außer acht lassen würde!« sagte Lady Thorne und wandte sich mit einem Seufzer an Sally. »Guy ist stets der Praktische und Vernünftige in dieser Familie. Tony dagegen ist impulsiv und voller Ungestüm ...«

Sie hielt mitten im Satz inne, zum Verstummen gebracht vielleicht von der Röte, die plötzlich auf Sallys Wangen erschien. Ein wenig unsicher blickte sie ihren Sohn an.

»Oh, Liebling, ich hatte ganz vergessen... Du sagtest am Telefon, daß du mir etwas über Tony zu berichten habest. Er ist doch nicht krank, oder?«

»Nein, Mutter, reg dich nur nicht auf«, sagte Sir Guy hastig.

Mit einem gewissen Entsetzen stellte Sally fest, daß Lady Thorne überhaupt keine Ahnung hatte von dem, was zwischen Tony und ihr vorgefallen war.

Sie schien nicht einmal zu wissen, daß sie und Tony hatten heiraten wollen, obwohl Sally deutlich gehört hatte, wie Tony zu Lynn sagte, er habe seine Familie in Kenntnis gesetzt.

Sally begriff nun, daß nur Sir Guy von der Hochzeit gewußt hatte, während seine Mutter nicht einmal jetzt darüber informiert war.

Ein Gefühl der Panik erfaßte sie. Unerträglich für sie, hier sitzen zu müssen, während man in ihrer Gegenwart über Tonys Flucht sprach, über die Tatsache, daß er sie im letzten Augenblick sitzengelassen hatte! Sie sprang auf.

»Erlauben Sie, daß ich nach den Kindern sehe?« fragte sie.

Bevor Sir Guy oder seine Mutter antworten konnten, rannte sie durch die offenstehende Terrassentür hinaus in den Garten.

Mitten auf dem Rasen hielt sie an und blickte sich um. Sie sah den großen Baum mit der Schaukel und Nicholas, der Prue anstieß, so daß sie immer höher flog. Während sie auf die Kinder zulief, sagte sie sich immer wieder, daß sie von hier fort mußte, daß sie sich unbedingt eine Stelle suchen mußte.

»Ich kann hier nicht bleiben!« murmelte sie.

Das Haus, Lady Thornes Freundlichkeit, der sonnendurchflutete Garten, überhaupt die ganze Atmosphäre waren schwerer zu ertragen, als sie erwartet hatte.

Sie hatte mit viel Pomp und Steifheit gerechnet und mußte nun feststellen, daß alles hier von einer schlichten, liebenswürdigen Vornehmheit war. Außerdem war da der Gedanke, daß es Tonys Zuhause war, der Ort, an dem er seine Kindheit verbrachte. Sie hatte sich Tony nie mit einer Familie vorgestellt, hatte geglaubt, er wäre wie sie, elternlos und ohne Heimat.

Tony hatte auch nie ein Wort über seine Kindheit verloren, und Sally konnte sich nicht erinnern, daß er in all den vielen Gesprächen, die sie miteinander geführt hatten, jemals seine Mutter erwähnt hatte. Warum hatte er darüber geschwiegen? Sie begriff es nicht. Wie froh, wie glücklich wäre sie gewesen! Wie gern wäre sie als Tonys Braut in dieses Haus gekommen, ein Mitglied dieser Familie gewesen.

In der kurzen Zeit ihres Hierseins hatte sie zwar von allem nur einen flüchtigen Eindruck gewonnen, aber er hatte genügt, um die Größe dessen, was sie verloren hatte, noch tiefer zu empfinden. Und es war nicht nur der Verlust, der ihr dadurch widerfahren war, daß Tony sie verlassen hatte, der sie schmerzte, sondern auch der Verzicht auf die vielen kostbaren Dinge des Daseins, den das Schicksal ihr aufgezwungen hatte. Vor allem jene Trostlosigkeit und Unfruchtbarkeit eines Lebens, das sie mit Tante Amy führen mußte.

In Sallys Augen blinkten Tränen, als sie sich den Kindern näherte. Die beiden hörten auf mit Schaukeln und liefen auf sie zu.

»Es ist herrlich hier, wirklich herrlich«, sagte Nicholas. »In Indien hatten wir auch eine Schaukel, aber sie war nicht so gut wie diese, und wir mußten immer schrecklich aufpassen wegen der Schlangen.«

»Schlangen sind eklig!« rief Prue. »Ich habe Angst vor ihnen. Sie nicht auch?« Sie blickte zu Sally auf und fügte plötzlich hinzu: »Warum sind Sie traurig?«

»Ich bin nicht wirklich traurig«, log Sally und wischte sich die Tränen aus den Augen.

»Aber sie sehen traurig aus«, beharrte Prue. »Wenn man traurig ist, muß man tapfer sein und darf es sich nicht anmerken lassen. Jedenfalls sagte Mummy das zu uns, als wir beim Abschied von Papa weinen wollten.«

Sally beugte sich zu ihr hinunter und gab ihr einen Kuß.

»Ich werde tapfer sein!« versprach sie. »Soll ich euch einmal beim Schaukeln anstoßen?«

»Oh ja, bitte«, rief Nicholas. »Ich möchte gern wissen, ob ich mit dem Fuß bis an die Blätter komme.«

»Well, probieren wir es!« sagte Sally.

Laute Entzückensschreie erfüllten den Garten, als Nicholas hoch durch die Luft flog und tatsächlich mit den Fußspitzen die Blätter berührte. Dann war Prue an der Reihe, und als sie genug hatte, sah Sally, daß Nada Thorne aus dem Haus trat und über den Rasen auf sie zukam.

»Da ist Miß Thorne«, sagte sie zu den Kindern. »Sie kommt sicher, um uns zum Tee zu rufen.«

Sie nahm Prues Hand und lief mit dem Mädchen aufs Haus zu. Nicholas folgte ihnen.

Sie ist sehr schön, dachte Sally.

Nada Thornes Schönheit beeindruckte sie, aber etwas am Gesicht der Ausländerin gefiel ihr nicht. Es war ein Ausdruck der Verdrießlichkeit oder gar Verbitterung.

»Lady Thorne möchte, daß Sie zum Tee kommen«, sagte Nada mit ihrer etwas trägen, dunklen Stimme, als sie sich in der Mitte des Rasens trafen.

»Ich dachte mir schon, daß Sie uns das sagen wollten«, erwiderte Sally. »Ich bin sicher, die Kinder werden sich freuen.«

Nada gab keine Antwort, und Sally, um Freundlichkeit bemüht, setzte hinzu:

»Ich hoffe, wir machen Ihnen nicht zuviel Mühe.«

»Dies ist das Haus meines Vetters«, entgegnete Nada. »Er kann hierher einladen, wen er will.«

Sally hatte den Eindruck, ihr vorsichtiger Versuch einer freundlichen Annäherung war damit schroff zurückgewiesen worden.

Der Tee wurde im Morgenzimmer gereicht, und Nada führte sie dorthin, den dunklen Kopf erhoben, die Schultern stolz gereckt. Ihre ganze Haltung drückte Mißfallen und Abneigung aus, als sie an der Spitze der kleinen Gruppe den Raum betrat.

Sally, bedrückt und ein wenig verletzt, stellte sofort fest, daß Lady Thorne geweint hatte. Sie wirkte nun älter und zerbrechlicher als bei ihrer Ankunft vor einer halben Stunde, und mit einem Mal wurde es Sally bewußt, daß Sir Guys Mutter eine alte Frau war.

Sie wird auf die Siebzig zugehen, überlegte Sally und sah, daß die Hände der alten Dame zitterten, als sie die silberne Teekanne vom Tablett nahm.

»Da steht Milch für die Kinder«, sagte Lady Thorne. »Möchten Sie den Tee lieber stark oder schwach, Miß St. Vincent?«

Sie schaute Sally bei diesen Worten nicht an, und Sally dachte, daß die Liebenswürdigkeit und Wärme, mit denen sie ihre Gäste bei der Ankunft begrüßt hatte, verschwunden waren.

Ich bin sicher schuld daran, daß sie so unglücklich ist, warf Sally sich vor. Sir Guy mißbilligt mich, und Miß Thorne empfindet so etwas wie Haß gegen mich. Warum, um alles in der Welt, bin ich nur hergekommen!

Sie fühlte sich verloren, während sie ihren Tee trank und das lustige, aufgeregte Geplapper der Kinder an ihr Ohr drang.

Sobald die Teezeit beendet war, stand sie auf und begab sich mit Nicholas und Prue wieder in den Garten.

Nach einer Weile wurden die Kinder müde vom Herumtollen, und Sally setzte sich mit ihnen auf eine Bank. Sie war mitten in einer Geschichte, als sie aufblickte und Sir Guy vor sich stehen sah.

»Ich habe eben mit dem Krankenhaus telefoniert«, sagte er. »Es hat einige Zeit gedauert, bis ich durchkam, alle Leitungen waren besetzt. Mrs. Redford ist sofort operiert worden, und die Operation ist erfolgreich verlaufen. Es war allerdings höchste Zeit, und die Aussichten auf eine baldige Besserung sind gut.«

»Was sagt er über Mummy?« fragte Prue. Sally legte den Arm um die Kleine und versuchte ihr alles in einfachen Worten zu erklären.

»Die Ärzte im Krankenhaus haben deiner Mummy die furchtbaren Schmerzen genommen. Obwohl sie noch sehr müde und erschöpft ist, hofft sie, daß sie sich morgen schon viel besser fühlt.«

»Oh, das ist wundervoll!« rief Prue. »Dann wird sie ja bald hierherkommen, ja?«

»Ja, aber noch nicht morgen«, dämpfte Sally die Begeisterung des kleinen Mädchens. »Vielleicht wirst du sie in den nächsten Tagen einmal besuchen können.«

Sie blickte zu Sir Guy auf, und er nickte Prue zu.

»Ja, sobald deine Mutter sich besser fühlt, werde ich euch beide nach York mitnehmen, damit ihr sie besuchen könnt.«

»Oh, danke«, rief Nicholas. »Glauben Sie, daß wir vielleicht schon morgen fahren können?«

»Ich bin nicht sicher«, antwortete Sir Guy. »Könnte mir vorstellen, daß es erst übermorgen oder am Tag danach möglich ist. Eure Mutter war sehr krank, und ihr müßt ihr Gelegenheit geben, erst wieder zu Kräften zu kommen.«

»Ich verstehe«, sagte Nicholas und legte zu Sallys Überraschung vertrauensvoll seine Hand in die Sir Guys.

»Wissen Sie«, erklärte er, »Daddy hat mir aufgetragen, auf Mummy aufzupassen. Und selbst wenn Prue vielleicht nicht mitfahren kann, muß ich sie unbedingt sehen. Ich muß wissen, wie es ihr geht.«

»Ich muß Mummy auch sehen!« rief Prue heftig.

»Ihr werdet sie beide sehen«, versprach ihnen Sir Guy. »Sobald sie euch empfangen kann, fahren wir zu ihr.«

Seine ruhige Stimme klang sehr überzeugend, und die Kinder schienen zufrieden. Sir Guy wandte sich an Sally.

»Meine Mutter schlägt vor, daß die Kinder heute abend früh zu Bett gehen und vorher ein leichtes Abendessen auf ihren Zimmern einnehmen«, sagte er und fügte ganz unerwartet hinzu: »Das haben wir auch immer so gehalten, wenn der Tag für uns Jungen sehr anstrengend war.«

»Ich werde sie zu Bett bringen«, antwortete Sally. »Könnte ich danach mit Ihnen sprechen?«

Überrascht schaute Sir Guy sie an.

»Aber natürlich. Sie finden mich in der Bibliothek. Sie liegt genau gegenüber dem Salon. Ich denke, Sie werden keine Schwierigkeiten haben, sie zu finden.«

»Danke«, sagte Sally und wandte sich zu den Kindern um. »Kommt, Kinder! Machen wir einen Wettlauf, wer zuerst an der Tür ist!«

Sir Guy blickte hinter ihnen her, während sie über den Rasen zum Haus liefen. Dann folgte er ihnen langsam und suchte die Bibliothek auf, die gleichzeitig sein Arbeitszimmer war.

Es war ein großer Raum, dessen Wände vom Boden bis zur Decke mit Bücherregalen vollgestellt waren.

Auf dem Schreibtisch in der Nähe des Kamins standen mehrere gerahmte Fotos. Eins davon zeigte Tony in der Uniform eines Offiziers der Grenadier Guards. Sekundenlang stand Sir Guy da und starrte auf das Bild seines Bruders.

Dann wandte er sich um, weil er hörte, wie die Tür geöffnet wurde. Nada stand auf der Schwelle. Sie blickte ihn über die Länge des Raumes hinweg an und ging dann langsam auf ihn zu.

»Guy«, sagte sie, »weshalb hast du dieses Mädchen mitgebracht? Tante Mary ist ganz außer sich.«

»Ich konnte nicht anders«, erwiderte Sir Guy. »Tony hat sich ihr gegenüber sehr schlecht benommen. Wie ich sehe, hat dir meine Mutter die ganze Geschichte schon erzählt. Nicht nötig also, daß ich mich in Einzelheiten verliere.«

»Ja, sie hat es mir erzählt«, entgegnete Nada. »Wie konnte Tony nur auf die Idee kommen, zu heiraten, ohne es Tante Mary wissen zu lassen? Es hat ihr das Herz gebrochen! Und du, weshalb hast du ihn nicht von diesem Schritt abgehalten?«

»Ich habe mein Bestes versucht«, antwortete Sir Guy. »Er läutete am Abend vorher bei mir und bat mich, zu seiner Hochzeit zu kommen. Er erklärte mir, er werde Mutter bei

Gelegenheit davon informieren. Ich versuchte mit ihm zu reden, aber er machte mir klar, daß es nichts zu reden gab. Ich bilde mir nicht ein, ihn letzten Endes mit meinen Argumenten doch von diesem Schritt abgehalten zu haben. Es müssen andere Gründe gewesen sein – vor allem die Stelle in Paris –, die ausschlaggebend dafür waren, daß er im letzten Moment seinen Entschluß änderte.«

»Aber was soll das Mädchen hier?«

»Sie wußte nicht, wohin sie sollte, und ich konnte innerhalb von vierundzwanzig Stunden keine Arbeit für sie finden. Ganz offen, Nada, ich hatte zuerst vor, ihr Geld anzubieten. Doch als ich sie sah – ich weiß nicht warum –, blieben mir die Worte im Mund stecken. Es wäre so verdammt kränkend gewesen, nach allem, was Tony ihr angetan hat.«

Nada zuckte die Schultern.

»Es ist immer dasselbe mit den Männern. Sie sind ja so dumm! Auf jede schöne Larve fallen sie herein!«

»Es ist das erste Mal, daß du mir den Vorwurf der Leichtfertigkeit machst«, sagte Sir Guy mit einem Lächeln.

Nada sah zu ihm auf, und ihr Blick wurde sanft. Es schien, als hoffte sie, daß er weitersprach, aber Sir Guy kehrte ihr den Rücken und ging zu seinem Schreibtisch.

»Hat sich ja allerhand Post angesammelt in den letzten Tagen«, sagte er. »Höchste Zeit, sie durchzusehen!«

Einen Moment lang war Nada wie erstarrt, auf ihrem Gesicht erschien ein rätselhafter Ausdruck, den Sir Guy jedoch nicht bemerkte. Dann wandte sie sich zum Gehen.

Bei der Tür angekommen, drehte sie sich noch einmal zu ihm um und sagte mit leichter Schärfe in der Stimme.

»Das beste wäre, du würdest für Miß St. Vincent möglichst schnell etwas finden. In York müßte es doch irgend eine Beschäftigung für sie geben!«

Sir Guy verriet mit keinem Wort und keiner Regung in seinem Gesicht, daß er sie verstanden hatte. Nada blieb noch einen Atemzug lang stehen, dann verließ sie den Raum und schloß die Tür hinter sich.

Sir Guy war noch beim Öffnen und Lesen der Briefe, als er etwa eine halbe Stunde später eine sanfte Stimme hörte, die fragte:

»Darf ich hereinkommen?«

Er blickte auf und sah Sally, die sich dem Schreibtisch näherte.

»Natürlich«, sagte er, stand auf und ging ihr ein paar Schritte entgegen.

»Die Kinder sind im Bett«, sagte Sally. »Sie waren so müde, daß ich annehme, sie werden auf der Stelle eingeschlafen sein.«

Sie sprach hastig und nervös, denn Sir Guy wirkte in diesem riesigen, beeindruckenden Raum sehr furchteinflößend auf sie.

»Sie wollten mit mir reden!« erinnerte er sie an den Grund ihres Kommens.

»Ja, ich bin hier, Sie um etwas zu bitten. Helfen Sie mir! Ich muß so schnell wie möglich von hier weg!«

Er hob die Brauen.

»Gefällt es Ihnen nicht bei uns?«

»Das ist nicht der Grund!« entgegnete Sally. »Ich hätte nie herkommen dürfen. Ihrer Mutter habe ich nur Aufregung gebracht, und Ihre Kusine haßt mich.«

»Hat Nada das gesagt?« wollte Sir Guy wissen. Er schien überrascht.

»Nein, natürlich nicht. Aber ich glaube, so etwas spürt man. Der andere braucht es einem nicht ausdrücklich zu sagen. Ihre Mutter hatte geweint, bevor sie zum Tee kam.«

»Sie war natürlich ein wenig aufgeregt«, gab Sir Guy zu. »Sie hat immer sehr an meinem jüngeren Bruder gehangen. Leider war er aber auch ihr Sorgenkind, und sie ist seinetwegen oft sehr unglücklich gewesen. Er war schon immer ziemlich wild, aber dann vernarrte er sich in...« Er brach plötzlich ab. Eine Pause entstand, dann fuhr er fort: »Jedenfalls kam er jahrelang nicht mehr nach Hause. Das hat Mutter tief verletzt.«

»Deshalb sprach Tony nie von seinem Elternhaus«, sagte Sally. »Ich habe mich schon darüber gewundert. Wissen Sie, wenn ich ein solches Elternhaus hätte, ich wäre so stolz darauf, so begeistert davon, daß ich es niemals verlassen würde.«

Sie hatte leidenschaftlich gesprochen, weil sie ihren Hunger nach Geborgenheit, den ein solches Haus zu stillen versprach, nicht verleugnen konnte.

»Und trotzdem wollen Sie uns jetzt gleich wieder verlassen?« fragte Sir Guy.

»Ja, es ist besser so. Alles hier ist so ruhig, friedlich und schön. Glauben Sie, ich will diese wundervolle Atmosphäre zerstören? Glauben Sie, ich möchte die Menschen hier unglücklich machen mit meinem unvorhergesehenen Eindringen?«

Sir Guy begann im Raum auf und ab zu wandern.

»Seltsam, daß Sie das sagen«, meinte er dann. »Ich weiß nicht, ob es Ihnen bekannt ist, dieses Haus nennt sich das ›Priorat‹. Vor Hunderten von Jahren war es einmal ein Kloster. Unter der Herrschaft Heinrich VIII. wurde es aufgelöst und dem Erdboden gleichgemacht. Danach wurde an der Stelle des alten Klosters ein neues Haus errichtet, das später zum Teil abbrannte. Das heutige Gebäude ist das Ergebnis architektonischer Versuche vieler Generationen. Es hat seine Größe und sein Aussehen im Laufe der Zeit immer wieder verändert, nie jedoch seinen Namen. Auch heute nennt man es immer noch das Priorat. Sonderbar allerdings ist eins: Alle Leute, die hierherkommen, empfinden den Frieden und die Stille, die es ausströmt. Und tatsächlich scheint es eine heilende Eigenschaft zu besitzen. Etwas, so möchte ich annehmen, das die alten Mönche an diesem Ort zurückgelassen haben müssen.«

Erstaunt sah Sally Sir Guy an. Es war das erste Mal, daß er seine Zurückhaltung ihr gegenüber aufgab, und er sprach mit ihr ohne diesen zynischen Klang in der Stimme und den verächtlichen Ausdruck in den Augen.

Als sie schwieg, fuhr Sir Guy nach einer Weile fort:

»Schon oft hatte ich den Eindruck, daß die Dinge sich ändern, sobald ich wieder hier bin. Das Haus scheint allem irgendwie den richtigen Stellenwert zu geben. Alles verliert seine Bedrohung, seine Bedeutung oder Häßlichkeit. Es tut mir leid für Sie, Miß St. Vincent. Bisher hatte ich das Gefühl, Sie wären genauso zu tadeln wie mein Bruder. Jetzt allerdings bin ich mir nicht mehr so sicher. Darf ich betonen, daß ich froh wäre, wenn Sie in meinem Haus bleiben würden – wenigstens so lange, bis wir etwas Passendes für Sie gefunden haben.«

Er stand da und blickte sie fragend an. Und weil seine Freundlichkeit so völlig unerwartet für sie kam, fehlten Sally regelrecht die Worte.

Erst nach einer Weile brachte sie hervor: »Danke!« Dann fügte sie hinzu: »Bitte, würden Sie Ihrer Mutter sagen, wie leid mir alles tut!«

»Sie sind nicht verantwortlich für das Verhalten meines Bruders gegenüber seiner Familie«, erwiderte Sir Guy.

Seine Stimme klang streng, doch Sally wußte, daß seine Verärgerung nicht ihr galt.

Sally wandte sich halb zum Gehen, zögerte jedoch. Sir Guy schien zu merken, daß sie noch etwas auf dem Herzen hatte. Er wartete, und schließlich sagte Sally leise:

»Sie kennen – Tonys Adresse, nicht wahr?«

Sir Guy nickte.

»Falls Sie ihm – schreiben«, fuhr Sally fort, »erwähnen Sie bitte nichts davon, daß ich – hier bin. Ich möchte nicht, daß er das weiß.«

»Ich verstehe«, sagte Sir Guy. »Wenn ich meinem Bruder schreibe – was mir wohl nicht erspart bleibt – werde ich Ihren Namen überhaupt nicht erwähnen. Ich glaube, er hat jedes Recht verwirkt, in Ihrem Leben jemals auch nur noch die kleinste Rolle zu spielen.«

»Das ist es nicht«, sagte Sally. »Es ist nur... ich möchte nicht, daß er etwas davon erfährt.«

Scheu blickte sie Sir Guy an, dann verließ sie ohne ein weiteres Wort den Raum. Sie ging nach oben, um sich für das Dinner umzuziehen. Immer noch spürte sie ein Erstaunen darüber, daß Sir Guy so unerwartet freundlich zu ihr gewesen war.

Besaß das Haus wirklich heilende Kräfte. Sie hoffte es, denn sie brauchte sie dringend.

Sie war wie zerschlagen, ihr Stolz und ihr Selbstbewußtsein waren zerstört. Nie, nie wieder in ihrem ganzen Leben würde sie zu sich selbst oder zu irgend jemand anderem Vertrauen haben können.

Sie ging zu den Kindern. Wie sie erwartet hatte, waren beide fest eingeschlafen. Nicholas lag auf dem Rücken, die Arme über dem Kopf, die Decke zurückgeworfen.

Sally verspürte den heftigen Wunsch, ihn in die Arme zu nehmen und an sich zu drücken. Hier war jemand, den sie lieben konnte, der sich nicht von ihr abwenden würde, weil sie ihm nicht genügte.

Im nächsten Zimmer lag Prue, die Decke über die Ohren gezogen und in die Kissen gekuschelt wie eine Haselmaus. Nur die Nasenspitze und einige ihrer Locken waren zu sehen.

Sally dachte daran, wie die Kinder von Anfang an Zutrauen zu ihr gefaßt hatten, und sie wünschte sich, daß auch sie selbst einmal jemanden haben würde, dem sie vertrauen konnte.

Auf Zehenspitzen verließ sie Prues Schlafzimmer und schloß leise die Tür. Auf ihrem Zimmer angekommen, sah sie, daß ein Hausmädchen ihre Kleider schon ausgepackt und in den Schrank gehängt hatte. Und auf dem Bett lag, säuberlich ausgebreitet, ihr aquamarinblaues Dinnerkleid.

Es war sehr schick, aber der bloße Anblick genügte, um Sally in den Abgrund der Verzweiflung zu stürzen.

Es war für den ersten Abend der Flitterwochen vorgesehen gewesen. Für den ersten Abend, den Tony und sie als Mann und Frau miteinander verbrachten – verbringen sollten.

Sally ging zum Fenster. Sie ließ sich auf der Steinbank nieder und starrte nach draußen. Hinter dem Park lag das Moor, über das die sinkende Sonne lange, geheimnisvolle Schatten warf.

Einen Moment lang war Sally wie gebannt, dann barg sie das Gesicht in den Händen.

»Oh, bitte, heile mich!« bat sie das Haus. »Mach mich gesund! Ja, mach mich wieder gesund!«

Sie spürte den Schmerz ihrer Einsamkeit und Verlassenheit. Und sie glaubte, ihn nicht mehr ertragen zu können.

VIII

Sally wurde von einem Klopfen an der Tür aufgeschreckt. Hastig sprang sie auf, während sie sich mit einem Gefühl der Schuld darüber klar wurde, daß sie sich aus lauter Verzweiflung in einen Zustand der Starre und Stumpfheit hatte versinken lassen.

»Herein!« rief sie und rieb sich die Augen, obwohl keine Tränen darin waren. Dann ordnete sie mit fliegenden Händen ihr Haar.

Sie hatte erwartet, das Hausmädchen zu sehen, doch zu ihrer Überraschung öffnete Lady Thorne die Tür.

»Darf ich hereinkommen?« fragte sie mit ihrer leisen, freundlichen Stimme.

»Aber ja, bitte«, antwortete Sally und setzte nervös hinzu: »Bin ich zu spät? Ich fürchte, ich habe nicht die kleinste Vorstellung davon, wieviel Uhr es ist.«

»Nein, nein«, erwiderte Lady Thorne. »Es ist noch keine sieben, und wir essen nie vor halb acht zu Abend. Ich habe eben einmal bei den Kindern hineingeschaut, doch sie schlafen fest. Kein Wunder nach diesem anstrengenden Tag. Sie müssen ja schrecklich müde gewesen sein, die Armen!«

»Ja«, stimmte Sally zu. »Deshalb habe ich sie auch so früh zu Bett gebracht.«

Lady Thorne durchquerte das Zimmer und nahm auf der breiten Sitzbank am Fenster Platz, auf der Sally noch vor wenigen Sekunden gehockt hatte.

»Kommen Sie. Setzen Sie sich zu mir. Ich möchte mit Ihnen reden.«

Bei diesen Worten strich sie über den bunten Chintzbezug des Sitzpolsters, und Sally folgte ihrer Einladung. Dann blickte sie ihre Gastgeberin ein wenig beunruhigt an.

»Ich wollte unter vier Augen mit Ihnen sprechen«, begann Lady Thorne. »Es ist nicht ganz einfach, in diesem Haus einmal jemanden allein anzutreffen. Man wird meist von irgendeinem Menschen mit Beschlag belegt, sei es, daß die Angestellten eine Frage haben oder die Leute aus dem Dorf. Als meine Buben noch klein waren, pflegten sie mich deswegen zu hänseln, und wenn sie mir etwas sagen wollten, klopften sie feierlich an meine Tür und sagten: ›Madam, sind Sie wohl einen Augenblick für mich zu sprechen?‹«

Lady Thornes Stimme klang sanft, und ein versonnener Ausdruck erschien auf ihrem Gesicht.

»Ich fühle mich wieder richtig jung, seitdem die beiden süßen Kleinen hier sind«, sagte sie dann lächelnd. »Aber wie zart sie sind! Wir müssen sie unbedingt etwas aufpäppeln.«

»Ich habe immer gehört, daß das Leben in Indien nicht gut für Kinder ist«, erwiderte Sally.

»Ja, das hört man allgemein«, stimmte Lady Thorne zu. »Ich denke schon die ganze Zeit darüber nach, ob die beiden nun General Redfords Enkel sind oder nicht. Sobald sich ihre arme Mutter kräftig genug fühlt, müssen wir versuchen, das herauszufinden.«

»Es ist sehr freundlich von Ihnen, sie bei sich aufzunehmen«, sagte Sally impulsiv. »Und noch freundlicher ist es, daß auch ich Ihre Gastfreundschaft genießen darf.«

»Damit schneiden Sie das Thema an, worüber ich mit Ihnen reden wollte«, sagte Lady Thorne. Sally erschrak jäh, denn unbeabsichtigt hatte sie das Gespräch auf den Punkt gelenkt, den sie so gerne vermieden hätte.

»Ich habe denken müssen, daß wir Sie eigentlich nicht sehr herzlich bei uns empfangen haben«, fuhr Lady Thorne fort. »Sie müssen sich darüber gewundert haben. Nun, mein Sohn Guy rief mich aus London an und teilte mir mit, daß er eine Miß St. Vincent mitbringen würde. Sie sei eine Freundin von Tony, und er werde mir alles erklären, wenn er hier sei.«

»Oh!« Sallys Wangen überzogen sich mit einer brennenden Röte.

Sie vermochte sich des Gefühls der Verlegenheit nicht zu erwehren, das sie bei Lady Thornes Worten überkam. Eine Freundin Tonys! Ja, so hatte sie sich stets gesehen. Eine sehr enge und vertraute Freundin von ihm – bis gestern.

»Ich war selbstverständlich ganz glücklich, eine Freundin meines jüngeren Sohnes in meinem Haus zu beherbergen«, sagte Lady Thorne, »aber nun, nachdem Guy mir die ganze Wahrheit über Ihr Verhältnis zu Tony mitteilte, habe ich ein ganz starkes Bedürfnis, Ihnen zu sagen, wie leid mir das alles tut. Ich begreife die Gründe für Tonys Handlungsweise nicht, aber sein Verhalten ist schon seit einiger Zeit – genauer gesagt, seit zwei, drei Jahren – sehr sonderbar und befremdlich geworden. Eigentlich ist es, seit ...«

Lady Thorne schwieg abrupt, als wäre ihr plötzlich eingefallen, daß sie vorsichtig mit ihren Worten sein müsse. Nach kurzer Pause fuhr sie fort:

»Er war ein so lieber, anhänglicher Junge, und ich glaubte, daß zwischen uns ein ganz besonderes Vertrauensverhältnis bestünde und es zwischen uns keine Geheimnisse gäbe. Aber Kinder werden erwachsen, entfremden sich ihrem Zuhause und ihren Müttern. Man kann nichts anderes tun, als geduldig zu warten und zu beten, daß sie uns eines Tages wieder brauchen – unsere Liebe, unser Verständnis – und zu uns zurückkehren.«

Aus Lady Thornes Stimme sprach ein solcher Schmerz, daß Sally unwillkürlich die Hand ausstreckte und den Arm der alten Dame berührte.

»Oh, seien Sie nicht traurig wegen Tony!« sagte sie. »Ich weiß nicht, weshalb er sich im letzten Augenblick entschloß, mich nicht zu heiraten. Aber ich kann Ihnen versichern, daß er stets sehr nett und liebenswürdig zu mir war. Wirklich, ich kann mich nicht erinnern, daß er überhaupt einmal zu irgend jemandem lieblos oder gemein gewesen wäre. Ganz am Anfang, als wir uns kennenlernten, hatte ich etwas Angst vor ihm, aber dann war er so mitfühlend und nett zu mir, daß ich anfing, ihn zu lieben.«

Sallys Stimme zitterte bei den letzten beiden Worten, aber sie zwang sich dazu, Lady Thorne fest anzuschauen und sie dazu zu bringen, ihr zu glauben. Lady Thorne lächelte, doch in ihren Augen standen Tränen.

»Danke, Liebes, daß Sie mir das sagen. Wie Sie bin auch ich davon überzeugt, daß es für Tonys Verhalten eine stichhaltige Erklärung gibt. Vielleicht werden wir sie eines Tages aus seinem eigenen Mund hören. In der Zwischenzeit möchte ich Ihnen sagen, daß ich sehr froh bin, Sie hier zu haben. Sie müssen so lange hierbleiben, wie Sie es wünschen.«

»Oh, danke«, antwortete Sally leise. »Aber sobald es mir möglich ist, möchte ich eine Arbeit annehmen. Ich bin nämlich völlig mittellos.«

»Mein Sohn Guy hat es mir bereits gesagt«, erwiderte Lady Thorne. »Aber bitte, machen Sie sich im Augenblick deswegen nur keine Sorgen. Das Geschehene muß ein furchtbarer Schock für sie gewesen sein, und in gemildeter Form war es das auch für mich. Wir beide, Sie und ich, werden uns also Mühe geben müssen, die Dinge etwas leichter zu nehmen, bis sie sich von selbst wieder einrenken. Und das tun sie, glauben Sie mir. Die Zeit heilt Wunden. Das ist eine Erfahrung, die man macht, je älter man wird.«

»Danke«, sagte Sally wieder.

Lady Thornes Freundlichkeit und Herzlichkeit taten ihr gut. Der Schmerz in ihrem Inneren schien etwas von seiner Schärfe und Intensität zu verlieren.

Wie konnte Tony seine Mutter nur so vernachlässigen? fragte sich Sally. Wie konnte er so lange Zeit von diesem wundervollen Zuhause wegbleiben? Wie glücklich hätte er sein müssen, eine solche Mutter und ein solches Elternhaus zu besitzen!

Als könnte sie Sallys Gedanken lesen, sagte Lady Thorne: »Mein Sohn sagte mir, Ihre Eltern seien tot.«

Eine wahnsinnige Sekunde lang verspürte Sally den Wunsch, Lady Thorne die Wahrheit zu sagen. Und weil es ihr im Innersten zuwider war, einen so warmherzigen und liebevollen Menschen zu belügen, antwortete sie:

»Mein Vater starb zu Beginn des Krieges.«

»Armes Kind! Sie müssen ihn vermissen.«

»Ja«, antwortete Sally. »Er lebte zwar nur mit seinen Büchern, dennoch war es wundervoll zu wissen, daß er da war, daß es jemanden gab, zu dem ich gehörte.«

Ein Ausdruck von Traurigkeit erschien auf Lady Thornes Gesicht.

»Ist es nicht das, was wir alle vom Leben verlangen?« sagte sie sanft. »Zu jemandem zu gehören, den wir lieben. Mein Mann starb, als die Buben noch sehr klein waren, doch ich glaube, seitdem ist noch kein Tag vergangen, an dem ich ihn und seine Liebe nicht vermißt habe.«

Sally fühlte ein Würgen in ihrer Kehle. Das war es, das genau, was sie sich vom Leben ersehnte: Liebe, Verständnis, die schützende Hand und die nie nachlassende Treue eines anderen Menschen. Eine Zeit lang hatte sie geglaubt, Tony wäre dieser Mensch. Doch er hatte sie im Stich gelassen, und nun war sie allein.

Lady Thorne nahm ihre Hand in die ihre.

»Ja«, sagte sie, »wir alle möchten zu jemandem gehören. Und ich möchte, daß Sie im Moment das Gefühl haben, hierhin zu gehören, mein liebes Kind. Wir führen zwar ein ruhiges, ereignisloses Leben, aber dennoch gibt es vieles für uns zu tun. Vor allem gibt es Menschen, die unseren Rat und unsere Hilfe brauchen.«

Sallys Finger umschlossen die Hand der Älteren.

»Vielleicht kann auch ich ein wenig helfen«, murmelte sie. »Das habe ich auch zu tun versucht, als ich mit Tante Amy in Wales lebte – ich glaube allerdings nicht, daß ich dabei besonders erfolgreich war.«

»Die Hauptsache ist, man gibt sein Bestes«, erwiderte Lady Thorne. »Hier jedenfalls können Sie ganz gewiß den beiden Kindern helfen, deren Mutter sich jetzt nicht um sie kümmern kann. Und außerden habe ich das Gefühl, Sie können auch mir helfen, wie ich umgekehrt glaube, Ihnen helfen zu können.«

»Oh, ich werde es gerne versuchen«, flüsterte Sally.

»Da bin ich ganz sicher«, gab Lady Thorne zur Antwort. »Aber nun muß ich sie verlassen, um mich für das Dinner umzukleiden. Sie werden heute abend Captain Pawlowski kennenlernen. Er hält sich hier auf, weil er den Auftrag hat, auf unserem Privatflugplatz einige spezielle und geheime Experimente durchzuführen.«

Auf Sallys Gesicht erschien ein erstaunter Ausdruck, und Lady Thorne erklärte ihr:

»Ja, wir leben hier zwar in einem sehr entlegenen Teil der Welt, aber ganz ohne Fortschritt sind wir auch nicht. Guy hatte vor dem Krieg sein eigenes Flugzeug. Inzwischen hat er das Fliegen aufgegeben. Doch der Hangar und die Werkstätten haben sich als sehr brauchbar erwiesen. Captain Pawlowski ist Pole und ein Freund meiner Nichte Nada. Er erhielt von der Regierung eine Sondergenehmigung zur Durchführung seiner Versuche.«

»Wie interessant!« rief Sally.

»Das denken wir alle«, sagte Lady Thorne. »Leider erzählt er uns nicht allzuviel. Er ist nicht besonders mitteilsam, der Arme, denn wie meine Nichte hat er viel Schlimmes durchmachen müssen, bevor er nach England fliehen konnte.«

»Meinen Sie Miß ... Miß Thorne?« fragte Sally.

»Ja, Nada«, erwiderte Lady Thorne. »Ich könnte mir vorstellen, daß Sie sich fragen, wie sie an den englischen Namen kommt, obwohl sie eigentlich gar nicht wie eine Engländerin aussieht. Nun, der zweite Bruder meines Mannes war Mitglied des Diplomatischen Corps. Er heiratete erst nach seinem Ausscheiden aus dem diplomatischen Dienst. Seine Frau war Polin, und in Polen heirateten und lebten sie auch. Wir sahen ihn nie mehr wieder, denn er starb schon sehr bald nach der Hochzeit, hinterließ aber eine Tochter. Ich korrespondierte gelegentlich mit meiner

Schwägerin, aber der Briefkontakt mit einem Menschen, den man nicht kennt, gestaltet sich etwas schwierig. Meist schickten wir uns gegenseitig die Fotos unserer Kinder, und mit Hilfe dieser Fotos konnte ich verfolgen, wie Nada zu einem hübschen Mädchen, zu einer attraktiven jungen Schönheit heranwuchs. Dann kam der Krieg. Lange Zeit war der Kontakt zwischen uns unterbrochen. Wir stellten mit Hilfe des Roten Kreuzes unentwegt Nachforschungen an. Mit dem Ergebnis, daß wir schließlich vom Tod meiner Schwägerin erfuhren. Sie war erschossen worden – und Nada galt als verschollen. Dann – im letzten Kriegsjahr – gelang Nada die Flucht nach England. Sie suchte uns, und wir waren froh, ihr nach all diesen entsetzlichen Erfahrungen ein Heim bieten zu können. Vielleicht wird Sie Ihnen eines Tages einmal davon erzählen, obwohl es besser wäre, wenn sie das Schreckliche ein für allemal vergessen würde.«

»Dann steht sie also völlig allein auf der Welt«, sagte Sally und empfand plötzlich so etwas wie Zuneigung zu der eltern- und heimatlosen jungen Frau.

»Ja, das arme Kind! Außer uns hat sie niemanden mehr. Und wir geben uns alle Mühe, ihr ein wenig von dem zu ersetzen, worauf sie verzichten mußte.«

Lady Thorne warf einen Blick zu der Uhr auf dem Kaminsims.

»Oh, ich muß mich beeilen«, sagte sie, »sonst kommen wir beide noch zu spät zum Dinner, und Guy haßt es, wenn man ihn warten läßt. Ich sage immer zu ihm, daß er sich langsam zu einem richtigen Feudalherrn entwickelt. Aber er war von Anfang an derjenige von uns, der auf Konvention und Tradition sah.«

Sie erhob sich und ging zur Tür. Sally öffnete sie ihr, und bevor Lady Thorne das Zimmer verließ, beugte sie sich zu Sally nieder und küßte sie auf die Wange.

»Gott segne Sie, mein Kind. Und versuchen Sie, nicht zu unglücklich zu sein! Es gibt noch so viele schöne Dinge im Leben, die alle noch vor Ihnen liegen.«

Ihre Liebenswürdigkeit machte es Sally unmöglich, zu antworten. Doch obwohl ihre Augen voller Tränen waren, als sie die Tür hinter Lady Thorne schloß, hatte sie das Gefühl, die dunklen Wolken über ihr hätten ein wenig von ihrer gnadenlosen Schwärze eingebüßt.

Sie hatte Tony verloren, dafür aber seine Mutter gefunden. Und zumindest für den Augenblick gehörte sie irgendwohin, hatte sie ein Heim – auch wenn es nur für kurze Zeit sein würde.

Rasch schlüpfte sie in das blaue Dinnerkleid, machte nach den Anweisungen des Friseurs, zu dem Lynn sie geschickt hatte, ihr Haar zurecht. Und als sie sich anschließend im Spiegel betrachtete, stellte sie fest, daß sie elegant und attraktiv aussah.

Aber all das war nur Tünche. In ihrem Inneren fühlte sie sich verlegen und unsicher. Wie ein Tier, das man gehetzt hatte, vermochte sie zwischen Freund und Feind nicht mehr zu unterscheiden.

Sie warf einen Blick in die Zimmer der Kinder und wünschte, sie könnte sich wie sie einem tiefen, traumlosen Schlaf hingeben, um endlich Vergessen zu finden und Befreiung von der Wirklichkeit.

Es bedurfte einer fast schmerzhaften übermenschlichen Anstrengung, sich zu zwingen, die Treppe hinunterzusteigen, sich den Blicken der Dienerschaft auszusetzen und mit den anderen Menschen an einer Tafel Platz zu nehmen.

Langsam ging sie nach unten, voller Angst vor dem Augenblick, da sie das Speisezimmer betreten und Sir Guy gegenübertreten würde.

Sie befand sich etwa in der Mitte der Treppe, als sie hinter sich Schritte vernahm. Sie wandte den Kopf und erkannte Nada.

Sie trug ein schwarzes, einfach geschnittenes Samtkleid, das offensichtlich nicht besonders teuer gewesen war. Dennoch machte die Polin eine gute Figur darin. Das

Schwarz betonte das Weiß ihrer Schultern und Arme und seltsamerweise auch ihre dunklen Haare und Augen.

Sally blieb stehen und lächelte Nada an, als diese sie erreicht hatte. Doch die Antwort war ein Strom der Feindseligkeit. Nada verzog den Mund zu einem spöttischen Lächeln und sagte:

»Nicht nötig, Miß St. Vincent, daß Sie sich hier so elegant herausputzen. Wir alle sind sehr einfache Leute.«

Sally errötete.

»Es tut mir leid«, erwiderte Sally. »Aber ich besitze nicht viele Kleider, und die sind ausnahmslos neu.«

»Richtig«, rief Nada, »Sie hatten sich ja für die Flitterwochen eingekleidet – und Tony machte Ihnen einen Strich durch die Rechnung.«

Der Hohn in ihrer Stimme war unüberhörbar, und Sally war sicher, daß Nada sie absichtlich hatte verletzen wollen. Doch sie reagierte nicht auf den Spott der anderen, sie streckte nur die Hand nach dem Treppengeländer aus und hielt sich daran fest.

Ihr erster Eindruck war also richtig gewesen, das wußte sie jetzt. Das Mädchen mochte sie nicht, sie war verärgert über ihre Anwesenheit, obwohl Sally der Grund dafür unverständlich war.

Als sie das Speisezimmer erreicht hatten, ließ Sally der Polin den Vortritt. Dabei kam ihr unwillkürlich der Gedanke, daß diese längst nicht mehr so jung war, wie der erste Eindruck sie hatte erscheinen lassen.

Sally schätzte sie nun auf etwa fünfundzwanzig, und sie wäre überrascht gewesen, wenn sie gewußt hätte, wie genau ihre Schätzung zutraf.

Lady Thorne saß auf dem Sofa, und Sir Guy stand am Kamin und rauchte eine Zigarette. Beide blickten auf, als Nada und Sally eintraten. Lady Thorne erhob sich und schenkte Sally ein liebevolles Lächeln.

»Wie sehr Sie sich beeilt haben, Liebes! Ich befürchtete schon, Sie würden meinetwegen zu spät kommen.«

»Dann warst du also bei Miß St. Vincent, Tante Mary?« fragte Nada.

Sally glaubte einen Klang von Argwohn in ihrer Stimme zu hören.

»Ja, Liebes«, sagte Lady Thorne. »Wir haben einen kleinen Schwatz gehalten. Sie mußte sich deshalb sehr beeilen. Was für ein hübsches Kleid, Sally, und wie gut es Ihnen steht!«

Sally lächelte Lady Thorne an, doch aus den Augenwinkeln bemerkte sie, daß Nada Sir Guy einen wütenden Blick zuwarf.

Jäh befiel sie ein Gefühl des Unbehagens. Sie kam sich wie ein Eindringling und Störenfried vor, doch sie kam nicht dazu, ihre Gefühle genauer zu analysieren, denn in diesem Moment betrat ein Mann den Raum.

Er war von untersetzter Gestalt und dunkelhaarig. Man hätte ihn als gutaussehend bezeichnen können, wenn er nicht unentwegt nervös die Augenbrauen zusammengezogen hätte, was ihm den Anschein ständiger Verärgerung verlieh.

»Oh, da bist du ja, Ivor!« rief Nada. »Ich glaubte schon, du hättest die Zeit vergessen.«

»Nein, nein, mein Magen erinnerte mich daran, daß es Zeit zum Dinner war«, erwiderte Captain Pawlowski, der mit starkem Akzent sprach, was seine Worte sehr unverständlich machte.

Er ging auf Lady Thorne zu und sagte:

»Werden Sie entschuldigen, daß ich mich heute abend nicht umgezogen habe, Madam? Ich habe vor, nach dem Dinner noch einen Flug zu machen.«

»O Ivor, Sie arbeiten zu viel«, sagte Lady Thorne. »Sie sollten unbedingt einmal ausspannen. Oder ist Ihnen das nicht möglich?«

»In meinem Land gibt es ein Sprichwort, das grob übersetzt lautet: ›Wenn die Dinge einem gut von der Hand gehen, dann ist die Zeit der Arbeit da.‹«

»Du kommst also vorwärts mit deiner Arbeit?« fragte Nada, bevor Lady Thorne etwas sagen konnte.

Captain Pawlowski blickte sie an.

»Zum Selbstlob ist es immer zu früh«, erwiderte er, und die Falte zwischen seinen Brauen schien sich zu vertiefen.

»Minute noch, Kinder, ehe ihr euch in eure technischen Fachsimpeleien stürzt!« rief Lady Thorne, »Ivor, wir haben einen neuen Gast! Sally, das ist Captain Pawlowski, der – wie ich Ihnen schon sagte – unseren kleinen Flugplatz für seine Experimente benutzt. Ivor – Miß St. Vincent!«

Sie reichten einander die Hände, und Sally stellte sofort fest, daß Captain Pawlowski über ihr Hiersein nicht glücklicher war als seine Landsmännin.

»Ein Glas Sherry, Ivor?« fragte Sir Guy.

Der Pole trat an einen Beistelltisch, auf dem ein silbernes Tablett mit einer gefüllten Karaffe und mehreren Gläsern stand.

»Darf ich sonst noch jemandem ein Glas einschenken?« fragte Captain Pawlowski.

Die drei Frauen schüttelten die Köpfe, und da Sir Guy bereits ein gefülltes Glas besaß, bediente sich der Captain. Nachdem er den anderen zugeprostet hatte, nahm er schweigend einen kräftigen Schluck.

Das Dinner wurde nicht zu der Prüfung, wie Sally es erwartet hatte. Lady Thorne redete fast ununterbrochen, und auch Sir Guy erwies sich als gesprächiger und unterhaltsamer, als Sally es jemals für möglich gehalten hätte.

Captain Pawlowski beteiligte sich kaum an der Unterhaltung, er schlang das Essen in sich hinein, als wäre er halb verhungert. Gleichzeitig jedoch schien er voller Unwillen zu sein über die unnütze Zeit, die er mit Essen verschwendete. Nada aß nur wenig. Sie schien ihre ganze Aufmerksamkeit auf Sir Guy zu richten.

Lange vor Ende des Dinners überkam Sally plötzlich eine fast unüberwindliche Müdigkeit.

Es schien die Reaktion auf die vielen Aufregungen des

hinter ihr liegenden Tages und auf die langen Stunden der vergangenen Nacht zu sein, die sie schlaflos im Bett gelegen hatte.

Wellen der Erschöpfung erfaßten sie, und als die Tafel endlich aufgehoben wurde und alle in den Salon gingen, um dort eine Tasse Kaffee zu trinken, sagte sie zu Lady Thorne:

»Hätten Sie etwas dagegen, wenn ich mich schon zurückziehe?«

»Aber natürlich nicht, meine Liebe«, antwortete Lady Thorne. »Mein Gott, ich hätte von mir aus daran denken müssen! Sie werden müde sein! Nach all den Anstrengungen wäre es das beste gewesen, wenn das Mädchen Ihnen etwas Leichtes ans Bett gebracht hätte.«

»Oh, ich möchte Ihnen um Himmels willen keine Umstände machen. Aber es stimmt schon, ich bin schrecklich müde.«

»Dann aber marsch ins Bett mit Ihnen!« befahl Lady Thorne und lächelte ihr zu. »Und wenn Sie noch irgendeinen Wunsch haben, läuten Sie, oder fragen Sie Nada. Sie schläft am Ende des Korridors.«

»Nein, danke«, sagte Sally, »alles, was ich brauche, ist Schlaf!« Der bloße Gedanke, Nada um eine Gefälligkeit zu bitten, entsetzte sie.

»Dann gute Nacht, liebes Kind.«

Sally streckte ihr die Hand entgegen, doch Lady Thorne nahm ihr Gesicht in beide Hände und küßte sie zärtlich auf die Wange.

Unsicher blickte Sally auf Nada.

»Gute Nacht, Miß Thorne.«

»Gute Nacht.«

Nadas Antwort klang wie ein Fluch, nicht wie ein Wunsch. Aufatmend verließ Sally den Salon, stieg rasch die Treppe hinauf und eilte auf ihr Zimmer. Dort zog sie sich aus und schlüpfte ins Bett. Aber widersprüchlich wie die menschliche Natur nun einmal ist, fand sie keinen Schlaf. Sowie ihr Kopf das Kissen berührte, war sie hellwach.

Alle Ereignisse der vergangenen achtundvierzig Stunden liefen wie ein Film vor ihrem geistigen Auge ab.

Noch einmal erlebte sie die Qual, die sie durchlitt, als Mary sie vor der Kirche abfing und mit ihr nach Hause zurückfuhr, dann die Angst um Tony, weil sie glaubte, er wäre tot, und die Erniedrigung und die Qual, als sie dann die Wahrheit erfuhr.

Noch einmal fühlte sie die Bitterkeit und Enttäuschung, die sie empfand, weil sie sich von Lynn nicht verabschieden konnte, den Schmerz der Verlassenheit und Einsamkeit, der sie deswegen überfiel.

Die abgrundtiefe Verzweiflung, die sie den ganzen Tag über in ihren Fängen gehalten und alle anderen Gefühle in ihr betäubt hatte, erfaßte sie nun erneut mit unverminderter Heftigkeit.

Stunde um Stunde lag sie da und starrte mit weit geöffneten Augen in die Dunkelheit.

Dabei wußte sie stets, wie spät es war, denn weit entfernt in der Tiefe des Hauses schlug eine Uhr die Stunden.

Elf – zwölf – eins.

»Lächerlich, wie ich mich anstelle!« sagte Sally wütend zu sich selbst.

Dann vernahm sie ein leises Geräusch. Augenblicklich durchzuckte sie der Gedanke, eines der Kinder wäre aufgewacht und könnte sich ängstigen, weil es sich in einem unbekannten Zimmer befand.

Sie setzte sich im Bett auf und knipste die Nachttischlampe an. Angestrengt lauschte sie, doch es war nichts mehr zu hören. Aber das beruhigte sie nicht. Sie stand auf und schlüpfte in ihren seidenen Hausmantel.

Leise öffnete sie die Tür und zog sie genauso leise hinter sich zu. Auf Zehenspitzen überquerte sie den Korridor und öffnete die Tür eines der Kinderzimmer. Nicholas schlief fest und tief. Die Decken hatte er auf den Fußboden geworfen. Behutsam deckte Sally ihn wieder zu und ging nach nebenan zu Prue. Auch sie schlief wie ein Murmeltier.

Wo immer das Geräusch auch hergekommen war, die Kinder hatten es nicht verursacht.

Sally löschte das Licht in Prues Zimmer und wollte den Raum verlassen, als sie draußen auf dem Korridor zum zweitenmal etwas hörte. Unwillkürlich, ohne sich bewußt verbergen zu wollen, wich sie ins Zimmer zurück.

Sekunden später, im Schatten der halb geöffneten Tür, hörte sie, wie jemand über den Korridor kam und an ihr vorbeischlich. Der oder die Unsichtbare bewegte sich äußerst langsam und vorsichtig, und zweifellos ging er auf Zehenspitzen.

Die Schritte entfernten sich, und obwohl es so dunkel war, daß man nicht einmal die Hand vor den Augen erkennen konnte, hatte Sally das untrügliche Gefühl, daß es Nada gewesen war.

Sie hatte nicht den Wunsch, dieser Frau zu solch einer Stunde zu begegnen oder mit ihr zu reden und verharrte deshalb reglos, bis sie nicht den kleinsten Laut mehr hörte.

Diese absolute Stille wurde plötzlich von einer leise ins Schloß gedrückten Tür durchbrochen.

Sally wartete geduldig. Es waren einige Minuten vergangen, ehe sie Prues Zimmer endlich verließ. Leise zog sie die Tür hinter sich zu, überquerte mit ausgestreckten Händen den Korridor und tastete nach ihrer Tür.

Sie hatte die Tür sorgfältig geschlossen, als sie ihr Zimmer verlassen hatte. Als sie diese nun öffnete, fiel das Licht der Nachttischlampe auf den Korridor hinaus. Vor ihr auf dem Boden lag ein heller Gegenstand.

Einen Moment lang glaubte Sally, es hätte ihr jemand eine Botschaft vor die Tür gelegt. Doch als sie sich bückte und das, was da vor ihr lag, aufhob, sah sie, daß es sich um einen Ausweis handelte. Sie klappte ihn auf und las auf der Innenseite den Namen

Richardson, William

In der Spalte für die Anschrift des Inhabers fehlte die Eintragung, ebenfalls die Unterschrift. Das einzige, was in dem Ausweis zu finden war, war dieser Name. Sally legte den Fund auf den Tisch gleich neben der Tür ihres Zimmers.

Ich werde Nada den Ausweis morgen früh zurückgeben, dachte sie. Er muß einem der Diener gehören.

Sie zog den Hausmantel aus und ging wieder ins Bett. Endlich fühlte sie sich schläfrig.

Sie erwachte, als das Mädchen die Vorhänge vor den Fenstern zurückzog. Es war heller Morgen, und die Nacht mit ihren qualvollen Gedanken schien in weite Fernen gerückt.

Doch zum Grübeln war jetzt keine Zeit. Rasch stand Sally auf. Sie freute sich über die heiße Tasse Tee und die mit Butter bestrichene Scheibe Brot, die das Mädchen ihr auf einer Platte aus hauchdünnem geblümten China gebracht hatte.

Sobald sie angezogen war, eilte sie in Prues Schlafzimmer. Die Kinder waren schon wach und unterhielten sich aufgeregt. Nicholas lehnte so weit aus dem Fenster, daß er drauf und dran war, herauszufallen und sich das Genick zu brechen.

Prue war vorsichtiger als ihr Bruder. Sie saß in ihrem Bett und schaute in ein Bilderbuch, das sie in einer der Kommoden gefunden hatte.

»Wie steht's mit dem Anziehen?« schlug Sally vor.

»Oh, dürfen wir?« rief Nicholas. »Jetzt sofort? Ich habe eine Menge Plätze entdeckt, die wir gestern noch nicht ausgekundschaftet haben. Es ist ganz, ganz wundervoll hier. Ich hoffe, es geht Mummy bald besser. Es wird ihr hier gefallen.«

»Das glaube ich auch«, sagte Sally. »Wir müssen Sir Guy bitten, im Krankenhaus anzurufen, um zu erfahren, wie es ihr heute geht.«

Die Kinder waren bald gewaschen und angezogen. Sally

ungeduldig mit sich ziehend, liefen sie nach unten in den Garten.

Bracken begrüßte sie überschwenglich, dann rannte er bellend davon, die Kinder hinter ihm her. Sally folgte ihnen gemessenerem Schrittes.

Die drei, Kinder und Hund, verschwanden zwischen den Bäumen, und plötzlich hatte Sally nur noch den Klang der hohen, freudig erregten Stimmen, der ihr den Weg wies.

Die Bäume wurden dichter, und sie fragte sich schon, wohin ihre Schutzbefohlenen verschwunden sein mochten, als das Gelände unvermittelt jäh abfiel und Sally sich am Rande einer riesigen Sandgrube wiederfand.

Die Kinder unter ihr sahen Bracken zu, der wie von Sinnen hinter einem Kaninchen herjagte, das er aufgestöbert hatte.

»Sehen Sie, wohin Bracken uns geführt hat!« rief Prue. »Ist das nicht ein herrlich aufregender Ort?«

Sally mußte den beiden recht geben. Es war wirklich ein aufregender Ort mit den dicken Baumstämmen, dem dicken Teppich aus Tannennadeln, dem leuchtenden Moos und den großen Flächen mit grünem Farn.

Die Sandgrube hatte klippenartige Ränder, die stellenweise mit Bruyèreholz und wilden Rosen bewachsen waren, deren Duft bereits einen Schwarm Bienen angelockt hatte.

»Ich wette, hier gibt's eine Menge Kaninchen!« rief Nicholas. »Aber Bracken macht einen solchen Lärm, daß er sogar einen Tiger vertreiben würde.«

»In England gibt's gar keine Tiger, Dummkopf«, sagte Prue. »Hab' ich recht, Sally?«

»Nein, natürlich nicht«, antwortete Sally. »Aber nun klettert ihr schleunigst wieder nach oben und kommt zum Frühstück. Wir können später noch einmal herkommen, und Bracken kann dann auch seine Kaninchensuche fortsetzen – obwohl ich bezweifle, daß er auf diese Art Erfolg haben wird.«

Mit beinahe erstaunlicher Bereitwilligkeit gehorchten die

Kinder. Sie kletterten den Hang hoch, sanken dabei immer wieder in dem losen Sand ein und mußten sich, oben angelangt, die Schuhe ausziehen, um den Sand herauszuschütten.

Nicholas kam allein zurecht, doch Prue wurde mit dem Binden der Schnürsenkel nicht fertig, und Sally half ihr dabei.

»So, nun müssen wir uns aber beeilen, wenn wir nicht zu spät kommen wollen«, erklärte Sally. »Wir haben uns nämlich ein ganzes Stück vom Haus entfernt.«

»Das war nicht unsere Schuld«, verteidigte sich Prue. »Bracken hat uns hierhergeführt, nicht wahr, Bracken?«

Der Hund wedelte mit dem Schwanz, als wäre er bereit, jede Verantwortung auf sich zu nehmen.

Dann liefen sie alle vier durch das Wäldchen zum Haus zurück.

Wie Sally befürchtet hatte, kamen sie zu spät zum Frühstück, aber Lady Thorne schien deswegen nicht ungehalten zu sein. Nur Nada bemerkte mit Schärfe in der Stimme, daß die Köchin auf Pünktlichkeit äußersten Wert lege.

»Oh«, sagte Lady Thorne. »Mrs. Harris wird nicht mehr so streng sein, wenn sie die Kinder erst einmal kennengelernt hat. Jedenfalls hat sie sich von Tony sehr viel gefallen lassen; ich kann mich nämlich nicht erinnern, daß er jemals pünktlich bei Tisch erschienen wäre.«

»Mrs. Harris war nicht die einzige, die sich viel von ihm gefallen ließ«, sagte Sir Guy von seinem Platz am Kopfende des Tisches lächelnd.

»Du willst damit wohl sagen, daß ich Tony ebenfalls alles durchgehen ließ«, erwiderte Lady Thorne. »Ja, Darling, das habe ich! Aber nicht nur Tony, würde ich sagen. Auch dich habe ich verwöhnt – soweit du es mir erlaubt hast.«

»Und du siehst, was dabei herausgekommen ist«, sagte Sir Guy.

»Du stellst es wieder einmal schlimmer dar, als es ist! Ich bin sehr stolz auf meine Söhne!«

Ihre Stimme klang ein wenig trotzig, so als erwartete sie, daß jemand ihr widersprechen würde.

Sir Guy lachte, und Sally dachte, wie jung er wirkte, wenn er lachte oder lächelte. Und irgendwie wurde dann auch eine unerwartete Ähnlichkeit mit seinem Bruder Tony sichtbar.

»Übrigens«, sagte Sir Guy, »ich habe eine gute Nachricht für euch, Kinder!« Er lächelte Nicholas und Prue zu.

»Von Mummy?« rief Prue aufgeregt. »Kommt sie heute?«

»Ich fürchte, das ist etwas zu viel verlangt«, antwortete Sir Guy. »Aber sie hat eine sehr ruhige Nacht verbracht. Wenn der Doktor es erlaubt, werde ich euch morgen mit ins Krankenhaus nehmen. Auf einen Sprung allerdings nur.«

»Nur auf einen Sprung?« fragte Prue ein wenig enttäuscht. »Aber wann kommt sie her? Es gibt so viele Dinge, die wir ihr unbedingt zeigen müssen. Dies ist ein so wundervolles Haus.«

»Ich freue mich, daß es dir hier gefällt.« Lady Thornes Stimme war voller Wärme.

»Dann wird es dir auch nicht so schwerfallen, wenn du noch einige Zeit warten mußt, bis eure Mutter wieder bei euch ist.«

»Wie lange dauert es denn noch?« wollte Nicholas wissen.

»So genau kann ich dir das nicht sagen«, antwortete Lady Thorne. »Was denkst du, Guy?«

»Da bin ich ebenso überfragt wie du.« Sir Guy lächelte und wandte sich an Nicholas. »Sagen wir mal, daß es wohl noch zehn bis vierzehn Tage sein werden.«

»Oh!«

Die beiden kleinen Gesichter blickten enttäuscht.

»Es ist traurig für euch, ich weiß. Aber ich bin überzeugt, die Zeit wird euch nicht lang werden«, tröstete sie Lady Thorne. »Glaubt mir, ihr beiden schafft das schon, und außerdem wird Sally ja hier sein und sich um euch kümmern.«

»Ja, das ist fein!«

Prue lächelte.

»Was wir uns nur gefragt haben, ist, ob ihr wohl die Anschrift eures Vaters wißt«, fuhr Lady Thorne fort. »Wir dachten, wir könnten ihm vielleicht ein Telegramm schikken, damit er weiß, was mit euch und eurer Mutter ist.«

»Ich kenne die Anschrift von unserem Haus«, gab Nicholas zur Antwort. »Ich meine das Haus, in dem wir gewohnt haben, bis wir mit dem Schiff nach England gereist sind.«

»Und du glaubst, dein Vater wäre noch dort?« fragte Sir Guy.

»Nein, ich glaube nicht.« Nicholas runzelte die Stirn und schien angestrengt nachzudenken. »Ich glaube, Mummy sagte, daß er in irgendeine große Stadt gehen müßte.« Er machte eine kurze Pause und fügte dann ein wenig verzweifelt hinzu: »Wenn ich mich doch nur an den Namen der Stadt erinnern könnte!«

»Ich glaube, wir lassen die Dinge erst mal auf sich beruhen, bis Mrs. Redford in der Lage ist, unseren Krankenbesuch zu empfangen«, schlug Sir Guy vor. »Was halten Sie davon, Miß St. Vincent?«

Sally zuckte buchstäblich zusammen, weil er sich mit dieser Frage direkt an sie wandte. Sie hatte damit einfach nicht gerechnet, und die Antwort kam nur stockend über ihre Lippen.

»Ich... ich halte es ebenfalls – für das beste, noch zu warten. Schließlich kann Major Redford von Indien aus sowieso nicht viel unternehmen. Umgekehrt könnte ihn die Nachricht von der Operation seiner Frau aufs äußerste beunruhigen.«

»Ja, ich bin sicher, Sie haben recht, Sally«, stimmte Lady Thorne ihr zu.

In diesem Moment erhob sich Nada mit einem jähen Ruck vom Frühstückstisch.

»Du entschuldigst mich, Tante Mary! Ich habe zu tun.«

Sie verließ den Raum, und Sally stand ebenfalls auf.

»Ich würde mich gern im Haus ein wenig nützlich machen«, sagte sie. »Ich könnte die Zimmer der Kinder und mein eigenes in Ordnung bringen. Ich bin Hausarbeit gewöhnt. Auf der Farm habe ich eigentlich nichts anderes gemacht.«

»Danke, Liebes«, antwortete Lady Thorne. »Es wäre sehr nett, wenn Sie ein wenig mit anfassen würden. Gertrud wird langsam alt, und das Bettenmachen fällt ihr sehr schwer, wenn sie mit ihrem Lumbago zu tun hat.«

»Dann mache ich unsere Betten«, rief Sally. »Soll ich ihr gleich Bescheid sagen?«

»Ja, Sally, tun Sie das bitte«, stimmte Lady Thorne ihr zu.

Die Kinder blieben bei Lady Thorne und Sir Guy im Frühstückszimmer zurück.

Als Sally vom Treppenhaus in den Korridor einbog, sah sie Nada, und plötzlich erinnerte sie sich an den Ausweis, den sie in der Nacht zuvor gefunden hatte.

»Oh, Miß Thorne, gut, daß ich Sie treffe!« rief sie. »Ich glaube, ich habe etwas für Sie.«

Nada hatte bereits das Ende des Korridors erreicht. Bei Sallys Worten drehte sie sich um und kam langsam auf Sally zu, die eben die Tür ihres Zimmers geöffnet hatte. Sally nahm den Ausweis von dem Tischchen und sagte:

»Dies fand ich heute nacht. Ich nehme an, es ist Ihnen aus der Tasche gefallen.«

Nada starrte sie sekundenlang feindselig an. Dann riß sie ihr den Ausweis aus der Hand und stieß wütend hervor:

»Wo haben Sie das gefunden? Wie kommen Sie daran? Spionieren Sie mir etwa nach?«

Ihr Ton war so heftig, daß Sally unwillkürlich einen Schritt zurückwich.

»Tut mir leid, aber ich weiß nicht, was Sie meinen«, sagte sie. »Ich fand den Ausweis vor meiner Tür, und ich nahm an, daß Sie ihn dort verloren haben!«

Nadas dunkle Augen bohrten sich in die ihren, forschend und voller Argwohn. Dann sagte die junge Frau langsam:

»Sie fanden ihn vor – Ihrer Tür?«

»Ja, in der vergangenen Nacht. Ich wollte nach den Kindern sehen, und als ich in mein Zimmer zurückkehrte, sah ich ihn am Boden liegen und hob ihn auf.«

Sie sagte nichts von der Beobachtung, die sie gemacht hatte, und daß sie vermutete, es wäre Nada gewesen, die über den Korridor geschlichen war.

Etwas stimmte nicht. Sie begriff jedoch nicht, was es war, und außerdem war sie zu sehr bemüht, Nada zu besänftigen, deren Gesicht immer noch wutverzerrt war. Nervös fuhr Sally fort:

»Ich glaubte, der Ausweis könnte vielleicht einem der Angestellten gehören.«

»Ja, so ist es auch«, entgegnete Nada, und man sah deutlich, daß sie von dem, was sie sagte, nicht wirklich überzeugt war. »Er gehört einem der Diener. Ich hatte ihn in Verwahrung, weil ich für den Haushalt verantwortlich bin – verstehen Sie?«

»Natürlich«, antwortete Sally. »Es tut mir leid, wenn ich Sie damit beunruhigt haben sollte.«

»Nein, nein, das haben Sie nicht«, sagte Nada hastig. »Ich war nur im ersten Moment etwas begriffsstutzig. Ich glaubte, nämlich, daß... Aber das hat sich ja jetzt aufgeklärt. Ich habe den Ausweis des Dieners verloren. Muß mir aus der Tasche gefallen sein. Genau vor Ihrer Tür. Das ist alles.«

»Ja, natürlich«, wiederholte Sally.

Ohne ein weiteres Wort wandte sich Nada ab und ging den Korridor zurück. Sally blickte ihr nach und betrat dann ihr Zimmer.

Wie seltsam das alles war. Sally fühlte sich verwirrt und unbehaglich. Auch jetzt war sie sich noch nicht darüber klar, was eigentlich geschehen war. Warum war Nada so ärgerlich gewesen? Nur weil sie eine persönliche Abneigung gegen sie, Sally, hatte? Weil es ihr nicht paßte, daß sie und die Kinder im Haus waren? Sie fand keine Antwort auf diese

Fragen und schob sie beiseite, denn Gertrud kam über den Korridor.

Sie war eine stattliche Frau nahe sechzig, aber ihr Gang war schwer, und ihr Atem ging keuchend.

Sally erklärte ihr, daß sie mit Lady Thorne übereingekommen sei, ihr eigenes und die Zimmer der Kinder in Ordnung zu halten, und sie war fest davon überzeugt, daß Gertrud sich darüber freuen würde.

»Möchte das nicht, Miß«, erklärte die Ältere unwillig. »Hab' das Haus jetzt fast dreißig Jahre allein in Ordnung gehalten und traue mir das auch noch einige weitere Jahre zu.«

Sally kannte diese Art von Frauen. Gertrud war genau der Typ, der zu ihnen auf die Farm gekommen war. Sie wußte, wie man diese Frauen zu nehmen hatte.

»Daran habe ich nicht den geringsten Zweifel«, sagte sie voller Überzeugung. »Aber Sie müssen mir erlauben, irgend etwas hier im Haus zu tun, sonst habe ich das Gefühl, für meine liebenswürdige Gastgeberin nur eine Last zu sein. Natürlich werde ich vieles dabei falsch machen, aber ich denke, Sie sind so nett und weisen mich auf die Fehler hin, die mir unterlaufen. Den guten Willen habe ich jedenfalls.«

»Sie werden Fehler machen, all right«, sagte Gertrud mit einer fast grimmigen Belustigung in der Stimme. »Nehme nicht an, daß sie bisher viel mit Hausarbeit zu tun hatten, wenn ich mir dieses elegante Fähnchen da ansehe!«

Sally blickte an dem geblümten Kreppkleid hinunter, das sie trug. Es war Lynns Vorstellung von einem schicken Sommerkleid. Schon war sie versucht, Gertrud von ihrer Arbeit auf der Farm zu erzählen, ließ es dann aber. Sollte die Gute doch das Vergnügen haben, sie als Anfängerin auf dem Gebiet der Hausarbeit unter ihre Fittiche zu nehmen!

Anstatt also mit Gertrud zu streiten, lächelte Sally die Ältere freundlich an und sagte:

»Zunächst werde ich die Betten machen, und dann zeigen Sie mir, wo die Teppichbürsten und Staubtücher sind. Ich werde auch alles wieder ordnungsgemäß an Ort und Stelle zurücklegen, wenn ich fertig bin.«

»Würde ich Ihnen auch raten, Kindchen!« brummte Gertrud. »Leute, die ihre Sachen überall rumliegen lassen, machen einem nämlich mehr Durcheinander, als ihre ganze Hilfe wert ist. Wie ich oft genug zu Ihrer Ladyschaft gesagt habe: Lieber halte ich das Haus allein in Ordnung, als daß ich mich mit einem dieser Dorftrampel rumärgere, die sowieso nur zwei linke Hände haben.«

Sally nahm keinen Anstoß an Gertruds brummigem Wesen, und während sie den Teppich in Nicholas' Zimmer bürstete, sagte sie sich, daß es genauso lächerlich sei, sich vor Nada zu fürchten. Obwohl die Feindseligkeit der Polin etwas Bedrohliches und Angsteinflößendes für sie hatte.

Sie versuchte vergeblich, eine vernünftige Erklärung dafür zu finden, als sie Schritte vernahm.

»Denk an den Teufel, und schon ist er da!« hätte sie beinahe gesagt, als sie aufblickte und Nada in der Tür stehen sah. Auf dem Boden kniend, das Kleid geschürzt, um genügend Bewegungsfreiheit zu haben, hatte Sally das Gefühl, der anderen gegenüber im Nachteil zu sein.

Da Nada nichts sagte, richtete Sally sich aus ihrer gebückten Haltung auf und strich sich mit dem Handrücken das Haar aus der Stirn.

»Suchen Sie mich?«

Nada machte einige Schritte in den Raum, bevor sie antwortete.

»Ja«, sagte sie schließlich. »Ich möchte Ihnen sagen, daß die Kinder nichts auf dem Flugfeld zu suchen haben. Haben Sie das verstanden? Captain Pawlowski will sie dort nicht sehen! Außerdem ist es gefährlich, sie könnten sich verletzen.«

»Gut, ich werde es ihnen sagen«, erwiderte Sally, »obwohl ich im Augenblick noch gar nicht weiß, wo das Flugfeld liegt.«

»Well, sollten Sie es herausfinden, vergessen Sie nicht,

sich davon fernzuhalten! Und das gilt nicht nur für Sie, sondern auch für die Kinder!«

Nada verschwand so lautlos und plötzlich, wie sie gekommen war, und Sally fragte sich, wie diese Frau es fertigbrachte, einem mit so wenigen Worten so gründlich die Stimmung zu verderben.

»Ich vermute, es liegt daran, daß sie in ihrer Heimat soviel durchgemacht hat«, murmelte Sally.

Sie hatte viele Menschen kennengelernt, die unter den Einwirkungen des Krieges zu völlig anderen Persönlichkeiten geworden waren. Vielleicht war das auch die Erklärung für Nadas Verärgerung, als sie ihr den Ausweis gegeben hatte. Vielleicht litt die Arme unter einer Art Verfolgungswahn und glaubte, jedermann wäre ihr feindlich gesinnt!

Ein wenig beruhigt setzte Sally ihre Arbeit fort. Als sie mit den drei Räumen fertig war, ging sie nach unten, wo die Kinder bereits voller Ungeduld auf sie warteten. Auch Bracken war zur Stelle und brannte auf neue Abenteuer.

»Wo bleiben Sie denn, Sally?« Nicholas vermochte den Vorwurf in seiner Stimme kaum zu unterdrücken. »Sie wissen doch, daß Sie versprochen haben, noch einmal mit uns zu der Sandgrube zu gehen!«

»Warum seid ihr denn nicht schon allein hingegangen?« fragte Sally. »Ich glaube nicht, daß es gefährlich für euch wäre.«

»Wir wollten eben, daß Sie auch mitkommen«, sagte Prue und griff nach Sallys Hand.

Sally lächelte. Die Wortes des Kindes hatten ihr gut getan.

Sie liefen über den Rasen und hatten bald das kleine Wäldchen erreicht. Am Rand der Sandgrube angekommen, rutschten die beiden mit lautem Geschrei die Böschung hinunter, während Sally ihnen vorsichtig folgte.

Bracken war bereits wieder dabei, die Kaninchenbauten zu inspizieren. Die Kinder spähten mit großen, begeisterten Augen umher. Sie hatten ein Paradies entdeckt, und der glückliche und zugleich stolze Ausdruck auf ihren Gesichtern verriet, daß sie bereits Besitz davon ergriffen hatten.

»Ein herrlicher Ort!« rief Prue hingerissen. Als Sally ihr zustimmte, nahm Prue sie bei der Hand und zog sie zu einem ruinenartigen Gemäuer am Rand der Grube.

Am Anfang glaubte Sally, es handelte sich nur um einen Haufen Steine, dann erkannte sie Reste einer Mauer, eine Art Eingang, einen Säulenstumpf und die Überbleibsel eines gotischen Spitzbogenfensters. Schließlich war sie sicher, daß es sich um die Reste einer uralten Kapelle handelte.

»Wie wunderschön es hier ist«, flüsterte Prue andächtig, und Sally nickte ergriffen.

Efeu rankte sich die Mauerreste empor, leuchtend gelbe und rote Flechten bedeckte manche der Steine, und aus einem Rundfenster über dem Portal des ehemaligen Gotteshauses fiel Geißblatt in goldenen Kaskaden zur Erde. In der Luft lag der Duft von Weihrauch und Honig.

»Ja, es ist herrlich«, sagte Sally so leise, als spräche sie zu sich selbst und spürte plötzlich, wie sich ein Gefühl des Glücks und der Zufriedenheit in ihr Herz schlich.

»Ich glaube, früher hat hier einmal ein frommer Mann gelebt«, hörte sie Prues helle Kinderstimme neben sich.

Als Sally – zunächst ein wenig erstaunt über Prues Äußerung – sie fragte, wie sie denn auf diesen Gedanken komme, schwieg die Kleine sekundenlang. Dann meinte sie leichthin, wie Kinder es gerne tun, wenn die Erwachsenen sie über Dinge ausfragen, die sie eher instinktmäßig erfaßt haben:

»Ich weiß nicht.«

Nicholas' Rufe lockten Sally und Prue aus der alten Kirchenruine heraus.

»Oh, da seid ihr«, rief er. »Kommt her! Seht, was ich entdeckt habe!«

Er stand am gegenüberliegenden Rand der Sandgrube und winkte aufgeregt.

»Was hast du denn entdeckt?« fragte Prue neugierig.

»Verrat' ich nicht, verrat' ich nicht«, antwortete Nicholas. »Kommt rauf, und seht selbst!«

Die Böschung auf dieser Seite war ziemlich steil, und die beiden mußten tüchtig kraxeln, bis sie oben bei Nicholas angekommen waren. Aber schließlich hatten sie es geschafft.

Hier standen die Bäume nicht so dicht beieinander, dafür gab es dichtes Unterholz und hohe Farnpflanzen.

»Schaut mal!« befahl Nicholas.

Als Sally in die Richtung blickte, in die er zeigte, verstand sie seine Aufregung.

Etwa ein Dutzend Yards von ihnen entfernt wuchs eine große Brombeerhecke, die gleichsam die Grenze des Wäldchens bildete. Und dahinter erstreckte sich ein riesiges, völlig ebenes Feld, in dessen Mitte ein Flugzeug stand.

»Ein Flugzeug!« Prue schien es nicht fassen zu können. »O Nicholas, komm, wir laufen hin und sehen es uns aus der Nähe an.«

Rasch streckte Sally die Hand aus und hielt das kleine Mädchen zurück.

»Hört zu, Kinder«, sagte sie eindringlich. »Das Betreten des Flugfeldes ist uns leider nicht erlaubt. Captain Pawlowski, den ihr noch nicht kennengelernt habt, der aber auch im Priorat zu Gast ist, arbeitet an einigen sehr wichtigen militärischen Versuchen. Ich weiß nicht, welcher Art diese Versuche sind, aber sie sind geheim, und er sagt, daß niemand diesen Platz betreten dürfe.«

»Aber können wir denn nicht wenigstens mal einen kurzen Blick auf das Flugzeug werfen?« sagte Nicholas, die Augen dunkel vor Enttäuschung.

»Tut mir leid«, erwiderte Sally, »aber mir wurde gesagt, daß niemand zu dem Gelände Zutritt habe!«

»Daddy ist sehr oft mit dem Flugzeug geflogen«, sagte Prue, »aber Nicholas und ich haben bisher nur immer eins am Himmel gesehen.«

»Vielleicht nimmt euer Daddy euch einmal mit auf einen

Flugplatz, wenn er demnächst nach Hause kommt«, sagte Sally. »Aber auf diesen hier dürfen wir nicht – habt ihr verstanden?«

Sie nickten, doch Sally sah, wie enttäuscht beide waren. Sie spähten über die Hecke, und es war offenkundig, daß die Maschine eine seltsame Faszination auf sie ausübte.

»Gehen wir zur Sandgrube zurück, dort gefällt es euch doch auch sehr gut«, schlug sie vor. »Vielleicht hat Bracken inzwischen ein Kaninchen aufgespürt.«

Aber die Sandgrube hatte stark an Anziehungskraft verloren, seitdem sich herausgestellt hatte, daß es dahinter etwas gab, das noch viel aufregender war.

Gehorsam rutschten die Kinder die Böschung hinunter, aber sie liefen jetzt nur noch sehr halbherzig und ohne große Begeisterung in der Grube umher, während sie vorher beinahe noch eifriger von einer Stelle zur anderen gerannt waren als Bracken auf seiner Kaninchensuche.

Warum macht man eine solche Geheimnistuerei um das Flugzeug? fragte sich Sally.

Außerdem – mochten Captain Pawlowskis Versuche auch noch so geheim sein, zwei Kinder von sechs und sieben Jahren würden sie doch sicher nicht gefährden können, wenn sie einmal einen kurzen Blick in sein Flugzeug warfen.

Sie beschloß, ihn um die Erlaubnis zu bitten, daß Nicholas und Prue wenigstens ein einziges Mal auf das Flugfeld durften. Natürlich würde sie damit warten, bis sie ihm einmal allein begegnete und Nada außer Hörweite war.

Wenige Augenblicke später war das Flugzeug jedoch vergessen, als der Spaniel tatsächlich ein Karnickel aufstöberte und es bellend durch den Wald oberhalb der Sandgrube verfolgte.

Nicholas und Prue schlossen sich der Verfolgungsjagd an. In der Nähe des Küchengartens verloren sie ihre Beute aus den Augen. Aber die Enttäuschung währte nicht lange, denn die Kinder entdeckten das Gewächshaus und waren außer sich vor Entzücken, als sie unter den Schutznetzen die ersten Erdbeeren fanden.

Allzuschnell war es Zeit für das Mittagessen, und Sally verkündete, daß sie zum Haus zurückkehren müßten. Sie überquerten den Rasen, als Sir Guy auf sie zukam.

Während sie sich ihm näherten, wurde sich Sally plötzlich ihrer erhitzten Wangen und der vom Wind zerzausten Haare bewußt. Die Kinder hatten sie bei der Hand gefaßt, und jedes zog sie in eine andere Richtung.

Doch als Sir Guy näherkam, schienen sie Sallys Verlegenheit zu spüren und ließen sie los.

»Wir waren im Garten«, berichtete Sally unnötigerweise, weil sie das Gefühl hatte, etwas sagen zu müssen.

»Das sehe ich«, erwiderte Sir Guy trocken. »Ich wollte Ihnen nur sagen, daß gerade ein Anruf aus dem Krankenhaus kam. Mrs. Redford macht sich große Sorgen um die Kinder, so daß der Arzt es für ratsam hält, wenn die Mutter ihre Kinder – und natürlich auch Sie, Miß St. Vincent – einmal kurz sehen würde. Ich werde Sie deshalb heute nachmittag alle zusammen hinfahren.«

»Oh, wie herrlich für die beiden«, rief Sally und schaute sich nach Nicholas und Prue um. Doch die Geschwister waren bereits beim Haus angekommen und hatten die Freudenbotschaft gar nicht mitbekommen.

»Sie werden ganz aufgeregt sein, wenn sie das hören«, sagte sie. »Sie lieben ihre Mutter über alles.«

»Sie machen überhaupt einen sehr wohlerzogenen Eindruck«, bemerkte Sir Guy.

»Oh, sie sind sehr gut erzogen, sie sind es wirklich«, rief Sally hastig. »Sie haben ausgezeichnete Manieren und sind beide sehr folgsam. Ich verstehe nicht allzuviel von Kindern, aber ich glaube, daß Mrs. Redford in jeder Hinsicht ein ganz außergewöhnlicher Mensch ist!«

Sie hatte leidenschaftlich gesprochen und sich richtig in Eifer geredet. Irgendwie hatte sie das Gefühl, Mrs. Redford verteidigen zu müssen, weil sie an die Bemerkung von Lady

Thorne denken mußte, die ohne böse Absicht von ihr als einer Schauspielerin oder etwas Ähnlichem gesprochen hatte.

Sir Guys Augen waren forschend auf sie gerichtet.

»Engagieren Sie sich immer so leidenschaftlich für Menschen, die Sie mögen?« fragte er.

»War das aufdringlich von mir?« rief Sally. »Es tut mir leid!«

»Es braucht Ihnen nicht leid zu tun«, erwiderte Sir Guy. »Ich mag Menschen, die für ihre Meinung eintreten.«

»Ja?« fragte Sally, überrascht und zugleich erfreut darüber, einen menschlichen Berührungspunkt mit Sir Guy gefunden zu haben.

Doch ihr Enthusiasmus schien ihn abzuschrecken. Sie glaubte zu spüren, wie er sich innerlich sofort wieder vor ihr zurückzog, und sie sah, wie die zynischen Linien zwischen Nase und Mundwinkel augenblicklich tiefer wurden.

»Das Lunch ist in etwa zehn Minuten fertig«, sagte er abrupt.

Sally wußte, daß sie entlassen war, doch sie fühlte sich nicht verletzt.

Wieder einmal sah sie ihn in doppelter Gestalt vor sich: als den Unnahbaren, der ihr Verhalten mißbilligte, und als den Ritter in silberner Rüstung.

Und die Vision des Ritters in seiner silbernen Rüstung nahm immer klarere Konturen an, verdrängte den anderen, vor dem sie sich ängstigte. Sie sah ihn vor sich, wie sie ihn an jenem Tag auf dem kleinen Nebenbahnhof auf der Fahrt nach London gesehen hatte. Und plötzlich durchströmte sie ein Gefühl der Vertrautheit und Geborgenheit. Sie lächelte ihn an, bevor sie ihm den Rücken kehrte und zum Haus lief.

IX

Sally lebte bereits länger als vierzehn Tage im Priorat, als sie allmählich damit begann, in Sir Guy nicht nur Tonys gestrengen älteren Bruder zu sehen.

Langsam – nachdem der dumpfe Schmerz der Ernüchterung von ihr gewichen war – kehrte ihr altes Einfühlungsvermögen und ihr Interesse an anderen Menschen zurück. Und während sie anfangs sehr empfänglich für Lady Thornes Freundlichkeit und Sanftheit gewesen war, beeindruckte sie nach und nach die stärkere Persönlichkeit Sir Guys immer tiefer und nachhaltiger.

Sally wurde sich seiner von Tag zu Tag mehr bewußt. Sie spürte seine Ausstrahlung vor allem dann, wenn er ein Zimmer betrat, in dem sie sich befand oder wenn er in seiner ruhigen, bedächtigen Art mit den Kindern sprach.

Sie hätte nie geglaubt, daß Nicholas und Prue ihn einmal lieben würden. Doch schon bald stellte sie fest, daß sie ihn nach ihr am meisten mochten, ja geradezu mit kindlicher Verehrung an ihm hingen.

Bei seinem Erscheinen leuchteten ihre Augen, sie liefen zu ihm hin, stellten ihm Fragen oder berichteten ihm ihre neuesten Abenteuer. Und wenn er mit ihnen sprach, hingen sie atemlos an seinen Lippen.

Sally hatte zu lange auf dem Lande gelebt, um nicht die alte Bauernweisheit zu kennen, daß Kinder und Tiere immer noch die besten Menschenkenner sind.

Zuerst waren es Nicholas und Prue, später jedoch die eigenen, seltsam zwiespältigen Gefühle, die sie dazu antrieben, sich näher für Sir Guy zu interessieren und ihn genau zu beobachten.

Sie begann sich für seine Vergangenheit zu interessieren,

versuchte selbst winzige Einzelheiten über ihn in Erfahrung zu bringen, um auf diese Weise ihre Enttäuschung darüber zu verschmerzen, daß er nur selten ein Wort mit ihr wechselte und ihr manchmal sogar regelrecht aus dem Weg zu gehen schien.

Es war Gertrud, die ihr das meiste über ihn erzählte, denn Sir Guy war ihr ausgemachter Liebling in der Familie.

»So ein guter Sohn!« sagte sie in ihrer direkten, ungeschminkten Art. »Doch niemand dankt es ihm! Master Tony, sein jüngerer Bruder, ist ihm immer schon vorgezogen worden. Besonders von seiner Mutter. Aber mich konnte Master Tony nicht um den kleinen Finger wickeln, auch wenn er sich noch so gut aufs Süßholzraspeln verstand. Für mich gab es immer nur Master Guy.«

Die Familie war Gertruds Lieblingsthema. Einmal bei diesem Thema war ihr Redefluß nicht mehr zu bremsen – selbst wenn Sally dies versucht hätte. Am Anfang gab es ihr jedesmal einen Stich ins Herz, wenn sie Tonys Namen hörte. Doch seltsamerweise verging der Schmerz stets sehr rasch, und nach kurzer Zeit machte es ihr nichts mehr aus.

»Die beiden müssen reizende Kinder gewesen sein«, sagte sie eines Tages zu Gertrud.

»Waren sie«, erwiderte diese, »waren sie. Aber Master Tony kam immer an erster Stelle. Er war nie so zurückhaltend wie sein Bruder. Alle waren völlig vernarrt in Master Tony mit seinen blonden Locken und seinen großen strahlenden Augen. Sogar im Dorf blieben die Leute stehn und sagten ihm irgendwelche Schmeicheleien. Alle machten ein Getue um ihn und redeten auf ihn ein, als wäre er taub.

›Ihr verdreht dem Jungen noch völlig den Kopf!‹ sagte ich oft genug. Aber niemand hörte auf mich. Weiter hieß es: ›Master Tony hier!‹ und ›Master Tony da!‹, bis er schließlich glaubte, die Welt drehte sich nur um ihn. Und wirklich, sie tat es auch – wenigstens für seine Mutter.«

Eine kurze Atempause, und schon fuhr Gertrud fort:

»Oft genug habe ich meinen Ärger runtergeschluckt und

geschwiegen, wenn ich sah, wie Master Guy von seiner Mutter zurückgesetzt wurde. ›Es ist nicht recht, was sie da tut!‹ hab' ich zu mir gesagt. ›Sie versündigt sich an ihren Söhnen!‹ Aber was hätte es für einen Sinn gehabt, den Mund aufzutun – wer bin ich denn schon!«

»Aber hat sich Sir Guy denn nicht dagegen gewehrt?« fragte Sally. »Ist es nicht ein Zeichen von Schwäche, wenn ein Kind sich ständig verstoßen läßt?«

»Es war keine Schwäche«, widersprach Gertrud heftig. »Es war sein guter Charakter. Und ich sag's immer wieder: ›In dieser Welt sind's stets die Guten, die die Schläge einstecken müssen!‹ Und so war's ja dann auch in Master Guys Fall. Was glauben Sie, was der Arme alles durchmachen mußte? Grausam das! Meinem schlimmsten Feind möchte ich's nicht gönnen!«

»Oh, was ist denn geschehen?« fragte Sally.

Gertrud blickte über die Schulter, durchquerte den Raum und schloß die Tür.

Dann sagte sie verschwörerisch:

»Man weiß nie, wer da gerade herumschleicht und die Ohren spitzt! Eigentlich dürfte ich Ihnen die Dinge ja alle gar nicht erzählen, aber man kann eben nicht immer nur alles in sich hineinfressen. Einem Menschen muß man mal sein Herz ausschütten können. Und ich muß Ihnen sagen, ich bin froh, daß Sie hier sind, Miß, wirklich froh. Wir brauchten unbedingt etwas Leben im Haus, alt und grau, wie wir sind!«

»Aber was ist mit Miß Thorne?« fragte Sally und hatte das Vergnügen, in Gertruds Gesicht ein Gewitter aufziehen zu sehen und die alte Frau brummen zu hören:

»Oh, die!« Es war nur ein knapper Ausruf, aber keine Tirade von Flüchen und Verwünschungen hätte vielsagender sein können.

»Well, erzählen Sie weiter!« bat Sally. »Sie sprachen von Sir Guy.«

»Richtig«, antwortete Gertrud. »Nun, er wuchs zu einem

stattlichen, gutaussehenden jungen Mann heran – obwohl er nichts von einem Schönling oder Blender an sich hatte. Er war durch und durch aus purem Gold, ein Gentleman, wie Sie heutzutage kaum noch einen finden. Und was noch mehr ist, er war damit zufrieden, zu Hause zu bleiben und sich um das Gut zu kümmern. Master Tony dagegen mußte hinaus in die große Welt – nach Paris und New York und wer weiß wohin! Master Tony war es auch, der das Geld mit vollen Händen ausgab und jeden Penny erhielt, der locker zu machen war. Mit eigenen Ohren hab ich gehört, wie Master Guy die Anschaffung eines Traktors rückgängig machte, nur weil sein jüngerer Bruder wieder einmal in Geldschwierigkeiten steckte.«

»Das scheint mir aber wirklich ungerecht gegenüber Sir Guy zu sein«, rief Sally.

»Es war ungerecht«, antwortete Gertrud entrüstet. »Ja und dann – gewissermaßen um allem die Krone aufzusetzen, verliebte er sich auch noch in Lady Beryl.«

»Wer?« fragte Sally.

»Master Guy.«

»Und wer ist Lady Beryl?«

»Lady Beryl Claveron war eins der hübschesten Mädchen, das ich je im Leben gesehen habe«, sagte Gertrud. »Schön wie ein Gemälde und von einer Anmut, daß es in der ganzen Gegend keinen Mann, keine Frau und kein Kind gab, die nicht alles für sie getan hätten. Eigentlich war es ganz selbstverständlich, daß sich Sir Guy – denn damals war er schon zu alt, um noch Master genannt zu werden – daß sich Sir Guy in sie verliebte. Nun, es kam wirklich dazu, die beiden wurden ein Paar, und wir alle waren froh darüber. Sie kannten sich ja schon von Kindheit an, Lord Claverons Besitz grenzte direkt an den unseren, und die beiden verstanden sich immer schon ganz prächtig.«

Gertrud schwieg, die Luft war ihr ausgegangen.

»Bitte, erzählen Sie weiter!« bat Sally. »Ich bin ja so gespannt, wie es weitergeht.«

»Well, wir alle freuten uns schon auf die Hochzeit, obwohl von einer Festlegung des Hochzeitstages noch gar nicht die Rede war. Lady Beryls Eltern und auch Ihre Ladyschaft waren der Meinung, daß die beiden noch zu jung zum Heiraten wären. Nun gut, fest stand jedenfalls für uns alle, daß sie eines Tages vor den Altar treten würden. Ein Paar waren sie jedenfalls schon lange. Jeden Morgen kam Lady Beryl herübergeritten, um Sir Guy zum Ausritt abzuholen. Ich seh' sie noch vor mir mit ihrem roten Haar, das ihr wild um den Kopf flog. Ihr Gesicht leuchtete wie das eines Engels, und ihre Augen funkelten vor Übermut. Wie ich schon sagte, ein schöneres Paar als die beiden können Sie sich nicht vorstellen. Aber manchmal konnte man vor Lady Beryl auch ein wenig Angst haben. Wissen Sie, die Clavereons waren ein wildes Geschlecht. Immer schon wurde hier und da erzählt, daß von ihrem Urgroßvater her eine gehörige Portion schlechtes Blut in ihren Adern floß.«

Gertrud machte eine bedeutsame Pause und fuhr dann geheimnisvoll fort:

»Er soll gehenkt worden sein, erzählen sich die Leute. Weil er im Duell einen Mann tötete. Ich bin sicher, daß es so war, denn da liebte Sir Guy ein hübsches Mädchen, so wie es sich für einen Mann gehört – und auf einmal ist sie auf und davon mit einem anderen. Bricht ihm das Herz und zerstört ihm sein ganzes Leben.«

»Aber wieso denn?« fragte Sally erschreckt.

»Sie rannte ihm davon – mit einem Zigeuner!« Gertrud senkte die Stimme bei den letzten Worten, als wagte sie nicht, sie auszusprechen.

»Mit einem Zigeuner?« wiederholte Sally ungläubig.

»Ja, genau das war er, so wahr ich hier stehe. Oh, er war ein berühmter Mann, spielte in mehreren Filmen mit, und die Zeitungen brachten immer Bilder von ihm. Aber trotzdem war er ein Zigeuner, von Geburt und dem Wesen nach. Zu seiner Ehre muß ich sagen, daß er daraus kein Hehl machte, und wenn er nicht gerade einen Film drehte, fuhr er mit seinem Zigeunerwagen – einem aufgedonnerten, luxuriösen Vehikel – durchs Land. Und dabei hat Lady Beryl ihn kennengelernt.«

»Aber wie?« wollte Sally wissen.

»Well, hier in der Gegend gibt es sehr viele Zigeuner«, erklärte Gertrud. »Jeden Sommer kommen sie her und schlagen ihre Lager auf. Und in jenem Sommer damals kampierten sie auf dem Claveron-Gut. Lady Beryl, neugierig wie alle jungen Leute, ritt eines Abends hin, weil sie ihnen beim Tanz zuschauen und vor allem einen Blick auf diesen Filmjüngling werfen wollte. Das nächste, was wir erfuhren, war, daß sie auf und davon mit ihm war. Einfach durchgebrannt. Ohne irgendwem ein Wort zu sagen. Und zurück blieb Sir Guy – mit gebrochenem Herzen.«

»Wie entsetzlich!« rief Sally. »Armer, armer Sir Guy!«

»Das hab' ich auch immer wieder gesagt«, fuhr Gertrud fort. »Und wenige Jahre danach kam dann der Krieg. Sir Guy wurde gleich in den ersten Tagen zu den Fahnen gerufen. Und als er heimkehrte, schien er noch ruhiger und ernster geworden zu sein. Verbittert irgendwie und voller Skepsis gegen alles – Menschen und Tiere. Ich kann's nicht richtig in Worte fassen, was ich meine. Jedenfalls hatte er sich verändert – war anders geworden.«

»Zynisch vielleicht?« schlug Sally vor.

»Ja, mag sein, daß dies das richtige Wort ist«, meinte Gertrud. »Dann hörten wir, daß Lady Beryl in Amerika oder sonstwo im Ausland gestorben sei. Der Zigeuner hatte sie dorthin mitgenommen – vermutlich hatte er kein Soldat werden wollen! So'n Bursche war er nämlich.«

»Hat Sir Guy später jemals wieder von ihr gesprochen?« fragte Sally.

»In meiner Gegenwart nicht«, antwortete Gertrud. »Ihr Name ist in diesem Haus auch nie mehr erwähnt worden. Also kein Sterbenswörtchen zu niemandem von dem, was ich Ihnen jetzt erzählt habe!«

»Aber natürlich nicht!« versprach Sally.

»Sir Guy gab Anweisung«, fuhr Gertrud fort, »daß man die Zigeuner niemals daran hindern solle, auf seinem Land zu kampieren. Daran sehen Sie, was er für ein Mensch ist. Viel zu gut und großherzig für meine Begriffe. Und so kamen sie also Jahr für Jahr und verbrachten den Sommer auf dem Gut, verschlagen und falsch wie sie sind. Obwohl ich zugeben muß, daß man mit ihnen immer noch am besten auskommt, wenn man freundlich zu ihnen ist.«

Welch eine ungewöhnliche Geschichte, dachte Sally später. Irgendwie konnte sie sich Sir Guy als Liebhaber nicht vorstellen – erst recht nicht als enttäuschten Liebhaber.

Wie groß mochte diese Enttäuschung sein? Würde er jemals wieder eine Frau lieben können? Merkte er überhaupt, wenn sich eine Frau für ihn interessierte?

Sally dachte an Nada. Obwohl sie mit Gertrud nicht darüber sprechen konnte, war sie fast sicher, daß Nada in ihren Vetter verliebt war. Die Blicke, mit denen sie ihn manchmal zu verschlingen schien, sprachen nach Sallys Meinung Bände.

Allen anderen gegenüber allerdings gab sich Nada sehr gleichgültig und uninteressiert. Auf irgendeine unerklärliche Weise machte sie sogar einen geheimnistuerischen oder undurchsichtigen Eindruck.

Wenn sie ein Zimmer betrat, geschah es irgendwie verstohlen, und wenn man ihr auf dem Korridor begegnete, hatte man stets das Gefühl, als wollte sie nicht gesehen werden.

Sally warf sich Lieblosigkeit vor, sagte sich, daß sie trotz der Garstigkeit, mit der Nada ihr begegnete, freundlicher zu einem Menschen sein sollte, der schon so viel Schweres im Leben durchgemacht hatte.

Doch es gelang ihr nicht. Nada entwickelte eine derartige Feindseligkeit ihr gegenüber, daß Sally sich nicht anders gegen sie zu schützen wußte, als ihr aus dem Weg zu gehen, so oft es ihr möglich war. Schließlich sahen sie sich nur noch bei den gemeinsamen Mahlzeiten.

Die Kinder waren Sally eine große Hilfe gegen die Polin. Sie dienten ihr als Vorwand, einen Raum zu verlassen, wenn Nada ihn betrat, oder nach draußen zu gehen, wenn sie sich im Haus durch die Gegenwart der anderen zu eingeengt fühlte.

Das Wetter war schön, und die Kinder hatten sich in ihrem Aussehen sehr zu ihrem Vorteil verändert.

Sie waren zwar immer noch zart, doch die Blässe auf ihren Gesichtern war bereits einer gesunden Bräune gewichen. Und während sie anfangs nur lustlos in ihrem Essen herumgestochert hatten, stürzten sie sich inzwischen mit einem wahren Bärenhunger auf jede Mahlzeit.

Mrs. Redford war in den ersten Tagen nach der Operation noch sehr schwach gewesen. Doch die Auskünfte aus dem Krankenhaus wurden immer ermutigender. Sir Guy hatte Major Redford in einem Telegramm von den Ereignissen unterrichtet, und dieser antwortete, daß er versuchen würde, seine Rückkehr nach England mit allen Mitteln zu beschleunigen.

Alles, was geschehen konnte, war also geschehen, und Sallys Aufgabe bestand nur noch darin, dafür zu sorgen, daß die Kinder gesund blieben und sich wohlfühlten – was ihr auch in bewundernswerter Weise gelang.

Weniger oder besser gar keinen Erfolg gab es bei dem Bemühen, herauszufinden, ob die Kinder mit dem alten General verwandt waren.

Lady Thorne traf ihn einmal bei einer Versammlung des Roten Kreuzes und kam danach völlig aufgelöst nach Hause.

»Du weißt, welch ein Eigenbrötler und Kauz der alte Mann ist, Guy«, sagte sie in Sallys Gegenwart zu ihrem Sohn. »Er macht mir Angst, hat es immer getan. Aber ich dachte, ich muß einfach mal einen Vorstoß wagen. Also bin ich nach der Zusammenkunft auf ihn zugegangen und habe ihn gefragt, wie es ihm und Mrs. Redford gehe. Dann sagte ich, und mir war dabei wirklich nicht ganz geheuer: ›Sagen Sie, General, was ist eigentlich aus Ihrem Sohn geworden?

Mir kommt es so vor, als hätte ich schon jahrelang nichts mehr von ihm gehört!‹«

»Oh, wie mutig von Ihnen«, unterbrach sie Sally. »Und was hat er geantwortet?«

»Er blickte mich sekundenlang durchdringend unter seinen buschigen Augenbrauen an und stieß dann mit ganz scharfer Stimme hervor: ›Madam, ich habe keinen Sohn!‹ Sprach's, machte auf dem Absatz kehrt und ging davon.«

»Wie peinlich für Sie!« meinte Sally teilnahmsvoll.

»Ich hatte tatsächlich das Gefühl, vor Scham in den Erdboden versinken zu müssen«, gestand Lady Thorne. »Ich hätte alles dafür gegeben, das Thema nicht erwähnt zu haben.«

»Jedenfalls steht fest, daß er mit seiner Bemerkung nicht gemeint haben kann, Bobby sei tot«, überlegte Sir Guy. »Wir würden bestimmt davon gehört haben. Inzwischen bin ich davon überzeugt, daß du mit deiner Vermutung recht hast, Mutter. Nicholas und Prue sind die Enkelkinder des Generals. Aber ich weiß wirklich nicht, was wir in dieser Angelegenheit tun könnten.«

»Well, was mich betrifft, werde ich nie wieder einen Versuch in dieser Richtung machen«, erwiderte Lady Thorne. »Ich zittere noch jetzt, wenn ich an sein Verhalten denke.«

Nach diesem Gespräch wurde die Verwandtschaft der Kinder nicht mehr erwähnt, denn die bloße Erwähnung des Generals versetzte Lady Thorne in höchste Erregung.

In mancher Beziehung ist sie eine sonderbare Person, dachte Sally, nachdem sie die alte Dame ein wenig besser kannte. Sie war so zerbrechlich und feminin, so über alle Maßen liebenswürdig, und gleichzeitig fehlte es ihr an Selbstbewußtsein, Energie und Charakterstärke.

Vielleicht fiel Sally dies um so deutlicher auf, weil sie bisher in ihrem Leben nur sehr starken Frauenpersönlichkeiten begegnet war: Tante Amy und Lynn. Frauen, die stets klare Entscheidungen trafen und sehr aktiv und voller Tatkraft waren.

Lady Thorne dagegen ließ sich treiben, in einer Art glücklicher Trance. Sie war liebenswürdig zu allen Menschen, weil sie gar nicht anders konnte, und es genügte ihr – das jedenfalls war Sallys Eindruck –, sich an der Oberfläche der Dinge zu bewegen, in einem Sonnenschein, den sie gleichsam selbst schuf.

Nichts schien sie wirklich zu berühren.

Wenn Sir Guy davon berichtete, was er Neues angeschafft hatte, welche Arbeiten auf den Farmen erledigt worden waren oder welche Schwierigkeiten es dort gegeben hatte, lächelte sie nur und sagte:

»Wie clever von dir, Lieber!« oder: »Ich bin sicher, du wirst das schon regeln!«

Sally hatte meist den Eindruck, daß sie nur mit den Ohren zuhörte und auf alles, was Sir Guy ihr berichtete oder mit ihr besprach, die gleiche Antwort hatte.

Manchmal empfand Sally sogar so etwas wie Mitleid mit Nada. Wenn die junge Frau wirklich viel Schlimmes durchgemacht hatte, mußte sie in dieser Umgebung verzweifeln. Denn trotz der Ruhe und Beschaulichkeit, die sie umgab, fand sie kein wirkliches Verständnis. Nada hatte die Gefährlichkeit eines sturmgepeitschten Meeres mit der trügerischen Sanftheit eines stehenden Gewässers vertauscht. Doch gerade weil Sally sich ihretwegen Gedanken machte, empfand sie es um so brüskierender, daß Nada kein Mitgefühl wollte. Sie behandelte ihre Tante, wie man ein kleines Kind oder eine Kranke behandelte – mit nichtssagenden unverbindlichen Phrasen und unechter Freundlichkeit.

Am dritten Sonntag ihres Aufenthaltes im Priorat geschah dann etwas Seltsames.

Der erste Sonntag war nur zwei Tage nach ihrer Ankunft gewesen, und Lady Thorne hatte gemeint, es wäre besser für die Kinder, wenn sie nicht mit zur Kirche gingen, da sie noch ziemlich müde und blaß aussähen. Sally war einverstanden gewesen und hatte sich mit einem Buch zu ihnen in den Garten gesetzt, bis die anderen vom Kirchgang zurückgekommen waren.

Am darauffolgenden Sonntag gingen dann alle zusammen in den Gottesdienst, und zwar fuhren sie zu Sallys Überraschung mehrere Meilen weit zu einem ziemlich häßlichen viktorianischen Gebäude, wo sich eine kleine Gemeinde zur Morgenandacht versammelt hatte.

An diesem dritten Sonntag jedoch wartete Lady Thorne auf Sally und die Kinder in der Halle und sagte:

»Heute können wir zu Fuß zur Kirche gehen!«

Als Sally sie verwundert anschaute, erklärte sie:

»Wir gehen in unser eigenes Gotteshaus. Es befindet sich gleich am Ende des Parks.«

»Oh, jetzt verstehe ich!« rief Sally. »Ich habe mich schon gefragt, weshalb die Kirche so weit vom Haus entfernt liegt.«

»Leider betreut unser Vikar zwei Gemeinden«, sagte Lady Thorne. »Wir mögen die ›andere Kirche‹ – wie die Kinder sie nennen – nicht besonders. Unsere eigene ist so wundervoll. Sie ist schon sehr alt und wurde aus den Steinen des einstigen Priorats errichtet. Wir sind besonders stolz auf sie. Alle Thornes wurden hier beigesetzt. Sie werden gleich ihre Gräber bestaunen können.«

Sir Guy gesellte sich zu ihnen, und sie machten sich auf den Weg.

»Ist das nicht eine kleine Kapelle in der Sandgrube?« fragte Sally ein wenig verlegen.

»Ja«, antwortete er. »Aber das war nicht die Kapelle, die zum Priorat gehörte. Die eigentliche Klosterkirche wurde zusammen mit dem Kloster selbst zerstört. Die Kapelle in der Sandgrube war nur ein winziges Bauwerk, so weit ich das aus den alten Urkunden ersehen konnte. Sie wurde von einem frommen Mönch erbaut, der sich als Einsiedler dorthin zurückzog und bei dem Konvent hochgeachtet war. Die Mönche zogen sich dorthin gern zu Exerzitien und zu Tagen der Einkehr zurück. Der Einsiedler hatte die Kapelle dem heiligen Franziskus geweiht, und deshalb errichtete er sie auch mitten im Wald, um wie der heilige Franz mit den Vögeln und wilden Tieren reden zu können.«

»Welch eine wundervolle Idee!« sagte Sally.

»O bitte, erzählen Sie uns mehr davon«, bat Prue und schob ihre kleine Hand in die von Sir Guy.

»Ich wünschte wirklich, ich wüßte mehr darüber«, erwiderte Sir Guy. »Aber unglücklicherweise wurden auch die meisten Urkunden ein Raub der Flammen, als man das Priorat niederbrannte. Was ich eben erzählte, weiß ich aus Legenden, die erst später niedergeschrieben wurden, und von alten Karten, die man viele Jahre später entdeckte und die es erlaubten, den Plan der Klosteranlagen einigermaßen zu rekonstruieren.«

»Wissen sie nicht etwas mehr über den frommen Einsiedler?« fragte Nicholas, ganz gebannt von dem Gehörten.

»Ich kenne nicht einmal seinen Namen«, antwortete Sir Guy mit einem Bedauern in der Stimme. »Interessant ist eigentlich nur dies: Eine alte Legende will wissen, daß vom Kloster aus ein Geheimgang zur Klause des Einsiedlers geführt haben soll. Doch noch niemand hat diesen unterirdischen Gang bisher gefunden.«

»Ein Geheimgang«, flüsterten die Kinder wie aus einem Mund. »Wir werden ihn suchen, nicht wahr, Sally?«

»Ich fürchte, das ist wirklich nur eine Legende!« Sir Guy lächelte.

»Wir werden trotzdem danach suchen!« erklärte Prue ungerührt. »Nicholas und ich haben schon oft Dinge gefunden, die andere nicht finden konnten.«

»Ja. Erinnerst du dich noch an Mummys Schal, den ein Äffchen gestohlen hatte?« fragte Nicholas. »Und an Daddys Manschettenknopf, der zwischen zwei Dielenbretter gefallen war?«

»Ja.« Prue blickte zu Sir Guy empor und nickte stolz. »Wir haben sie gefunden. Und den unterirdischen Gang werden wir auch finden. Warten Sie nur ab!«

»Ich würde mich freuen«, sagte Sir Guy. »Aber seid nicht zu sehr enttäuscht, wenn ihr kein Glück damit habt. Selbst wenn ihr den Eingang finden würdet, ich fürchte, der eigentliche Gang ist längst eingestürzt – nach all den Jahrhunderten.«

Auch von diesem Argument zeigten die Kinder sich unbeeindruckt. Aufgeregt sprachen sie über dieses Thema bis sie die Kirche erreicht hatten.

Wie Lady Thorne gesagt hatte, unterschied sich das Bauwerk ganz deutlich von der Kirche, die sie am Sonntag zuvor besucht hatten.

Klein und grau kauerte sie zwischen einigen mächtigen Laubbäumen. Der pfeilergestützte Vorbau und die breite, mit geschmiedeten Nägeln beschlagene Tür hatte etwas Einladendes. Im Inneren standen schwere, mit wunderschönem Schnitzwerk versehene Eichenbänke, von denen einige, wie Lady Thorne Sally zuflüsterte, sogar noch aus der alten Klosterkirche stammten. Das kostbare Schnitzwerk zeigte Vögel, Waldtiere und Blumen, und das Holz der Sitze und Armstützen war glatt und dunkel von der Benutzung durch viele gläubige Generationen.

Lady Thorne schritt voraus. Bei der ersten Bank auf der linken Seite hielt sie an. Es war eine geräumige Bank mit zwei geschnitzten Türen, einem Sitzpolster aus rotem Samt und hohen Kniestützen aus dem gleichen Material.

Die Kinder knieten nieder, um zu beten, doch ihre Augen wanderten neugierig umher. Sie schienen sich nicht satt sehen zu können an den phantasievollen Gestalten des Kirchengestühls.

Sally erhob sich von den Knien und half Prue und Nicholas auf die Sitzbank, die noch ein wenig hoch für sie war. Sie spürte, wie der Friede und die Schönheit des alten Kirchenraumes sie umfing.

Kein Wunder, daß Lady Thorne das Bauwerk »ihre Kirche« genannt hatte, denn überall an den Wänden und auf dem steinernen Fußboden sah man die Grabplatten und Grabmäler der Thorne-Familie.

Staunend wanderte Sallys Blick umher, als sie plötzlich überrascht den Atem anhielt. Sekundenlang konnte sie nur verwirrt und fassungslos auf den großen Sarkophag starren, der direkt vor der vordersten Bank auf der rechten Seite des Mittelganges lag.

Es war das Grab eines Ritters. Deutlich sah sie das edelgeformte Gesicht mit den geschlossenen Augen, der scharfgeschnittenen Nase, dem festen Mund und der breiten Stirn.

Die ganze Figur befand sich in einem überraschend guten Zustand. Nur das Schwert des Ritters, das neben ihm lag, war beschädigt, und seine Hände, die er ursprünglich wohl über der Brust gefaltet hatte, fehlten. Auch der kleine Hund, der an seinen Füßen lag, war beschädigt, er besaß keinen Kopf mehr.

Völlig intakt dagegen war der federgeschmückte Helm auf dem Haupt des Ritters und das mit Quasten versehene Kissen, auf dem er ruhte.

Das allerdings bemerkte Sally nicht. Ungläubig starrte sie auf das Gesicht des Ritters. Dann wandte sie den Kopf und blickte zu Sir Guy hinüber, der mit dem Profil zu ihr am Ende des Kirchengestühls saß. Er hatte das Kinn ein wenig angehoben und blickte zum Altar auf.

Nun erst wurde ihr bewußt, weshalb sie damals auf dem Nebenbahnhof bei seinem Anblick an den Ritter mit federgeschmücktem Helm hatte denken müssen.

Langsam begannen sich die Stücke des seltsamen Puzzles zusammenzufügen. Sie war noch sehr klein gewesen. Noch nicht ganz so alt wie Prue, als sie in dieser Kirche gesessen hatte, in der Bank auf der anderen Seite des Mittelganges. Und sie hatte auf diesen Sarg mit dem liegenden Ritter aus Stein geblickt.

Sie sah Nannys Hand vor sich, die in einem grauen Leinenhandschuh steckte und ihr ein Gesangbuch reichte. Der Zeigefinger wies auf die Liederstrophe, die die Gemeinde gerade sang. Sally jedoch war unfähig gewesen, ein Wort davon zu erkennen. Die Buchstaben tanzten ihr vor den Augen, und der steinerne Ritter hatte ihren Blick erneut mit magischer Kraft auf sich gezogen. Unauslöschlich hatten sich seine Züge ihrem Gedächtnis eingeprägt, und seit jenem Augenblick hatte sie ihn »ihren« Ritter genannt. Er hatte sie begleitet Tag und Nacht, und sie hatte sich seitdem nie mehr gefürchtet, denn ihr Ritter war stets bei ihr gewesen.

Ihr Ritter!

Viele Jahre lang war er das gewesen, und dann war er plötzlich ohne jeden Grund mit so vielen anderen Erinnerungen ihrer Kindheit in Vergessenheit geraten und aus der Vergangenheit erst wieder aufgetaucht, als sie Sir Guy zum ersten Mal gesehen hatte.

Wie ist es möglich, fragte sich Sally, daß ich schon einmal in dieser Kirche gewesen bin? Während des ganzen Gottesdienstes qualte sie diese Frage, ohne daß sie eine Antwort darauf fand.

Immer wieder wanderte ihr Blick zu der Bank auf der anderen Seite des Mittelganges, in der sie damals gesessen hatte und die jetzt leer war. Sally war sicher, daß das Gestühl einer bestimmten Familie gehörte, so wie das Gestühl, in dem sie sich jetzt befand, ganz offensichtlich die Kirchenbank der Familie Thorne war.

Es gab ein kleines Kästchen, in dem die Gesangbücher aufbewahrt wurden, die alle in rotes Leder gebunden waren und auf dem Buchdeckel das Thorne-Wappen trugen. Es gab die bequem gepolsterte Sitzbank und weiche Betkissen.

Sally drehte den Kopf, um zu sehen, ob die Bank rechts von ihnen genau so ausgestattet war. Sie konnte jedoch nichts erkennen, da die hohe geschnitzte Tür ihr den Blick versperrte.

Der Gottesdienst ging zu Ende, und Sir Guy verließ die Bank, um seiner Mutter den Vortritt zu lassen. Hinter Lady Thorne trat Nada in den Mittelgang hinaus, dann folgte Sally mit den beiden Kindern.

Draußen auf dem sonnenbeschienenen Vorplatz begrüßte Lady Thorne viele der Dorfbewohner und sprach mit jedem ein freundliches Wort. Sally wurde immer ungeduldiger, und erst nach einer geraumen Zeit – Sally kam es wie eine Ewigkeit vor – machte man sich auf den Heimweg.

»Eine ausgezeichnete Predigt, die der Vikar gehalten hat«, sagte Lady Thorne. »Es ist immer wieder ein Vergnügen, ihm zuzuhören.«

»Ich habe eine Frage Lady Thorne«, sagte Sally heiser vor Ungeduld. »Wem gehört die Bank neben der Ihren auf der anderen Seite des Mittelganges?«

»Meinen Sie die Vorderbank?« erkundigte sich Lady Thorne. »Das ist die Bank der Redfords. Aber leider benutzen sie sie nur noch selten. Der Benzinmangel ist so groß, daß sie meistens in eine andere Kirche fahren, die nur eine halbe Meile von Merton Grange entfernt liegt. Aber dies ist ihre eigentliche Pfarrkirche.«

Die Redfords! Nun, da Sally eine Antwort auf ihre Frage hatte, wußte sie, daß sie diese Antwort erwartet hatte. Die letzten Teile des Puzzles fügten sich zusammen.

Da war ein älterer Mann, der Daddys Freund gewesen war. Da war ein Junge, der lärmend durch das Haus lief, aber kaum ein Wort mit ihr geredet hatte, vermutlich weil sie ihm zu jung gewesen war. Die Redfords! Natürlich, es waren die Redfords, die sie einmal zusammen mit ihrem Vater besucht hatte!

Gab es denn nichts im Leben, das nicht auf die eine oder andere Weise Teil eines großen Plans war!

Sally war während des Heimwegs sehr still und in sich gekehrt. Fasziniert und erschreckt zugleich dachte sie an ihre erste Begegnung mit Sir Guy auf der Fahrt nach London, an das Wiedersehen mit ihm vor der Tür des Hauses, in dem Nanny Bird und ihr Mann den Dienst des Hausmeisterehepaars versahen, und an den Augenblick, in dem sie erkennen mußte, daß er Tonys Bruder war. Und nun hatte sie feststellen müssen, daß er auch der Ritter war, den sie als kleines Mädchen schon geliebt hatte.

Ihr Gedächtnis, einmal in Tätigkeit gesetzt, förderte immer neue Bilder zu Tage.

Sie sah einen Raum vor sich mit weißen Wänden und blauen Vorhängen an dem Fenster, durch das sie in den Garten hinunterschaute, in dem ein Junge mit seinem Fußball spielte.

War Nicholas' und Prues Vater etwa dieser Junge gewesen? Hatte dieser Junge nicht Bobby oder so ähnlich geheißen? Oh, weshalb konnte sie sich daran nicht mehr erinnern?

Vage kam ihr die Erinnerung an einen Mann, der mit tiefer Stimme zu ihrem Vater sprach, an eine Frau, die sich kaum um sie gekümmert hatte, an eine breite Treppe, die sie an Nannys Hand hinaufgestiegen war. Aber dies war ihrem Gedächtnis längst nicht mehr mit solcher Schärfe gegenwärtig wie das Bild des steinernen Ritters auf dem Sarkophag im Chorraum der Kirche.

Für sie war er keine leblose Skulptur gewesen. Für sie lebte er. Er begleitete sie, führte und beschützte sie.

Wenn sie sich fürchtete, hatte sie ihn gerufen, und sein Gesicht war das von Sir Guy gewesen – bis auf die Augen. Denn die Augen ihres Ritters waren in ihrer Vorstellung sanft und warm und verständnisvoll gewesen. Sie hatte fest daran geglaubt, daß er sie liebte, weil auch sie ihn so sehr liebte.

Nach dem Lunch ging Sally mit den Kindern zur Sandgrube.

Die beiden konnten es genausowenig erwarten, aus dem Haus zu kommen, wie Sally. Allerdings aus einem völlig anderen Grund. Sie brannten darauf, mit der Suche nach dem Geheimgang zu beginnen.

»Zuerst werden wir versuchen, die Stelle zu finden, wo er endete!« kamen sie überein. »Und später werden wir uns im Haus umschauen. Der Eingang wird ganz bestimmt irgendwo im Keller sein.«

Während Nicholas und Prue zwischen Brombeersträuchern und unter Bruyèrebüschen herumstöberten, saß Sally auf einem Mauerstück in den Ruinen der kleinen Kapelle.

Lange bevor sie deren Geschichte kannte, hatte sie gewußt, daß es sich um die Reste eines ehemaligen Gotteshauses handelte, denn irgendein Gefühl hatte ihr gesagt, daß sie sich an einem geweihten Ort befand. Nun, da sich dieses Gefühl bestätigt hatte, sah sie alles mit anderen Augen an.

Und sie war jetzt noch mehr davon überzeugt, daß Sir Guy recht hatte, als er davon sprach, daß diesem ganzen Ort heilende Kräfte innewohnten. Sally glaubte sie zu spüren. In ihrem Inneren breitete sich plötzlich eine wohltuende Wärme aus. Sie war nicht mehr allein. Sie war eins mit der ganzen Schöpfung.

Doch so schnell dieser Augenblick der inneren Ruhe und des inneren Friedens gekommen war, so rasch verging er auch wieder. Und plötzlich wurde sie sich einer sonderbaren Stille bewußt. Lauschend neigte sie den Kopf.

Die Sonne schien durch die grünen Blätter der Bäume, die die Kapelle umstanden. Die Vögel sangen. Sonst war kein Laut zu hören. Sally lauschte mit angehaltenem Atem und wartete. Dann wußte sie mit einem Mal, was zu tun war.

Sie warf einen Blick auf die Uhr. Erst halb drei. Das Mittagessen war heute sehr früh gewesen, da die Diener gern einen langen freien Sonntagnachmittag hatten. Sally rief nach den Kindern.

»Ich möchte gern einen Spaziergang machen«, sagte sie, als die beiden endlich bei ihr waren. »Und ich möchte, daß ihr mitkommt. Aber es wird ein sehr weiter Spaziergang werden. Macht euch das etwas aus?«

»Oh, müssen wir denn unbedingt mitgehen?« fragte Nicholas. »Wir würden so gern den Geheimgang suchen.«

»Wir werden die Suche an einem anderen Tag fortsetzen«, erwiderte Sally rasch. »Heute nachmittag haben wir etwas viel Aufregenderes vor.«

»Was denn?« wollte Prue wissen.

»Wir gehen zu einem Haus, in dem ich einmal als kleines Mädchen gewesen bin«, sagte Sally. »Es ist wirklich aufregend. Also kommt!«

Als Sally ihre Gastgeberin nach den Redfords gefragt hatte, hatte sie auch erfahren, daß es vom Priorat bis nach Merton Grange über die Landstraße etwa zwei Meilen waren. Sie glaubte, die Gegend inzwischen so gut zu kennen, um zu wissen, daß der Weg durch die Felder mindestens eine halbe Meile kürzer sein mußte.

Die Kinder folgten ihr zunächst ohne große Begeisterung, fanden aber bald Freude an dem Gang durch die Felder, in denen es viele Feldhasen und Rebhühner gab.

Die Zeit verging rasch, und plötzlich standen sie vor der Toreinfahrt von Merton Grange.

Erst als Sally die Hand nach der Kette der altmodischen Türglocke ausstreckte, um zu läuten, verspürte sie ein jähes Gefühl der Unsicherheit und Angst.

Was war, wenn sie genau wie Lady Thorne abgewiesen wurde? Ihre Bedenken währten nur einen kurzen Moment. Sie vertraute auf die Eingebung in der Ruine der Einsiedlerkapelle.

Ein Mädchen öffnete die Tür.

»Ist Mrs. Redford zu Hause?« fragte Sally zögernd. »Bitte, fragen Sie sie, ob sie bereit ist, eine Miß St. Vincent zu empfangen, die hier vor vielen Jahren einmal zu Besuch war.«

»Ich werde sie fragen, Miß«, entgegnete das Mädchen und bat Sally und die Kinder in die Halle.

Auf der Stelle war die Erinnerung wieder lebendig. Da war die dunkle Eichentäfelung der Wände und die breite Treppe mit dem wappengeschmückten Geländer. Die Kinder waren entzückt davon.

»Schau mal die kleinen Löwen!« sagte Prue. »Sind sie nicht süß? Was halten die denn in ihren Tatzen?«

»Schilde«, antwortete Sally.

»Und da ist ja auch ein Tiger!« rief Prue und zeigte auf ein Fell, das vor einem großen Kamin lag. »Daddy hat so einen mal in Indien geschossen. Mummy wollte einen Kaminvorleger daraus machen, aber die Ameisen haben das tote Tier völlig aufgefressen. Daddy sagte, daß wir keine Angst vor Tigern zu haben brauchten, wenn so kleine Wesen wie Ameisen sie auffressen könnten.«

»Das hat er nur gesagt, weil du glaubtest, in der Nacht einen Tiger gehört zu haben«, sagte Nicholas.

»Ich habe ihn wirklich gehört«, beharrte Prue, »und es war ganz schrecklich, wie laut er brüllte.«

Sally fühlte, wie ihr Herz raste. Sie hätte den Kindern gern gesagt, sie sollten jetzt nicht von Indien reden, aber dann dachte sie, es wäre das beste, sie ganz in Ruhe zu lassen. Wenn sie Nicholas und Prue in irgendeiner Weise befangen machte, konnte ihr Plan mißlingen.

Das Mädchen kam zurück.

»Würden Sie mir bitte folgen, Miß?«

Sie gingen in einen Salon, einen riesigen, feierlich und streng wirkenden Raum. Ein Mann und eine Frau erhoben sich bei ihrem Eintritt. Sofort erkannte Sally in ihnen den General und seine Frau.

Sie waren viel älter, als Sally sie in Erinnerung hatte. Und der General, der ihr als Kind wie ein Hüne erschienen war, wirkte nun auf sie wie jemand, der auf die Hälfte seiner Größe zusammengeschrumpft war.

Auch Mrs. Redford mit ihrem grauen Haar und dem traurigen Lächeln hatte sich verändert, aber Sally erinnerte sich noch sehr deutlich an sie.

»Sind Sie wirklich Sally St. Vincent?« fragte Mrs. Redford und ging mit ausgestreckten Armen auf ihren Gast zu.

»Ja«, antwortete Sally. »Ich finde es erstaunlich, daß Sie sich noch an meinen Vornamen erinnern.«

»Aber natürlich erinnern wir uns noch an Sie. Seltsamerweise habe ich vor wenigen Tagen noch mit meinem Mann über Sie gesprochen.«

Sally gab dem General die Hand.

»Es müssen fünfzehn Jahre her sein, daß Sie bei uns waren«, sagte er. »Sie waren damals noch kleiner als diese junge Lady.«

Er blickte auf Prue nieder.

»Das ist Prudence, und das ist Nicholas«, sagte Sally rasch. »Sie wohnen im Augenblick mit mir auf dem Priorat. Es war ein solch herrlicher Tag, daß wir glaubten, wir sollten einen kleinen Spaziergang machen und einmal bei Ihnen vorbeischauen.«

»Wie nett von Ihnen«, sagte Mrs. Redford. »Aber Sie müssen erhitzt und erschöpft sein von dem langen Weg. Ich bin sicher, den Kindern würde eine Limonade guttun.«

»Danke sehr«, sagte Nicholas.

»Und was ist mit Ihnen, Sally? Wir werden gleich unseren Tee nehmen. Ich hoffe, Sie leisten uns Gesellschaft.«

»Ich fürchte, wir werden wieder zurück müssen«, gab Sally zur Antwort. »Und ich möchte auch im Augenblick nichts trinken. Danke sehr!«

»Nun, dann nehmen Sie doch wenigstens Platz und erzählen uns ein wenig von sich«, bat Mrs. Redford. »Meinem Mann ist die Nachricht vom Tode Ihres Vaters sehr nahe gegangen. Wir lasen davon in der Zeitung. Ein harter Schicksalsschlag. Sie vermissen ihn sicher sehr.«

»Ja.« Sally nickte.

»Und wie geht es Amy?« erkundigte sich Mrs. Redford.

»Sie ist auch gestorben.«

Sie erzählte von Tante Amys kurzer, tödlicher Krankheit und von der Farm, die sie in Wales aufgebaut hatte.

»Das paßt zu ihr!« rief Mrs. Redford. »Sie hatte schon immer den Wunsch, anderen Menschen zu helfen. Wir waren zusammen auf der Schule, und schon damals war sie sehr altruistisch eingestellt.«

Das Mädchen brachte die Limonade für Nicholas und Prue. Sie tranken in durstigen Zügen, und dann – gelangweilt von der Unterhaltung der Erwachsenen – gingen sie zu einem der Fenster. Prue sah den Springbrunnen zuerst. Sie stieß einen entzückten Schrei aus und lief zum General.

»Haben Sie einen schönen Springbrunnen«, sagte sie. »Ich kann ihn von hier aus sehen. Er ist nicht sehr groß, aber bitte, dürfen wir ihn uns einmal anschauen!«

»Aber natürlich dürft ihr das«, antwortete der General.

Er erhob sich und öffnete die Terrassentür für sie. Lachend und unter aufgeregten Rufen liefen die Kinder zu dem Fischteich, in dessen Mitte eine kleine Wasserfontäne in der Sonne auf und nieder tanzte.

Mrs. Redford und Sally beobachteten die beiden von einem der Fenster aus.

»Alle Kinder lieben Springbrunnen«, sagte die alte Frau mit sanfter Stimme. Zu ihrem Gatten gewandt, fügte sie hinzu: »Stell den Strahl etwas stärker, Lyonel! Es wird ihnen Spaß machen, wenn er plötzlich höher steigt.«

»Ja, das mache ich«, erwiderte er.

Er folgte den Kindern nach draußen und ging zum Brunnen hinüber. Sally sah, wie Prue auf ihn zulief. Er nahm sie bei der Hand und führte sie und Nicholas zu dem Wasserhahn, mit dem sich die Stärke der Fontäne regulieren ließ.

Mrs. Redford und Sally hörten die Begeisterungsschreie der beiden, als der Strahl bis zu zwölf Fuß hoch in die Luft stieg.

Die Sonne brach sich golden in dem feinen Sprühregen, den der Wind auf die erregten Gesichter der Kinder wehte, die ausgelassen um den kleinen Fischteich hüpften.

Sally bemerkte, daß Mrs. Redford sich über die Augen wischte.

»So nette, liebe Kinder!« sagte die alte Frau. »Und so gut erzogen. Sind sie verwandt mit Ihnen?«

»Nein«, erwiderte Sally. »Ich lernte sie unter sehr sonderbaren Umständen kennen.«

Ohne zu erwähnen, daß sie selbst unter äußerst sonderbaren Umständen auf das Priorat gelangt war, berichtete sie Mrs. Redford von dem, was auf der Eisenbahnfahrt nach York geschehen war.

»Die Mutter der Kinder ist so liebenswürdig, und obwohl ich sie nur ein- oder zweimal gesehen habe, als ich die beiden zu ihr ins Krankenhaus brachte, war ich sehr beeindruckt von ihr. Ein wundervoller Mensch, sonst hätte sie die Kinder nicht so gut erziehen können. Vor allem beeindruckt mich bei den beiden, daß sie so ehrlich sind, so folgsam und vernünftig in allen Dingen. Nicholas wünscht sich, ein mutiger Junge zu sein, und Prue ist eine so warmherzige kleine Person. Sie kann es nicht ertragen, wenn Menschen oder Tiere leiden. Es bricht ihr fast das Herz, wenn wir einen toten Vogel finden, und sie hat immer Angst um die Kaninchen, die unser Spaniel aufstöbert.«

»Es war sehr nett von Lady Thorne, die beiden bei sich aufzunehmen«, sagte Mrs. Redford.

»Ja, ich glaube, Lady Thorne ist sehr froh darüber, die beiden im Haus zu haben. Sie wird bestimmt sehr traurig sein, wenn sie uns demnächst wieder verlassen müssen.«

»Vielleicht...«. Mrs. Redford stockte. »Vielleicht kommen Sie noch einmal mit den Kindern vorbei. Mein Mann und ich sind sehr einsam, und es ist herrlich, plötzlich junge Stimmen im Garten draußen zu hören. Schauen Sie sich Lyonel an! Ich habe ihn seit Jahren nicht mehr so energiegeladen und voller Schwung gesehen!«

Die Kinder hatten einen Ball gefunden und warfen ihn dem General zu. Er fing ihn unerwartet geschickt auf und warf ihn hoch in die Luft. Die Kinder versuchten ihn aufzufangen, und oft genug stießen sie dabei mit den Köpfen zusammen und rollten quietschend und lachend vor Vergnügen im Gras.

»Dem General scheint dieses Spiel tatsächlich selbst Freude zu machen.« Sally lächelte.

»Sie müssen unbedingt zum Tee bleiben!« sagte Mrs. Redford plötzlich.

In ihrer Stimme war ein fast flehender Klang. »Ich werde Sarah auftragen, ihn jetzt gleich zu bringen. Bitte, sagen Sie ja!«

»Ich glaube, wir würden gerne bleiben«, antwortete Sally. »Wenn Sie sicher sind, daß wir Ihnen keine Mühe machen.. Im Priorat nehmen wir den Tee sonntags stets sehr spät ein, so daß man sich unseretwegen dort nicht beunruhigen wird.«

»Das ist lieb!« sagte Mrs. Redford erfreut. »Ich werde gleich gehen und Sarah Bescheid sagen. Vor allem werde ich sehen, ob wir nicht etwas besonders Leckeres für die Kinder dahaben. Gehen sie doch in der Zwischenzeit ein wenig zu den dreien in den Garten!«

Sally ging aus dem Zimmer und setzte sich auf die Terrasse. Von dort aus sah sie dem Spiel der drei zu, machte aber keinen Versuch, sich zu ihnen zu gesellen.

Bald schon waren sie des Ballspielens müde, und der General ging mit den beiden zu den Frettchen, die er hielt, um der ständigen Rattenplage einigermaßen Herr zu werden.

Als Mrs. Redford zurückkehrte, fand sie Sally allein auf der Terrasse vor.

»Sie sind zu den Frettchen gegangen«, erklärte Sally.

»Oh, die sind immer eine Sensation«, erwiderte Mrs. Redford. »Als mein Sohn noch ein Junge war, liebte er seine Frettchen über alles. Er hatte nämlich zwei, die ihm ganz allein gehörten.«

Sie sprach zögernd von ihrem Sohn. Sally nahm an, daß es lange her war, seit sie die Gelegenheit hatte, von ihm zu sprechen. Doch die Anwesenheit der Kinder machte es ihr ein wenig leichter, und sie schien glücklich zu sein, eine Entschuldigung zu haben, um das Verbot, das sie und ihr Mann sich auferlegt hatten, zu übertreten.

»Auch Nicholas ist ganz verrückt mit Tieren«, antwortete

Sally. »Ich bin ebenfalls mit Tieren aufgewachsen, und ich weiß, man mag sie entweder, oder man mag sie nicht. Der Junge jedenfalls kennt Tieren gegenüber nicht die geringste Furcht, und sie scheinen ihm zu vertrauen.«

»Mein Bobby war genauso«, rief Mrs. Redford. »Ich erinnere mich, er war vier, als ich sah, wie er eine junge Ratte aus einer Falle befreite, in der sie sich gefangen hatte. Er hatte das Tier bereits in der Hand, als ich hinzukam. Ich hatte eine fürchterliche Angst, daß es ihn beißen würde. Aber die Ratte verhielt sich völlig still, während er sie mit seinen kleinen Kinderhändchen aus der Falle befreite. Dann sprang sie auf den Boden und lief davon, ohne ihm irgend etwas zu tun.«

»Wie ungewöhnlich!« rief Sally erstaunt. »Ratten sind doch normalerweise sehr gefährlich!«

»Wir gewöhnten uns sehr bald an Bobby und seine Tiere«, fuhr Mrs. Redford voller Eifer fort. »Ich glaube, er besaß die seltsamsten Lieblinge von allen Kindern unserer Bekanntschaft.«

Sarah brachte den Tee, und Sally bemerkte eine Schale mit Schokoladenkeksen und einige besonderen Sandwiches, von denen Nicholas und Prue sicher begeistert sein würden.

Sie kamen soeben mit dem General aus dem Garten zurück. Ihre Wangen glühten vor Erregung, und ihre Hände waren ziemlich schmutzig.

»Kann ich ihnen die Hände waschen?« fragte Sally.

Mrs. Redford erhob sich.

»Ich werde sie nach oben bringen.«

Sally und die Kinder folgten ihr die breite Treppe hinauf, die Sally damals mit Nannys Hilfe hinaufgestiegen war. Oben ging es nach rechts den Korridor entlang, bis sie zu Mrs. Redfords Schlafzimmer mit dem angrenzenden Bad kamen.

Sally goß Wasser aus einer Kanne über die Hände der Kinder und ermahnte sie, nicht zu spritzen. Mrs. Redford zog währenddessen eine Schublade in ihrem Schlafzimmer auf, und Sally nahm an, daß sie nach einem Foto suchte.

»Dies ist ein Bild von meinem Bobby«, sagte Mrs. Redford, »als er im gleichen Alter wie Nicholas war.«

Die Ähnlichkeit war unverkennbar. Bobby war etwas grobknochiger und ein wenig untersetzter als Nicholas, aber die stolze, ein wenig verwegene Haltung des Kopfes war bei beiden die gleiche.

Ist Mrs. Redford blind, daß ihr das nicht auffällt? überlegte Sally, während sie das Foto mit den üblichen Worten der Bewunderung zurückgab.

Doch Mrs. Redfords Blicke wichen nicht von Nicholas, als sie die Treppe wieder nach unten gingen. Prue lief sofort auf den General zu, der in einem Sessel am Kamin saß.

»Ich mag Ihre Löwen!« rief sie. »Haben sie denn auch Namen?«

Der General blickte verwirrt.

»Sie meint die Wappenlöwen an der Treppe«, erklärte Sally.

»Nein, ich fürchte, ich habe ganz vergessen, ihnen einen Namen zu geben«, erwiderte der General.

»Oh, einen Namen müssen sie aber haben!« Prue blieb hartnäckig. »Soll ich mir einige ausdenken?«

»Das wäre eine gute Idee«, stimmte der General lächelnd zu. »Du kannst sie dir während des Tees überlegen.«

Mrs. Redford ließ die Kinder auf kleinen Stühlen am Tisch Platz nehmen. Sie goß Sally Tee ein und reichte ihr die Tasse.

»Trinkt ihr Kinder Milch oder Tee?« fragte sie.

»Wir trinken immer Milch«, antwortete Nicholas. »Mit ein wenig Tee gemischt. Aber die Großen sagen immer Tee dazu, damit wir uns wie Erwachsene fühlen.«

Alle lachten.

»Mir fällt gerade ein, was Daddy mir erzählt hat«, sagte

Prue plötzlich. »Als er noch ein Kind war, hatte er in seinem Haus auch zwei Löwen. Er nannte sie Growler und Prowler.«

Mrs. Redford verfärbte sich. Ihr Gesicht wurde leichenblaß. Sekundenlang hielt sie sich mit beiden Händen an der Tischplatte fest, um nicht umzusinken. Über den Tisch hinweg blickte sie ihren Ehemann an, und die Augen der beiden begegneten sich. Dann wandte sich Mrs. Redford den Kindern zu.

»Wie... wie heißt ihr beiden?« fragte sie, und ihre Stimme zitterte.

Sally holte tief Luft, doch Nicholas antwortete, bevor sie etwas sagen konnte:

»Ich heiße Nicholas Redford, und meine Schwester Prudence Redford.«

Betroffenes Schweigen. Sally traute sich nicht, den General oder seine Frau anzuschauen. Doch schließlich sagte sie mit einer ihr fremden Stimme voller Verlegenheit:

»Ich... ich dachte mir – sie könnten vielleicht zufällig verwandt – mit Ihnen sein.«

X

Rasch durchquerte Sally das kleine Wäldchen. Zum erstenmal blieb sie nicht stehen, um den Eichhörnchen zuzuschauen oder sich am Spiel von Licht und Schatten zu erfreuen, das zu beobachten sie sonst nicht müde wurde.

Es drängte sie, in den Schutz der kleinen Kirchenruine zu gelangen, wo sie sitzen und sich ihren Gedanken hingeben konnte. Ihre Hand, tief in die Tasche der blauen Wolljacke vergraben, die sie über dem Leinenkleid trug, krampfte sich fest um einen Brief von Mary.

Beim Frühstück hatte sie nur einen kurzen Blick darauf werfen können. Aber jetzt war sie endlich allein und hatte Zeit, ihn in aller Ruhe zu lesen und sich nach Herzenslust in ihn zu vertiefen.

Vor wenigen Minuten hatten die Kinder das Priorat verlassen. Ihre Großmutter hatte sie abgeholt, um mit ihnen zu ihrer Mutter ins Krankenhaus zu fahren.

Alle Probleme und Schwierigkeiten hatten sich in Wohlgefallen aufgelöst, seitdem Sally mit großem Mut – wie Lady Thorne meinte – nach Merton Grange gegangen war und den General mit seinen Enkelkindern konfrontiert hatte.

Der Widerstand des alten Mannes war zusammengebrochen und die Unversöhnlichkeit, die er so viele Jahre lang gegen seinen Sohn genährt hatte, auf eine Weise dahingeschwunden, die schon fast etwas Bemitleidenswertes hatte.

Überglücklich und mit rührender Hast hatte er die Chance zur Wiederversöhnung ergriffen.

Sally fragte sich oft, was sich wohl abgespielt hatte, als er am Tag nach ihrem Besuch auf Merton Grange mit seiner Frau ins Krankenhaus gefahren war, um der Mutter seiner Enkelkinder einen Besuch abzustatten. Aus den vielen

Unterhaltungen, die diesem Besuch gefolgt waren, schloß sie, daß der General sich tatsächlich zu einer Entschuldigung aufgerafft hatte. Ein Ansinnen, das er noch am Vortag weit von sich gewiesen hätte.

Jedenfalls waren seine Freude und sein Glück über die Heimkehr des Sohnes und den Einzug der Kinder auf Merton Grange für jedermann deutlich erkennbar.

Major Redfords Ankunft wurde in den nächsten Tagen erwartet, und es bestand gute Aussicht, daß seine Frau bis dahin aus dem Krankenhaus entlassen sein würde. Anstatt ins Priorat überzusiedeln, wie es ursprünglich geplant gewesen war, hatte man nun alle Vorkehrungen getroffen, daß sie sofort auf Merton Grange einziehen konnte.

Sallys Freude, daß die Geschichte für Nicholas und Prue einen so glücklichen Ausgang genommen hatte, wurde getrübt von dem Bewußtsein, daß die schöne Zeit mit den beiden zu Ende ging.

Nun hatte sie Zeit, wirklich ernsthaft an ihre eigene Zukunft zu denken. Sally hatte inzwischen die Ruine erreicht und zog Marys Brief aus der Tasche. Wieder fiel ihr Blick auf den gefalteten Scheck, der ebenfalls in dem Umschlag lag.

Der Scheck lautete auf fünfundzwanzig Pfund, und Sally war überglücklich darüber. Sie hatte sich schon den Kopf zerbrochen, wie sie an ein paar Kleider kommen konnte, die sich für die Arbeit auf einer Farm eigneten – falls sie einen entsprechenden Job erhalten sollte.

Mehr als einmal hatte sie ratlos die hübschen Kleider und Kostüme betrachtet, die ein Teil ihrer Aussteuer waren.

Mit ihren leuchtenden Farben und kostbaren Stoffen waren es Dinge, von denen jedes Mädchen entzückt gewesen wäre, aber Sally wußte, daß sie Madame Marguerites elegante Créationen weder beim Kühemelken noch bei der Heuernte tragen konnte.

»Ich brauche unbedingt eine Stelle!« sagte sie nun und steckte den Scheck in ihre Tasche. Doch im Augenblick galt ihre Aufmerksamkeit zunächst einmal den Neuigkeiten, die Mary ihr von Lynn mitzuteilen hatte.

Lynn war verheiratet. Lynn war glücklich und ihre Tournee durch Südamerika ein gewaltiger Erfolg. Doch außer diesen knappen Informationen enthielt Marys Brief keine Einzelheiten, und Sally vermutete, daß Lynn, die eine geizige Briefschreiberin war, die Neuigkeiten per Telegramm herübergeschickt hatte.

Was sie nicht vermuten konnte, war die Tatsache, daß Lynn telegraphisch auch Geld überwiesen hatte, um einige der dringendsten Rechnungen zu begleichen, und daß der Betrag auf dem Scheck in Sallys Tasche von Mary heimlich von der Gesamtsumme abgezweigt worden war.

Lynn war zu beschäftigt, um an die Probleme ihrer Tochter denken zu können. Mary jedoch sorgte sich um Sally, seit diese das Haus am Berkeley Square mit Tränen in den Augen, aber hocherhobenen Hauptes verlassen hatte.

Sally ließ den Brief in ihren Schoß sinken und seufzte. Lynn war glücklich. Wie gern wäre sie bei ihrer Hochzeit dabei gewesen!

Lynn mußte wundervoll ausgesehen haben, und ihre dunklen, geheimnisvollen Augen hatten sicher seltsame, wild funkelnde Lichter gezeigt, als sie Erico ihr Jawort gab. Sally erinnerte sich an die glühenden, leidenschaftlichen Blicke, die Lynn und Erico oft miteinander getauscht hatten.

Sie war sich der Schwingungen bewußt gewesen, die zwischen den beiden bestanden. Sogar ein Außenstehender hatte den Eindruck, die Luft, die sie atmeten, wäre elektrisch geladen. Sally war es peinlich gewesen, Zeuge eines solch ungewöhnlichen, sehr intimen Geschehens zu sein. Doch die beiden hatten nicht einmal bemerkt, daß sie nicht allein waren.

Ja, sie würden glücklich miteinander sein. Glücklich in einer Weise, die Sally persönlich nicht verstand.

Ihre Liebe zu Tony war ein solch ruhiges, sanftes Gefühl

gewesen, verglichen mit den Empfindungen, die Lynn und Erico oft mit der elementaren Gewalt einer Naturkatastrophe erfaßt hatten.

Ob sie, Sally, jemals zu einer solchen Art von Liebe fähig sein würde?

Würde in ihrer Stimme jemals dieser leidenschaftliche Klang der Begierde mitschwingen, wie er in Lynns Stimme zu hören gewesen war?

Würde das Verlangen in den Augen eines Mannes jemals ihre Lippen öffnen können wie die einer Verdurstenden, oder ihren Blicken jenen dahinschmelzenden Ausdruck verleihen, wie sie ihn bei Lynn gesehen hatte, wenn Erico sie auch nur anschaute.

»Vielleicht weiß ich noch gar nicht, was Liebe wirklich ist«, sagte sich Sally.

Noch während sie die Worte sprach, wußte sie, daß es so war. Doch sie hatte im Augenblick nicht den Wunsch, über Dinge nachzudenken, die Tony und sie betrafen.

Aber seltsamerweise war auch Lynn plötzlich sehr weit von ihr entfernt, schien irgendwie zur Vergangenheit zu gehoren. Ohne ein Gefühl der Untreue gegenüber Lynn dachte sie jetzt an die Kinder, dachte an die wundervolle Zukunft, die vor ihnen lag.

Sallys Augen füllten sich mit Tränen, während sie ihren Gedanken an die beiden nachhing. Wie lieb sie waren, wieviel sie ihr bedeutet hatten. Die Sorge für Nicholas und Prue hatte ihr geholfen, den Kummer zu mildern, der sie erfüllt hatte.

Es hatte nichts Schöneres für sie gegeben, als für die beiden zu sorgen und da zu sein. Sie war entzückt gewesen von ihrer ernsthaften Art, sich zu unterhalten, von ihrer Direktheit, von ihrem Charme und der Zuneigung, mit der sie jeden überschütteten, der freundlich und verständnisvoll zu ihnen war.

Wären sie Kinder mit einem weniger guten Charakter gewesen, hätte man sie im Priorat heillos verwöhnt, denn

Lady Thorne hatte die beiden angebetet, und auch die Diener waren ganz verrückt nach ihnen gewesen.

Nur Nada und Captain Pawlowski hatten sich von ihnen ferngehalten. Aber die beiden benahmen sich ja auch allen anderen Menschen gegenüber recht seltsam und abweisend.

Sally glaubte, es war nicht so sehr der Mangel an Interesse für die Kinder selbst, als vielmehr der Wunsch, sich von allen Menschen in ihrer gegenwärtigen Umgebung fernzuhalten.

Sally spürte deutlich, daß Nada sich immer noch wie eine Fremde in England fühlte, obwohl sie durch ihren Vater doch eigentlich Engländerin war und in dessen Heimat Schutz und Zuflucht gefunden hatte.

Nicholas und Prue waren immer noch entschlossen, den Geheimgang vom Priorat zu der Klause des Einsiedlers zu finden.

Sir Guy, halb beunruhigt durch den Enthusiasmus, den er unbeabsichtigt in ihnen geweckt hatte, sagte ihnen immer wieder, daß der eigentliche Stollen gewiß eingestürzt und zugeschüttet sei, und daß sie keinen Zugang dazu haben würden, selbst wenn sie die Eingangsstelle finden würden.

Doch die Kinder waren nicht davon abzubringen. Ein Geheimgang hatte für sie etwas derart Abenteuerliches und Aufregendes, daß Sally zu begreifen begann, wie eingesperrt sie sich in dem kleinen indischen Bungalow vorgekommen sein mußten.

Der Gedanke machte sie unendlich glücklich, daß die beiden nun die Möglichkeit hatten, das Leben zu leben, das ihnen eigentlich schon von Geburt an zugestanden hätte.

Es würde Ponys geben, auf denen sie reiten, einen Park, in dem sie spielen, und weite Moorflächen, die sie durchstreifen konnten. Aber bis es soweit war, faszinierte sie die Idee, den uralten Geheimgang zu entdecken.

Sie hatten Spaten und Schaufeln in die Sandgrube geschafft und begannen, zwischen den Büschen und Sträuchern zu graben, in der Hoffnung, auf den geheimen Zugang oder

Ausgang zu stoßen. Und als ihre Bemühungen sich als ergebnislos herausstellten, stiegen sie in den Keller des Priorats, um dort mit der Suche zu beginnen.

Sofort war Nada wütend zu Sally gekommen.

»Sie werden diese Kinder jetzt sofort mit in den Garten nehmen!« hatte sie schroff verlangt. »Ich dulde nicht, daß sie durchs Haus laufen und mit ihren schmutzigen Schuhen alles in Unordnung bringen. Es ist eine Unverschämtheit gegenüber der Dienerschaft. Sie sollten besser auf sie aufpassen und ihnen nicht ständig jeden Willen lassen.«

»Es tut mir leid«, sagte Sally.

Sie fühlte sich unbehaglich, weil Nada offensichtlich sehr verärgert war, und sie wagte nicht, die Polin daran zu erinnern, daß die Diener gewiß nichts dagegen hätten, sich im Gegenteil sogar darüber freuten, wenn die beiden plötzlich bei ihnen auftauchten.

»Es ist ein wahres Glück, wenn sie das Priorat bald verlassen«, schimpfte Nada. »Sie sind verwöhnt und dickköpfig. In meiner Heimat sperrt man solche Kinder ein oder gibt ihnen die Peitsche!«

Überrascht schaute Sally sie an. Bis zu diesem Moment hatte sie nicht bemerkt, daß Nada die beiden regelrecht haßte. Sie schien es gar nicht mehr abwarten zu können bis zum Weggang der Kinder – und auch bis zu ihrer, Sallys, Abreise.

Ängstlich und scheu wie stets, eilte sie zur Tür.

»Es tut mir leid, wenn Nicholas und Prue Sie geärgert haben«, sagte sie. »Ich werde ihnen sagen, daß sie im Garten spielen sollen. Sie werden den Keller sofort verlassen, denn sie sind folgsam und tun, was man ihnen sagt.«

Sally sprach ruhig und ohne Feindseligkeit, doch sie konnte es nicht unterlassen, die Kinder, die sie so sehr liebte, gegen die ungerechten Vorwürfe der jungen Frau in Schutz zu nehmen.

Aber Nada war nicht zu besänftigen.

»Schaffen Sie diese Ungeheuer auf der Stelle aus dem

Haus, und sorgen Sie dafür, daß sie auch draußen bleiben!« befahl sie voller Schärfe.

Ihr Ton war so herrisch und rüde, daß Sally spürte, wie ihr das Blut in die Wangen schoß.

Warum muß sie so aus der Rolle fallen? fragte sie sich, während sie nach unten eilte, um die Kinder aus dem Keller zu holen.

»Oh, Sally, hier gibt's doch so viele geheimnisvolle Räume«, protestierte Nicholas, als sie die beiden endlich gefunden hatte. »Und glauben Sie mir, in einem davon gibt es ganz bestimmt eine versteckte Tür, die in den Stollen führt.«

»Es tut mir leid, Kinder«, sagte sie und sah voller Kummer die Enttäuschung auf ihren Gesichtern, »aber Miß Thorne sagt, ihr hättet hier unten nichts zu suchen, und wir müssen tun, was sie von uns verlangt.«

»Warum?« fragte Prue und stieg gehorsam die Treppe hinauf.

»Nun, aus einem einzigen Grund: weil sie hierhergehört und wir nur Gäste sind.«

Die Kinder akzeptierten Sallys Erklärung, bis sie draußen im Garten waren. Dort sagte Prue mit großer Entschiedenheit:

»Ich hasse Miß Thorne. Sie ist abscheulich!«

»Man darf keinen Menschen hassen«, sagte Sally tadelnd.

»Sonst hasse ich ja auch niemanden«, antwortete Prue.

»Prue hat recht«, mischte Nicholas sich ein. »Sie ist wirklich abscheulich. Und dieser Captain Pawbums – oder wie er heißt – ist nicht besser. Ich fragte ihn sehr, sehr höflich, ob Prue und ich mal einen kurzen Blick auf das Flugzeug werfen dürften, aber er dachte gar nicht daran. ›Nein, nein, nein!‹ schrie er mich an, bis ich fortlief. Weshalb ist er nur so widerwärtig, Sally?«

»Ich weiß es nicht«, antwortete Sally hilflos. »Er macht geheime Versuche, und ich vermute, er fürchtet, ihr könntet dahinterkommen, was für Versuche das sind.«

Bei diesen Worten lächelte sie spöttisch.

Wirklich, die Art, wie Captain Pawlowski sich mit seinem Flugzeug anstellte, war absolut lächerlich. Als ob einer von ihnen herausfinden könnte, welche Experimente er machte!

Sally war schon längst zu dem Schluß gekommen, daß die Geheimniskrämerei, die er um seine Arbeit machte, nur die Tatsache vertuschen sollte, daß er mit seinen sogenannten Versuchen nicht weiterkam.

Wäre er nämlich weitergekommen, hätte er erregter oder zufriedener ausgesehen oder zumindest einmal eine entsprechende Bemerkung gemacht.

Statt dessen lief er immer noch mit einem Gesicht wie hundert Tage Regenwetter herum, die Stirn gekraust, die Lippen verkniffen. Und den Mund machte er nur auf, wenn er angeredet wurde.

In einer Nacht hörte Sally das Knattern der Maschine, so als ob er damit aufsteigen wollte. Aber als sie ihn am nächsten Morgen freundlich fragte, ob es in der Nacht kalt gewesen sei, schaute er sie an, als wäre sie eine Geisteskranke, und aß wortlos weiter.

Schon oft hatte Sally sich gefragt, was Sir Guy wohl von Captain Pawlowski halten mochte und weshalb er dessen sauertöpfische Anwesenheit in seinem Haus überhaupt duldete, aber sie brachte nie den Mut auf, ihm diese Frage zu stellen.

Lady Thorne schien überhaupt nicht zu bemerken, ob der Captain da war oder nicht. Vielleicht duldete sie seine Gegenwart auch nur um Nadas willen, und obwohl diese genauso seltsam war wie Ihr Landsmann, gab sie sich wenigstens Sir Guy und Lady Thorne gegenüber einige Mühe, nicht ständig anzuecken.

Sally seufzte und wunderte sich darüber, wie weit sie sich von Marys Brief hatte ablenken lassen.

Ein wenig schuldbewußt blickte sie auf den beschriebenen Bogen in ihrem Schoß, als sie Nadas Stimme hörte. Der gereizte Tonfall darin war unverkennbar.

Nun verstummte Nada, und die Stimme eines Mannes, die Sally jedoch fremd war, widersprach heftig und voller Schärfe.

Unwillkürlich erhob sich Sally. Sie hätte es nicht ertragen, würde Nada sie in den Ruinen der kleinen Kapelle entdeckt haben.

Dies hier war so sehr ihr Platz, daß sie entsetzt zusammenzuckte bei der Vorstellung, der Friede und die Beschaulichkeit, die sie hier fand, könnten durch Nadas böse Persönlichkeit zerstört werden.

Sie verließ die Ruine und schaute sich in der Sandgrube um. Noch immer hörte sie die aufgebrachten Stimmen, doch von den Streithähnen selbst war nichts zu sehen.

Ohne sich Rechenschaft darüber zu geben, was sie tat, kletterte sie die Böschung an der Stelle hinauf, wo Nicholas am ersten Tag ihres Hierseins das Flugzeug gesehen hatte.

Oben angekommen sah sie Nada und die Person, mit der sie sprach. Im Schutz der hohen Brombeerhecke und der Baumschatten, entdeckte Sally mehrere Dinge, die sie aufs äußerste in Erstaunen versetzten.

Auf einem Feld, das an den kleinen Flugplatz angrenzte, standen fünf Zigeunerwagen, daneben grasten einige Pferde. In einer Bodensenke brannte ein Feuer, und eine Anzahl Zigeunerkinder spielten zwischen den Wagen, während die Frauen dabei waren, auf den Büschen und Sträuchern in der Nähe ihre Wäsche zum Trocknen aufzuhängen.

Sie alle befanden sich auf dem Gelände, das sanft zum Fluß abfiel und gleich neben dem Flugfeld lag. Einer der Wagen jedoch stand auf dem Flugfeld, ganz dicht bei der mächtigen Brombeerhecke, die die verbotene Zone von dem Wäldchen am Rand der Sandgrube trennte. Und vor diesem Wagen standen – schreiend und heftig gestikulierend – Nada und ein Zigeuner.

»Sie werden augenblicklich von hier verschwinden! Sie alle!« stieß Nada wütend hervor.

»Das haben Sie vorhin schon gesagt, Lady. Aber ich sage

Ihnen, das werden wir nicht tun!« erwiderte der Zigeuner. »Es ist unser Recht, an dieser Stelle unser Lager aufzuschlagen. Der Master hat uns die Erlaubnis dazu gegeben.«

»Well, und dieses Mal haben Sie die Erlaubnis eben nicht!« entgegnete Nada scharf. »Also zum letztenmal: Verschwinden Sie von hier! Und zwar auf der Stelle!«

Es war ganz offensichtlich, daß der Zigeuner inzwischen genauso wütend war wie Nada.

»Und ich sage Ihnen zum letztenmal, daß wir bleiben, Lady. Mein Kind ist krank. Und deshalb kann ich meinen Wagen nicht von hier fortfahren. Und wenn Sie mir tausend Pfund dafür gäben, ich würde mich nicht von der Stelle bewegen. Ich werde an diesem Platz so lange bleiben, bis meine Kleine wieder gesund ist, haben Sie verstanden!«

»Sie werden augenblicklich tun, was ich Ihnen sage«, schrie Nada im höchsten Diskant. »Andernfalls hole ich die Polizei. Haben Sie gehört: die Polizei! Sie wird Ihnen schon Beine machen. Dies hier ist Privateigentum, das Sie widerrechtlich betreten haben.«

»Der Master hat uns die Erlaubnis gegeben. Wir waren vergangenes Jahr hier, wir waren das Jahr davor hier. Wir kommen schon seit vielen Jahren an diesen Platz. Wir belästigen niemanden und stellen auch nichts an. Wir bleiben einige Wochen hier und ziehen dann weiter.«

»Einige Wochen!« Nadas Stimme schien fast überzuschnappen. »Heute abend noch werden Sie von hier verschwinden – oder Sie finden sich morgen früh allesamt im Gefängnis wieder.«

Wütend stampfte sie mit dem Fuß auf, und plötzlich wurde sich Sally bewußt, daß sie lauschte. Das war nicht ihre Art, und sie hatte auch kein Recht dazu.

Am Rand der Sandgrube ließ sie sich nieder, um die Böschung hinunterzurutschen, als sie Nada sagen hörte:

»Ist das in Ihren Schädel hineingegangen: Ich werde die Polizei rufen, falls Sie morgen früh noch da sind!«

Nada schien dem Mann den Rücken gekehrt zu haben und

sich auf dem Weg zum Haus zu befinden, denn das Brechen von dürren Ästen auf dem Waldboden klang unter ihren wütenden Schritten wie Pistolenschüsse.

Sally verhielt sich still, denn sie wollte auf keinen Fall von Nada gesehen werden. Die Frau würde einen Tobsuchtsanfall bekommen, wenn sie feststellen mußte, daß ihr Gespräch mit dem Zigeuner belauscht worden war.

Sally wartete eine Weile. Dann kehrte sie ebenfalls zum Haus zurück.

Sie dachte über Nadas Verhalten nach. Hatte die Polin ihre Befugnisse vorhin nicht eindeutig überschritten? Oder durfte sie die Zigeuner tatsächlich von hier verjagen? Sie erinnerte sich an das, was Gertrud ihr erzählt hatte: daß Sir Guy aus Liebe zu Lady Beryl die Anweisung gegeben hatte, die Zigeuner stets auf seinem Besitz zu dulden und ihnen niemals ein Hindernis in den Weg zu legen, wenn sie ihr Lager auf dem Boden des Priorats aufschlagen wollten.

Sollte er diese Erlaubnis mit einem Mal rückgängig gemacht haben – ohne irgendeinen ersichtlichen Grund?

Sally hatte das Gefühl, daß mit Nada etwas nicht stimmte, denn sie nahm sich in bezug auf die Zigeuner Eigenmächtigkeiten heraus, die nicht in Sir Guys Sinn waren.

Das Ganze mußte irgend etwas mit ihrem und Captain Pawlowskis seltsamen Bemühen um Geheimhaltung zu tun haben, was das Flugzeug betraf.

Sie schienen zu fürchten, die Zigeuner könnten das Flugfeld beobachten und irgend etwas Verdächtiges bemerken. Doch selbst der Wagen, der sich innerhalb des »Sperrgebietes« befand, war noch ein ziemliches Stück von der Stelle entfernt, an der die Maschine für gewöhnlich stand. Er konnte also niemandem gefährlich werden.

Wie lächerlich die beiden sich aufführten!

Plötzlich überfiel Sally eine starke Besorgnis wegen des Zigeuners mit seinem kranken Kind. Einem Impuls folgend, machte sie auf dem Absatz kehrt und ging zum Flugfeld zurück. Es war nicht nur ihre Liebe zu Kindern, die sie dazu trieb. Es war auch der Wunsch, Nada für die herrische und anmaßende Art zu strafen, die sie nicht nur dem Zigeuner, sondern vor allem auch Nicholas und Prue gegenüber an den Tag gelegt hatte, als sie ihnen verbot, den Keller zu durchstöbern.

Sally ging um die Brombeerhecke herum und betrat durch einen schmalen Durchlaß in der Hecke das Flugfeld.

Der Zigeuner saß auf der Treppe vor dem Eingang seines Wagens und rauchte eine Pfeife. Er war ein großer, hagerer Mann, und seine Haut hatte die Farbe von Goldbronze. Er besaß dichtes, dunkles Haar, und es war schwer, sein Alter zu schätzen.

Als sich Sally näherte, kam er mit einer geschmeidigen Bewegung auf die Füße und blickte ihr mit einem abwehrenden Ausdruck in dem dunkelhäutigen Gesicht entgegen.

Nun, da sie ihm gegenüberstand, brachte sie keinen Ton hervor. Sie überlegte fieberhaft, wie sie ihm erklären sollte, daß sie sich in die Auseinandersetzung zwischen Nada und ihm einmischte.

»Ihr Töchterchen ist krank?« fragte sie schließlich.

Der Zigeuner nickte, aber Sally bemerkte das Mißtrauen in seinen Augen. Er glich einem Tier, das eine Falle wittert.

»Ich hörte, wie Sie das vorhin sagten«, fuhr Sally fort. »Es tut mir leid, aber es ließ sich nicht vermeiden, daß ich Ihre Unterhaltung mitbekam.«

»Ich kann hier nicht fort!«

Die Stimme des Zigeuners klang bitter und trotzig zugleich.

»Ich glaube, es handelt sich bei der Sache um einen Irrtum«, sagte Sally. »Ich weiß nämlich, daß Sir Guy Ihnen erlaubt hat, immer auf seinem Gebiet zu kampieren.«

»Das ist richtig«, stieß der Zigeuner heftig hervor. »Seit vielen, vielen Jahren kommen wir schon her. Und nun ist meine kleine Zeela krank. Sie hat Fieber, und ich habe ihr Kräuter gegeben, die das Fieber senken. Sie wird schlafen. Ja, sie wird etwa zwei Tage lang schlafen, und dann wird sie ohne Fieber aufwachen. Aber wir müssen sie ruhig halten. Der Wagen muß stehen. Im fahrenden Wagen würde sie so gestoßen und gerüttelt, daß es sie aufwecken und ihr Zustand sich verschlechtern würde.«

»Ich verstehe«, sagte Sally. »Der Arzt hat ihr absolute Ruhe verordnet, nicht wahr?«

»Wir haben keinen Arzt«, antwortete der Zigeuner. »Wir haben unsere eigenen Heilmittel: Kräuter, die wir seit Jahrhunderten bei bestimmten Krankheiten anwenden. Aber sie müssen in der richtigen Art und Weise verabreicht werden. Genau nach Vorschrift, sonst schadet es demjenigen, der sie einnimmt.«

»Wie interessant!« rief Sally. »Und Sie sind fest davon überzeugt, daß Ihr Töchterchen wieder gesund ist, wenn sie nach zwei Tagen aufwacht?«

Der Zigeuner zuckte die Schultern.

»Ob sie dann ganz gesund ist, weiß ich nicht. Aber das Fieber wird gewichen sein. Der Schlaf vertreibt es, das ist sicher.«

»Ja«, sagte Sally, »das leuchtet mir ein.«

Sie erinnerte sich daran, daß manche Schafhirten in Wales nie die Medikamente benutzten, die der Tierarzt ihren Tieren verschrieb, sondern einen Sud aus gewissen Pflanzen herstellten, die sie selbst in den Bergen gesammelt hatten.

Sie glaubte dem Zigeuner. Sie war sicher, daß er die Wahrheit sagte. Und sie war auch sicher, daß sein Kind ihm wichtiger war, als alles andere in der Welt.

»Ich sage Ihnen, was ich tun werde«, begann sie langsam. »Ich werde Sir Guy von Ihrer kranken Tochter berichten. Ich bin fest davon überzeugt, er wird Ihnen erlauben, auch weiter mit Ihrem Wagen hier zu stehen – gleichgültig was ein anderer auch dagegen sagen mag. Leider ist er heute nachmittag nicht zu Hause. Er ist nach York gefahren. Doch sobald er zurück ist, werde ich mit ihm sprechen und ihn bitten, heute abend noch herauszukommen und mit Ihnen zu sprechen.«

Die Augen des Zigeuners begannen zu leuchten, noch bevor sie geendet hatte.

»Danke, Lady, Sie sind sehr freundlich. Sie sind ein guter Mensch. Ich kann das sehen. Nicht wie diese andere...«

Er blickte mit dunklen Augen in die Richtung, in die Nada verschwunden war.

»Sie hatte das Ganze nicht richtig verstanden«, sagte Sally rasch, weil sie das Gefühl hatte, Partei für die eigene Rasse ergreifen zu müssen. »Sie glaubt sicher, Sie wären hier auf dem Flugfeld in Gefahr und fürchtet, Sie könnten verletzt werden. Auch uns ist es nicht erlaubt, das Flugfeld zu betreten.«

»Und warum nimmt sie dann alles so persönlich?« wollte der Zigeuner wissen.

»Oh, ich weiß nicht«, erwiderte Sally unbehaglich. Sie glaubte, einem Zigeuner nicht zu sehr recht geben zu dürfen. »Flugzeuge können gefährlich werden, nehme ich an, wenn der Wind beim Landen und Aufsteigen ungünstig steht.«

Der Zigeuner nickte, dann sagte er mit fester Stimme:

»Für uns besteht hier keinerlei Gefahr. Die einzige Gefahr, die uns droht, ist die, von hier vertrieben zu werden, während meine kleine Tochter schläft!«

»Well, ich hoffe, wir haben sie durch unser Reden nicht geweckt«, sagte Sally. »Ich werde also mit Sir Guy sprechen, und wenn er heute abend nicht selbst kommen kann, werde ich Ihnen mitteilen, was er gesagt hat.«

»Sie sind sehr freundlich, Lady, danke.«

Sally wandte sich zum Gehen. Im selben Moment ertönte unter dem Wagen ein wimmernder Laut. Sally blieb stehen.

»Es ist ein Hund«, erklärte der Zigeuner. »Wir fanden ihn, als wir hier ankamen. Er war in eine Falle geraten. Leider hatte ich noch keine Zeit, mich um ihn zu kümmern.«

»Oh, der arme Kerl«, rief Sally. »Darf ich ihn mir einmal ansehen?«

Der Zigeuner ging in die Hocke und kroch unter den Wagen. Als er wieder auftauchte, hielt er den Hund auf dem Arm. Das Tier lag auf einem Bündel Lumpen und winselte steinerweichend.

Es war ein schwarzweiß gefleckter Terrier, klein und sehr abgemagert. Die rechte Hinterhand war blutverkrustet, das Eisen der Falle hatte ihm das Fell von den Knochen gerissen, und das Bein war unterhalb des Gelenks gebrochen.

»Schauen Sie sich sein armes Bein an«, rief Sally aufgeregt. »Er wird schlimme Schmerzen haben. Wir müssen das Bein sofort schienen. Ich helfe Ihnen dabei.«

Der Zigeuner nickte. Dann wandte er Sally wortlos den Rücken, verschwand durch eine schmale Lücke in der Hecke und ging zu einem der anderen Wagen.

Sally legte den kleinen Hund auf die Erde, kniete neben ihm nieder und redete tröstend auf ihn ein. Sie streichelte ihn sanft, kraulte ihn hinter den Ohren und versuchte ihm das Gefühl zu geben, daß es jemanden gab, der ihn mochte und der sich um ihn kümmerte.

Er leckte ihr die Hand, als der Zigeuner mit einem kurzen, flachen Stück Holz, einigen sauberen Stoffstreifen und einem Salbenkrug zurückkam.

»Halten Sie ihn fest!« befahl er.

»Was ist das?« fragte Sally und zeigte auf die Salbe.

»Noch ein Zigeunerheilmittel«, antwortete er in einem Ton, als lachte er sie aus. Doch dann schien er sich bewußt zu werden, daß er ihr eine Erklärung schuldete, und fügte hinzu: »Diese Salbe wird ihn gesund machen. Sie wird seine Wunde schnell heilen.«

Er beugte sich nieder, und an der geschickten Art, wie seine langen braunen Finger das Bein des Hundes berührten, erkannte Sally, daß der Mann etwas von Knochenbrüchen verstand. Seine Bewegungen waren flink und sicher, während er das Bein richtete. Sally hielt den Hund fest und redete besänftigend auf ihn ein. Als der Zigeuner die

Schiene angelegt und mit den Stoffstreifen bandagiert hatte, nahm sie das verängstigte kleine Wesen zärtlich auf den Arm.

»Kann ich ihn mit ins Priorat nehmen und ihm etwas Gutes zu fressen geben?« fragte sie. Und als ihr der Gedanke kam, daß sie den Zigeuner vielleicht gekränkt haben könnte, setzte sie hinzu: »Ich dachte mir, daß Sie mit Ihrem kranken Töchterchen schon genug Arbeit haben und sich nicht auch noch um das kranke Tier kümmern können.«

»Er gehört Ihnen«, erwiderte der Zigeuner. »Ich gebe ihn Ihnen.«

»Oh, aber ...« Sally stockte, denn sie hatte begriffen, daß dies seine Art war, sich bei ihr zu bedanken.

»Ich würde ihn gern behalten«, sagte sie. »aber sind Sie ganz sicher, daß Sie ihn nicht selbst möchten?«

»Er ist mein Geschenk an Sie«, erklärte der Zigeuner. »Und ich sehe, daß er Sie mag. Sie sind eine gute Lady, und meine kleine Tochter wird derselben Meinung sein, wenn sie aufwacht.«

»Aber vielleicht würde sie ihn gerne haben«, gab Sally zu bedenken.

»Sie hat ihn noch nicht gesehen«, antwortete der Zigeuner. »Sie war bereits krank, als ich ihn fand, und was das Herz nicht kennt, entbehrt es nicht.«

»Well, dann danke ich Ihnen sehr«, sagte Sally. »Ich bin glücklich mit ihm und werde gut für ihn sorgen.«

»Ich weiß, Sie werden gut zu ihm sein – und er wird auch gut für Sie sein«, meinte der Zigeuner.

In seinen Augen war ein Ausdruck, als verkündete er eine Weissagung. Sally streckte ihm die Hand entgegen.

»Danke«, wiederholte sie.

Der Zigeuner ergriff ihre Rechte und drückte sie. Seine Finger waren wie aus Stahl, doch gleichzeitig fühlten sie sich glatt und warm an.

»Und machen Sie sich keine Sorgen, bis Sie von Sir Guy hören«, sagte Sally.

»Ich werde mich nicht von der Stelle rühren, und sollten alle wütenden Ladys und Polizisten der Welt bei mir anrükken«, erwiderte der Zigeuner und ließ plötzlich ein belustigtes Lachen hören. Auch Sally lachte. Dann machte sie sich, den kleinen Hund fest an ihre Brust gedrückt, vorsichtig auf den Rückweg zum Haus.

Erst als sie das Priorat fast erreicht hatte, kam ihr die Frage in den Sinn, welche Erklärung sie dafür abgeben solle, daß sie schon wieder eine Neuerwerbung gemacht hatte. Sie dachte dabei vor allem an Sir Guy, denn was Lady Thorne betraf, war sie sicher, daß diese nichts gegen einen weiteren Hund im Haus einzuwenden haben würde.

Sie liebte Tiere, und außer Bracken und dem kleinen Cairnterrier gab es im Haus noch einen alten Vorsteherhund, der vor allem Bateson, den Butler, ins Herz geschlossen hatte und ihm auf Schritt und Tritt folgte wie ein altersschwacher Schatten.

Neben den drei Hunden lebten im Haus noch drei Katzen, die auf Grund einer stillschweigenden Übereinkunft der Köchin gehörten. Und dann gab es noch eine Anzahl von Kanarienvögeln, die das Küchenmädchen mitsamt einem riesigen Vogelbauer auf der Kirmes gewonnen hatte.

Eigentlich würde nur Nada Sally Schierigkeiten machen. Vor allem, wenn sie erfahren sollte, daß der kleine Hund von dem Zigeuner stammte, auf den sie so zornig war.

Verstohlen, weil sie zum erstenmal das Gefühl hatte, nun selbst Zuflucht zu Heimlichkeiten nehmen zu müssen, betrat sie das Haus durch die Hintertür, die sich in der Nähe der schmalen Seitentreppe befand, über die man zu dem Korridor im ersten Stock gelangte, wo ihr Zimmer lag.

Dort unbemerkt angekommen, gab sie dem Hund zu trinken, und nachdem sie ihn möglichst bequem in den Lehnsessel gebettet hatte, ging sie nach unten, um sich nach etwas Eßbarem für ihn umzusehen.

Im Gang, der zur Küche führte, traf sie Gertrud.

»Die Zigeuner sind da, Gertrud«, sagte sie. »Erinnern Sie

sich noch daran, daß Sie mir einmal gesagt haben, sie hätten das Recht, auf dem Gut zu kampieren?«

»Oh, sie sind also gekommen«, sagte Gertrud. »Pünktlich auf die Minute. Gestern abend sagte ich noch zu Mrs. Harris, daß eigentlich die Zeit da sei, zu der sie normalerweise hier auftauchten.«

»Sie dürfen sich doch auf unserm Land aufhalten, nicht wahr?« bohrte Sally. »Jemand behauptet nämlich, daß ihnen das in diesem Jahr verboten wäre. Aber ich kann das nicht glauben – nach dem, was Sie mir erzählt haben.«

»Aber natürlich dürfen sie sich auf dem Gelände des Priorats aufhalten«, erwiderte Gertrud. »Der einzige, der etwas dagegen hat, ist der arme Mister Booth. Er klagt immer darüber, daß sie ihm das Wild verscheuchen. Aber Wildhüter sind wie die Bauern, sie stöhnen ständig und sind nie zufrieden. Etwas gibt es immer, was ihren Ärger erregt.«

»Wie recht Sie haben, Gertrud.« Sally lächelte.

Nachdem sie erfahren hatte, was sie wissen wollte, ging sie in die Küche und bat um etwas frisches, rohes Fleich und kleingehacktes Gemüse für den Hund.

Der kleine Terrier fraß mit Heißhunger, und als er den Napf ausgeleckt hatte, legte er sich so bequem, wie es ihm mit seinem geschienten Bein möglich war, in dem Sessel zurecht, bettete den Kopf auf die Vorderpfoten und schloß die Augen.

Sally ging zu Lady Thornes Zimmer und klopfte an die Tür.

»Herein!« rief Lady Thorne und lächelte, als sie sah, wer zu ihr kam.

»Oh, Sie sind es, Sally, Liebes. Kommen Sie nur herein, und setzen Sie sich zu mir!«

Sie deutete neben sich auf das Bett, in dem sie lag. Nach dem Mittagessen pflegte sie immer einige Stunden zu ruhen, doch Sally wußte, daß sie nie schlief, sondern in einer ihrer religiösen Schriften oder in alten Briefen las.

»Ich möchte Sie um einen Gefallen bitten«, erklärte Sally.

»Was kann ich für Sie tun, mein Kind?«

»Jemand hat mir einen kleinen schwarzweiß gefleckten Terrier geschenkt, der mit einem Bein in eine Falle geraten war. Ich würde gern wissen, ob ich ihn behalten darf. Hätten Sie etwas dagegen?«

»Aber natürlich können Sie ihn behalten«, sagte Lady Thorne. »Der arme kleine Kerl! Wo haben Sie ihn denn?«

»In meinem Schlafzimmer«, antwortete Sally. »Ich habe ihm zu fressen gegeben, und er macht bereits einen etwas glücklicheren und zufriedeneren Eindruck als vorher.«

»Fallen sind etwas Entsetzliches«, sagte Lady Thorne mit ihrer sanften Stimme. »Ich finde den Gedanken schon unerträglich, daß man Karnickel und Füchse darin fängt. Ja, Sally, Sie müssen den Hund behalten und dafür sorgen, daß er bald wieder gesund wird.«

»Es wird ja nicht für lange sein«, sagte Sally. »Jetzt, wo die Kinder fortgehen, wird es höchste Zeit, mich nach einer Stelle umzusehen. Sie wissen nicht zufällig, ob auf einer der Farmen etwas für mich frei ist?«

»Da müssen Sie mit Guy reden, Liebes«, erwiderte Lady Thorne. »Er kümmert sich um die Pachthöfe und kennt sich in allem viel besser aus als ich.«

»Oh, ich dachte nicht eigentlich an eine Stelle auf Ihrem Gut!« sagte Sally und hatte das Gefühl, Lady Thornes Freundlichkeit auszunutzen. »Ich dachte an irgend einen Hof hier in der Gegend. Ich möchte Ihnen nicht ständig zur Last fallen.«

»Sie würden mir niemals zur Last fallen, liebes Kind.« Lady Thorne lächelte liebevoll. »Wissen Sie: Ich habe Sie sehr liebgewonnen, seitdem Sie ins Priorat gekommen sind, und ich bedaure nur eins – daß sie nicht meine Schwiegertochter sein können.«

Sally errötete.

»Oh, es ist sehr nett von Ihnen, mir das zu sagen«, flüsterte sie dann. »Danke für dieses wunderschöne Kompliment.«

»Liebes Kind!« Lady Thorne seufzte. »Ich frage mich so oft, wie es mit Tony weitergehen mag. Ich wünschte, er würde mir endlich einmal schreiben. Früher war es so, daß ich jede Woche einen Brief von ihm erhielt, aber dann...«

Sie brach plötzlich ab.

»Was wollten Sie sagen?«

Sally versuchte, Lady Thorne zum Weiterreden zu bewegen, bemerkte aber dann, daß die alte Dame sehr verlegen wirkte.

»Nichts, meine Liebe. Ich war wieder einmal versucht, von alten Zeiten zu sprechen, wie alle Mütter das tun. Oh, ich bin sicher, eines Tages wird Tony mich überraschen. Ganz plötzlich wird er vor der Tür stehen, wenn wir am wenigsten damit rechnen. Und wir werden alle sehr glücklich sein, weil er wieder einmal bei uns ist.«

Sie lächelte, aber ihre Augen blickten traurig. Sally wußte nicht, was sie sagen sollte, und nach einer Weile erhob sie sich, dankte Lady Thorne nochmals für die Erlaubnis, den Hund behalten zu dürfen, und kehrte auf ihr Zimmer zurück.

Als die Kinder dann von York nach Hause kamen, verriet sie ihnen unter dem Siegel der Verschwiegenheit, daß sie in ihrem Schlafzimmer einen neuen Hund beherberge, und nahm sie mit, um ihnen den kleinen Terrier vorzustellen.

»Oh, du armer kleiner Kerl«, sagte Prue mit Tränen in den Augen. »Armer, armer kleiner Hund.«

»Er wird bald wieder gesund sein!« versprach Sally ihr.

Bei dem Gedanken, etwas zu besitzen, das ganz allein ihr gehörte, erfüllte sie eine Art Besitzerstolz. Als sie das Zimmer betraten, hatte der Hund sie mit kleinen winselnden Freudentönen begrüßt und aufgeregt mit dem Schwanz gewedelt.

Offensichtlich hatte er sie schon als seine Herrin akzeptiert und beobachtete jetzt jede Bewegung, die sie machte, mit aufmerksamen, noch ein wenig unsicheren Blicken. Er schien es für klüger zu halten, wenn er sie nicht mehr aus den Augen ließ.

Sally vertraute den Kindern an, das der Hund das Geschenk eines Zigeuners sei, beschwor sie jedoch, niemandem im Haus ein Wort davon zu sagen.

Sie hatte eigentlich gar nicht so mitteilsam sein wollen, doch sie fühlte sich im Augenblick wie ein Kind. Das Ereignis hatte sie erregt, und sie verspürte den unwiderstehlichen Drang, jemanden an ihrer Freude teilnehmen zu lassen.

»Wir verraten es keinem Menschen!« versprach Nicholas feierlich.

Sally wußte, daß er es aufrichtig meinte. Er hatte ihr nun sein Wort gegeben und würde ihr Geheimnis niemandem verraten.

»Wie sollen wir ihn rufen?« fragte Prue.

»Ich weiß es nicht«, antwortete Sally. »Ihr seid doch beide so gut im Ausdenken von Namen. Was schlagt ihr denn vor?«

»Wie wär's mit Ziggi?« meinte Nicholas.

»Ziggi liegt zu nahe an Zigeuner, und wenn wir ihn so nennen, könnten die Leute schnell hinter unser Geheimnis kommen.«

»Ja, das ist richtig«, stimmte Prue zu.

»Ich hab's!« rief Sally. »Wir geben ihm den Namen Romy, das ist die Kurzform für Romanis. Die Zigeuner, die hier kampieren, gehören nämlich zu dem Volk der Romanis, das aus Ungarn kommt.«

»O ja, das ist gut!« Nicholas war einverstanden. »Nur wir wissen, daß der Name ein Teil unseres Geheimnisses ist, und niemand sonst wird auch nur die kleinste Ahnung davon haben, nicht wahr?«

»Niemand!« versicherte Sally.

Sie ließ die Kinder bei dem Hund zurück und ging nach unten, um mit Sir Guy zu sprechen.

Wie sie vermutet hatte, fand sie ihn in der Bibliothek.

Er saß an seinem Schreibtisch und schrieb. Sein Kopf und die breiten Schultern hoben sich gegen das helle Viereck des Fensters ab. Einen Moment lang stand Sally da und sah zu ihm hin, bevor er ihre Anwesenheit bemerkte. Dann drehte er halb instinktiv den Kopf und erhob sich, als er sie erkannte.

Sally schloß die Tür hinter sich und näherte sich zögernd dem Schreibtisch.

Wie immer fühlte sie sich verlegen in seiner Nähe, und plötzlich hatte sie ein unbehagliches Gefühl, so als wäre sie gekommen, um eine Mitschülerin bei dem allgewaltigen Direktor zu verpetzen.

Dennoch schilderte sie ihm in kurzen Worten den Vorfall auf dem Flugfeld. Sie gab zu, – wenn auch unabsichtlich – gelauscht zu haben, und versuchte ihm zu erklären, daß sie aus Sorge um das kranke Mädchen mit dem Zigeuner gesprochen habe, nachdem Nada ihn verlassen hatte.

»Man hat mir nämlich erzählt, daß Sie den Zigeunern die Erlaubnis gegeben haben, Jahr für Jahr in den Sommermonaten auf Ihrem Besitz zu kampieren«, stammelte sie schließlich, »und ich dachte, Miß Thorne wüßte dies vielleicht nicht. Nur deshalb habe ich dem Mann versprochen, mit Ihnen zu reden und dafür zu sorgen, daß er und die anderen wenigstens so lange bleiben können, bis es dem kleinen Mädchen wieder besser geht.«

»Natürlich können sie bleiben!« Sir Guys Antwort klang schroff und kurzangebunden.

»Werden Sie es ihnen sagen?«

»Ja, ich werde persönlich mit dem Mann sprechen.«

Sir Guy trat ans Fenster und blickte hinaus, als erwartete er, die Zigeuner hinter dem Wäldchen sehen zu können. Sally war unsicher, sie wußte nicht, ob sie noch bleiben oder gehen sollte. Schließlich raffte sie ihren ganzen Mut zusammen und sagte:

»Ich wäre sehr froh, wenn Nada nicht erfahren würde, daß ich mich eingemischt habe.«

Sir Guy wandte sich zu ihr um.

»Haben Sie Angst vor Nada?« fragte er.

»Ein wenig vielleicht«, gestand Sally, und um Nada zu entschuldigen, fügte sie hinzu: »Es ist einfach so, daß Nada hierher gehört, und als Fremde habe ich ja wirklich kein Recht, mich in ihre Kompetenzen einzumischen.«

»Es war richtig, daß Sie es mir gesagt haben. Machen sie sich keine Sorgen: Der Zigeuner und sein krankes Töchterchen werden nicht von hier vertrieben werden, und Nada wird nicht erfahren, woher ich weiß, daß sie diese Menschen fortschicken wollte.«

»Oh, ich danke Ihnen.«

Sally lächelte ihn an, und zu ihrer Überraschung erwiderte er ihr Lächeln.

Ein Glücksgefühl durchflutete sie. Sie waren sich einig gegen Nada. Aber dann schämte sie sich ihrer Abneigung gegenüber der Polin und sagte hastig:

»Ich danke Ihnen wirklich sehr. Mir ist ein Stein vom Herzen gefallen.« Sie gab sich einen Ruck und wandte sich zum Gehen, doch Sir Guys Stimme hielt sie zurück.

»Sind Sie glücklich hier?« fragte er unvermittelt.

»Sehr glücklich«, erwiderte Sally ohne Zögern. »Ich wollte Ihnen schon so oft sagen, wie dankbar ich Ihnen für all Ihre Freundlichkeit bin. Es war so wundervoll von Ihnen, mich hierher mitzunehmen, nachdem ...« Sie suchte nach den richtigen Worten und fuhr dann fort: »nachdem die Dinge so falsch gelaufen waren. Ich habe vorhin noch zu Ihrer Mutter gesagt, daß ich glücklich bei Ihnen war, daß die herrliche Zeit aber jetzt, da die Kinder nach Merton Grange ziehen werden, vorüber ist. Ich werde mir eine Arbeit suchen. Vielleicht besteht die Möglichkeit, etwas auf einem Hof in dieser Gegend zu finden.«

»Was können Sie denn?« erkundigte sich Sir Guy.

»Oh, alles und jedes«, antwortete Sally. »Es gibt eigentlich keine Art von Farmarbeit, die ich noch nicht verrichtet habe. Ich kann sogar Schafe scheren.«

Er schaute sie eindringlich an, sah die Zerbrechlichkeit ihrer Gestalt, ihr schönes Gesicht, die samtene Zartheit ihrer Haut, den langen, schlanken Hals, über dem das kleine Kinn oft so stolz und energisch vorgereckt war, die geschwungenen Lippen und die kleine, gerade Nase.

»Aber man sieht es Ihnen nicht an, daß Sie...« begann Sir Guy.

Sallys Lachen unterbrach ihn.

»Sie dürfen nicht nach meinen Kleidern urteilen«, sagte sie. »Darin würde ich mich auf einem Bauernhof ziemlich lächerlich ausnehmen, das ist mir klar. Doch heute hat man mir etwas Geld geschickt, einen Scheck von Lynn über fünfundzwanzig Pfund.«

Es kam ihr so vor, als verdunkelte sich mit einem Mal sein Gesicht. Hastig, so lange sie noch den Mut dazu fand, fuhr sie fort: »Ich habe überlegt, ob Sie wohl so liebenswürdig wären, ihn für mich einzulösen. Ich möchte mir von diesem Geld eine vernünftige Arbeitskleidung kaufen: Hosen, Stiefel und einen wirklich guten Regenmantel.«

»Geben Sie mir den Scheck!«

Sir Guys Worte klangen knapp und barsch.

Sally zog Marys Brief aus der Tasche ihrer Wolljacke und holte den Scheck hervor. Er schaute darauf nieder.

»Haben Sie ihn auf der Rückseite unterschrieben?« fragte er.

»Oh, Entschuldigung«, flüsterte Sally. »Das habe ich vergessen.«

Sir Guy legte den Scheck auf die Löschunterlage seines Schreibtischs und rückte den schweren Ledersessel zurecht, in dem er gewöhnlich saß. Sally blickte auf die Schale mit den Federhaltern.

Sie nahm einen der Federhalter in die Hand und tauchte die Feder ins Tintenfaß. Erst jetzt wagte sie es, zu ihm emporzuschauen, der gewaltig wie ein Fels vor ihr aufragte, einen sonderbaren, rätselhaften Ausdruck in dem männlichschönen Gesicht.

»Bitte«, sagte sie, »helfen Sie mir bei der Suche nach einer Beschäftigung! Sie sind immer so nett zu mir gewesen, daß ich Ihnen wirklich nicht länger zur Last fallen möchte.«

»Glauben Sie wirklich, daß Sie uns zur Last fallen könnten?«

Plötzlich begegneten sich ihre Augen. Sally wurde sich eines niegekannten Gefühls bewußt und senkte den Blick.

Sie wußte nicht, was mit ihr geschah. Sie fühlte nur, wie ihr Atem schneller ging und ihre Finger zitterten. Scheu wandte sie das Gesicht zur Seite und schrieb ihren Namen auf die Rückseite des Schecks.

»Ich werde Ihnen den Betrag morgen geben«, sagte Sir Guy.

»Oh, vielen Dank.« Sally erhob sich.

Dabei streifte sie mit der Hand unbeabsichtigt seinen Arm.

Wieder durchströmte sie diese Empfindung, die sie sich nicht zu erklären vermochte. Und da sie spürte, wie ihr das Blut in die Wangen stieg und sie immer verlegener wurde, wußte sie sich nicht anders zu helfen, als die Bibliothek wortlos zu verlassen.

Sir Guy stand immer noch neben seinem Schreibtisch und starrte auf den Scheck mit Sallys Unterschrift, als Nada den Raum betrat. Er nahm das Papier, faltete es und steckte es in die Bruststasche seines Jacketts.

»Ich muß mit dir sprechen, Guy«, sagte Nada, während sie mit energischen Schritten die Bibliothek durchmaß.

»Well, ich stehe zu deiner Verfügung«, erwiderte Sir Guy nicht sehr entgegenkommend.

Er drehte sich zu ihr um und blickte ihr kühl entgegen. Sie ging auf ihn zu und blieb erst stehen, als sie ihn fast berührte. Dann warf sie den Kopf zurück und blickte ihm in die Augen.

»Schick sie fort, Guy!« sagte sie mit unerwarteter Sanftheit.

Er spielte nicht den Verständnislosen, sondern fragte geradezu:

»Warum, Nada? Stört sie dich? Sie tut niemandem etwas.«

»Sie bringt mich völlig durcheinander«, sagte Nada. »Ständig spioniert sie herum. Sie beobachtet mich, mischt sich in meine Angelegenheiten ein.«

»Ich glaube, du übertreibst!«

»Mag sein«, sagte Nada. »Aber es gibt da noch einen anderen Grund – einen sehr wichtigen sogar. Kannst du dir nicht denken, was es ist?«

Ihre Stimme war leise und erregend. Sie schob sich noch näher an ihn heran, und Sir Guy hatte den Eindruck, zwischen ihr und dem Schreibtisch regelrecht eingekeilt zu werden.

»Well, nenne mir den Grund!« sagte er schließlich.

»Sie drängt sich zwischen dich und mich, Guy.«

Nada streckte plötzlich die Arme aus und legte ihm die Handflächen auf die Brust. Doch fast im selben Moment nahm Sir Guy ihre Hände und drückte sie nach unten. Mit einer Drehung seines Körpers schob er sich an ihr vorbei, durchquerte den Raum und blieb mit dem Rücken zum Kamin stehen.

»Nada, meine Liebe«, sagte er ruhig. »Du machst es mir sehr schwer. Aber ich werde dir jetzt etwas sagen, das ich dir eigentlich schon vor langer Zeit hätte sagen sollen. Ich habe vor Jahren einmal eine Frau geliebt und war mit ihr verlobt. Aber aus der Heirat wurde nichts. Das Mädchen, das ich liebte, heiratete einen anderen und starb bald darauf. Ich werde niemals heiraten.«

Nada eilte auf ihn zu und blieb ein zweitesmal dicht vor ihm stehen.

»Ich verlange nicht, daß du mich heiratest, Guy. Doch weshalb willst du auf die Liebe verzichten? Du bist ein junger Mann, ein sehr gutaussehender Mann. Wir leben schon lange zusammen in diesem Haus – allein, mit Ausnahme deiner Mutter. Ich war sehr glücklich in dieser Zeit, denn ich hatte das Gefühl, daß wir uns verstanden. Doch nun ist das Haus plötzlich voll fremder Menschen, und sie zerstören, was zwischen uns ist.«

»Nada, nichts ist zwischen uns«, widersprach Sir Guy. »Ich habe dir soeben erklärt, daß ich nie wieder eine Frau lieben werde.«

»Wenn du das wirklich glaubst, bist du ein Dummkopf«, entgegnete Nada. »Du bist noch nicht tot, Guy – in deinen Adern fließt warmes Blut, und dein Herz schlägt. Du mußt nur ein wenig lockerer werden, brauchst nur ein wenig von dieser perfekten englischen Selbstbeherrschung abzulegen, und schon wirst du erfahren, wie herrlich das Leben sein kann, wenn man liebt und wiedergeliebt wird.«

Nada streckte impulsiv die Arme aus und schlang sie Guy um den Hals. Sie preßte sich an ihn. Durch das dünne Seidenkleid spürte er die Wärme ihres Körpers. Er nahm den merkwürdig exotischen Duft ihres Parfüms wahr, der aus ihrem Haar zu kommen schien.

Er blickte in die dunklen Tiefen ihrer Augen und fühlte an seiner Wange den sanften Atem ihres Mundes.

Einen Moment lang war er wie erstarrt. Einen Moment lang hatte es den Anschein, als würde er ihren Verführungskünsten erliegen. Doch dann hob er die Arme und löste ihre Hände von seinem Hals.

»Tut mir leid, Nada«, sagte er.

In seiner Stimme war ein Klang von Gleichgültigkeit, der sie härter traf, als Zorn oder Entrüstung es getan hätten.

Er ging zum Fenster und bickte nach draußen. An seinem Hals war das schnelle Schlagen seines Pulses zu erkennen.

Als er sich nach einer Weile umwandte, war das Zimmer leer.

XI

Als Sally mit den Kindern zum Frühstück nach unten kam, hörte sie Stimmen. Sie blickte durch die Tür, die zum Wohnzimmer führte, und sah Nada und Ivor Pawlowski, die auf der Terrasse miteinander sprachen.

Sie unterhielten sich auf Polnisch, und ihre Stimmen klangen hart und erregt.

Ivor frühstückte gewöhnlich sehr früh, noch bevor die übrigen Mitglieder der Familie nach unten kamen. Danach begab er sich unverzüglich auf das Flugfeld.

Sally vermutete, daß er auch an diesem Morgen schon draußen gewesen, dann jedoch wieder zurückgekommen war, weil die Zigeuner immer noch auf oder unmittelbar neben dem Flugfeld lagerten.

Rasch schob Sally die Kinder in das Speisezimmer und stellte fest, daß Sir Guy und Lady Thorne bereits unten waren.

Nachdem die Kinder Guten Morgen gesagt hatten, half Sally ihnen auf die Stühle, füllte ihnen die Teller mit Haferbrei und stellte sie vor sie auf den Tisch.

Sie hatte gerade selbst Platz genommen, als die Tür aufging und Nada eintrat.

Es gab keinen Zweifel, daß sie ungewöhnlich wütend war. Hinter ihr kam Ivor Pawlowski in den Raum. Die Stirn noch zerfurchter als sonst und auffallend nervös, versteckte er sich hinter Nadas Rücken, als wollte er so unbemerkt wie möglich bleiben.

Es war ganz offensichtlich, daß Nada das Sprechen übernehmen sollte, denn sie ging mit energischen Schritten auf Sir Guy zu, der am Kopfende des Tisches saß, und sagte mit scharfer, herausfordernder Stimme:

»Guy, ich wünsche dich zu sprechen!«

»Guten Morgen, Nada«, parierte er.

»Es geht um das Flugfeld«, fuhr Nada, seinen Gruß überhörend fort. »Du weißt, daß Ivor immer gesagt hat, daß niemand – niemand, ohne Ausnahme – das Flugfeld betreten dürfe. Aber trotzdem hast du – falls dieser Mann nicht lügt – den Zigeunern die Erlaubnis gegeben, dort zu kampieren. Das ist nicht fair gegenüber Ivor – und überdies äußerst gefährlich.«

Nada verstummte atemlos und wartete wütend auf Sir Guys Antwort.

»Nun mal ganz langsam, Nada«, sagte dieser. »Ich schlage vor, wir reden in aller Ruhe über diese Angelegenheit. Übrigens glaube ich, daß du meiner Mutter noch nicht Guten Morgen gesagt hast.«

Der Tadel in seinen Worten war unüberhörbar, doch Nada schien ganz unbeeindruckt davon zu sein.

»Tante Mary wird das verstehen«, erwiderte sie ungeduldig. »Im Augenblick gibt es Wichtigeres als Höflichkeitsfloskeln auszutauschen. Da arbeitet Ivor Tag und Nacht an einer äußerst wichtigen Sache, die sogar die Unterstützung der Regierung hat, und du erlaubst, daß Zigeuner – die, wie man doch weiß, allesamt Lügner und Diebe sind – nicht nur neben, sondern auch mitten auf dem Flugfeld ihr Lager aufschlagen.«

Sie holte Luft und fuhr dann noch heftiger fort:

»Ich weiß, weshalb du das getan hast. Ich sagte dem Kerl gestern, daß er mit seinen Wagen verschwinden solle, und was geschah? Als Ivor heute morgen auf das Flugfeld kam, war der dunkelhäutige Teufel immer noch dort. Und er behauptete Ivor gegenüber, eine freundliche Lady habe bei dem Master ein gutes Wort für ihn eingelegt. Ich brauche nicht lange zu raten, um zu wissen, wer diese freundliche Lady ist!«

Nada warf Sally einen Blick zu, aus dem glühender, unversöhnlicher Haß sprach, und Sally, die das Gefühl hatte, von einem Peitschenhieb getroffen zu werden, spürte, wie ihr die Zornesröte in die Wangen stieg.

Nicholas war es, der die Situation für Sekunden entschärfte, als er fragte:

»Sind die Zigeuner wirklich auf dem Flugfeld? Ich meine, wenn sie da sind, könnten wir doch auch mal hin und einen Blick auf das Flugzeug werfen. O bitte, erlauben Sie es uns doch, Captain Pawlowski!«

»Da siehst du es!« rief Nada zu Guy gewandt und machte eine weitausholende Bewegung mit beiden Armen. »So geht es, wenn wir einem erlauben, die Regel zu durchbrechen. Jetzt wollen die Kinder ebenfalls aufs Flugfeld und sich die Maschine anschauen. Als nächste kommen die Diener und dann die Dorfbewohner. Wie soll man unter solchen Umständen ein Geheimnis wahren?«

Sir Guy erhob sich. Er rückte einen Stuhl zurecht und forderte Nada auf, sich zu setzen.

»Nimm Platz«, sagte er gelassen, dennoch waren die Worte ein Befehl.

Überraschenderweise gehorchte Nada ohne Widerspruch. Dann wandte Sir Guy den Kopf zu Captain Pawlowski, der immer noch bei der Tür stand und einen äußerst unbehaglichen Eindruck machte.

»Ich schlage vor, Sie schließen die Tür und setzen sich ebenfalls, Ivor«, sagte Sir Guy. »Wir können die Angelegenheit friedlich regeln, während ich mein Frühstück beende.«

Auch Captain Pawlowski folgte Sir Guys Aufforderung. Er hatte den Kopf ein wenig eingezogen und schien sich in seiner Haut nicht wohlzufühlen, so daß für Sally feststand, daß er keine Schwierigkeiten wünschte, Nada sich jedoch durchgesetzt hatte.

»Laß es mich dir erklären«, begann Sir Guy und blickte Nada an.

»Die Zigeuner kampieren schon seit Jahren auf dem Gelände des Priorats – und zwar mit meiner ausdrücklichen Erlaubnis. Die Stelle, auf der sie sich befinden, benutzen sie jedes Jahr, weil sie dort den Fluß in der Nähe haben. Außerdem handelt es sich um Ödland, das für diesen Zweck bestens geeignet ist.«

Sir Guy machte eine Pause und trank einen Schluck Kaffee. Dann fuhr er fort:

»Ich kenne den Stamm schon seit langem. Du wirfst den Leuten vor, Lügner und Diebe zu sein, aber ich kann das nicht bestätigen. So weit ich weiß, haben sie meine Gastfreundschaft nie mißbraucht – außer, daß sie ab und zu einmal ein Karnickel gefangen haben, was ich ihnen jedoch von Herzen gönnte. Der Wagen, über den du dich so heftig entrüstest, Nada, gehört dem Anführer des Stammes. Er ist ein rechtschaffener, vernünftiger Mann, mit dem ich mich schon oft unterhalten habe. Im letzten Jahr ist ihm die Frau gestorben. Um so mehr hängt er natürlich an seinem Töchterchen. Ich kann seine Gefühle sehr gut nachempfinden. Er macht sich ihretwegen große Sorgen, jetzt, wo sie krank ist. Vielleicht fürchtet er, das Kind auch noch zu verlieren. Er erklärte mir – wie er das zweifellos auch dir gegenüber getan hat –, daß er seiner Tochter eine spezielle Zigeunermedizin verabreicht hat, die nur wirkt, wenn der Patient danach achtundvierzig Stunden ununterbrochen und ungestört schläft. Ich glaube nicht, daß irgendeine Macht der Welt den Mann im Augenblick bewegen könnte, sich mit seinem Wagen von der Stelle zu rühren, und ich denke auch nicht im entferntesten daran, etwas derartiges von ihm zu verlangen.«

Wieder machte Sir Guy eine Pause. Er räusperte sich und fuhr dann fort:

»Du hast vorhin davon gesprochen, der Standort des Wagens sei gefährlich. Ich habe das Flugfeld viele Jahre vor Ivor benutzt, und ich weiß, daß dem Wagen an der Stelle, an der er steht, nicht die kleinste Gefahr droht. Und auf deinen zweiten Einwand, daß die Zigeuner Ivors Versuche stören würden, kann ich nur sagen, daß Zigeuner nach meiner Überzeugung an Flugzeugen nicht das geringste Interesse haben, denn sie haben schon zu viele davon gesehen. Jedenfalls haben sie mir ihr Wort gegeben, das Flugfeld zu meiden; und sobald das Kind sich besser fühlt, wird der Wagen das Flugfeld räumen und dorthin gebracht werden, wo die anderen ihr Lager bezogen haben. Bis dahin, das versichere ich dir, wird Ivor in keiner Weise belästigt werden.«

Während Sir Guy sprach, saß Nada da, starrte ihn aus funkelnden Augen an und trommelte mit den Fingern unablässig auf die Tischplatte.

Jetzt sprang sie so heftig auf, daß ihr Stuhl beinahe umgekippt wäre.

»Du hast dir eine hübsch plausible Antwort zurecht gemacht, mein lieber Guy«, stieß sie höhnisch hervor. »Aber dir ist nicht klar, wie sehr du uns durch deine Einmischung bloßgestellt hast. Ja, das ist das richtige Wort: bloßgestellt – Ivor und mich. Du überläßt ihm das Flugfeld, versprichst ihm äußerste Geheimhaltung, machst ihn glauben, daß niemand das Gelände betritt, und dann erlaubst du einem Zigeuner und Miß St. Vincent, deine Anordnungen zu übertreten. Ja, du nimmst es sogar widerstandslos hin, daß diese Frau nicht nur mit dem Zigeuner gemeinsame Sache macht, sondern auch noch hinter meinem Rücken gegen mich intrigiert. Woher nimmt sie das Recht dazu? Sie, eine Fremde, ein Mädchen, von dem wir nicht das geringste wissen, spielt sich derart auf und stellt sich einfach zwischen uns, die wir durch die Bande des Blutes miteinander verbunden sind. Sag doch selbst, was wissen wir denn von ihr außer der Tatsache, daß dein Bruder klug genug war, noch im letzten Augenblick die Finger von ihr zu lassen und auf eine Ehe mit ihr zu verzichten ...«

»Nada, bitte!«

Sir Guy hatte die Rechte zur Faust geballt und ließ sie zornig auf den Tisch niedersausen.

»Das ist genug!« sagte er scharf. »Du vergißt, daß Sally unser Gast ist, und ich dulde nicht, daß man die Gäste in meinem Haus beleidigt.«

»Nein, es sind deine Verwandten, die man beleidigen darf. Ich bin es, die deine Unhöflichkeiten und Unverschämtheiten ertragen und mich dafür bei meinem Landsmann entschuldigen muß!« Die letzten Worte hatte Nada fast geifernd ausgestoßen, und in dem sie sich nun ausdrücklich mit Polen und nicht mit England identifizierte, war es offensichtlich, daß sie Sir Guy unter allen Umständen kränken wollte.

Nachdem sie geendet hatte, machte sie auf dem Absatz kehrt, rannte aus dem Zimmer und schlug die Tür mit einem lauten Knall hinter sich ins Schloß. Sekundenlang herrschte Schweigen, dann erhob sich Ivor Pawlowski.

»Ich werde zu ihr gehen«, sagte er. »Und für den Vorfall möchte ich mich entschuldigen.«

Er schaute Lady Thorne und danach Sir Guy an.

»Das mit dem Zigeunerwagen ist in Ordnung«, erklärte er. »Ich ... ich verstehe Ihre Entscheidung.«

Als er das Zimmer verließ, um Nada zu folgen, empfand Sally Mitleid mit ihm. Sie überlegte, ob sie sich nicht ebenfalls entschuldigen sollte. Schließlich war sie ja nicht ganz unschuldig an dieser peinlichen und beschämenden Szene.

Prue war es diesmal, die das Schweigen beendete.

»Weshalb ist sie denn so wütend?« fragte sie Lady Thorne, die Augen groß und einen verwirrten Ausdruck in dem kleinen Gesicht.

Lady Thorne lächelte.

»Mach dir deswegen keine Sorgen, Kleines. Die Erwachsenen sind manchmal genauso unbeherrscht wie die Kinder.«

»Die beiden sind Ausländer, nicht wahr?« fragte Prue in ihrer altklugen Art. »Ausländer sind manchmal so fürchterlich aufgeregt. Ich weiß das von den Indern. Die waren auch oft so. Richtig gefährlich konnten sie sein. An den Festtagen mußten wir deshalb immer in unserem Bungalow bleiben, nicht wahr, Nicholas?«

»Ja, sie schrien dann immer so, machten einen Höllenlärm und rollten sich auf der Erde herum«, bestätigte Nicholas.

»Ich erinnere mich«, begann Lady Thorne, »als ich vor vielen Jahren einmal in Indien war, da...«

Sie erzählte ihnen eine lange Geschichte von einer Galaaudienz, an der sie teilgenommen hatte, und fesselte damit die Aufmerksamkeit der Kinder, bis das Frühstück vorüber war.

Sally mußte feststellen, daß sie nach Nadas Auftritt keinen Bissen mehr herunterbekam. Schweigend und in sich gekehrt saß sie da und wünschte sich, nie ein Wort mit dem Zigeuner gesprochen und den Dingen einfach ihren Lauf gelassen zu haben.

Gleichzeitig jedoch gestand sie sich ein, daß sie es niemals fertiggebracht hätte, das Zigeunerkind einer Gefahr auszusetzen, nur weil Nada völlig unnötig ihren Willen hatte durchsetzen wollen.

Sie wagte es nicht, Sir Guy ins Gesicht zu blicken. Nadas Bemerkung über Tony und sie selbst hatte sie tief verletzt.

Lady Thorne, die als einzige von Nadas Ausbruch verschont geblieben war, unterbrach ihre Geschichte und sagte: »Würden Sie mir etwas Kaffee eingießen, Sally?« Als Sally aufsprang, fügte sie hinzu: »Danke, mein liebes Kind, Sie sind mir eine solche Hilfe.«

Es war, wie Sally wußte, Lady Thornes Art, sie zu trösten und sich für Nadas beleidigendes Verhalten zu entschuldigen. Doch so rasch vermochte sie mit der erlittenen Kränkung nicht fertigzuwerden.

Nach dem Frühstück eilte sie nach oben, um die Zimmer in Ordnung zu bringen. Nicholas und Prue folgten ihr und bettelten unentwegt, sie möchte mit ihnen zum Zigeunerlager gehen.

»Na gut«, gab Sally schließlich nach, weil sie sich sagte, daß sie in die Angelegenheit schon so tief verwickelt sei, daß es keine Rolle mehr spielte, wenn sie Nada noch mehr reizte.

Es war ganz klar für sie, daß sie mit Nada nun nicht mehr länger unter einem Dach leben konnte. Es war nur noch eine Frage von Tagen, bis die Mutter der Kinder aus dem Krankenhaus entlassen wurde und die beiden dann zu ihren Großeltern umsiedelten.

Sie, Sally, war dann von jeder Verantwortung frei, und mit fünfundzwanzig Pfund in der Tasche, konnte sie durchaus eine kleine Wohnung finanzieren, wenigstens so lange, bis sie eine Anstellung gefunden hatte.

Die Kinder überschütteten sie mit Fragen nach den Zigeunern und ihren Wagen, bis sie mit dem Aufräumen der Zimmer fertig war und sie alle drei schließlich über die Seitentreppe in die Küche hinunterstiegen.

Mrs. Harris, die dicke Köchin, die, wie Lady Thorne es vorausgesagt hatte, die willige Sklavin der Kinder geworden war, strahlte über das ganze Gesicht, als sie die Küche betraten.

»Ich wußte, daß ihr kommen würdet, meine Süßen!« rief sie und holte die Blechdose aus dem Küchenschrank, in der sie ihr Spezialgebäck aufbewahrte. Zu Sally gewandt, meinte sie: »Etwas besser sehen sie ja schon aus, unsere kleinen Engel, aber sie brauchen immer noch ordentlich was zwischen die Rippen. Von dem, was sie essen, könnte eine Maus jedenfalls nicht am Leben bleiben.«

»Glauben Sie das wirklich?« Sally lachte. »Die beiden haben inzwischen einen ganz gesunden Appetit entwickelt, und wenn sie noch länger hier bleiben, würden sie Ihnen die Haare vom Kopf essen!«

»Sollen sie nur, sollen sie nur«, erwiderte Mrs. Harris und lächelte selig, als Nicholas und Prue sich mit Hingabe dem Inhalt der Blechdose widmeten.

»Weshalb wir gekommen sind, Mrs. Harris«, sagte Sally, »ist, daß wir gern eine Schüssel von ihrer kräftigen Suppe hätten. Eins der Zigeunerkinder ist sehr krank, und wenn ihm etwas helfen kann, dann ist es ein Teller von Ihrer besonderen Rindfleischsuppe.«

»Können Sie haben«, erwiderte Mrs. Harris. »Zum Glück habe ich gestern noch einen großen Topf davon gekocht. Werde Ihnen was in die Schüssel füllen, und Sie sagen den Leuten, sie brauchten sie nur noch heiß zu machen, bevor das Kind sie ißt.«

Sie machte die Schüssel fertig, ohne dabei auch nur eine Sekunde lang mit Reden aufzuhören und die Kinder immer wieder aufzufordern, noch ein Plätzchen und noch ein Plätzchen zu nehmen.

Zuguterletzt mußten die beiden sich noch die Taschen mit gebrannten Mandeln füllen, bevor Mrs. Harris sie gehen ließ.

»Sie ist schrecklich nett«, sagte Prue zu Sally, während sie über den Rasen gingen.

»Sie braucht einfach ein paar Kinder, die sie verwöhnen kann«, antwortete Sally.

»Ein wahres Glück für uns«, meinte Nicholas ernst. »Doch ich glaube, Sally, daß ich dem Zigeunermädchen etwas von meinen Mandeln mitgeben werde. Wenn sie krank gewesen ist, wird sie etwas Süßes sicher mögen.«

»Sie wird begeistert sein«, gab Sally ihm recht.

Als sie jedoch bei dem Wagen anlangten, war die Tür verschlossen, und der Zigeuner saß auf der Treppe vor dem Eingang.

»Zeeta schläft noch«, berichtete er Sally. »Das Fieber ist jedoch zurückgegangen, und irgendwann heute abend wird sie aufwachen.«

»Ich werde kommen und nach ihr sehen«, versprach Sally. »Entweder heute noch, oder sonst morgen früh.«

Sie reichte ihm die Suppe und gab ihm die nötigen Instruktionen dazu. Er hörte ihr aufmerksam zu, und in seinen dunklen Augen war ein dankbarer Ausdruck.

»Sie sind sehr freundlich zu uns, Lady.«

»Ich bin froh, daß ich Ihnen helfen konnte«, erwiderte Sally. »Der Gedanke an Ihr krankes Kind wäre unerträglich gewesen, wenn ich mich nicht darum gekümmert hätte.«

Unerwartet faßte er nach ihrer Hand, drehte sie um und betrachtete ihre Handfläche.

»Eines Tages werden Sie selbst Kinder haben«, erklärte er. »Drei, vielleicht vier. Es werden gute Kinder sein, auf die Sie sehr stolz sein können. Aber zunächst müssen Sie über ein tiefes, gefährliches Wasser. Es wird dunkel um Sie sein, und Sie werden große Angst haben. Und doch werden Sie das Glück finden, dort, wo Sie es am wenigsten erwarten.«

Er gab ihre Hand frei, doch Sally rührte sich nicht von der Stelle. Sie stand da und blickte auf ihre Handfläche nieder.

»Wie können Sie das alles wissen, einfach indem Sie meine Handlinien betrachten?« fragte sie. »Glauben Sie wirklich daran?«

Der Zigeuner lächelte wie über die Frage eines unwissenden Kindes.

»Eines Tages werden Sie erkennen, daß ich die Wahrheit gesagt habe«, sagte er mit dunkler Stimme.

Die Kinder, die den Wagen von allen Seiten begutachtet hatten, kamen nun zurück.

»Oh bitte, können wir die anderen Wagen nicht auch sehen?« bat Nicholas.

»Ja, kommt mit«, sagte der Zigeuner. »Ich werde sie euch zeigen.«

Er ging mit ihnen zu dem angrenzenden Gelände, während Sally zurückblieb. Zu viele Fremde mochten die Zigeuner vielleicht beunruhigen. Sie setzte sich in das niedrige Gras, um dort auf die Rückkehr der Kinder zu warten.

Die Sonne war an diesem Morgen nur ab und zu einmal hervorgekommen. Über dem Land lagen immer noch dichte Nebelschleier, die vom Fluß heraufzogen. Der Himmel schimmerte weißlich, und die Konturen der Hügel waren nur schattenhaft zu erkennen.

Alles um sie her erschien unwirklich. In ihren Ohren klang immer noch die Stimme des Zigeuners. Sie fragte sich, ob die Zukunft, die er ihr vorausgesagt hatte, nur ein Traumgebilde gewesen sei.

Natürlich war es das! Es wäre lächerlich, daran zu glauben. Jeder Wahrsager redete davon, daß man ein tiefes Wasser überqueren mußte, und jeder Wahrsager weissagte einem Glück nach überstandener Not und Drangsal.

Letzteres zu prophezeien bedurfte wirklich keiner großen hellseherischen Fähigkeiten, und Hoffnung hegt der Mensch bis ans Ende seines Lebens.

Auch Sally spürte diese Hoffnung in sich. Warum sollte es ihr nicht eines Tages besser gehen, nachdem sie bis jetzt eigentlich nur Schweres und Bedrückendes hatte durchstehen müssen.

»Eines Tages werde ich das Glück finden!« sagte sie fest, als ihr Blick auf die bunten Zigeunerwagen fiel, hinter denen die Nebel aus dem Fluß aufstiegen.

In diesem Moment brach die Sonne durch die Wolken. Es war, als verpflichtete sich der Himmel selbst, ihr Versprechen einzulösen.

Sie fühlte sich plötzlich frei, alles um sie her war licht und hell. Sie glaubte endlich zu wissen, was Glück bedeutete und wie es die durchdringen konnte, die es festhielten in ihrem Herzen.

Den ganzen Tag über war sie sich der Verzauberung bewußt, die sie in diesem Augenblick erfaßt hatte.

Sie fürchtete sich zwar vor einer Begegnung mit Nada, empfand ein Gefühl der Scheu bei dem Gedanken an Sir Guy, doch beides beunruhigte sie überraschenderweise längst nicht mehr so stark, wie es vorher der Fall gewesen war. Etwas in ihr hatte sich gewandelt, war neu und anders geworden. Sie vermochte es nicht in Worte zu fassen, dennoch wurde sie sich dessen immer wieder bewußt.

Während sie den Kindern Geschichten erzählte, mit ihnen um die Wette durch den Garten lief oder die Sandgrube durchstreifte, war dieses neue Bewußtsein oder Selbstgefühl da. Ein kleines Feuer in ihr, eine Art Zuversicht, angefacht von der Sonne, die die Nebel durchbrach.

Am Nachmittag machte sie mit Nicholas und Prue eine so

lange Wanderung über die Heide, daß sie zu spät zum Tee kamen. Alle waren bereits damit fertig, als sie eintrafen.

Sally hatte vorgehabt, nach dem Tee zum Zigeunerlager hinunterzugehen und das kleine kranke Mädchen zu besuchen. Sie fand jedoch nicht mehr die Zeit dazu, denn die Kinder waren müde und mußten ins Bett gebracht werden.

Das Abendessen war anstrengend, weil Nada und Ivor Pawlowski zugegen waren und sich Nada die ganze Zeit über in eisiges Schweigen hüllte.

Sie sprach nur, wenn sie gefragt wurde und verströmte eine Atmosphäre von Kälte und Geringschätzigkeit.

Lady Thorne und Sir Guy taten so, als bemerkten sie nichts Ungewöhnliches an ihrer Art, und Sally fiel auf, daß Ivor Pawlowski sich große Mühe gab, sich mehr als sonst am Gespräch zu beteiligen. Offensichtlich hatte er das Bedürfnis, die anderen auf diese Weise für Nadas schlechtes Benehmen zu entschädigen.

Unwillkürlich kam ihr der Gedanke, daß zu temperamentvolle Menschen nicht sehr angenehm waren. Sie machten alles schwierig, für sich selbst und für ihre Umgebung.

Nur Sir Guy schien sich von Nada nicht aus der Ruhe bringen zu lassen. Er war ernst und gelassen wie immer.

Sally war sicher, daß Nada ihn liebte, und sie dachte, wie dumm es war, daß sie mit solchen Methoden versuchte, seine Aufmerksamkeit auf sich zu ziehen. Aber dann sagte sie sich, daß sie kein Recht zur Kritik hatte, nachdem es ihr selbst nicht gelungen war, das Interesse des Mannes zu wecken oder gar festzuhalten, den sie liebte.

Sekundenlang sehnte sie sich nach Tony, nach seiner ewig guten Laune, seinem Lachen, nach seiner Freundlichkeit und der Art, Gespräche in Gang zu halten, auch dann, wenn der andere scheu und schweigsam war.

Erstaunt stellte sie fest, daß es das erste Mal seit vielen

Tagen war, daß sie ihn vermißte. Es hatte so vieles gegeben, was sie beschäftigte und ablenkte, und obwohl sie sich oft einsam und furchtsam fühlte, war es sonderbarerweise nicht Tony als Person, den sie vermißte.

Ich bin dabei, meiner Verzweiflung Herr zu werden, dachte sie und spürte, wie ihr Herz vor Freude darüber schneller schlug.

Sie blickte über den Tisch, begegnete Nadas Augen und fühlte, wie ihr ein Schauder über den Rücken lief. Nada haßte sie – mit einem abgrundtiefen Haß.

Dennoch gab es keinen Grund, sich deswegen zu beunruhigen. Bald würde sie das Priorat verlassen. Dann war Nada wieder die einzige hier und konnte Sir Guy und Lady Thorne wie zuvor nach Herzenslust tyrannisieren und herumkommandieren.

Sally lächelte vor sich hin, aber die Bedrückung, die sie immer in der Nähe dieser Frau verspürte, blieb. Ja, als das Dinner zu Ende war, hatte Sally das übermächtige Gefühl, nicht länger mit der anderen in einem Raum sein zu können, und als die Damen sich in den Salon begaben, bat sie Lady Thorne, sich zurückziehen zu dürfen.

Lady Thorne schien Verständnis zu haben.

»Aber selbstverständlich, Liebes! Nun gehen Sie schon!«

»Darf ich sofort gehen?« fragte Sally. »Ich möchte heute Abend keinen Kaffee.«

»Ja, Liebes. Schlafen Sie gut.«

Lady Thorne beugte sich zu ihr hinab und küßte sie auf die Wange. Aufatmend verließ Sally ohne Nada anzuschauen, den Raum und eilte die Haupttreppe hinauf.

Als sie den oberen Korridor erreichte, warf sie einen Blick zu Nicholas hinein und stellte fest, daß er noch wach lag.

»O Sally, kommen Sie, und erzählen Sie mir eine Geschichte«, bettelte er.

»Ich werde nichts dergleichen tun«, antwortete sie. »Du solltest schon längst schlafen!«

»Ich kann doch nichts dafür, daß ich noch wach bin.

Meine Gedanken finden keinen Schlaf«, erklärte er seufzend. »Sie denken ganz von allein, und ich kann sie nicht aufhalten.«

Sally lachte. Wie gut kannte sie diesen Zustand. War es nicht etwas, das jedem von Zeit zu Zeit einmal widerfuhr?

Weil sie seinem kindlichen Charme nicht widerstehen konnte, gab sie nach. Sie setzte sich zu ihm aufs Bett und begann mit der Geschichte vom Müller und seinen drei Söhnen. Lange bevor der dritte Sohn sein Vermögen gemacht hatte, fielen Nicholas die Augen zu, und er war zu müde, um noch zu bemerken, daß die Geschichte ziemlich abrupt zu Ende ging.

Auf Zehenspitzen schlich Sally aus dem Zimmer und schloß leise die Tür hinter sich. Prue schlief tief und fest, und so gab es für Sally nichts mehr zu tun, als ihr eigenes Schlafzimmer aufzusuchen.

Es war erst kurz nach neun. Sie fühlte sich noch zu frisch zum Schlafen und bedauerte es, daß sie sich von Nada aus dem Wohnzimmer hatte vertreiben lassen, wo sie mit Sir Guy und Lady Thorne noch eine Stunde gemütlich hätte zusammensitzen können.

Sally liebte die Abende im Priorat. Sie waren so friedlich und behaglich, und schon oft hatte sie sich gewünscht, einmal einen Winter hier zu verleben, wenn draußen der Schnee lag und im Salon das Kaminfeuer prasselte.

Wie geborgen mußte man sich dann in diesem Haus fühlen! Welch ein Gefühl der Sicherheit mußte es einem dann vermitteln!

Zuflucht und Geborgenheit! Wie sehr hatte sie sich ihr ganzes Leben danach gesehnt!

Aber ihre Zeit im Priorat war bald abgelaufen. Sie würde immer dankbar sein für den Frieden und die Heilung, die sie hier gefunden hatte. Dennoch, nun hatte all das ein Ende; die nackte, grausame Wirklichkeit würde in wenigen Tagen wieder die Fänge nach ihr ausstrecken.

Einem Impuls folgend, huschte Sally aus dem Zimmer und über die Hintertreppe nach draußen.

Sie würde keine dieser letzten, kostbaren Stunden verschenken! Sie würde durch den Park spazieren und den Anblick des Hauses im Licht der hereinbrechenden Dämmerung genießen. Sie würde durch das Wäldchen gehen und dem Zigeuner einen Besuch abstatten. Sie würde ihn nach seiner kleinen Tochter fragen und ihn vielleicht – falls sie den Mut dazu aufbrachte – bitten, ihr noch einmal aus der Hand zu lesen.

Ich werde schon wie diese törichten Frauen, die ständig zum Wahrsager oder zur Kartenlegerin laufen! verspottete sie sich selbst.

Der Mond ging auf, tauchte das Haus und die Landschaft in silbernes Licht.

Sally blieb stehen und hielt den Atem an. Sie wagte es nicht, sich zu bewegen – aus Furcht, den Zauber des Augenblicks zu zerstören.

Dächer und Kamine offenbarten im Mondschein ein geheimnisvolles Leben, das der Helligkeit des Tages verborgen blieb. Die mächtigen Bäume umgaben sich mit flüsternden Schatten, und der Weg zum Wäldchen schimmerte wie ein silbernes Band.

Langsam schritt sie über den Rasen, eingesponnen in einen seltsamen Zauber, der sich noch verstärkte, als sie das Waldchen betrat und die Lichtspeere sah, die das Mondlicht auf den Waldboden warf, hier einen bemoosten Baumstumpf beschien, und dort einen bizarren Felsen zu gespenstischem Leben erweckte. Ja, auch der Wald hatte Anteil an der Verzauberung, die sie erfaßt hatte, und Sally kam sich vor wie in einem Märchen.

Schließlich gelangte sie zu dem Zigeunerwagen, dessen Fenster erleuchtet waren. Sally nahm an, daß das Kind inzwischen aufgewacht war, dennoch brachte sie es nicht fertig, die kleine Treppe hinaufzusteigen und an die Tür zu klopfen.

Gebannt blickte sie zu den anderen Wagen hinüber, in deren Mitte ein großes Feuer brannte. Hoch loderten die Flammen in den nächtlichen Himmel. Die Menschen hatten einen Kreis um das Feuer gebildet und lauschten dem wehmütigen Spiel einer Geige. In der Ferne rauschte der Fluß.

»Es ist wie im Traum!« flüsterte Sally.

Dann plötzlich, als fürchtete sie sich vor so viel Schönheit, stieg sie hastig die Stufen zum Wageneingang hinauf.

Sie klopfte an die Tür. Fast im selben Augenblick wurde sie geöffnet, und der Zigeuner stand vor ihr.

»Oh, Sie sind es!« rief er. »Kommen Sie herein, Lady!«

Sally trat ein und blickte sich um.

Das Kind saß aufrecht in seinem Bett, einen roten Schal um die Schultern gelegt. In der Hand hielt es die Schüssel mit Miß Harris Rindfleischsuppe.

»Es geht ihr besser«, sagte der Zigeuner, noch bevor Sally fragen konnte. »Meiner kleinen Zeeta geht es wieder besser.«

»Ja«, sagte das Kind mit seiner zarten Stimme.

Die Kleine besaß ein schmales dunkles Gesicht und sah wie eine Elfe aus. Das glatte Haar war zu Zöpfen geflochten, die ihr bis zu den Schultern reichten.

Im Wagen herrschte eine stickige Luft, die stark nach getrockneten Kräutern roch.

Die Petroleumlampe, die an einem Balken hing, verbreitete ein fahles Licht, und Sally konnte erkennen, daß das Innere des Wagens mit allen möglichen Gegenständen vollgestellt war.

Doch sie vermochte sich nur einen flüchtigen Eindruck zu verschaffen, denn der Zigeuner brachte ihr einen Stuhl und setzte ihn neben das Bett des Kindes.

»Nehmen Sie Platz, Lady«, lud er sie ein. Dann sagte er zu Zeeta: »Das ist die nette Lady, die dir die Suppe brachte.«

»Danke schön, Lady.«

Zeeta senkte ein wenig den Kopf und musterte Sally unter langen Wimpern. Sie war offensichtlich scheu.

»Ich bin ja so froh, daß du dich wieder besser fühlst«, sagte Sally sanft. »Wir alle haben versucht, ganz still zu sein, um dich nur nicht aufzuwecken. Heute morgen war ich mit einem kleinen Jungen und einem Mädchen hier, um nach dir zu sehen. Sie heißen Nicholas und Prue, aber wir konnten dich nicht sprechen, weil du noch fest geschlafen hast.«

Sally sprach mit dem Kind, um dessen Zutrauen zu gewinnen. Nun blickte Zeeta auf.

»Sind die Kinder jetzt auch hier?« wollte sie wissen.

»Nein, jetzt sind die beiden im Bett. Es ist ja schon ziemlich spät.«

»Manchmal bleibe ich noch viel länger auf«, sagte Zeeta stolz.

»Das kann ich mir denken«, antwortete Sally, »aber Nicholas und Prue müssen immer früh ins Bett. Sie haben es nicht so gut wie du und können in einem Wagen wohnen. Sie leben in einem Haus.«

»Haben sie schon immer in einem Haus gelebt?« wollte Zeeta wissen.

»Ja, immer«, erwiderte Sally. »Aber nun iß deine Suppe, sonst wird sie kalt.«

»Ja«, mischte sich der Zigeuner ein. »Iß deine Suppe, solange sie heiß ist. Es wird dir guttun.«

Das Kind gehorchte und nahm einige weitere Löffel Suppe. Dann hielt sie die Schüssel ihrem Vater hin.

»Ich mag nicht mehr!«

»Oh, bitte, noch ein paar Löffel – deinem Daddy zuliebe!«

»Nein, aber ich möchte einen Apfel haben.«

Von einem Regal nahm er einen Apfel, rieb ihn an seiner Hose ab, bevor er ihn Zeeta reichte.

Sie grub ihre kräftigen weißen Zähne in das saftige Fleisch, wobei sie Sally die ganze Zeit über beobachtete.

Der Zigeuner blickte Sally Zustimmung heischend an.

»Diese Nacht wird sie wieder schlafen«, sagte er, »und morgen wird sie sich wohl fühlen.«

»Ich freue mich für Sie!« Sally lächelte. »Ich freue mich ja so sehr für Sie. Aber nun muß ich gehen.«

Sie erhob sich. Ihr war klar geworden, daß sie mit dem Zigeuner jetzt nicht über sich sprechen konnte. Der Mann hatte nur Augen und Ohren für sein Kind.

Er öffnete ihr die Tür, und als sie die unterste Stufe erreicht hatte, wandte sie sich um und sagte so leise, daß Zeeta es nicht hören konnte:

»Dem kleinen Terrier geht es auch schon viel besser. Ich habe heute abend den Verband gewechselt. Die lange Rißwunde heilt ganz wunderbar. Ich weiß nicht, was Sie darauf getan haben, aber es muß ein Zaubermittel sein.«

Der Zigeuner lachte.

»Ja, das stimmt. Es ist ein Zigeunerzaubermittel. Noch eins! Wir haben so etwas, wie Sie wissen.«

»Ich weiß es, und ich werde immer an seine Wirksamkeit glauben, seitdem ich Zeeta und den Hund gesehen habe.«

Sally wandte sich zum Gehen.

»Gute Nacht. Morgen komme ich wieder. Dann bringe ich die Kinder mit.«

Er winkte zum Abschied, und Sally winkte zurück.

Langsam machte sie sich auf den Rückweg. Wieder nahm der Zauber der Nacht sie gefangen. Sie genoß die federnde Nachgiebigkeit der Tannennadeln unter ihren Füßen und das geheimnisvolle Rascheln der trockenen Blätter, wenn der Saum ihres Kleides über sie hinwegglitt.

Sie dachte, daß sie selbst wie eine Elfe oder eine Fee aussehen mußte, denn sie trug immer noch ihr knöchellanges Dinnerkleid aus weißem Chiffon, das Schultern und Arme freiließ.

Sie hatte die Sandgrube hinter sich gelassen und näherte sich dem Rand des Rasens, als sie vor sich eine dunkle Gestalt erkannte, die eiligen Schrittes auf sie zu kam.

Einen Moment lang glaubte sie, es wäre Ivor Pawlowski, der zum Flugfeld wollte, und sie erschrak bei der Vorstellung, ihm jetzt zu begegnen. Er verhielt sich ihr gegenüber zwar nicht so feindselig wie Nada, war aber auch nicht ihr erklärter Freund.

Dann stellte sie fest, daß es nicht der Captain, sondern Sir Guy war.

Reglos verharrte sie im Schatten der Bäume. Sie versuchte nicht, sich vor ihm zu verbergen, ging ihm aber auch nicht entgegen. Sie empfand keine Furcht vor ihm, da war nur ein leichtes Gefühl der Unsicherheit, weil sie nicht wußte, was er hier wollte und ob er damit rechnete, sie hier zu finden.

Er erreichte den Wald, ging weiter und sah sie zwischen den Bäumen stehen. Eine weiße Gestalt im Mondlicht, das blonde Haar schimmernd und leuchtend wie ein Heiligenschein.

Er kam auf sie zu, und nun konnte sie seine Züge im Mondlicht erkennen. Überrascht stellte sie fest, daß er sehr bleich war. Die Linien um Mund und Nase hatten sich tief in sein Gesicht eingekerbt, und die Augen lagen dunkel umschattet in tiefen Höhlen.

Er sprach kein Wort, während er sich ihr näherte. Sein Atem ging schwer und stoßweise. Dicht vor ihr blieb er stehen und sah auf sie nieder. Sein Blick war durchdringend, schien jede Einzelheit in ihrem Gesicht abzutasten. Schließlich sagte er mit einer Stimme, die Sally kaum wiedererkannte:

»Wo sind Sie gewesen?«

»Bei dem Zigeuner.«

»Ich dachte es mir! Ich sah Sie weggehen!«

Plötzlich streckte er die Hände aus und faßte sie bei den Schultern, und das geschah so unerwartet, daß Sally wie erstarrt stehen blieb.

»Brauchten Sie so dringend einen Mann, daß Sie zu dem Zigeuner gehen mußten?« Seine Stimme klang rauh vor unbeherrschter Wut. »Sie haben mir gesagt, Sie hätten mit Männern keine Erfahrung. Der einzige Mann in Ihrem Leben sei Tony gewesen. Ich hätte mir denken sollen, daß Sie Ihre Lektion bei ihm gelernt haben. Sie kleine Närrin, kann denn niemand Sie davor bewahren, sich selbst zu schaden.«

Seine Hände umspannten ihre Schultern wie Klammern, und Sally hatte den Eindruck, er hätte den Verstand verloren.

Noch bevor sie etwas sagen oder sich auch nur bewegen konnte, hatte er die Arme um sie geschlungen und preßte sie an sich.

»Wenn wir uns schon unsere Ideale und Illusionen nehmen wollen, warum tun wir es dann nicht gemeinsam?« fragte er und küßte sie.

Sein Kuß war hart und brutal.

Wie in einem Traum spürte Sally den Schmerz, den seine Lippen ihr zufügten. Sie wollte schreien, sich gegen ihn zur Wehr setzen – es gelang ihr nicht. Sie war machtlos gegen ihn.

Wieder küßte er sie – wild und leidenschaftlich. Es waren Küsse, die ihre Widerstandskraft erlahmen ließen und ihr den Willen raubten. Hilflos war sie ihm preisgegeben.

Plötzlich sprach er wieder. Er hatte den Kopf in den Nacken geworfen, der Mond beleuchtete seine Züge, seine Augen brannten, funkelten wie die eines Wahnsinnigen.

»Worauf warten wir noch?« sagte er. »Es gibt keine Wahrheit, keine Unschuld, keine wirkliche Schönheit in den Dingen! Es gibt nur den Hunger, die Gier und das Begehren des Mannes nach der Frau und der Frau nach dem Mann! Früher dachte ich einmal anders, früher glaubte ich an Gott – und an die Reinheit der Frauen. Inzwischen weiß ich, es war ein Irrtum. Aber was soll's! Warum nehmen wir uns nicht – du und ich – was wir brauchen? Warum genießen wir das Leben nicht, bis es schal und abgestanden geworden ist. Komm!«

Wieder küßte er sie, und nun waren seine Lippen noch fordernder. Sie glitten über ihre Wangen, über ihren Hals, über die blauen Adern, die hinab zu ihren Brüsten liefen.

Dann endlich gelang es Sally mit einer verzweifelten

Anstrengung ihres Willens, die Lähmung, die sie befallen hatte, abzuschütteln.

Nun wuße sie, daß Sir Guy von Sinnen war.

»Bitte, bitte!« hörte sie ihre Stimme schwach und flehentlich.

Aber wieder preßte er seinen Mund auf den ihren, und während er sie küßte, hob er sie auf seine Arme und drückte sie fest an sein Herz. Zum erstenmal erkannte Sally, wie stark er war. Er wandte sich um, und sie wußte, daß er entschlossen war, sie noch tiefer in den Wald hineinzutragen.

Endlich flutete die Kraft in ihren Körper zurück.

»Lassen Sie mich los!« schrie sie. »Sind Sie verrückt geworden, Sir Guy? Lassen Sie mich auf der Stelle los!«

Sie trat mit den Füßen, versuchte, sich seinem Griff zu entwinden, aber sie stellte fest, daß ihr Bemühen vergeblich war. Panische Angst griff nach ihr. Sie begann zu schreien.

Ihre Schreie schienen ihn zur Besinnung zu bringen. So plötzlich, wie er sie hochgehoben hatte, stellte er sie wieder auf die Füße. Er wich vor ihr zurück. Sie waren auf einer Lichtung angelangt, und das Mondlicht beschien sie.

»Well«, sagte er gepreßt, und seine Lippen verzogen sich zu einem zynischen Lächeln. »Du willst also reden. Also gut, rede! Alle Frauen müssen zuerst einmal ihre Wohlanständigkeit ins rechte Licht stellen, bevor sie nachgeben!«

»Ich... ich weiß nicht, wovon Sie sprechen!« flüsterte Sally.

Nun, da er sie losgelassen hatte, verspürte sie eine seltsame Schwäche, als würde sie ohnmächtig werden. Haltsuchend streckte sie die Hände aus, und da sie nichts fand, woran sie sich klammern konnte, zog sie das in Unordnung geratene Kleid zurecht und verschränkte die Arme über der Brust.

»Das weißt du sehr genau!« sagte Sir Guy.

»Aber nein!« widersprach Sally. »Oh, bitte, ich möchte ins Haus zurück!«

»Bist du sicher, daß du von der Liebe schon genug hast? Die Nacht ist noch jung.«

In seiner Stimme war ein seltsamer Klang, und Sally wußte, daß die Gefahr noch nicht gebannt war.

Sie begann zu zittern. Die Angst ergriff sie wie eine Woge. Erstarrt und hilflos stand sie vor ihm, die Augen entsetzt aufgerissen und voller Tränen.

»Was habe ich Ihnen denn nur getan?« fragte sie leise, mit dem Tonfall eines verängstigten Kindes. »Sie scheinen mich zu hassen – und... und doch haben Sie mich geküßt! Ich verstehe das nicht. Bitte, lassen Sie mich gehen!«

Er streckte die Arme aus und zog sie an sich. Sie machte nicht den Versuch, sich zu wehren, weil sie wußte, wie zwecklos es war.

Diesmal küßte er sie nicht. Statt dessen legte er seine Hand unter ihr Kinn und zwang sie, zu ihm aufzuschauen. Das Mondlicht lag voll auf ihrem Gesicht.

Lang und tief blickte er ihr in die Augen. Sie ließ es geschehen, widersetzte sich ihm nicht. Ihre Lippen bebten, ihre Augen hielten den seinen stand, forschten in seinem Gesicht. Sie versuchte zu begreifen, eine Erklärung für sein seltsames Verhalten zu finden.

Sein Mund war sehr nahe an dem ihren, und sie glaubte, daß er sie erneut küssen würde. Doch es drang nur ein leises, stöhnendes Flüstern an ihr Ohr:

»Mein Gott, sollte ich mich geirrt haben?«

Er ließ sie los. Sie stand da, ohne den Blick von ihm zu lassen. Die Tränen liefen jetzt über ihre Wangen, das Haar stand wirr um ihr Gesicht.

Dann sagte er plötzlich so barsch und laut, daß sie zusammenfuhr:

»Dann geh! Geh doch, wenn es das ist, was du willst!«

Blind vor Tränen suchte sich Sally einen Weg aus dem Wäldchen hinaus. Als sie den Rasen erreicht hatte, begann sie zu laufen – wie von Furien gehetzt.

XII

Sally öffnete die Augen, schloß sie und öffnete sie wieder.

Es ist nur ein Traum, dachte sie, wie sie nicht einmal, sondern tausendmal gedacht hatte, seitdem die Küste Englands hinter ihr im Dunst verschwunden war.

Das Dröhnen der Flugzeugmotoren war in ihren Ohren, und unter ihr dehnte sich die Unermeßlichkeit des Atlantischen Ozeans. Der graue Himmel und das graue Meer vermählten sich irgendwo am fernen Horizont, dessen Linie nicht einmal zu ahnen war. Die ganze Welt schien zusammengeschrumpft auf den engen Raum der Verkehrsmaschine mit ihren gelangweilten Fluggästen und dem unablässigen Dröhnen der Motoren, die den metallischen Riesenvogel unaufhörlich erzittern ließen.

Nein, es konnte nicht wahr sein – und doch gab es keinen Zweifel daran.

Sie, Sally St. Vincent, befand sich hoch über dem Atlantik auf dem Flug nach New York. Aber noch unfaßbarer war die Tatsache, daß Sir Guy neben ihr saß.

Nicht in ihren kühnsten Träumen hätte sich Sally eine solche Situation vorgestellt, und ihr koboldhafter Sinn für Humor wollte ein Lächeln auf ihre Lippen zaubern.

Doch die Angst und Sorge um Lynn ließen kein anderes Gefühl in ihr aufkommen als den verzweifelten Wunsch, so schnell wie möglich ihren Zielort zu erreichen.

Es kam ihr vor, als wäre eine Ewigkeit vergangen seit dem Augenblick, an dem sie gestern Morgen aufgewacht war mit dem festen, unabänderlichen Entschluß, das Priorat zu verlassen und sich irgendwo eine Stelle zu suchen.

Sir Guys Verhalten in dem kleinen Waldstück am Abend zuvor hatte sie aufs äußerste entsetzt.

Sie hatte nicht begreifen können, weshalb er so zornig auf sie gewesen war, weshalb er sich plötzlich von einem ernsten, zurückhaltenden Gentleman in einen unbeherrschten, heißblütigen und furchterregenden Charakter verwandelte, der ihr nicht nur körperliche und seelische Schmerzen zufügte, sondern sie auch – und das wagte sie kaum in Worte zu kleiden – aufs tiefste erniedrigte und entehrte.

Als sie am Abend zuvor ihr Zimmer erreicht hatte, warf sie sich aufs Bett und vergrub das Gesicht in den Kissen. Keuchend, völlig erschöpft und ausgebrannt lag sie da mit wild klopfendem Herzen. Und sie fühlte sich, als wäre rings um sie her die Welt eingestürzt.

Sie wußte jetzt, daß sie gehen mußte – und zwar auf der Stelle. Sie mußte das Priorat verlassen, durfte keine Minute länger damit warten!

Doch da waren Fragen, auf die sie keine Antwort fand. Was war geschehen? Was hatte sie nur getan?

Sie hatte einen Zigeuner besucht. Den Vater eines kranken Kindes. Das war alles.

Doch plötzlich fiel ihr die Geschichte ein, die Gertrud ihr erzählt hatte, und es fiel ihr wie Schuppen von den Augen. Sie begriff nun, daß Sir Guy geglaubt hatte, sie verhielte sich wie Lady Beryl.

Ihre Wangen brannten vor Scham, sie fühlte sich verkannt.

Aber sie wollte nicht ungerecht sein. War Sir Guys Reaktion nicht verständlich? Hatte er damals nicht eine Hölle durchlitten, als er erfahren mußte, daß die geliebte Frau ihn verlassen hatte und mit einem Zigeuner davongelaufen war?

Lady Beryls Liebhaber war aus dem selben Stamm gewesen wie Zeetas Vater. Konnte es da verwundern, wenn Sir Guy dem letzteren gegenüber voller Skepsis und Mißtrauen war?

Dennoch hatte Sir Guy etwas ganz Wesentliches übersehen: Daß er auf den Zigeuner eifersüchtig war, der ihm Lady Beryl genommen hatte, war einsichtig. Nicht aber, daß er es auch auf Zeetas Vater war. Denn Sir Guy hatte Lady Beryl geliebt, sie, Sally, war ihm jedoch gleichgültig. Es gab nichts, was sie und ihn miteinander verband – außer der Tatsache, daß sie Gast in seinem Haus war.

Es konnte höchstens möglich sein, daß er, auf Grund der erlittenen Enttäuschung und Schmach, jedes junge Mädchen aus seinem Bekanntenkreis verabscheute, weil er glaubte, sie alle wären von Natur aus treulos und keine könnte der exotischen Anziehungskraft eines Zigeuners aus dem Stamm seines ehemaligen Nebenbuhlers widerstehen.

Das muß es sein! dachte Sally, und sie versuchte, Sir Guys Handlungsweise in der vergangenen Nacht zu entschuldigen und ihr wild pochendes Herz zu beruhigen.

Dann drehte sie sich auf den Rücken und setzte sich auf. Sie spähte zu Romy hinüber, der winselnd und schwanzwedelnd versuchte, ihre Aufmerksamkeit auf sich zu ziehen. Und weil sie Trost brauchte und jemanden, mit dem sie reden konnte, erhob sie sich, nahm ihn auf den Arm und drückte ihn an ihre Brust.

»O Romy, Romy«, flüsterte sie. »Wenn du mir doch die Dinge erklären könntest! Ich begreife das alles nicht! Es ist einfach zu schwierig für mich. Mein Gott, wie dumm und töricht muß ich sein!«

Seit Tante Amys Tod hatten die Menschen sich ihr gegenüber sehr unverständlich verhalten.

Zuerst hatte Miß Mawson sie von der Farm vertrieben, dann verurteilte Lynn sie zum Schweigen, verbot ihr, jemandem zu sagen, daß sie beide Mutter und Tochter waren, und drängte sie, Hals über Kopf zu heiraten. Und jetzt hatte Sir Guy sie tödlich erschreckt, indem er sich ihr gegenüber vollkommen anders verhielt, als sie es je erwartet hätte.

Bei Erico hätte sie ein solches Verhalten nicht verwundert. Sir Guy dagegen hatte sie mit seinem wilden, unbeherrschten Überfall regelrecht entsetzt. Noch jetzt spürte sie den harten, schmerzhaften Druck seiner Arme, und ihre Lippen waren immer noch wund von der Grausamkeit seiner Küsse.

Warum? Warum nur war er so wütend auf sie gewesen? Und was hatte er damit gemeint, als er ihr tief in die Augen schaute und wie zu sich selbst sagte:

»Mein Gott, sollte ich mich so geirrt haben?«

Sally gab es auf, nach einer Antwort auf ihre Fragen zu suchen. Sie wußte nur, daß Sir Guy erreicht hatte, daß ihre Scheu vor ihm um das Tausendfache gewachsen war und daß sie nur noch den einen Wunsch hatte, zu fliehen, auf der Stelle dem Priorat den Rücken zu kehren und sich endlich auf eigene Füße zu stellen.

»Es muß meine Schuld sein«, murmelte sie kläglich. »Wo immer ich bin, ich reize die Menschen! Vielleicht ist es das beste, ich fahre nach Wales zurück und suche mir eine Stellung hoch in den Bergen, wo außer mir niemand ist als ein alter Bauer und seine Frau.«

Lange Zeit saß sie da mit Romy in den Armen. Sie grübelte und grübelte und fand keine Lösung. Endlich entschloß sie sich, wieder ins Bett zu gehen, obwohl sie sicher war, keinen Schlaf zu finden.

Erstaunlicherweise schlief sie jedoch nach wenigen Minuten ein, und noch erstaunlicher war es, daß sie von ihrem Ritter träumte, wie sie als Kind von ihm geträumt hatte. Es war ein verworrener und etwas zaghafter Traum, doch der Ritter war da mit seinem federgeschmückten Helm, und sie war glücklich.

Als sie aufwachte, hörte sie eine Uhr sechs schlagen. Sie blieb noch eine Zeitlang liegen, dachte über die Ereignisse des vergangenen Abends nach und stellte fest, daß dies das Glücksgefühl, mit dem sie aufgewacht war, allmählich wieder verdrängte.

Hastig stand sie auf, schlich auf Zehenspitzen zur Abstellkammer, wo ihre Koffer waren. Sie trug sie auf ihr Zimmer und begann zu packen.

»Es wird niemanden Ungelegenheiten bereiten«, sagte sie sich. »Die Kinder sollen sowieso in ein, zwei Tagen umsiedeln. Und wenn sie etwas früher nach Merton Grange kommen, wird Mrs. Redford bestimmt nicht böse darüber sein.«

Während Sally ihre eleganten Kleider in den Koffer legte, kam ihr der Gedanke, wie wenig sie damit in Zukunft würde anfangen können.

Die Geschichte von Aschenputtel rückwärts erzählt, dachte sie. Vergessen waren dic Wochen, in denen Seide und Satin den Hintergrund für eine neuentdeckte Schönheit gebildet hatten. Was auf sie wartete, war nicht der Prinz, sondern die Arbeit der Magd – des verachteten Aschenputtels.

Während der ganzen Zeit, in der sie packte, beobachtete Romy sie mit kummervollen, argwöhnischen Augen, den Kopf ein wenig zur Seite gelegt.

Sally hatte nach dem Aufstehen als erstes den kleinen Terrier versorgt. Sie hatte die Wunde ausgewaschen und ihm das Bein neu bandagiert. Es war erstaunlich, welche Fortschritte die Heilung in der kurzen Zeit gemacht hatte.

Auf drei Beinen hoppelte er breits im Garten umher, und es schien so, als hätte er das Schlimmste bald überstanden.

»Sowie ich mit dem Packen fertig bin, werde ich dich nach draußen bringen, mein Liebling«, sagte sie zu ihm, und er wedelte mit dem Schwanz, als verstünde er jedes Wort.

Es war halb acht, als sie ihn in den Garten brachte und zurückkam, um die Kinder zu wecken.

Sie hatte die beiden fertig gewaschen und angezogen, als sie auf dem Gang Gertruds schlurfende Schritte hörte. Sally war ein wenig geistesabwesend, weil ihr ständig die Frage durch den Kopf ging, wie sie Lady Thorne beibringen sollte, daß sie fest entschlossen war, das Haus unmittelbar nach dem Frühstück zu verlassen.

Sie fuhr zusammen, als es an die Tür klopfte und gleich danach Gertrud den Kopf ins Zimmer steckte.

»Sie werden am Telefon verlangt, Miß«, sagte die alte Hausangestellte. »Ein Ferngespräch aus London.«

»Aus London?« rief Sally.

Sie wußte sofort, daß es Mary war und daß Lynn etwas zugestoßen sein mußte.

Sie stürzte aus dem Raum und rannte, drei Stufen auf einmal nehmend die Treppe hinunter.

»Ich hab' das Gespräch in die Speisekammer gelegt!« rief Gertrud hinter ihr her.

Sally hastete den Gang hinunter, der zum Speiseraum führte. Sie schob den grünen Vorhang beiseite und betrat den Vorraum der Speisekammer. Das Telefon war noch eins von den altmodischen Wandtelefonen. Sie nahm die Hörmuschel in die Hand und preßte sie ans Ohr, dann neigte sie sich etwas vor, um ihren Mund nahe am Sprechtrichter zu haben, der an der Wand befestigt war.

»Hallo!«

Wie sie angenommen hatte, meldete sich Mary.

»Hallo, Sally.«

»O Mary, ist etwas mit Lynn?«

»Ja, Liebes.«

»Mein Gott, was ist geschehen?«

»Hör zu, Sally, Lynn ist in Schwierigkeiten, und ich möchte, daß du ihr hilfst.«

»Aber das ist doch selbstverständlich, Mary.«

»Ich wußte, daß ich mit dir rechnen könnte«, sagte Mary. »Weißt du, mir ist gestern nämlich etwas ganz Idiotisches passiert. Ich bin gestürzt und habe mir den Fußknöchel gebrochen. Drei Wochen muß ich das Bett hüten, stell dir das vor!«

»Oh, das tut mir schrecklich leid für dich.«

»Lynn rief mich gestern abend an und bat mich, unverzüglich nach New York zu kommen, und ich mußte ihr sagen, daß das ganz unmöglich sei. Sie war verärgert und wütend, aber nicht einmal das kann meinen gebrochenen Knöchel wieder gesund machen.«

Mary ließ ein kurzes Lachen hören, das jedoch nicht ein bißchen fröhlich klang. Dann fuhr sie fort:

»Es war eine sehr schlechte Verbindung, und außerdem

wollte Lynn nicht richtig mit der Sprache heraus. Aber sie ist in Schwierigkeiten, Sally, in ernsthaften Schwierigkeiten. Es muß etwas mit Erico zu tun haben und mit sonst noch etwas, über das sie sich jedoch nicht näher auslassen wollte, weil sie Angst zu haben schien, am Telefon darüber zu sprechen. Ich machte ihr also den Vorschlag, dich zu ihr zu schicken. Du bist der einzige Mensch, dem ich trauen kann.«

»Oh, danke«, sagte Sally.

»Ich weiß nicht, ob du mir nachher auch noch danken wirst«, erwiderte Mary mit einer Spur von Heiserkeit in der Stimme. »Lynn klang beinahe hysterisch. In diesem Zustand ist sie nicht besonders umgänglich, wie du weißt. Oh, ich wünschte, ich könnte zu ihr fliegen, um dich nicht damit belästigen zu müssen. Du bist noch viel zu jung für so etwas. Aber was will ich machen, ans Bett gefesselt, wie ich bin. Und Lynn sagte, daß sie aus New York nicht rauskönne. Ich begreife das zwar nicht, aber Lynn wollte nicht darüber sprechen.«

»Keine Sorge, Mary. Ich mache das schon!«

»Ich kann mir wirklich nicht vorstellen, was geschehen ist«, fuhr Mary fort, Sallys Bemerkung ignorierend. »Es muß etwas mit Erico sein, natürlich. Doch warum hat sie Südamerika verlassen – ausgerechnet in diesem Augenblick! Ich verstehe es nicht. Jedenfalls, das einzige, was wir tun können, ist, dich so schnell wie möglich über den großen Teich zu schicken, damit du herausfindest, was los ist. Lynn wohnt im Ritz-Carlton und hat sich dort aus einem Grund, den sie nur selbst am besten kennt, unter dem Namen einer Mrs. Donovan eingetragen. Sie legt allergrößten Wert darauf, daß niemand etwas von ihrer Anwesenheit in New York erfährt.«

»Aber wie soll ich dort hinkommen?« fragte Sally.

»Zunächst mußt du dich unverzüglich auf den Zug setzen«, sagte Mary. »Wenn du den noch erreichst, der um zehn von York geht, kämst du noch rechtzeitig zu der

Nachmittagsmaschine, die morgen früh in New York ist. Natürlich geht das nur, wenn noch ein Platz in der Maschine frei ist. Zum Glück habe ich deinen Reisepaß hier, und ein Freund in der Amerikanischen Botschaft wird sich um das Visum für dich kümmern. Wenn du in London bist, komm sofort zu mir, um es abzuholen. Ich habe dann auch etwas Geld für dich bereit liegen.«

»Ja, Mary.«

»Ich will dich jetzt nicht mehr länger mit meinem Gerede aufhalten. Das Wichtigste ist, du verpaßt nicht den Zug in York, hörst du?«

»Nein, verlaß dich auf mich!« versprach Sally. »Auf Wiedersehen, Mary. Bis heute nachmittag.«

»Auf Wiedersehen, Sally.«

Sally legte den Hörer auf die Gabel und holte tief Luft. Lynn war in Schwierigkeiten! Das war alles, was ihr Herz ihr sagte.

Sie eilte den Gang entlang zur Halle und lief dort direkt in Sir Guy hinein. In diesem Moment hatte sie alles vergessen, was zwischen ihnen war. Nur ein einziger Gedanke beherrschte sie: daß sie in York den Zehn-Uhr-Zug erreichen mußte.

»Oh, bitte!« sagte sie und legte ihm die Hand auf den Arm. Aus flehenden Augen blickte sie zu ihm auf. Ihre Worte überschlugen sich vor Eifer und Ungeduld: »Könnten Sie mich bitte nach York fahren, damit ich dort den Zehn-Uhr-Zug noch erreiche? Ich muß nach London! Es ist sehr, sehr dringend!«

»Aber warum? Und warum diese Eile?«

Sie zögerte sekundenlang, aber dann wurde ihr klar, daß ihr nichts anderes übrigblieb, als ihm die Wahrheit zu sagen.

»Ich muß heute noch die Nachmittagsmaschine nach New York bekommen.«

»Nach New York?«

Die Überraschung in seiner Stimme war deutlich zu hören.

Sally nickte.

»Mary Stubbs hat gerade angerufen.«

Als sie Marys Namen nannte, erkannte Sally an Sir Guys Gesichtsausdruck, daß er genau das vermutet hatte. Sie dachte erschrocken, nun vielleicht Lynns Geheimnis verraten zu haben, doch dann sagte sie sich, daß Lynn von Sir Guy nichts zu befürchten hatte.

Er stand vor ihr und blickte sie, die Stirn leicht gerunzelt, an.

»Aber wie können Sie allein nach New York fliegen?« fragte er nachdenklich.

»Ich muß!« erwiderte Sally. »Mary hat sich den Knöchel gebrochen. Und außer mir gibt es niemanden, der an ihrer Stelle reisen könnte. Es ist sehr, sehr dringend. Mary kümmert sich um mein Visum und das Flugticket. Ich werde das schon schaffen, aber bitte, ich muß diesen Zug in York erreichen! Könnte mich nicht jemand hinbringen?«

»Ich werde Sie hinbringen!« erklärte Sir Guy.

»Oh, danke, vielen, vielen Dank!«

Sally lächelte ihn an und vergaß im Augenblick ihre ganze Scheu und Verlegenheit vor ihm. Auch an das, was in der Nacht geschehen war, dachte sie nicht mehr. Nur ein Gedanke erfüllte sie: Lynn! Sie mußte nach New York, weil Lynn in Not war. Lynn allein war wichtig.

Sie warf einen Blick auf ihre Armbanduhr.

»Ich weiß nicht, ob meine Uhr genau geht«, sagte sie. »Ich habe kurz vor acht.«

»Es ist eine Minute vor«, antwortete Sir Guy ernst.

»Ich werde noch schnell die Kinder zum Frühstück herunterholen«, sagte sie hastig. »Wann müssen wir aufbrechen?«

»Gegen halb neun.«

»Well, zum Glück habe ich schon gepackt«, sagte Sally.

Dann fiel ihr ein, weshalb sie gepackt hatte, und fühlte, wie sie rot wurde.

Aus Angst, er könnte eine Erklärung von ihr verlangen, lief sie davon, um die Kinder zu holen.

Als sie dann mit Nicholas und Prue den Speiseraum betrat, fand sie die ganze Familie um den Frühstückstisch versammelt, und obwohl sie von allen Seiten bestürmt und um Erklärungen gebeten wurde, entging ihr nicht der Ausdruck der Genugtuung auf Nadas Gesicht.

Sir Guy verließ das Speisezimmer kurz vor Sally, deshalb bekam er die Frage nicht mehr mit, die Nada an Sally richtete.

»Werden Sie hierher zurückkehren?« Ihre Stimme zeigte eine gewisse Unruhe.

»Wenn Lady Thorne nichts dagegen hat«, erwiderte Sally. »Ich muß ja meinen kleinen Hund noch holen. Mrs. Harris wird sich während meiner Abwesenheit um ihn kümmern.«

»Ihren Hund?« fragte Nada verständnislos, und Sally bereitete es Freude, ihr zu antworten:

»Ja, er hatte sich das Bein gebrochen, und ich mußte ihn fast nur auf dem Zimmer halten. Deshalb werden Sie ihn noch nicht gesehen haben.«

»Seien Sie ganz beruhigt, Sally, Mrs. Harris wird bestens für Romy sorgen«, sagte Mrs. Thorne. »Die Gefahr ist nur: Wenn Sie sehr lange fortbleiben, wird er, wie ich fürchte, ziemlich rundlich werden. Mrs. Harris liebt Tiere über alles, aber sie neigt eben dazu, sie zu mästen. Schauen Sie sich nur ihre Katzen an, dann wissen Sie alles.«

»Oh, Sally, Sie werden uns doch besuchen, sobald Sie zurück sind, nicht wahr?« fragte Nicholas.

»Natürlich«, versprach Sally.

»Vielleicht haben wir bis dahin auch den Geheimgang ausgekundschaftet«, meinte Prue eifrig. »Wir werden uns alle Mühe geben, ihn so bald wie möglich zu finden. Es wäre doch schade, wenn wir zu Großvater umziehen müßten, ohne den Gang entdeckt zu haben, oder?«

»Ja, das wäre wirklich schade«, sagte Lady Thorne. »Aber was hindert euch daran, jeden Tag von Merton Grange herüberzukommen und eure Suche fortzusetzen? Bringt eure Spaten mit, und dann könnt ihr die Sandgrube so lange umgraben, bis ihr entweder Erfolg oder die Lust verloren habt.«

»Ja, das ist eine Idee«, meinte Nicholas. »Aber vielleicht haben wir Glück und stoßen heute schon darauf. Das würde uns eine Menge Umstände ersparen.«

»Eine ganze Menge«, erwiderte Lady Thorne ernst.

Sally trank ihren Kaffee aus und lief nach oben, um sich umzukleiden und Gertrud adieu zu sagen. Als sie wieder nach unten kam, den Reisemantel über dem Arm, hörte sie schon den Wagen, der vor der Tür vorfuhr.

Die Kinder warteten in der Halle, um sich von ihr zu verabschieden. Sir Guy kam aus der Bibliothek. Zu Sallys Überraschung nahm er Lady Thorne beiseite und wechselte leise einige Worte mit ihr, die niemand von den anderen verstehen konnte. Während sie noch miteinander sprachen, durchquerte Bateson, der Butler, mit einem schweren Lederkoffer die Halle und verstaute ihn im Kofferraum des Wagens.

Sally wollte schon ungeduldig werden aus Angst, den Zug zu versäumen, als sie hörte, wie Lady Thorne mit ihrer sanften, warmen Stimme sagte:

»Ich bin sicher, du tust das richtige, Guy. Deine Entscheidungen waren noch immer die besten.«

Dann zog sie ihren Sohn an sich und küßte ihn. Anschließend ging sie auf Sally zu und küßte sie ebenfalls auf die Wange.

»Auf Wiedersehen, mein liebes Kind«, sagte sie. »Wir alle werden Sie sehr vermissen. Bitte, schreiben Sie uns, sobald Sie Zeit dazu finden.«

»Auf Wiedersehen, Sally!« riefen die Kinder. »Und bitte, schreiben Sie uns auch! Auf Wiedersehen! Auf Wiedersehen!«

Sie folgten ihr nach draußen und sahen zu, wie Sally in den Wagen stieg und auf dem Beifahrersitz Platz nahm.

Sir Guy setzte sich ans Steuer, und erst in diesem Augenblick dachte Sally daran, daß sie nun eine sehr lange Zeit mit Sir Guy allein sein würde. Doch dann sah sie mit Erleichterung den Chauffeur hinten einsteigen.

Sir Guy betätigte den Anlasser, legte den Gang ein, und der Wagen setzte sich in Bewegung. Ein letztes Winken, und die Fahrt nach York hatte begonnen.

Mit einem Seufzer ließ Sally sich in das Polster ihres Sitzes zurücksinken. Sie hatte eine solche Angst gehabt, daß im letzten Moment noch etwas dazwischenkommen und ihre Abfahrt verhindern könnte.

Es wäre unausdenkbar, wenn sie den Zug verpassen, Mary enttäuschen und Lynn im Stich lassen müßte.

Sie sah zu Sir Guy hinüber. Sein Blick war fest auf die Straße vor ihm gerichtet, sein Profil streng und wie aus Stein gemeißelt. Sie fragte sich, woran er denken mochte, und hatte das Gefühl, daß die Ereignisse der vergangenen Nacht nur ein wirrer Traum gewesen waren.

Absolut nichts fand sie, worüber sie mit ihm hätte reden können, und da Sir Guy ebenfalls schwieg, verlief die ganze Fahrt in völligem Schweigen. Als sie den Bahnhof erreichten, eilte ein Träger auf sie zu und übernahm ihr Gepäck. Sallys Koffer wurden auf einen kleinen Handkarren geladen, und sie sah, daß der Mann Sir Guys Koffer dazu stellte.

»Ich werde Ihre Fahrkarte holen«, sagte Sir Guy, und dies waren die ersten Worte, die er seit dem Verlassen des Priorats sprach.

»Ich gebe Ihnen Geld mit«, entgegnete Sally schnell und nestelte an ihrer Tasche. Doch er schüttelte den Kopf und ging zum Fahrkartenschalter.

Als er zurückkam, machte er keinerlei Anstalten, ihr die Karte zu geben, sondern sagte bloß:

»Der Zug hält auf Bahnsteig sechs.«

Er ging voraus durch die Menge, und Sally folgte ihm, dankbar dafür, daß es jemanden gab, der ihr wenigstens für diesen Teil ihrer Reise die Sorge und Verantwortung abnahm.

Ein wildes Hin und Her herrschte auf dem Bahnhof. Fahrgäste drängten in die verschiedensten Richtungen. Vor den Sperren hatten sich regelrechte Menschentrauben gebildet, Gepäckträger schleppten Koffer und Taschen, und der Lärm, der gegen das gewölbte Glasdach brandete, besaß fast infernalische Ausmaße. Für ein Mädchen, das in der Stille und Einsamkeit der Walisischen Berge aufgewachsen war, hatte das ganze etwas Bedrohliches.

Ich muß unbedingt lernen, erwachsen zu werden und für mich selbst zu sorgen, schwor sich Sally im stillen.

Was sie brauchte, waren Erfahrung und Kenntnis von all den Dingen, die ihr bisher fremd gewesen waren. Mit einem jähen Gefühl der Furcht fragte sie sich, was ihr noch alles bevorstehen mochte auf dieser langen und ungewohnten Reise, die vor ihr lag.

Sir Guy schritt den Zug entlang bis zu einem Erster-Klasse-Waggon, wo der Dienstmann bereits auf sie wartete.

»Ich habe die beiden Fensterplätze belegt, Sir«, sagte dieser.

Sir Guy drückte ihm ein Trinkgeld in die Hand.

Sally stieg in den Wagen, und zu ihrer Überraschung folgte Sir Guy ihr. Er zog die Tür des Abteils hinter sich zu. Sie waren allein.

»Kommen... kommen Sie mit nach London?« fragte Sally stockend.

»Wenn Sie alleine reisen, komme ich bis New York mit«, erwiderte er.

Ihre Augen wurden groß.

»Oh, aber... aber das geht doch – nicht!«

»Warum nicht?« Die Frage kam scharf, und als Sally erschreckt schwieg, fügte er hinzu: »Sie sagten doch, daß Sie alleine reisen würden.«

»Ja, das schon. Aber... aber Sie brauchen doch nicht... Ich meine nur – meinetwegen... Das heißt, wenn Sie...«

Sally verhaspelte sich immer mehr. Sir Guy betrachtete sie ernst.

»Ich bin der Meinung, Sie sind zu jung und unerfahren, um eine solche Reise allein zu unternehmen.«

Sally schaute ihm in die Augen.

»Und es macht Ihnen nichts aus, mitzukommen?« Sie wußte nicht, weshalb sie ihm diese Frage stellte.

»Im Gegenteil, ich bin fest dazu entschlossen.«

Seine Antwort klang endgültig, fast schroff in seiner Entschiedenheit. Sally senkte den Blick vor ihm. In seinen Augen war ein Ausdruck, dessen Bedeutung sie jetzt nicht ergründen wollte. Aber anstatt überrascht zu sein, fühlte sie sich erleichtert, und es war dieses Gefühl der Erleichterung, das sie die ganze Reise über begleitete.

Der Zug hatte Verspätung, als er in London eintraf, und als sie Marys Wohnung erreichten, erfuhren sie, daß sie sich beeilen mußten, wenn sie auf der Amerikanischen Botschaft noch das Visum bekommen wollten. Die Fahrt dorthin nahm ebenfalls mehr Zeit in Anspruch als erwartet, und sie kamen erst in letzter Minute auf dem Flughafen an.

Sally war atemlos vor Aufregung, weil sie eine schreckliche Angst hatte, sie könnten die Maschine verpassen. Doch Sir Guy war die Ruhe selbst. In kürzester Zeit brachte er sie durch den Zoll, erledigte die Paßformalitäten im Handumdrehen, und Sally stellte voller Bewunderung fest, daß die Beamten ohne Ausnahme Haltung anzunehmen schienen, wenn seine achtunggebietende Gestalt vor ihnen stand.

Mehr als einmal lag es ihr auf der Zunge, ihm zu danken, aber zu guter Letzt brachte sie die Worte doch nicht über die Lippen. Zwei Tage zuvor noch wäre es ihr leicht gefallen, ihm zu danken, aber nach dem Vorfall von gestern abend, gab es den Sir Guy nicht mehr, den sie vorher gekannt hatte. Er war nun ein Fremder für sie, ein Mann, der sie geküßt und in die Arme genommen hatte – gewaltsam, gegen ihren Willen. Ein Mann, der ihr merkwürdige und unverständliche Dinge zugetraut hatte.

Aber – so fragte sie sich nun – war sie es wirklich, die er mit seinen wütenden Vorwürfen gemeint hatte? Oder war sie das Opfer einer Verwechslung geworden? Hatte er sie in einem Augenblick der Unzurechnungsfähigkeit für eine andere gehalten?

Das alles war so verwirrend. Sally versuchte, Klarheit in ihre Gedanken zu bringen, aber es war fast so, als würden sie durch das ständige Stoßen und Vibrieren der Maschine immer wieder durcheinandergerüttelt.

Was war mit Lynn geschehen? Unablässig zermarterte sie sich den Kopf mit dieser Frage. Und sie sagte sich, daß ihre Probleme viel zu nebensächlich seien, verglichen mit dem, was Lynn zugestoßen sein mochte. Lynn war in Not! Sie brauchte ihre Hilfe. Was konnte daneben noch von Wichtigkeit sein?

Mehr als einmal überlegte Sally, wie sie Sir Guy abschütteln konnte, wenn sie in New York angekommen waren. Sie hatte ihm bisher noch nicht ausdrücklich gesagt, daß sie sich mit Lynn treffen würde, und er hatte keine Fragen gestellt. Dennoch vermutete sie, daß er den Zweck ihrer Reise ahnte.

Mary hatte nicht widersprochen, als sie, Sally, ihr erklärt hatte, daß Sir Guy sie nach New York begleiten würde. Falls sie dies mißbilligte, so hatte sie sich jeder negativen Äußerung enthalten. Sally hatte eigentlich mit dem Gegenteil gerechnet.

Mein Gott, wie verzwickt und schwierig die ganze Sache war! Aber war das nicht ein Zustand, der bereits eine geraume Zeit andauerte? Eigentlich schon seit dem Tag, an dem sie die walisischen Berge verlassen hatte und nach London gereist war?

Sieht ganz so aus, als würde das zu einem Dauerzustand! Sie lächelte bei diesem Gedanken vor sich hin und fragte sich, ob es eigentlich möglich war, immer ein Kind zu bleiben.

Dann gab sie sich selbst die Antwort: Nein! Und tief in ihrem Herzen verspürte sie so etwas wie Abenteuerlust, den

Drang zum Wagnis und zur Bewährung. Vielleicht, so überlegte sie, ist es das Erlebnis dieses Fluges, die Tatsache, so hoch über den Wolken dahinzuschweben – an der Seite Sir Guys.

Was immer es sein mochte, sie fühlte eine seltsame Erregung in sich, ein Gefühl der Anspannung wie vor einem gefährlichen und zugleich beglückenden Abenteuer.

Es geschah endlich etwas. Die Dinge um sie her waren in Bewegung geraten. Die Lähmung und Verzweiflung, die sie nach Tonys Flucht wie in einem dunklen Verlies gefangengehalten hatten, waren zerstoben wie Morgengewölk an der Sonne.

Es war ein ganz neues Gefühl. In der Nacht zuvor, als Sir Guy sie geküßt hatte, war es noch nicht dagewesen. Da war sie überrascht und verängstigt gewesen, aber keinesfalls so verzweifelt, niedergeschlagen oder zerbrochen wie zuvor.

Das war es, worunter sie am meisten gelitten hatte: dieses schreckliche Gefühl der Entmutigung, des Herumgestoßenwerdens, der eigenen Wertlosigkeit. Das Leben war ihr leer und schal vorgekommen, und nun spürte sie plötzlich ein neues Vertrauen und Selbstbewußtsein, eine neue Lust zum Wagnis. Sie war jung, sie lebte, in ihren Adern pulsierte warmes Blut. Sie fühlte sich stark. Stark, allen Widerständen zu trotzen, allem Schlimmen ins Auge zu schauen, selbst den schwersten Schicksalsschlägen. Was hat es für einen Sinn, so schüchtern und furchtsam zu sein? fragte sie sich und beugte sich vor, um Sir Guy anzusehen.

»Sind wir bald da?« fragte sie ihn.

»Etwa in einer halben Stunde«, erwiderte er.

»Oh, das ist gut.«

Sally fühlte, wie ihr Herz schneller schlug. Sie war in Amerika! Sie war über den Atlantik geflogen! Das allein war schon ein herrliches Gefühl. Aber noch wunderbarer war der Gedanke, daß sie Lynn sehen würde. Lynn, die sie liebte.

Sie glaubte, Sir Guy eine Erklärung geben zu müssen. In etwa sollte er doch Bescheid wissen.

»Sie wissen, daß ich mich mit einer Mrs. Donovan treffe? Deshalb bin ich nach New York geflogen. Sie wohnt im Ritz Carlton.«

Sir Guy nickte.

»Mrs. Donovan«, sagte er. »Ich werde es mir merken.«

Sally war ihm dankbar, daß er keine weiteren Erklärungen von ihr verlangte. Es gefiel ihr so sehr an ihm, daß er ihr alles so leicht machte. Ein anderer hätte sie jetzt mit Fragen genervt, hätte sie gezwungen, zu lügen und Ausflüchte zu gebrauchen.

Wie sehr sie auf ihn zählen konnte, wurde ihr aufs neue bewußt, nachdem sie gelandet waren. Zahllose Zoll- und Paßformalitäten warteten auf sie. Um so überraschter war Sally, als sie feststellte, wie schnell Sir Guy sie auch hier durch die vielen Kontrollen hindurchschleuste. In außergewöhnlich kurzer Zeit saßen sie in einem Taxi, das sie zum Ritz Carlton bringen sollte.

In der Stadt herrschte eine entsetzliche Hitze. Die Luft schien zwischen den hohen Wolkenkratzern regelrecht zu stehen, so daß man fürchten mußte, zu ersticken.

Im Central Park lagen die Menschen unter den Bäumen im Gras und schienen sich vor Erschöpfung nicht mehr rühren zu können.

Sie erreichten das Hotel. Innen war es angenehm kühl. Sally ging zur Rezeption.

»Wohnt bei Ihnen eine Mrs. Donovan?« fragte sie, und ihre Stimme zitterte, während sie sprach.

Die Furcht, daß seit Lynns Anruf bei Mary und ihrer Ankunft im Hotel das Schlimmste hätte eintreten können, lastete plötzlich wie ein Mühlstein auf ihr.

»Miß St. Vincent?« erkundigte sich der Hotelsekretär in auffallend näselndem Tonfall. »Mrs. Donovan erwartet Sie. Wollen Sie gleich nach oben fahren. Es ist die Suite achthundertzwei.«

Sally drehte sich zu Sir Guy um.

»Werden Sie mich anrufen, sobald Sie die Möglichkeit dazu haben?« fragte er.

»Sie wohnen ebenfalls hier?« Sally war so erleichtert, daß sie hörbar aufatmete.

»Ja!« antwortete Sir Guy.

»Ich bin Ihnen sehr dankbar.«

Sie betrat den Lift, stieg auf dem 8. Stock aus und ging den Korridor entlang, bis sie die gesuchte Zimmernummer gefunden hatte. Sie läutete an der Tür, die Sekunden später geöffnet wurde. Rose stand vor ihr.

»O Rose!« rief Sally erfreut.

»Schön, Sie zu sehen, Miß«, sagte Rose. »Hatten Sie einen guten Flug? Madam ist im hinteren Zimmer.«

Es war eine riesige Suite. Die Tür zu Lynns Schlafzimmer stand offen, und Sally trat ein. Die Jalousien waren geschlossen, im Raum herrschte Halbdunkel. Es gab Sally einen Stich ins Herz, als sie Lynn sah, die, von vielen Kissen gestützt, im Bett lag.

»Lynn!« rief sie und fühlte, wie sich ihr der Hals zuschnürte.

»O Sally, mein Liebes.«

Lynn streckte ihr die Hand entgegen, und Sally eilte auf sie zu. Sie hätte Lynn gern geküßt, aber als sie näher zum Bett kam, sah sie voller Entsetzen, daß Lynn einen Verband um Hals und Kinn trug. Ihre Augen wirkten übergroß in einem bleichen Gesicht. Sie blickten starr zu Sally auf. Lynn sah krank aus, sehr krank.

»O Lynn, Liebling, was ist geschehen?« fragte Sally besorgt.

»Ich bin froh, daß du gekommen bist, Sally«, sagte Lynn. »Ich brauchte so dringend jemanden.«

Sekundenlang verstärkte sich ihr Griff um Sallys Hand. Dann sagte sie – wieder ganz die alte – voller Gereiztheit:

»Zu dumm, daß Mary sich ausgerechnet in dem Moment den Fuß brechen mußte, als ich sie brauchte.«

»Bitte, nun sag mir doch, was geschehen ist!« bat Sally. Sie war aufgeregt und den Tränen nahe.

»Ich weiß nicht, womit ich anfangen soll«, sagte Lynn. »Es gibt so vieles, was ich dir erzählen muß. Du würdest übrigens besser die Tür schließen. Man weiß nie, von wem man belauscht wird.«

Sally gehorchte. Doch kaum hatte sie die Tür geschlossen, als Rose ins Zimmer trat.

»Möchte Miß Sally nicht ihren Hut ablegen?« fragte sie. »Und soll ich etwas zu trinken bringen? Es ist sehr heiß draußen.«

»O ja, etwas zu trinken wäre wunderbar«, rief Sally. »Vielen Dank, Rose.«

Sie nahm den Hut vom Kopf und reichte ihn dem Mädchen.

Sie trug nur einen dünnen Flanellrock und eine Seidenbluse. Den Mantel hatte sie schon vorher abgelegt, doch es war ihr so heiß, als steckte sie in einem dicken Pelz.

»Du kannst später ein Bad nehmen«, sagte Lynn. »Bitte, schließ die Tür hinter dir, Rose!«

Dann waren sie allein. Sally kehrte zum Bett zurück.

»Was hast du angestellt, Liebling?« fragte sie. »Was hat der Verband um Hals und Gesicht zu bedeuten?«

Einen Moment lang füllten sich Lynns Augen mit Tränen.

»Mein Hals, Sally, mein Hals«, seufzte sie kummervoll. »Die Narben werden für immer zurückbleiben.«

»Narben? Welche Narben?« wollte Sally wissen.

Lynn schluckte, dann erwiderte sie:

»Vielleicht kommt alles wieder in Ordnung. Ich habe den besten Chirurgen von New York konsultiert. Er meinte, es bestünden gute Aussichten, daß sämtliche Verletzungen bestens verheilen. Doch auch saubere Narben brauchen ihre Zeit. Aber hör zu, Sally, niemand darf etwas davon erfahren! Niemand!«

»Was erfahren?« Sallys Stimme klang verwirrt. »O Lynn, nun sag doch endlich, was geschehen ist!«

»Ja, ich werde es dir erzählen. Von Anfang an.«

Die Tür wurde geöffnet, und Rose kam mit dem Getränk für Sally herein.

»Um Himmels willen, Rose, nun beeil dich schon«, sagte Lynn unwillig. »Geh, und mach die Tür wieder zu. Wir möchten nicht gestört werden!«

»Ich bringe doch nur den Drink für Miß Sally«, wehrte sich Rose. »Und regen Sie sich nicht auf. Sie wissen, was der Doktor gesagt hat!«

»Ja, ich weiß, was er gesagt hat.«

Rose verließ das Zimmer, und Sally nahm einen langen Schluck, bevor sie das Glas wieder hinstellte.

»Erzähl jetzt!« forderte sie Lynn auf.

Mit leiser Stimme begann Lynn:

»Am Morgen unserer Ankunft in Buenos Aires haben Erico und ich geheiratet. Niemand wußte etwas davon. Erico traf die notwendigen Vorbereitungen und hielt sie vor allen Leuten außer den zuständigen Amtspersonen geheim. Ich trat in der Stadt als Lynn Lystell auf. Ich hatte zwar mit einem Erfolg gerechnet, nicht aber mit dem rauschenden Triumph, der mir zuteil wurde. Es war einfach phantastisch und sehr aufregend. Überall, wohin ich kam, machten die Leute einen gewaltigen Wirbel um mich, und Erico begann eifersüchtig zu werden. Ich aber war so töricht, weiter darauf zu bestehen, unsere Heirat geheimzuhalten. Jetzt mache ich mir deswegen bittere Vorwürfe, aber zu der Zeit hielt ich es für vernünftiger, daß kein Wort davon an die Öffentlichkeit drang. Und zwar aus dem gleichen Grund, aus dem ich früher immer diese entsetzliche Angst hatte, es könnte jemand etwas davon erfahren, daß ich einmal verheiratet war.«

Erschöpft schwieg Lynn. Nach einer Weile fuhr sie fort:

»Um ganz ehrlich zu sein: Ich hatte Angst, etwas zu tun, was meinen Erfolg gefährden oder die Begeisterung der Menschen dämpfen konnte. Darling, die Blumen, die Geschenke, die Hochrufe der Menge, wenn ich erschien! Du hättest es erleben müssen! Zwanzig, dreißig Vorhänge an jedem Abend. Die Leute standen Schlange an den Theaterkassen und warteten oft Tage, bis sie eine Karte für meine Vorstellung ergatterten.«

Auf Lynns Gesicht erschien ein verzücktes Lächeln, dann wurde sie wieder ernst.

»Jedesmal wenn wir Buenos Aires für einige Tage verließen, schwor ich mir, daß ich bei unserer Rückkehr meine bereits erfolgte Vermählung bekanntgeben würde, ohne jedoch zu sagen, wann und wo wir geheiratet hatten. Ich wich wohl sehr von unseren ursprünglichen Abmachungen ab, obwohl Erico und ich immer wieder einmal etwas Zeit füreinander hatten. Und da wir zusammen in der Villa seiner Freunde wohnten, glaubte ich, er wäre zufrieden. Aber er gab sich nicht zufrieden mit dem, was er eine ›Hintertreppenaffäre‹ nannte. Mehr und mehr wuchs sein Zorn auf mich, seine Eifersucht auf meinen Erfolg stieg ins Grenzenlose. Ich war dumm, Sally, ich sehe das jetzt ein, aber es machte mir das größte Vergnügen, zu erkennen, wie groß meine Macht über ihn war. Schließlich war ich ja seine Frau, und ich sagte mir, es würde ihm nicht schaden, wenn einmal etwas nicht so lief, wie er es wollte. Ihm hatte die Welt schon immer zu Füßen gelegen. Er war reich. Viele Frauen hatten ihn geliebt, und er hatte ihnen immer seinen Willen aufgezwungen.«

Wieder entstand eine Pause in Lynns Redefluß. Dann sprach sie mit einem Seufzer weiter.

»Ich vergaß, daß die Südamerikaner leidenschaftliche Menschen sind. Eines Nachts besuchten wir einen Ball. Ich traf dort einen anderen Mann, der sich sehr um mich bemühte und ungeheuer charmant war – ein Chilene. Ich mochte ihn, und außerdem machte es mir Spaß, Erico ein wenig zu reizen. Ich flirtete also mit dem Chilenen und tanzte häufiger mit ihm, als es vielleicht klug gewesen ist. Und gegen Ende des Abends ging ich mit ihm in den Garten. Es war eine wundervolle Nacht, und wir wandelten zwischen den Blumenbeeten einher, als plötzlich Erico vor uns auftauchte. Ich sah sofort den Zorn in seinem Gesicht. Er stürzte sich auf meinen Begleiter, und zu meiner Beschämung muß ich sagen, daß mein junger Verehrer, anstatt sich Erico zu stellen, feige die Flucht ergriff. Erico war zweifellos der Größere und Stärkere, so daß es für den Chilenen vielleicht eine gewisse Entschuldigung gibt. Dennoch kann ich nicht umhin, ihn einen Feigling zu nennen.«

Während sie dann fortfuhr, weiteten sich Lynns Augen, und blankes Entsetzen spiegelte sich darin.

»Erico ging auf mich los. Er sagte, er könne es nicht mehr ertragen und werde dafür sorgen, daß kein anderer Mann mich mehr anschauen würde. Und ehe ich mich versah, spürte ich wahnsinnige Schmerzen an meinem Hals und in meinem Gesicht. Ich schrie und taumelte rücklings in das Blumenbeet hinter mir. Zum Glück, denn der Sturz bewahrte mich vor dem Schlimmsten. Jedenfalls stürzte ich zu Boden, und das Stilett, oder was Erico sonst in der Hand hielt, zerschnitt mir nicht das ganze Gesicht, sondern ritzte nur mein Kinn und meinen Hals.«

Lynn atmete heftig, ihre Stimme zitterte vor Erregung.

»Meine Schreie riefen Rose herbei. Sie suchte mich, weil sie der Meinung war, es wäre ohne Umhang draußen zu kühl für mich. Als Erico sie kommen sah und mich vielleicht sogar für tot hielt, floh er. Rose brachte mich nach Hause. Als sie sah, was Erico angerichtet hatte, war sie klug genug, sich die Konsequenzen vorzustellen, falls auch nur etwas von dem Vorfall an die Öffentlichkeit dringen würde. Wie hätten meine Fans reagiert? Welch ein Skandal wäre es gewesen, wenn sie erfahren hätten, daß ich kürzlich heimlich geheiratet habe und daß es mein eigener Ehemann war, der mich so zurichtete! Rose setzte sich dann mit meinem Manager in Verbindung. Es blieb uns nichts anderes übrig, als ihm die Wahrheit zu sagen. Er charterte ein Privatflugzeug, und schon vor Tagesanbruch befand ich mich auf dem Flug nach New York. Niemand weiß, daß ich fort bin, niemand weiß, wo ich mich aufhalte. Ich wohne hier als Mrs. Donovan und bin in den Händen des besten Schönheitschirurgen des Landes. Die Wunden werden heilen, und der Arzt hofft, daß die Narben mich nicht verunstalten werden. Doch ich muß Geduld haben und mich damit abfinden, daß so oder so feine Narben zurückbleiben werden. Das – Sally, ist meine Geschichte.«

»O Lynn, Lynn!«

Tränen rannen über Sallys Wangen. Fassungslos schüttelte sie den Kopf.

»Ich war eine Närrin!« flüsterte Lynn und schloß die Augen.

»Aber Erico?« fragte Sally. »Hast du ihn nicht wissen lassen, wo du jetzt bist? Was wird er nun tun?«

»Was kann er schon tun?«

Die Worte klangen müde und gleichgültig. Lynn schien völlig entmutigt zu sein, und Sally hatte nicht das Herz, weitere Fragen zu stellen.

Die Augen geschlossen, lag Lynn in den Kissen. Nun, da Sally sich an das Halbdunkel gewöhnt hatte, konnte sie erkennen, daß Lynn sichtbar gealtert war.

Zwar war sie immer noch schön, aber ihr Gesicht war schmal geworden, unter den Augen lagen tiefe Schatten, und ein feines Netz von winzigen Krähenfüßen war sichtbar geworden, die vorher nicht dagewesen waren.

Vor allem hatte Lynns Gesicht sein Leuchten, seinen Glanz verloren, den es in London noch besessen hatte. Es wirkte leer und teilnahmslos, und Sally dachte unwillkürlich, daß Erico Lynns Seele getötet hatte, als er versuchte, ihre Schönheit zu zerstören.

Sie hätte Lynn gerne gefragt, ob sie Erico vermisse, aber sie glaubte, diese Frage wäre zu persönlich, und fürchtete, Lynn könnte sie für aufdringlich halten.

»Wie kann ich dir helfen?« fragte sie schließlich, beugte sich über die Kranke und nahm Lynns Hand in die ihre.

»Es genügt, dich hier zu haben«, war die Antwort. »Ich

kann das Alleinsein nicht ertragen, und gleichzeitig will ich keinen fremden Menschen sehen. Wer in New York kennt schon eine Mrs. Donovan?« fragte sie mit einem plötzlichen Anflug von Humor.

»Wird man in Südamerika nicht Zeter und Mordio nach dir schreien?« fragte Sally.

»Darum wird mein Manager sich kümmern. Er wird bekanntmachen, ich hätte mich Hals über Kopf in ein Kloster zurückgezogen, oder ich weilte aus Krankheitsgründen bei Freunden auf dem Land. Er ist ein sehr cleverer junger Mann und einfallsreich wie alle Iren. Das einzige, weswegen wir uns Sorgen machen sollten, Sally, ist, daß ich meine Schönheit wiedererlange. Was bin ich noch – ohne meine Schönheit!«

Nun endlich wagte Sally die Frage, die ihr die ganze Zeit über auf den Lippen gelegen hatte.

»Und was ist mit Erico? Schließlich bist du doch mit ihm verheiratet!«

Lynns Lippen wurden schmal.

»Sieh dir an, was er mit mir gemacht hat!«

Noch einmal wagte Sally zu sagen, was sie dachte.

»Weil er dich liebt!«

»Eine merkwürdige Art, jemanden zu lieben«, antwortete Lynn.

Sally schwieg. Es war sinnlos. Sie glaubte, so unmöglich Erico sich auch benommen hatte, er mußte über Lynns plötzliches Verschwinden verzweifelt sein.

Sie ließ Lynns Hand los und nahm einen Schluck von ihrem Eisgetränk. Als sie das Glas absetzte, begann Lynn aufs neue zu sprechen.

»Ich bin so unglücklich, Sally«, sagte sie. »Ich hasse mein Leben. Ich wünschte, Erico hätte mich getötet. Ich möchte hier nicht bleiben. Ich weiß nicht, was ich überhaupt möchte. Ich weiß nur eins, ich möchte nicht häßlich sein, nicht entstellt und gezeichnet. Ich glaubte alles zu besitzen, was in der Welt Bedeutung hat, aber was ich wirklich habe, ist ein Hotelzimmer in New York, wo niemand mich kennt und niemand sich für mich interessiert. Und vor mir liegen Monate des Wartens, bis meine Wunden endlich verheilt sind!«

»O arme, arme Lynn!« sagte Sally.

Lynn schlug die Augen auf und blickte sie an.

»Es war sehr lieb von dir, herzukommen«, sagte sie langsam. »Aber Mary hätte dich nicht darum bitten sollen. Ich weiß, daß dies eine Strafe ist. Ich muß nun bezahlen für all das Schlechte, das ich im Leben begangen habe. Und schlecht habe ich vor allem an dir gehandelt.«

»O Lynn, Liebling! Was für ein Unsinn! Du warst stets wundervoll zu mir.«

»Wundervoll?« fragte Lynn. »Liebe, kleine Sally. Du warst immer so voller Vertrauen mir gegenüber, und ich bin stets so abscheulich zu dir gewesen. Tony hatte recht. Du bist viel zu gut und anständig – das ist es, was falsch an dir ist.«

»Ich ... ich weiß nicht, was du meinst«, sagte Sally verwirrt.

Lynn blickte zu ihr auf. In ihren Augen war der Ausdruck wirklichen Bedauerns.

»Hast du dich nie gefragt, warum Tony noch im letzten Moment von der Heirat mit dir zurückgetreten ist? Ja, natürlich hast du das! Weshalb stelle ich dir eine solch alberne Frage? Natürlich hast du dich das gefragt. Aber anständig, wie du nun einmal bist, hast du keine Antwort darauf gefunden. Ich werde sie dir jetzt geben. Ich werde sie dir geben, damit du erkennst, welch ein verdorbener, durch und durch schlechter Mensch deine Mutter ist und wie sehr sie all das verdient, was ihr zugestoßen ist. Das und noch viel, viel mehr. Tony liebt mich, Sally, meine Gute. Er liebt mich seit vielen, vielen Jahren, aber ich habe ihm das Versprechen abverlangt, dich zu heiraten, obwohl er sich mit Händen und Füßen dagegen gewehrt hat. Doch ich bestand darauf, weil ich ihn los sein wollte und weil du Geld hast.«

»O Lynn, Lynn, was redest du denn da?« rief Sally entsetzt.

»Ich sage die Wahrheit«, bekannte Lynn. »Und nun weißt du, daß du besser nach England zurückfliegst und mich allein läßt. Ich habe es verdient, allein zu sein. Ich habe es verdient – dies und alles –, was sonst mit mir geschehen ist. Komm, Sally, geh, und laß mich allein!«

Lynns Stimme erstarb nach diesen Worten, und helle Tränen liefen ihr über die Wangen.

XIII

Lynns Tränen riefen in Sally blankes Entsetzen hervor.

»Nicht, Liebling, nicht!« bat sie und hatte das Gefühl, die ganze Welt stürzte ein. Lynn weinte. Die schöne, elegante, einmalige Lynn, verzweifelt und zerbrochen an ihren Selbstvorwürfen.

Doch Lynn, einmal dabei, war entschlossen, den Kelch der Bitterkeit bis zur Neige zu leeren. Sie streckte die Arme aus und nahm Sallys Hände in die ihren.

»Ich muß es mir von der Seele reden!« flüsterte sie. »Ich muß! Während ich hier lag und auf dich wartete, hatte ich viel Zeit zum Nachdenken – und, Sally, zum erstenmal in meinem Leben habe ich erkannt, wie wenig Freunde ich wirklich habe. Wie wenige, beklagenswert wenige Menschen mich wirklich lieben – um meiner selbst willen lieben.«

»Aber Lynn, wir alle beten dich an!« widersprach Sally.

»Wir alle?« Lynn fragte es mit stockender Stimme. »Wie viele sind es denn? Mary – ja, Mary liebt mich, obwohl der Himmel wissen mag, warum! Und du liebst mich. Liebe, kleine Sally, warum habe ich mich nur derart an dir versündigt?«

»Aber das hast du doch nicht, Lynn. Das hast du nicht.«

»Das kannst du noch sagen, Sally?« fragte Lynn ungläubig. »Nachdem ich dir erzählt habe, wie ich mit Tony umgesprungen bin?«

Sally kniete neben Lynns Bett nieder.

»Hör zu, Lynn«, sagte sie ernst. »Ich war verletzt, als Tony mich verließ, weil ich nicht begriff, warum er das tat. Aber eins weiß ich nun ganz sicher: Ich habe ihn nicht wirklich geliebt. Ich glaube sogar, daß ich gar nicht weiß, was Liebe wirklich ist. Ich fühlte mich geschmeichelt, daß sich ein so attraktiver junger Mann wie Tony für mich interessierte. Und als er mich plötzlich sitzen ließ, fühlte ich mich elend, weil ich glaubte, mit mir stimmte etwas nicht. Doch wenn ich nicht so blind und einfältig gewesen wäre, hätte ich merken müssen, daß du es warst, die er liebte. Und wem könnte man das verdenken, wo du doch so wunderschön bist!«

»O Sally!«

Tränen erstickten Lynns Stimme. Sie vermochte kein Wort mehr hervorzubringen. Dann, nachdem sie Sallys Hände losgelassen und sich die Augen getrocknet hatte, sagte sie:

»Du beschämst mich. Ich verdiene deine Liebe nicht, weil ich ein solcher Egoist gewesen bin, und das mein ganzes Leben lang – ich sehe das jetzt. Immer wollte ich besitzen – nie etwas geben. Ich war auch grausam zu Tony – armer Tony.«

Wieder schüttelte sie ein heftiges Schluchzen. Dann, als sie sich etwas beruhigt hatte, fuhr sie fort:

»Es gab eine Zeit, in der ich glaubte, ihn ebenfalls zu lieben, und selbst da war ich ekelhaft zu ihm. Ich wollte nicht nur seine Liebe, ich verlangte völlige Unterwerfung von ihm. Ich entzog ihn seiner Familie – ja, Sally, ich versuchte vorsätzlich und ganz bewußt, ihn seiner Familie zu entfremden, zerstörte alles in ihm, was er an Liebe und Zuneigung für sein Zuhause und vor allem für seine Mutter empfand. Ich wußte, wie sehr er seinen Bruder achtete und verehrte und machte Sir Guy in seinen Augen so lange schlecht, bis er ihn fürchtete und haßte zugleich. Dabei war Tony nur einer unter vielen. Wie mit ihm, bin ich mit vielen Männern umgesprungen. Ich ließ niemals zu, daß ich ein Teil ihres Lebens, ihrer Umgebung und ihrer Familie wurde. Ich machte sie zu meinen willenlosen Sklaven, verschlang sie mit Haut und Haaren. Sie mußten ganz ausschließlich mir gehören. Ich unterwarf sie meinem Willen – und ich konnte es, weil ich schön war.«

In Lynns Stimme war so viel Verzweiflung und Schmerz, daß Sally mit Tränen in den Augen rief:

»Nicht, Lynn, quäle dich doch nicht so! Es ist nicht wahr! Du sagst das alles nur, weil du unglücklich und verzweifelt bist. Aber es ist nicht wahr, glaub es mir doch!«

»Ich wünschte, ich könnte es«, erwiderte Lynn.

Erschöpft ließ sie sich in die Kissen zurücksinken. Das Sprechen schien sie eine fast übermenschliche Anstrengung gekostet zu haben. Ihr Gesicht war bleich, die Augen glanzlos und müde.«

»Laß es gut sein, Sally«, sagte sie schwach. »Nacht für Nacht habe ich wachgelegen und nachgedacht, und zum erstenmal in meinem Leben habe ich einsehen müssen, daß mir meine Schönheit zu nichts verholfen hat, das im Leben wirklich zählt. Mit Ausnahme von dir und Mary gibt es niemanden in der Welt, der sich jetzt wirklich um mich sorgt.«

Sally erhob sich. Sie wanderte durch das Zimmer und empfand ein unsagbares Mitleid mit Lynn. Es bedeutete eine unerträgliche Qual für sie, Lynn bei ihren Selbstvorwürfen zuzuhören.

Sie wollte ihr helfen. Aber wie? Es schien nicht genug Worte zu geben, um Lynns Kummer und Schmerz ein Ende zu bereiten. Sallys Empfindungen mußten sich auf ihrem Gesicht widerspiegeln, denn Lynn streckte plötzlich die Arme nach ihr aus und sagte:

»Komm zu mir, Darling. Nun bin ich wieder einmal egoistisch gewesen und habe meine Last auf dich abgeladen.«

»O Lynn, ich kann nicht länger zulassen, daß du so redest, doch was soll ich tun?« fragte Sally verzweifelt.

»Nichts. Dies ist meine Strafe. Ich weiß es, Sally. Und ich bin mir auch darüber im klaren: Wenn Erico mich nicht verletzt hätte, ich hätte weitergemacht auf meine alte anmaßende und egoistische Art, ohne einen Gedanken an dich oder sonst jemanden zu verschwenden.«

»Du scheinst entschlossen zu sein, rücksichtslos mit dir ins Gericht zu gehen und kein gutes Haar mehr an dir zu lassen!«

Sally versuchte ein Lächeln, denn sie sagte sich, daß diese Selbstbeschuldigungen im Augenblick Gift für Lynn waren.

»Mein Darling!« rief Lynn. »Wie lieb du bist!«

Sally beugte sich zur ihr nieder und küßte sie sanft auf die Wange.

»Mach dir keine Sorgen«, sagte sie. »Es gibt noch so viel Schönes für dich zu tun, so viele Aufgaben, die auf dich warten und so viele Menschen auf der Welt, die dich verehren werden.«

Lynn lächelte.

»Wie böse würde Mary mit mir sein, wenn sie jetzt hier wäre«, sagte sie. »Aber gleichzeitig würde sie wissen, daß ich die Wahrheit gesagt habe. In ihrer ehrlichen und rechtschaffenen Art hat sie mich immer wieder gewarnt, hat mir das Unrecht vorgeworfen, das ich beging. Doch ich habe nicht auf sie gehört.«

»Wenn Mary jetzt hier wäre, würde sie sagen, du solltest aufhören zu weinen und uns lieber zum Lachen bringen.«

»Ja, ich glaube, das würde sie sagen. Die gute Mary! Wirst du sie heute abend anrufen und ihr Grüße von mir bestellen?«

»Natürlich werde ich das. Aber nun, Lynn wollen wir Pläne machen, wie wir die Zeit bis zu Marys Ankunft miteinander verbringen werden, nicht wahr?«

»Pläne«, echote Lynn. »Welche Pläne könnte ich schon machen? Ich werde Wochen vielleicht Monate ans Bett gefesselt oder zumindest in dieser Hotelsuite eingesperrt sein, bis mein Hals wieder verheilt ist. Der Arzt hat getan, was er konnte. Nur die Zeit kann den Rest erledigen. Er hat mir nicht einmal gesagt, ob die Verletzungen sehr schlimm sind oder nicht. Wenn ja, ist dies wohl das Ende meiner Karriere.«

»Nun, jetzt redest du Unsinn«, sagte Sally mit fester Stimme. »Dein Platz ist auf der Bühne. Das hat nichts mit deiner Schönheit zu tun. Mag sein, daß es einige Leute gibt, die dich nur sehen wollen, weil du reizvoll bist, aber du bist außerdem eine große Schauspielerin. Und ich bin hundertprozentig davon überzeugt, das Publikum wird in deine Vorstellungen strömen wie bisher, selbst wenn dein Gesicht ganz schlimm entstellt wäre.«

»Mein Gesicht ist entstellt«, sagte Lynn starrsinnig. »Ich werde auf meiner rechten Wange immer eine Narbe zurückbehalten.«

Sie hob die Hand und berührte vorsichtig den Verband unterhalb des Jochbogens.

»Ich bin sicher, daß man das nicht sehen wird«, sagte Sally. »Wenn du bedenkst, welche Wunder die plastische Chirurgie im Krieg vollbracht hat, dann glaube ich nicht, daß in dieser Hinsicht eine Gefahr für dich besteht. Es wird bestimmt nicht halb so schlimm sein, wie du es befürchtest. Jetzt also Schluß mit deinem Pessimismus! Du quälst dich nur unnötig.«

»Vielleicht tue ich das«, räumte Lynn ein. Dann sagte sie: »O Sally, ich bin ja so unglücklich.«

»Ist es nur wegen deines Gesichtes?« fragte Sally, die plötzlich das Gefühl hatte, daß es noch eine andere Ursache für Lynns Unglücklichsein gab.

»Nein«, gestand Lynn. »Aber ich kann nicht darüber sprechen.«

Sally drang nicht in sie. Statt dessen sagte sie: »Nun werde ich für dich sorgen und alles tun, um dich wieder aufzumuntern. Doch zuerst muß ich Sir Guy mitteilen, daß ich hier bleiben werde, und ihm noch einmal dafür danken, daß er mich begleitet hat.«

Lynn blickte überrascht auf.

»Sir Guy? Tonys Bruder? Ist er mit dir gekommen?«

Sally nickte.

»Als Mary anrief und ich schnellstens auf den Zug nach London mußte, fuhr er zu meinem Erstaunen mit. Ich fand das sehr nett von ihm, und es ist ganz typisch für die Freundlichkeit, die er und seine Mutter, Lady Thorne, mir entgegenbrachten von dem Augenblick an, da ich das Priorat betrat.«

»Aber daß er auch noch nach New York mitkam!« rief Lynn erstaunt. Dann blickte sie Sally forschend an. »Er liebt dich, nicht wahr?«

»Nein, natürlich nicht«, erwiderte Sally rasch. Aber dann erinnerte sie sich an die seltsame Begegnung im Wäldchen bei der Sandgrube und errötete schuldbewußt.

»Also doch!« Lynn ließ sich nicht von ihrer Vermutung abbringen.

Sally schüttelte den Kopf, und ihre Augen blickten bekümmert.

»Nein, glaube mir, es ist wirklich nicht so«, antwortete sie. »Ich habe immer geglaubt, er haßte mich, bis... well, bis zum Abend vor der Abreise – da war er sehr – seltsam. Aber bevor ich noch eine Erklärung für sein Verhalten fand, war ich schon auf dem Weg zu dir, und er begleitete mich.«

Sally war offensichtlich sehr erregt. Sie glaubte, sich vor Lynn rechtfertigen zu müssen. Aber mit unerwarteter Feinfühligkeit verzichtete Lynn auf weitere Fragen. Statt dessen sagte sie:

»Weiß er, daß du meinetwegen hergekommen bist?«

»Ich hab's ihm nicht gesagt«, erwiderte Sally beunruhigt. »Aber er weiß, daß ich an Marys Stelle herkam. Deshalb nehme ich an, daß er es wohl – vermuten wird.«

»Well, was macht das schon!« sagte Lynn und zuckte leicht die Schultern. »Früher hätte mich das entsetzlich aufgeregt. Jetzt ist es mir gleichgültig. Ich glaube, mir ist alles gleichgültig geworden.«

»Das ist nur, weil du dich noch so krank fühlst«, versuchte Sally sie zu trösten. »Bald wirst du wieder Freude am

Leben haben, und all dein Kummer wird verschwunden sein.«

»Niemals«, antwortete Lynn. Dann fügte sie hastig hinzu: »Sprechen wir nicht mehr von mir. Ich habe mich satt. Geh zu deinem Sir Guy. Erzähle ihm, daß du hier bleibst, um eine alte, gebrechliche und vom Leben enttäuschte Frau zu pflegen. Und wenn er dich zum Dinner ausführen möchte, nimmst du seine Einladung an.«

»Aber, Lynn, ich denke nicht daran, dich allein zu lassen!«

»Dummes Zeug! Es wird höchste Zeit, daß ich lerne, etwas weniger selbstsüchtig zu sein. Bitte, ersticke die ersten kühnen Versuche in dieser Richtung nicht gleich im Keim!«

Sie lächelte, und Sally lachte ein wenig unsicher. Es war für sie unendlich mitleiderregend, mitanzusehen, wie Lynn sich um Tapferkeit bemühte, obwohl sie kaum die Kraft dazu aufbrachte.

»Ich werde nach nebenan gehen und Sir Guy kurz anrufen«, sagte Sally. »Es wird nicht lange dauern.«

»Sei nett zu ihm«, sagte Lynn. »Er verdient es, denn ich habe alles getan, damit Tonys Familie mich haßt.«

Sally verließ Lynns Schlafzimmer und ging durch die Diele zum Wohnraum.

Allein stand sie zwischen dem steifen, unpersönlichen Mobiliar und versuchte, sich und ihre Gedanken zu sammeln. Was war mit Lynn alles geschehen! Sie versuchte, das Gehörte noch einmal Revue passieren zu lassen. Plötzlich glaubte sie Lynns Worte zu vernehmen, die diese zuletzt gesagt hatte.

»Ich habe alles getan, daß Tonys Familie mich haßt.«

Jetzt endlich wurde ihr vieles klar. Lady Thornes Bemerkungen über Tony, die stets so abrupt geendet hatten. Die Tatsache, daß er nicht mehr nach Hause gekommen war, daß seine Mutter keinen Brief mehr von ihm erhalten hatte, all das deckte sich genau mit der Zeit vor zwei oder drei Jahren, als er sich in Lynn verliebt hatte.

Kein Wunder, daß Lady Thorne immer so abfällig von Schauspielerinnen sprach. Kein Wunder, daß Sir Guy von einem Mädchen, das mit der Frau, die Tony ihm und seiner Familie völlig entfremdet hatte, unter einem Dach lebte, nicht viel hielt.

Sally schmerzte der Kopf. Zu vieles, was sie plötzlich zu verarbeiten hatte! So viele Rätsel lösten sich mit einem Mal auf, nachdem sie nun erfahren hatte, daß Tony immer nur Lynn geliebt hatte und nicht sie!

Oh, weshalb konnten sie mir das nicht sagen! dachte sie. Weshalb diese Heimlichtuerei, diese beschämende Art, mit einem Menschen und seinen Gefühlen zu spielen!

Wie hatte sie nur so leichtgläubig sein können! Vertrauensvoll wie ein Kind hatte sie geglaubt, daß Tony sie liebte. Dabei hatte sie noch nicht einmal damit begonnen, den Inhalt und die Bedeutung dieses Wortes zu begreifen.

Sie hatte ebenfalls geglaubt, daß sie ihn liebte. In Wirklichkeit war das, was sie für ihn empfand, nur die Gefühlsduselei einer selbstgefälligen und leicht zu beeindruckenden kleinen Landpomeranze gewesen.

Wenn sich Lynn in ihrer Selbstanschuldigung auch gedemütigt hatte, so hatte sie doch die Genugtuung, in dieser Geschichte eine führende Rolle gespielt zu haben.

Lynn mochte niederträchtig gehandelt haben, doch Niederträchtigkeit – so empfand es Sally – war längst nicht so beschämend wie diese schlichte, naive Einfalt, die sie selbst gezeigt hatte.

»Welch eine Närrin war ich doch!« murmelte sie und fühlte heiße Tränen der Scham und des Selbstmitleids in ihre Augen schießen.

Sie versuchte, sich zusammenzunehmen. Es war jetzt wirklich nicht der Augenblick, über all das nachzudenken! So vieles war zu tun. Da war Lynn, um die sie sich kümmern, der sie neue Hoffnung und neuen Lebensmut geben mußte.

Sally ging zum Schreibtisch und nahm den Hörer ab. Sie

ließ sich mit dem Empfang verbinden und erfuhr Sir Guys Zimmernummer. Wenige Sekunden später drang seine Stimme an ihr Ohr.

»Hallo«, rief er. »Sind Sie es, Sally?«

»Ja.«

»Ist alles in Ordnung?«

»Ich glaube schon«, erwiderte sie unsicher. »Ich würde Sie gerne sprechen.«

»Ich habe gehofft, daß Sie den Wunsch dazu haben würden. Kommen Sie zu mir, oder soll ich zu Ihnen kommen?«

»Oh, es ist wohl am besten, ich komme zu Ihnen«, sagte Sally rasch.

»Einverstanden! Ich habe Zimmer siebenhundertneunundachtzig. Eine Etage tiefer. Sie wenden sich nach links, wenn Sie den Aufzug verlassen.«

»Danke«, antwortete Sally. »Ich mache mich gleich auf den Weg.«

Sie legte den Hörer auf und dachte mit einem Seufzer, wie leicht es gewesen wäre, am Telefon mit Sir Guy über alles zu reden.

Es war immer etwas in seinen Augen, das sie verlegen machte, und seine Erscheinung hatte etwas so Imponierendes und Furchteinflößendes. Er ist so stark, dachte sie und begann im nächsten Moment zu zittern, weil sie sich plötzlich daran erinnerte, daß sie schon eine Kostprobe von seiner Stärke erhalten hatte.

Was war das nur gewesen gestern abend? Hatte er plötzlich den Verstand verloren? Oder gab es noch eine andere Erklärung für sein rätselhaftes, befremdendes Verhalten?

Zum erstenmal seit dem heutigen Morgen fielen ihr wieder seine wilden unbeherrschten Worte ein. Was hatte er damit gemeint? Warum hatte er ausgerechnet sie benutzt, um seiner Enttäuschung und seiner Verzweiflung Ausdruck zu verleihen?

Schon vom ersten Moment an hatte sie seinen Zynismus bemerkt. Jetzt wurde ihr bewußt, daß dieses Wort eigentlich nicht ausreichte, um die innere Not, in der er sich befand, treffend zu bezeichnen.

Fehlte ihm Lady Beryl wirklich so sehr? Oder war es noch etwas anderes, das ihn quälte?

Was hatte er gemeint, als er davon sprach, daß ihm alles mißlungen sei im Leben? Warum glaubte er nicht mehr an Gott und an die Treue der Frauen?

Ich fürchte, ich bin wieder einmal sehr dumm und einfältig, sagte sich Sally.

Ich werde wohl nie eine Antwort auf diese Fragen erhalten, dachte sie. Und Sir Guy selbst zu fragen, dazu würde sie wohl niemals den Mut aufbringen.

Von dem Augenblick an, da sie ihre Reise angetreten hatten, war er so umsichtig und zurückhaltend wie immer gewesen, und nun glaubte sie fast, den Vorfall im Wäldchen bei der Sandgrube geträumt zu haben.

Jedenfalls war dies das Ende ihrer Bekanntschaft, denn in Zukunft würden sie sich wohl kaum noch einmal sehen. Er würde wieder nach England zurückfliegen. Und sie würde bei Lynn bleiben, bis sie nicht mehr gebraucht wurde. Das konnte Wochen, aber auch Monate dauern, wie Lynn gesagt hatte. Jedenfalls zumindest so lange, bis Marys Fußknöchel wieder in Ordnung war.

Sally empfand einen jähen Schmerz in ihrer Brust, etwas wie Heimweh bei dem Gedanken, das Priorat nie mehr wiederzusehen.

Wie lieb sie das Haus gewonnen hatte! Die wohltuende Feierlichkeit seiner Mauern, die Atmosphäre des Friedens, die Schönheit der alten Möbel, der vergoldeten Spiegel und verwinkelten Gänge.

Es war ein Heim, wie sie es gerne selbst einmal besessen hätte.

Aber was hat es für einen Sinn, an so etwas zu denken? fragte sich Sally und stellte erschreckt fest, daß seit ihrem Telefongespräch mit Sir Guy bereits Minuten vergangen waren.

Sie sprang auf und warf einen Blick in den Spiegel über dem Kaminsims. Hastig ordnete sie ihr Haar, und unwillkürlich kam ihr der Gedanke, wie entsetzlich jung sie doch aussah.

»Ich hoffe, die Dinge werden einfacher für mich, wenn ich erst etwas älter bin«, sagte sie laut.

Als sie den Salon verließ, bemerkte sie, daß eine Tür in der Suite offenstand. Sie blickte in den Raum und sah Rose, die beim Bügeln war.

»Ich bin mal kurz weg«, rief sie. »Es dauert nur ein paar Minuten.«

»Ist schon gut, Miß«, antwortete Rose. »Werde mich um Madam kümmern, falls sie was brauchen sollte.«

Sally verließ die Suite und lief den Korridor entlang zum Aufzug.

Sie würde auf keinen Fall lange bleiben, es konnte sein, daß Lynn sie brauchen würde. Und sollte Sir Guy sie zum Abendessen ausführen wollen, was sie für höchst unwahrscheinlich hielt, hatte sie nicht die Absicht, seine Einladung anzunehmen.

Es war wundervoll von Lynn, so selbstlos zu sein, aber es war offensichtlich nicht gut für sie, allein zu sein und grübelnd im Bett zu liegen.

Sally läutete nach dem Aufzug, der sie zum nächsten Stockwerk brachte. Sie dankte dem Liftboy, wandte sich nach links, nachdem sie ausgestiegen war, und ging suchend den Gang entlang.

Einige Schritte vor ihr verließ ein Mann sein Zimmer. Er schlug die Tür mit einem lauten Knall zu und drehte den Schlüssel im Schloß. Plötzlich hörte sie, wie er einen überraschten Ruf ausstieß und rief:

»Sally! Natürlich ist es Sally!«

Sie wandte ihm das Gesicht zu und erkannte ihn sofort.

»Erico!«

»Sally! Sie hier in New York? Dann kann auch Lynn

nicht weit sein! Sie ist hier! Ich wußte es! Deshalb kam ich her. O Sally, wo ist sie? Du mußt es mir sagen!«

In seiner Erregung faßte er sie bei den Schultern und schüttelte sie.

»Aber, Erico, ich weiß nicht, was ich sagen soll!«

»Da gibt es nichts zu sagen«, erwiderte Erico. »Du führst mich auf der Stelle zu Lynn, hörst du?«

Seine Worte waren ein Befehl, aber seine Augen flehten sie an.

»Aber – das kann ich nicht«, stammelte Sally. »Zuerst muß ich Lynn fragen.«

»Dann ist sie also hier in diesem Hotel! O Sally, wenn du wüßtest, was ich durchgemacht habe. In ganz New York habe ich sie gesucht, bin verzweifelt durch die Straßen gelaufen, von einem Hotel ins andere gegangen. Überall sagte man mir, daß eine Frau, die aussähe wie Lynn, nicht dort wohne. Sally, bitte, laß sie mich sehen.«

»Erst muß ich Lynn fragen«, sagte Sally verwirrt und erschüttert über die unerwartete Begegnung.

»O bitte, sorge dafür, daß sie mich zu sich läßt!« flehte Erico. »Ich bin fast verrückt geworden vor Angst. Ich wußte nicht mehr, was ich tun und wo ich sie noch suchen sollte.«

Plötzlich veränderte sich der Klang seiner Stimme, und er fragte:

»Ist sie krank?«

Sally nickte.

»Ja, Erico.«

»Dios! Quenda mia! Es ist meine Schuld. Ich bin es, der sie krank gemacht hat. Ist es sehr schlimm?«

Sally holte tief Luft.

»Die Ärzte wissen noch nicht, wie groß die Entstellung sein wird.«

Erico legte die Hände vor die Augen, und Sally beobachtete ihn. Er spielte kein Theater, das wußte sie. Er litt, wie sie noch nie jemanden hatte leiden sehen.

Als er die Hände wieder sinken ließ, war sein Gesicht schmerzerfüllt.

»Wird sie mir jemals verzeihen?«

Sally machte eine kleine hilflose Handbewegung.

»Ich weiß es nicht. Ehrlich, Erico, ich weiß es nicht.«

»Sally, ich schwöre dir, ich würde meine rechte Hand dafür geben, wenn ich das Ganze ungeschehen machen könnte. Ich war wie von Sinnen. Sie machte mich verrückt mit ihrer Schönheit, mit ihrem Wunsch nach Geheimhaltung, und ich dachte... Oh, Gott allein weiß, was ich gedacht habe, aber es genügte, mir den Wunsch einzuflößen, den einzigen Menschen, den ich jemals geliebt habe, zu töten. Was soll ich nur tun? Sag es mir, Sally, was soll ich tun?«

Es war ein Hilfeschrei, wie Sally ihn noch nie gehört hatte. Sie hatte gedacht, sie würde Erico hassen für das, was er Lynn angetan hatte. Doch nun empfand sie Mitleid mit ihm – nichts als grenzenloses Mitleid.

Liebe hatte ihn zu diesem Verzweiflungsakt getrieben, und Liebe hatte ihn auch leiden lassen und im Leiden geläutert.

Er sieht älter aus, dachte sie und stellte fest, daß sein Gesicht hager und eingefallen war. Sie war fest davon überzeugt, daß er es ehrlich meinte mit dem, was er ihr gesagt hatte. Sie glaubte ihm, daß er Lynn verzweifelt gesucht hatte.

Einen Moment zögerte sie noch, dann sagte sie:

»Hören Sie zu, Erico. Da Sie mich gesehen haben, wissen Sie, daß Lynn sich hier im Hotel aufhält. Es wäre also sinnlos, Ihnen jetzt noch etwas vorzumachen. Ich werde Sie deshalb zu Lynns Suite mitnehmen. Sollte sie es jedoch ablehnen, Sie zu sehen, machen Sie keine Szene. Sie werden dann wieder gehen! Versprechen Sie mir das! Versprechen Sie mir, in dem Fall sofort zu gehen und sich den Zutritt zu ihr nicht zu erzwingen! Versprechen Sie mir, zu warten, bis Lynn Sie sehen will – falls sie es überhaupt jemals will?«

»Oh, danke! Ja, ja, ich verspreche es!«

Seine Stimme klang so zerknirscht und unterwürfig, und es lag soviel Dankbarkeit darin, daß Sally ein schwaches Lächeln nicht unterdrücken konnte.

Was hatte Erico für eine Veränderung durchgemacht? Wie ein verwegener Pirat war er ihr vorgekommen, als sie ihn das letztemal gesehen hatte. Die Welt lag ihm zu Füßen, als Lynn seinen Verlobungsring trug.

Und nun war aller Stolz, alles Feuer aus ihm gewichen. Er wirkte verloren und niedergedrückt, weil er die Kontrolle über sich verloren und sich vergessen hatte.

»Kommen Sie!« sagte Sally.

Sie ging mit ihm zum Aufzug, und sie betraten gemeinsam den achten Stock. Vor Lynns Suite zögerte Sally erneut. Was war, wenn sie einen Fehler machte und Lynn böse auf sie sein würde? Sie blickte zu Erico auf.

»Sie versprechen mir also ehrlich, wieder zu gehen, wenn Lynn sagt, daß sie Sie nicht sehen will?«

Ihr Gesicht war so ernst und voller Sorge, daß er lächelte und ihr mit dem Handrücken über die Wange strich.

»Gute, kleine Sally«, sagte er, »hab keine Angst. Ich habe meine Lektion gelernt – doch leg ein gutes Wort bei Lynn für mich ein. Bitte! Sag ihr, ich müsse sie sehen, und wenn es nur für Sekunden ist. Auf den Knien werde ich zu ihr kriechen, wenn sie es von mir verlangt.«

»Warten Sie hier!«

Sally öffnete die Tür der Suite und ließ ihn in die kleine Diele eintreten, dann ging sie zu Lynns Schlafzimmer.

Sie klopfte an und trat ein. Lynn lag da, wie Sally sie verlassen hatte. Das Gesicht hob sich bleich von den Kissen ab, die Hände lagen kraftlos auf der Bettdecke.

»So rasch schon zurück, Sally?« fragte sie müde, als Sally eintrat. Sally schloß die Tür hinter sich.

»Lynn«, sagte sie, »als ich eben nach unten ging, habe ich jemanden getroffen.«

»Ich glaubte, du wolltest zu Sir Guy.«

»Ja, aber ehe ich die Tür seines Zimmers erreichte, begegnete mir jemand auf dem Korridor«, erwiderte Sally. »Jemand, der dich sehen möchte.«

Sallys Tonfall sagte mehr als ihre Worte. Lynn schaute sie an, die Augen weit aufgerissen.

»Doch nicht... doch nicht..«

Sie brach ab, unfähig, den Namen über die Lippen zu bringen.

»Erico«, beendete Sally den Satz an Lynns Stelle. »Ja, es ist Erico. O Lynn, er macht sich solche Sorgen um dich. Er sucht dich seit Tagen. In jedem Hotel von New York hat er schon nach dir gefragt. Er ist schrecklich unglücklich. Er möchte, daß du ihm vergibst.«

»Erico!«

Lynn flüsterte den Namen beinahe. Dann kehrte in ihren Blick plötzlich die alte Lebendigkeit zurück. Erstaunt stellte Sally fest, daß Lynns Augen mit einem Mal vor Tatkraft und Aufregung zu blitzen begannen.

Ihre Wangen färbten sich langsam, ihre Finger bebten, während sie den Verband um ihren Hals berührten.

»O Sally!« rief sie. »Ich habe mich so nach ihm gesehnt! Wo ist er? Bring ihn zu mir!«

In ihrer Stimme schwang unsagbares Verlangen. Sally spürte, wie ihr die Tränen in die Augen traten. Sie vermochte nicht zu sprechen. Sie öffnete einfach die Tür.

Erico stand draußen und machte einige Schritte ins Zimmer. Dann verharrte er und starrte Lynn sekundenlang schweigend an. Seine Blicke suchten die ihren. Lynn zitterte am ganzen Körper, ihr Gesicht war weiß und verzerrt, doch ihre Augen leuchteten.

Es knisterte vor Spannung zwischen den beiden, und Sally glaubte, die Herzen der beiden pochen zu hören. Mit einem Schrei, der halb triumphierend, halb wie ein Stöhnen klang, warf sich Erico vor Lynns Bett auf die Knie.

Dann war seine Wange an der ihren, seine Arme umschlangen ihren Hals, und ihre Stimmen, heiser vor

Leidenschaft und Ergriffenheit, vermischten sich zu einem unverständlichen Gewirr von Lauten.

Sally ließ die beiden allein. Leise schloß sie die Tür hinter sich. Tränen rannen über ihre Wangen. Als sie stehenblieb, um sich die Augen zu wischen, sah sie Rose, die aus ihrem Zimmer getreten war und zu ihr hinüberblickte.

»Rose!« rief sie, und Rose lächelte ihr zu.

»Endlich ist er gekommen«, sagte sie. »Ich hab' mich schon gefragt, wie lange wir noch warten müssen. Nun ist alles gut. Nun wird Madam sehr schnell wieder gesund werden.«

»Das will ich hoffen«, sagte Sally. »Ist Lynns Hals sehr schlimm verletzt?«

Rose verzog das Gesicht.

»Schlimm genug«, antwortete sie. »Und für Madam war's eine Tragödie, daß ihr so was überhaupt passieren konnte. Das Entsetzen darüber war tiefer, als die Wunden, die er ihr zugefügt hat, verstehen Sie?«

»Ja, natürlich verstehe ich«, sagte Sally. »Ihre Schönheit war bis dahin vollkommen und ohne jeden Makel.«

Rose lächelte.

»Wenn sie glücklich ist, wird sie immer schön sein«, sagte sie. »Ich bin so froh, daß er gekommen ist.«

Sie kehrte in ihr Zimmer zurück. Vor der Tür blieb sie stehen und wandte sich noch einmal zu Sally um.

»Arme Miß Sally, nun haben Sie die weite Reise umsonst gemacht. Aber wenn Sie nicht schon früher mal in New York waren... die Stadt ist gar nicht so übel. Obwohl ich London jederzeit dagegen eintauschen würde.«

Sie verschwand in ihrem Zimmer und schloß die Tür hinter sich. Sekundenlang stand Sally da und schaute ihr nach.

Tatsächlich, sie hatte die Reise eigentlich umsonst gemacht! Nun, da Lynn und Erico wieder vereint waren, wurde sie nicht mehr gebraucht. Was sollte sie jetzt Sir Guy sagen? Sie entschloß sich, wenigstens zu ihm zu gehen und ihn von der neuen Situation in Kenntnis zu setzen. Sonst würde er noch glauben, sie hätte sich im Hotel verlaufen.

Diesmal erreichte sie seine Tür ohne Zwischenfall. Sie klopfte an und trat unmittelbar danach ein.

»Es tut mit leid, daß es so lange gedauert hat«, sagte sie.

»Ich dachte schon, Sie hätten sich verirrt«, meinte Sir Guy.

»Nein, nein«, antwortete Sally, »aber... aber es ist mir... etwas dazwischengekommen.«

Schwierig, dachte sie, Sir Guy etwas zu erklären, wo ich Lynns Identität nicht preisgeben soll!

»Wollen Sie nicht Platz nehmen?« fragte er.

Er deutete auf einen Armsessel, der mit grauem Velour bezogen war. Sally sah sich in dem kleinen Wohnraum um, der ganz in Silbergrau gehalten war. Unwillkürlich mußte sie denken, wie deplaziert Sir Guy darin wirkte.

Wenn sie sich eine Umgebung für ihn vorstellte, dachte sie immer an das Moor, das sich weit bis zum Horizont erstreckte, oder an die Bibliothek mit den zahllosen Büchern und den Bildnissen seiner Vorfahren an den Wänden.

Dieser winzige Raum mit seiner zierlichen Einrichtung schien ihn regelrecht einzuengen. Sir Guy wirkte darin wie ein Adler, den man in einen Vogelkäfig gesperrt hatte.

»Nun, haben Sie mir nichts zu sagen?« fragte er.

Entsetzt stellte Sally fest, daß er eine Erklärung von ihr erwartete.

»Ich hatte Ihnen etwas zu sagen«, begann Sally lahm. »Doch auf dem Weg zu Ihnen ist etwas geschehen, und nun hänge ich völlig in der Luft. Ich weiß nun nicht, ob ich bleiben oder gleich wieder nach England zurückkehren soll.« Und weil sie mit einem Mal fürchtete, er könnte ihren Worten eine falsche Bedeutung beimessen, fügte sie hastig hinzu: »Aber nicht, daß dies irgendwelche Auswirkungen auf Ihre Dispositionen haben müßte! Auf mich sollten Sie dabei keinerlei Rücksicht nehmen. Ich stehe sowieso schon tief in Ihrer Schuld und möchte mich ganz, ganz herzlich dafür bedanken, daß Sie mich so sicher nach New York gebracht haben.«

»Nicht der Rede wert«, erwiderte Sir Guy. »Ich hatte mir die Reise eigentlich viel schwieriger vorgestellt. Sie hätten sie durchaus auch allein machen können.«

»Nein, das hätte ich nicht!« widersprach Sally. »Ich bin Ihnen wirklich sehr dankbar für Ihre Begleitung, und es ist schwierig für mich, die richtigen Worte zu finden, um Ihnen angemessen für alles zu danken, was Sie für mich getan haben.«

»Dann versuchen Sie es erst gar nicht«, schlug Sir Guy vor. »Ich bin zufrieden, wenn ich weiß, daß es Ihnen gutgeht.«

»Ja, es geht mir sehr gut«, sagte Sally mit einer Überzeugung, die nicht ganz der Wirklichkeit entsprach.

Sir Guy beugte sich in seinem Sessel vor.

»Hören Sie, Sally«, sagte er. »Kennen wir einander nicht lange genug, um offen miteinander zu reden? Ich weiß nicht, wie weit man Sie zum Schweigen verpflichtet hat, aber ich bin nicht völlig blind und schwachsinnig. Meine Vorstellungskraft spielt mir gewiß keinen Streich, wenn ich behaupte, daß Sie nach New York gereist sind, um Miß Lystell zu sehen.«

Entsetzt schaute Sally ihn an.

»Das habe ich nicht gesagt!«

»Nein, Sie haben mir überhaupt nichts gesagt«, erwiderte Sir Guy, »aber setzen wir ruhig voraus, daß ich mir in diesem Punkt hundertprozentig sicher bin. Miß Lystell, oder Mrs. Donovan, wie sie sich hier nennt, ist krank oder in Schwierigkeiten, und Miß Stubbs konnte nicht reisen wegen ihrer Fußverletzung. Sie, Sally, mußten nach Ihren eigenen Worten für Miß Stubbs einspringen. So! Was ich nun wissen möchte, ist dies: Wünscht Miß Lystell, daß Sie hierbleiben, oder soll ich Sie wieder mit zurück nach England nehmen?«

Sally sah ihn hilflos an.

»Das Schlimme ist, daß ich Ihnen auf diese Frage keine Antwort geben kann. Vor zehn Minuten war ich unterwegs zu Ihnen, um Ihnen zu sagen, daß ich hierbleiben würde – für Wochen, vielleicht sogar für Monate. Doch inzwischen ist das zumindest sehr fraglich geworden.«

»Wann werden Sie es wissen?« fragte Sir Guy ruhig.

»Vielleicht heute, spät am Abend«, antwortete Sally. »In jedem Fall aber morgen früh, vermute ich.«

»Nun, dann schlage ich vor, Sie lassen sich von mir ausführen und zum Dinner einladen. Ich würde Ihnen gerne New York zeigen, Sally.«

»Kennen Sie New York denn so gut?« fragte Sally überrascht.

»Ziemlich gut«, erwiderte er. »Das letzte Mal war ich vor sechs Monaten hier und im Krieg sogar ein ganzes Jahr. Damals war es ein Sonderauftrag der Armee, der mich herführte, und im vergangenen Winter kam ich wieder, um einige alte Freunde wiederzusehen, die ich in diesem Land gewonnen hatte.«

Es ist unhöflich, meine Überraschung so deutlich zu zeigen, dachte Sally. Aber irgendwie hatte sie nicht damit gerechnet, daß Sir Guy durch die Welt reiste und außer dem eigenen Land auch fremde Länder kannte.

Das brachte ihr zu Bewußtsein, wie wenig sie von ihm wußte. Von dem Mann, der auf eine so eigenartige Weise in ihr Leben getreten war und der – was immer er auch tun mochte – in ihren Gedanken untrennbar verbunden war mit dem Ritter, den sie schon als Kind geliebt hatte.

Weil sie verlegen war und nicht wußte, was sie sagen sollte, erhob sie sich und trat ans Fenster. Sie blickte auf die Wolkenkratzer und dann auf den Verkehr unter ihr, der sich langsam und lautlos durch die Straßen bewegte.

Es war noch immer heiß, aber die Sonne sank bereits im Westen und tauchte die Stadt in goldenes Licht. Sie spiegelte sich funkelnd in Tausenden von Fenstern und gab allen

Dingen etwas Unwirkliches. Ein Gefühl des Schwindels bemächtigte sich Sallys.

»Ich würde Ihnen sehr gerne die Stadt zeigen«, hörte sie seine Stimme hinter sich.

Einem Impuls gehorchend, wandte sie sich zu ihm um.

»Da gibt es etwas, das ich Ihnen sagen muß!« sagte sie mit leiser, ernster Stimme.

»Und was ist es?«

»Es ist, weil... weil Sie immer so freundlich zu mir waren, seitdem Tony mich verlassen hat«, erwiderte Sally. »Bis heute hatte ich keine Ahnung, weshalb er das tat. Doch jetzt weiß ich es – und verstehe seinen Standpunkt. Was ich aber nicht verstehe, ist, weshalb Sie und Ihre Mutter immer so gut zu mir waren. Sie wissen, daß Tony Lynn liebte. Sie wissen, daß sie ihn seiner Familie – Ihnen allen – völlig entfremdet hat. Und dennoch haben Sie mich dies nicht spüren lassen – mich, ein Mädchen, das...«

Sie stockte, weil sie nach den richtigen Worten suchte, aber Sir Guy sprach an ihrer Stelle weiter:

»... das Lynn Lystells Tochter ist.«

Sally stieß einen leisen Schrei aus.

»Wer hat Ihnen das gesagt?«

»Niemand«, sagte er. »Wieder reine Vermutung!«

Sally blickte entsetzt.

»Selbst wenn Sie solche Dinge vermuten, sollten Sie nicht davon reden!«

»Warum nicht? Wenn ich es nur Ihnen sage.«

»Sie werden nur mit mir darüber sprechen, nicht wahr?« bat Sally.

»Nur mit Ihnen«, versprach er und fügte dann hinzu: »Sie haben heute etwas über die Vergangenheit erfahren. Vielleicht hat es Sie aufgeregt oder verwirrt. Ich habe das Gefühl, daß es so war. Sie sollten die Vergangenheit vergessen, Sally – wenigstens unsere Vergangenheit, Ihre und meine! Vergessen wir, was hinter uns liegt. Machen wir einfach einen neuen Anfang und versuchen wir, uns gegenseitig ein wenig besser kennenzulernen! Einverstanden?«

In seiner Stimme war ein Klang, den sie nie zuvor gehört hatte. Sie spürte in sich den Wunsch, ihm zuzustimmen, auf seinen Vorschlag einzugehen. Aber eine seltsame Scheu hielt sie davor zurück.

»Können wir die Vergangenheit jemals vergessen?« fragte Sally zögernd.

Sie wußte nicht genau, was sie meinte, aber sie hatte das Gefühl, daß es so vieles gab, dem sie den Rücken kehren sollte.

Zu ihrer Überraschung wandte sich Sir Guy enttäuscht ab, und es war ihr, als kehrte in sein Gesicht, in dem sekundenlang ein Lächeln aufgeleuchtet war, wieder der alte Ausdruck von Verachtung und Zynismus zurück.

»Vielleicht ist es in der Tat unmöglich«, sagte er. »Versuche dieser Art sind selten erfolgreich.«

Sie blickte zu ihm auf, unsicher und verwirrt. Dann sagte sie rasch:

»Die Zukunft ist für mich gewiß wichtiger als die Vergangenheit. Jedenfalls sieht es so aus, als wäre ich wieder einmal ein – heimatloses Kind – auf der Suche nach einem Heim und einer Beschäftigung.«

»So?« sagte er. »Dann wird es höchste Zeit, darüber nachzudenken, was wir mit Ihnen machen sollen. Arme, kleine Sally, das Leben ist nicht sehr freundlich zu Ihnen, nicht wahr?«

»Aber Sie sind es«, antwortete sie.

»Dessen wäre ich mir nicht so sicher.«

Einen Moment lang wandte er ihr den Rücken zu, während er sich aus einem Lackkästchen auf dem Tisch eine Zigarette nahm. Sally betrachtete den geneigten Kopf und verspürte plötzlich den Wunsch, zu wissen, was darin vorging. Wenn ich nur wüßte, was er denkt, sagte sie sich. Wenn ich ihn doch besser verstehen könnte!

Dann drehte er sich ihr wieder zu.

»Übrigens sollten Sie mir wegen des heutigen Abends kurz telefonisch Bescheid geben, wenn Sie verhindert sind«, sagte er beiläufig. »Andernfalls erwarte ich Sie um acht in der Halle.«

Die Unterhaltung war beendet. Er hatte Sally unmißverständlich zu verstehen gegeben, daß er mit ihr rechnete.

Als sie zu Lynns Suite zurückkehrte, fragte sie sich, weshalb sie sich nur so dumm angestellt hatte.

Ganz kurz hatte es einmal so ausgesehen, als wären sie einander nähergekommen. Dann hatte er sich wieder in sein Schneckenhaus zurückgezogen, und die gleiche Schranke der Fremdheit wie vorher hatte sich zwischen ihnen aufgerichtet.

»Was ist das nur?« fragte sie sich.

Verzweiflung erfaßte Sally, und plötzlich wußte sie, daß sie Sir Guys Freundschaft ersehnte, mehr, als alles andere, was sie je in ihrem Leben ersehnt hatte.

Doch war es wirklich nur Freundschaft, was sie suchte? Sie stellte sich diese Frage – und hatte gleichzeitig eine entsetzliche Angst vor der Antwort.

XIV

Sir Guy blickte auf seine Uhr.

»In einer Viertelstunde müßten wir in York sein«, sagte er.

Sally griff nach ihrer Handtasche und den Handschuhen.

»Dann sollten wir wohl zu unserem Abteil zurückkehren«, schlug sie vor. »Meinen Sie nicht auch?«

»Das wäre wohl das beste«, stimmte Sir Guy zu und erhob sich von dem Tisch, an dem sie Tee getrunken hatten.

Auch Sally stand auf. Der Zug donnerte dahin, draußen flog die Landschaft an ihnen vorüber. Der Speisewagen befand sich am Ende der Wagenreihe. Als sie in den Gang zwischen den Tischen hinaustrat, machte der Wagen eine Schlingerbewegung, und Sally wäre gestolpert, wenn Sir Guy nicht die Hand ausgestreckt und sie festgehalten hätte.

Lächelnd blickte sie zu ihm auf.

»Danke.«

Ihre Augen begegneten den seinen. Es waren nur Sekunden, dann blickte Sally wieder zur Seite. Doch der kurze Moment hatte genügt, um ihr zu zeigen, daß sie ihn liebte.

Während sie durch die vollbesetzten Gänge zu ihrem Abteil zurückgingen, sich an den Reisenden vorbeizwängten und über zahlreiche Koffer und Gepäckstücke hinwegkletterten, bewegte sich Sally wie in Trance und nahm nichts anderes wahr als das wilde Pochen ihres Herzens.

Sie wußte nun, daß sie Sir Guy schon sehr lange liebte. So lange, daß es eigentlich zwischen dem Zeitpunkt, da er aufgehört hatte, der Ritter mit dem Federbusch zu sein, und dem anderen, da er für sie der gestrenge, unnahbare Bruder Tonys geworden war, kaum einen Abstand gab.

Schon immer hatte sie ihn geliebt, ohne es jedoch zu

wissen. Erst jetzt, in diesem rüttelnden, überfüllten Zug, der sie nach Hause brachte, war es ihr mit einem Mal bewußt geworden.

In Gedanken klammerte sie sich an die Worte »nach Hause«. Ja, genau das war das Priorat für sie: ihr Zuhause. Von jenem Augenblick an, als die Kinder es sahen und von ihm sagten, es lächle sie an. Sir Guys Zuhause.

Wenn es doch auch das ihre werden könnte!

Sie stieß einen Seufzer aus, doch es war ein Seufzer des Glücks.

Sie war verliebt. Sie liebte Guy, und sie war sich dieser Tatsache bewußt geworden, als er die Hand nach ihr ausstreckte, um sie festzuhalten.

Dabei hatte es in den vergangenen Tagen zahlreiche andere und bessere Gelegenheiten gegeben, um dies zu erkennen. In New Yorks berühmtem Nachtclub »El Morocco« zum Beispiel, wo Sir Guy sie zum Dinner hingeführt hatte. Aber dort hatte sie so begeistert den Klängen der Band gelauscht, daß sie das Klopfen ihres Herzens überhört hatte.

Sie hätte es merken können auf dem Empire State Building, bei ihrem Spaziergang durch den Zentralpark, dem Bummel über die Fifth Avenue oder in jenem Augenblick, da sie in der Maschine nach London saßen und einen letzten Blick auf die imposante Skyline der Riesenstadt warfen.

Nein, zu all diesen Zeiten, so interessant, beeindruckend und aufregend sie auch gewesen sein mochten, hatte sie diese wunderbare Entdeckung nicht gemacht.

Es war jetzt geschehen, in einem ganz prosaischen, englischen Schnellzug, und die Erkenntnis war über sie gekommen mit einer unerwarteten und schockartigen Heftigkeit.

Sally erreichte das Abteil. Sie hängte ihren Mantel wieder auf, den sie über den Sitz gelegt hatte, um ihren Platz zu markieren, und setzte sich. Sir Guy ließ sich ihr gegenüber nieder.

In dem Abteil befanden sich noch zwei weitere Fahrgäste,

beide in ihre Zeitungen vertieft. Sally blickte aus dem Fenster.

Sie sah nichts von der sonnenbeschienenen Landschaft, ihr Blick war nach innen gerichtet. Was sie wahrnahm war Sir Guys Nähe und ihre Liebe zu ihm, der sie sich erst vor wenigen Minuten bewußt geworden war.

»Ich liebe ihn, ich liebe ihn«, echote es in ihrem Herzen.

Das Glück darüber wurde allerdings getrübt von der Erkenntnis, daß ihre Liebe von ihm nicht erwidert wurde. Obwohl sie auch nicht glauben konnte, daß er ihr völlig indifferent gegenüberstand.

Ganz abgesehen von der Tatsache, daß er sie nach Amerika begleitet hatte, gab es dafür viele kleine Anzeichen. Sie hätte keine Frau sein müssen, wenn sie nicht bei mehr als einer Gelegenheit bemerkt hätte, daß er sie mochte und sich zu ihr hingezogen fühlte.

Es gab genug Beweise dafür, aber immer wieder passierte es dann plötzlich, daß sich eine Barriere zwischen ihnen aufrichtete. Ein Wort von ihr, eine Bewegung, ein Blick, und schon zog er sich von ihr zurück in die Festung einer eiskalten Gleichgültigkeit. Was sie falsch machte, sie wußte es nicht.

Was mag es nur sein, das ihn immer so jäh verändert? fragte sie sich auch diesmal wieder. Was mag es sein, das sein Verhalten mir gegenüber so unberechenbar macht?

Sie zermarterte ihren Kopf, aber es fiel ihr in ihrer augenblicklichen Verfassung schwer, einen zusammenhängenden Gedanken zu fassen. Sie vermochte nur eins zu denken: Ich liebe ihn. Und das gleichmäßige Stoßen der Räder schien den Takt zu schlagen zu der Melodie, die in ihrem Herzen erklang: Ich liebe ihn! Ich liebe ihn! Ich liebe ihn!

Unablässig sagte sie sich diese Worte und wagte es gleichzeitig nicht, ihn anzuschauen – aus Furcht, ihre Gefühle zu verraten.

Nun wußte sie mit endgültiger und absoluter Sicherheit, daß sie Tony nie wirklich geliebt hatte! Doch wie viele

Leute, war sie am Anfang einem verhängnisvollen Irrtum zum Opfer gefallen: Sie hatte Freundschaft mit Liebe verwechselt, Zuneigung mit etwas, das viel tiefer reichte.

Das, was sie nun empfand, war Liebe. Dieses Gefühl, das ihren ganzen Körper erfaßt hatte, das ihr das Blut durch die Adern jagte, ihr das Herz bis in den Hals schlagen ließ und bewirkte, daß sie selbst die einfachsten und unverfänglichsten Worte nicht über die Lippen bekam, weil sie fürchten mußte, sie könnten zu verräterisch klingen.

»Bald haben wir es geschafft.«

Sie fuhr zusammen, als seine Bemerkung sie aus ihren Gedanken riß.

»Ja«, antwortete sie leise. »Wird uns jemand abholen?«

»Meine Mutter wird uns einen Wagen geschickt haben. Ich habe ihr unsere Ankunft telegraphisch mitgeteilt.«

»Das ist fein.«

Welch eine nichtssagende Unterhaltung! Und doch hatte Sally das Gefühl, ihre Liebe zu dem Mann, der ihr gegenübersaß, mit jedem Wort laut in die Welt hinauszurufen.

Mein Gott, sie mußte auf der Hut sein! Er durfte nicht merken, wie es um sie stand! Nicht abzusehen, wie er dann reagieren würde! Zuerst mußte sie unter allen Umständen herausfinden, was er gegen sie hatte.

»Bitte, lieber Gott, laß mich erkennen, was es ist!« flehte sie.

Während sie ihre Bitte unablässig wiederholte, fuhr der Zug in den Bahnhof ein.

Der Chauffeur wartete bereits auf sie. Er war nicht mit dem Wagen gekommen, den sie gewöhnlich benutzten. Dieser hier war größer und besaß eine gläserne Abtrennung zwischen Fahrersitz und Fond.

»Tut mit leid«, erklärte der Chauffeur, »aber der Humber ist im Augenblick in der Werkstatt. Die Inspektion war fällig. Ich denke, daß er morgen wieder fahrbereit ist.«

»Schon gut, Groves«, sagte Sir Guy. »Fahren Sie. Ich werde mich zu Miß St. Vincent nach hinten setzen.«

Sir Guy nahm neben Sally Platz, und sie war sich nicht ganz klar, ob sie glücklich darüber sein sollte. Wenn Sir Guy steuerte, konnte sie neben ihm sitzen, ohne sich mit ihm zu unterhalten.

Nun würde sie in der nächsten Stunde neben ihm sitzen und mit ihm sprechen müssen. Sie war halb beunruhigt, halb beglückt bei dem Gedanken, daß sie einander so nahe sein würden, ohne daß es etwas gab, das ihre Aufmerksamkeit von einander ablenkte. Sie begann zu begreifen, wie ganz und ausschließlich die Liebe von einem Menschen Besitz ergreifen konnte. Nie zuvor hatte sie tatsächlich verstanden, was Lynn und Erico in den Tagen des Getrenntseins gelitten haben mußten. Sekundenlang beneidete sie die beiden. Beneidete sie mehr, als sie jemals in ihrem Leben jemanden beneidet hatte.

Sie dachte daran, daß sie sich jetzt wohl auf dem Flug nach Kalifornien befinden mußten, wo sich Lynn unter der Betreuung hervorragender Spezialisten von ihren Verletzungen erholen sollte.

Erico war wie ein Sturm über Lynn hereingebrochen, hatte ihrer Einsamkeit und Depression schlagartig ein Ende bereitet.

»Du bist mein!« hörte Sally ihn zu Lynn sagen. »Und ich werde mich jetzt um dich kümmern. Ich werde alles für dich tun. Du brauchst dir wegen nichts mehr den Kopf zu zerbrechen. Ich übernehme das Denken, und wenn du einen Wunsch hast – du brauchst ihn nur zu äußern, und schon wird er in Erfüllung gehen.«

Es war nicht einmal möglich, sein Ungestüm zu belächeln – jedes Wort, das er sagte, war ihm ernst gemeint, und seine Fähigkeit, die Dinge in Gang zu bringen, grenzte an Zauberei.

Von dem Augenblick an, da er Lynns Suite betreten hatte, kannte man die Räume nicht mehr wieder. Die Türklingel stand plötzlich nicht mehr still. Riesige Blumensträuße wurden gebracht, Schachteln mit Kleidern, Päckchen mit kostbarem Geschmeide. Und mitten in diesem bunten Trubel bewegte sich Lynn mit leuchtenden Augen und lächelnden Lippen und sah zwanzig Jahre jünger aus vor lauter Glück.

Es war Sally nicht entgangen, daß sie trotzdem nicht mehr die alte Lynn war. Sie schien etwas von ihrer früheren Oberflächlichkeit verloren zu haben, wirkte besinnlicher, liebenswürdiger, mitfühlender als bisher.

Jetzt allerdings verstand sie diesen inneren Wandel noch besser als in New York. Es war die Liebe, die das Ungewöhnliche in ihrer Mutter bewirkt hatte. Lynn war nicht mehr nur die Nehmende, sondern auch die Gebende.

»Vielleicht werde auch ich jetzt eine andere werden, erwachsener und vernünftiger«, sagte sie sich und lächelte bei diesem Gedanken vor sich hin.

»Worüber lächeln Sie?« fragte Sir Guy.

Sie erschrak. Sekundenlang hatte sie seine Gegenwart vergessen, denn sie waren eine lange Zeit gefahren, ohne zu sprechen.

»Ich dachte daran, wie glücklich Lynn und Erico nun sind« erwiderte sie und wandte ihr Gesicht ein wenig zu ihm hin.

Er nickte, und Sally erinnerte sich daran, wie gut sie sich alle vier miteinander verstanden hatten. Lynn hatte Sir Guy gemocht – und das Erstaunlichste vor allem – Sir Guy hatte den Eindruck gemacht, auch Lynn zu mögen.

Zunächst war Sally entsetzt gewesen, als Lynn darauf bestanden hatte, ihn zu sehen. Sie hatte einen fürchterlichen Zusammenstoß befürchtet, da sie immer noch vor Augen hatte, wie deutlich Sir Guy stets seine Mißachtung gezeigt hatte, wenn von Lynn die Rede gewesen war.

»Aber selbstverständlich muß ich ihm danken, daß er dich hergebracht hat, dummes Kind!« sagte Lynn, als Sally Einwände machte.

Dann kam Sir Guy. Er sprach mit Lynn, aber Sally wußte nicht, was sie besprochen hatten, denn sie machten das unter vier Augen miteinander ab. Doch seit diesem Gespräch herrschte völliges Einvernehmen zwischen den beiden. Sally schrieb diese Tatsache Lynns neuerwachtem Lebensmut zu. Sie strahlte seit Ericos Ankunft ein Glück und eine Lebendigkeit aus, daß selbst der gestrenge Sir Guy ihrem Charme und ihrer Schönheit nicht hatte widerstehen können.

Seltsamerweise verspürte Sally mit einem Mal ein Gefühl der Eifersucht auf Lynn in sich aufsteigen. Sie hatte so viele Vorzüge und war so unsagbar schön!

»Worüber denken Sie nach?« fragte Sir Guy.

»Soll ich Ihnen die Wahrheit sagen?« antwortete Sally mit einer Gegenfrage.

»Ich hoffe, Sie werden das immer tun«, erwiderte er.

»Na schön«, sagte Sally und versuchte über sich selbst zu lachen. »Ich habe mir gewünscht, so auszusehen wie Lynn. Ich würde auch gerne schön sein.«

Einen Moment lang herrschte Schweigen.

Sally war sicher, daß er ihre Worte gehört hatte, und weil sie erwartete, daß er etwas sagen würde, drehte sie rasch den Kopf und sah ihn voll an. Er blickte auf sie nieder, und in seinem Gesicht erschien ein Ausdruck, mit dem sie nicht gerechnet hatte: Zärtlichkeit – gemischt mit Mitleid.

Schließlich sagte er:

»Wissen Sie denn nicht, daß Sie schön sind?«

Sallys Herz machte einen erschreckten Satz, und so als fürchtete sie, es könnte zerspringen, preßte sie beide Hände gegen ihre Brust. Ihre Augen waren geweitet, die Lippen leicht geöffnet.

Diese seine Worte waren das letzte, was sie von ihm zu hören erwartet hätte.

»Sie verspotten – mich!«

»Nein«, versicherte Sir Guy. »Sie dummes Kind, Ihre Lynn ist als bestimmter Frauentyp sehr schön, aber Sie... Sie sind ganz anders.«

»Oh!« stieß Sally ein wenig atemlos hervor.

Dann wandte sie den Kopf und blickte aus dem Fenster. Eine ungewöhnliche Erregung hatte sie erfaßt, und sie spürte so etwas wie Furcht in sich aufsteigen.

Sir Guy streckte plötzlich die Beine aus und lehnte sich in das Sitzpolster zurück.

»Aber das hat man Ihnen doch schon früher gesagt!«

»Nein!«

»Wirklich nicht? Ich hoffe, Sie haben nicht vergessen, was Sie mir versprochen haben. Sie wollten stets aufrichtig zu mir sein.«

»Aber ich bin aufrichtig zu Ihnen«, beteuerte Sally.

»Dann freue ich mich, daß ich Ihnen etwas sagen konnte, was Sie noch nicht gewußt haben«, sagte Sir Guy. »Soll ich noch ein wenig deutlicher werden? Ich glaube, Sie sind sogar sehr schön und sehr attraktiv.«

Etwas im Klang seiner Stimme ließ Sally den Kopf wenden. Sie schaute ihn an und erkannte den Ausdruck in seinen Augen.

Sie begriff nicht, weshalb, aber augenblicklich erwachte in ihr die Erinnerung an die Nacht vor ihrer Abreise nach New York. Sie hatte in den letzten Tagen nicht mehr an diesen Vorfall gedacht. Und erst recht hatte sie ihn vergessen über der Freude, die sie erfaßt hatte, als ihr bewußt wurde, daß sie Sir Guy liebte. Doch nun war der Gedanke daran wieder da, machte ihr Angst und quälte sie.

Sie schaute ihn an. Seine Augen hielten sie fest. Ihre Lippen bebten.

Ganz plötzlich, ohne daß ein Wort zwischen ihnen gefallen war, fühlte sie sich erniedrigt, als hätte er sie wieder geküßt – wie vor einigen Tagen im Mondschein. Sie senkte den Blick. Das Blut schoß ihr in die Wangen.

»Müssen Sie unbedingt die Schüchterne spielen?«

Ein scharfer Ton war in Sir Guys Stimme, und seine Worte trafen sie wie Peitschenhiebe. Und dann, bevor sie noch etwas erwidern konnte, hörte sie, wie er leise hinzufügte: »Oder die Unschuldige?«

Wieder fühlte Sally die gleiche Verwirrung in sich aufsteigen wie in der Nacht, da sie Sir Guy im Wäldchen begegnet war. Ihr Inneres erstarrte, wurde gleichsam zu Eis, und eine schreckliche Angst erfüllte sie.

Dennoch zwang sie sich, den Blick zu heben und zu ihm aufzuschauen. Mit einem Gefühl der Erleichterung stellte sie fest, daß er aus dem Fenster sah und die Landschaft betrachtete, durch die sie fuhren, und daß sie in wenigen Minuten das Torhaus passieren würden, hinter dem die Auffahrt zum Priorat begann.

Die Freude über die Rückkehr war nun stark getrübt. Sally fühlte sich bedrückt und niedergeschlagen, und sie wurde sich bewußt, daß der Sir Guy, den sie liebte, nur wenig zu tun hatte mit dem Sir Guy, der neben ihr saß. Ein verbitterter, grimmiger Mann, der ihr mißtraute und wohl immer ein Rätsel bleiben würde.

Sie fuhren durch das Tor, und weil Sally verliebt und dazu noch sehr verzweifelt war, litt sie darunter, daß Sir Guy sich von ihr zurückgezogen hatte. Deshalb wandte sie ihm das Gesicht zu und sagte so ruhig und beiläufig wie möglich zu ihm:

»Es ist schön, wieder zurück zu sein. Ich freue mich ganz schrecklich auf das Wiedersehen mit Romy, und ich weiß auch, wer sich darüber freuen wird, daß Sie wieder da sind.«

»Ich vermute, Sie meinen Bracken!« erwiderte er.

Aufatmend stellte sie fest, daß auch er bemüht war, die plötzlich so gespannte Atmosphäre zu entschärfen.

»Ja, Bracken«, antwortete sie. »Ihn sollte ich eigentlich mehr mögen als alle übrigen Mitglieder der Thorne-Familie, weil er mein erster Freund war. Wissen Sie das eigentlich?«

»Nein«, entgegnete Sir Guy.

Er wirkte sehr abwesend und schien gar nicht richtig hingehört zu haben, denn er hatte sich vorgebeugt, um einen Mantel aufzuheben, der vom Sitz auf den Fußboden des Wagens gerutscht war.

»Well, wir begegneten uns schon auf der kleinen Nebenstation an der Strecke Wales-London und mochten uns auf den ersten Blick«, sagte Sally und spähte nach vorn, um den Augenblick nicht zu verpassen, da das Haus vor ihren Blicken auftauchen würde. »Ich kam mir damals sehr verlassen vor und fragte mich, was mich wohl in London erwarten würde, als ich plötzlich eine feuchte, kalte Nase an meinem Bein spürte: Es war Bracken.«

»Wovon reden Sie denn da?«

In Sir Guys Stimme war ein Klang von Verärgerung, und Sally lachte.

»Tut mir leid«, sagte sie. »Ich vergaß, daß ich noch nicht mit Ihnen darüber geredet habe. Aber das war bisher ja auch nicht möglich, denn ich hatte Lynn versprochen, über unser Verwandtschaftsverhältnis zu schweigen. Natürlich konnte ich deshalb auch Nanny Bird Ihnen gegenüber nicht erwähnen. Aber ich habe mich oft genug gefragt, warum Sie nie etwas über unsere erste Begegnung in der Hill Street an jenem Morgen geäußert haben. Der Zug war trotz Verspätung doch früher in Covent Garden als Sie mit dem Wagen. Der Zufall wollte es dann, daß ich Nannys Adresse fand und mich entschloß, sie trotz der frühen Morgenstunde aufzusuchen. Ist das nicht lustig? Mrs. Bird, die Sie und Ihre Stadtwohnung versorgt, ist meine alte Kinderfrau, und als ich sie wieder verließ, lief ich Ihnen und Bracken innerhalb weniger Stunden ein zweites Mal über den Weg.«

Sie näherten sich dem Haus, aber Sallys Aufmerksamkeit wurde plötzlich durch Sir Guys Reaktion auf ihre Worte abgelenkt.

Er fuhr auf dem Sitz herum, legte ihr die Hände auf die Schultern und zwang sie, ihn anzuschauen.

»Wovon reden Sie da, Sally?« fragte er sie schroff und ungewöhnlich laut.

Sie blickte ihn an und sah die zusammengezogenen Brauen über den dunklen Augen.

»Ich versuche Ihnen etwas über meine Nanny Bird zu

erzählen«, antwortete sie. »Doch das ist eine lange Geschichte, und ich hätte nicht gerade jetzt damit beginnen sollen!«

»Was wollten Sie mir erzählen? Reden Sie schon! Jetzt, auf der Stelle will ich wissen, wo Sie in dieser Nacht gewesen sind, als wir uns morgens um sechs an der Haustreppe begegneten!«

»Aber ich habe es Ihnen doch eben gesagt. Ich war im selben Zug, mit dem auch Sie von Wales kamen. Vermutlich haben Sie mich gar nicht beachtet. Aber Bracken tat es. Sie verließen den Zug auf der kleinen Nebenstation und beschafften sich einen Wagen, während ich mit dem Zug weiterfuhr. Seltsamerweise war der Zug früher in London als Sie.«

Sie verstummte sekundenlang, weil sie fürchtete, Sir Guy würde einen Schwächeanfall erleiden. Sein Gesicht wurde aschfahl, und der Druck seiner Hände auf ihren Schultern verstärkte sich schmerzhaft. Dann sagte er kaum hörbar mit völlig veränderter Stimme:

»O mein Gott!«

»Was haben Sie denn ...« begann Sally erschrocken.

Sie wurde unterbrochen von einer Stimme, die feierlich in das Wageninnere hineinsagte:

»Guten Abend, Sir Guy! Guten Abend, Miß Sally. Willkommen zu Hause!«

Sally drehte sich um und erblickte Bateson, der ihr die Tür des Wagens aufhielt. Sie waren da. Weder Sir Guy noch sie hatten es bemerkt.

Sally stieg aus, als lautes Hundegebell an ihr Ohr drang. Die Hunde stürzten aus der Haustür, um sie zu begrüßen. Bracken sprang an Sir Guy hoch, und Sallys Arme umschlangen Romy, der nicht wiederzuerkennen war, so wohlgenährt und glänzend sah er aus. Es schien ihm gut zu gehen, und was noch wichtiger war, er lief wieder auf allen Vieren.

»O Romy, Romy, ich bin ja so froh, dich wiederzusehen!« rief Sally glücklich und fühlte, wie er vor Freude in ihren Armen strampelte und seine Zunge ihre Hand leckte.

Als sie aufblickte, sah sie Lady Thorne aus dem Haus treten.

»Da seid Ihr ja endlich, meine Lieben!« rief sie erfreut. »Kommt herein! Ich bin ja so glücklich, Guy, dich wiederzuhaben, du Guter!«

Lady Thorne küßte sie beide und zog sie mit sich in die Halle. Dabei sagte sie leise mit ihrer warmen Stimme:

»Wir haben einen ganz besonderen Gast, über den ihr euch – so hoffe ich – sehr freuen werdet.«

Sally blickte sich in der Halle um und sah Tony in der Tür zum Wohnzimmer stehen. Nur im ersten Moment stockte ihr der Atem, doch dann sah sie sein Lächeln, sah wie er ihr die Arme entgegenstreckte. Mit einem leisen Aufschrei lief sie auf ihn zu.

»O Tony, wie schön, dich wiederzusehen! Seit wann bist du hier?«

Es war überraschend einfach, freundlich und unbefangen zu ihm zu sein. Tatsächlich war sie froh, Tony wiederzusehen. Er war immer noch der Alte – gutgelaunt, freundlich, lächelnd. Seine Fröhlichkeit schien das ganze Haus zu erfüllen.

»Sally«, sagte er, »du bist wirklich die Letzte, die ich hier anzutreffen erwartet hätte! Und du Guy«, wandte er sich an seinen Bruder, »was treibt dich zu den Vergnügungsstätten der Welt? Ich glaubte immer, eine Reise nach New York wäre mein Vorrecht!«

Nein, niemand konnte Tony böse sein. Sie setzten sich zu einem Glas Sherry ins Wohnzimmer, berichteten von der Reise, von den Wolkenkratzern, vom Verkehr in der Großstadt, von der fast unerträglichen Hitze, die dort herrschte. Und Tony erzählte von Paris und seinem Job, der ihn voll und ganz auszufüllen schien. Ohne große Mühe gelang es ihm und Sally, zu verhindern, daß das Gespräch auf Lynn kam. Es gab genug anderes zu berichten. Und schließlich mußten sie sich mit dem Umkleiden beeilen, um nicht zu spät zum Dinner zu kommen.

Erst als Sally die Treppe hinaufstieg, sah sie Nada wieder. Beinahe hatte sie deren Anwesenheit im Priorat schon vergessen. Sie gab sich einen Ruck und streckte der Polin freundlich die Hand entgegen.

»Hallo, Nada, wie geht es Ihnen?«

»Sie sind also wieder da?« Nada sprach langsam.

»Ja«, erwiderte Sally. »Sind Sie überracht, daß wir so schnell wieder zurück sind?«

»Ich bin selten überrascht«, erklärte Nada. »Wer sich überraschen läßt, befindet sich immer im Nachteil.«

Sie machte diese ein wenig rätselhafte Bemerkung mit einem drohenden Unterton in der Stimme. Dann setzte sie ihren Weg nach unten fort. Sally konnte ein kurzes Auflachen nicht unterdrücken. Gleichzeitig tat ihr die Polin leid. Arme Nada, dachte sie, während sie weiterging. Nada war also fest entschlossen, ihren unfreundlichen Stil beizubehalten. Well, wenn Tony lange genug hier blieb, würde er sie gewiß davon kurieren.

Schon beim Dinner gab er sein Bestes, um Nada aufzuheitern. Amüsiert beobachtete Sally seine ersten Versuche, mit der Polin zu flirten, und war überrascht, wie rasch diese darauf einging. Dabei warf sie immer wieder einen Blick zu Sir Guy hinüber, um festzustellen, ob er die Bemühungen seines Bruders auch bemerkte.

Ich glaube, sie ist eifersüchtig auf mich, dachte Sally.

Dann seufzte sie wehmütig. Wenn es doch nur einen Grund für ihre Eifersucht gäbe, sagte sie sich.

Nun, da Sally die beiden Brüder miteinander vergleichen konnte, fragte sie sich, wie sie auch nur einen Moment lang hatte glauben können, Tony zu lieben. Er war fröhlich, amüsant und außergewöhnlich gutaussehend, aber etwas ganz Entscheidendes ging ihm im Vergleich zu Sir Guy ab: Ihm fehlte die innere Festigkeit. Sir Guy wirkte gegenüber seinem jüngeren Bruder wie ein Fels, und der Eindruck von charakterlicher Stärke ergab sich nicht nur dadurch, daß er seiner Umgebung das Gefühl völliger Zuverlässigkeit und Seriosität vermittelte, sondern auch durch die Autorität, die er ausstrahlte.

Kein Zweifel, wenn es in diesem Raum eine Persönlichkeit von Format gab, einen Mann mit Führungsqualitäten und Durchsetzungsvermögen, dann war es Sir Guy und nicht sein Bruder Tony.

Wir sind alle Zwerge neben ihm, dachte Sally und spürte, wie ihr das Blut in den Kopf stieg, weil sie so stolz auf ihn war.

Mehr als einmal hatte sie das Gefühl, als blickte Sir Guy mit einem sonderbaren Ausdruck in den Augen zu ihr herüber, aber es gab einfach keine Möglichkeit, ein Wort mit ihm zu wechseln.

Als Lady Thorne die Tafel aufhob und in das Wohnzimmer vorausging, sagte Nada zu Sir Guy:

»Ich muß mit dir reden, Guy. Über etwas, das in der Zeit deiner Abwesenheit geschehen ist.«

»Kann das nicht bis morgen warten?« fragte Sir Guy unwillig.

Aber als Nada den Kopf schüttelte und darauf bestand, ihren Vetter auf der Stelle zu sprechen, folgte er ihr in die Bibliothek.

Da Lady Thorne auf der Suche nach ihrem Strickzeug war, gab Tony Sally einen Wink und flüsterte ihr ins Ohr:

»Komm auf die Terrasse!«

Als sie draußen waren, sagte er:

»Das ist die einzige Möglichkeit, allein mit dir zu reden. Ich mußte dich sehen, Sally, um dich nach Lynn zu fragen. Wie geht es ihr?«

»Es geht ihr gut«, erwiderte Sally.

»Ich nehme an, du warst in Amerika, um dich mit ihr zu treffen. Aber warum ist Guy mit dir geflogen?«

»Er hatte wohl das Gefühl, ich wäre zu jung und unerfahren, um die Reise allein zu machen.

Tony legte den Kopf in den Nacken und lachte schallend.

»Typisch Guy. Und gleichzeitig mißbilligte er sicherlich die ganze Angelegenheit, wie?«

»Er kannte den Grund meiner Reise nicht, bis wir in New York waren. Jedenfalls habe ich ihm nicht gesagt, wen ich dort aufsuchen wollte. Aber ich glaube, er hat es von Anfang an vermutet. Später hat er es mir dann auf den Kopf zugesagt, und da sah ich keinen Grund mehr, es ihm noch länger zu verheimlichen. Aber deine Mutter hat keine Ahnung davon.«

»Nein, das hat sie nicht, und wir sollten sie auch nicht beunruhigen, indem wir es ihr sagen.«

»Natürlich nicht!« stimmte Sally ihm zu.

»Aber Lynn... erzähl mir von Lynn!«

Seine Stimme hatte einen zärtlichen Klang angenommen, und Sally begriff, daß er sie immer noch liebte.

»Sie ist mit Erico verheiratet, und die beiden sind sehr glücklich. Sie hatten einen Streit. Deshalb war ich in New York. Aber sie haben sich wieder miteinander versöhnt und sind zusammen nach Kalifornien gereist. Erico hat da ein Haus gekauft. Und sie haben vor, dort ruhige und ausgedehnte Flitterwochen zu verbringen. Ich glaube, das ist es, was Lynn einmal braucht: Ruhe, eine lange, ausgedehnte Zeit der Ruhe und Erholung. Sie hat viele Jahre hart und angestrengt gearbeitet und niemals wirklich ausgespannt. Voraussichtlich wird sie vier bis fünf Monate in Kalifornien bleiben, und dann werden die beiden an die Planung einer gemeinsamen Zukunft denken.«

Sekundenlang verfinsterte sich Tonys Gesicht, doch dann lächelte er.

»Ich sollte froh sein – um Lynns willen, nicht wahr?«

»Ja, Tony«, sagte Sally. »Erico ist der richtige Mann für sie. Zunächst war ich mir dessen nicht sicher, doch nun bin ich es. Er wird für sie sorgen und sie auch ein wenig an die Kandare nehmen. Lynn braucht das, wie du weißt.«

Tony nickte.

»Du hast recht. Ich war immer nur ein Fußabtreter für sie. Aber ich habe sie geliebt.«

»Ja, das weiß ich, Tony.«

Sallys Stimme hatte einen weichen Klang angenommen.

»Und deshalb verzeihst du mir auch, oder?«

»Natürlich verzeihe ich dir.«

»Und du verstehst, daß ich dich nicht heiraten konnte, Sally – wo ich doch Lynn liebte? Damals, an dem Morgen, an dem ich dich einfach versetzte, mag es ausgesehen haben wie ein Schurkenstück. Aber es hätte keinen Sinn mit uns gehabt. Und ich bin ganz sicher, eines Tages wirst du den richtigen Mann finden. Den Mann, den du verdienst und der dich liebt.«

»Oh, das hoffe ich, Tony.«

Sallys Antwort klang fast wie ein Stoßgebet. Tony blickte auf sie nieder.

»Gute, kleine Sally. Du bist so lieb – ein so liebenswertes Menschenkind. Es wäre wundervoll, wenn wir Freunde sein könnten.«

»Ja, Tony, Freunde!«

Sie hob ihr Gesicht, und er küßte sie auf die Wange. Dann kehrten sie Hand in Hand ins Wohnzimmer zurück. Schwatzend und lachend saßen sie mit Lady Thorne zusammen, bis es sehr spät geworden war.

Sir Guy gesellte sich erst zu vorgerückter Stunde zu ihnen, und es fiel Sally auf, daß er auffallend ruhig und schweigsam war. Sie machte sich Sorgen seinetwegen und fragte sich, was wohl mit ihm nicht stimmen mochte.

Ständig blickte er zu ihr herüber, und sie hatte das Gefühl, als wollte er mit ihr sprechen. Das allerdings vermochte sie nicht zu glauben, und deshalb tat sie diesen Gedanken als lächerlich ab.

Außerdem wäre es auch nicht möglich gewesen, miteinander zu reden, da Nada sich ebenfalls zu ihnen gesetzt hatte und so lange blieb, bis schließlich alle nach oben gingen.

Als sie sich gegenseitig gute Nacht sagten, fragte Lady Thorne die Polin:

»Was ist eigentlich mit Ivor, Nada?«

»Oh, er ist auf einem Flug«, antwortete Nada. »Ich weiß nicht, wann er zurücksein wird, aber ich habe in der Küche Bescheid gesagt, daß man ihm noch etwas zu essen hinstellt.«

»Es ist nicht gut für ihn, wenn er so oft das Dinner ausfallen läßt.« Lady Thorne seufzte.

»Oh, mach dir nur keine Sorgen, Tante. Er ist es gewohnt, zu den ausgefallensten Zeiten zu essen.«

»Das ist aber sehr schlecht für die Verdauung«, sagte Lady Thorne tadelnd. Sie wandte sich ihren Söhnen zu und gab jedem der beiden einen Kuß. »Gute Nacht, Guy! Gute Nacht, Tony. Ich bin sehr glücklich, euch beide wieder bei mir zu haben.«

»Ich kann dir nicht sagen, wie froh ich bin, endlich wieder einmal zu Hause zu sein«, antwortete Tony. Er küßte seine Mutter auf beide Wangen, dann beugte er sich zu Sally hinunter und gab ihr ebenfalls einen Kuß.

»Gute Nacht, Sally. Ich denke ich habe das Recht dazu als dein Exbräutigam.«

»Also wirklich, Tony!« rief seine Mutter entsetzt und sah Sally erstaunt an, als diese ein helles Lachen hören ließ.

»Er ist unverbesserlich, nicht wahr, Lady Thorne?«

»Das habe ich immer schon gesagt«, erwiderte Lady Thorne, »aber genützt hat es nie etwas.«

Sally eilte die Treppe hinauf. Auf dem ersten Podest blieb sie stehen und schaute in die Halle hinunter. Sir Guy blickte zu ihr empor. Sie wußte nicht, wieso, doch sie glaubte in seinen Augen eine Aufforderung zu erkennen.

»Gute Nacht, Sir Guy«, sagte sie.

»Gute Nacht, Sally.«

Es kam ihr so vor, als hätte er noch etwas hinzufügen wollen, aber er unterdrückte die Worte und wandte sich der Tür zur Bibliothek zu. Einen Moment lang war Sally unentschlossen. Sie kämpfte mit sich. In sich spürte sie ein wildes Verlangen, hinter ihm herzulaufen und ihm – wie Nada es getan hatte – zu erklären, daß sie unbedingt mit ihm sprechen müßte. Aber sie wußte genau, wenn sie vor ihm stand, würden ihr die Worte vor lauter Scheu und Schüchternheit im Halse stecken bleiben. Und vielleicht würde er sie auch tief verletzen mit dem, was er antwortete.

Langsam stieg sie weiter die Stufen hinauf. Auf der Galerie gab sie Lady Thorne einen Gutenachtkuß und ging in ihr Zimmer.

Romy wartete bereits ungeduldig. Sie drückte ihn an sich und streichelte sein weiches Fell. Dann legte sie ihn in sein Körbchen. Es war schön, das Empfinden zu haben, daß es ein Lebewesen gab, das zu einem gehörte – auch wenn es nur ein kleiner schwarzweißgefleckter Bastard war.

Eine Weile saß sie noch neben ihm auf dem Fußboden, redete mit ihm und küßte das weiche Fell. Dann stand sie auf, kleidete sich aus und ging ins Bett. Sie war müde und schlief fast augenblicklich ein.

Ein wimmernder Ton riß sie dann mitten in der Nacht aus tiefstem Schlaf, und sie wußte im ersten Moment nicht, was es war.

Dann setzte sie sich im Bett auf und stellte fest, daß es Romy war, der nach draußen wollte. Er stieß kleine flehende Töne aus und kratzte mit der Vorderpfote an der Tür.

»Warte, warte, Romy!« sagte sie und knipste die Nachttischlampe an. Dann stand sie auf und schlüpfte in den Seidenmantel. Es war drei Uhr morgens und sehr dunkel.

Romy wartete schweifwedelnd. Sein Kopf war geneigt, und sein kleiner Körper verriet äußerste Anspannung, so als wollte er, daß Sally sich beeilte.

»Ist ja gut«, flüsterte Sally. »Ich komme ja schon!«

Leise öffnete sie die Tür und ging über die Hintertreppe nach unten, weil sie auf diesem Weg am schnellsten in den Garten gelangte. Sally versuchte sich zu erinnern, wo die Schalter im Korridor waren, konnte sie jedoch nicht finden.

Schließlich tastete sie sich bis zur Tür und drückte die Klinke nieder.

Zu ihrer Überraschung war nicht abgeschlossen.

Romy stieß einen winzigen Freudenbeller aus und entwischte in den Garten. Sally blieb auf der Türschwelle stehen und versuchte festzustellen, in welche Richtung er lief, aber die Nacht war zu finster, und ein kalter Wind wehte ums Haus. Schließlich fröstelte sie und schloß die Tür.

Wartend lehnte sie sich von innen gegen die Holzfüllung, die Augen geschlossen und halb verschlafen, die Gedanken träge und traumumfangen.

Wie lange sie so dagestanden hatte, wußte sie nicht, doch plötzlich hörte sie ein Geräusch. Ruckartig richtete sie sich auf, weil sie glaubte, Romy sei zurückgekommen.

Eben wollte sie die Tür öffnen, als sie das Quietschen der Türklinke hörte, die von außen niedergedrückt wurde. Erschreckt wich Sally einige Schritte zurück. Die Tür wurde geöffnet und jemand schaltete die Beleuchtung an.

Es war nur eine schwache Birne, die hier im Flur brannte, doch sie genügte, um die Leute zu erkennen, die durch die Tür das Haus betraten.

Zuerst kam Nada, dann – zu Sallys Verblüffung – drei Fremde: zwei Männer und eine Frau. Den Schluß machte Ivor. Wie angewurzelt blieb Nada stehen, und auch die anderen hinter ihr verhielten ihre Schritte.

»Was machen Sie hier?«

Die Überraschung, ja Fassungslosigkeit in Nadas Stimme war nicht zu überhören.

»Ich habe meinen Hund hinausgelassen«, antwortete Sally.

Nada starrte sie an, dann blickte sie über die Schulter zu den drei Fremden hin, die dicht hinter ihr standen. Die beiden Männer waren etwa Mitte Vierzig, die Frau dagegen jung und ziemlich hübsch.

Nada sagte etwas in Polnisch zu Ivor, und er antwortete

in der gleichen Sprache. Dann setzte sich Nada wieder in Bewegung und ging den Flur entlang. Die anderen folgten ihr. Sally blickte ihnen entgeistert nach.

Erst als der kleine Trupp bei der Treppe um die Ecke bog, blickte Ivor sich um. Sekundenlang schaute er sie an, und in seinem Blick war etwas, das ihr Angst machte.

Sally ging zur Tür, öffnete sie und rief nach Romy. Sie brauchte nicht lange auf ihn zu warten. Sie nahm ihn auf den Arm, schloß die Tür und kehrte auf ihr Zimmer zurück. Dort legte sie Romy wieder in sein Körbchen, streifte den Seidenmantel ab und kroch ins Bett. Das Licht jedoch ließ sie noch an, sie mußte erst einmal nachdenken.

Wer waren diese Leute? Warum brachte Nada sie ins Haus? Sally blickte auf die Uhr. Es war fast Viertel nach drei.

Erst langsam ging ihr ein Licht auf. Ivors Flüge! Der Ausweis, den sie in der ersten Nacht ihres Hierseins vor ihrer Tür gefunden hatte! Die Geheimnistuerei um das Flugfeld. Nadas Aufregung, als die Kinder ihre Suche nach dem Geheimgang auch auf den Keller ausdehnten!

Ja. Dorthin brachte man jetzt die drei Fremden. In den Keller. Sally erinnerte sich an manche Zeitungsberichte über verbotene Fluchthilfeaktionen. Irgendwelche östlichen Exilantengruppen schleusten Menschen auf abenteuerlichen Wegen auf diese Seite des Eisernen Vorhangs, den die Russen zwischen Ost- und Westeuropa errichtet hatten.

Und Ivors Rolle bei diesen Aktionen war nun ziemlich eindeutig. Sally wunderte sich, daß bisher noch niemand im Haus Verdacht geschöpft hatte. Oder wußte doch jemand von diesen Vorgängen?

War Sir Guy tatsächlich völlig ahnungslos? Noch während sie sich diese Frage stellte, wußte sie, daß es darauf nur ein klares Ja geben konnte. Er war ein zu gerader und rechtschaffener Charakter, als daß er bei einer solchen Sache die Finger mit im Spiel gehabt hätte.

Jetzt begriff sie Nadas Argwohn und Abneigung gegen

jeden Gast im Priorat. Die Feindseligkeit, die sie ihr von Anfang an entgegengebracht hatte.

Jeder Fremde bedeutete Gefahr. Gefahr für sie, Gefahr für Ivor, Gefahr für das Projekt, dem sie sich verschrieben hatten. So verwerflich ihr Tun auch sein mochte, Sally konnte nicht umhin, den Mut der beiden zu bewundern. Und sie begriff, wie geschickt und clever Nada und Ivor gewesen waren, um ihre geheime Tätigkeit bis zu diesem Zeitpunkt absolut geheimzuhalten.

Kein Zweifel, daß Ivor einen Auftrag der Regierung zu irgendwelchen flugtechnischen Versuchen hatte. Aber sie waren wohl nicht von der Größenordnung, daß sie seine ganze Zeit beanspruchten. Und da man ihm einen privaten Flugplatz zur Verfügung stellte und seine Arbeit nicht kontrollierte, war es ein leichtes für ihn, Zeit und Flugzeug auch für andere Zwecke zu verwenden. Wenn er dann auch seine Berichte noch ein wenig frisierte, die Versuche als schwieriger darstellte, als ursprünglich erwartet, konnte er die maßgeblichen Behörden lange hinters Licht führen.

Auch die unmittelbare Umgebung war auf diese Weise leicht zu täuschen. Ivor startete in den Abendstunden zu einem Flug und kehrte erst gegen Morgen wieder zurück – mit Fluggästen, die – einmal im Land – leicht zu verstecken waren.

Oh, sie waren clever, unwahrscheinlich clever, und niemand wäre ihnen jemals auf die Schliche gekommen, wenn Romy sie, Sally, nicht geweckt und gezwungen hätte, ihn in den Garten zu lassen.

Plötzlich erstarrte Sally. Jetzt begriff sie auch noch etwas anderes. Nämlich, daß Nada unbedingt Sir Guy heiraten wollte. Das würde die Sache doppelt sicher machen.

Als seine Frau hatte sie noch bessere Möglichkeiten, ihren Landsleuten zu helfen. Und sollte später einmal irgend etwas von Nadas ungesetzlicher Tätigkeit ruchbar werden, würde er sie deswegen wohl schwerlich verstoßen können.

Sally schlug die Hände vors Gesicht. Was sollte sie jetzt

tun? Schließlich war sie nun auf irgendeine Weise in die Sache verwickelt! Sie kannte das Geheimnis der beiden, wußte, was gespielt wurde.

Aber auch Sir Guy war darin verwickelt – Sir Guy, Lady Thorne und Tony. Die Dinge geschahen ja in ihrem Haus, gleichsam unter ihren Augen.

Wer würde ihnen schon glauben, daß derartige Unternehmungen möglich gewesen waren, ohne daß sie etwas davon gemerkt hatten. Für die Bewohner des Priorats konnte dies obendrein auch noch strafrechtliche Schritte und gesellschaftliche Ächtung zur Folge haben.

Sally zitterte am ganzen Leib. Was sollte sie tun? Sie lauschte. Irgendwie rechnete sie damit, daß Nada auftauchen würde, um mit ihr zu reden. Aber nichts war zu hören. Niemand näherte sich ihrer Tür, um ins Zimmer einzudringen. Vielleicht saßen die fünf noch irgendwo im Keller und beratschlagten, was zu tun sei. Würden sie sich ihr auf Gnade oder Ungnade ausliefern oder versuchen, sie auf irgendeine Weise unter Druck zu setzen?

Plötzlich überkam sie ein unbezwingbares Gähnen. Wie immer Nadas und Ivors Entscheidung auch ausfallen mochte, im Augenblick wußte Sally nur eins: Sie war müde, ganz schrecklich müde.

Sie löschte das Licht und zog die Decke über den Kopf. So viele seltsame Dinge waren heute offenkundig geworden. Doch von wirklicher Bedeutung war eigentlich nur das eine: Sie hatte ihre Liebe zu Sir Guy erkannt.

Mein Gott, wie sehr liebte sie ihn!

XV

Sally lag schon einige Minuten wach, als sie hörte, daß die Tür ihres Zimmer geöffnet wurde.

»Wer ist da?« fragte sie überrascht.

Da sie dem Gesang der Vögel gelauscht hatte, wußte sie, daß es noch sehr früh am Morgen war und daß es nicht Gertrud sein konnte, die kam, um sie zu wecken.

Auf ihr Herein betrat jemand das Zimmer, schloß die Tür hinter sich und durchquerte den Raum. Das Fenster wurde geschlossen, eine Hand zog die Vorhänge zurück, und das blasse Licht der Morgensonne flutete herein.

Erstaunt richtete sich Sally im Bett auf. Es war Nada. Sie trug das selbe Kleid, das sie auch am Abend zuvor getragen hatte. Ihr Gesicht war grau vor Müdigkeit, und unter ihren Augen lagen tiefe Schatten.

»Was ist denn?« fragte Sally, und nun, da sie halbwach war, erinnerte sie sich an die Ereignisse der vergangenen Nacht. Ihre Haltung versteifte sich.

Aber zu ihrer Überraschung lächelte Nada.

»Tut mir leid, Sie so früh schon wecken zu müssen, Sally«, sagte sie, »doch ich habe einiges mit Ihnen zu besprechen, und außerdem benötige ich dringend Ihre Hilfe!«

»Meine Hilfe?« wiederholte Sally, ein wenig verblüfft.

Bitte um Hilfe war tatsächlich das Letzte, was sie von Nada zu hören erwartet hatte.

Nada nickte.

»Oder wollen Sie mir nicht helfen?« fragte sie unsicher.

»Aber natürlich«, antwortete Sally. »Was kann ich für Sie tun?«

»Das ist lieb von Ihnen«, sagte Nada. »Ich war sicher, daß

Sie meine Bitte nicht zurückweisen würden, und auch Ivor war davon überzeugt. Würden Sie aufstehen, Sally, wir dürfen nämlich keine Zeit mehr verlieren.«

Sally schlug die Bettdecke zurück und sprang aus dem Bett.

»Was ist denn?« fragte sie. »Ist jemand verletzt? Einer von den Leuten vielleicht, die Sie in der vergangenen Nacht hergebracht haben?«

Unwillkürlich hatte sie ihre Stimme gesenkt, und Nada erwiderte genauso leise.

»Ich erkläre Ihnen alles später. Jetzt ist keine Zeit dazu. Bitte, beeilen Sie sich!«

Sally goß kaltes Wasser in die altmodische, geblümte Waschschüssel, die in einer Ecke des Zimmers stand, wusch sich Gesicht und Hände und schlüpfte rasch in Rock und Bluse, die sie auch während der Reise getragen hatte.

»In meinem Koffer liegt ganz obenauf eine Strickjacke«, sagte sie zu Nada, als sie vor dem Ankleidetisch Platz nahm. »Ich habe sie im Flugzeug getragen. Würden Sie die bitte herausnehmen. Mir ist ein wenig kühl.«

Nada ging zu den Koffern, die geöffnet in einer Ecke des Raumes auf dem Boden lagen. Sally hatte am Abend zuvor nur ein paar der notwendigsten Dinge herausgeholt. Nachdem sie sich nun das Haar gekämmt und die Nase gepudert hatte, schlüpfte sie in die Ärmel der Strickjacke, die Nada ihr hinhielt.

»So, ich bin fertig«, sagte sie.

»Gut!« flüsterte Nada. »Es ging ja sehr rasch. Kommen Sie nun!«

Doch Sally verspürte plötzlich eine seltsame innere Unruhe.

»Augenblick noch«, sagte sie, als die Polin sich zur Tür wandte. »Wenn Sie in Schwierigkeiten, in wirklichen Schwierigkeiten sind, bin ich da überhaupt die richtige Person, an die Sie sich wenden sollten? Was ist mit Sir

Guy? Wäre es nicht besser, ihn anzusprechen? Schließlich ist dies ja sein Haus.«

Nada drehte sich zu Sally um und legte ihr die Hand auf den Arm.

»Bitte, Sally«, sagte sie. »Niemand anderes als Sie kann uns jetzt helfen. Deshalb bin ich auch gleich zu Ihnen gekommen. Sie werden das bald verstehen. Doch es würde zu viel Zeit in Anspruch nehmen, wenn ich Ihnen das erst noch lange erklären müßte.«

In Nadas Stimme lag etwas Endgültiges, und Sally gab nach. Sie sagte sich, daß dies vielleicht die Möglichkeit war, die alte Feindseligkeit zwischen ihnen zu beenden. Wenigstens fürs erste.

Sie hatte angenommen, Nada wäre verärgert oder wütend, hatte geglaubt, sie würde Stillschweigen von ihr fordern, würde verlangen, sie nicht zu verraten. Aber nie hätte sie es für möglich gehalten, daß die Polin zu ihr kam und sie um Hilfe bat.

»Na gut«, willigte Sally ein und wurde mit einem weiteren unerwarteten Lächeln belohnt.

Sie gingen über die Hintertreppe nach unten. Das Haus schlief noch, die Diener waren noch nicht nach unten gekommen, um ihr Tagewerk zu beginnen. Als sie das Erdgeschoß erreichten, stieg Nada die breiten Steinstufen hinab, die in die Kellerräume führten. Sally folgte ihr.

Hier unten herrschte Halbdunkel. Das Labyrinth der Gänge und Räume, das Nicholas und Prue so fasziniert hatte, wurde nur von einem schmalen Kellerfenster erhellt. Sie durchquerten einen Raum, der mit Gerümpel angefüllt war, und kamen an eine Tür, die Nada aufschloß.

Als Sally hinter der Polin den Raum durchquerte, hatte sie im ersten Moment den Eindruck, daß sie am Ende ihres Weges wären. Doch dann sah sie eine Anzahl von Kisten, die offensichtlich von der Wand fortgeräumt worden waren, und nachdem sie nahe genug herangekommen war, erblickte sie die Umrisse einer Tür, die vermutlich immer wieder mit Tapeten überklebt und überstrichen worden war.

Vorsichtig hob Nada ein lose hängendes Stück Tapete hoch und legte darunter ein Schlüsselloch frei, in das sie einen Schlüssel steckte, den sie aus der Tasche geholt hatte. Dann öffnete sie die Tür. Ein finsteres Loch gähnte ihnen entgegen, doch Nada hob die Hand und betätigte einen unsichtbaren Schalter. Eine Deckenlampe leuchtete auf.

Überrascht stellte Sally fest, daß sie sich nun in einer Art unterirdischem Stollen befanden. Wieder gelangten sie an eine Tür, die Nada aufschloß.

Hier bemerkte Sally zum ersten Mal etwas, was sie stutzen ließ. Ein primitiver Tisch stand da, auf dem Essensreste lagen: ein Stück Brot, eine halbleere Butterdose, einige übriggebliebene Fleischscheiben und mehrere Gläser. Um den Tisch herum standen ein paar alte Stühle.

Niemand war zu sehen, und Sally kam es so vor, als entspannte sich Nadas Haltung ein wenig. Auch kam sie ihr weniger nervös und gehetzt vor als vorhin auf ihrem Zimmer.

Nada schloß sorgfältig die Tür hinter sich und steckte den Schlüssel wieder in die Tasche.

»Hier also bewirten Sie ihre Besucher«, sagte Sally, die glaubte, der Polin irgendeinen Kommentar geben zu müssen.

Nada nickte.

»Meine Landsleute«, sagte sie stolz. »Die drei, die Sie heute nacht gesehen haben, Sally, haben viel Schlimmes hinter sich. Sie waren sehr, sehr glücklich darüber, endlich in der Freiheit zu sein.«

»Und wo sind Sie jetzt?« fragte Sally und blickte sich im Raum um, weil sie irgendwo eine Tür vermutete, durch die die Flüchtlinge verschwunden sein könnten.

»Oh, die sind bereits wieder fort«, erwiderte Nada. »Ivor bringt sie zu einem Ort, der fünfzig Meilen nördlich von hier liegt. Dort werden sie von Freunden erwartet. Er wird eine Notlandung vortäuschen – verursacht durch einen Motorschaden, verstehen Sie – und während er versucht, den Schaden zu reparieren, verschwinden seine Passagiere. Das ist alles sehr einfach.«

Beinahe hätte Sally geäußert, daß sie etwas Derartiges schon vermutet habe. Doch dann sagte sie sich, daß eine solche Bemerkung taktlos sei, und statt dessen meinte sie:

»Das ist aber gefährlich für Sie und Ivor.«

»Sehr gefährlich sogar«, gab Nada ihr recht. »Besonders das Abholen der Flüchtlinge. Hier droht uns zwar das Gefängnis, drüben der Tod.«

»Haben Sie denn da keine Angst, Nada?«

»Manchmal schon. Doch ich bin mit der Angst aufgewachsen. Irgendwie ist sie ein Teil meines Lebens.«

»Aber– wenn Ihre Besucher fort sind, wie kann ich Ihnen dann noch helfen?« fragte Sally verständnislos.

»Warten Sie ab«, erklärte Nada. »Wir sind noch nicht am Ziel.«

Sie durchquerte den Raum und öffnete eine weitere, fast unsichtbare Tür. Sally stellte fest, daß man auch hier zahlreiche Kisten von der Wand abgerückt hatte, um diese Tür benutzen zu können.

Nada schob eine der Kisten noch ein wenig zur Seite und sagte:

»Wenn wir nicht hier sind, stehen alle Dinge natürlich wieder genau an ihrem Platz. Wir sind darin sehr gewissenhaft. Es wäre zu gefährlich, auch nur die kleinste verräterische Spur zu hinterlassen für den Fall, daß doch einmal jemand in diesen Teil des Kellers vordringen könnte. Heute morgen waren wir sehr leichtsinnig. Sie sollten uns deshalb nicht tadeln.«

»Das wäre das letzte, was ich tun würde«, antwortete Sally. »Ich bewundere Ihren Mut, Nada, obwohl ich glaube, daß es nicht richtig ist, was Sie hier machen. Wenn diese Sache herauskäme, gäbe es einen fürchterlichen Skandal, in den auch Lady Thorne und Sir Guy verwickelt würden. Schließlich tragen sie ja den gleichen Namen.«

Nada öffnete die Tür. Sie wandte sich um und machte eine wegwerfende Handbewegung.

»Meine englische Verwandtschaft ist mir gleichgültig! Haben Sie das noch nicht bemerkt?«

Sally wußte darauf nichts zu sagen. Sie folgte Nada wortlos durch die Tür und stieß einen überraschten Ruf aus. Sie stand in einem Raum, dessen tonnenartiges Gewölbe von dicken Säulen getragen wurde.

Durch schmale, schießschartenähnliche Maueröffnungen fiel gedämpftes Licht und zauberte schwache Lichtmuster auf den mit mächtigen Steinquadern bedeckten Boden.

»Ja, die alte Krypta des Klosters«, sagte Nada, als sie das fassungslose Staunen auf Sallys Gesicht bemerkte. »Es ist alles, was von dem ehemaligen Priorat übriggeblieben ist. Herrlich, nicht wahr?«

»Ja, es ist wundervoll!« rief Sally entzückt. »Hat Sir Guy eine Ahnung davon? Weshalb hat er mir nie ein Wort darüber gesagt?«

»Ich glaube kaum, daß irgend jemand etwas davon weiß – außer Ivor und mir. Ich stieß ganz zufällig darauf, als ich hier unten nach einem passenden Versteck für unsere Flüchtlinge suchte. Die Türschlösser waren total verrostet, und wir hatten große Mühe, sie aufzubekommen. Aber Ivor ist ein praktischer Mensch. Er legte auch elektrisches Licht in die neuentdeckten Räume, und natürlich sagten wir niemandem etwas von unserer Entdeckung.«

»Aber es ist einfach zu schön, um dieses Wissen für sich zu behalten!«

»Nun, Sie haben es ja jetzt gesehen«, entgegnete Nada. »Doch kommen Sie weiter. Da ist noch etwas, das ich Ihnen zeigen muß.«

»Zeigen?« fragte Sally ein wenig verdutzt. »Ich denke, Sie brauchen meine Hilfe.«

»Ja, das auch. Kommen Sie nur!«

Sie durchquerten die Krypta und blieben vor einer Wand aus großen und kleinen grauen Steinquadern stehen. Sally glaubte schon, es ginge nicht mehr weiter, doch Nada streckte die Hand aus und entfernte einen ziegelsteingroßen Stein aus der Wand.

Sally sah vor sich eine schmale dunkle Öffnung und fragte: »Was ist denn das?«

»Sehen Sie doch selbst«, antwortete Nada.

Sally blickte hinein, konnte jedoch nichts sehen.

»Jetzt kommt die Überraschung!« sagte Nada und lächelte. »Gehen Sie einen Schritt zur Seite!«

Sally gehorchte, und Nada steckte ihre Hand in die Öffnung. Sie zog einen Eisengriff aus dem Mauerspalt, den Sally nicht gesehen hatte.

Ein knirschendes Geräusch ertönte. Ein Stück Wand schwang um eine unsichtbare Achse und gab ein dunkles, türgroßes Rechteck frei.

Sally stieß einen Schrei aus.

»O Nada, ich weiß, was es ist! Der Geheimgang!«

»Ja«, sagte Nada trocken. »Ivor hat ihn gefunden.«

»Oh, da werden die Kinder aber begeistert sein!« rief Sally. »Kann man ihn noch benutzen?«

»Ich fürchte, nein!« erwiderte Nada. »Nach einem kurzen Stück ist der Gang eingebrochen. Aber schauen Sie es sich an.«

Sally tat einen Schritt in das Dunkel. Sie streckte die Hände seitwärts aus und tastete sich an den Wänden entlang vorwärts. Dabei fühlte sie, daß die Wände aus gemauerten Steinen bestanden. Sally hatte etwa fünf oder sechs Yard zurückgelegt, als sie mit dem Fuß gegen einen Steinhaufen stieß. Der schwache Lichtschein, der durch die Türöffnung fiel, zeigte ihr, daß der Gang an dieser Stelle schon zu Ende war.

Sie wollte sich eben zu Nada umdrehen, als sie zum zweiten Mal das knirschende Geräusch hörte. Sekunden später umfing sie völlige Dunkelheit.

Die Tür in der Wand hatte sich geschlossen.

»Nada!« rief sie. »Die Tür ist zugefallen!«

Aber Nada antwortete nicht.

Als Sallys Augen sich an die Dunkelheit gewöhnt hatten, sah sie den schwachen Lichtschimmer, der durch den Spalt fiel, in dem sich der lose Stein befunden hatte.

»Nada!« rief sie wieder. »Machen Sie auf! Ich kann nichts sehen. Bitte, machen Sie auf!«

»Ich fürchte, das wird nicht gehen«, antwortete Nada durch den Mauerspalt.

»Was meinen Sie damit?« fragte Sally, die plötzlich von einem Gefühl der Panik erfaßt wurde.

»Na, das, was ich sage!« Nada ließ ein kurzes Lachen hören. »Sie sagten doch, Sie wollten mir helfen, und das tun Sie am besten, indem Sie bleiben, wo Sie sind!«

»Hier? Hier im Stollen? Aber wie lange? Ich verstehe nicht!«

»Sie sind sehr einfältig, Sally. Das habe ich immer schon gedacht. Geht es nicht in Ihr hübsches Köpfchen, daß Ivor und ich ständig unser Leben riskieren? Glauben Sie vielleicht, wir würden es zulassen, daß ein dummes Ding wie Sie unsere Mission in Gefahr bringt? Nur weil es zufällig hinter unser Geheimnis gekommen ist? Aber vielleicht war es auch gar kein Zufall! Von dem Augenblick an, da Sie sich hier eingenistet haben, haben Sie hinter mir herspioniert, mich beobachtet, mich auf Schritt und Tritt verfolgt.«

»Aber Nada, das stimmt doch nicht!« rief Sally. »Lassen Sie mich heraus! Wir werden über alles reden, vernünftig und in aller Ruhe.«

»Nein, Sally, das werden wir nicht und Sie werden bleiben müssen, wo Sie sind!«

»Sie sind ja verrückt, Nada! Denken Sie vielleicht, man würde mich nicht vermissen? Man wird mich suchen!«

»Mag sein. Aber damit wird man bald wieder aufhören.« Nadas Stimme klang hämisch. »Sehen Sie, Sally, ich bin es gewohnt, meine Aktionen zu planen und nichts dem Zufall zu überlassen. Ich habe bereits einen Brief an Sir Guy geschrieben. Darin erklären Sie ihm, daß Sie nach dem Wiedersehen mit Tony nicht länger mehr unter einem Dach mit ihm wohnen können. Wenn Gertrud kommt, um Sie zu wecken, wird sie diesen Brief auf Ihrem Kopfkissen vorfinden.«

»Nada, das ist doch lächerlich. Alle meine Kleider hängen noch im Schrank. Wie wollen Sie das erklären?«

»Gar nichts mehr wird in Ihrem Schrank hängen. Ich werde Ihre sämtlichen Kleider verschwinden lassen und an meine Landsmänninnen verteilen«, erwiderte Nada. »Einige von ihnen haben seit neun Jahren kein neues Kleid mehr gesehen. Stellen Sie sich das vor, Sally! Neun Jahre ohne ein neues Kleid! Und Ihre sind so besonders schick!«

In Nadas Stimme war jetzt ein höhnischer Klang. Sie erinnerte Sally an eine Katze, die ihre Beute quält, bevor sie sie tötet. Plötzlich hatte Sally Angst. Angst, wie noch nie zuvor in ihrem Leben.

Sie streckte die Arme vor und bewegte sich vorsichtig auf die Eingangstür des Stollens zu.

»Hören Sie, Nada«, rief sie. »Lassen Sie mich hier heraus! Das Ganze ist doch ein Scherz! Sie können doch nicht im Ernst die Absicht haben, mich hier lebendig zu begraben. Ich werde mit niemandem über Ihr Geheimnis reden, aber lassen Sie mich raus! Sie machen mir Angst!«

»Tut mir leid, Sally. Aber Sie machen mir genauso Angst. In mancher Beziehung tut es mir sogar leid für Sie, aber Sie würden sich doch nur einmischen!«

»Nein, ich verspreche es Ihnen.« Sallys Stimme hatte inzwischen einen verzweifelten Ton angenommen, denn ihr war klar geworden, daß sie um ihr Leben bettelte. »Das können Sie doch nicht tun! Sir Guy wird dahinterkommen.«

»Guy können Sie getrost mir überlassen.«

»Aber das ist doch Mord! Wenn Sie mich nicht herauslassen, muß ich sterben!«

»Viele meiner Landsleute mußten sterben«, erwiderte

Nada ungerührt. »Ich habe dem Tod so oft ins Auge geschaut, daß er keine Schrecken mehr für mich hat. Wir haben uns noch andere Möglichkeiten überlegt, aber diese hier ist tatsächlich noch die menschlichste. Good-bye!«

»Aber Nada, das kann doch nicht Ihr Ernst sein! Nada...«

Sally brach ab. Nada hatte plötzlich den Stein wieder in das Mauerloch geschoben. Um sie her herrschte undurchdringliche Dunkelheit, absolute Dunkelheit und eine Stille, die gerade deshalb so entsetzlich war, weil das einzige, was Sally hörte, ihr eigener keuchender Atem war.

»Nada, Nada!« rief sie laut. Dann begann sie zu schreien.

Sekunden später hatte sie sich wieder in der Gewalt. Es war sinnlos. Die Mauern waren zu dick. Nichts würde von hier aus nach draußen dringen, und niemand im Haus würde sie hören können.

Sally fühlte, wie die Knie unter ihr nachgaben, und setzte sich auf den Boden, den Rücken gegen die Stollenwand gelehnt.

Einen Moment lang konnte sie nur daran denken, wie verrückt das Ganze war. Kein Alptraum, aber eine Art von Wachtraum, wie er in den Vorstellungen von Geisteskranken existierte. Dann wurde ihr voller Entsetzen bewußt, daß das Furchtbare ihr widerfuhr.

Sie saß da sehr still und dachte nach. Versuchte einen Fehler in Nadas Plan zu finden, versuchte vergeblich, einen Hoffnungsschimmer zu entdecken. Vielleicht nahm man Nada die Geschichte nicht ab. Vielleicht begann doch jemand mit der Suche nach ihr. Aus irgendeinem Grund, den sie sich jetzt nur noch nicht vorstellen konnte. Aber selbst wenn das geschah, warum sollte derjenige ausgerechnet hier nach ihr suchen? Niemand kannte ja diesen Teil des Hauses.

Wenn Sir Guy gestern keine Ahnung von der Krypta gehabt hatte, war es höchst unwahrscheinlich, daß er sie ausgerechnet heute entdecken sollte. Außerdem würde

Nada ihn begleiten, um ihn unter allen Umständen von hier fernzuhalten, um ihm jedes Hindernis in den Weg zu legen, das denkbar war. Sie würde alle Spuren, die sie hätten verraten können, sorgfältig verwischen. Sie würde alles tun, um ihn auf eine falsche Fährte zu locken.

Wie clever sie ist, dachte Sally.

Und welches Glück sie hatte, dieses Versteck zu finden! Für die Flüchtlinge, die Ivor mit dem Flugzeug nach England brachte, war dieser Unterschlupf ideal. Hier konnte man sie ohne jede Gefahr neu einkleiden, sie mit den nötigen Ausweispapieren versorgen, mit Geld und allen anderen notwendigen Dingen. Und dann wurden sie unauffällig weiterbefördert.

Ja, Nada war clever, so clever, daß Sally keinen Zweifel hatte: Sir Guy würde ihr auf den Leim gehen, sobald Gertrud ihm den Brief brachte, den sie auf ihrem Kopfkissen gefunden hatte.

Und wahrscheinlich würde Nada ihm auch noch erzählen, sie habe gesehen, wie Sally in ein Taxi gestiegen sei oder sich am Torhaus von jemandem mitnehmen ließ. Jeden Schritt würde Nada genau geplant haben, und es konnte Monate dauern, bis Lynn oder Mary anfingen, sich ihretwegen Sorgen zu machen, und bei Sir Guy nachfragen würden, was mit ihr geschehen sei.

Sally schlug die Hände vors Gesicht. Panik ergriff sie, hob ihre Urteilskraft und ihr Denkvermögen auf. Es konnte Monate dauern, bevor jemand davon erfuhr, daß sie von einem Mädchen in die Falle gelockt und getötet worden war, das sie abgrundtief haßte.

Und Sir Guy? Jetzt, da sie an ihn dachte, füllten sich ihre Augen mit Tränen.

»Guy kannst du mir überlassen!« hatte Nada zu ihr gesagt, und Sally wußte nur zu gut, was sie damit meinte.

Nada war entschlossen, ihn zu heiraten und Herrin des Priorats zu werden. Zweifellos würde sie ihr Ziel erreichen, so wie sie in der Erreichung all ihrer Ziele stets außerordentlich erfolgreich zu sein schien. Unbarmherzige Menschen setzten stets ihren Willen durch, und Sir Guy würde nie erfahren, daß unter dem Haus, in dem er lebte, die Gebeine eines Mädchens bleichten, das ihn einmal über alles geliebt hatte.

»O Guy, Guy, rette mich!«

Sie sprach seinen Namen laut, und als das Echo ihre Worte zurückwarf, sprang sie auf und schlug mit beiden Fäusten gegen die Steine.

»Guy, Guy!« rief sie. »Komm zu mir! Komm doch zu mir!«

Sie rief seinen Namen, bis ihre Stimme heiser war. Schließlich sank sie in einem Weinkrampf zu Boden. Sie wußte nicht, wie lange sie so dagekauert hatte, sie wußte nur, daß dieses Schreien und Weinen sie völlig erschöpft hatte. Es kam ihr vor, als wären inzwischen Stunden vergangen, genausogut konnten aber auch erst wenige Minuten verstrichen sein. Sie hatte jeglichen Zeitbegriff verloren und spürte entsetzt, daß sie hungrig war.

»Ich muß versuchen, hier herauszukommen«, flüsterte sie. »Nada darf nicht die Siegerin sein! Es ist falsch, wenn ich tatenlos hier liege und auf den Tod warte!«

Nada hatte gesagt, daß der unterirdische Stollen eingestürzt sei, aber vielleicht stimmte das gar nicht. Vielleicht hatte sie gelogen wie schon so oft, wenn sie etwas durchsetzen wollte.

Sally erhob sich. Die Hand vorgestreckt, suchte sie sich einen Weg tiefer in den Gang hinein. Einige Schritte weit tastete sie sich so vorwärts. Dann berührte sie mit den Füßen einige heruntergefallene Steine und stieß sich im nächsten Augenblick den Kopf an der niedrigen Stollendecke.

Sekundenlang war sie wie gelähmt vor Schmerz. Dann fuhr sie sich mit den Fingern über die Stirn, spürte eine aufgeplatzte Wunde, aus der feucht das Blut rann. Vorsichtig wischte sie es ab und begann die Steine vor sich mit den Händen abzutasten. Keiner ließ sich jedoch lockern. Das einzige, was sie bei diesem Versuch erreichte, waren abgebrochene Fingernägel und Schürfstellen an den Händen.

»Was soll ich denn nur tun?« rief sie laut.

Wieder überfiel sie ein Weinkrampf, und es gelang ihr nur mühsam, sich wieder unter Kontrolle zu bringen.

Wenn das so weitergeht, werde ich noch wahnsinnig, dachte sie und schrak bei dem bloßen Gedanken zusammen.

Es war schon schlimm genug, dem Tod ins Auge zu sehen, aber noch schlimmer mußte es sein, vor dem Tod auch noch den Verstand zu verlieren.

Ein Gefühl grenzenloser Verzweiflung erfaßte Sally. Die Arme ausgestreckt, tastete sie sich weiter an den Steinen entlang und wußte nun, sie war gefangen. Ein Entkommen war unmöglich. Sally ließ sich auf die Knie fallen.

Es gab nichts, was sie tun konnte.

Nichts, als den Tatsachen gefaßt ins Auge zu schauen.

Stolz warf sie den Kopf in den Nacken. Sie würde sich nicht unterkriegen lassen. Sie würde versuchen, würdig zu sterben, die Angst vor dem Tod niederzuringen.

Vielleicht will Nada mir auch nur einen Schrecken einjagen, dachte sie dann. Vielleicht kommt sie gleich zurück, und ich muß ihr das Versprechen geben, keinem Menschen gegenüber jemals ein Wort über das zu verlieren, was ich in der vergangenen Nacht und vorhin gesehen habe!

Aber dann sagte sie sich, daß sie sich nur etwas vormachte. Nada würde nie zurückkehren. Alles, was geschehen war, hatte sie zuvor mit Ivor bis in die letzte Einzelheit durchgesprochen.

Nein, die beiden hatten beschlossen, sie aus dem Weg zu räumen, weil sie ihnen mit ihrem Wissen einfach zu gefährlich werden konnte. Und sicher war es vor allem Nada, die in einem solchen Fall kein Erbarmen kannte.

Sally stellte sich vor, daß die Polin vielleicht gerade jetzt mit der Familie beim Frühstück saß, mit Sir Guy sprach und ihm schöne Augen machte. Und Tony würde sich fröhlich mit seiner Mutter unterhalten und vielleicht die Bemerkung einfließen lassen, wie dumm es von Sally sei, einfach Hals über Kopf davonzulaufen.

»Dabei wirkte sie gestern abend noch so zufrieden und ausgeglichen«, würde er sagen und verständnislos den Kopf schütteln.

Und falls irgend jemand einen Verdacht schöpfte, würde Nada versuchen, ihn auszuräumen. Und allmählich würde niemand mehr im Priorat an sie, Sally, denken.

Sie würde das Mädchen sein, das einmal eine Zeitlang hier zu Besuch gewesen war, das sich um die Kinder gekümmert hatte und dessen Namen man inzwischen kaum noch kannnte. »Sally? Hieß es nicht Sally, das Mädchen, mit dem du damals nach New York geflogen bist, Guy!«

Sally erinnerte sich an den sonderbaren Ausdruck auf Sir Guys Gesicht am gestrigen Abend. Würde er sie wirklich so rasch und schmerzlos vergessen können?

Sie wußte, er hatte ihr etwas sagen wollen. Davon war sie fest überzeugt. Aber es war keine Gelegenheit dazu gewesen, und es würde diese Gelegenheit auch nie mehr geben. Jetzt nicht mehr!

Sally verspürte den Wunsch, zu weinen. Über ihr verlorenes Leben, über die Liebe und das Glück, die sie niemals kennenlernen würde. Aber ihre Tränen waren versiegt.

Plötzlich begann sie zu zittern. Ihre Hände waren steif vor Kälte, sie fror bis auf die Knochen.

Sie stand auf, vorsichtig diesmal, um sich nicht wieder den Kopf zu stoßen. Und während sie versuchte, die verkrampften Glieder ein wenig zu lockern, fragte sie sich, warum sie das eigentlich tat.

Je schneller sie starb, um so besser. Es war das einzige, um was sie jetzt noch beten konnte: um einen schnellen, schmerzlosen Tod. Um einen Tod, bei dem sie nicht mehr allzu viel leiden mußte.

Sie setzte sich wieder hin und fragte sich, wie lange es

brauchte, bis ein Mensch an Hunger starb. Ein, zwei Tage? Das wäre ja entsetzlich! Vielleicht war es inzwischen schon Mittag. Vielleicht waren aber auch erst wenige Stunden vergangen, seitdem Nada sie verlassen hatte.

Wenn der Zustand, in dem sie sich jetzt befand, noch Tage andauern würde, dann...

»O Guy«, flüsterte sie.

Sie dachte daran, wie er sie im Flugzeug umsorgt hatte und verspürte plötzlich eine unwiderstehliche Sehnsucht nach ihm. Wenn er sie doch, bevor sie starb, ein einziges Mal in seine Arme nehmen, sie ein einziges Mal küssen würde – nicht zornig und gewaltsam, sondern zart und liebevoll.

Zu spät – es würde niemals mehr geschehen. Doch was hinderte sie daran, es sich vorzustellen. Sie brauchte nur ihre Lippen zu bewegen, um ihn zu küssen!

»O Liebster, Liebster«, flüsterte sie.

Wieder spürte sie die Kälte durch ihre Glieder kriechen. Sie fragte sich, ob Kälte vielleicht das Sterben beschleunigen würde. Eine neue Woge der Angst schlug über ihr zusammen.

»Guy, Guy!« schrie sie. »Hilf mir! So hilf mir doch!«

Es war hoffnungslos, es war sinnlos, und dennoch schrie sie seinen Namen, immer und immer wieder, bis sie erschöpft verstummte und erneut zu Boden sank.

Während sie völlig verzweifelt dalag, glaubte sie ganz entfernt ein Geräusch zu hören. Es war wie ein Scharren und Kratzen, und fast wahnsinnig vor Entsetzen, stieß sie leise hervor:

»Ratten!«

Schon als Kind hatte sie eine unüberwindliche Angst vor diesen Tieren gehabt, und nun, in dieser schwarzen, undurchdringlichen Dunkelheit sollten sie ihre einzigen Gefährten sein... Schon der Gedanke allein war unerträglich für sie.

»Ratten«, flüsterte sie wieder vor sich hin.

Noch immer hörte sie deutlich dieses scharrende, kratzende Geräusch, und ihr Mund öffnete sich zu einem langen, gellenden Schreckensschrei.

Und nachdem das Echo dieses Schreis verstummt war, kam eine Antwort. Eine Antwort, die sie den Atem anhalten ließ. Es war das Winseln und Bellen eines Hundes.

Einen Moment lang konnte sie es nicht glauben, aber dann war es wieder zu hören, deutlicher diesmal. Das scharfe Bellen eines Hundes, der beachtet werden will.

»Romy!«

Sally schrie seinen Namen, und Sekunden später verstärkte sich das Scharren, wurde wilder und wilder. Dann erscholl das Geräusch rutschender Steine, und im nächsten Augenblick warf sich Romy auf sie. Sein kleiner warmer Hundekörper schmiegte sich in ihre Arme, und seine Zunge fuhr aufgeregt über ihr Gesicht. Dabei stieß er durchdringende, freudige Töne aus, außer sich vor Entzücken, daß er sein Frauchen gefunden hatte.

»O Romy! Romy!«

Das Gefühl der Erleichterung, das Sally erfüllte, war kaum zu ertragen. Tränen rannen über ihre Wangen, und laut aufschluchzend preßte sie ihr Gesicht gegen das warme Fell.

»Wie bist du hergekommen, Romy, mein Kleiner? Sag, wie hast du mich gefunden?«

Anstelle einer Antwort fuhr seine Zunge erneut über ihr Gesicht. Und nun endlich erkannte sie die volle Bedeutung seines Erscheinens. Mit einem lauten Schrei sprang sie auf.

»Romy, wenn du hier hereingekommen bist, werde ich auch herauskommen! Du mußt mir also den Weg zeigen! Du mußt, hörst du? Der Gang ist also nicht völlig verschüttet. Es gibt einen Weg nach draußen. Komm, Romy, zeig mir den Weg!«

Romy stieß ein paar Beller aus, als hätte er sie verstanden.

»Nach Hause, Romy! Bring Frauchen nach Hause!« sagte Sally eindringlich.

Er schien begriffen zu haben, denn sie hörte, wie er ein Stück lief und dann auf sie wartete.

Langsam tastete sie sich zu dem Steinhaufen vor, den sie vergeblich zur Seite zu räumen versucht hatte.

»Wo bist du denn hergekommen, Romy?« fragte sie. »Zeig es Frauchen!«

Sie hörte, wie er sich einen Weg durch die Steine suchte, und während sie noch mit ausgestreckten Händen nach ihm tastete, war er schon auf der anderen Seite.

»Romy, Romy, komm zurück! Hierher! Ich weiß nicht, wo du hinausgeschlüpft bist!«

Gehorsam kehrte er zu ihr zurück, und diesmal faßte sie ihn beim Halsband. Etwa in Hüfthöhe entdeckte sie ein Loch in dem Steinhaufen. Es befand sich direkt an einer der Seitenwände des Stollens. Für Romy war es zwar groß genug, für sie jedoch viel zu eng.

Sie schob den Hund hindurch und begann damit, die Steine einzeln beiseitezuräumen.

Stein um Stein erweiterte sie die Öffnung. Mehr als einmal lösten sich andere Steine, die die Öffnung wieder verschütteten, und jedesmal war sie gezwungen, noch einmal von vorne zu beginnen. Ein Stein verletzte ihr Knie, ein anderer hätte ihr fast den Fuß zerquetscht.

Doch dann hatte sie es geschafft. Das Loch war endlich so groß, daß sie sich hindurchzuzwängen vermochte. Rock und Strickjacke waren zerrissen, Arme und Knie mit Schürfwunden bedeckt, aber dann war sie ganz plötzlich auf der anderen Seite.

Geduckt, die Hände suchend vorgestreckt, bewegte sie sich an der Steinwand entlang weiter, bis sie nach wenigen Schritten gegen ein neues Steinhindernis stieß.

Der gleiche Vorgang wiederholte sich, und als sie es auch hier geschafft hatte und auf der anderen Seite der steinernen Sperre angelangt war, legte sie sich erschöpft auf den Boden.

»Es ist sinnlos, Romy!« sagte sie. »Ich kann nicht mehr, mein Kleiner. Ich bin am Ende meiner Kraft.«

Ihre Finger und Schienbeine bluteten, das rechte Knie schmerzte unerträglich und an ihrem Kopf ertastete sie mehrere Beulen und Rißwunden.

»Ich schaffe es nicht, Romy«, sagte Sally verzagt. »Lauf, Romy, lauf! Frauchen kann nicht mehr weiter!«

Sie hörte, daß er sich in Bewegung setzte. Seine tapsigen Schritte entfernten sich. Sally verspürte eine irrsinnige Angst, und entsetzt rief sie:

»Romy!«

Würde er ihr gehorchen? Ließ er sie hier allein? Erleichtert hörte sie in einiger Entfernung Schlürfgeräusche. Romy trank. Und als Sally auf das Geräusch zukroch, entdeckte sie ein kleines Rinnsal, das die Wand hinuntertropfte und auf dem Boden eine winzige Pfütze bildete.

Sally wölbte die Handteller zu einer Schale und fing damit das Wasser auf. Es hatte einen strengen Geschmack, erdig und ziemlich brackig, aber es belebte sie, und sie fühlte sich stark genug, weiterzumachen.

Die Pausen, die sie nach Überwindung jedes neuen Steinhindernisses einlegte, wurden immer länger.

Einmal war sie so erschöpft, daß ihr schwindelte und sie vor Erschöpfung einschlief. Als sie wieder aufwachte, lag Romy zusammengerollt neben ihr, den warmen Hundekörper gegen ihre Brüste gepreßt.

In einem Abschnitt des Stollens war die Luft zum Erstikken. Das Atmen fiel ihr schwer, und selbst Romy bewegte sich nur langsam und – wie es Sally schien – mit großer Mühe. Sie wollte schon verzweifelt aufgeben, hatte jedoch mit einem Mal das Gefühl, sie und Romy seien nicht mehr allein.

Da war jemand. Ein Mann in einer braunen Mönchskutte mit einem langen weißen Bart und einem freundlichen Gesicht. Er sprach ihr Mut zu und beschwor sie, nicht aufzugeben.

»Ich bin so müde«, sagte sie zu ihm. »Ich kann nicht mehr!«

Aber dann war plötzlich noch jemand bei ihm. Es war der Ritter in der silbernen Rüstung, der Ritter, den sie von Kind an kannte. Sie nannte ihn Sir Guy, obwohl sie sich im klaren war, daß es nicht der Sir Guy war, den sie liebte, sondern ein anderes, älteres Ebenbild von ihm.

Auch er nickte ihr ermutigend zu, unterstützte den Mönch in seinem Bemühen, ihren Durchhaltewillen zu stärken.

Ab und zu kam es ihr so vor, als wären die Steine, die sie mit blutenden Händen zur Seite räumte, leichter, weil die beiden geheimnisvollen Männer gekommen waren, ihr beizustehen.

Dennoch stritt sie sich unablässig mit ihnen.

»Nun laßt mich doch endlich in Ruhe! Ich kann nicht mehr. Ich brauche Schlaf – ein paar Stunden wenigstens. Morgen mache ich weiter. Mir ist so kalt, ich friere. Oh, bitte, laßt mich schlafen! Ich muß ausruhen. Die Luft ist so schlecht hier, ich bin so müde, so entsetzlich müde...«

Aber die beiden kannten kein Erbarmen, zwangen sie, weiterzumachen.

Manchmal hatte sie das Gefühl, bewußtlos zu werden. Dann waren sie verschwunden, und nur Romy war noch da. Er winselte und bellte, lief ein paar Schritte von ihr fort, kam wieder zurück und leckte ihr das Gesicht. Und wenn sie hinfiel, sorgte er dafür, daß sie immer wieder aus ihrer Bewußtlosigkeit erwachte.

»Ja, ich komme, ich komme«, sagte sie dann, ärgerlich über seine Ungeduld.

Aber weil sie wußte, daß er ihr keine Ruhe lassen würde, raffte sie sich schließlich unter Aufbietung ihrer ganzen Willenskraft zu einer letzten Kraftanstrengung auf.

Sie war nicht mehr imstande, auch nur noch einen einzigen Stein aus dem schmalen Durchgang zu rollen. Sie würde sich durch das Loch hindurchzwängen, das sie bisher freigelegt hatte – mochte es noch so eng sein.

Inzwischen waren Rock und Strickjacke völlig zerrissen,

die Bluse hing in Fetzen an ihr herunter. Schultern, Arme und Beine waren von Schrammen und Schürfwunden bedeckt, und ihre Hände und Knie bluteten aus vielen Wunden. Ihr Körper schmerzte, war wund und zerschlagen wie nach einer erbarmungslosen Folter. Doch es gab kein Zurück mehr. Mit letzter Kraft wand und schob sich Sally durch die enge Öffnung.

Nach einer Ewigkeit voll panischer Angst und unmenschlicher Qual hatte sie es schließlich geschafft. Halb ohnmächtig sank sie zu Boden.

»Jetzt kann ich nicht mehr«, keuchte sie. »Nein jetzt kann ich...«

Die Schwäche in ihr ließ sie verstummen, aber genau in diesem Augenblick sah sie die beiden Männer wieder deutlich vor sich. Sie sah den Mönch mit seinen freundlichen Augen und den Ritter mit Rüstung und Federbusch.

Sie lächelten ihr zu, und sie wußte, daß sie gewonnen hatte. Nur wußte sie nicht genau, was sie gewonnen hatte – das Leben oder den Tod.

Sie hörte Romys Bellen.

»Es hat keinen Sinn mehr, Romy!« flüsterte sie mit versagender Stimme. »Ich bin zu – müde. Ich kann nicht – mehr. Ich kann nicht...«

Doch entgegen ihren Worten kroch sie weiter. Sie wußte nicht, ob ihre Augen offen oder geschlossen waren, denn sie hatte sich daran gewöhnt, sich in völliger Finsternis zu bewegen.

Plötzlich hatte sie das Gefühl, zu gleiten. Auf dem Bauch liegend, rutschte sie in die Tiefe. Haltsuchend streckte sie die Arme aus, war sich bewußt, daß ihre Hände etwas wie einen Strauch umklammerten. Ein unerträglich grelles Licht blendete sie. Entsetzt hielt sie den Atem an, weil sie in hohem Bogen durch die Luft flog.

Die Sandgrube! durchzuckte es sie.

Sie war in der Sandgrube gelandet. Sie wußte es in

dem Augenblick, als sie hart auf dem Boden aufschlug und Sand auf ihrem Gesicht spürte.

Eine barmherzige, befreiende Dunkelheit umfing sie. Die Sinne schwanden ihr.

XVI

Sally schlief – traumlos und fest.

Dann und wann drangen Stimmen an ihr Ohr, spürte sie eine Hand, die ihr Handgelenk umschloß, oder jähe Schmerzen, die durch einen Nadelstich in ihren Arm wieder ausgelöscht wurden. Dann versank sie aufs neue in das tiefe, dunkle Meer des Schlafes.

In den kurzen Augenblicken des Wachseins hatte sie keinen anderen Wunsch, als weiterzuschlafen, zu vergessen und nie wieder aufzuwachen.

Und dann, ganz unvermittelt, hatte das inzwischen so vertraute wohltuende Auf und Ab von Schlaf und Dämmerzustand ein Ende.

Sally lag, die Augen geschlossen, in ihrem Bett, und sie wußte, daß ihr Bewußtsein zurückgekehrt war und daß es vieles gab, worüber sie nachzudenken hatte, vieles, das sie wissen mußte.

Irgend jemand war bei ihr im Raum. Sie hörte Geräusche, ruhige, sanfte Geräusche, die ihr die Anwesenheit eines Menschen verrieten, die darauf schließen ließen, daß sich jemand im Zimmer hin und her bewegte.

Langsam schlug sie die Augen auf. Die Vorhänge waren vorgezogen, die Rollos herabgelassen, so daß die Sonne nur gedämpft ins Zimmer drang.

An dem Fenster, das am weitesten von ihrem Bett entfernt war, erblickte sie die weiße Gestalt einer Krankenschwester.

Sie wußte nun, wer sie gepflegt und wem sie sogar im Schlaf vertraut hatte.

Sally drehte den Kopf in den Kissen, damit sie das Gesicht der Schwester besser sehen konnte, aber die Unbekannte wandte sich augenblicklich zu ihr um und trat ans Bett.

Ihr Gesicht war sanft und freundlich. Es wurde von grauem Haar eingerahmt.

»Ich dachte mir, daß sie heute morgen aufwachen würden«, sagte die Schwester lächelnd. »Möchten Sie etwas essen?«

»Ist es Morgen?« fragte Sally.

Die Schwester nickte.

»Ja, kurz vor zehn. Haben Sie keinen Hunger?«

»Ich glaube doch«, sagte Sally.

Sie dachte einen Moment lang nach und lächelte dann ebenfalls.

»Ich glaube, ich habe Hunger auf ein gekochtes Ei und eine Tasse Tee, wenn es keine zu großen Umstände macht.«

Vom Fußboden her war ein aufgeregtes Hecheln zu hören. Die Schwester blickte nach unten.

»Ihr Hund«, erklärte sie. »Er hat Ihre Stimme gehört. Während Sie krank waren, hat er sich kaum gerührt, wir mußten ihn im Zimmer lassen.«

»Oh, bitte, kann ich ihn sehen?« bat Sally.

Sie streckte die Hände aus, und in ihre Augen trat ein Ausdruck der Bestürzung. Jeder Finger steckte in einem Verband, und auch die Hände waren bis zu den Gelenken mit Mullbinden umwickelt. Dann merkte sie, daß auch ihr Kopf und ihre Beine bandagiert waren.

Die Schwester schien den Ausdruck in ihren Augen richtig zu deuten.

»Es geht Ihnen schon viel, viel besser als am Anfang«, sagte sie tröstend. »Und die Verbände werden wir bald wieder abnehmen können. Aber bevor sie anfangen, mich mit Fragen zu bestürmen, lassen Sie mich Ihnen erst etwas zu essen holen.« Sie hob Romy hoch und setzte ihn aufs Bett.

»Lassen Sie nicht zu, daß er Ihnen lästig wird«, mahnte sie Sally und ging aus dem Zimmer.

Romy, außer sich vor Glück und Aufregung, schmiegte sich zappelnd und schwanzwedelnd an sein Frauchen.

»Romy, lieber, kleiner Romy!« murmelte Sally, und dann flutete die Erinnerung an das Geschehene in ihr Bewußtsein zurück.

Sie erinnerte sich an die grauenhaften Stunden in der Dunkelheit des Stollens.

An die Art, wie Romy sie befreit hatte, an das Wegräumen der Steine, an die Schwächeanfälle, die Kälte, an die Willensanstrengung, die es sie gekostet hatte, weiterzumachen, und an die fast unwiderstehliche Versuchung, aufzugeben, sich auf den Boden zu legen und nie mehr aufzustehen.

Aber Romy hatte es nicht zugelassen. Er hatte nicht nachgegeben, ihr keine Ruhe gegönnt, sie gezwungen, weiterzumachen, mochte sie sich noch so schwach und elend fühlen.

»Romy, Schatz, du hast mir das Leben gerettet!« sagte sie laut.

Er wedelte mit dem Schwanz, als verstünde er jedes ihrer Worte.

Vorsichtig wurde die Tür geöffnet, und Gertruds Gesicht erschien. Sally stieß einen leisen Schrei aus.

»Gertrud! Oh, wie schön, dich zu sehen!«

»Geht's Ihnen besser?« rief Gertrud aufs höchste erfreut. »Dem Himmel sei Dank!«

»Ja, es geht mir besser«, erwiderte Sally. »Bin ich lange krank gewesen?«

»Lange genug«, antwortete Gertrud. »Jedenfalls fürchteten wir alle schon, daß wir Sie verlieren würden.«

»Gütiger Gott! So schlimm war es?«

Gertrud nickte, und Sally richtete sich ein wenig in den Kissen auf.

»Gertrud«, sagte sie, »rasch, erzählen Sie mir, was geschehen ist – bevor die Schwester zurückkommt!«

Gertrud machte gar nicht erst den Versuch, so zu tun, als begriffe sie Sallys Frage nicht. Sie trat näher ans Bett.

»Sind Sie ganz sicher, daß Sie sich kräftig genug fühlen,

den Tatsachen ins Auge zu sehen?« fragte sie. »Niemand durfte nämlich in den letzten Tagen zu Ihnen ins Zimmer – Anordnung des Doktors. Er sagte, Sie brauchten absolute Ruhe, bis Sie den Schock überwunden hätten.«

»Ich fühle mich bestens!« versicherte Sally ihr. »Und ich muß endlich wissen, was geschehen ist – alles, jede Einzelheit, verstehen Sie?«

»Das versteh' ich gut.« Gertrud nickte verständnisvoll. Sie stützte sich mit den Unterarmen auf das Fußende von Sallys Bett und begann mit hastiger Stimme zu erzählen.

»Es war der Zigeuner, der Sie fand. Er hörte Romy, der sich die Lunge aus dem Hals bellte, und lief zur Sandgrube, um zu sehen, was los war. Auf den Armen brachte er Sie zum Haus. Es war kurz vor dem Dinner. Alle waren im Salon versammelt. Er überquerte den Rasen und betrat mit Ihnen durch die geöffnete Wohnzimmertür von der Terrasse aus den Raum.«

Gertrud holte tief Luft und sprach aufgeregt weiter.

»Sie können sich nicht vorstellen, wie Sie ausgesehen haben, Miß Sally! Halbnackt waren Sie und bluteten am ganzen Körper. Ihre Kleider hingen in Fetzen an Ihnen herab, und Schuhe hatten Sie auch keine mehr an den Füßen. Ich glaube, Ihre Ladyschaft wäre fast in Ohnmacht gefallen bei Ihrem Anblick. Aber Sir Guy nahm Sie aus den Armen des Zigeuners und trug Sie nach oben. Ich begegnete ihm auf dem Gang und bekam einen regelrechten Schock, kann ich Ihnen sagen. Ich machte Sir Guy dann die Tür Ihres Schlafzimmers auf, und er legte Sie vorsichtig aufs Bett. Er blickte mich ganz entsetzt und fassungslos an und sagte:

›Gertrud, ist sie tot?‹

Im ersten Moment wußte ich wirklich nicht, was ich ihm antworten sollte, denn Sie waren blau vor Kälte, und mit dem vielen Blut überall sahen Sie zumindest so aus – falls Sie nicht wirklich tot waren.

Ich holte gleich einen Stoß warmer Decken. Sir Guy half mir dabei, Sie darin einzuschlagen. Dann rannte ich in die

Küche und schleppte an Wärmflaschen heran, was ich auftreiben konnte. Währenddessen rief Sir Tony den Doktor an. Er erklärte ihm, was geschehen war, und der Arzt machte sich sofort auf den Weg nach hier. Sobald er Sie untersucht hatte, gab er Anweisung, einen Wagen loszuschicken und eine Krankenschwester herzuschaffen. Und obwohl ich in der Regel nicht viel davon halte, muß ich zugeben, daß sie sehr tüchtig ist – eine prächtige Person, wie man heutzutage nur noch selten eine findet!«

Gertrud legte eine Pause ein, aber es war Sally, die nach Luft rang.

»Weiter, Gertrud, weiter!« drängte sie. »Was geschah dann? Was haben sie denn alle geglaubt, was mir zugestoßen wäre? Wie erklärten sie sich, daß ich in diesen Zustand geraten war?«

Gertruds Bericht war eine sehr treffende Wiedergabe der Geschehnisse, denn sie besaß ihre Informationen nicht nur von Lady Thorne, Sir Guy und von Bateson, sondern sie lebte nun schon so lange im Haus, daß sie für alle Dinge, die die Familie betrafen, einen untrüglichen Spürsinn entwickelt hatte. Und obwohl Sally die genauen Einzelheiten erst später erfuhr, deckte sich Gertruds Geschichte in allen wesentlichen Punkten genau mit der Wirklichkeit, und so konnte sie sich, zumindest fürs erste, ein Bild von den Vorfällen machen, was ihre Neugier zunächst einmal befriedigte.

Später erfuhr sie dann, daß der Arzt, nachdem er sie gründlich untersucht und alles Menschenmögliche zu ihrer Rettung getan hatte, von Sir Guy eine Erklärung verlangte, wie sie in einen solch erschreckenden Zustand geraten war.

Sir Guy konnte darauf nur antworten, daß Sally, die eine Zeitlang als Gast bei ihnen weilte, das Haus am frühen Morgen verlassen habe, und daß es ihnen allen unerklärlich sei, wo sie gewesen und wie sie in diesen erbarmungswürdigen Zustand gelangt war.

Nada war bei dieser Unterhaltung, die zwischen dem

Arzt, Sir Guy und Lady Thorne in einem Zimmer im ersten Stock stattgefunden hatte, nicht zugegen gewesen.

Nachdem der Arzt sich verabschiedet hatte, war Sir Guy ins Wohnzimmer gegangen, wo er Tony und Nada antraf. Er bat Tony, zusammen mit ihm den Zigeuner aufzusuchen und sich von diesem die Stelle zeigen zu lassen, an der er Sally gefunden hatte.

Tony erklärte sich sofort einverstanden, und nachdem sie Lady Thorne und Nada gebeten hatten, mit dem Dinner nicht auf sie zu warten, machten sich Sir Guy und sein Bruder auf den Weg zum Zigeunerlager.

Sie trafen den Zigeuner in seinem Wohnwagen an und gingen mit ihm zur Sandgrube.

Es war noch hell genug, um den Ort zu besichtigen, wo Sally die Böschung hinuntergefallen und nach ihrem Sturz bewußtlos liegengeblieben war. Deutliche Schleifspuren führten zu einer dichten Gruppe von Bruyèresträuchern hinauf, die den Eingang eines Stollens verdeckten.

Für Sir Guy gab es keinen Zweifel, daß es sich dabei um den lange verborgenen Geheimgang handelte, den die Kinder mit solchem Eifer gesucht hatten.

Die Frage war nur, warum sich Sally, nachdem sie auf den Gang gestoßen war, darin versteckt hatte. Oder hatte sie sich gar nicht darin verstecken wollen?

Während die beiden Brüder ins Haus zurückkehrten, zerbrachen sie sich den Kopf darüber, welchen Grund – außer dem in ihrem Brief angeführten – Sally für ihr sonderbares Verhalten gehabt haben konnte.

Sie nahmen dann das verspätete Abendessen ein und gesellten sich anschließend zu Lady Thorne, die im Wohnzimmer saß und strickte. Sie war allein, denn Nada, so berichtete sie, habe ihr erklärt, sie sei müde und werde sich zurückziehen.

Sir Guy und Tony berichteten ihrer Mutter von der Entdeckung, die sie gemacht hatten.

Lady Thorne brauchte nicht lange zu überlegen.

»Well«, stellte sie fest, »dann muß Sally den Stollen vom Haus aus betreten haben!«

Sir Guy und Tony hatten diese Möglichkeit auch schon erwogen, und Sir Guy läutete nach dem Butler. Als Bateson erschien, verlangte er die Kellerschlüssel.

»Ich habe nur den Schlüssel zum Weinkeller, Sir Guy«, sagte Bateson. »Die übrigen Schlüssel sind im Besitz von Miß Thorne.«

»Welche übrigen Schlüssel?« forschte Sir Guy.

»Die Schlüssel der übrigen Kellerräume, Sir Guy. Miß Thorne bestand darauf, daß sie immer abgeschlossen zu sein hätten und niemand außer ihr sie betreten dürfe.« Batesons Stimme klang gekränkt und verbittert.

Offenkundig war das Thema seit Nadas Ankunft im Priorat ein ständiger Zankapfel zwischen den beiden gewesen.

»Ich werde nach oben gehen und die Schlüssel holen«, sagte Lady Thorne und stand auf. Doch Sir Guy hob die Hand und hielt seine Mutter zurück.

»Bemühe dich nicht, Mutter, ich werde selbst gehen.«

Er begab sich zum ersten Stock und klopfte an Nadas Tür. Als sie »Herein« rief, trat er ein und fand sie noch angezogen vor ihrem Tisch sitzend. Überraschung spiegelte sich auf ihren Zügen, als sie seiner ansichtig wurde.

»Tut mir leid, dich belästigen zu müssen, Nada, doch ich brauche die Kellerschlüssel.«

Er beobachtete ihr Gesicht, während er sprach und bemerkte sekundenlang das Aufflackern der Furcht in ihren Augen.

»Die Kellerschlüssel?« fragte sie langsam. »Aber die hat Bateson doch.«

»Bateson hat den Schlüssel vom Weinkeller«, entgegnete Sir Guy. »Ich meine die Schlüssel zu den übrigen Räumen.«

Nada hatte sich wieder fest unter Kontrolle.

»Oh, du meinst den Schlüssel vom Gerümpelkeller«, sagte sie. »Ich glaube, der muß hier irgendwo herumliegen.«

Sie schaute sich im Zimmer um, und ihr Blick streifte das Kleid, das sie tagsüber getragen hatte und das noch über der Stuhllehne hing. Es besaß große aufgenähte Taschen, und sie wußte ganz offensichtlich, daß sich die Schlüssel in einer dieser Taschen befanden.

Jeder der Schlüssel hatte eine andere Form, und Nada brauchte sie nur in die Hand zu nehmen, um sie voneinander unterscheiden zu können.

Die Schwierigkeit war nur, gleich den richtigen Schlüssel aus der Tasche zu holen, ohne daß Sir Guy von den anderen, die sich ebenfalls dort befanden, etwas merkte.

Nada ließ ihre Blicke immer noch durch den Raum wandern, dann sagte sie:

»Ich glaube, ich muß sie anderswo hingelegt haben. Ich werde gleich nach unten gehen und nachsehen.«

»Du solltest erst hier einmal richtig suchen«, sagte Sir Guy ruhig. »Ich glaube nämlich, daß du sie hier in deinem Zimmer hast.«

»Woher willst du das wissen?«

»Ist mehr so ein Gefühl, würde ich sagen.«

Nada zögerte, dann stieß sie ärgerlich hervor:

»Sei nicht lächerlich, Guy. Weshalb sollte ich sagen, die Schlüssel sind unten, wenn sie hier sind?«

»Ich bin ganz sicher, Nada, daß sie sich in diesem Raum befinden«, erwiderte er ungerührt. »Soll ich dir suchen helfen?«

»Ich meine, du bist albern, Guy, und ziemlich verletzend, und ich frage mich, warum.«

Er wirkte sehr groß und unerschütterlich, wie er da vor ihr in der Türöffnung stand.

»Ich schlage vor, du beginnst jetzt endlich einmal mit dem Suchen«, sagte er ungeduldig. »Ist das da drüben nicht das Kleid, das du heute tagsüber getragen hast? Ich glaube, mich zu erinnern, in den Taschen einige Schlüssel klimpern gehört zu haben.«

Für den Augenblick gab sich Nada geschlagen. Sie ging zu

dem Stuhl, über dessen Lehne das Kleid hing und steckte die Hand in eine der Taschen.

Sie holte den Schlüssel des Gerümpelraumes hervor und reichte ihn Sir Guy. Unglücklicherweise stieß sie beim Herausziehen mit dem Schlüssel gegen die beiden anderen, die sich noch in der Tasche befanden. Sir Guy war das metallische Klicken nicht entgangen. Er nahm den Schlüssel an sich und sagte:

»Die anderen auch, bitte!«

»Welche anderen?«

»Nun, die anderen Schlüssel, die du noch in deiner Tasche hast!«

»Aber das sind keine Kellerschlüssel.«

»Das glaube ich doch«, sagte Sir Guy bestimmt. »Ich möchte sie jedenfalls haben.«

»Guy, nun stell dich nicht so an! Es sind die Schlüssel... nun, es ist der Schlüssel vom Geräteraum und dann noch der von der Vorratskammer neben der Küche...«

»Ich würde sie gerne haben.«

»Aber warum? Was willst du damit?«

»Gibt es irgendeinen Grund, weshalb ich die Schlüssel von Räumen meines eigenen Hauses nicht haben sollte?«

»Nein, nein, wenn du es so hinstellst. Aber die Schlüssel sind ganz nutzlos, wenn du vorhast, in den Keller hinunterzugehen.«

»Das wird sich noch erweisen«, sagte Sir Guy. »Also bitte, gib sie mir endlich!«

Widerwillig gehorchte Nada, holte die beiden anderen Schlüssel aus der Tasche des Kleides und reichte sie ihm. Er steckte sie ein, dann drehte er sich um und hielt ihr die Tür auf.

»Ich wünsche, daß du mich begleitest!«

»Aber wozu? Und wohin willst du?«

»In den Keller«, antwortete Sir Guy. »Ich möchte mir den Zugang zu dem geheimen Stollen anschauen.«

Nada lachte, aber es war kein heiteres Lachen.

»Legendenkram! Ich halte dich für zu vernünftig, um an einen solchen Unsinn zu glauben.«

»Trotzdem möchte ich, daß du mich begleitest!«

»Oh, natürlich.«

Nada warf den Kopf in den Nacken und ging vor ihm die Treppe hinunter.

Tony und Bateson warteten bereits am Fuß der Treppe.

»Ich habe ein paar Fackeln geholt«, erklärte Tony. »Bateson meint, in einigen Räumen sei noch kein elektrisches Licht.«

»Dann werden wir die Fackeln sicher gut gebrauchen können«, stimmte Sir Guy zu. »Am besten gibst du mir auch gleich eine.«

Sie stiegen die Kellerstufen hinab. Sorgfältig inspizierten sie einige kleinere Räume, die mit alten Weinkisten, Reisekörben und beschädigten Möbelstücken vollgestellt waren. Schließlich kamen sie zu dem Gerümpelkeller.

»Abgeschlossen!« stellte Tony fest, als er die Klinke niederdrückte.

»Ich denke, ich habe den Schlüssel dazu«, erwiderte Sir Guy. »Welcher von den dreien ist es, Nada?«

Er hielt ihr die Schlüssel hin.

Sie zeigte geringschätzig auf den richtigen, ohne ein Wort dabei zu sagen. Sir Guy schloß auf, und sie betraten den niedrigen, aber ziemlich großen Raum, der weißgetüncht war und an dessen gegenüberliegender Seite eine Reihe von Kisten standen.

»Hier scheint ja nicht viel drin zu sein«, sagte Tony.

Aber da Sir Guy Nadas Gesicht beobachtete, bemerkte er den hastig unterdrückten Ausdruck der Erleichterung bei Tonys Worten.

»Ich glaube, wir werden diese Kisten da hinten einmal alle von der Wand rücken«, sagte er ruhig.

Bateson und Tony räumten die Kisten fort.

»Nichts zu sehen«, sagte Tony.

»Das wundert mich sehr«, erwiderte Sir Guy und begann

eine sorgfältige Untersuchung der Wand. Dabei benutzte er seine Fackel zur Unterstützung der schwachen elektrischen Raumbeleuchtung. Sekunden später stieß er einen zufriedenen Laut aus und wandte sich an Tony.

»Schau mal genauer hin, Tony! Fällt dir da nichts auf?«

Er bewegte die brennende Fackel mehrmals vor der Wand hin und her.

Tony trat näher. Seine Nase berührte fast die Wand, während sein Blick prüfend über die getünchte Tapete glitt.

»Ist das ein Setzriß oder die Kontur einer Tür?« fragte er dann.

»Eine Tür, nehme ich an«, erwiderte sein Bruder. »Wie bekommen wir die auf, Nada?«

»Woher soll ich das wissen?« entgegnete Nada patzig, doch in ihrer Stimme war ein deutlicher Unterton von Furcht.

Sir Guy begann damit, die Tapete, die dick mit Staub bedeckt war, von der Wand zu reißen, und kurze Zeit später hatte er ein Schlüsselloch freigelegt.

Wortlos starrten die Männer es an. Ihr Schweigen war beredter als jedes Wort. Dann probierte Sir Guy erst den einen, dann den anderen Schlüssel.

Der zweite paßte. Die Tür schwang auf.

Danach war es nicht schwierig, zu dem Raum zu gelangen, in dem Sally am Morgen den baufälligen Tisch mit den Essensresten gesehen hatte.

Nada hatte sich vor ihr damit gebrüstet, daß sie nach jeder Benutzung für peinlichste Ordnung sorgte, und die Essensreste waren tatsächlich verschwunden. Doch die Teller und Platten standen noch da, denn im Gespräch mit Sally hatte Nada so ausführlich geprahlt, daß sie nicht mehr die Zeit gehabt hatte, das Geschirr in die dafür vorgesehene Kiste zu packen und wegzustellen, wie sie das gewöhnlich tat.

Auch die Tassen standen noch auf dem Tisch, und Messer, Löffel und Gabeln lagen noch so da, wie die Benutzer sie zurückgelassen hatten. Das war verwunderlich, aber noch verwunderlicher war es, daß in einer Ecke des Raumes Sallys sämtliche Koffer standen.

Einen Moment lang betrachtete Sir Guy sie schweigend, dann drehte er sich zu dem alten Butler um.

»Ich glaube, wir brauchen Sie jetzt nicht mehr, Bateson«, sagte er.

»Sehr wohl, Sir Guy!«

Bateson machte auf dem Absatz kehrt wie ein Soldat.

Ohne daß es einer Erklärung bedurft hatte, wußte er: Was nun geschah, war eine reine Familienangelegenheit.

Nada sah, daß ihr Spiel ausgespielt war. Unter der Last der Beweise, die gegen sie sprachen, brach sie zusammen, und es war nur noch eine Frage der Zeit, bis sie die beiden Männer freiwillig in die alte Krypta führte und ihnen den losen Stein mit der eisernen Entriegelungsvorrichtung und die Geheimtür zeigte, hinter welcher der alte Stollengang begann.

Zum zweitenmal an diesem Tag, diesmal jedoch ohne triumphierenden Stolz, erzählte sie, wie sie und Ivor ihre Landsleute aus Polen herausgeholt und nach England in Sicherheit gebracht hatten.

Sir Guy und Tony hörten mit ernsten Gesichtern zu, und nachdem sich Nada alles von der Seele geredet hatte und verstummt war, sprach keiner der beiden ein Wort.

»Well, was werdet ihr nun mit mir machen?« fragte sie schließlich.

Sie antworteten nicht, denn sie waren sich selbst nicht im klaren darüber.

Es war sehr spät geworden, als sie endlich nach oben gingen. Lady Thorne hatte sich schon zurückgezogen und sie beschlossen, sie nicht mehr zu stören. Sir Guy schickte Nada ins Bett, während er und Tony noch aufblieben und bis in die frühen Morgenstunden miteinander diskutierten und nach einem Weg suchten, der aus dem Chaos hinausführte, in das Nada sie alle gebracht hatte.

Als sie schließlich müde und übernächtigt ihre Schlafzimmer aufsuchten, hatten sie immer noch keine Lösung des Problems gefunden. Sie waren lediglich zu dem Entschluß gekommen, am nächsten Morgen unbedingt mit Ivor zu sprechen.

Doch am Morgen stellten sie fest, daß Nada die Dinge selbst in die Hand genommen hatte.

Sie und Ivor waren auf und davon, noch bevor das Haus erwacht war. Nada ließ Sir Guy einen Brief zurück, in dem sie ihm mitteilte, sie werde Ivor heiraten und auf ihre englische Staatsbürgerschaft verzichten. Sie ziehe es vor, das zu werden, was sie dem Herzen nach schon immer gewesen sei – eine Polin.

Sie würden nach Irland ziehen, hieß es in dem Brief weiter, und dort die Arbeit für ihr Land und ihre Landsleute nach Maßgabe der bestehenden Möglichkeiten fortsetzen. Der Thorne-Familie würden sie keine Schwierigkeiten mehr machen, und sie könnten sich nicht vorstellen, daß die Thorne-Familie umgekehrt daran interessiert sei, ihnen Schwierigkeiten zu machen.

In dem Zusammenhang erwähnte Nada, daß sie – als Hochzeitsgeschenk gleichsam – das restliche Haushaltsgeld mitgenommen habe. Es handle sich um einen Betrag von etwa fünfzig Pfund, und sie sei sicher, daß Sir Guy dagegen keine Einwände habe.

Ebenfalls habe sie von ihren eigenen Habseligkeiten mitgenommen, was sie auf die Schnelle hätte packen und in der Maschine hätte unterbringen können. Den Rest könne man ihr gewiß einmal zu einem späteren Zeitpunkt nachsenden.

Sir Guy las den Brief und lachte.

Typisch Nada, dachte er und konnte nicht umhin, ihre Tatkraft zu bewundern, mit der sie das Beste aus dieser verfahrenen und schlimmen Situation gemacht hatte.

Für die Bewohner des Priorats war das Ganze jedenfalls noch einmal glimpflich ausgegangen; Nada hatte die Probleme mit sich genommen, wie Sir Guy seinem Bruder gegenüber bemerkte.

Die Brüder beschlossen, Lady Thorne nichts von den fremden Besuchern zu sagen, die Nada und Ivor aus einem anderen Land ins Priorat gebracht hatten. Sie würden der alten Dame nur mitteilen, daß Nada Sally aus Eifersucht in die Krypta eingeschlossen hatte. Um ihr Angst einzujagen und sie aus dem Haus zu vertreiben. Natürlich habe sie vorgehabt, Sally nach einiger Zeit aus ihrem Kerker zu befreien, doch Sally sei clever genug gewesen, durch den Geheimgang nach draußen zu finden.

Hauptsache, Sally war die Flucht gelungen. Darüber nachzudenken, was sonst alles hätte geschehen können, sei müßig und führe zu nichts.

Tony und Sir Guy waren in diesem Punkt einer Meinung. Es lag nun nur noch an Sally, ob sie großmütig über die Schmerzen und Ängste, die sie hatte erleiden müssen, hinwegsehen würde.

*

Gertrud war am Ende ihrer Geschichte angelangt, als sie die Schritte der Schwester im Gang vernahm.

»Sie dreht mir den Hals um, wenn sie erfährt, daß ich Sie die ganze Zeit über mit dieser Geschichte traktiert habe«, sagte Gertrud hastig. »Machen Sie die Augen zu, Miß Sally! Tun Sie so, als ob Sie schlafen! Hoffentlich habe ich Sie nicht zu sehr ermüdet.«

»Haben Sie nicht, Gertrud«, gab Sally flüsternd zur Antwort.

Gehorsam schloß sie die Augen, während Gertrud eilig zum Waschständer watschelte und gerade noch rechtzeitig die Waschschüssel vollgießen konnte, bevor die Schwester das Zimmer betrat. Sie brachte das Tablett zum Bett und stellte es auf dem Nachttisch ab. Sally öffnete die Augen und betrachtete mit Heißhunger die Sachen auf dem Tablett.

»Oh, was für ein wundervolles Frühstück!« rief sie entzückt. »Ich werde alles aufessen!«

Nachdem sie ihr Versprechen tatsächlich wahrgemacht hatte, fühlte sie sich plötzlich todmüde. Die Augen fielen ihr zu, und sie schlief ein, um erst am Nachmittag wieder aufzuwachen.

Nach dem Tee fühlte sie sich dann kräftig genug, um über all das nachzudenken, was Gertrud ihr erzählt hatte. Viele Dinge waren ihr noch unklar. Ganz allgemein jedoch empfand sie ein Gefühl der Erleichterung und Genugtuung darüber, daß Nada nun für immer aus ihrem Leben verschwunden war.

Sie hatte den Schmerz noch nicht vergessen, den sie empfand, als Nada ihr durch den Mauerspalt zugerufen hatte, daß sie Sir Guy ruhig ihr überlassen solle.

»O Guy, Guy!« flüsterte sie wehmütig.

Sie wußte nun, daß sie so rasch wie möglich gesund werden mußte, weil sie eine solche Sehnsucht hatte, ihn wiederzusehen.

Doch ihre Geduld wurde in den Tagen, die nun folgten, auf eine harte Probe gestellt. Lady Thorne besuchte sie täglich, doch es gab keine Anzeichen dafür, daß Sir Guy einmal zu ihr kommen würde.

Tony sei wieder nach Paris zurückgekehrt, erzählte Lady Thorne. Er schrieb Sally einen kurzen Brief, und der Familie schickte er eine etwas frivole Karte mit einer Cancantänzerin, die nach Lady Thornes Meinung bei den Beamten des örtlichen Postamtes gewiß einen Sturm der Entrüstung hervorgerufen hatte.

Bei jedem Klopfen an der Tür begann Sallys Herz zu rasen. Doch Sir Guy kam nicht.

Die Verbände an den Fingern wurden abgenommen. Die Fingernägel waren zwar noch sehr kurz, aber doch schon etwas gewachsen, und die Schürf- und Platzwunden waren praktisch kaum noch zu sehen. Auch die lange, schnittartige Wunde an ihrer Stirn heilte ausgezeichnet.

Am schlimmsten waren noch die Narben an den Knien, aber der Arzt meinte in neckendem Ton:

»Selbst durch ein Paar teure Nylons wird man sie bald nicht mehr sehen können.« Dann fügte er lächelnd hinzu: »Was halten Sie übrigens davon, einmal für ein paar Stunden aufzustehen?«

»Oh, darf ich denn?« fragte Sally glücklich. »Ich bin es so satt, immer im Bett zu liegen.«

»Was mich betrifft, so kann ich an Ihnen nichts mehr verdienen«, erklärte er ihr. »Sie sind nur noch eine Rekonvaleszentin, und auch die Krankenschwester ist nun überflüssig geworden. Sie wird heute das letzte Mal hier sein. Sie brauchen uns also nicht mehr. Essen Sie tüchtig, gehen Sie viel an die frische Luft, und tun Sie alles, was Ihnen Spaß macht. Das ist das einzige, was der Doktor Ihnen noch raten kann.«

Sally lachte.

»Ein wundervoller Rat!«

»Ich hoffte, daß Sie das sagen würden«, meinte er. »Well, stehn Sie also heute nachmittag für einige Zeit auf. Aber machen Sie mir keine Vorwürfe, wenn Sie das Gefühl haben, als wäre Watte in Ihren Beinen. Das beste ist, Sie gehen vor dem Dinner wieder ins Bett. Aber ich glaube, das brauche ich Ihnen nicht besonders ans Herz zu legen. Sie werden ganz von selbst darauf kommen.«

»Es wird herrlich sein, wieder aufstehn zu können!« rief Sally.

Nach dem Lunch half die Schwester ihr beim Ankleiden. Sie wählte Sallys Lieblingskleid aus weißem Krepp mit einem Muster aus pinkfarbenen und blauen Blumen.

»Am ersten Tag sollten Sie noch nicht nach unten gehen«, mahnte die Schwester. »Ich schlage vor, Sie setzen sich ans Fenster und genießen den Sonnenschein.«

»Oh, ich freue mich!« sagte Sally ganz andächtig.

Es war so, wie der Arzt es ihr vorausgesagt hatte. Ihre Beine waren wie aus Watte, doch darüberhinaus fühlte sie sich prächtig.

Es war wundervoll, in den Garten hinauszublicken, wo

die Rosen in voller Blüte standen und einen betäubenden Duft ausströmten, über den Rasen zu schauen, der von dem hellen Grün des Wäldchens begrenzt wurde, und den Blick weiter wandern zu lassen zu den Mooren, die sich weit bis in den blauen Himmel auszudehnen schienen.

Die Schwester hatte das Zimmer verlassen, und Sally war allein, als es an die Tür klopfte.

»Herein!« sagte sie und erwartete, Lady Thorne im Türrahmen zu sehen.

Doch als sie sich mit einem Lächeln umwandte, erkannte sie Sir Guy.

Ihr Herz machte einen ängstlichen Sprung, und dann, als er die Tür hinter sich schloß und auf sie zukam, begann es wie wild in ihrer Brust zu rasen.

Sie hatte fast vergessen, wie groß und breitschultrig er war und welche Leuchtkraft seine stahlgrauen Augen besaßen.

Er sagte kein Wort, bis er ganz dicht vor ihr stand. Dann fragte er mit ungewöhnlich sanfter Stimme:

»Geht es Ihnen besser?«

Sally nickte.

»Das freut mich. Wir haben uns alle große Sorgen um Sie gemacht.«

»Haben Sie das?«

Sally hatte ihrer Frage einen persönlichen Klang gegeben, und sie staunte über ihren eigenen Mut.

Sir Guy antwortete ernst:

»Ja, auch ich habe mir große Sorgen um Sie gemacht, Sally. Die ganze Zeit über.«

Sie spürte, wie sie errötete. Eine seltsame Schwäche überkam sie, und sie ließ sich auf die mit Kissen bedeckte Sitzbank sinken.

Er setzte sich zu ihr, näher, als sie erwartet hätte. Dann streckte er plötzlich die Hand aus und nahm ihre Hand in die seine.

Mit der anderen Hand berührte er ihre Finger, und sie sah, daß er die Narben darauf betrachtete.

Die Berührung ließ sie am ganzen Körper erbeben. Es war das gleiche Gefühl, das sie empfunden hatte, als sie ihn in der Bibliothek einmal sekundenlang gestreift hatte.

»Die armen Hände!« sagte Sir Guy, und seine Stimme war zärtlich. Dann wurde sie dunkel und rauh, als er fortfuhr: »Ich habe Ihnen vieles zu sagen, Sally. Fühlen Sie sich schon kräftig genug, mich anzuhören?«

»Kräftig genug?«

Sie hob den Blick zu ihm und erkannte in seinen Augen einen Ausdruck, der sie verzauberte. Ihre Lippen teilten sich, ihr Atem ging schneller.

»Ja, kräftig genug!« wiederholte er. »Ich kann warten, wenn es Ihnen lieber ist, daß ich später mit Ihnen rede – doch, Sally, ich habe schon zu lange auf diesen Augenblick gewartet.«

Das Zittern verstärkte sich. Eine seltsame, rauschhafte Erregung hatte sie erfaßt, die wie flüssiges Feuer durch ihre Adern zu strömen schien.

Unwillkürlich schlossen sich ihre Finger fester um seine Hand.

»Oh, bitte, sagen Sie es mir jetzt!« flüsterte sie.

»Darf ich wirklich?« fragte er. »O mein Liebling, ich liebe dich. Ich liebe dich so sehr!«

Mit explosiver Gewalt schienen die Worte aus seinem Inneren hervorzubrechen, und als Sally ein leises Stöhnen hören ließ, sagte er:

»Doch bevor ich etwas sage, muß ich dich um Vergebung bitten – und du mußt versuchen, mich zu verstehen, denn nur wenn du mich verstehst, kannst du mir vergeben.«

»Ihnen vergeben?« fragte Sally verwirrt.

»Laß es mich erklären!« bat Sir Guy.

Obwohl er immer noch ihre Hand hielt, kam es Sally so vor, als hätten sich die Linien in seinem Gesicht vertieft, als blickte er so, wie er schon oft geblickt hatte – abweisend und zynisch.

»Als ich jung war«, begann er, »verliebte ich mich in ein

sehr schönes Mädchen. Ich glaubte, es liebte mich ebenfalls, denn wenigstens eine Zeitlang waren wir sehr glücklich. Dann wurde sie plötzlich seltsam, launenhaft und rastlos. Ich konnte mir diese Wandlung nicht erklären, bis sie mir eines Abends bei einem Spaziergang durch den Garten den Grund dafür nannte. Sie liebte mich zwar noch immer, aber sie fühlte sich körperlich von einem anderen angezogen. Sie war ganz verrückt nach ihm – einem Mann, mit dem sie sonst keinerlei Gemeinsamkeiten verbanden.«

Sally holte tief Luft. Sie wußte, daß er ihr die Geschichte von Lady Beryl erzählte.

»Ich redete auf sie ein, beschwor sie, stritt mit ihr«, fuhr Sir Guy fort. »Ich flehte und bettelte, bat sie, vernünftig zu sein – um ihretwegen, wenn nicht schon um meinetwegen. Sie war ehrlich und gestand mir, diesen Mann nicht mehr aufgeben zu können, so wenig, wie ein Trinker den Alkohol. In dieser Nacht lief sie mit ihm davon.«

Sir Guy machte eine Pause, und Sally stieß einen Laut des Mitleids aus.

»Wie entsetzlich – für Sie!« flüsterte sie.

Sir Guy blickte Sally nicht an, aber seine Finger umspannten so fest ihre Hand, daß sie vor Schmerz fast aufgeschrien hätte.

»Von diesem Augenblick an war ich Frauen gegenüber voller Skepsis und Mißtrauen und wurde in dieser Haltung noch bestärkt, als ich kurz danach Tony aus einer sehr geschmacklosen Situation heraushelfen mußte, in die er verwickelt war. Ich möchte nicht in Einzelheiten gehen. Es genügt, wenn ich sage, daß er einer Frau von der falschen Sorte in die Finger geraten war: äußerlich schön wie ein Engel, innerlich jedoch verdorben bis ins Mark. Unglücklicherweise war sie eine von vielen. Tony scheint einfach ein besonderes Talent dafür zu besitzen, auf Frauen zu stoßen, deren Körper das einzig Schöne an ihnen ist. Ich begann mir einzureden, daß alle Frauen gleich sind. Ich glaubte, ein hübsches Gesicht wäre nur die Larve, hinter der sie die

Scheußlichkeit und Schlechtigkeit ihres Wesens zu verstekken suchten.«

»Oh!« flüsterte Sally.

»Ich habe nicht die Absicht, dich zu erschrecken«, sagte Sir Guy, »aber ich möchte, daß du meine Gefühle verstehst, vor allem jedoch meine Reaktion in der Hill Street, als du mir morgens früh um sechs auf der Haustreppe begegnetest.«

Sally entzog ihm ihre Hand und legte sie an ihre Wange.

»Wollen Sie – damit sagen«, stammelte sie, »– daß Sie glaubten, Tony und ich...«

»Ja«, fiel Sir Guy ihr ins Wort. »Das habe ich geglaubt. Und obwohl ich dich noch nie zuvor gesehen hatte, verletzte mich dieser Verdacht tief, weil du so schön und noch so sehr jung warst.«

»Wie konnten Sie nur?« fragte Sally.

Sie errötete bis in die Haarwurzeln, um Sekunden später zu fühlen, wie ihr alles Blut aus dem Gesicht wich und ein leichter Schwindel sie erfaßte.

»Ich habe mir diese Frage schon tausendmal gestellt, seit ich die Wahrheit weiß«, entgegnete Sir Guy mit rauher Stimme. »Seit deiner Krankheit habe ich keine Nacht mehr richtig schlafen können. Ich liege wach, mache mir Vorwürfe, verwünsche und verfluche mich, nenne mich einen Dummkopf und Narren – aber die Wunde saß sehr tief. Ich hätte wissen müssen, daß die Unschuld in deinem Gesicht keine Täuschung ist. Ich hätte wissen müssen, daß der Ausdruck der Verlorenheit, der in deine Augen trat, wenn ich schroff und grausam zu dir war, dein Wesen widerspiegelte – die wirkliche, vollkommene und unberührte Sally, die mein Verstand nicht wahrhaben wollte, obwohl mein Herz längst die Wahrheit über sie kannte.«

Sir Guy beugte sich vor, löste Sallys Hand sanft von ihrer Wange und nahm sie wieder in die seine.

»Hör zu«, sagte er, und als sie ihre von langen seidigen

Wimpern beschatteten Augen niederschlug, fügte er hinzu: »Schau mich an, Sally!«

Sekundenlang verharrte sie regungslos, ohne ihm zu gehorchen.

Dann hob sie wie unter einem unwiderstehlichen Zwang die Lider und sah ihn gebannt an.

»Mein Herz sagte mir die Wahrheit«, wiederholte er sanft. »Ich verliebte mich in dich, Sally, als ich dich traurig und verwirrt in deinem Brautkleid vor mir sah. Ich liebte dich, als ich dich hierherbrachte, als ich beobachtete, wie du mit den Kindern umgingst, als ich merkte, wie sehr du an unserem Haus und an meiner Mutter hingst. Aber ich kämpfte dagegen an. Ich redete mir ein, daß es besser wäre, mich auf das zu verlassen, was meine Augen gesehen hatten, nicht auf die unkontrollierbare Stimme meines Herzens. Ich sagte mir: Sie ist nicht besser als alle anderen. Sie ist genauso schwach, gierig und treulos wie alle Frauen. Und dennoch, Sally, gleichgültig, was ich mir in meiner Blindheit, in meinem gekränkten Stolz auch einzureden versuchte: ich liebte dich. So, wie ich dich jetzt liebe und wie ich dich mein ganzes Leben lieben werde.«

Bei seinen Worten hatte Sally das Gefühl, den Klang einer Stimme nicht mehr ertragen zu können. Immer wieder hatte sie sich gewünscht, ein solches Geständnis von ihm zu hören, gesprochen mit dieser warmen, dunklen Stimme. Doch nun glaubte sie, das Glück, das ihr Herz erfüllte, sei zu gewaltig, zu übermächtig für sie.

Der Schwindel, der sie erfaßt hatte, verstärkte sich, die Welt schien sich vor ihren Augen zu drehen.

Sir Guys Stimme verstummte jäh. Er sprang auf, das Gesicht weiß, die Augen groß und voller Bestürzung.

»Mein Gott, ich hätte das alles noch gar nicht sagen dürfen!« rief er aufgeregt. »Aber ich liebe dich so sehr und habe in den letzten Tagen so entsetzlich gelitten, daß ich einfach vergessen habe, wie schlecht ich mich in der Vergangenheit dir gegenüber verhielt. Ich muß dir Zeit lassen, damit du nachdenken und mich besser kennenlernen kannst. Vielleicht wirst du dann – wenn ich Glück habe – wenigstens etwas für mich empfinden können.«

Er wanderte unruhig im Zimmer auf und ab und trat schließlich an das andere Fenster. Er hatte Sally halb den Rücken zugekehrt und blickte in den Garten hinaus.

»Glaubst du«, begann er dann mit einem flehenden Klang in der Stimme, den Sally vorher noch nie bei ihm vernommen hatte, »glaubst du, du könntest mich jemals lieben? Wenigstens etwas?«

Sally konnte nicht länger an sich halten.

Ein wenig unsicher erhob sie sich. Er schien die Bewegung aus den Augenwinkeln wahrgenommen zu haben und fuhr herum. Sie war auf ihn zugegangen. Doch er kam ihr auf halbem Weg entgegen.

Er sah die großen, strahlenden Augen, die halb geöffneten Lippen und schlang die Arme um sie. Für einen langen Augenblick sprach niemand von ihnen.

Endlich sagte Sir Guy mit vor Erregung heiserer Stimme:

»Antworte mir Sally. O mein Liebling, bitte, antworte mir.«

»Ich ... ich liebe – dich, Guy! Ich liebe – dich wirklich!«

Sallys Stimme war nur ein Hauch, und doch vernahm er jedes ihrer Worte.

Wieder spürte sie seine Küsse auf ihren Lippen, wild und fordernd wie schon einmal. Und doch: Wie unterschieden sich das Damals und das Jetzt!

Jetzt waren die Küsse die Zeichen ihrer Liebe, göttliche Siegel einer Einheit, die heiliger, kostbarer und vollkommener war als alles sonst zwischen Himmel und Erde.

»O Sally, Sally!« rief Sir Guy glücklich, und seine Lippen brannten auf ihrem Hals, während er sie auf seine Arme nahm und zu ihrem Bett trug.

ENDE

Roman

Von Barbara Cartland sind erschienen:

10255 Das Geheimnis der Lady Olivia
10288 Die kleine Heuchlerin
10335 Virginia und der ehescheue Graf
10371 Die falsche Herzogin
10396 Die Zweckheirat
10448 Im Labyrinth der Liebe
10484 Der Marquis und die schöne Korsarin
10521 Im Tal der Blumengöttin
10550 Wagnis der Liebe
10611 Ein Kuß für den König
10638 Allein in Paris
10698 Das gebrochene Herz
10732 Die Strafe der Königin
10770 Das Lied der Nachtigall
10824 Die falsche Braut
10847 Ein Kuß im Mondschein
10910 Vom Leben verstoßen
10945 Die Heimkehr des Herzogs
11190 Der Fehltritt
11218 Lord Ravenscars Rache
11274 Nur dem Namen nach
11318 Eine lästige Pflicht
11352 Verurteilt zum Schweigen

BASTEI
LÜBBE